U0723708

二〇二一—二〇三五年國家古籍工作規劃重點出版項目
國家古籍整理出版專項經費資助項目
教育部全國高等院校古籍整理研究工作委員會直接資助重大項目

中華經解叢書

清經解 詩經編

整理本

董恩林 主編

鳳凰出版社

毛詩注疏校勘記

（上册）

（清）阮元 著

劉真倫 岳珍 點校

圖書在版編目（CIP）數據

毛詩注疏校勘記 / (清) 阮元著 ; 劉真倫, 岳珍點校. -- 南京 : 鳳凰出版社, 2024. 8. -- (中華經解叢書 : 清經解 : 整理本 / 董恩林主編). -- ISBN 978-7-5506-4104-4

Ⅰ. I222.2

中國國家版本館CIP數據核字第2024PD4280號

書　　　名	毛詩注疏校勘記
著　　　者	(清)阮元 著　劉真倫　岳　珍 點校
責任編輯	汪允普
裝幀設計	姜　嵩
責任監製	程明嬌
出版發行	鳳凰出版社(原江蘇古籍出版社) 發行部電話025-83223462
出版社地址	江蘇省南京市中央路165號,郵編:210009
照　　　排	南京展望文化發展有限公司
印　　　刷	蘇州市越洋印刷有限公司 江蘇省蘇州市吴中區南官渡路20號,郵編:215104
開　　　本	890毫米×1240毫米　1/32
印　　　張	21.5
字　　　數	413千字
版　　　次	2024年8月第1版
印　　　次	2024年8月第1次印刷
標準書號	ISBN 978-7-5506-4104-4
定　　　價	198.00圓(全二册) (本書凡印裝錯誤可向承印廠調换,電話:0512-68180638)

《清經解》點校整理工作編委會

清經解(整理本)前言

《清經解》點校整理本，經過本所研究團隊十多年的努力，終於將要與讀者見面了。按照慣例，我作爲項目主編，有責任把相關整理情况寫出來，弁於卷首，以便讀者在閱讀和使用這個整理本時，對其「身世」有所瞭解與把握。

一

經學是中華優秀傳統文化的核心與主體部分，歷來處於古典學術與文獻分類之首。而清人集歷代經學大成，涌現出諸如顧炎武、毛奇齡、胡渭、萬斯大、閻若璩、江永、惠棟、秦蕙田、江聲、王鳴盛、戴震、錢大昕、段玉裁、邵晉涵、汪中、王念孫、孔廣森、孫星衍、凌廷堪、焦循、張惠言、阮元、胡承珙、陳立、王引之、胡培翬、郝懿行、劉文淇、劉寶楠、孫詒讓，等等，一大批著名經學家。他們秉持實事求是、無徵不信的理念，皓首窮經，前赴後繼，對十三經(《周易》《尚書》《詩經》《周禮》《儀禮》《禮記》《春秋左傳》《春秋公羊傳》《春秋穀梁傳》《論語》《孝經》《爾雅》《孟子》）進行了全方位的研究與整理，撰著了系統的新注新疏，〔二〕同時對《國語》《大戴禮記》等與十三經密切相關的先秦其他典籍也作了深入探討，取得了不朽的學術成就。據不完全統計，有清一代經學著作達五千多種，可謂經師輩出，碩果累累。

正因爲如此，晚清以來，便不斷有人對清代經學成就與經學家加以總結與表彰。其著於文者，從朱彝尊《經義考》、江藩《國朝漢學師承記》、桂文燦《經學博采録》、章太炎《訄書·清儒》、劉師培《清儒得失論》等，到梁啓超與錢穆的同名《中國近三百年學術史》、支偉成《清代樸學大師列傳》等，不一而足，均着眼於人物與學派的成就總結。另一方面，徐乾學、阮元、王先謙等清

〔二〕中華書局於一九八二年開始陸續出版《十三經清人注疏》點校本，包括李道平《周易集解纂疏》、孫星衍《尚書今古文注疏》、皮錫瑞《今文尚書考證》、王先謙《尚書孔傳參正》、馬瑞辰《毛詩傳箋通釋》、王先謙《詩三家義集疏》、孫詒讓《周禮正義》、朱彬《禮記訓纂》、孫希旦《禮記集解》、黄以周《禮書通故》、孔廣森《大戴禮記補注》、王聘珍《大戴禮記解詁》、洪亮吉《春秋左傳詁》、陳立《公羊義疏》、廖平《穀梁古義疏》、鍾文烝《春秋穀梁經傳補注》、劉寶楠《論語正義》、焦循《孟子正義》、皮錫瑞《孝經鄭注疏》、郝懿行《爾雅義疏》、邵晉涵《爾雅正義》。一九九八年又出版了《清人注疏十三經》影印本，包括惠棟《周易述》（附江藩、李林松《周易述補》）、孫星衍《尚書今古文注疏》、馬瑞辰《毛詩傳箋通釋》、孫詒讓《周禮正義》、胡培翬《儀禮正義》、朱彬《禮記訓纂》、洪亮吉《春秋左傳詁》、陳立《公羊義疏》、鍾文烝《春秋穀梁經傳補注》、劉寶楠《論語正義》、焦循《孟子正義》、皮錫瑞《孝經鄭注疏》、郝懿行《爾雅義疏》、王引之《經義述聞》等。

代學者，則專注於經解文獻即學者們對「十三經」的訓解成果的集成與彙纂。徐乾學編成《通志堂經解》，收唐宋元明經解著述一百四十餘種，將清以前的經解文獻精萃彙於一編。阮元編成《皇清經解》一千四百卷，收經解一百八十三種；王先謙編成《皇清經解續編》一千四百三十卷，收經解二百零九種，清中前期主要經解成果亦搜羅殆盡。其他中小型經解叢書，諸如陸奎勳輯《陸堂經學叢書》、吴志忠輯《璜川吴氏經學叢書》、鍾謙鈞輯《古經解彙函》、錢儀吉輯《經苑》、袁鈞輯《鄭氏佚書》、朱記榮輯《孫谿朱氏經學叢書》、孫堂輯《漢魏二十一家易注》、李輔耀輯《讀禮叢鈔》、上海珍藝書局輯《四書古注群義彙解》、王德瑛輯《今古文孝經彙刻》，等等，在在皆是，不勝枚舉。

二

《皇清經解》爲阮元主持編纂，其刊刻背景不可不知。阮元（一七六四—一八四九），字伯元，號芸臺、雷塘庵主、揅經老人、怡性老人，江蘇儀徵人。乾隆五十四年（一七八九）進士，歷官户、禮、兵、工等部侍郎，浙江、河南、江西、廣東巡撫，兩湖、兩廣、雲貴總督，太子少保、體仁閣大學士，卒謚文達，是清代既貴且壽，身兼封疆大吏、學問大家的傳奇人物。而他的學問之路，也極具個性：一是生平獎掖篤學之士不遺餘力，培育學子日日在心，每到一地主政，即建書院、立學舍，聘飽學之士教莘莘學子，如在杭州建詁經精舍、設寧海安瀾書院，在廣州建學海堂書院等，誠爲教育大家；二是始終孜孜於經學研究與經學成果的融會綜貫，先後編纂《經籍籑詁》一百零六卷、《十三經注疏校勘記》二百四十八卷、《十三經經郛》百餘卷、《皇清經解》一千四百卷等，這些都是大型類書、叢書，編纂曠日持久，耗費巨大，而嘉惠學林則如陽光雨露，滋潤萬物，不可言表。

具體到阮元編纂《皇清經解》的動機與前後經過等，學者多有揭櫫，尤以虞萬里先生《正續清經解編纂考》爲詳盡。[一] 嘉慶三年（一七九八），阮元責成臧在東等，鈔撮唐以前群經訓詁，按韻彙纂，成《經籍籑詁》一書，爲經學研讀者提供了一部非常實用的訓詁資料工具書。八年，阮元開始命門人陳壽祺等，利用修《經籍籑詁》的資料，於九經傳注之外，廣搜古說，輯《十三經經郛》。「經郛」之名，取意於揚雄《法言·問神》「天地之爲萬物郭，五經之爲衆說郛」，其宗旨在「薈萃經說，本末兼賅，源流具備，闡許、鄭之閎眇，補孔、賈之闕遺」，而搜輯範圍則「上自周秦，下訖隋唐，網羅衆家，理大物博，漢魏以前之籍，搜采尤勤，凡涉經義，不遺一字」。陳氏秉承師意，爲定《經郛條例》，其大端有十：一曰探原本，二曰鈎微言，三曰綜大義，四曰存古禮，五曰

[一] 虞著載其《榆枋齋學術論集》，江蘇古籍出版社，二〇〇一年。另可參閱陳東輝《〈皇清經解〉輯刻始末暨得失評騭》（《古籍整理研究學刊》一九九七年第五期）等。

存漢學，六曰證傳注，七曰通互詮，八曰辨剿説，九曰正謬解，十曰廣異文。[一] 經陳壽祺、凌曙等人搜輯，至十六年大致編成，百餘卷。但阮元感覺采擇未周，是以未刻，輯稿後來逐漸散失。《通志堂經解》彙編清以前歷代經解著作，《經籍籑詁》與《經郛》則將清以前經師微言、古學異文、字詞訓詁等資料萃而存之，由是阮元生出廣搜本朝經學著作，纂輯《清經解》的念頭，其序江藩《漢學師承記》云：「元又嘗思國朝諸儒説經之書甚多，以及文集説部，皆有可采，竊欲析縷分條，加以翦截，引繫於群經各章句之下。譬如休寧戴氏解《尚書》『光被四表』爲『横被』，則繫之《堯典》；寶應劉氏解《論語》『哀而不傷』即《詩》『惟以不永傷』之『傷』，則繫之《論語·八佾篇》而互見《周南》。如此勒成一書，名曰《大清經解》。徒以學力日荒，政事無暇，而能總此事，審是非，定去取者，海内學友惟江君與顧君千里二三人。他年各家所著之書，或不盡傳，奥義單辭，淪替可惜，若之何哉！」[二] 可見阮氏意想中的《清經解》原本是想將經學專著、文集與筆記等所有文獻中的經解文字分繫於群經章句之下。道光五年（一八二五），阮元命其門生嚴杰在學海堂開始輯刻《皇清經解》，至九年九月全書輯刻完畢，凡一千四百卷，分裝三十函，是爲學海堂本。

[一] 陳壽祺《經郛條例》，《左海文集》卷一，《皇清經解》卷一千二百五十三。

[二] 江藩《國朝漢學師承記》卷首，中華書局，一九八三年，第一—二頁。

《皇清經解》的實際主持纂修者嚴杰(一七六四—一八四三),字厚民,號鷗盟,浙江餘杭人,因寄居錢塘,又稱錢塘人。嚴杰初爲諸生,阮元督學浙江,聘其助修《經籍籑詁》。阮氏升浙江巡撫,於杭州創辦詁經精舍,嚴杰入舍就讀,遂與阮元爲師生之誼。阮元輯《十三經注疏校勘記》時,嚴氏分任《左傳》《孝經》注疏校勘。嘉慶十五年(一八一〇),阮元離浙還朝,嚴杰於次年受聘赴京,課督阮元女阮安一年餘。後阮氏與江都張氏聯姻,嚴杰又成爲阮安未婚夫張熙之師。阮元《題嚴厚民杰書福樓圖》詩云:「嚴子精校讎,館我日最長。校經校《文選》,十目始一行。」首有小序「厚民湛深經籍,校勘精詳」云云。〔一〕嘉慶二十五年(一八二〇)春,學海堂初開,嚴杰也於此時陪伴張熙來粵完婚,遂留於粵中阮元督署。道光四年(一八二四)冬,學海堂新舍建成。翌年八月,嚴杰即受阮元之命,集阮氏藏書於堂中,别擇比勘,輯刻《皇清經解》。可見嚴杰既以校勘精審爲阮氏所器重,且兼有學生、門客之誼,故阮元委以重任。

作爲經學叢書,《皇清經解》的纂修體例既不同於《通志堂經解》,又有别於《四庫全書》,而是以作者爲綱,按年輩先後,依人著録,或選其專著,或輯其文集、筆記,上起清初,下訖阮元所處時代,依次彙集了顧炎武、閻若璩、胡渭、萬斯大、陳啓源、毛奇齡、惠周惕、姜宸英、臧琳、馮

〔一〕詳見《揅經室續集》卷六,《國學基本叢書》本。

景、蔣廷錫、惠士奇、王懋竑、江永、吴廷華、秦蕙田、全祖望、杭世駿、齊召南、沈彤、惠棟、莊存與、盧文弨、江聲、王鳴盛、錢大昕、翟灝、盛百二、孫志祖、任大椿、邵晉涵、程瑶田、金榜、戴震、段玉裁、王念孫、孔廣森、錢塘、李惇、武億、孫星衍、胡匡衷、凌廷堪、劉台拱、汪中、阮元、張敦仁、焦循、江藩、臧庸、梁玉繩、王引之、張惠言、陳壽祺、許宗彦、郝懿行、馬宗璉、劉逢禄、胡培翬、趙坦、洪震煊、劉履恂、崔應榴、方觀旭、陳懋齡、宋翔鳳、李黼平、凌曙、阮福、朱彬、劉玉麐、王崧、嚴杰等七十三位學者的一百八十三種著作。其中，閻若璩《四書釋地》一卷、《四書釋地續》一卷、《四書釋地又續》一卷、《四書釋地三續》一卷算四種書，阮元《十三經注疏校勘記》算十三種書，錢大昕《十駕齋養新録》三卷、《十駕齋養新餘録》一卷算兩種書，孫志祖《讀書脞録》二卷、《讀書脞録續編》二卷算兩種書，嚴杰《經義叢鈔》三十卷算一人一書。這套叢書彙集了阮元所處時代之前清人主要經解著作，是對乾嘉經學的一次全面總結。

關於《皇清經解》作者、卷數、種數等統計歷來語焉不詳，説法不一。原因之一，《皇清經解》編者對作者著作的種數計算没有嚴格標準，如齊召南《尚書注疏考證》《禮記注疏考證》《春秋左傳注疏考證》《春秋公羊傳注疏考證》《春秋穀梁傳注疏考證》五種只算作《注疏考證》一種，而閻若璩、錢大昕、孫志祖等人的經著及續編則各算一書。原因之二，《經義叢鈔》三十卷，是嚴杰鈔輯多人多種著作組成的，過去統計《皇清經解》的子目和作者總數時，往往當作嚴杰一人作品對待,這實際上是很不嚴謹、很不準確的。《經義叢鈔》所收著作可分三種情況:一是個人專著,如顧棟高《春秋大事表》十卷,洪頤煊《禮經宫室答問》二卷、《孔子三朝記》二卷、《讀書叢録》三卷,共四種;二是單篇經義散論,共收入王昶等十三人的文章三十九篇,另有佚名經論《圜丘解》《禘祫考》《明堂解》三篇,共四十二篇;三是兩種論文集,《詁經精舍文集》六卷,收入汪家禧等四十五人的單篇論文一百四十八篇,《學海堂文集》三卷,收入張杓等十人的單篇論文十四篇。

三

《皇清經解》成書後,書版庋藏於學海堂側邊的文瀾閣,阮元制訂了「藏版章程」九條,對書版的存放、印刷及保養修補等作了嚴格規定。逮至咸豐七年(一八五七)九月,英軍攻粤,文瀾閣遭炮擊,原存書版毁失過半。咸豐十年(一八六〇),兩廣總督勞崇光等人捐資,聘請鄭獻甫、譚瑩、陳澧、孔廣鏞四人爲總校,補刻數百卷,並增刻了馮登府著作七種八卷,即《國朝石經考異》《漢石經考異》《魏石經考異》《唐石經考異》《蜀石經考異》《北宋石經考異》各一卷,《三家詩異文疏證》二卷。總計收書一百九十種、一千四百零八卷,此即「咸豐庚申補刊本」,書口皆有

「庚申補刊」四字。同治九年（一八七〇），廣東巡撫李福泰刊其同里山東濟寧許鴻磐《尚書劄記》四卷，附諸《皇清經解》之後，爲卷千四百零九至千四百十二，卷千四百十二後有「粵東省城龍藏街萃文堂刊」刊記，書口有「庚午續刊」四字，但書前目録未補入許書，是爲「庚午續刊本」。

是後上海點石齋、上海書局於清光緒十一年（一八八五）、十三年（一八八七）、十七年（一八九一），先後出版庚申補刊《皇清經解》的石印本。〔一〕但其目録，按書編號，包括馮登府《石經考異》《三家詩異文疏》二種在内，列書一百八十種，反比學海堂本《皇清經解》收書一百八十三種之數爲少，致後人枉生疑異。這是由於石印本將閻若璩《四書釋地》《續》《又續》《三續》、錢大昕《十駕齋養新録》《餘録》、孫志祖《讀書脞録》《續編》各只算作一書所致。此後，續有船山書局本《皇清經解依經分訂》、袖海山房本《皇清經解分經彙纂》、鴻寶齋本《皇清經解分經彙編》、古香閣本《皇清經解》等翻刻、分類改編之作，足見《皇清經解》編成後的社會影響巨大。

一九八八年，上海書店據庚申補刊本影印出版，分七册，並補許鴻磐《尚書劄記》四卷。二〇〇五年鳳凰出版社又據上海書局光緒十三年《皇清經解》石印本，與蜚英館本《皇清經解續編》一起放大影印出版，名《清經解　清經解續編》。新世紀以來，山東大學劉曉東、杜澤遜二位

〔一〕關於《皇清經解》版本情況，虞萬里《正續清經解編纂考》述之甚詳，讀者可參考。

學者又先後編纂了《清經解三編》《清經解四編》，分别收經解六十五、五十種，齊魯書社遂於二〇一六年將之與《皇清經解》《皇清經解續編》合爲《清經解全編》，共收清人經解著作五百餘種，是爲目前最全的清代經解叢書。

基於《皇清經解》刊刻流傳的上述情況，本次整理采用咸豐十年「庚申補刊」本爲工作底本，各經解分别根據實際情況采用其最早或最善版本爲校本，作一次性校勘。曾有專家建議收入「庚午續刊」的許鴻磐《尚書劄記》四卷，但我們考慮到底本的一致性問題，最終没有收入該書。

四

關於《皇清經解》的價值，前賢時彦多有論述，特别是虞萬里先生從經義、語言學、名物考釋、天文地理、文集筆記等幾個方面，對《皇清經解》所收經解著作的價值作了深入細緻的分析。〔一〕陳祖武先生也宏觀地指出了《皇清經解》的三大意義：首先，《皇清經解》彙聚清代前期的主要經學成就，從古籍整理的角度，做了一次成功的總結；其次，《皇清經解》的纂修，爲一

〔一〕虞萬里《正續清經解編纂考》。

種實事求是的良好學風作了示範，對於一時知識界，潛移默化，影響深遠；最後，《皇清經解》集清儒經學精萃於一書，對於優秀學術文化成果的保存和傳播，用力勤而功勞巨。〔一〕

茲據整理過程所得認識與體會，對《皇清經解》的價值，謹補數語如下。第一，通過編纂《皇清經解》，首次對阮元之前的清代經解著作進行了全面清理，摸清了家底，爲以後的經學研究指明了方嚮。如桂文燦的《經學博采録》、王先謙的《續經解》正是受到阮元的啓發而作；又清代經學家相互間由於不通信息而重複研究者不少，如柳興恩曾著《穀梁春秋大義述》三十卷，陳澧也曾撰作《穀梁箋》及條例，久而未竟，見柳氏書，遂放棄所作；又如劉寶楠、梅植之、劉文淇、柳興恩、陳立等人相約「各治一經」分撰新疏的佳話，正是通過阮元組編《皇清經解》才發現《春秋》三傳與《論語》等經尚無新疏。第二，《皇清經解》所收清人經解著作有少數已成絶版，殊爲珍貴。如凌曙《禮説》、趙坦《春秋異文箋》《寶甓齋劄記》《寶甓齋文集》、劉玉麐《甓齋遺稿》、崔應榴《吾亦廬稿》、劉逢禄《發墨守評》《箴膏肓評》《穀梁癈疾申何》等，如今只有經解本傳世；另如李惇《群經識小》、方觀旭《論語偶記》、段玉裁《儀禮漢讀考》、汪中《經義知新記》、張敦仁《撫本禮記鄭注考異》、王崧《説緯》等經著藉助《皇清經解》彙編才得以首次版刻；再如嚴杰

〔一〕陳祖武《〈皇清經解〉與古籍整理》，載《傳統文化與現代化》一九九三年第六期。

《經義叢鈔》中相當一部分文章如今也别無他本可尋。第三,經過校勘,我們發現《皇清經解》的校勘精細,質量可靠,總體上比校本爲佳,本次整理校記不多,原因之一即由於此,如程瑶田《通藝録》被收入《皇清經解》的多種經解著作、盧文弨《鍾山劄記》《龍城劄記》等,底本與校本幾無差異,可見經解本校勘之精; 又如汪中《經義知新記》,經解本經過王念孫校勘,可以説是目前最佳版本。第四,阮元編纂《皇清經解》收入了部分筆記和文集中的經解文獻,初步揭示了經義筆記與文集在經學研究中的重要意義,爲後人揭示了重要的資料門徑。如本人目前作爲首席專家主持的國家社科基金重大招標項目「清人文集『經義』整理與研究」,正是從《皇清經解》和先師張舜徽《清人文集别録》《清人筆記條辨》中得到啓發而設計的。

對於《皇清經解》的不足,前賢也早有總結。如清末徐時棟曾指出《皇清經解》有十二個方面的缺陷,認爲其中最大的欠缺在於次序未當,因而建議重組,將各文分别繫於《易》、《書》、《詩》、《周禮》、《儀禮》、《禮記》、《大戴禮記》、三《禮》、《春秋》、《孝經》、《論語》、《孟子》、四書、《爾雅》、群經、筆記、文集、小學訓詁、小學字書、小學韻書、天文算法等二十一類之下。[一]先師張舜

〔一〕見徐氏《烟嶼樓文集》卷三十六《分類重編學海堂經解贊》二十一首并序。《清代詩文集彙編》,上海古籍出版社,二〇一〇年,第六五六册,第四五四頁。

徽稱徐氏此論得其癥結，實爲後來依經分訂者開示新徑，擁彗先驅。〔一〕勞崇光補刊時亦有微詞。〔二〕從後人角度審視前賢著述，肯定會産生這樣那樣的不滿意之處，這是自然規律。我們認爲，對於《皇清經解》，更重要的是，人們在研讀與利用這套叢書時應該注意一些什麽問題。我們應該知道，《皇清經解》的最大特點在於它不是一套嚴格意義上的叢書，而是兼有類書的一些成分，這是由阮元原本是想編纂一套《大清經解》類書的動機而在當時條件下又不可能實現的背景決定的。從阮元到嚴杰，大概當時所有參與者都清楚不可能按照阮元的初衷來編纂這部大書，但又必須體現阮元彙纂清人經義成果的設想。於是，一方面以彙編清代中前期經解專著爲主而成叢書形式，卻儘量删削其中大量無關直接解經的序跋與附録，儘量摒棄一切無關直接解經釋義的部分，涉卷則删卷，涉篇則删篇，涉條則删條，涉段落文字則删段落文字。如徐時棟所指責不收閻若璩《尚書古文疏證》、姜炳璋《讀左補義》、余蕭客《古經解鉤沈》、江永《古韻標準》等精博之書，可以説均不符阮元「經解」之義。閻氏之書乃考證《古文尚書》之僞；姜氏之書，《四庫全書總目》斥爲「殊非注經之體」；余氏之書輯古經解而非清人經解；江氏之書泛

〔一〕見張舜徽《清人文集别録》卷十八，華中師範大學出版社，二〇〇四年，第四五七頁。

〔二〕勞崇光《皇清經解補刻後序》，《皇清經解》庚申補刊本卷首。

論古韻而非如顧炎武《易音》《詩本音》專解《周易》《詩經》之音。另一方面又兼收清人文集與筆記中的重要經義文章，但文集與筆記中的經義文章，或一篇或數條，零金碎玉，顯然不能像最初所設想的那樣「引繫於群經各章句之下」，必須保留原文集與筆記書名以引繫其文章，這也是叢書體例所要求的。從而形成了書名仍舊而卷數與内容大爲縮水的問題。這種情況的文集與筆記有：顧炎武《日知録》原書三十二卷，經解本節爲二卷；閻若璩《潛邱劄記》原書六卷，經解本節爲二卷；毛奇齡《經問》十八卷《補》三卷，經解本《經問》節爲十四卷、《補》節爲一卷；姜宸英《湛園劄記》原書四卷，經解本節爲二卷；臧琳《經義雜記》原書三十卷，經解本節爲十卷；馮景《解春集》原書十六卷，經解本節爲二卷；王懋竑《白田草堂存稿》原書八卷，經解本節爲一卷；全祖望《經史問答》原書十卷，經解本節其《經問》爲七卷；杭世駿《質疑》原書二卷，經解本節爲一卷；沈彤《果堂集》原書十二卷，經解本節爲一卷；盧文弨《鍾山劄記》原書四卷、《龍城劄記》原書三卷，經解本分别節爲一卷；錢大昕《十駕齋養新録》原書二十卷、《餘録》三卷，經解本分别節爲三卷、一卷；錢氏《潛研堂文集》原書五十卷，經解本節爲六卷；孫志祖《讀書脞録》原書七卷、《續編》四卷，經解本分别節爲二卷；戴震《東原集》原書十三卷，經解本節爲二卷；段玉裁《經韻樓集》原書十二卷，經解本節爲六卷；王念孫《讀書雜誌》原書八十卷、《餘編》二卷，經解本節爲二卷；孫星衍《問字堂集》原書六卷，經解本節爲一卷；劉台拱《劉氏遺書》原收書九種十卷，經解本收其《論語駢枝》一書一卷而名不變；凌廷堪《校禮堂文集》原書三十六卷，經解本節爲一卷；汪中《述學》原書六卷，經解本節爲二卷；阮元《疇人傳》原書四十六卷，經解本節爲九卷；阮元《揅經室集》原有六十四卷以上，經解本節爲七卷；臧庸《拜經日記》《拜經文集》原書分别有十二卷、五卷，經解本分别節爲八卷、一卷；梁玉繩《瞥記》原書七卷，經解本節爲一卷；王引之《經義述聞》原書三十二卷，經解本節爲二十八卷；陳壽祺《左海文集》原書十卷，經解本節爲二卷；許宗彦《鑑止水齋集》原書二十卷，經解本節爲二卷；胡培翬《研六室雜著》一卷乃摘自其《研六室文鈔》（十卷）中的經學部分，由經解本編纂者另起書名；趙坦《保甓齋文録》六卷，經解本易名爲《寶甓齋文集》一卷；阮元《詁經精舍文集》原有七集，經解本取其第一集十四卷中的六卷；洪頤煊《讀書叢録》原書二十四卷，經解本節爲三卷；阮元《學海堂文集》原有四集，經解本取其初集十六卷中的三卷；王崧《説緯》原書六卷，經解本節爲一卷；馮登府《三家詩異文疏證》原書六卷、《補遺》三卷，經解本僅録二卷。

不僅文集、筆記是這樣，經解專著中也偶有這種情況，如顧炎武《音論》原書三卷十五篇，經解本節爲一卷九篇；任大椿《弁服釋例》原書九卷，經解本删其《表》一卷；段玉裁《詩經小學》原書三十卷，經解本取臧庸删節本《詩經小學録》四卷；翟灝《四書考異》原書七十二卷，經解本删其《總考》

三十六卷;顧棟高《春秋大事表》原書五十卷,經解本删其表,僅録其叙及卷末考證議論散篇,節爲十卷;秦蕙田《觀象授時》原書二十卷,經解本節爲十四卷;惠棟《周易述》原書二十三卷,經解本删其末資料性質的兩卷而爲二十一卷;阮元《積古齋鐘鼎彝器款識》原書十卷,經解本節選二卷;等等,這裏不能盡舉。當然,大部分經解專著都保留了原貌,像上述删節情況只是少數。

還有一類經解,表面看經解本與原書卷數一致,但經解本内容有删節,或删條,或删篇,或删文字,如李惇《群經識小》、錢塘《溉亭述古録》、陳壽祺《左海經辨》、劉履恂《秋槎雜記》、萬斯大《學禮質疑》及程瑶田十幾種考證《小記》等等,上述抽取原書部分篇卷的經解專著、文集與筆記中,也有很多篇章條目被再加删除的情況。當然,也偶有經解本比原書卷數增多的,如惠周惕《詩説》原本三卷,經解本增入其《答薛孝穆書》一篇、《答吴超志書》兩篇文章,爲《詩説附録》一卷;沈彤《周官禄田考》卷三之末所附徐大椿序爲原本所無,書末所附沈彤《後記》三篇,而原本僅有其一。還有表面看經解本與原書卷數不一,實則是因爲經解本作了合併或分析,如程瑶田《考工創物小記》原書八卷,經解本將其每兩卷併一卷,合爲四卷,僅抽删了兩篇無關經義的「記」體文字;陳懋齡《經書算學天文考》原書二卷,經解本合爲一卷;孫星衍《尚書今古文注疏》原書三十卷,其中《堯典》《洪範》《顧命》《吕刑》《書序》各分卷上下、《皋陶謨》《禹貢》各分卷上中下,經解本則將各篇卷上中下各析爲一卷,便多出了九卷;沈彤《儀禮小疏》原書七卷,經解本析其附録《左右異尚考》另爲一卷； 洪頤煊《孔子三朝記》原書七卷，嚴杰《經義叢鈔》將之合爲二卷，内容並未減少； 洪震煊《夏小正疏義》原書六卷，包括正文四卷、《釋音》一卷、《異字記》一卷，經解本則將《釋音》《異字記》統附於正文四卷之末。 此外，《皇清經解》所收經解，删除了大多數序跋、識語、附録之類。 其删除之徹底，可舉一例以證： 程瑶田《儀禮喪服文足徵記》保留了阮元之叙，卻删除了卷前程氏所云「吾於《喪服》末章『長殤、中殤降一等』四句，知其確是經文，而鄭君誤以爲傳，故觸處難通，不得不改經文以從其説。 今余拈出，則文從字順，全篇一貫」等百餘字提綱挈領的識語，這也是很可惜的。

在上述删減情况中，有兩類頗爲極端，值得注意。 一是删減如同改編，與原書相差甚遠。 如經解本中阮福的《孝經義疏》實際是阮福《孝經義疏補》十卷的節選本，僅一卷，不僅篇幅比原書大爲縮水，書名被改，且經解選輯者只是將《孝經義疏補》「補」的部分中有關解釋《孝經》各章經文大義的内容擇要摘出，組合成書，而删除了大多數訓釋字詞名物與校勘異同的文字，至於其所釋之「經」「注」「疏」原文及序文，也一字不留，致使疏義文字無所依附，上下文順序淆亂，讀之不知所指，如墜霧中，故經解本所謂阮福《孝經義疏》實無可用之處，宜以《孝經義疏補》原書爲準。 二是經解本編輯者在删減中擅自改動原作者的考證與觀點，如李惇《群經識小》，經解本不僅删掉了道光六年本中王念孫《序》及阮元《孝臣李先生傳》、李培紫道光五年《群經識小凡例》等，内容較原刻本也有不少改動，如「澤中有火」條，道光六年本後半段作： 「或謂日出海中,乃其象。案:海在地中,日行黄道,相距遼遠,其説不可據。」經解本改作:「陳沛舟曰『日出海中』,較諸説尤爲可據,自昏而明,亦與革義相近。」改動前後,看法明顯不同。當然,這兩類極端情況只是少數,瑕不掩瑜。

總之,《皇清經解》所收各書,一半以上經過了删除卷、篇、條、段落、序跋、附録與文字的加工,既未收全阮元之前清人所有經解專著或個人全部經解著作,所收經解多半也非原書原貌。雖然爲叢書之型,實則具類書之實,我們應該緊扣阮元彙輯「經解」「經義」的初衷來理解,切不可以純粹叢書規則論之,也不必求全責備。

五

二〇〇九年,承蒙教育部全國高等院校古籍整理研究工作委員會領導與專家評審組的信任,筆者領銜申報的「《皇清經解》點校整理」被立爲「重大項目」給予資助,到現在已過去了十四年。十四年來,我們華中師範大學歷史文獻學研究所全體研究人員,包括一部分碩博士研究生,參與了這個項目,同時還組織了華中科技大學文學院、湖北大學歷史系與古籍所及幾所省外高校老師協助整理。首先,爲發揮整理研究人員的專業所長和專班負責作用,也爲了便於讀者分類研讀，我們從一開始就確立了分類整理、分編出版的原則，將《皇清經解》按照原目編號，然後按照《周易》、《尚書》、《詩經》、三《禮》、《春秋》三傳、《四書》《孝經》、小學、群經總義分爲八大類，每類設專人負責。下一步是製定《點校條例》，包括「基本原則」「標點細則」「校勘細則」三個部分，達四十三條之多，並組織撰寫了「標點樣稿」「校勘樣稿」「點校説明樣稿」，製定了詳細的工作方案。做完這些步驟之後，再全面鋪開八大類的點校整理工作。設想不可謂不周全，規則不可謂不完整，組織不可謂不嚴密。但所有參與者，專業教師必須在完成教學、指導碩博士研究生、撰寫學術論文等各種繁瑣日常工作之後，碩博士生則要在完成各種課程及名目繁多的組織活動和諸多論文寫作之後，纔能在「業餘」時間來展開這項點校工作，「挑燈夜戰」，即使所内專職研究人員也没有任何教學任務與科研論文數的減免，這不能不給點校質量摻進水分，留下「傷疤」，大概這也是目前部分已出版的古籍整理點校成果不盡如人意的癥結所在。其次，《皇清經解》算上雙行小注，總字數在二千萬以上，標點一遍，校勘一遍，校對清樣一遍，等於至少有六千萬字的工作量，如此大型的古籍整理點校，所遇到的各種標點疑難、校勘困惑、做事敷衍、經費拮据等等，一言難盡。所以，作爲主編，我既無法苛求參與者盡心盡意，保證其點校稿完美無誤，也没有時間與精力對所有點校稿逐字審閱（只做到了每種抽審、部分詳審），更没有經費聘請項目外的專家審稿，質量把關全壓在各點校者肩上。故對於整理本在所難免的訛誤與缺憾，只能在此祈求讀者海涵、專家指正，以待日後修訂。

本項目啓動前後，得到了全國高等院校古籍整理研究工作委員會及其秘書處安平秋主任、楊忠秘書長、曹亦冰副秘書長、盧偉主任等領導的悉心指導與關懷，得到了本校社科處與歷史文化學院的大力支持；也曾諮詢《皇清經解》研究專家虞萬里先生，得到他的指點；鳳凰出版社原社長兼總編輯姜小青先生、鳳凰出版社原編輯室主任王華寶先生均給予了本項目諸多幫助；以汪允普先生爲首的責任編校人員，不辭勞苦，認真編輯，極大地保證了書稿質量；在此一并致以衷心感謝！另外，本項目在點校過程中，參考了部分已出版的經解標點本，也要在此向所有標點整理者致以誠摯的謝意！

華中師範大學　董恩林

二〇二三年十月五稿

清經解(整理本)凡例

一、本次整理，以《皇清經解》咸豐十年(庚申)補刊本爲工作底本。

二、本次整理，將原《皇清經解》庚申補刊本所收一百九十種書分周易、尚書、詩經、三禮、春秋三傳、四書孝經、小學、群經總義八大類，分類點校。但書種的分别與庚申補刊本稍有不同，即將齊召南原算作一書的《尚書注疏考證》《禮記注疏考證》《春秋左傳注疏考證》《春秋公羊傳注疏考證》《春秋穀梁傳注疏考證》拆開，分作五種，各歸入相關五經，而將閻若璩《四書釋地》《續》《又續》《三續》、錢大昕《十駕齋養新録》《餘録》、孫志祖《讀書脞録》《續編》原分别作爲四種書、二種書的，各回歸爲一種書。又將嚴杰《經義叢鈔》三十卷中能够獨立成書的顧棟高《春秋大事表》十卷、洪頤煊《禮經宫室答問》二卷、《孔子三朝記》二卷、《讀書叢録》三卷、阮元《詁經精舍文集》六卷、《學海堂文集》三卷各自析出，歸入八大類相關部分，而將其四卷經論雜文，作爲一書，名之曰《經義散論》，歸入「群經總義」類。這樣合併拆分後恰好仍然是一百九十種書。

三、原《皇清經解》本多無目録，本次整理，爲方便讀者檢尋，除極少數無法編目外，儘量爲之編製目録。

四、清人經解著述，多不分段。本次整理，爲便於讀者理解，對長篇經解文字，儘量根據文意，適當分段。

五、本次整理，對底本古今字、異體字、通假字等，一般不作改動；如要改動，則要求一書前後統一。

六、本次整理，對常見避諱字，如「元」（玄）之類改字避諱、「𠀉」（丘）之類缺筆避諱，及清代新産生的避諱字，如「貞觀」寫成「正觀」、「弘治」寫成「宏治」等，均徑改不出校；稀見避諱字，則出校説明。

七、本次整理，對「己」「已」「巳」、「祇」「祗」、「戊」「戍」之類易混字，又如「劉知幾」寫成「劉知己」、「百衲」寫成「百納」等偶誤之類，均據上下文意，徑改不出校。

八、古人引文較爲隨意，掐頭去尾、斷章取義等情況不少，故本次整理，對引號使用僅作三點原則規定：一是總體上要求核對引文，謹慎施加引號；二是凡一段引文前後無他人語者不加引號；三是儘量避免使用三重引號。對引號具體用法不作硬性規定，一書前後統一即可。

九、清人常對估計讀者難以辨識的特殊句子，自加一小「句」字表示此處應當斷句爲讀。

本次整理對此類情況施加標點後，即將「句」字删去，亦不出校。

十、本次標點整理，遵循國家規定的標點符號用法及古籍整理標點通例，但不使用破折號、省略號、着重號、專名號、間隔號等。對特殊書名號作如下處理：（一）一書多篇名相連者，連用書名號，中間不用頓號斷開。如「禮記王制月令曾子問」，標點爲「《禮記·王制》《月令》《曾子問》」。（二）《春秋》及其三傳某公某年的標點，一律作「《春秋》某公某年」、「《左傳》某公某年」，餘類推；另如「左氏某公某年傳」，則標爲「《左氏》某公某年傳」，餘類推。（三）凡書籍簡稱加書名號，如《毛詩》《論》《孟》《説文》等；凡書名與作者相連者，如「班書」（指班固《漢書》）、「謝沈書」（指謝沈《後漢書》），則標「班《書》」「謝沈《書》」；凡書名與篇名相連者，如「漢表」（指《漢書》諸表）、「隋志」（指《隋書·經籍志》），則標爲《漢表》《隋志》。（四）凡泛稱的「經」「注」「疏」「傳」「箋」等，以及特指的「毛傳」「鄭注」「鄭箋」「孔疏」「釋文」「正義」「音義」等常見注疏名稱，一般不加書名號；但「釋文」「正義」「音義」單獨使用時原則上需加書名號，以免與同義語詞互生歧異。

十一、本次整理，以《皇清經解》所收各書之原書較早或較好的一種版本作爲校本，與底本進行版本對校，主要校勘文字詳略、異同兩方面，不作多版本參校與考辨。校勘遵循目前通行原則，即底本誤而校本不誤者，酌情改正或不改，均出校説明；底本不誤而校本誤者則不論。

十二、本次整理，對於《皇清經解》編者所删文字，尊重原意，一律不補，亦不出校説明，只在《點校説明》中略作交代。

十三、本次整理，每種經解撰寫一篇簡明扼要的《點校説明》，内容有三：一是作者簡介，二是該書主要内容及經解本對原書的删減情況，三是該書版本及校本源流情況。

十四、《皇清經解》所收各書，目前已有少量出版了標點本，本次整理擇要吸收了這些整理成果，也改正了其中一些錯誤，並在《點校説明》中作出交代。在此，向所有點校整理成果的作者敬致謝忱。

華中師範大學歷史文獻學研究所《清經解》點校整理編委會

二〇二一年二月在原《清經解點校條例》基礎上删訂而成

目録

卷二……八七

點校説明

《十三經注疏校勘記》二百四十八卷，阮元著。

阮元（一七六四—一八四九），字伯元，號芸臺，江蘇揚州儀徵人。乾隆五十四年（一七八九）進士，歷官内閣學士，户、兵、禮、工等部，山東、浙江學政，河南、江西巡撫，兩湖、兩廣、雲貴總督等，卒謚文達。著有《考工記車制圖解》《性命古訓》《論語論仁論》《孟子論仁論》《曾子十篇注》《疇人傳》《積古齋鐘鼎彝器款識》《定香亭筆談》《廣陵詩事》《小滄浪筆談》《揅經室集》《兩浙金石志》等。所編刻之書有《經籍籑詁》《皇清經解》《十三經注疏校勘記》《詁經精舍文集》《學海堂文集》等。《清史稿》有傳。

阮元青年時期即開始以唐石經本校勘汲古閣《十三經注疏》，著有《儀禮石經校勘記》。嘉慶五年（一八〇〇）調浙江巡撫，於西湖設立詁經精舍，組織生員全面校勘《十三經注疏》：元和李鋭校《周易》《春秋穀梁傳》《孟子》，德清徐養原校《尚書》《儀禮》，元和顧廣圻校《毛詩》，武進臧庸校《周禮》《春秋公羊傳》《爾雅》，臨海洪震煊校《禮記》，錢塘嚴杰校《春秋左傳》《孝經》，仁和孫同元校《論語》。並陸續單刻印行，至嘉慶十三年全部刻成，是爲阮氏文選樓本。今《續修四庫全書》經部第一八〇、一八一、一八二、一八三册所收《十三經注疏校勘記》即據此本影印。該本卷首附有《凡例》，説明所用底本與校本情況，以及校勘原則等，共九條；每一經前有阮元《校勘記序》，詳論各經校勘情況，并列各經《引據各本目録》，兹不細述。其中有一小誤須注意，即《爾雅注疏校勘記》實爲正文校勘記六卷、釋文校勘記二卷，共八卷，目録誤爲正文三卷、釋文二卷，故總卷數誤爲二百四十五卷，今各本目録皆沿此誤。

嘉慶十九年，阮元調任江西巡撫，南昌府學重刊阮氏《十三經注疏》，主事者盧宣旬摘録各經單行的《校勘記》附後，成書四百十六卷。一九三五年，世界書局據南昌府學本《十三經注疏》並校勘記，縮印爲兩册，一九八〇年，中華書局又據之重印。據載，阮元以爲南昌府學本對校勘記去取失當，故後來編纂《皇清經解》時，《十三經注疏》並校勘記均采用文選樓單刻本，且主事者嚴杰在《周易注疏校勘記》卷一後附記詳論各本優劣，以爲「注疏之善册，未有過於十行本者，若毛氏汲古閣本缺佚錯訛，棼不可理」，批評南昌府學本「不能辨別古書之真贋，時引毛本以訂十行本之訛字」，俾讀者「知南昌本之悠繆」。

此次整理，以《續修四庫全書》影阮氏文選樓本《十三經注疏校勘記》爲校本，作一次性校勘。

董恩林

毛詩注疏校勘記 序

考異於《毛詩》，經有齊、魯、韓三家之異。齊、魯《詩》久亡，《韓詩》則宋以前尚存。其異字之見於諸書可考者，大約毛多古字，韓多今字。有時必互相證而後可以得毛義也。

毛公之傳《詩》也，同一字而各篇訓釋不同。大抵依文以立解，不依字以求訓。非孰於《周官》之假借者，不可以讀毛傳也。毛不易字，鄭箋始有易字之例。顧注《禮》則立説以改其字，而《詩》則多不欲顯言之。亦或有顯言之者，毛以假借立説，則不言易字而易字在其中。鄭又於傳外研尋，往往傳所不易者而易之。非好異也，亦所謂依文立解，不如此則文有未適也。《孟子》曰：「不以文害辭，不以辭害志。」《孟子》所謂文者，今所謂字。言不可泥於字，而必使作者之志昭著顯白於後世。毛、鄭之於《詩》，其用意同也。

傳、箋分，而同一《毛詩》，字有各異矣。自漢以後，轉寫滋異，莫能枚數。至唐初，而陸氏《釋文》、顏氏定本、孔氏《正義》先後出焉，其所遵用之本不能畫一。自唐後至今，鋟版盛行，於經，於傳、箋，於疏，或有意妄更，或無意譌脱，於是繆盭莫可究詰。因以元舊校本授元和生員顧廣圻，取各本校之，元復定是非。於以知經有經之例，傳有傳之例，箋有箋之例，疏有疏之例。通乎諸例，而折衷於《孟子》「不以辭害志」，而後諸家之本可以知其分，亦可以知其一定不可易者矣。阮元記。

毛詩注疏校勘記　引據各本目録

經本二

唐石經二十卷今行於世，款式不具列。

南宋石經殘本高宗御書，在今杭州府學。碑存十石，每石四列，列四十五行，行十八字。惟末石三列。碑內不分卷第。其《周南》、《召南》、《小雅》、《大雅》下亦無「第一」、「第二」等字。《小序》皆連經文，每篇另起。每章連接，凡篇後幾章、幾句，及《風》、《雅》、《頌》後總計章句，皆無之。末石有秦檜跋語。

第一石「周南」起，至「報我不述」止。第二石「送子涉淇」起，至「青青子佩」止。第三石「悠悠我思」起，至「維子之故羔裘豹」止。第四石「褎自我人究究」起，至「輾轉伏枕」止。第五石「采蘩祁祁」起，至「我有嘉賓中心」止。第六石「好之鐘鼓既設」起，至「我獨居憂」止。第七石「毛取其血膋」起，至「經營四方何草」止。第八石「不玄何人不矜」起，至「于時言言于」止。第九石「入覲以其介圭」起，至「薄言駉者有驒有」止。第十石「駱有駵有雒」起，至末。

字體小楷書，凡遇避諱字，皆本字缺筆。如「筐」作「筐」、「貞」作「貞」、「殷」作「殷」、「桓」作「桓」、「竟」作「竟」，「恒」作「恒」、「佶」作「佶」、「慤」作「慤」、又作「慤」、「徵」作「徵」、「楨」作「楨」、「朗」作「朗」、「姞」作「姞」、「敬」作

「敬」、「禎」作「禎」是也。經文大率與今本同，唯《鴟鴞》「予尾翛翛」、《竹竿》「遠兄弟父母」、《園有桃》「不知我者謂我士也驕」、「不知我者謂我士也罔極」、《椒聊》「碩大且篤」、《鶴鳴》「它山之石」、《烈祖》「來假來饗」，皆與唐石經同。今書中已詳載唐刻，故附存其目於此，以見南宋時經猶爲善本，考古者宜所寶貴矣。

經注本二

孟蜀石經殘本二卷自《召南・鵲巢》箋「爵位故以興焉」「爵」字起，至《邶風》之「二子乘舟二章章四句」止，分卷同唐石經。有「杭州黄松石廣仁義學」印章。每行大字計廿四，注夾行，每行字二十及廿一、二、三不等。

宋晁公武云：「《毛詩》二十卷，張紹文書。其注或羨或脱，或不同。」又云：「昔議者以太和石本授寫非精，時人未之許。」書中凡「淵」、「民」、「世」字皆缺筆，避唐諱。「察」字缺筆，避家諱也。今考經文如《日月》篇「乃如之人兮」、《谷風》篇「不以我能慉」，非誤倒即誤衍。又「昔育恐育鞫」脱下「育」字。毛傳「育鞫」之「育」訓「長」。鄭箋「昔育」之「育」訓「穉」，云「昔幼穉時恐至長老窮匱」。無下「育」字，則與傳、箋、正義不合。此經文之誤也。傳文如《草蟲》篇「阜螽蠜螽也」，今所傳各本無下「螽」，與《爾雅》、《説文》合，正義亦引定本云：「作『蠜螽』者，衍字。」《采蘋》篇「藻聚藻也」下有「沈曰蘋浮曰藻」六字，與物理不合，是據《釋文》所引《韓詩》增入也。《羔羊》篇「曰古者素絲以英裘」乃作「黄裘」，其譌不辨自明。此傳文之誤也。箋文如《采蘋》篇「蘋之言實也」，「實」乃「賓」之譌。《行露》篇「不以角乃以味」，「味」乃「咮」之譌。《野有死麕》篇「動其佩飾」下衍「帨音税也」四字。《終風》篇「然而已不能得而止之」，脱「不能得而止之」六字。此箋文之誤也。其餘乖異甚多，均無足采。惟《甘棠》箋「重煩勞百姓」較今本少「不」字，與《漢書・司馬相如傳》「方今田時重煩百姓」合，是條差爲可取。

今此記概不録入，餘詳嚴杰《蜀石殘本毛詩考證》。

宋小字本二十卷分卷與唐石經同，以隋、唐著録考之，鄭箋元第如此。

每半葉十三行，每行大小皆二十四字。第一卷第一行題「毛詩卷第一」，第二行題「唐國子博士兼大子中允贈齊州刺史吴縣開國男陸德明釋文附」，第三行題「周南關雎詁訓傳第一」。以下題「毛詩國風」，以下題「鄭氏箋」。第二卷以後無「唐國子」云云一行，餘悉同前。段玉裁云：南宋光宗時刻也。

重刻相臺岳氏本二十卷分卷與唐石經同。乾隆四十八年武英殿仿宋本，款式不具列。

注疏本四

十行本七十卷分經注本第一卷爲五，第二卷爲三，第三卷爲三，第四卷爲四，第五卷爲三，第六卷爲四，第七卷爲三，第八卷爲三，第九卷爲四，第十卷爲三，第十一卷爲二，第十二卷爲三，第十三卷爲二，第十四卷爲三，第十五卷爲三，第十六卷爲五，第十七卷爲四，第十八卷爲五，第十九卷爲四，第二十卷爲四，共七十卷。以《正義序》及《唐志》考之，非孔疏四十卷之舊也。

每半葉十行，每行大十八字，小二十三字。經作大字，注、《釋文》、正義皆小字雙行在其下。《釋文》首加○隔之，正義首加「疏」字圍其外隔之。首列《毛詩正義序》，次《鄭譜序》，次《周南召南譜》。第一卷第一行題「附釋音毛詩注疏卷第一」，其下側注「一之一」，行末題云「一」，餘卷皆然。第二行、第三行題「唐國子祭酒上護軍曲阜縣開國子孔穎達奉勑撰」，餘卷無。第四行題「周南關雎詁訓傳第一」，以下題「毛詩國風」，以下題「鄭氏箋」，即以《釋文》、正義各繫其下。第二卷第二行題「毛詩國風鄭氏箋孔穎達疏」，共爲一行，每空二字，以後各卷大略同前。

日本山井鼎所云「宋版」即此書。其源出於《沿革例》所云「建本」，有音釋、注疏，遞加脩改至明正德時。山井鼎云「與正德刊本略似」，不知其似二而實一也。是爲各本注疏之祖。

閩本注疏七十卷用十行本重雕。分卷同山井鼎所云嘉靖本也。明御史李元陽、僉事江以達刊。今行於世，款式不具列。

明監本注疏七十卷用閩本重雕。分卷同山井鼎所云萬曆本也。今行於世，款式不具列。

汲古閣毛氏本注疏七十卷用明監本重雕。分卷同山井鼎所云崇禎本也。今行於世，款式不具列。

引用諸家

陸德明《毛詩音義》三卷。

山井鼎《考文毛詩》陸册。

浦鏜《毛詩注疏正誤》十四卷。

陳啓源《毛詩稽古編》二十卷。

惠棟《毛詩古義》二卷。

戴震《毛鄭詩考正》四卷。

段玉裁《校定毛傳》三十卷，又《詩經小學》三十卷。

毛詩注疏校勘記　卷一

儀徵阮宫保元著

毛詩正義序

閩本、明監本、毛本於此下題「唐國子祭酒上護軍曲阜縣開國子臣孔穎達等奉勑撰」。案：十行本題於卷第一之首，移在《序》下者非其舊也。凡序、經、注、疏之文，十行本皆平行接寫，唯章句低三字。閩本以下分高低數等，又多提行，皆非其舊。

日下之無雙閩本、明監本、毛本同。案：「之」下當有「所」字，錯入下句。

於其所作疏内閩本、明監本、毛本同。案：當作「其於作疏内」。「其於」二字誤倒，「所」字上句，錯在此。

非有心於愛增閩本、明監本、毛本「增」作「憎」。案：「憎」字是也。古或用「增」爲「憎」字，如《墨子》「帝式是增」之屬。唐時則不應爾矣。○按：此因上文有「增其所簡」而誤耳。

謹與朝散大夫明監本「謹與」誤「議典」，閩本、毛本不誤。

詩譜序

毛本此《序》文并正義悉脱，閩本、明監本有。案：毛本即據明監本重刻，乃其本偶失此《序》，更不知補，誤甚。

稱農始作耒耜 明監本「稱」下衍「神」字，閩本不誤。

則懷嬉戲抃躍之心 明監本「抃」誤「忭」，閩本不誤。

藝論所云 閩本、明監本同。案：此不誤。浦鏜云：「上當脱六字。」非也。「藝論」與「六藝論」互見，即其省耳。餘同此。

詳考浦書，失多而得寡。茲所采外，不勝駁正。以後所列，用爲舉例。推類求之，大略可知矣。

放於此乎隱二年公羊傳文 閩本、明監本同。案：此不誤。浦鏜云：「放，傳作『昉』。」非也。《隸釋》載漢石經《公羊》殘碑，字作「放」，版本作「昉」，鄭《考工記》注引亦作「放」，可證也。凡正義所引經典有所見本如此，不容執今本以相比較者，此類是矣。

格則乘之庸之 閩本同。明監本「乘」作「承」。案：所改是也。

詩緯含神務云 閩本、明監本同。案：此不誤。浦鏜云：「『霧』誤『務』。」非也。《後漢書·樊英傳》注載七緯之名字，正作「務」，《困學紀聞》亦然。其又作「霧」者，「霧」、「務」聲同，得相通借。不當以「霧」改「務」也。餘同此。

蓋周室之初也 閩本、明監本同。案：「也」當作「世」，形近之譌。

止有論功頌德 閩本、明監本「頌」誤「顯」。

是后稷自彼堯時 閩本、明監本誤作「是后稷播種之時」。山井鼎《考文》載此，「堯」下有「之」字，誤衍。

距此六十二歲閩本、明監本同。案：浦鏜云：「『一』誤『二』。」以《春秋》考之，浦校是也。

五霸之字或作五伯明監本「字」誤「末」，閩本不誤。

鄭語註云閩本、明監本同。案：浦鏜云：「註，衍字。」以《國語》考之，浦校是也。

厲幽陳靈閩本、明監本「厲幽」誤倒。

是用詩義也明監本「用」誤「詩」，閩本不誤。

魯真公之十四年閩本同。明監本「真」誤「貞」。物觀《考文補遺》載此無「之」字，誤脱。

周南召南譜

閩本、明監本、毛本移此《譜》入卷第一中鄭氏箋、正義之後。案：十行本與《譜序》接連。考《書録解題》云：「正義備鄭《譜》於卷首。」陳氏所見乃正義原書，爲得其實。則知鄭《譜》散入各處，不復總聚於《譜序》下者，後來合併經、注、正義時所改也。此一《譜》與《譜序》接連，正其迹之未經盡泯者。閩本以下所移非是。且鄭氏箋、正義之後羼入此一《譜》，於正義之次序尤屬紊亂，失之甚矣。又，正義所載鄭《譜》是其原第。《檜》在《鄭》前，《王城》在《豳》後，兩正義屢有明文。而鄭《譜》正義云「對上《檜風》已作，故云又作」，尤爲顯證。可見散入各處之失也。

周文王所居也閩本、明監本、毛本同。案：浦鏜云：「『大』誤『文』。」以《漢書》考之，浦校是也。

此詩猶美江漢汝墳明監本、毛本「猶」誤「有」，閩本不誤。

明化己之可知明監本、毛本「化己」誤倒，閩本不誤。

此詩既繼二公明監本、毛本同。案：浦鏜云：「『繼』當『繫』字誤。」是也。

騶虞歎國君之仁心明監本誤作「騶虞之與鵲巢未必」，閩本、毛本不誤。

此譜於此篇之大略耳閩本、明監本、毛本同。案：下「此」字當作「比」，形近之譌。

且非此所須故也閩本、明監本、毛本「此」誤「世」。

楚滅六并蓼閩本、明監本、毛本「蓼」誤「蔑」。

附釋音毛詩注疏卷第一一之一 一

閩本、明監本、毛本無「附釋音」三字，又「一之一」下無「一」字。案：閩本以下仍附刻《釋文》，獨删其題。非也。十行本於每卷之下，自「一之一」至「二十之四」凡七十，皆標其數。考正義原書分四十卷，自《正義序》及《唐書》新舊《志》、宋著録各家悉同。其分二十卷者，經注本也。合併時取正義散入經注本之中，而四十卷之舊遂不復存，亦無由知其七十卷之何所本也。閩本以下輒删「一」、「二」等字，其删之未盡者，僅閩本一、二處而已。非也。餘同此。

唐國子祭酒上護軍曲阜縣開國子孔穎達奉勑撰閩本、明監本、毛本移此在前《正義序》下，而於此題云「毛詩國風」、「漢鄭氏箋」、「唐孔穎達疏」，非也。案：「毛詩國風」、「鄭氏箋」具題在「周南關雎詁訓傳第一」之下，不容複出於上也。其「一之二」以後，十行本每卷題「毛詩國風」、「鄭氏箋」、「孔穎達疏」，《小雅》、《大雅》、《周頌》、《商頌》、《魯頌》亦然。閩本衍「漢」字、「唐」字，明監本、毛本又誤倒其次序。唯此「孔穎達」下脱「等」字，當補。

詁訓傳唐石經、小字本、相臺本同。案：此正義本也。正義云：「今定本作『故』。」《釋文》本作「故」，云：「舊本多作『故』，今或作『詁』。」考《漢書・藝文志》作「故」，與《釋文》引舊本及樊、孫等《爾雅》本皆爲釋「故」合，當以《釋文》本、定本爲長。正義原書與經、注别行，後來合併，實始於南宋紹興間三山黄唐所編彙。此本又在其後。事載《左傳考文》。其所用經注本非正義之經、注也，故經、注與正義時有相牴牾者。而考以《集注》本、定本、俗本、《釋文》本、唐石經本，亦未有全然相合者也。乃彼時行世别有此本耳。兹條列其同異所自出，俾各有考焉。

瓠葉捨番番之狀閩本、明監本、毛本同。案：此不誤。浦鏜云：「『皤皤』誤『番番』。」非也。正義引《詩》或不盡據本文，如《出其東門》引「白旆英英」以説「英」字，而本詩作「央」，可證。

字從竹弟閩本、明監本、毛本「弟」誤去「丷」。

趙人毛長傳詩閩本、明監本、毛本同。案：此不誤。浦鏜云：「『萇』誤『長』。」非也。《釋文序録》云：「一云名『長』。」通志堂本作「萇」者誤。詳後考證。《困學紀聞》引作「長」，云：「今《後漢書》作『萇』。」亦其證也。

魯人大毛公爲詁訓傳閩本、明監本、毛本「詁訓」誤倒。

是不由作之先後明監本、毛本「後」下衍「也」字，閩本不衍。

有康叔之餘烈閩本、明監本、毛本「餘」誤「遺」。

不以數次爲無筭也閩本、明監本、毛本「數」作「不」。案：「不」字是也。

故諸爲訓者明監本、毛本「爲」下衍「傳」字，閩本剜入。

詁訓毛自題之明監本、毛本「訓」下有「傳」字，閩本剜入。案：所補是也。

周南召南譜

關雎

后妃之德也閩本、明監本、毛本於此節及後節「用之邦國焉」下皆有注，小字本、相臺本無，《考文》古本同。案：山井鼎云：「皆《釋文》混入於注。」是也。十行本附釋音與注文、疏文皆雙行小字，唯《釋文》首加圓圍爲別耳，故重刻者致誤也。又，明監本注單行，小字側書。閩本、毛本別爲中等字，皆非其舊。

所以風天下唐石經、小字本、相臺本同。案：正義云：「定本『所以風天下』，俗本『風』下有『化』字，誤也。」《考文》古本有，采正義。考顔師古爲太宗定五經，謂之「定本」，非孔穎達等作正義之本也。俗本，謂當時通行之本，亦非即作正義者，兼不專指一本。故「禮義廢」下云：「俗本有作『儀』者。」《野有死麕序》下云：「或有俗本以『天下大亂』以下同爲鄭注者，誤。」是也。由此推之，則正義本之大概可見矣。定本出於顔師古，見舊、新二《唐書·太宗紀》《顔籀傳》、《封氏聞見記》、《貞觀政要》等書，段玉裁所考得也。

當天子教諸侯教大夫閩本、明監本、毛本重「諸侯」二字。案：所補非也。此謂鄉大夫亦天子教之。

風風也唐石經、小字本、相臺本同。案：《釋文》云：「徐：上如字，下福鳳反。崔靈恩《集注》本下即作『諷』字。」考正義標起止云「風風」，是正義本不作「諷」。正義下文又云「『風』訓諷也」者，風、諷，古今字。凡經注古字，正義每易爲今字而説之，其爲例如此也。今往往有合併時依經注誤改者矣。

平言之而意不足閩本、明監本、毛本「平」誤「既」。

發猶見也閩本、明監本、毛本首有「箋」字，小字本、相臺本無，《考文》古本同。案：山井鼎云：「『箋云』二字，鄭申毛傳，所以別之也。毛不注序，無可辨嫌，故序注本應無『箋』字。後世諸本不知而妄加，非亦甚矣。其詳見於正義、《釋文》。」是也。凡序注之首，十行本悉無「箋」字，閩本以下乃誤加耳。餘同此。

謂宮商角祉羽也小字本、相臺本「祉」作「徵」，閩本、明監本、毛本亦同。案：考正義、《釋文》皆作「徵」，此「祉」字當是宋經注本避當時諱字耳。

一人之身則能如此閩本、明監本、毛本「身」誤「心」。

下云治世之音謂樂音閩本、明監本、毛本「云」誤「文」。

彈其宮則衆宮應毛本「其」誤「以」，閩本、明監本不誤。

名得相通也閩本、明監本、毛本「名」誤「各」。

而民思憂閩本、明監本、毛本「思憂」誤「剛毅」。案：浦鏜校此，下用《樂記》補數十字，皆非也。考正義引群籍，有引其意不全用其文，不可依本書改竄者，此類是矣。

故正得失唐石經、小字本、相臺本同。案：《釋文》云：「正，本又作『政』。」正義云：「此『正得失』與『雅者正也』、『正始之道』，本或作『政』，皆誤耳。今定本皆作『正』字。」正義本之同於定本者，此類是也。凡正義既著其所從，又兼載異本，或與定本同，或與俗本同也。

精誠之至閩本、明監本、毛本「至」誤「志」。

地曰祇毛本「祇」誤「祗」，閩本、明監本不誤。

厚人倫唐石經、小字本、相臺本同。案：《釋文》云：「本或作『序』，非。」考正義本是「厚」字，與《釋文》本同。

夫妻反目毛本「妻」誤「婦」，閩本、明監本不誤。

風言賢聖治道之遺化閩本、明監本、毛本「賢聖」誤倒，下同。

賦者直陳其事明監本、毛本「者」誤「之」，閩本不誤。

以諸侯列土樹疆閩本、明監本、毛本「樹」誤「封」。

史記稱微子過殷墟閩本、明監本、毛本同。案：此不誤。浦鏜云：「《尚書大傳》云『微子』，《史記世家》作『箕子』。」非也。此正義自涉《大傳》耳，非由字譌。《黍離》正義引作「箕子」，如《鄭志》問《甘棠》，正義兩引，《譜》下作「趙商」，本篇下作「張逸」也。

治致升平閩本、明監本、毛本「致升」誤「政昇」。

諸侯彊盛明監本、毛本「彊」誤「疆」，閩本不誤。

聞之者足以戒唐石經、小字本、相臺本同。案：正義云：「俗本『戒』上有『自』字者誤，定本直云『足以戒』也。」《文選》載此《序》有「自」字，即俗本也。《考文》古本有，采正義。

皆用此上六義之意閩本、明監本、毛本同。案：十行本「上」至「之」，剜添者一字。

人君不怒其作主明監本「作」誤「非」，閩本、毛本不誤。案：作主，謂作詩之主也。後正義引鄭答張逸云：「其無作主，皆國史主之。」此用彼文。

穆叔賦而晉人不得怨之明監本、毛本「賦」下衍「詩」字，閩本剜入。

若唐有帝堯殺禮救危之化閩本、明監本、毛本同。案：浦鏜云：「『戹』誤『危』。」以《唐譜》考之，浦校是也。

詩人懷挾之也明監本、毛本「挾」誤「救」，閩本不誤。

明作詩皆在民意閩本、明監本、毛本「在」誤「出」。

要所言一人心閩本、明監本、毛本「人」下有「之」字。案：所補是也。

言王政之所由廢興也唐石經、小字本、相臺本同。案：正義云：「定本『王政所由廢興』，俗本『王政』下有『之』字，誤也。」是有「之」字者出於俗本。凡斥云「誤」者，意所不從，其於定本亦然。

代殷繼伐明監本、毛本誤作「伐殷繼代」，閩本不誤。案：「代殷」用《皇矣序》文，「繼伐」用《文王有聲序》文。

所以報神恩也閩本、明監本、毛本同。案：十行本「以」至「也」，剜添者一字。

大雅也頌也此四者人君行之閩本、明監本、毛本同。案：十行本「大」至「之」，剜添者三字，是「此四者」三字衍也。

則春秋云閩本、明監本、毛本同。案：此不誤。浦鏜云：「『春秋』下當脱『左氏傳』三字。」非也。凡引其書之支屬即稱其大名，如《易緯》單稱《易》，《書序》單稱《書》。古人之通例，不可枚舉者也。

故繫之召公毛本「繫」誤「繁」，明監本以上皆不誤。

不爲滅傷其愛閩本、明監本、毛本「滅」誤「滅」。明監本「傷」誤「惕」，閩本、毛本不誤。

是其善道必全閩本、明監本、毛本「全」誤「至」。

興也閩本、明監本、毛本首有「傳」字，小字本、相臺本無，《考文》古本同。案：山井鼎云：「『後人加也。』」是也。十行本悉無此字，閩本以下乃誤加耳。餘同此。

鴡鳩王雎也鳥摯而有別小字本、相臺本皆同。案：正義云：「俗本云『雎鳩王雎之鳥』者，誤也。」考俗本當是傳、箋每少「也」字，即《顔氏家訓》所謂「河北經傳悉略此字」者也，故誤讀「鳥」字斷句，又添「之」字以足成之。

若關雎之有別焉小字本同，閩本、明監本、毛本亦同。相臺本「關雎」作「雎鳩」。案：「關雎」是也。下傳云「有關雎之德」可證。相臺本因正義云「若雎鳩之有別」，因改此傳。考正義凡自爲文，每不必盡與注相應，不當據改也。《考文》古本作「雎鳩」，采正義而誤。

箋云閩本、明監本、毛本於「箋」字外以黑圍之，小字本、相臺本所無也，《考文》古本同。案：山井鼎云：「『箋云』二字，鄭氏之舊，所以別毛氏傳也。而後世諸本加黑圍者，亦失古意矣。」是也。十行本凡「箋」字及正義中「傳」、「箋」字悉不如此，閩本以下誤耳。考其致誤之由，乃因正義標起止有「傳」字、「箋」字，遂於注首加「傳」字，復割裂注中「箋」字配之。不知此正義自爲文以作別識耳，非注如此也。明刻單注別本更有并「箋」下「云」字去之者，尤爲誤甚。餘同此。

雌雄情意至小字本同，閩本、明監本、毛本亦同。相臺本「雌雄」作「雄雌」。案：正義作「雌雄」，相臺本誤也。

怨耦曰仇小字本、相臺本同。案：《釋文》云：「好逑，音求。毛云『匹也』。本亦作『仇』，音同。鄭云『怨耦曰仇』。」是《釋文》本經、傳作「逑」，箋作「仇」也。正義本箋字未有明文，當亦與《釋文》本同。臧琳《經義雜記》云：「箋既不云『逑當爲仇』，則説異而字同。」其説非也。凡箋於經字以爲假借者，多不言「讀爲」。而顯其爲假借有二例焉：一則仍用經字，但於訓詁中顯之。如「容兮遂兮」，箋「遂，瑞也」，以「遂」爲「璲」之假借。「价人維蕃」，箋「价，甲也」，以「价」爲「介」之假借。是其類也。一則於訓釋中竟改其字以顯之。如此經之「逑」，箋則曰「怨耦曰仇」，以「逑」爲「仇」之假借。及「湜湜其止」

箋之「小渚曰沚」、「山有橋松」箋之「槁松在山上」、「可以樂飢」箋之「可飲以療飢」，皆其類也。二者皆不言「讀爲」也。於訓釋中竟改其字者，人每不得其例，今隨條説之，以去其癥結。其仍用經字，但於訓詁中顯之者，人所易曉，不悉説焉。臧琳又以爲：「偏考《毛詩·兔罝》《無衣》《皇矣》等，『逑匹』之『逑』皆作『仇』。此經作『逑』，出後人私改。」亦非也。凡毛氏《詩》，經中之字，例不畫一。如或用「害」或用「曷」而同訓「何」，或用「肩」或用「豣」而同訓「獸三歲」。其類衆矣。他經用「仇」，此經用「逑」，不嫌同訓，未可據彼改此。《説文》「逑」下云：「又曰『怨匹曰逑』。」正説「逑」爲「怨匹」字之假借。其《釋文》所載「本亦作『仇』」者，是依箋改經，出之於下，意所不從。章懷注《後漢書》、李善注《文選》，雖經引用，要即所謂以破引之，實非毛氏《詩》舊文也。

后妃雖説樂君子 明監本、毛本「雖」誤「能」，閩本不誤。案：「説」當作「悦」，下文作「悦」可證也。注作「説」，正義作「悦」。説、悦，古今字，易而説之也。例見前。餘同此。

陸機疏云 毛本「機」誤「璣」，閩本、明監本不誤。案：考《隋書·經籍志》作「機」，《釋文·序録》同。唯《資暇集》有「當從玉旁」之説，宋代著録元恪書者多采之，毛本因此改作「璣」，其實與士衡同姓名耳。古人所有，不當改也。餘同此。《釋文》亦或誤，今正。詳後考證。

而揚雄許慎 閩本、明監本「揚」作「楊」，毛本作「揚」。案：子雲姓本從木，宋以來或誤從扌。閩本、明監本是也。餘同此。

又無怨争 閩本、明監本、毛本「又」誤「以」。

其葉符 閩本、明監本、毛本同。案：浦鏜云：「『苻』誤『符』。」以《爾雅》考之，浦校是也。

鬻其白莖 閩本、明監本、毛本同。案：浦鏜云：「『鬻』誤『鬻』者，凡陸疏『鬻』字皆當作『鬻』，乃形近之譌。」浦校是也。

天官序官注云閩本、明監本、毛本「官」誤「宮」。

卧而不周曰輾小字本、相臺本同。案：此正義本也。《釋文》云：「鄭云『不周曰輾』，注本或作『卧而不周』者，剩二字也。」案：《釋文》與正義迥非一本，玆著其文字之異。其但偏旁不同而正義本已載，《釋文》「亦作」、「又作」、「或作」者，不復悉出。

故易之也明監本、毛本「易」誤「思」，閩本不誤。

鍾鼓樂之唐石經、小字本、相臺本同，閩本同。明監本、毛本「鍾」作「鐘」。案：「鍾」字是也。《五經文字》云：「今經典或通用『鍾』爲樂器。」是其證。餘同此。

與詩禮俱興也閩本、明監本、毛本同。案：「禮」當作「體」，形近之譌。

婁豐年之類也閩本、明監本、毛本「婁」誤「屢」。

摯虞流外論云閩本、明監本、毛本同。案：山井鼎云：「『外』當作『別』。」是也。

仲冶之言閩本同。明監本、毛本「冶」作「治」。案：山井鼎云：「『冶』當作『洽』。」是也。

乎者俟我于著乎而閩本、明監本、毛本同。案：「乎者」當作「著」。此句稱「著」與下句稱「伐檀」，對文也。誤分爲二字，又改「亠」爲「乎」。

伐檀且漣猗之篇明監本、毛本「猗」誤「漪」，閩本不誤。

魯頌實不及制閩本、明監本、毛本「頌」誤「僖」。

葛覃

后妃在父母家唐石經、小字本、相臺本同。案：正義云：「定本『后妃在父母家』，無『之』字。『化天下以婦道』，無『成』字。有者衍也。」《考文》古本有「之」字，采正義。

葛覃三章章六句至以婦道閩本、明監本、毛本同。案：正義本章句在篇前，故標起止如此。唯《關雎》獨不然，於全書相反，當是南宋合併時所移也。合併所用經、注本章句在篇後，《釋文》、唐石經、小字本、相臺本皆然，與《關雎》正義所云「定本」合，與正義本不合。餘同此。

因事生義毛本「生」誤「主」，閩本、明監本不誤。

喻其容色美盛也小字本、相臺本無「也」字，閩本、明監本、毛本有。案：此「也」字當衍。

灌木藂木也小字本、相臺本同，《考文》古本同。閩本、明監本、毛本「藂」作「叢」。案：正義作「叢」，《釋文》：「叢，才公反，俗作『藂』。一本作『冣』，作外反。」段玉裁云：「當作『冣』。冣，積也。從冖，從取，才句反。古書『冣』字多誤爲『㝡』，字從曰。是以顔黄門説周氏、劉氏讀徂會、祖會二反。《釋文》亦云『一本作冣，作外反』也。」今考《皇矣》傳云「灌木叢生也」，當以《釋文》、正義本爲長。

或謂之黄栗留明監本、毛本「栗」誤「粟」，閩本不誤。

謂之黄鸝毛本「鸝」誤「鶯」，閩本、明監本不誤。案：段玉裁云：「《廣韻》『鶯，鳥羽文也』，『鸝，黄鸝』，二字有別。《爾雅疏》即取此字，正作『鸝』。」

看我麥黄甚熟亦閩本、明監本、毛本同。案：「亦」當作「不」，與上句「留」字韻。○按：《艸木蟲魚疏》正作「不」。

濩煮之也小字本、相臺本同。案：《釋文》「濩」下云「煮也」，無「之」字。考《釋文》之例，無「毛云」、「鄭云」者，或用己意增損注文。如下傳「精曰絺」，《釋文》「絺」下云：「葛之精者曰絺。」皆其類也。但此傳毛用《爾雅》文，「之」字不當去。《考文》古本無，采《釋文》。

古者王后織元紞小字本、相臺本同。案：正義云：「俗本『王后』下有『親』字。『紘綖大帶』上有『織』字，皆衍也。」《考文》古本有「親」字，采正義。

庶士以下小字本、相臺本同。案：《釋文》：「庶士，本或作『庶人』。」正義本是「士」字，與《釋文》本同。考《國語》，或本誤。

以煮之於濩閩本、明監本、毛本同。案：此不誤。浦鏜云：「當作『鑊』。」非也。考《爾雅》作「是乂是鑊」。鑊，煮之也」，皆用正字。此皆用假借。《爾雅》釋文：「鑊，又作『濩』，同。」

纓之無緌閩本同。明監本、毛本「緌」作「綏」。案：「綏」字是也。考鄭《周禮》注云：「《士冠禮》及《玉藻》，『冠綏』之字，故書亦多作『緌』者。」是「冠綏」字誤爲「緌」久矣。鄭定用「綏」字，唐時不應更用「緌」也。

婦人謂嫁曰歸小字本、相臺本同。案：正義云：「定本『歸』上無『曰』字。」《釋文》云：「本亦無『曰』字。」此依《公羊傳》文。」考此即楚人謂乳穀、謂虎於菟之類。毛傳文古，故其語亦如此。當以定本爲長。其鄭箋則有「曰」字，見《江有汜》、《南山》。

害何也小字本、相臺本同。閩本、明監本、毛本「害」誤「曷」。案：段玉裁云：「此謂害爲曷之假借，傳例如此。」

傅亦宜然○南山箋云姜與姪娣閩本、明監本、毛本同。案：「然」下，浦鏜云「誤衍『○』」；「姜」上，浦鏜云「脱『文』字」。是也。

若不分婉爲言語閩本、明監本、毛本「婉」誤「娩」。

容貌以事人女功而就業明監本「事人」誤「表之」，「女功」誤闕二字，閩本、毛本不誤。

故曲禮曰毛本「曰」誤「云」，閩本、明監本不誤。

此后妃莘國之長女閩本、明監本、毛本「莘」誤「并」。

取彼成文閩本、明監本、毛本「彼」誤「配」。

隱二年公羊傳文閩本、明監本、毛本「二年」誤「正義」。

以衣汙垢者閩本、明監本、毛本「衣」誤「澣」。

故王肅述毛合之云閩本、明監本、毛本「合」誤「答」。

至褖衣〇正義曰閩本、明監本、毛本脱「正義曰」三字。

至歸寧〇正義曰閩本、明監本、毛本脱「正義曰」三字。

父母雖没猶歸寧明監本、毛本「雖」誤「既」，閩本不誤。

至君子〇正義曰閩本、明監本、毛本脱「正義曰」三字。

若如傳言私服宜否閩本、明監本、毛本「服」下有「宜澣公服」四字。案：所補是也。

卷耳

言又者繫前之辭閩本、明監本、毛本「又」誤「賢」。

言后妃嗟呼而歎閩本、明監本、毛本「呼」作「吁」。案：所改是也。

后妃主求賢人爲此毛本「求」誤「來」，閩本、明監本不誤。

江東呼常枲閩本、明監本、毛本同。案：此不誤。浦鏜云：「脱『爲』字。」非也。郭景純時語自如此。今《爾雅注》多云「呼爲」者，或後人添耳。

君賞功臣小字本、相臺本同，《考文》古本同，閩本同。明監本、毛本「君」誤「若」。案：閩本、明監本、毛本正義中亦誤「若」。

后妃言升彼崔嵬山巔之上者明監本、毛本「言」下衍「我」字，閩本剜入，「巔」誤「顛」。

此及下傳云明監本、毛本「及」誤「反」，閩本不誤。

衛侯饗苦成成叔閩本、明監本、毛本不重「成」字。案：此蓋以「苦成」爲邑，「成」爲謚。前人亦多言郤犨謚「成」者，其《左氏傳》舊解與？

云何吁矣唐石經、小字本、相臺本同。案：《爾雅注》：「《詩》曰『云何盱矣』」，邢疏云：「《卷耳》及《都人士》文也。」郭所稱未必爲毛氏《詩》，邢氏不辨此經作「吁」而引之，非也。考《釋文》、石經此作「吁」，而《都人士》及《何人斯》作「盱」者，「盱」爲正字，「吁」爲假借，經中用字例不畫一也。例見前。

痛亦病也小字本、相臺本同。案：《釋文》云：「痡，病也。一本作『痡亦病也』者非。」正義本標起止有「亦」字。考傳文不嫌於「瘏，病也」之下更云「痡，病也」，當以《釋文》本爲長。

而今云何乎小字本、相臺本同，《考文》古本「乎」字亦同。閩本、明監本、毛本「乎」誤「吁」。

樛木

而無嫉妬之心焉唐石經、小字本、相臺本同。案：正義云：「定本『焉』作『也』。」《考文》古本作「也」，采正義。

后妃能和諧衆妾不嫉妬其容貌恒以善言逮下而安之小字本、相臺本同。案：此二十二字非鄭注也。《釋文》云：「崔《集注》本此《序》有鄭注，檢衆本並無。」是《釋文》本無此注也。《序》云「言能逮下」，正義云「言后妃能以恩意接及其下衆妾」，而此注以《序》中「言」字爲「善言」，於正義無文。是正義本亦無此注也。且以「言」爲「善言」既不出於經，亦不更見箋中，必非鄭注審矣。各本乃沿崔《集注》之誤，當據《釋文》、正義正之。

謂荆楊之域小字本、相臺本「楊」作「揚」，閩本、明監本、毛本亦作「揚」。案：正義字皆作「揚」。考《春秋元命包》以爲地多赤楊，引見於《建康實録》，是字本從木也。其李巡《爾雅注》、劉熙《釋名》皆以「輕揚」爲義，唐人遂但用從才字。然則鄭箋應本作「楊」字，《釋文》、正義二本應俱作「揚」字。餘同此。

一名巨瓜閩本、明監本、毛本「瓜」誤「苽」。案：皆誤也。當作「荒」。《易》釋文、《齊民要術》可證。

令之次敘進御閩本、明監本、毛本同。案：注作「序」，正義作「敘」。序、敘，古今字，易而説之也。例見前。《考文》古本注亦作「敘」，是用正義以改注，由不悉正義之例故也。

螽斯

降邇遐福閩本同。明監本、毛本「邇」作「爾」。案：「爾」字是也。

德是也閩本、明監本、毛本同。案：此不誤。浦鏜云：「『德是』二字當衍文。」非也。「德」者對「色」而言，與下文「以行曰忌」意同。讀當三字爲一句也。

維蚣蝑不耳小字本、相臺本同。案：《釋文》云：「不耳，本或作『不然』。」正義云：「則知唯蚣蝑不耳。」是正義本作「耳」。「不」字當上聲讀。《考文》古本「耳」作「爾」。考他箋所用「耳」字多誤爲「爾」，而正義中仍有未誤者。《考文》古本遂不知「耳」、「爾」二字有別，混而一之。

則又宜汝之子孫閩本、明監本、毛本同。案：注作「女」，正義作「汝」。女、汝，古今字，易而説之也。例見前。《考文》古本注：「女，亦作『汝』。」非。餘同此。

肱鳴者也閩本同。明監本、毛本「肱」作「股」。案：「股」字是也。鄭《考工記・梓人》注云：「股鳴，蚣蝑動股屬。」

或謂似蝗而小班黑閩本、明監本、毛本同。案：此不誤。浦鏜云：「『斑』誤『班』。」非也。「班」即「斑」字耳。浦於通借多改正義之舊，兹並不采焉。

其股似瑇瑁又閩本、明監本、毛本同。案：「又」當作「文」，形近之譌。

若褖衣之類閩本、明監本「褖」誤「緣」，毛本誤「緑」。案：「褖衣」見鄭《緑衣序》注，正義用彼文。

則知唯蚣蝑不耳閩本、明監本、毛本同。案：注作「維」，正義作「唯」。維、唯，古今字，易而説之也。例見前。餘同此。《考文》古本注：「維，亦作『唯』。」采正義而誤。《東山序》「其唯東山乎」用「唯」字者，《序》字亦不與經、注同也。

桃夭

婚姻以時小字本同，閩本、明監本、毛本同。唐石經、相臺本作「昏」。案：昏、婚，古今字。《序》用「昏」字，唐石經、相臺本是也。正義每易爲「婚」字而説之。今正義此作「昏」者，亦後改也。餘同此。其引《士昏禮》及《行露》、《匏有苦葉》「昏時」等仍用「昏」者，非此例。

國無鰥民也唐石經、小字本、相臺本同。案：正義云「國無鰥民焉」，乃正義自爲文，標起止無「焉」字可證。《考文》古本有「焉」字，采正義而誤。

襄二十八年閩本、明監本、毛本同。案：浦鏜云：「『七』誤『八』。」以《左傳》考之，浦校是也。

故爾雅云無夫無婦閩本、明監本、毛本同。案：「爾」當作「小」。「小雅」者，今在《孔叢》第十一，此其《廣名》文也。《狼跋》、《文王》正義皆云「膚美，《小雅·廣訓》文」，是其證。浦鏜云：「『爾雅』上脱『小』字。」非也。唐人如李善《文選》注之類多稱「小雅」，《漢書·志》云「《小雅》一篇」，誤本乃作「小爾雅」耳。

婦人曰厘閩本、明監本、毛本「厘」作「嫠」。案：「厘」是當時俗「釐」字。《巷伯》傳云：「釐婦，釐，俗作『嫠』。」

无咎无譽閩本、明監本、毛本二「无」字誤「無」。案：引《易》文舊多作「无」，其非《易》文間亦作「无」，則當時寫書人以「无」爲「無」之別體也。餘同此。

雖七十無主婦閩本、明監本、毛本同。案：浦鏜云：「脱一『無』字。」以《禮記》考之，浦校是也。

興者踰時婦人閩本、明監本、毛本同。小字本、相臺本「踰」作「喻」，《考文》古本同。案：「喻」字是也。山井鼎云：「諸本皆誤。」但據注疏本而言耳。

桃之至室家閩本、明監本、毛本誤作「桃之夭夭，至其室家」。

謂年時俱善爲異閩本、明監本、毛本同。案：「善」當作「當」，考正義上下文可證。

家猶夫也猶婦也閩本、明監本、毛本同。案：「猶婦」上當脱「人」字。

兔罝

有武力可任爲將帥之德小字本、相臺本同。案：盧文弨云：「《釋文》無『可』字。」非也。《釋文》上出「任爲」，下出「可任」。其「任爲」上有「可」字與否，不能知也。《考文》古本乃無「可」字耳。

此兔罝之人敵國有來侵伐者小字本、相臺本「兔罝」作「罝兔」。案：「罝兔」是也。箋三章皆云「此罝兔之人」，不應一章獨倒。《序》正義云「箋云『罝兔之人』」，首章正義云「言此罝兔之人」，卒章正義云「鄭以爲此罝兔之人」，皆順箋文也。其云「故兔罝之人」、又「經直陳兔罝之人賢」、又「毛以爲兔罝之人」者，不主説箋，故順經文也。閩本、明監本、毛本於正義中盡改爲「兔罝之人」，失之甚矣。《考文》古本首章箋作「此兔罝之人」，閩本、明監本、毛本此章及下章箋作「此兔罝之人」，皆誤。

使之慮事閩本同。小字本、相臺本「事」作「無」，明監本、毛本亦作「無」，《考文》古本同。山井鼎云：「一本作『事』。」考疏，作『無』爲是。」是也。

箋此罝至言賢明監本、毛本「此」下衍「兔」字，閩本不衍。

芣苢

和平則婦人樂有子矣唐石經、小字本、相臺本同。案：正義云「定本『和平』上無『天下』二字，據箋則有」者，誤也。《考文》古本有，采正義。

此要政治時和閩本、明監本、毛本「治」誤「治」。

卒章言所成之處閩本、明監本、毛本同。案：浦鏜云：「『成』當『盛』字誤。」是也。

宜懷任焉小字本、相臺本同。閩本、明監本、毛本「任」誤「妊」。案：「妊身」字作「任」者，假借也。又見《閟宫》箋。《漢書·外戚傳》云「任身十四月迺生」，亦可證。不知者改之耳。閩本、明監本、毛本正義中亦誤「妊」。

以縶其馬閩本、明監本、毛本「縶」誤「繫」。

袺執衽也毛本誤以《釋文》「衣際也」三字入注，明監本以上皆不誤。

薄言襭之唐石經、小字本、相臺本同。案：《釋文》云：「擷，一本作『襭』，同。」正義標起止云「傳袺執至曰襭」，即一作本也。《考文》古本作「擷」，采《釋文》。考《説文》衣部，襭、擷文重，實一字耳。《考文》古本采《釋文》兼及字畫之異，如「兕」作「兕」、「觥」作「觵」之類，并取諸一作、又作、或作本，如「亨，本又作『烹』」之類。此皆非有異字，故亦不復悉出。

漢廣

先受文王之教化小字本、相臺本同。案：此定本也，正義本作「先被」。考《序》云「文王之道被于南國」，當以正義本爲長。

敘於此既言德廣閩本、明監本「敘」誤「故」，毛本不誤。

不可休息唐石經、小字本、相臺本同。案：《釋文》云：「舊本皆爾。本或『休思』，此以意改耳。」正義云：「《詩》之大體，韻在辭上。疑『休』、『求』字爲韻，二字俱作『思』。但未見如此之本，不敢輒改耳。」正義之説是也，此爲字之誤。惠棟《九經古義》以爲「思」、「息」通，非是。

漢有游女小字本、相臺本同。唐石經缺。案：此正義本也。定本「游」作「遊」，以「出遊」字從辶、「泳游」字從氵爲區別也。考「游」，古文作「遻」，隸變作「遊」。《説文》云「旗流」者，正訓也。「出游」、「泳游」皆假借，經「出游」之字多作「遊」，或亦作「游」，非有區别。當以正義本爲長。

喬上竦也小字本、相臺本同。案：正義云：「定本『喬上竦』無『木』字。」《考文》古本有，采正義。

喻賢女雖出游流水之上小字本、相臺本同。案：《釋文》云：「流水，本或作『漢水』。」正義本今無可考。

方泭也小字本、相臺本同。案：《釋文》云：「泭，或作『柎』。樊光《爾雅》本作『柎』。」《考文》古本作「柎」，采《釋文》或作本。○按：依《説文》，作「泭」是。

木所以庇廕閩本同。明監本、毛本「庇廕」作「芘蔭」。案：「芘」字非也。正義不用此「芘」字。

定本遊女作游閩本、明監本、毛本同。案：十行本「遊」至「游」，剜添者一字，是「女」字衍也。此當云「定本『游』作『遊』」。正義説經、傳、箋字皆作「游」，是其本作「游」，特著定本作「遊」之不同，上「游」下「遊」誤互易其字。

不得要言木本小時可息閩本、明監本、毛本「小」誤「少」。

編竹木曰栰明監本、毛本「曰」上有「大」字，閩本剜入。是也。

方之舟者明監本、毛本「舟」下有「之」字，閩本剜入，是也。

我又欲取其尢高絜者小字本、相臺本同。案：《釋文》云：「一本無『絜』字。」正義標起止云「至絜者」，是正義本有。考此箋「尢高者」説以楚爲喻之意也，不應有「絜」字，當以一本爲長。

至意焉釋訓云明監本、毛本「焉」下有「○」，又有「正義曰」三字，閩本剜入。是也。

昏禮不見用牲文閩本、明監本、毛本「文」誤「又」。

庱人云毛本「庱」誤「庾」，閩本、明監本不誤，下同。

汝墳

婦人能閔其君子唐石經、小字本、相臺本同。案：此正義本也。《釋文》云：「『能閔其君子』，一本有『婦人』二字。」正義云：「定本『能閔』上無『婦人』二字。」考鄭注《序》云「言此婦人」，「此」者，此《序》文也。是鄭自有，當以正義本爲長。

釋水云汝爲墳閩本、明監本、毛本同。案：浦鏜云：「墳，當依《爾雅》作『濆』。下詩云『遵彼汝墳』同。」是也。○按：《說文》曰：「濆，水厓也。」「墳者，墓也。」

故知是水名也閩本、明監本、毛本「故」誤「固」。

汝有濆明監本、毛本「濆」誤「墳」，閩本不誤。

已見君子君子反也于已反得見之小字本同，閩本、明監本、毛本亦同。相臺本「于」作「於」。案：「於」字是也。正義作「於」，此箋皆定本也。正義云：「俗本多不然。」今無可考。

故下章而勉之小字本、相臺本同，閩本同。明監本剜去「而」字，毛本無。案：因正義云「故下章勉之」，遂誤删。不知正義自爲文，每不盡與注相應也。《考文》古本亦無「而」字，采正義而誤。

即知不遠棄我而死亡明監本、毛本「即」誤「既」，閩本不誤。

辟此勤勞之處小字本、相臺本同。案：《釋文》：「辟此，一本作『辭此』。」正義本是「辟」字。

無得逃避若其避之閩本、明監本、毛本同。案：注作「辟」，正義作「避」。辟、避，古今字，易而説之也。例見前。餘同此。

以喻蒯聵淫縱閩本、明監本、毛本「聵」誤「瞶」。

憂思昔在於情性閩本、明監本同，毛本「昔」作「皆」。案：「皆」字是也。

麟之趾

麟之趾關雎之應也唐石經、小字本、相臺本同。案：《釋文》云：「《序》本或直云『麟止』，無『之』字。」考正義云「此《麟趾》處末者」，是正義本無「之」字。標起止云「麟之趾三章」，衍也。

故于嗟乎歎今公子閩本、明監本、毛本同。案：「于」當作「吁」。于、吁，古今字。注作「于」，正義作「吁」，易字之例如此。不知者乃改之。《擊鼓》、《權輿》正義亦誤，《氓》正義不誤。

言從乂成閩本、明監本、毛本「乂」作「义」。案：皆誤也，當作「義」。此句說脩義母，下句「則神龜在沼」說致智子，與《洪範》「從作乂」初不相涉，但當時俗字或以「乂」爲「義」耳。《禮運》正義亦誤作「乂」。

貌恭躰仁閩本、明監本「躰」作「體」，毛本誤作「禮」。案：「體」字是也。「躰」即當時俗字。

定題也小字本、相臺本同。案：《釋文》云：「題，本作『顛』，誤。」正義云「傳或作『顛』」，又云「定本作『題』」，標起止云「傳定題」。是《釋文》本、正義本、定本同。

魯爲諸姬明監本、毛本「爲」誤「與」，閩本不誤。

示有武而不用小字本、相臺本同。案：《釋文》云：「一本『示』作『象』。」正義本是「示」字。

鵲巢

冬至架之小字本、相臺本同。案：此《釋文》本也。《釋文》云：「架之，音嫁。俗本或作『加功』。」考正義本當作「加功」，正義云「故知冬至加功也」，是其證。定本當亦作「加功」，故正義不言有異也。定本出於顏師古，其《匡謬正俗》有論此一條，云「始起冬至加功力爲巢也」，是其證。顏又引劉昌宗、周續等音「加」爲「架」，而駁其不應言「架功」，其説誤也。劉、周二本皆作「加之」，故音「架」，而以横架爲義，與《釋文》作「架之」者實一本也。自不作「功」字，不得以「架功」駁之。當以《釋文》本爲長。

而有均壹之德閩本、明監本、毛本同。小字本、相臺本「壹」作「一」。案：「壹」字是也。「均壹」字當作「壹」，「一二」字乃作「一」。經中所用有互通者，假借也。注及正義自爲文，則皆用本字矣。《序》下注及正義皆不作「一」可證也。此正義中又有作「一」字者，乃寫者取省所亂。餘同此。

送御皆百乘小字本、相臺本同。案：《釋文》：「送御，五嫁反。一本作『迎』。」正義本是「御」字。考經「御之」，《釋文》云：「王肅：魚據反，云待也。」其述毛此傳自不當仍云「送御」，則一本或出於王肅也。

婦車亦如之有供閩本、明監本、毛本同。案：浦鏜云：「『裧』誤『供』。」以《士昏禮》考之，浦校是也。

何彼襛矣毛本「襛」誤「穠」，閩本、明監本不誤。

今思乘以歸毛本「思」誤「用」，閩本、明監本不誤。

言迓之者閩本、明監本、毛本同。案：箋及經、傳皆作「御」，此作「迓」。御、迓，古今字，易而説之也。例見前。標起止仍云「至御之」可證也。《釋文》：「御之，本亦作『訝』，又作『迓』，同。」非正義本。

方有之也小字本、相臺本同。案：《釋文》云：「方，有之也。一本無『之』字。」正義本今無可考。段玉裁云：一本誤。傳當云「方之，方有之也」，下傳當云「成之，能成百兩之禮也」。皆引經附傳時所刪。

采蘩

苟有明德閩本、明監本、毛本同。案：浦鏜云：「『信』誤『德』。」是也。《采蘋》正義引作「信」。

彼言芼閩本、明監本同，毛本「芼」作「毛」。案：「毛」字是也。

于葅南西上閩本、明監本、毛本同。案：浦鏜云：「『俎』誤『葅』。」以《特牲》考之，浦校是也。

及兩鉶鉶芼閩本、明監本、毛本同。案：此不誤。浦鏜云：「衍一『鉶』字。」非也。今《特牲》脱一「鉶」字耳。唐石經有，《采蘋》正義引亦重。

主婦髲髢小字本、相臺本同。案：此定本也。正義本「髢」作「鬄」。《釋文》云：「鬄，本亦作『髢』，徒帝反。劉昌宗：吐歷反。」段玉裁云：「考此字當作『鬄』。」《五經文字》云：「鬄，聽亦反，見《詩·風》注。」謂此也。劉音「吐歷反」，可見其字作「鬄」。《説文》：「鬄，鬀髮也。」鄭《少牢》注：「古者或剔賤者刑者之髮。」以「剔」解「鬄」，所謂詁訓之法也。其「徒帝反」者，「鬄」與「髢」爲一字。《説文》、《五經文字》與「鬄」字皆別見，即「髲」也，不得重在「髲」下。定本、正義本、《釋文》本皆誤，所當正也。鄭《少牢》及《追師》二注本皆與此注同作「鬄」。今《少牢》亦一誤而爲「鬄」，《追師》亦再誤而爲「髢」也。

夫人釋祭服而去髲髢小字本、相臺本同。案：此正義本也。定本無「去」字。正義於「去」字斷句，定本於「髲髢」斷句也。惠棟云：「當依定本刪『去』字。」

又首服被鬄之釋閩本、明監本、毛本同。案：浦鏜云：「『釋』當『飾』字誤。」是也。

案少牢作被裼注云被裼閩本、明監本、毛本同。案：「裼」當作「錫」，形近之譌。

少牢云被錫纚笄閩本、明監本、毛本「錫」誤「裼」。案：《少牢》作「錫」，正義所引正作「錫」字，明監本、毛本因上文譌作「裼」，并盡改其未譌者。誤甚。下同。

文王夫人閩本、明監本、毛本同。案：浦鏜云：「『王』當『主』字誤。」是也。

而髮髢無去字明監本、毛本「髢」誤「鬄」，閩本不誤。案：此述定本，當用「髢」，不用「鬄」。

草蟲

阜螽蠜也小字本、相臺本同。案：正義云：「定本云『阜螽，蠜』，依《爾雅》云，則俗本云『蠜螽』者，衍字也。」《釋文》「螽」下云：「阜螽，蠜也。」《考文》古本有，采正義。

婦人雖適人相臺本同，小字本「雖」下有「未」字。案：「未」字誤衍也，正義可證，閩本、明監本、毛本亦無。

還來歸宗謂被出也閩本、明監本、毛本「謂」上衍「有此之義故己所以憂歸宗」十一字。

故下采蕨采薇閩本、明監本、毛本「蕨」誤「薇」。

得君子遇接之故也閩本、明監本、毛本「故」誤「禮」。

蕨鱉也相臺本「鱉」作「鼈」，閩本、明監本、毛本同，小字本作「虌」。案：《釋文》：「鼈，本又作『虌』。」小字本依《釋文》又作也。《釋文》舊或誤，今正。詳後考證。

言我也我采者小字本、相臺本同。案：此與《雄雉》箋「爾，女也。女，衆君子」之屬爲一例，與《卷耳》箋「我，我君也。我，我使臣也」之屬不相同。因蒙上句，不煩更出也。《考文》古本作「言我也我我采者也」，仍更出「我」字，非箋例也。其《雄雉》箋作「爾，女也。女，女衆君子」亦非。餘同此。

在塗而見采鱉采者得其所欲得閩本、明監本、毛本同。小字本、相臺本下「采」字作「菜」。案：「菜」字非也。《考文》古本亦作「菜」，山井鼎云：「屬上讀。」考正義標起止云「言我至采鱉」，是正義本作「采」，讀以「采者得其所欲得」七字爲一句。「采」譌爲「菜」，并改其讀，失之矣。

我欲采其鱉菜毛本「采」誤「採」，閩本、明監本不誤。

明在周也閩本、明監本、毛本「也」誤「地」。

采蘋

姆教婉娩聽從小字本、相臺本同。案：正義云：「定本『姆教婉娩』，勘《禮》本亦然。今俗云『傅姆教之』，誤也。」《考文》古本作「傅姆教之」，采正義。

十有五而笄小字本、相臺本同。案：正義云：「又『十有五而笄』，無『女子』二字。有者亦非。」「又」者，又定本也。《考文》古本有，采正義。

箋女子至法度閩本、明監本、毛本「箋」下衍「云」字。案：鄭注序，不言「箋」，此正義所標。本無「云」字。

此祭女所出祖也閩本、明監本、毛本同。小字本、相臺本重「祭」字，《考文》古本同。案：重者是也。正義云「知此祭祭女所出祖」者可證。

無足曰釜小字本、相臺本同。案：正義標起止云「傳方曰筐至曰釜」，又云：「定本『有足曰錡』下更無傳。俗本『錡』下又有『無足曰釜』。」是正義本與俗本同也。此傳「錡，釜屬，有足曰錡」，互文見意，不更言「無足曰釜」矣。當以定本爲長。

大夫士祭於宗廟小字本、相臺本同。案：正義云「言大夫士祭於宗室」，又云：「定本、《集注》『大夫士祭於宗廟』，不作『室』字。考下傳云『必先禮之於宗室』，是大宗之廟但稱宗室，不稱宗廟也。」當以正義本爲長。

則非禮也小字本、相臺本同。案：惠棟於「禮」下添「女」字，非也。箋説傳「必先禮之」之「禮」，不更言「禮女」，其爲「禮女」自明矣。正義云「則非禮女也」，乃正義自爲文，不可據以改箋。凡正義自爲文，其於注有足成，亦有檃栝，皆取詞旨通暢，不必盡與注相應。

祭事主婦設羹閩本、明監本、毛本同。小字本、相臺本「事」作「禮」，《考文》古本同。案：「禮」字是也，正義可證。

舍人曰苹一名萍閩本、明監本、毛本「萍」誤「荓」。案：郭《爾雅》與舍人本同，見《釋文》。今本有誤。

江東謂之薸音瓢閩本、明監本、毛本同。案：「音瓢」二字當旁行細字，正義於自作音者例如此也。○今按：「音瓢」二字亦是郭注。郭注不特經内字爲音，即自注内難識之字亦多爲音。凡古本注内云「音某」者，俗本多删之，或删之而僅有存者。詳見《爾雅校勘記》。舊於此云「正義自作音」，非也。

故具引之閩本、明監本「具」誤「其」，毛本不誤。

未有伯仲處小也明監本、毛本「仲」誤「中」，閩本不誤。

以俟迎者閩本、明監本、毛本「俟」誤「候」。

主婦人及兩鉶鉶芼閩本、明監本、毛本同。案：浦鏜云：「『衍『人』字。」以《特牲》考之，浦校是也。

又解不言魚者閩本、明監本、毛本「又」誤「此」。

知俎實男子設之者閩本、明監本、毛本同。案：此不誤。浦鏜云：「脱『魚』字。」非也。下引《特牲》、《少牢》統解「俎實」，不但解「魚」也。

自祭夫氏閩本、明監本、毛本「自」誤「助」。

孫毓以王爲長閩本、明監本、毛本「王」誤「主」。

甘棠

決訟於小棠之下閩本、明監本、毛本「小」誤「甘」。

翦去小字本、相臺本同。案：《釋文》：「去也，羌吕反。」是其本有「也」字，與此不同。《考文》古本有，采《釋文》。

箋云茇草舍也小字本、相臺本同，閩本同。明監本、毛本「箋云」在「茇草舍也」下。案：正義標起止云「傳蔽芾至草舍」、「箋召伯至其樹」，明監本、毛本依此所改也。《考文》古本同，亦采正義。又正義云「定本、《集注》於注内並無『箋云』」，是其本自「茇草舍也」至「敬其樹」凡四十一字皆爲傳也。段玉裁以定本、《集注》爲是。

召伯所憩唐石經、小字本、相臺本同。案：惠棟云：「《説文》無『憩』字，當作『愒』。」今考《釋文》云：「憩，本又作『愒』。」《小雅·菀柳》、《大雅·民勞》經皆作「愒」。「憩」但「愒」之俗字耳。《釋文》舊有誤，今訂正。詳後考證。

行露

由文王之時被化日久明監本、毛本「被」誤「彼」，閩本不誤。

箋云夙早也小字本、相臺本同。案：《釋文》此箋有「夜莫」二字，云：「《小星》箋同。」今考此及《小星》箋各本皆無「夜莫」二字，與《釋文》本不同也。下箋云「我豈不知當早夜成昏禮」，與《小星》箋云「或早或夜」，皆不言「莫」，當以無者爲長。《我將》、《昊天有成命》箋亦但云「早夜陟屺烝民」，箋有「夜莫」者皆《釋文》本耳。盧文弨欲依蜀石經補此，非也。《考文》古本有「夜莫」也，采《釋文》。○按：舊校非也。依《説文》：「夕者，莫也。」「莫者，日且冥也。」「夜者，舍也，天下休舍也。」古「夕」與「莫」不同義，「夜」與「莫」不同義。「莫」謂日冥，「夜」則該日冥至將旦言之。是以《穀梁春秋》「辛卯昔，恒星不見，夜中星隕如甫」，「昔」即「夕」字，此「夕」與「夜」分別之證也。然對文則別，散文則「莫」亦爲「夜」。鄭云「夜，莫也」者，散文之義也，别之也。曷爲別之，嫌讀者謂此夜爲終夜也。箋有「夜莫」二字者是。

禮不足而彊來小字本、相臺本同。案：正義云「禮不足而來彊暴」，是正義本此「彊來」及下「彊委」皆當與《序》「彊暴」字同讀作巨良反。《釋文》：「而强來，其丈反。下『强委』同。」《五經文字》云「彊、强，並巨良反」云云，又「其兩反」，則皆用下字。《釋文》與正義不同也。考下箋「强委之」，乃《左・昭元年傳》文，當以《釋文》本爲長。《考文》古本下「彊委之」作「强」，采《釋文》。

知始有露二月中者明監本、毛本「露」下衍「謂」字，閩本剜入。

此彊暴之男以多露之時明監本、毛本「以」誤「及」，閩本不誤。

人皆謂雀之穿屋似有角小字本、相臺本同，閩本、明監本、毛本亦同。案：《考文》古本下有「者」字，云「宋板同」，誤以傳文「似有角者」爲箋文也。

純帛不過五兩小字本、相臺本同。案：此正義本也。正義云：「此《媒氏》文也。」又云：「《媒氏》注：純，實緇字也。

古『緇』以才爲聲。」又云：「則純帛亦緇也。傳取《媒氏》，以故合其字。定本作『紂』字。」言「合其字」者，《媒氏》作「純」，傳亦作「純」，於字爲合也。考《媒氏》「純」字至鄭始正其讀，是此傳舊但作「純」，當以正義本爲長。《釋文》：「紂，側基反。依字糸旁才，後人遂以才爲屯。因作『純』字。」與定本同也。《考文》古本作「純」，采正義。《釋文》、閩本、明監本、毛本作「紂」，亦依定本改耳。

周禮之圓土 明監本、毛本「之」上衍「謂」字，閩本剜入。

天子以娉女 閩本、明監本、毛本「娉」誤「聘」，下同。

明亦以六禮委之也 明監本、毛本「委」上衍「彊」字，閩本剜入。

羔羊

鵲巢之功致也 唐石經、小字本、相臺本同。案：正義云：「是《鵲巢》之功所致也。定本『致』上無『所』字。」《考文》古本有，采正義。

羔取其贄之不鳴 閩本、明監本、毛本同。案：浦鏜云：「『執』誤『贄』。」以《公羊》注考之，浦校是也。

退食謂減膳也 小字本、相臺本同。案：正義云：「定本『退謂減膳』，更無『食』字。」《考文》古本「膳」下有「食」字，采正義。

故以大小釋之 閩本、明監本、毛本「大小」誤倒。

緎羔羊之縫 明監本、毛本「縫」下有「也」字，閩本剜入。案：此誤補「也」。正義引《爾雅》每略去「也」字。

孫炎曰緎之爲界緎 閩本、明監本、毛本同。案：下「緎」字當作「域」。《釋文》引作「域」，下「界緎」同。

因名裘縫云緎閩本、明監本、毛本「云」誤「爲」。

唯組紃耳閩本、明監本、毛本「唯」誤「維」。

行可蹤跡者閩本、明監本、毛本同。案：傳作「從」，正義作「蹤」。從、蹤，古今字，易而説之也。例見前。標起止仍云「至從跡」可證也。《釋文》「從」字亦作「蹤」，非正義本。

謂正直順於事也明監本、毛本「直」誤「宜」，閩本不誤。

緎縫也小字本、相臺本同。案：《釋文》：「緎，縫也，音符用反。一本作『緎猶縫也』，則當音符龍反。」正義云：「故二章解其體，言緎，縫也。」是正義本當無「猶」字，《考文》古本有，采《釋文》。

大喪飾皮車閩本、明監本、毛本「喪」誤「裘」。

唯麑裘素也閩本、明監本、毛本「麑」誤「麛」。案：山井鼎云：「上『麛』字同今本。」考此上依《玉藻》字，下依《論語》字，故不同也。鄭《玉藻》注引《論語》亦作「麛」。「麛」是正字，「麑」是假借。《魚麗》傳「不麛」，本或作「麑」，同。

若諸侯視朝君臣用麑裘閩本、明監本、毛本同。案：浦鏜云：「『朔』誤『朝』，下『素衣麑裘諸侯視朝之服』同。」是也。《終南》正義可證。

其二劉等閩本、明監本、毛本「劉」誤「制」。

即次錦衣爲裼閩本、明監本、毛本「次」誤「以」。

然衮冕與衣玄知不用狐青裘者閩本、明監本、毛本同。案：十行本「衣」至「青」，剜添者一字，是「知」字衍也。

殷其靁

勸以義也唐石經、小字本、相臺本同。案：《釋文》云：「本或無『以』字，下句始有。」考正義本云「勸夫以爲臣之義」，下句正義云「而勸以爲臣之義」，是其本此句當亦有「以」字。

故先言從政勤勞室家之事閩本、明監本、毛本同。案：此不誤。浦鏜云：「『室家』當『王家』誤。」非也。「勤勞」句絶，「室家之事」別爲句，與下連文。

此解大夫明監本、毛本「解」下衍「行役」二字，閩本剜入。

非雨靁也箋云閩本、明監本、毛本同。案：「箋云」二字當在「非雨靁也」之上，不知者誤移於下耳。

摽有梅

男女及時也唐石經、小字本、相臺本同。案：《釋文》云：「本或作『得以及時』者，從下而誤。」正義云：「俗本『男女』下有『得以』二字者，誤也。」亦謂此句，非謂下句也。

冰泮殺止閩本、明監本、毛本同。案：此不誤。浦鏜云：「『内』誤『止』。」非也。考《周禮》疏載王肅引此亦作「止」，又云：「《韓詩》傳亦曰『古者霜降送女，冰泮殺止』。」是荀卿本作「止」，楊倞所注作「内」，而連下文「十日一御」爲解。其説非是。不當據以改正義所引也。《東門之楊》正義引亦作「止」。

冰泮農業起閩本、明監本、毛本同。案：此不誤。浦鏜云：「『桑』誤『業』。」非也。考《東門之楊》正義引正作「業」，又《周禮》疏載王肅引亦作「業」，與今《家語》不同，不當據改也。

然則男自二十九閩本、明監本同。毛本「然則男」下剜添「凡自二十以及二十九」。案：所補是也。此「二十」複出而脱耳。浦鏜云：「『至』誤『及』。」是也。

衰少則梅落少閩本、明監本同，毛本「則」下有「似」字。案：所補是也。

故可强嫁閩本、明監本、毛本「强」誤「以」。

故季夏去春遠矣閩本、明監本、毛本同。案：浦鏜云：「『故』疑『至』字誤。」是也。

二月綏多女士閩本、明監本、毛本「女士」誤「士女」。案：山井鼎云：「檢《夏小正》，宋板爲是。」是也。《士冠禮》、《媒氏》兩疏引皆作「士女」，所見本不同耳。

下云有女懷春閩本、明監本「下」誤「士」，毛本不誤。

禮文王世子曰閩本、明監本、毛本同。案：此不誤。浦鏜云：「六字衍。」從《昏義》疏校，非也。《昏義》疏引之不備耳。《異義》所據，《大戴禮·文王世子》篇也，《豳譜》及《大明》正義皆有明文可證。

故以禮拒之明監本、毛本「禮」下衍「正」字，閩本剜入。

與此三章之喻大同閩本、明監本、毛本「喻」下衍「時」字，脱「之」字。

興者梅實尚餘七未落喻始衰也小字本、相臺本同。案：《螽斯》正義引《摽有梅》云「興者喻」，乃檃栝此箋，而非箋成文也。《考文》古本「者」下有「喻」字，采《螽斯》正義而誤。

所以蕃育民人也小字本、相臺本同。閩本、明監本、毛本「民人」誤「人民」。案：正義標起止云「至民人」，又云「所以蕃育民人也」，皆可證。其《序》下及後正義有作「人民」者，即自爲文，故不與注相應。

此梅落故頃筐取之於地明監本、毛本「落」下有「盡」字，閩本剜入。案：所補是也。

傳不待至民人明監本、毛本「民人」誤倒，閩本不誤。

小星

能以恩惠及賤妾閩本、明監本、毛本「及」上衍「接」字，「賤」誤「其」。

即喪服所謂貴臣賤妾也閩本、明監本、毛本同。案：浦鏜云：「『貴妾』誤『賤妾』。」是也。

衆無名之星小字本、相臺本同，《考文》古本同，閩本同。明監本、毛本「星」誤「心」。

以興禮雖卑者閩本、明監本、毛本「雖」作「命」。案：所改是也。

知三爲星者閩本、明監本、毛本同。案：浦鏜云：「『心』誤『星』。」是也。

前息燭後舉燭閩本、明監本、毛本「燭」作「燭」。案：所改是也。

旒曰伐閩本、明監本、毛本「旒」作「鋭」，依今《漢志》也。

抱衾與裯小字本、相臺本同。唐石經初刻「稠」，後改「裯」。案：初刻誤也。

抱衾與牀帳閩本、明監本、毛本同。小字本、相臺本「衾」作「被」，《考文》古本同。案：「被」字是也。箋承傳「衾，被也」之文，非取經「衾」字。

江有汜

以送爲名閩本、明監本、毛本「名」下衍「也」字。

言娣若無娣娣猶先媵閩本、明監本、毛本同。案：此當作「言若或無娣猶先娣媵」，用鄭《士昏禮》注也。

然而並流小字本、相臺本同，《考文》古本同。閩本、明監本、毛本「而」誤「得」。案：正義云：「言江之有汜，得並流。」此正義自爲文，不當據改。

渚小洲也小字本、相臺本同。案：《釋文》云：「本或無此注。」考《關雎》正義云：「《江有汜》傳曰『渚，小洲也』。」是正義本有。

水岐成渚小字本、相臺本同。案：「岐」當作「枝」。《釋文》：「枝，如字。何音其宜反，又音祇。」考此讀如字者是也。「水枝」，謂水之分流如木之分枝耳。《穆天子傳》所謂「枝洔，讀爲其宜反，又音祇」，義亦無大異。不當遂作「岐」字。○按：《江賦》曰「因岐成渚」，字作「岐」，亦同。

野有死麕

白茅包之唐石經、小字本、相臺本同。案：《釋文》云：「苞，逋茆反。」段玉裁《詩經小學》云：「苞、苴，字皆從艸。《曲禮》注云：『苞苴，裹魚肉，或以葦，或以茅。』《木瓜》箋云：『以果實相遺者，必苞苴之。』引《書》『厥苞橘柚』。今《書》作『包』，譌。」今考《木瓜》正義引此經作「苞」，是正義本當亦是「苞」字，與《釋文》本同。此正義作「包」者，南宋合併時依經注本改之也。

先使媒人導成之閩本、明監本、毛本「導」誤「道」。案：注作「道」，正義作「導」。道、導，古今字，易而説之也。例見前。《釋文》「誘」下云「導也」，亦是改用今字，非《釋文》本毛傳作「導」也。《考文》古本「傳」作「導」，采正義、《釋文》而誤。

故思以麕肉當鴈幣也閩本、明監本、毛本「當」誤「爲」。《考文》載此無「以」字，誤脱。

皆可以白茅包裹束以爲禮閩本、明監本、毛本同。小字本、相臺本無「包」字，《考文》古本同。案：無者是也。

樸樕斛樕也閩本、明監本、毛本同。案：此不誤。浦鏜云：「『槲』誤『斛』。」非也。「斛」即「槲」字耳。

讀爲屯取肉而裹束之閩本、明監本、毛本「讀」上衍「故」字。

玉有五德閩本、明監本、毛本同。案：十行本「玉有五」剜添者一字。

脱脱舒遲也小字本、相臺本同。案：此正義本也。標起止云「傳脱脱舒遲」，是其證。正義又云：「定本：『脱脱，舒貌。』有『貌』字，與俗本異。」《釋文》「脱脱」下亦云「舒貌」，皆不與正義本同。《考文》古本作「舒遲貌也」，采正義、《釋文》合而一之也。又云「宋板同」者，誤。

何彼襛矣

雖則王姬唐石經、小字本、相臺本同。案：此正義本也。正義云：「定本『雖王姬』，無『則』字。」《釋文》云：「雖王姬，一本作『雖則王姬』。」《釋文》本與定本同。○按：「雖則王姬亦下嫁於諸侯」十字爲一句。或以「王姬」句絶，則語病矣。

亦謂諸侯主也明監本、毛本「主」誤「王」，閩本不誤。

然士無二王閩本、明監本、毛本「士」誤「上」。

錫面朱總毛本「錫」誤「鍚」，閩本、明監本不誤。

安車雕面鷖總閩本、明監本、毛本「車」誤「居」。

謂以如玉龍勒之韋閩本、明監本、毛本同。案：浦鏜云：「『王』誤『玉』。」以《巾車》注考之，浦校是也。

始嫁其嫁之衣閩本、明監本、毛本作「其始嫁之衣」。案：所改是也。十行本此行剜添者一字，因行末衍下「嫁」字故也。「其」字錯在下，亦誤。

正王者德能正天下之王小字本同，閩本、明監本、毛本亦同。相臺本無「王」字。案：相臺本誤也。正義標起止云「箋正者」，乃脱字耳，不當據之删去也。

箋正者閩本、明監本、毛本「正」誤「王」。案：「正」下當脱「王」字。

以絲之爲綸閩本、明監本、毛本同。小字本、相臺本「之爲」作「爲之」，《考文》古本同。案：「爲之」是也。

騶虞

虞人翼五豝小字本、相臺本同。案：山井鼎云：「古本『翼』字，後人旁記異本作『驅』，不知據何本。」今考此采正義云「則此翼亦爲驅也」之解而爲之耳，非有本也。

故云茁茁也閩本、明監本、毛本同。案：下「茁」字，浦鏜云：「『出』誤。」是也。

多士云敢翼殷命閩本、明監本、毛本同。案：此不誤。浦鏜云：「翼，今書作『弋』。」非也。考《尚書》馬本作「翼」，見《釋文》。鄭、王本作「翼」，見正義。即此正義所引也。

應信而至者也閩本、明監本、毛本同。案：此不誤。浦鏜云：「『德』誤『信』。」非也。陸機即用毛説，謂信爲母、義爲子也。應者脩而致之。

獻豜從兩肩爲麠閩本、明監本、毛本同。案：「麠」當作「麖」。下云「肩麖」，字雖異，音實同也，可證。

邶鄘衛譜

商紂畿内明監本「畿内」誤「變風」，閩本、毛本不誤。

在上黨沾縣大黽谷閩本、明監本、毛本「沾」誤「沽」。案：盧文弨云：「『在』當作『出』。」是也。

頓丘今爲郡名閩本、明監本、毛本同。案：浦鏜云：「『郡名』當『縣名』。」引證《唐志》，是也。

知者準的金縢之文閩本、明監本、毛本「的」誤「約」。

成王尚幼矣閩本、明監本、毛本同。案：此不誤。浦鏜云：「成，原文作『今』。」非也。考段玉裁謂成王生時之稱，乃今文家之説，見《酒誥》釋文。然則《書》傳當本是「成」字，《破斧》正義引《書》傳「成王幼」亦可證。

其鄘或亦然矣閩本、明監本、毛本「其」誤「淇」。

子孝伯立閩本、明監本、毛本同。案：浦鏜云：「『孝』誤『考』。」是也。

子疌伯立明監本、毛本「疌」誤「建」，閩本不誤。

舜爲國名而施也閩本、明監本同。毛本「舜」作「非」。案：所改是。

五十年卒閩本、明監本、毛本同。案：「十」下，浦鏜云：「脱五字。」是也。《鄘·柏舟》正義所引有。

迎桓公子晉於邢閩本、明監本、毛本同。案：浦鏜云：「『弟』誤『子』。」是也。

惠公復入三十三年卒閩本、明監本、毛本同。案：下「三」字，浦鏜云：「『一』誤。」考《史記》，是也。

或舉初見末閩本、明監本、毛本「舉」誤「與」。

緑衣莊姜傷己明監本、毛本「衣」下衍「云」字，閩本剜入。

二十一年卒閩本、明監本、毛本同。案：浦鏜云：「依《年表》當作『二十三年』。」是也。

則伯兮宣公詩也明監本、毛本「兮」下衍「亦」字，閩本剜入。

故鄭於左方中閩本、明監本、毛本「左」誤「定」。案：山井鼎云：「《譜》疏比比有之，恐鄭所著書名也。」其説非是。「左方」者，即《譜》之篇名「君世」也。以旁行斜上而列於左方，故正義謂之爲「左方」，非鄭别有所著書以「左方」爲名也。考正義原書備鄭《譜》於卷首，其篇名「君世」在左方，悉如鄭之舊，故得指而言之。今左方無之者，南宋合併時所去耳。

先蒸於夷姜閩本同，明監本同。毛本「蒸」作「烝」。案：所改是也。

柏舟

汎汎流貌小字本、相臺本同。案：此當衍一「汎」字。正義云「言泛然而流者」，標起止云「汎流」，是正義本不重「泛」字。《釋文》云：「汎，流貌。本或作『汎汎流貌』者，此從王肅注加。」各本皆誤，當依正義、《釋文》正之。

今不用而與物汎汎然閩本、明監本、毛本「與」下衍「衆」字，小字本無，十行本初刻無，後剜添。相臺本有「衆」字、無「而」字。案：箋上云「舟載渡物者」，下云「今不用而與物汎汎然」，二「物」字相承，不應有「衆」字。正義云：「亦汎汎然其與衆物俱流水中而已」，乃正義自爲文，不可據添。岳氏《沿革例》云：「間有難曉解者，以疏中字微足其義。」謂此類也。然其所足，要未有當者。

各有威儀耳小字本、相臺本同。案：「威儀」二字當作「宜」。考正義云：「此言『君子望之儼然可畏』，解經之威也。『禮容俯仰各有宜耳』，解經之儀也。」是正義本作「各有宜耳」也。傳以「畏」解「威」，以「宜」解「儀」，所謂詁訓之法。不知者改「宜」字作「威儀」，於是此傳既「威儀」二字分解者，而「威」字乃互見「儀」字解中矣。毛氏以「宜」解「儀」之詁訓遂不可復見，失之甚者也。當依正義所述毛傳改正之。○按：舊校非也。《左傳》「威儀」有分解處，而大意不分。毛傳「皆有威儀」，正用《左傳》「北宫文子言君臣、父子、兄弟、内外、大小皆有威儀也」之文。正義改作「各有宜」，非也。上文「儼然可畏」非專釋「威」，《説文》「義」字下曰「己之威儀也」，不專以「儀」釋義，必連「威」言之。凡有似分而合者，如「規矩」，亦不可分，《説文》「巨」下云「規巨也」可證。

故又陳已德明監本、毛本「又」下衍「自」字，閩本剜入。

愠怒也小字本、相臺本同。案：《釋文》「愠」下云「怒也」，是《釋文》本此傳作「怒也」。正義云：「言仁人憂心悄悄然，而怨此羣小人在於君側者也。」正義本「怒」字當是「怨」字。《緜》傳云：「愠，恚。」正義云：「《説文》：愠，怨也。恚，怒也。有怨必怒之。」所引《説文》作「愠，怨也」，亦其一證。

衣不澣憒辱無照察明監本、毛本「衣」下衍「之」字，閩本、明監本所剜添也。

孝經讖曰兄日姊閩本、明監本、毛本同。案：「姊」下當有「月」字。

日月又喻兄姊明監本、毛本無「日」字，閩本剜去。案：此六字爲一句，删去「日」字，改讀「月」字屬上，誤也。

緑衣

妾上僭者謂公子州吁之母母嬖而州吁驕小字本、相臺本同。案：此即定本也。正義云：「是公子州吁之母嬖也。」又云：「是州吁驕也。」定本「妾上僭者，謂公子州吁之母也。母嬖而州吁驕」，唯多一「也」字耳。正義本當不重「母」字，以「嬖」上屬讀爲句，與定本不同。《考文》：「一本有『也』字。」采正義。

何時其可已止也閩本、明監本、毛本「已」誤「以」。

故内服注以男子之褖衣黑閩本、明監本、毛本同。案：「内」下，浦鏜云：「脱『司』字。」是也。

不殊衣裳小字本、相臺本同。案：此定本、《集注》也。正義本無「衣」字，考「不殊裳」鄭《喪服》注文，此正義引以爲説。然《喪服》注意但説「裳」，此箋意兼説「衣裳」，故其文不同。當以定本、《集注》爲長。

女子子在室閩本、明監本、毛本下「子」字誤「于」。

先染絲後製衣閩本、明監本、毛本同。小字本、相臺本「製」作「制」。案：「制」字是也。正義云：「當先染絲而後製衣。」以下盡作「製」字者，「制」、「製」古今字，正義易「制」爲「製」而説之。其例見前。非正義本箋作「製」字也，當由不知者以正義改箋耳。

先製衣而後染閩本、明監本同。毛本「染」下剜添「絲」字。案：所補誤也，「製」後不得復名「絲」矣。

鄭以爲言絺兮綌兮不當暑明監本、毛本「不」下衍「以」字，閩本剜入。案：「不」當作「本」，形近之譌耳。補「以」字者非。

凄寒凉之名也閩本、明監本、毛本「凄」誤「皆」。

正義曰箋以上二句閩本、明監本、毛本「以」誤「云」。

燕燕

陳女女娣閩本、明監本、毛本同。案：此不誤。浦鏜云：「『弟』誤『娣』。」非也。正義所引《世家》字如此耳。

此陳其得媵莊姜者閩本、明監本、毛本「其」誤「女」。

箋云差池其羽小字本、相臺本同。案：《考文》古本「差池其羽」上有「于，往也」三字。考正義，經三「于」字，上二「于」爲「往」，下一「于」爲「於」。傳但在「遠送過禮」下著「于，於也」一訓。因「之子于歸」，「于，往也」，《桃夭》已有傳。而「于飛」所以興「于歸」，其同爲「往」，自可知也。箋意亦如此。正義上本《桃夭》傳而訓爲「往」耳，非箋有「于，往也」一訓也。《考文》古本采正義而誤。

釋鳥嶲周明監本、毛本「鳥」下衍「云」字，閩本剜入。

此燕即今之燕也閩本、明監本、毛本同。案：「此燕」下，浦鏜云：「脱一『燕』字。」是也。《爾雅》疏即取此，正重「燕」字。

尾涏涏是也閩本、明監本、毛本同。案：「涏」當作「涎」，形近之譌。○按：《漢書》及諸韻書皆作「涎」。以韻言，則「霆」、「電」亦音之轉。

往飛之之貌明監本、毛本不重「之」字，閩本剜去。案：上「之」字乃「時」字之誤，正義上下文可證，輒删者非也。

聲有小大小字本、相臺本同。閩本、明監本、毛本「小大」作「大小」，誤也。案：上正義云「故以上下其音喻言語大小」者，以自爲文，故與經「下上」、箋「小大」皆倒也，不當據改。又，《雄雉》箋亦作「小大」可證。

實勞我心相臺本下有「實是也」，乃《釋文》誤遺「〇」耳。餘本皆不誤。《考文》古本有，非也。

塞瘞小字本、相臺本同。案：正義云：「定本『任大』之下云：『塞，瘞也。』俗本：『塞，實也。』」正義本從俗本，故云「其心誠實而深遠也」，不更説「瘞」字。《釋文》云：「瘞，崔《集注》本作『實』。」考《定之方中》「塞」字無傳，而箋云：「塞，充實也。」《常武》箋云「自實滿」。本此傳也。當以《集注》、正義本爲長。定本、《釋文》本作「瘞」者，即《説文》之「瘱」字。○段玉裁云：「瘞者，幽薶也。」與充實義正同，非有二訓也。謂即心部「瘱」字，非是。「瘱」者，静也。義殊。

孝友睦姻任恤小字本同，閩本、明監本同。相臺本「姻」作「婣」，毛本同。案：「姻」字是也。此箋用漢時今字，與《周禮》經古字不同也。相臺本、毛本所改皆非是。

姻親於外親毛本「姻」誤「婣」，閩本、明監本不誤。

記古書義又且然閩本、明監本、毛本同。案：浦鏜云：「『既』誤『記』。」考《南陔》正義，是也。「且」當作「宜」，《南陔》正義引作「當」。

日月

以至困窮之詩也唐石經、小字本、相臺本同。案：此《釋文》本也。正義云：「俗本作『以致困窮之詩』者，誤也。」《釋文》云：「『以至困窮之詩也』，舊本皆爾。俗本或作『以至困窮而作是詩也』，誤。」正義、《釋文》所説相反。正義本標起止云「至困窮」，與各本不同。今無可考。《考文》古本作「以至困窮之故作是詩也」，采《釋文》或作本而有誤。

言日乎以照晝閩本、明監本、毛本「乎」下有「日」字。案：所補是也。

顧下章傳亦宜倒讀明監本、毛本「顧」誤「故」，閩本不誤。

不循不循禮也小字本、相臺本同，《考文》古本同。閩本、明監本、毛本上「循」字作「述」。案：山井鼎云：「箋申毛傳作『循』，似是。」考凡鄭箋皆箋傳而非箋經，「循」字是矣。

終風

見侮慢而不能正也唐石經、小字本、相臺本同，《考文》古本同。閩本、明監本、毛本脱「而」字。

且其間有暴疾明監本、毛本「間」下衍「又」字，閩本剜入。

在我莊姜之傍閩本、明監本、毛本同。案：注作「旁」，正義作「傍」。旁、傍，古今字，易而説之也。例見前。餘同此。

中心是以慆傷閩本、明監本、毛本「慆」作「悼」。案：所改是也。

浪意明也閩本、明監本、毛本「明」誤「萌」。案：《爾雅》疏即取此，正作「明」。○按：此當作「萌」爲是。舍人意「浪」讀爲「蒼筤竹」之「筤」。《易》正義曰：「竹初生之時色蒼筤，取其春生之美也。」凡意蕊心花初生時似此，故舍人曰「浪，意萌也」。作「明」者誤。《韓詩》云「起也」，正是「意萌」之訓，謂如波之起也。

雖來復侮慢之閩本、明監本、毛本「侮」誤「悔」。

願言則嚏唐石經、小字本、相臺本同。案：《釋文》云：「疌，本又作『啑』，又作『疐』，舊作利反，又丁四反，又豬吏反，或竹季反，劫也。鄭作『嚏』，音都麗反。」段玉裁云：「毛作：『疐，跲也。』鄭云：『疐，讀爲不敢嚏咳之嚏。』此鄭改字。唐石經以下經傳皆從口，是用鄭廢毛。『嚏』不得訓『跲』明矣。」今考正義本，傳是「跲也」，則其經當是「疐」字。《釋文》「疌」即「疐」之變體，《狼跋》釋文「疐，本又作『疌』」可證也。與《説文》止部之「疌」字迥不相涉。若經字作止部之「疌」，鄭不得讀爲「嚏」，《釋文》亦不當作竹利等反矣。《經義雜記》云：「案《釋文》，知崔靈恩《集注》作『疌』，陸氏從之。正義則從王肅作『疐』。《釋文》云『一作疐』者，即王本也。」其説非是。由誤讀《釋文》爲從止之「疌」所致也。

嚏跲也小字本、相臺本同。案：「嚏」當作「疐」。又，此正義本也。正義云：「王肅云：『願以母道往加之，則嚏劫而不行。』『跲』與『劫』，音義同也。定本、《集注》並同。」《釋文》云：「劫也，本又作『跲』，孫毓同。崔云『毛訓疌爲㰦，今俗人云欠欠㰦㰦是也』。不作『劫』字。人體倦則伸，志倦則㰦。」考此傳本與《狼跋》同，王肅、孫毓作「劫」，崔靈恩作「㰦」，皆非是。當以正義本爲長。

終風至則嚏閩本、明監本、毛本同。案：此標起止及下云「我則嚏跲而不行」，又標起止云「傳嚏跲」，又云「嚏劫而不行」，凡四「嚏」字皆當作「疐」。正義舊是「疐」字，不知者以箋「嚏」字亂之耳。

寤言不寐小字本、相臺本同。唐石經初刻「寐言不寤」，後改同今本。案：初刻非也。

言我夜覺常不寐閩本、明監本、毛本「常」誤「恒」。

擊鼓

伐鄭在魯隱四年小字本同，閩本、明監本、毛本亦同。相臺本「隱」下有「公」字，《考文》古本同。案：無者是也。正義標起止云「至隱四年」及以下正義文皆可證。

則吁爲首閩本、明監本同，毛本「則」作「州」。案：「州」字是也。

戎事非輕於力役閩本、明監本、毛本「役」下衍「也」字。

箋云子仲字也小字本、相臺本同，《考文》古本同。閩本、明監本、毛本脱「子」字。

祭兵于山川閩本、明監本、毛本「于」誤「於」。

與之約誓小字本、相臺本同。案：《釋文》云：「與之約，一本作『與之約誓』。」考正義云「殷勤約誓」，是其本當與一本同。

欲相與從生死明監本、毛本「生」下衍「至」字，閩本剜入。

故吁嗟歎之小字本、相臺本同，閩本、明監本、毛本亦同。案：「吁」當作「于」。《騶虞》、《氓》兩箋皆作「于」，是其證也。

乖闊疏遠明監本、毛本「闊」下衍「與」字，閩本剜入。

凱風

而成其志爾唐石經、小字本、相臺本同。案：正義云：「俗本作『以成其志』，『以』字誤也。定本『而成其志』。」《考文》古本作「以」，采正義。

此與孝子之美閩本、明監本、毛本「與」誤「舉」。

不得安母之心閩本、明監本、毛本「得」誤「能」。

棘難長養者段玉裁云：「棘」下當有「心」字。棘心，棘之初生者，故難長養。下章云「棘薪」，則其成就者矣。語勢正相對也。

有叡智之善德閩本、明監本、毛本同。案：注作「知」，正義作「智」。知、智，古今字，易而説之也。例見前。《釋文》：「知，本亦作『智』。」非正義本。餘同此。

雄雉

而作是詩小字本、相臺本同。唐石經初刻無此四字，後改有。案：有者是也。正義標起止云「至是詩」可證。○按：據標起止爲證，乃是正義所據本耳。他本之有不同者，不必皆正義取據也。全書以此例之。

齊莊公通於崔杼之妻閩本、明監本、毛本「齊」誤「蘇」。

夫人爲夷姜閩本、明監本、毛本「爲」誤「謂」。

我之懷矣自詒伊慼閩本、明監本、毛本同。案：「伊」當作「繄」。正義引此傳之「繄」及《小明》之「伊」，以明鄭所以易「伊」爲「繄」也。作「伊」則與下《小明》無别，不知者所改耳。

箋云日月之行閩本、明監本、毛本同。小字本、相臺本「日」上有「視」字。案：有者是也。正義云：「言我視彼日月之行」，即本箋爲説也。《考文》古本有「我視」二字，采正義而有誤。

事君或有所留閩本、明監本、毛本同。小字本、相臺本「事」作「而」。案：「而」字是也。

匏有苦葉

由膝以上爲涉小字本、相臺本同。案：正義標起止同，云「今定本如此」，是舊本不如此。今無可考。《釋文》：「以上，時掌反。下皆同。」謂「由帶以上」、「由軔以上」也。其與定本同異亦無可考。

以衣涉水爲厲謂由帶以上也小字本、相臺本同。案：正義標起止同，云「今定本如此」，是舊本不如此。今無可考。段玉裁云：「定本出於小顔，恐屬肊改。當作『以衣涉水爲厲，由帶以上爲厲』。」《爾雅》不爲一訓，毛並存之。

揭褰衣也小字本、相臺本同。案：正義標起止同，云「今定本如此」。《釋文》云：「揭，揭衣。一本作：揭，褰衣。」定本與《釋文》一本同。考「揭，揭衣」，毛用《爾雅》文，當以《釋文》本爲長。

故詩曰幡幡瓠葉閩本、明監本、毛本「瓠」誤「匏」。

行禮乃可度世難無禮將無以自濟閩本缺「難無」二字，明監本、毛本誤「不行」。案：此讀當於「難」字斷句，「無」字下屬。明監本、毛本以意補。非也。

傳曰賢女妃聖人閩本、明監本、毛本同。案：浦鏜云：「箋誤，傳是也。」此自正義誤以箋爲傳耳，非字誤也。

濟盈不濡軌小字本同。相臺本「軌」作「軓」，閩本、明監本、毛本同，唐石經作「軓」。案：《釋文》云：「軌，舊龜美反，謂車轊頭也，依傳意，宜音犯。案《説文》云：軌，車轍也，從車，九聲，龜美反。軓，車軾前也，從車，凡聲，音犯。車轊頭，所謂軹也。相亂，故具論之。」是《釋文》本字作「軌」，但以爲宜作「音犯」字。正義云：「《説文》云：軌，車轍也。軓，車軾前也。然則軾前謂之軓也，非軌也。但軌聲九，軓聲凡，於文易爲誤，寫者亂之也。」是正義本字亦作「軌」，但以爲寫者亂之，故不從「軌」而從「軓」以爲説。由此考之，唐石經以前經字未有直作「軓」者也。戴震《毛鄭詩考正》依韻定從「軌」字，段玉裁同。詳見下。相臺本依《釋文》，小字本及此十行本皆然。其作「軓」者，即「軌」字，非「軓」字，乃當時俗體也。《釋文》「軹」字舊誤，今訂正。詳後考證。

由輈以上爲軓小字本同。相臺本作「軌」，見上。餘同。案：段玉裁云：「古者輿之下兩輪之間方空處謂之軌。高誘注《吕氏春秋》云『兩輪間曰軌』，此以廣狹言之，凡言度涂以軌謂此。毛傳曰『由輈以下爲軌』，此以高下言之，凡言濡軌、滅軌謂此。《穀梁傳》曰『車軌塵』，謂以軌之高廣節塵之高廣。《中庸》『車同軌』，亦謂車制高廣不差。軌，亦云『轍』。轍者，通也，其中通也。近人專以在地之迹謂之軌轍，古經不可解矣。不云由輿以下者，水深至於輿下軸上之輈，則必入輿矣。故以輿下之輈爲高下之節，喻禮義之不可過也。自『下』譌爲『上』，乃議改軌爲軓。《釋文》『舊龜美反』，則唐以前本不誤也。」今考《釋文》本已誤作「上」，讀時掌反。見前「由膝」句「以上」字音中。

必濡其軌今言不濡軌閩本、明監本、毛本二「軌」字作「軓」。案：此二字皆當作「軓」。正義從「軓」字以爲説，故自爲文，直改云「軓」也。

今雌雉鳴也閩本、明監本、毛本同。案：浦鏜云：「『鳴』當『鳥』誤。」是也。

乃媚悦爲子之公閩本、明監本、毛本「公」誤「容」。

以假人以辭閩本、明監本、毛本上「以」字作「似」。案：「似」是也。

軌車軾前也閩本、明監本、毛本「軌」作「軓」。案：所改是也。以下「軓」字同者不更出。

祭左右軌范乃飲閩本、明監本、毛本「軌」作「軓」。案：所改非也。下「軌與軹」，又《少儀》注云「軌與軹」，又「軌當大馭之軹」，及此凡四字皆當作「軌」。閩本以下一例改爲「軓」，失之。又下「其實少儀軌字」一處，閩本、明監本作「軌」，是。毛本作「軓」，非。

書或爲軌玄謂軌是軌法也閩本、明監本、毛本三字皆作「軌」。案：此當作「書或爲軋，玄謂軓是。軋，法也」。各本皆誤。今《周禮》注下「軋」字亦作「軓」，依段玉裁《漢讀考》訂。

謂與下三面之材閩本、明監本、毛本同。案：浦鏜云：「『輿』誤『與』。」以《周禮》注考之，是也。

考功記注閩本、明監本、毛本同。案：浦鏜云：「『工』誤『功』。」是也。

鴈者隨陽而處小字本、相臺本同。案：此定本也。正義云：「定本云『鴈隨陽』，無『陰』字。」是正義本有「陰」字，作「鴈者陰隨陽而處」。考箋下云「似婦人之從夫」，正義云「此皆陰陽並言」，謂下句並言「婦人與夫」，上句宜並言「陰隨陽」也。當以正義本爲長。

注云謂羔鴈也閩本、明監本、毛本「謂」誤「納」。

故爲爲日出閩本同。明監本、毛本「故」誤「大」，「爲」誤「昕」。案：此當作「故爲日始出」。

日未出已名爲昕生閩本、明監本、毛本同。案：「生」當作「矣」，形近之譌。

此皆陰陽並言閩本、明監本、毛本「並」誤「并」。

定本木鴈隨陽閩本、明監本、毛本同。案：「木」當作「云」，形近之譌。

日用昕者閩本、明監本、毛本「日」誤「耳」。

谷風

葍菁與葍之類也小字本、相臺本同。案：《釋文》云：「葍，音福。本又作『蕌』，音富。」正義云「葍菁與葍之類」者，是亦作「葍」也。《考文》古本作「蕌」，采《釋文》又作本。

陳楚謂之豐閩本、明監本、毛本「豐」誤「葑」。

關西謂之蕪菁閩本、明監本、毛本同。案：此不誤。「西」上，浦鏜云：「脱『之東』二字。」非也。正義所引《方言》皆不備。

趙魏之部閩本、明監本、毛本同。案：浦鏜云：「『郊』誤『部』。」考《方言》，是也。

生下溼地毛本「溼」誤「涇」，閩本、明監本不誤。案：此正義順彼文，故作「溼」，他正義則用「濕」，改爲「溼」者誤。

陸機云菲似葍閩本、明監本、毛本「葍」誤「葍」。

箋云徘徊也閩本、明監本、毛本同。小字本、相臺本「云」下有「違」字，《考文》古本「違」字亦同。案：有者是也。

言君子與已訣別小字本同，閩本、明監本、毛本亦同。相臺本「訣」作「決」。案：《釋文》云：「訣，本或作『決』。」相臺本依改，以爲「決」正「訣」俗也。考「訣」字，《説文》在新附，而《文選》注引《通俗文》已有之，可不煩改。相臺本非也。

送我裁於門内 小字本、相臺本同。案：《釋文》云：「裁於門内，一本作『裁至於門』，又一本作『裁至於門内』。」正義本今無可考。山井鼎云「古本、一本『於』上補『至』字，不知據何本」者，即采《釋文》。

宴爾新昬 唐石經、小字本、相臺本同。案：《釋文》云：「宴爾，本又作『燕』。」《考文》「一本作『燕』，下同」，采《釋文》又作本。

湜湜其沚 唐石經、小字本、相臺本同。案：《釋文》云：「其沚，音止。」正義本未有明文。《説文》水部「湜」下引《詩》曰：「湜湜其止。」段玉裁云：「毛作『止』，鄭作『沚』。」今考鄭箋，但義從「沚」耳，其經字不作「沚」也。《釋文》、唐石經及各本皆誤，見下。

小渚曰沚 小字本、相臺本同。案：此鄭以經「止」字爲「沚」字之假借，不云「讀爲」而於訓釋中直改其字以顯之也。例見《關雎》「怨耦曰仇」下。此實漢代注經之常例，而後來往往有依注改經者，此經《釋文》本已誤矣。《經義雜記》云：「以『止』爲『沚』，起於北宋。」又云：「此因經誤作『沚』，又於箋首增『小渚曰沚』四字，於《釋文》加『其沚音止』四字。」其説皆非也。《關雎》正義引此箋「小渚曰沚」，安得以爲增乎？因不得箋改字之例而誤也。今訂正。

故見渭濁 小字本、相臺本同。案：《釋文》云：「舊本如此。一本『渭』作『謂』，後人改耳。」考此箋云「故見謂濁」，下云「故謂己惡也」，二「謂」字義同。正義云：「涇水言以有渭，故人見謂己濁，猶婦人言以有新昬，故君子見謂己惡也。見謂濁，言人見謂己涇之濁。」是正義本亦作「謂」，當以一本爲長。又云「定本『涇水以有渭，故見其濁』」，此定本之誤，正義所不從。而毛居正《六經正誤》反以爲是，失之矣。《考文》古本作「其」，采正義。一本作「見其清濁」，則更誤。正義見「謂」

字凡四，下二「謂」字譌作「渭」，今改而正之，見下。

毋發我笱唐石經、小字本、相臺本同。案：《釋文》以「無發我笱」作音，考正義引《角弓》箋及《説文》「毋」字爲説，是正義本作「毋」也。考唐石經《小弁》經作「無」，乃是經中用字不畫一，當以正義本爲長。○按：以《儀禮》古文作「無」、今文作「毋」例之，《毛詩》多古文，則作「無」是也。正義本作「毋」，未是。

諭禁新昬也小字本同，閩本、明監本同。相臺本「諭」作「喻」，毛本同。案：「喻」字是也。正義云「是喻禁新昬無乃之我家也」，上文又云「以興禁新昬，汝無之我家」，「喻」即「興」也，「諭」字形近之譌耳。《考文》：一本采此，而改上文「喻」皆作「諭」，其餘亦二字不别。誤。

由新舊並而善惡别閩本、明監本、毛本「並」誤「并」。

言人無之我魚梁閩本、明監本、毛本同。案：經作「毋」，注同。正義作「無」。毋、無，古今字，易而説之也。例見前。餘同此。○按：謂「無」、「毋」古今字，可也。謂「毋」、「無」古今字，不可。

東南至京兆陵陽閩本、明監本、毛本同。案：浦鏜云：「『陽陵』字誤倒。」考《漢志》，是也。

此以涇濁喻舊至閩本、明監本同。毛本「至」作「室」。案：「室」字是也。《六經正誤》引作「室」。

見渭濁言人見渭已涇之濁閩本、明監本、毛本同。案：浦鏜云：「『謂』並誤『渭』。」是也。《六經正誤》引作「謂」。

其制獻人掌以時獻爲梁閩本、明監本、毛本「其」誤「周」。

喻禁新昬無乃之我家也閩本、明監本、毛本「乃」誤「令」。

象有奸之者禁令勿奸明監本、毛本「奸」誤「姦」，閩本不誤。案：《説文》「毋」下作「奸」，是也。《五經文字》「毋」下作

「姦」,非。奸,犯也。〇按：段玉裁云：依《説文》：厶者,姦也。姦者,厶也。「毋」下云「从女,有姦之者」。《大禹謨》正義引不誤。若「奸」,訓犯婬也,與「姦」義有别。

況我於君子家之事難易乎小字本、相臺本同,閩本同。明監本、毛本「家之」作「之家」。案：所改是也。《考文》古本作「家事之」,一本亦作「家之事」。

何所貧無乎閩本、明監本、毛本同。案：經、傳、箋皆作「亡」,正義作「無」。亡、無,古今字,易而説之也。例見前。

注云舟謂集板如今自閩本、明監本、毛本同。案：「自」當作「舩」。《易》注本如此,故正義引以説今曰舩也。王應麟輯鄭《易》,即采此,其誤亦同。

慉養也小字本、相臺本同。案：正義云：「偏檢諸本,皆云『慉,養』。孫毓引傳云『慉,興』。非也。」《釋文》云：「毛：興也。鄭：驕也。王肅：養也。《説文》：起也。」據此,則「養也」是王肅本也。段玉裁云：《説文》「起」即「興」,正義從「養」,非。

賈用不售小字本、相臺本同。唐石經「售」字磨改。案：錢大昕《唐石經考異》云：「蓋本作『讎』。」段玉裁云：「讎,正字。售,俗字。《史記》、《漢書》尚多用『讎』。」今考《釋文》：「售,布救反。」是《釋文》本作「售」,石經磨改所從也。

阻難云小字本同。相臺本「云」作「也」,閩本、明監本、毛本同。案：「也」字是也。已見《雄雉》傳,此與之同。

昔育恐育鞫唐石經、小字本、相臺木同,閩本、明監本、毛本亦同。案：《詩經小學》云：顧寧人曰：「唐石經自《采芑》、《節南山》、《蓼莪》之外並作『鞫』,今但《公劉》、《瞻卬》二詩從之,餘多俗作『鞠』。」段玉裁案：《采芑》、《節南山》、《蓼莪》,其字皆當作「鞫」。今考經中用字,例不畫一。其用「蹋鞠」字者,假借也。仍以唐石經爲正。又案：此經蜀石經無下「育」字，誤也。以傳、箋、正義考之，皆當有。蜀石經之不可信，每類此。

難易無所辟相臺本同，閩本、明監本、毛本亦同。小字本「辟」作「易」。案：「易」字誤也。《釋文》以「無辟」作音。正義標起止云「至所辟」，是此正義本也。《釋文》本無「所」字。

式微

鄭以式爲發聲閩本、明監本、毛本「爲」誤「微」。

言君今在此皆甚至微明監本、毛本「今」誤「公」，閩本不誤。

固當不憚淹恤明監本、毛本「固」誤「故」，閩本不誤。

旄丘

宣公以魯桓二年卒閩本、明監本、毛本同。案：「二」上，浦鏜云：「脱『十』字。」是也。

又曰千里之外設方伯明監本、毛本「曰」誤「因」，閩本不誤。

若主五等諸侯閩本、明監本、毛本「主」誤「王」。

是天子何異乎云夾輔之有也閩本、明監本、毛本同。案：浦鏜云：「『乎』當『何』字誤。」是也。

如葛之蔓延相連及也相臺本同，閩本、明監本、毛本亦同。小字本「延」作「莚」。案：《釋文》：「蔓莚，以戰反，又音延。」小字本依《釋文》也。考毛《葛覃》、《野有蔓艸》、《葛生》傳，「延」字皆不從艸。此傳當同鄭。《葛覃》箋及《旱麓》箋亦然。《釋文》「延」字皆無音，唯此有，是其本此「延」字誤加艸也。此正義有三「延」字，皆不從艸，是正義本作「延」。「延」

字是矣。《考文》古本作「莚」，采《釋文》。又考「蔓」字亦當衍。《葛覃》傳云：「覃，延也。」《葛生》傳云：「葛生延而蒙楚。」皆單言「延」。《野有蔓草》傳釋「蔓」云「延也」，是「蔓」即「延」，故不重言也。鄭箋有「延蔓」，而「蔓」在「延」下。《芄蘭》箋今本有「蔓莚」，依《釋文》，是後人輒加。然則此傳亦後人輒加也。正義三言「延蔓」，乃自爲文。凡單注言「延」及單言「蔓」者，正義皆得重言「延蔓」而説之。

以當蔓延相及 閩本、明監本、毛本同。案：此當作「延蔓」，誤倒之耳。下文二「延蔓」可證。

二者別設其文 明監本、毛本「二」上衍「言」字，閩本剜入。

形貌蒙戎然 小字本同。相臺本「戎」作「茸」。案：《釋文》：「蒙，如字。徐：武邦反。戎，如字。徐：而容反。」云：「徐此音是依《左傳》讀作『厖茸』字。」正義引《左傳》依此經作「蒙戎」，是此箋、正義本、《釋文》本皆作「蒙戎」。相臺本改「戎」爲「茸」，誤也。閩本、明監本、毛本亦作「戎」。

狐裘蒙戎杜預云蒙戎亂貌 閩本、明監本、毛本同。案：此不誤。浦鏜云：「傳作『厖茸』。」非也。凡正義引羣籍有順經注爲文不與本書同者，此類是矣。當各仍其舊。

始而愉樂 小字本、相臺本同。案：此定本也。正義云：「定本『偷樂』作『愉樂』。」上文云「言汝等今好而苟且爲樂」，以「苟且」訓「偷」，其正義本作「偷」也。又上文云「以興衛之諸臣始而偷樂」，今作「愉」者，誤。《釋文》：「偷，以朱反。」與定本同。此傳「愉樂」與「微弱」對文，「愉樂」主言好，不取「苟且」爲義。正義本非是。

簡兮

仕於伶官 小字本同，閩本、明監本、毛本同。唐石經「伶」作「泠」，相臺本同。案：《釋文》云：「泠官，音零，字從水。樂官也。字亦作『伶』。」正義標起止云「箋伶官至伶官」，其上下文「伶」字盡同此。箋言「泠氏世掌樂官」，正義引伶倫氏、伶州鳩以爲說。考《左》昭二十年「泠州鳩」，《釋文》云：「泠，字亦作『伶』。」《漢書・志》「泠綸」及《人表》「泠淪」，又《吕覽》同，皆用從水字。《廣韻》：「泠，又姓。」此《序》及箋當本作「泠」，其作「伶」者，俗字耳。正義亦當本是「泠」字，或後人改之也。《五經文字》云：「泠，樂官。或作『伶』，訛。」亦其證。

伶人告縣閩本、明監本、毛本同。案：浦鏜云：「『和』誤『縣』。」考《國語》，是也。

當萬舞也小字本、相臺本同。閩本、明監本「萬」誤「爲」，毛本不誤。

萬舞干羽也閩本、明監本、毛本同。小字本、相臺本「羽」作「舞」，《考文》古本同。案：「羽」字誤也。「以干羽爲《萬》舞」是毛義，《萬》舞爲干舞、《籥》舞爲羽舞，鄭所易也。正義有明文。又標起止云「箋簡擇至干舞」，亦可證。不知者乃順上傳改此箋耳。

故云用之宗廟山川明監本、毛本「用」誤「周」，閩本不誤。

則謂一日之中明監本、毛本「則」下衍「樂」字，閩本剜入。

則亦爲大德也明監本、毛本「則」誤「當」，閩本不誤。

可以御亂小字本、相臺本同。案：正義云：「御，治也。謂有侵伐之亂，武力可以治之。定本作『御』字。」如其所言，非爲異本，當有誤也，今無可考。意必求之，或定本「御」作「禦」。

渥厚漬也小字本、相臺本同。案：此正義本也，云「定本『渥，厚也』，無『漬』字」。考《釋文》「渥」下云「厚也」，亦無「漬」字。故下不爲「漬」字作音。《釋文》本與定本同也。

祭有畀輝胞翟閽寺者閩本、明監本、毛本「韗」誤「煇」。案：《序》下正義兩「韗」字可證。依此正義本，傳當作「韗」字。《釋文》云「『煇』字亦作『韗』」者，是也。其引《祭統》，乃順彼文作『煇』耳。

故於祭末乃是賜也閩本、明監本、毛本「是」誤「見」。

其子小似柿子閩本、明監本、毛本同。案：浦鏜云：「『橡』誤『柿』。」是也。○按：一本作「似杼子」。「杼」即「狙公賦芧」字之或體，非「機杼」也。「杼」誤而爲「柿」耳。「芧」即「橡」也。

泉水

思之至也小字本、相臺本同。案：正義云：「雖非禮，而思之至極也。君子善其思，故録之也。定本作『思』字。」如其所言，非爲異本，當有誤也。《釋文》云：「一本『思』作『恩』。」或定本如此，但未有明文。明監本、毛本作「定本作『恩』字」，用《釋文》改耳。閩本不改。

無日不思也小字本、相臺本同。閩本、明監本、毛本「無」上衍「我」字，十行本初刻無，後剜添。考正義云：「故我有所至念於衛，無一日而不思念之也。」是箋本無「我」字。剜添者非也。

故我有所至念於衛明監本、毛本「故」誤「然」，閩本不誤。

言我思欲出宿於泲閩本、明監本、毛本「泲」誤「姊」。

舍軷即釋軷也閩本、明監本、毛本「釋軷」誤倒。

止陳車騎閩本、明監本、毛本「止」誤「上」。

然則輈山行道之名也閩本、明監本、毛本同。案：浦鏜云：「道，衍字。」以《聘禮》注考之，是也。

士喪禮有毀宗躐行閩本、明監本、毛本同。案：浦鏜云：「士，衍字。」以《聘禮記》注考之，是也。

故爲由遠親親閩本、明監本、毛本「由」誤「申」。

干言所適國郊也小字本、相臺本同。案：上章正義云：「下傳或兼云『干言所適國郊』者，一郊不得兩地，宿餞不得同處。言，衍字耳。定本、《集注》皆云『干所適國郊』。」是定本、《集注》、正義本皆無「言」字。不當依或本也。

我還車疾於衛而返小字本同。相臺本「疾」下有「至」字，閩本、明監本、毛本同，十行本初刻無，後剜添。案：無者是也。此箋「而返」二字即申傳「至」字之意。若「疾」下有「至」字，則「而返」二字無所施矣。相臺本非也。

出宿至有害閩本、明監本、毛本誤作「出宿于干至瑕有害」。

北門

刺仕不得志也唐石經、小字本、相臺本同。案：正義云：「不知士有才能。」又云：「言士者，有德行之稱。其仕爲官，尊卑不明也。」是正義本「仕」當作「士」字。

摧沮也小字本、相臺本同。案：正義云：「則乖沮己志。定本、《集注》皆云『摧，沮也』。」標起止云「傳摧沮」。如其所言，非爲異本，當有誤也。今無可考。意必求之，或定本、《集注》作「摧，阻也」。

則乖沮己志毛本「乖」誤「乘」，閩本、明監本不誤。

故以爲摧爲刺譏己也閩本、明監本、毛本同。案：浦鏜云：「『爲摧』當『摧我』誤。」是也。

北風

莫不相攜持而去焉唐石經、小字本、相臺本同。案：正義云「莫不相攜持而去之」，正義自爲文也。標起止云「至去焉」可證。《考文》古本有「之」字，采正義而誤。

虚虚也小字本、相臺本同。案：此《釋文》本也。《釋文》云：「虚，虚也。一本作『虚，徐也』。」正義云：「但傳質，詁訓疊經文耳，非訓『虚』爲『徐』。」是正義本當是『虚，徐也』，與《釋文》一本同。標起止云「傳虚虚」，或合併經、注、正義時所改也。段玉裁云：經文作「邪」，鄭始易爲「徐」。毛意「虚邪」如《管子》之「志無虚邪」耳。「虚，虚也」者，謂此「丘虚」字即「空虚」字也。正義本非。○按：古之訓詁有此一例，如《易大傳》「比者比也」、「剥者剥也」、「蒙者蒙也」，《説文》亦云「巳者巳也」，經傳不可枚數。或疑毛傳内無此，因舉「要之褋之」傳曰「要，褄也」。毛公時安得有「褄」字？褄，本作「要」，謂此「要」非人要領之「要」，乃衣裳之「要」也。正與此「虚，虚也」一例。古者「虚」本訓丘虚，因之訓空虚，嫌其義之不可定也，故釋之曰：此丘虚字，其義則空虚也。如《易》「蒙者蒙也」，謂此蒙艸名之字，其義則訓蒙覆也。

而雪害物明監本、毛本「而」誤「雨」，閩本不誤。

承惠好之下閩本、明監本、毛本「承」誤「亟」。

霏甚貌毛本「霏」誤「靡」，明監本以上皆不誤。

静女

言志往而行正小字本同，閩本、明監本、毛本亦同。相臺本「正」作「止」，《考文》古本同。案：「正」字是也。《終風》箋云：「正，猶止也。」言止足包止，義不必與「往」字對文。相臺本非也。

然後可保畜也閩本、明監本、毛本「可」下衍「以」字。

使妃妾德美也明監本、毛本「德」誤「得」，閩本不誤。

定本集注云女史皆作女史閩本、明監本、毛本同。案：此「云」字當衍。

其信美而異者小字本、相臺本同。案：正義説箋云「信美而異於衆草」，又云「定本、《集注》云『信美而異者』」，是正義本不與定本、《集注》同也。但未有明文，今無可考。《考文》「一本『美』作『善』」，未見所出。

非爲萬徒説美色而已小字本、相臺本「萬」作「其」，閩本、明監本、毛本亦同。案：「其」者，其經「女」字也。唯十行本作「萬」，是誤字。

新臺

故不能俯也小字本、相臺本同，《考文》古本同。閩本、明監本、毛本「俯」下衍「者」字。

二子乘舟

汎汎然迅疾而不礙也小字本、相臺本同。案：正義云：「汎汎然迅疾而不礙。」《釋文》云：「駛疾，所吏反。本或無『駛』字。一本作『迅疾』。」正義本與一本同。

見其影之去往而不礙閩本、明監本、毛本同。案：經作「景」，正義作「影」。景、影，古今字，易而説之也。例見前。餘同此。

云壽盜其白旌而先閩本、明監本、毛本「旌」作「旌」。

不瑕有害小字本、相臺本同。唐石經初刻「遐」，後改「瑕」。案：初刻非也。此經「瑕」字，毛遠也。以「瑕」爲「遐」之假借。

鄭則如字讀之，故易爲「過也」。《泉水》經同，其《釋文》可證也。《汝墳》、《天保》、《南山有臺》等經用「遐」字者，即不畫一之例。

柏舟

故作是詩以絶之小字本、相臺本同。唐石經初刻「之」下有「也」字，後磨去，《考文》古本有。案：古本非據唐石經，但其本每多「也」字而偶合。

即下云至死矢靡他是也閩本、明監本、毛本同。案：經、傳作「它」，正義作「他」。它、他，古今字，易而說之也。例見前。此不誤。浦鏜云：〔一〕「『之』誤『至』。」非也。傳：「之，至也。至己之死信無它心。」正義取此。

端韠紳搢笏閩本、明監本同。毛本「韠」誤「鞞」。

蓋亦衣不端矣閩本、明監本、毛本同。案：浦鏜云：「『不』當『玄』誤。」是也。

纓而結其絛閩本、明監本、毛本「纓」誤「緌」。

之死矢靡慝小字本、相臺本同。案：盧文弨云：「唐石經初刻『慝』作『匿』，誤。後改從今本。」考傳「慝，邪也」，《釋文》「慝，他得反」，皆可證也。

牆有茨

此注刺君閩本、明監本、毛本「注」作「註」。案：皆誤也。浦鏜云：「『註』當『主』字誤。」是也。

〔一〕「浦」，原作「甫」，據文選樓本改。

茨蒺藜也小字本同，閩本、明監本、毛本同。相臺本「藜」作「蔾」。案：「蔾」字是也。《釋文》「蔾，音棃」，正義「今上有蒺蔾之草」，皆可證。

今上有蒺蔾之草閩本、明監本、毛本「蔾」誤「藜」。餘同此。

君本何以不防閑其母閩本、明監本、毛本「本」誤「奈」。

内冓箋内冓閩本、明監本、毛本「箋」上衍「○」。

君子偕老

今夫人有淫佚之行閩本、明監本、毛本「佚」誤「泆」，下同。

行可委曲蹤迹也小字本、相臺本同，《考文》古本同。閩本、明監本、毛本「蹤」誤「縱」。案：此傳當作「從」，與《羔羊》傳字同。《釋文》「委委」下云「行可委曲蹤迹也」，乃易爲今字耳。非《釋文》本此傳作「蹤」也。《羔羊》傳《釋文》云：「從，字亦作『蹤』。」可證。

何謂不善乎閩本、明監本、毛本同。小字本、相臺本「何」作「可」。案：「可」字是也。正義云：「可謂不善，云如之何乎？」又云：「可謂不善，言其善也。」是其證。

次第髮長短明監本、毛本「短」下有「爲之」二字，閩本剜入。案：此誤補也。正義不備引耳。《雞鳴》正義引有。

唯祭服有衡笄閩本、明監本、毛本同。案：此不誤。浦鏜云：「衍『笄』字。」非也。陳啓源《毛詩稽古編》云：「衡笄，本《周禮・天官・追師》文，傳引其成語耳，非合衡、笄爲一物也。衡垂於當耳，笄横於頭上。彼注云：『王后之衡笄，皆以玉爲之。唯祭服有衡垂於副之兩旁當耳，其下以紞懸瑱。』『笄，卷髮者。』是衡、笄本二物也。孔疏引之，乃云『唯祭服有衡笄垂於副之兩旁』云云，於『衡』下增一『笄』字而不引『笄，卷髮者』，是以釋『衡』者釋『笄』矣。」今考陳此説，是也。陳又云：「案：《大雅》『追琢其章』疏引《追師》注『衡』下無『笄』字，安知此疏非傳寫之誤？」其説非也。此「笄」字是正義增之，故不備引「笄，卷髮者」，所以傅合傳文也。下云「編次則無衡笄」亦可證。不得以《大雅》正義例之。

以玉珈於笄爲飾 閩本、明監本、毛本同。案：「珈」當作「加」，下云「珈之以言加」者是也。

李巡曰寬容之美也 閩本、明監本、毛本同。案：浦鏜：「『皆』誤『寬』。」是也。《爾雅》疏即取此，正作「皆」。

傳意陳善以駮宜姜 閩本、明監本、毛本「駮」作「駁」。下同。

玼兮玼兮 唐石經、小字本、相臺本同。案：《釋文》云：「玼，音此。」引沈云：「毛及吕忱並作「玼」解。王肅云：「顏色衣服鮮明貌。」本或作「瑳」，此是後文「瑳兮」，王肅注：「好美衣服潔白之貌。」若與此同，不容重出。今檢王肅本，後不釋，不如沈所言也。然舊本皆前作『玼』，後作『瑳』字。」段玉裁云：「玼，一作「瑳」。後人乃分別二章、三章。今考陸氏之意，不以沈爲然。但舊本皆爾，故不定爲一字。正義本標起止「玼兮至如帝」，後章「瑳兮至媛也」，與《釋文》本同。《周禮·内司服》釋文云：「玼，音此。劉：倉我反。本亦作『瑳』，與下『瑳』字同倉我反。」此「玼」、「瑳」一字之證。

其之翟也 唐石經、小字本、相臺本同。案：《釋文》：「揄，字又作『褕』。狄，本亦作『翟』。」「狄」在「揄」下，明是傳字，非經字也。經字無作「狄」者。《考文》古本經、傳皆作「狄」，采《釋文》而有誤。

揚且之晳也 小字本同，閩本同。明監本、毛本「晳」誤「晳」。唐石經、相臺本作「皙」。案：「皙」字是也。《五經文字》云：「晳，相承多從日。」非。《説文》：「皙，人色白也。从白，析聲。」皆在白部可證。《釋文》當亦本作「皙」，今誤。詳後考證。

非由衣服之盛明監本、毛本「由」誤「有」，閩本不誤。

言已髮少閩本、明監本、毛本「已」誤「人」。

因以爲飾名之揥明監本、毛本「之」下有「曰」字，閩本剜入。案：所補是也。

取其填實也閩本、明監本、毛本「填」誤「瑱」。案：「填」字是也。依此，上二「填實」及「言填」、「爲填」，凡四字皆「填」之誤。

其以類根配閩本、明監本、毛本「根」作「相」。案：所改是也。

黑帝其名汁光紀閩本、明監本、毛本「汁」誤「汴」。

展衣夏則裏衣縐絺小字本、相臺本同。案：正義云：「定本云『展衣夏則裏衣縐絺』，俗本多云『冬衣展衣』，蓋誤也。」《釋文》云：「冬衣，於既反，著也。下『裏衣』同。」與俗本同。《考文》一本有「冬則衣」三字，采正義、《釋文》而有誤。

此以禮見於君小字本、相臺本同。案：《釋文》云：「於君子，一本無『子』字。」正義云：「又解『展衣』所用云：此以禮見於君及賓客之盛服。」是正義本無「子」字也。考鄭《内司服》注云：「展衣，以禮見王及賓客之服。」此諸侯夫人，故變文言「君」。與《葛覃》傳「進見於君子，對朝事舅姑」者不同。或因經首「君子」字而誤衍，當以一本爲長。《考文》古本有「子」字，采《釋文》。

禮記作襢衣小字本、相臺本同。案：此正義本也。正義云：「是《禮記》作『襢衣』也。」定本云《禮記》作『襢』，無『衣』字。」當以定本爲長。

揚廣揚而顔角豐滿小字本、相臺本同。案：段玉裁云：傳當本作「揚且之顔者，廣揚而顔角豐滿」。自引經附傳，而傳之複舉經文者往往删去，故此傳割裂而不可通。今考正義標起止云「傳清視至廣揚」，是其本已如此。讀以「揚」字逗，「廣揚」句絶也。卷首鄭氏箋下正義云：「未審此詩引經附傳是誰爲之。」可知毛爲詁訓與經别行者，正義所不見也。

以爲媛助也 小字本同，閩本、明監本、毛本同。相臺本「媛」作「援」，《考文》古本同。案：「援」字是也。正義引《爾雅》孫炎注云「君子之援助然」，是其證也。以「援」解「媛」，所謂詁訓之法。亦見《説文》「媛」字下。

是當暑紲去袢延蒸熱之服也 閩本、明監本同。毛本「烝」作「蒸」。案：「烝」即「蒸」字耳。餘同此。

言是當暑袢延之服者 閩本、明監本、毛本「者」誤「諸」。

褖者實褖衣也 閩本、明監本、毛本同。案：「褖者」當作「緑衣者」。見《緑衣序》下正義。今《周禮》注作「褖」，亦誤字。

中喪禮爵弁服皮弁服之下 閩本、明監本、毛本同。案：浦鏜云：「『上』誤『中』。」是也。

因名眉目曰揚 閩本、明監本、毛本同。案：浦鏜云：「目，疑衍字。」是也。

既名眉爲揚目爲清明 閩本、明監本、毛本同。案：浦鏜云：「明，疑衍字。」是也。

此及猗嗟傳云揚廣 閩本、明監本、毛本同。案：「廣」下，浦鏜云：「脱『揚』字。」是也。

因顔色依爲美女 閩本、明監本、毛本同。案：「依」當作「已」。此説箋意，謂即使不言媛，而顔色已爲美女，故「媛」當爲「援助」也。

桑中

政散民流而不可止 唐石經、小字本、相臺本同。案：正義云：「定本云『而不可止』，『止』下有『然』字。」標起止云「至不可止」，是正義本無「然」字，《考文》古本有，采正義。

刺男女淫怨而相奔也閩本、明監本、毛本同。案：浦鏜云：「『亂』誤『怨』。」是也。

期我於桑中閩本、明監本、毛本同。案：十行本「期我於」，剜添者一字，是「我」字衍也。此但説「期」，不取「我」字。

以其言出公惑淫亂閩本、明監本、毛本同。案：浦鏜云：「『室』誤『惑』。」是也。

有是惡行小字本、相臺本同。案：《釋文》：「行也，下孟反，箋同。」是其本此傳有「也」字，與此不同，《考文》古本有，采《釋文》。

孟姜列國之長女小字本、相臺本同。案：《釋文》云：「列國之女，一本作『列國之長女』。」正義云：「言孟，故知長女。」與一本同。

故陳其辭以刺之閩本、明監本、毛本「辭」誤「詞」。

釋草又云蒙王女閩本、明監本、毛本「又」誤「文」，「王」誤「玉」，下二「王女」同。案：今《爾雅》作「玉」者亦誤。

下孟□□孟弋孟庸閩本、明監本、毛本作「下孟弋孟庸」。案：此十行闕二字，閩本以下輒改者，非。

鶉之奔奔

言其居有常匹小字本同，閩本、明監本、毛本同。相臺本脱「其」字。案：正義云：「定本、《集注》皆云『居有常匹』，則爲『俱』者誤也。」此與定本、《集注》同。

刺宣姜與頑非匹偶小字本、相臺本同。閩本、明監本、毛本「偶」作「耦」。案：所改是也。正義標起止云「至匹耦」，凡箋

「匹耦」字皆從耒，正義亦然。「偶」字誤，餘同此。

定之方中

衛爲狄所滅唐石經、小字本、相臺本同。案：《釋文》云：「衛爲狄所滅，本或作『狄人』，一本作『衛懿公爲狄所滅』，非也。」正義云：「是爲狄所滅之事。」又云：「故爲狄所滅，懿公時也。」皆指《序》而言。是正義本與《釋文》同，其自爲文，則多言「狄人」，非其本有「人」字也。考《序》於此及《載馳》、《木瓜》凡三言「狄人」，文例宜同，當以有者爲長。《考文》古本作「衛懿公爲狄人所滅」，采《釋文》而合兩本爲一。

國家殷富焉小字本、相臺本同。案：盧文弨云：「唐石經初刻作『矣』，後改『焉』。」考正義標起止云「至富焉」，初刻非也。

戰于熒澤而敗小字本、相臺本同，閩本同。明監本、毛本「熒」作「滎」。案：《釋文》：「熒，迴丁反。」考《周禮》、《左傳》與此同，字皆作「熒」，唯《尚書》釋文作「滎」。「滎」字誤也。此正義當本亦是「熒」字。今作「滎」者，或合併以後改之耳。餘同此。

而首章作于楚宫閩本、明監本、毛本「而」誤「即」。

杜預曰君死國散閩本、明監本、毛本「散」誤「敗」。

其在縣東閩本、明監本、毛本同。案：浦鏜云：「『在其』誤倒。」是也。

宋桓公逆諸河霄濟閩本、明監本、毛本同。案：浦鏜云：「『宵』誤『霄』。」是也。考《沿革例》，載杜昭二十年注「霄從公故」，字與此同。皆形近之譌。

作于楚宫唐石經、小字本、相臺本同。案：正義云：「作爲楚丘之宫也。」下句同。考此乃正義説經之義耳，非其本經字作「爲」也。《序》下正義云「而首章『作于楚宫』、『作于楚室』」可證。《詩經小學》云：「案《喪大記》注云：『爲』或作

「于」，聲之誤也。李善《文選》注引『作爲楚宫』、『作爲楚室』，所謂以破引之。」《考文》古本作「爲」，采正義。

其體與東壁連　相臺本同。小字本「壁」作「辟」。閩本、明監本、毛本「壁」誤「璧」。案：「辟」字是也。《釋文》：「辟，音壁。」正義云：「由其體與東壁相成。」辟、壁，古今字，易而説之也。例如此耳，非正義本作「壁」也。考「壁」字古作「辟」，《左傳》「辟司徒」是其證。《爾雅》釋文云：「辟，本又作『壁』。此星有人居之角象，宜爲『壁』。」其説非也。《考文》古本作「壁」，采正義而誤。閩本以下正義中「壁」皆誤「璧」。○按《周禮》注：「辟宿，字亦作『辟』。」古多用「辟」。

椅梓屬　小字本、相臺本同。案：正義云：「故以椅桐爲梓屬。」又云：「定本『椅梓屬』，無『桐』字。於理是也。」標起止云「傳椅梓屬」，當是脱「桐」字也。《考文》古本有，采正義。

言豫備也　小字本、相臺本同，《考文》古本同。閩本、明監本、毛本「豫」誤「預」。案：「預」字在《説文》新附，徐氏曰：「經典通用『豫』，從頁未詳。」是也。閩本以下正義中「豫」亦誤「預」。

而作楚丘之居室　閩本、明監本、毛本同。案：「作」下脱「爲」字，上文可證。

疑在今東郡界今　閩本、明監本、毛本下「今」字作「中」。案：所改是也。

娵觜之口鄭則口開方　閩本、明監本、毛本同。案：「鄭」當作「歎」，因別體俗字「鄭」作「郑」、「歎」作「欵」而譌。《左》襄卅年正義引作「娵觜之歎」，脱「口」字。非也。孫炎「娵觜之口」四字，複舉經文也。下云「人歎則口開，方營室、東辟四方似人之開口」，故名爲「娵觜之口」。

水昏正而裁　閩本、明監本、毛本同。案：「裁」當作「栽」，形近之譌。

乃爲位而平地　閩本、明監本、毛本「地」誤「也」。

終然允臧唐石經、小字本、相臺本同,《考文》古本同,閩本同。明監本、毛本「然」誤「焉」。案：正義云「終然信善」,又云「何害終然允臧也」,皆可證。明監本、毛本正義中下「然」字亦誤「焉」。

可謂有德音小字本、相臺本同。案：此定本、《集注》也。正義云：「君子由能此上九者,故可爲九德,乃可以列爲大夫。定本、《集注》皆云『可謂有德音』,與俗本不同。」依此則正義本不如此也。但未有明文,今無可考。意必求之,或當是「可爲九德」。

可以爲大夫小字本、相臺本同。案：《釋文》云：「爲卿大夫,一本無『卿』字。」正義云：「獨言可以爲大夫者,以大夫事人者。」是正義本無「卿」字。《考文》:「一本有『卿』字。」采《釋文》。

先升彼漕邑之墟矣閩本、明監本、毛本同。案：經注皆作「虛」,正義作「墟」。虛、墟,古今字,易而説之也。例見前。標起止云「傳虛漕」可證。《釋文》:「虛,本或作『墟』。」非正義本。

又出於陶丘北閩本、明監本、毛本「又」作「東」。案：所改是也。《曹譜》正義引作「東」。

時文思索閩本、明監本、毛本「索」誤「素」。

可謂有德旨閩本、明監本、毛本「旨」作「音」。案：所改是也。

馬七尺以上曰騋小字本、相臺本同,閩本、明監本、毛本亦同。案：《釋文》:「以上,時掌反。」《沿革例》云：「諸本皆是『馬七尺曰騋』,唯余仁仲本有『以上』二字。以《釋文》考之,舊有是也。」考正義云：「七尺曰騋,《廋人》文也。定本云『六尺』,恐誤也。」此㯶栝傳及《周禮》耳。諸本乃誤從之删。

而馬數過禮制小字本、相臺本同。案：《釋文》云：「過禮,一本作『過禮制』。」正義云：「謂有此邶、鄘之富,而馬數過禮制。」與一本同。

以諸侯之牝閩本、明監本、毛本「牝」作「制」。案：所改非也。「牝」當作「禮」，因「禮」作「礼」，形近而譌。

皆校人文也閩本同。明監本、毛本「校」作「挍」。案：此明監本避當時諱字耳，毛本仍之，非也。餘同此。

今就校人職相覺甚矣閩本、明監本、毛本「今」誤「令」。案：「矣」當作「異」，見《周禮·校人》疏。山井鼎云：「『覺』恐『較』誤。」非也。盧文弨云：「『覺』即『較』字。」是也。詳見其《鍾山札記》。

故其數皆倍而誤閩本、明監本、毛本「皆」誤「小」。

蝃蝀

故君子見而懼諱明監本、毛本「見」上衍「之」字，閩本剜入。

相鼠

而刺在位承先君之化小字本、相臺本同。唐石經「承」上有「不」字。案：唐石經誤也。正義云「故刺其在位有承先君之化無禮儀」，又云「以其承先君之化，弊風未革」，不當有「不」字。

雖處高顯之處小字本、相臺本同。案：正義云「猶鼠處高顯之居」，又云「故箋言『雖處高顯之居』」，當是正義自爲文也。《釋文》：「高顯之處，昌慮反。」

孝經曰容止可觀閩本、明監本、毛本此下有注，小字本、相臺本無，《考文》古本同。案：山井鼎云：「此亦《釋文》混入於注者也。」考十行本下脱圓圍，山井鼎所云宋版上下相連者即此。故閩本以下致誤也。

干旄

鄉大夫賓之毛本「鄉」誤「卿」，閩本、明監本不誤。又，下「六鄉六遂大夫也」同。

有虞氏以爲綏閩本、明監本、毛本同。案：「綏」當作「緌」。又，「綏以旄牛尾爲之」同。下文皆不誤可證。

天子以下建旃之者閩本同。明監本、毛本「之」誤「旄」。案：此「之」字當在「建」字上，誤錯於此。下文「獨以爲卿之建旃者」可證。

知首皆注旄者明監本、毛本「注」誤「註」，閩本不誤。案：因悉改「注」爲「註」，遂并此而誤也。

去其旒異於此閩本、明監本、毛本「此」作「生」。案：所改是也。

服氏云六人維王之大常閩本、明監本、毛本同。案：「服」上，浦鏜云：「脱『節』字。」是也。

則此名亦有大夫閩本、明監本、毛本同。案：「名」當作「各」，形近之譌。

亦爲五見之也小字本同。相臺本「爲」作「謂」，閩本、明監本、毛本同。案：「謂」字是也。《考文》：「一本『爲』、『謂』複出者誤。」

周道委遲閩本、明監本、毛本「委」作「倭」。案：「倭」字非也。倭，本又作「委」，見《釋文》。《異義》所引正如此。

互之聞也閩本、明監本、毛本同。案：浦鏜云：「『玄』誤『互』。」是也。

載馳

又義不得唐石經、小字本、相臺本同。案：正義云：「定本、《集注》皆云『又義不得』，則爲『有』字者非也。」上文云「有義不得歸」，正義本當是「有」字也。下文云「又義不得二章以下」者，既從定本、《集注》即改而説之也。

宗國敗滅閩本、明監本、毛本「國」誤「廟」。

左傳服虔注閩本、明監本、毛本「注」誤「云」。

故爲此釋明監本、毛本「爲此」誤倒，閩本不誤。

爾女女許人也小字本、相臺本同。案：《考文》古本作「爾，汝也。汝，汝許人也」。考此與《草蟲》、《雄雉》等箋同，例不當增加其字。詳見上。又注「女」字，正義作「汝」，乃易古字爲今字之例，不當并注而改爲「汝」。是其采正義之誤也。以後盡同。

猶升丘采其蝱也閩本、明監本、毛本同。小字本、相臺本無「其」字。案：無者是也。

今人敗滅閩本、明監本、毛本同。案：「人」當作「之」，形近之譌。

二章四句唐石經、小字本、相臺本作「二章章四句」。案：重者是也。閩本、明監本、毛本亦誤不重。

鄘國十篇三十章百七十六句閩本、明監本、毛本此下别起爲卷，題「毛詩注疏卷第三」云云，誤也。案：山井鼎云：「宋板不分卷。」是也。

淇奥

司諫注云以義正君曰規閩本、明監本、毛本同。案：「規」當作「諫」。上引《沔水》箋已説「規」，引此説「諫」也。

而云卿士而閩本、明監本、毛本下「而」字作「者」。案：所改是也。

亦皆類也毛本「皆」誤「此」，閩本、明監本不誤。

竹篇竹也閩本、明監本、毛本同。小字本、相臺本「篇」作「萹」。案：「萹」字是也。正義不誤。《釋文》「綠竹」下云：「竹，萹竹也。」又「萹竹」本又作「扁」。考《爾雅》、《説文》及其餘字書，無作「篇」者。閩本以下正義中盡誤「篇」，《釋文》亦有誤者。今訂正。見後考證。

有康叔之餘烈小字本、相臺本同。案：此正義本也。標起止云「至餘烈」及正義上下文皆可證。《釋文》云：「之烈，一本作『之餘』。」「烈」即正義本也。

如切如磋唐石經同。小字本、相臺本「磋」作「瑳」。案：此正義中字皆作「磋」。《釋文》：「磋，七何反。」《爾雅》釋文同。考《五經文字》「磋，治也」，在石部；「瑳，玉色鮮」，在玉部。是唐人有以此字從石，與「瑳兮瑳兮」字別者。《説文》有「瑳」無「磋」，「磋」本「瑳」之俗字耳。此經及傳并《小雅·谷風》、《大雅·卷阿》《桑柔》箋皆當本是「瑳」字。《周禮》、《禮記》二《釋文》亦作「瑳」。

僩寬大也小字本、相臺本同。案：《釋文》「僩」下云：「寬大貌。」考《釋文》不云「毛云」、「鄭云」者多所增損，未必其本有「貌」字也。《考文》古本有，采《釋文》。

又言此有斐然文章之君子閩本、明監本、毛本同。案：經傳作「匪」，正義作「斐」。匪、斐，古今字，易而説之也。例見前。《釋文》：「匪，本又作『斐』，同。」非正義本也。標起止云「傳匪文章」可證。

陸機云淇奧二水名閩本、明監本、毛本「奧」作「隩」。案：「隩」字非也。陸機不與傳意同，無取《爾雅》「隩」字。《釋文》云：「《草木疏》云：奧，亦水名。」可證也。正義又引「今淇奧傍生此」，亦當作「奧」，誤作「隩」耳。

以毛云隩限爲誤閩本、明監本、毛本同。案：經作「奥」，傳同正義作「隩」。奥、隩，古今字，易而説之也。例見前。標起止云「傳奥限」。

會弁如星唐石經、小字本、相臺本同。案：《釋文》云：「會，古外反。注同。鄭注《周禮》則如字。《説文》作『膾』。」案：《説文》「膾」下引《詩》「膾弁如星」。許君稱《詩》當是毛氏，而今《毛詩》不作「膾」者，鄭箋之本不與許同也。凡《説文》與鄭箋本異者多矣。見於《釋文》者，如「虺」《説文》作「瘣」、「我姑」《説文》作「夃」、「所茇」《説文》作「废」、「姝」《説文》作「始」之屬，皆與此同例。悉不更出。

弁皮弁所以會髮小字本、相臺本同。段玉裁《周禮漢讀考》云：「疑有錯誤。釋『弁』不當先於『會』，一疑也。據正義、鄭箋乃有『皮弁』字，毛不言『皮弁』，二疑也。云『皮弁可以會髮』以釋經文『會弁』，似涉『皮』傳，三疑也。當云『膾所以會髮』，無『弁皮弁』三字，爲許叔重所本。」今考段説是也。但《釋文》、正義皆不作「膾」，鄭箋本《毛詩》或亦用「會」字，傳云「所以會髮」，是毛以爲「骨擿之可會髮者」，與《説文》所解合，而「會」爲「膾」之假借。鄭則仍如字讀之，而以「弁之縫中」易傳也。然則此傳作「會所以會髮」，義可通。

此云武公所服明監本、毛本「云」下衍「弁」字，閩本剜入。

故云謂弁之縫中也閩本、明監本、毛本「之」誤「其」。

若非外士諸侯事王朝者閩本、明監本、毛本同。案：浦鏜云：「『事』當『仕』字誤。」是也。

金錫錬而精小字本、相臺本同，閩本、明監本、毛本同。案：「錬」字是也。此借「錬」爲「鍊」，正義亦皆作「錬」可證。其不易爲「鍊」而説之者，即以「錬」爲正字，不以「錬」、「鍊」爲古今字也。《考文》古本作「錬」，采正義。閩本以下正義中「錬」

字盡改爲「鍊」，誤也。

倚重較兮唐石經、小字本、相臺本「倚」作「猗」，閩本、明監本、毛本同。案：「猗」字是也。《釋文》：「猗，於綺反。」正義云：「而此云『猗重較兮』。」《序》下正義云：「『猗重較兮』是也。」皆其證。此經「猗」、「倚」假借，在作傳、箋時人其通曉，故不更說。《車攻》「兩驂不猗」同。《節南山》「有實其猗」，傳「猗，滿也」，箋「猗，倚也」。因易傳，故説之。亦是謂「猗」、「倚」假借也。其此正義云「倚此重較之車兮」者，易「猗」字爲「倚」字而説之。正義於古今字例如此，與上下文直引經文者不同例也。《考文》古本作「倚」，采正義而誤。《經義雜記》引《曲禮》正義、《荀子》楊注、《文選》李注皆作「倚」，疑從犬者譌，其説非也。又據《釋文》、正義、石經、《説文繫傳》、《羣經音辨》，以爲唐人雖多引作人旁，未若從犬者尤爲信而可徵，得之矣。凡昔人引書，或改或不改，非有成例。用之資證則可，若以爲典要，則其失多矣。

雖則戲謔相臺本同，閩本、明監本、毛本同。小字本「則」作「常」。案：「則」字是也。

考槃

使賢者退而窮處小字本、相臺本同。唐石經「處」下有「也」字，《考文》古本有。亦偶合。

長自誓不忘君之惡明監本、毛本「惡」誤「志」，閩本不誤。

邁飢意小字本、相臺本同，閩本同。明監本、毛本「飢」誤「饑」。案：《五經文字》云：「饑、飢，上穀不熟，下餓也。經典或借用下字。」依此，則「飢餓」字從未有借爲「饑」者。明監本、毛本誤甚。餘同此。

碩人

國人閔而憂之小字本、相臺本同。案：盧文弨云：「唐石經下有『故作是詩也』五字，刓缺猶可辨。」今考正義標起止云

「至憂之」，是正義本當無此五字。

不被苔偶閩本、明監本、毛本「偶」誤「遇」。案：此「苔偶」二字出《白華》箋。彼文「偶」作「耦」。「耦」、「偶」字同。偶者，人意相存偶也。見《儀禮》、《禮記》注，即《匪風》箋之「人偶」，《還》箋之「揖耦」。不知者改爲「遇」，誤甚。

碩人其頎唐石經、小字本、相臺本同。案：《經義雜記》云：「《玉篇》頁部引作『碩人頎頎』。據鄭箋，知《詩》『頎』字本重文，六朝時猶未誤。」其説非也。考經文一字，傳、箋疊字者多矣。如「明星有爛」，箋云「明星尚爛爛然」等是也。《玉篇》乃依箋疊字耳，非六朝時經有作「碩人頎頎」之本也。《釋文》云：「其頎，其機反。」正義云：「有大德之人，其貌頎頎然長美。」皆經文作「其」字之證。

長麗俊好小字本同，閩本、明監本、毛本同。相臺本「俊」作「佼」。案：「佼」字是也。正義、《釋文》皆可證。《考文》古本作「佼」，采正義、《釋文》。

國君夫人翟衣而嫁今衣錦者小字本、相臺本同，閩本、明監本、毛本同。案：「翟衣」當作「衣翟」。《釋文》經「衣錦」下云：「注『夫人衣翟今衣錦』同。」是《釋文》本作「衣翟」也。正義云：「當翟衣而嫁。今言錦衣，非翟衣。」乃正義自爲文，但説注意耳，不取與注相應也。其箋當亦是「衣翟」。不知者用正義文改注文。《考文》古本「夫人」下、「衣錦」下共有「衣」字，采正義、《釋文》，又誤合之也。

毛以爲有大德之人閩本、明監本、毛本「有」誤「其」。

孔世家云閩本、明監本、毛本同。案：「孔」下，浦鏜云：「『脱『子』字。」是也。

丰云衣錦褧衣閩本、明監本、毛本「丰」誤「毛」，下「丰云錦衣褧裳」同。

女次紨衣纁衻閩本、明監本、毛本同。案：「紨」當作「純」。因改「純帛」字，遂并此而誤。

先生爲姊閩本、明監本、毛本「爲」誤「謂」。

蝤蠐蝎蟲也小字本、相臺本同。案：此正義本也。標起止云「蝤蠐蝎蟲」，又云：「今定本云『蝤蠐蝎也』，無『蟲』字，與《爾雅》合。」《釋文》：「蝎也，音曷。」當以定本、《釋文》本爲長。

故禮記云其頸五寸閩本、明監本、毛本同。案：浦鏜云：「依《投壺》文，當七寸誤。」是也。

瓠犀瓠瓣小字本、相臺本同。案：正義云：「《釋草》云：瓠棲，瓣也。今定本亦然。」謂無下「瓠」字也。《釋文》「瓠瓣，補遍反」，亦有。當以定本爲長。

舍人曰小蟬也青青者閩本、明監本、毛本同。案：此不誤。浦鏜云：「『蜻蜻』誤『青青』。」非也。以「青青」釋「蜻蜻」，所謂詁訓之法。

美目盻兮小字本、相臺本同，閩本、明監本同。唐石經「盻」作「盼」，毛本同。案：「盼」字是也。

朱幩鑣鑣唐石經、小字本、相臺本同。案：《釋文》：「鑣鑣，表驕反。馬銜外鐵也。一名扇汗，又曰排沫。《爾雅》云：鑣謂之钀。」考傳云：「幩，飾也。人君以朱纏鑣扇汗，且以爲飾。鑣鑣，盛貌。」正義云：「此纏鑣之鑣，自解飾之所施，非經中之鑣也。故又云『鑣鑣，盛貌』。」《釋文》誤以「纏鑣」解係「鑣鑣」下。段玉裁云：「《玉篇》引《詩》『朱幩儦儦』，《載驅》作『儦儦』。考《廣雅》云：鑣鑣，盛也。《說文》引《詩》『朱幩鑣鑣』，然則此經假借『鑣』爲『儦』也。」

以入君之朝毛本「以」誤「衣」，明監本以上皆不誤。

碩人至君勞毛本誤作「碩人敖敖至無使君勞」，明監本誤單行另書，閩本不誤。

毛以爲言有大德之人毛本「毛」下誤有「傳」字，閩本、明監本無。

餘同明監本、毛本「餘」誤「不」，閩本不誤。

麃麃傳曰盛貌與此同也閩本、明監本、毛本同。案：浦鏜云：「盛，傳作『武』。」是也。「與此同」者，謂《清人》之「麃麃」與此「鑣鑣」字同。非謂傳同訓「盛」也，不知者改之耳。

曰罷歸閩本、明監本、毛本同。案：浦鏜云：「『且』誤『曰』，下同。」是也。

要事畢否大夫閩本、明監本、毛本「大夫」上有「在」字。案：所補是也。

鱣鮪發發小字本、相臺本同。唐石經初刻「撥」，後改「發」。案：初刻非也。考《釋文》云：「發發，補末反，盛貌。馬云：魚著罔尾發發然。」是初刻依馬義而改用「撥」字也。《舊唐書》譏石經字體乖師法，此類是也。

則非曰國中之女閩本、明監本、毛本同。案：浦鏜云：「『曰』當『目』字誤。」是也。

皇清經解卷八百四十終

嘉應李恒春舊校

南海鄒伯奇新校

毛詩注疏校勘記　卷二

儀徵阮宫保元著

氓

氓刺時也小字本、相臺本同，閩本、明監本、毛本亦同。唐石經「氓」作「甿」。案：《釋文》云：「氓，莫耕反，民也。」正義云：「氓六章。」唐石經作「甿」者，避「民」字諱而改之耳。猶避「世」字諱改「泄」作「洩」之類也。傳：「氓，民也。」《説文》「氓」下同。是《毛詩》此經作「氓」之證。「甿」字取諸《周禮・遂人》耳。《周禮》釋文：「致甿，亡耕反。」又《五經文字》田部：「甿，莫鄧反，又音盲」者，亦《周禮》字。○按：《周禮》亦本作「氓」，唐人改「甿」。

刺淫泆也唐石經、小字本、相臺本同，閩本、明監本、毛本亦同。案：《釋文》「佚，音逸」，正義標起止云「至淫佚」，是《釋文》本、正義本皆作「佚」。唐石經改作「泆」者，非也。閩本以下正義中亦皆誤「泆」。餘同此。

揔言當時一國之事閩本、明監本、毛本「事」誤「夷」。

蚩蚩者敦厚之貌閩本、明監本、毛本同。小字本、相臺本無「者」字。案：有「者」衍也。

男子之通稱相臺本同，閩本、明監本、毛本同。小字本「稱」下有「也」字。

且爲會期相臺本同，閩本、明監本、毛本同。小字本作「期會」。案：「期會」非也。標起止云「至會期」可證。

非我以欲過子之期閩本、明監本、毛本同。小字本、相臺本「以」作「心」。案：「以」字誤也。《考文》古本「以」、「心」複出，亦誤。

宜爲請閩本、明監本、毛本「宜」誤「官」。

變民言也閩本、明監本、毛本同。案：「也」當作「甿」。《載芟》正義引作「甿」可證。

甿猶懵閩本、明監本、毛本「甿」誤「氓」。案：正義引羣籍有依其本書之字不順經、注者，此類是也。或於下言字異音義同，或不言者，省耳。皆不可據經、注及正義上下文改之。○按：《白帖》引《周禮》作「氓」。凡《詩》、《禮》作「甿」者，唐時最俗本耳。孔冲遠所據《周禮》故作「氓」也。

郭璞云敦盂也音頓閩本、明監本、毛本同。案：「音頓」二字當旁行細字。正義於自作音者，例如此。○按：「音頓」二字亦景純語，今俗本《爾雅》删之。

言且者兼二事也明監本、毛本「且」誤「日」，閩本不誤。

故能自悔小字本、相臺本同，閩本同。明監本、毛本「悔」誤「誨」。

我以所有財遷徙就女也閩本、明監本、毛本同。小字本、相臺本「遷」作「賄」。案：「賄」字是也。

無食桑葚唐石經、小字本、相臺本同。案：此《釋文》本也。《釋文》云：「葚，本又作『椹』，音甚。」考正義本是「椹」字，見下。《五經文字》云：「椹，《詩》或體以爲『桑葚』字。」亦其證。《泮水》經作「黮」，即用字不畫一之例。

言吁嗟鳩兮無食桑椹明監本、毛本「椹」誤「葚」，閩本不誤。案：正義「椹」字凡八見，十行本皆從木，閩本亦然，是正義本作「椹」也。此借「椹」爲「葚」，而正義不易爲「葚」而説之者，即以「椹」爲正字，不以「椹」、「葚」爲古今字也。《考文》及《補遺》皆不載。亦如郭忠恕《佩觿》謂「桑葚」字不當用「鈇椹」字耳。凡山井鼎、物觀以爲誤者則不載，其例如是。

而女思於男閩本、明監本、毛本同。案：浦鏜云：「『思』當『異』字誤。」是也。

隕惰也小字本、相臺本「惰」作「隋」，閩本、明監本、毛本亦同。案：「惰」是誤字。《考文》古本「隋」作「墜」，采正義「其葉黄而隕墜」而誤也。「黄而隕墜」，正義取王肅述毛語爲説耳，非傳作「墜」。

幃裳童容也小字本同，閩本、明監本、毛本同。相臺本「幃」作「帷」，《考文》古本同。案：「帷」字是也。經、傳皆是「帷」字，箋當同。小字本傳亦是「幃」，皆誤。正義於箋引《周禮》注而説之，則用「幃」字，順彼文耳，不當據改。其説經、傳自作「帷」，標起止云「傳帷裳」。

恩意踈薄故耳毛本「意」誤「義」，閩本、明監本不誤。

山東謂之裳幃明監本、毛本「幃」誤「韋」，閩本不誤。

泮坡也相臺本同，閩本、明監本、毛本同。小字本「坡」作「陂」。案：《釋文》云：「坡，本亦作『陂』。」考正義云：「故以泮爲陂。《澤陂》傳云『陂，澤障』是也。箋以泮不訓爲陂。」是其本作「陂」，標起止云「傳泮坡」，當誤也。

總角之宴唐石經、小字本、相臺本同。案：《釋文》云：「之宴，如字。本或作『丱』者，非。」正義云：「經有作『丱』者，因《甫田》『總角丱兮』而誤也。定本作『宴』。」考《羔裘》傳「宴，鮮盛貌」。此義當與彼同。《釋文》、正義皆不從或本是也。○按：鄭《羔裘》作「晏，鮮盛貌」，非「宴」字也。「宴」不得訓「鮮盛」。

信誓旦旦然小字本、相臺本同。案：正義標起止云「至旦旦然」，又云：「定本云『旦旦』猶『怛怛』。」考《釋文》云：「旦旦，《説文》作『𢘓𢘓』。」《説文》心部「怛」下重文云：「『𢘓』，或从心，在旦下。《詩》曰『信誓𢘓𢘓』。」是許本《毛詩》經字作「𢘓」也。鄭箋之本字與許異，經字作「旦」，傳同。而「旦」即「𢘓」之假借。故箋云：「言其懇惻款誠。」字爲「旦」，義仍爲「𢘓」，實與許未嘗不合也。定本改「𢘓」用「怛」，又以爲傳始有此字，乃去傳「然」字，而以「猶『怛怛』」附益之，皆誤之甚者也。《考文》古本作「信誓旦旦然，猶怛怛也」，一本作「旦旦，猶怛怛然」，無「信誓」二字，皆采正義而又皆誤。

結髮宴然之時小字本、相臺本同。閩本、明監本、毛本「宴」誤「晏」。

我其以信相誓旦旦耳小字本、相臺本同。案：段玉裁云：「『耳』當作『爾』。」其説是也。傳云「旦旦然」，箋云「旦旦爾」，「然」、「爾」一也。《考文》古本作「爾」，因二字不別而偶合。

曾不念復其前言相臺本同。小字本「念復」作「復念」。按：正義標起止「箋曾不復念其前言」，云：「今定本『曾不念復其前言』，俗本多誤。」

則我而已焉哉閩本、監本、毛本「而」作「亦」。案：所改是也。

以經云有岸有泮毛本「泮」誤「畔」，閩本、明監本不誤。

男女未冠笄者明監本、毛本「女」誤「子」，閩本不誤。

注云故髮結之閩本、明監本同。毛本「故」作「收」。案：「收」字是也。

變本言信閩本、明監本、毛本同。案：「言」當作「忘」，形近之譌。

竹竿

以成爲室家相臺本同，閩本、明監本、毛本同。小字本「室家」作「家室」。案：「室家」是也。箋及正義可證。

遠兄弟父母唐石經、小字本同，閩本、明監本同。相臺本作「遠父母兄弟」，毛本初刻「遠兄弟父母」，後改從相臺本。案：相臺本誤也。《釋文》以「遠兄」二字作音可證。段玉裁云：「從唐石經。今本誤，則非韻。」見《六書音均表》。

出遊思鄉衛之道小字本、相臺本同。案：正義云：「今定本『思』作『斯』，或誤。」《考文》古本作「出遊斯嚮衛之道矣」，采正義，「嚮」字則采《釋文》又作本也。

芄蘭

刺惠公也驕而無禮小字本、相臺本同。唐石經初刻作「刺衛惠公也驕而無禮」，後改同今本。案：初刻誤也。

無之亦下二句是也閩本、明監本、毛本同。案：浦鏜云：「『之』當『禮』誤。」非也。此「無」字是「刺」之誤。

且此自謂有才能毛本「謂」誤「位」，閩本、明監本不誤。

刺之而言容璲之美閩本、明監本、毛本同。案：經作「遂」，傳、箋同，正義作「璲」。遂、璲，古今字，易而説之也。例見前。

君子之德閩本、明監本、毛本同。小字本、相臺本「之」作「以」。案：「以」字非也。正義云：「以興君子之德當柔潤温良。今君之德何以不温柔？」又云：「故以喻君子之德當柔潤温良。」皆其證。

芄蘭柔弱恒蔓延於地小字本、相臺本同。案：此「延」字衍也。《釋文》云：「恒蔓於地，本或作『恒蔓莚於地』者，後人輒加耳。」考正義云「恒延蔓於地」，乃自爲文，以「延蔓」説「蔓」，非其本箋有「延」字也。「延」在「蔓」上亦其證矣。各本皆誤。當正之。

然其德不稱服小字本、相臺本同。案：此定本也。正義云：「定本云『然其德不稱服』。」正義説傳云「而内德不稱」，説箋云「而内無德以稱之」，是與定本不同也。但未有明文，今無可考。意必求之，或當是「而内德不稱」。《考文》古本「服」作「副」，下有「也」字，未見所出。

佩玉璲璲兮閩本、明監本、毛本「璲璲」誤「遂遂」。

玦用正玉棘若擇棘閩本、明監本、毛本同。案：浦鏜云：「『王』誤『玉』，『檡』誤『擇』。」以《儀禮》考之，浦校是也。

河廣

衛文公之妹小字本、相臺本同。案：此定本也。正義本下有「襄公之母」四字。正義云：「今定本無『襄公之母』四字。」是也。

前貧後富貴閩本、明監本、毛本同。案：「貧」下，浦鏜云：「脱『賤』字。」以《大戴禮》及《家語》考之，浦校是也。

非爲其廣小字本、相臺本同，閩本、明監本同，《考文》古本亦同。毛本「爲」誤「謂」，下「非爲其遠」同。案：《釋文》：「非爲，于僞反。」《考文》古本采《釋文》。

亦喻近也小字本、相臺本同。案：此正義本也。正義云：「定本無『亦』字，義亦通。」考下箋云：「行不終朝，亦喻近。」乃「亦」此箋，非此箋「亦」上「喻狹」。當以定本爲長。

伯兮

至不反閩本、明監本、毛本同。案：「反」下當有「焉」字。唐石經以下各本皆有此字也。

則傑爲有德故云英傑閩本、明監本、毛本同。案：經作「桀」，注同，正義作「傑」。桀、傑，古今字，易而説之也。例見前。

戈柲六尺有六寸閩本、明監本、毛本同。案：浦鏜云：「『柲』誤『祕』。」是也。

用則執之閩本缺「用」字，明監本、毛本誤「輢」。

象三材之六畫毛本「材」誤「才」，閩本、明監本不誤。

必有夷矛明矣閩本、明監本、毛本「必」誤「兵」。

司馬法云閩本、明監本「法」誤「注」，毛本誤「註」，下同。

前驅歂犬閩本、明監本、毛本「犬」誤「大」。

諼草令人忘憂小字本、相臺本同。案：此當作「諼草令人善忘」。故箋云：「憂以生疾，恐將危身，欲忘之。」傳不言「憂」，箋以「憂」申之也。若傳已云「忘憂」，則「生疾」、「危身」人所共曉，何煩更箋乎？《釋文》云：「令人，力呈反。善忘，亡向反，又如字。」《爾雅》釋文引「《詩》云『焉得萲草』，毛傳云『萲草令人善忘』。」是《釋文》本不誤也。正義説傳云：「諼訓爲忘，非草名，故傳本其意言『焉得諼草』，謂欲得令人善忘憂之草。」此正義本「忘」上有「善」字之證。其仍云「忘憂者」，以鄭説爲毛説。凡正義以爲毛、鄭不異者，其自爲文每如此，非傳有「憂」字也。正義本當亦不誤。《釋文》「諼」下云：「《説文》作『藼』，云令人忘憂也。」皆所以著其異耳。不知者反據之并取正義自爲文者以改此傳，失之甚矣。各本皆誤。當正之。《考文》古本作「善忘憂」，采《釋文》、正義，仍誤存「憂」字。

洗南北直室東西　閩本、明監本、毛本同。案：浦鏜云：「『隅』誤『西』。」以《士昏禮》記、注考之，是也。

背名爲堂也　閩本、明監本、毛本「背」作「皆」。案：所改是也。

有狐

所以育人民也　唐石經、小字本、相臺本同。案：正義標起止云「至人民」，又云「所以蕃育人民」。《釋文》云：「所以育民人也，本或作『蕃育』者，非。」正義云「所以蕃育人民」，其本當有「蕃」字，但未有明文耳。人民，以作「民人」爲是。《出其東門序》云：「民人思保其室家焉。」《蓼莪序》云：「民人勞苦。」《摽有梅》傳亦作「民人」。此《序》當同。《釋文》有誤作「人民」者，今正。詳後考證。《考文》古本作「民人」，采《摽有梅》傳。

厲深可厲之者　小字本、相臺本「者」作「旁」，閩本、明監本、毛本亦同。案：「旁」字是也。「者」是誤字。《考文》：「一本作『傍』。」此誤采他正義所易之今字耳。

木瓜

其畜散而死三月　閩本、明監本、毛本「死」作「無」。案：今《齊語》作「其畜散而無育」。浦鏜云：「『育』誤分爲『三』、『月』二字。」是也。

瓊玉之美者琚佩玉名　小字本、相臺本同。案：《釋文》「琚」下云：「珮玉名。」正義云：「琚是玉名。」又云：「《有女同車》云『佩玉瓊琚』，故知琚，佩玉名。」段玉裁云：「此傳『石』誤爲『名』久矣。佩玉石者，佩玉納閒之石也。雜佩謂之佩玉，有琚瑀以納閒。琚、瑀，皆美石也。《鄭風》正義、《釋文》皆引《説文》『琚，佩玉名』。『名』亦『石』之誤。瓊爲玉之美者，故引伸凡石之美者皆謂之瓊。」

結己國之恩也小字本、相臺本同。案：《釋文》云：「結己國以爲恩也，一本作『結己國之恩也』。」正義本無可考。《考文》古本作「以爲」，采《釋文》。

今國家敗滅明監本、毛本「今」上衍「況」字，閩本剜入。

酸可食是也閩本、明監本、毛本「酸」誤「酢」。案：此依今《爾雅》注改耳。

下傳云瓊瑤美石瓊玖玉名三者互也閩本、明監本、毛本同。案：「名」當作「石」。考正義下文云：「琚言佩玉名，瑤、玖亦佩玉名。瑤言美石，玖言玉石，明此三者皆玉石雜也。故《丘中有麻》傳云：玖，石次玉。則玖非全玉也。」據此，則正義本唯「琚佩玉名」作「名」，其「瓊瑤美石」、「瓊玖玉石」皆作「石」，故云「三者互也」。互，謂玉名、美石、玉石相互也。若是「瓊玖玉名」，則與「瓊琚佩玉名」同，與「瓊瑤美石」別，而三者不復互矣。亦不當引傳「玖石次玉」而説之也。今正義「瓊瑤美石」不誤，而「瓊玖玉石」及「玖言玉石」二「石」字皆誤爲「名」，所當正也。

瓊瑤美玉小字本、相臺本同。案：《釋文》「瑤」下云：「美玉也。《説文》云『美石』。」正義作「美石」，見上。段玉裁云：「正義是也。《説文》：琨、珉、瑤皆石之美者，玉爵、瑤爵爲等差。在《周禮》、《禮記》。」

瓊玖玉名小字本、相臺本同。案：《釋文》「玖」下云：「玉名。字書云：玉黑色。」段玉裁云：「此『玉石』之誤。《王風》傳：『玖，石次玉者。』《説文》：『玖，石次玉黑色者。』『玉石』，見揚雄《蜀都賦》。《漢書·西域傳》師古曰：『玉石，石之似玉者也。』」今考正義本作「玉石」，見上。

二百四句小字本同，閩本、明監本、毛本同。唐石經、相臺本「四」作「三」。案：「四」字誤。

王城譜

陽樊溫原之田明監本、毛本「原」誤「源」，閩本不誤。

以洛邑爲東都明監本、毛本「爲」誤「謂」，閩本不誤。

是爲東都毛本「爲」誤「謂」，閩本、明監本不誤。

我乃卜澗水東明監本「乃」誤「則」，閩本、毛本不誤。

是殷頑民於成周也明監本、毛本「是」下有「遷」字，閩本剜入。案：所補是也。

幽王嬖褒姒生伯服毛本「服」誤「復」，閩本、明監本不誤。

子幽王宮皇立閩本、明監本、毛本同。案：此不誤。浦鏜云：「『湟』誤『皇』。」非也。考高誘注《呂覽》，亦作「皇」。正義所引《周本紀》當如此。

遂殺幽王麗山下閩本、明監本、毛本同。案：此不誤。浦鏜云：「『驪』誤『麗』。」非也。考《漢書·匈奴傳》「攻殺幽王于麗山之下」，亦作「麗」。正義所引《周本紀》當如此。《大小雅譜》正義引同。《采菽》正義引作「驪」，當是後改。

此風雅之作本自有體猶閩本、明監本、毛本同。案：「體」字句絕，「猶」字當在「貶之而作風」上，即「由」字也。浦鏜校移「猶」字入「而云」句中，改作「獨」，非也。又山井鼎《考文》云：「宋板『此』作『也』，屬上。」其實不然，當是剜也。凡十行本脩改非一，《考文》所載不誤者俱從之，唯誤者出焉。

言作爲雅頌貶之而作風閩本、明監本、毛本同。案：此當作「言當爲作雅猶貶之而作風」。《譜》所謂「其詩不能復雅」也。《黍離》箋同。又正義云：「此言天子當爲雅，從是作風」云云，亦其證。與《頌》全不相涉衍也。「猶」字錯在上，皆當止之。

已此列國當言周閩本、明監本、毛本同。案：此不誤。浦鏜校移「已」字入上句，非也。「已」即「以」字。

黍離

而同於國風焉各本此下更無注。案：《釋文》云：「崔《集注》此下更有『猶尊之，故稱王也』。今《詩》本皆無。」正義標起止云「至風焉」，是正義本亦無。詩譜謂之《王城譜》，則「王」字謂東周之國，崔《集注》妄譜九字，非鄭意。

行道也道行猶行道也小字本、相臺本同。案：正義云：「今字本文當如此。」〔一〕是舊本不如此也。今無可考。

何等人哉小字本同，閩本、明監本、毛本同。相臺本無「等」字。案：正義云：「何等人，猶言何物人。大夫非不知，而言何物人，疾之甚也。」相臺本誤。

故爲憂思無所愬也閩本、明監本、毛本同。案：「愬」當作「訴」。正義作「訴」，〔二〕上文可證。傳作「愬」標起止可證。愬、訴，古今字，正義所易也。此一字，不知者改耳。餘同此。

〔一〕「字」，疑當作「定」，參見《毛詩注疏》。
〔二〕「正」，原作「王」，據文選樓本改。

古詩人質閩本、明監本、毛本同。案：「詩」當作「時」。《桑柔》正義引作「時」可證。今《爾雅》疏亦誤爲「詩」。

故以遠人言之閩本、明監本、毛本「人」作「大」。案：此説夏曰蒼天，所謂據人遠而視之，其色蒼蒼然也。作「大」者誤。

旻天不弔無可怪耳閩本、明監本、毛本「旻」上衍「稱」字。案：《爾雅》疏即取此，正無「稱」字。

君子于役

君子行役無期度毛本「期」誤「其」，閩本、明監本不誤。

君子于往行役閩本、明監本、毛本同。小字本、相臺本無「于」字，《考文》古本同。案：有者衍。

羊牛從下牧地而來閩本、相臺本同，明監本、毛本同。小字本「羊牛」倒。案：倒者誤也。二章經文別本亦或倒，但唐石經以下至毛本皆不誤，故不更出。凡各本皆不誤，唯別本乃誤者，如「何彼穠矣」、「不可畏也」、「求爾新特」、「家伯維宰」，如「彼泉流爰」、「其適歸以」、「篤于周祜」、「降予卿士」及此「羊牛下括」并「胡然厲矣」、「假樂君子」、「天降滔德」、「彼徂矣」、「既右饗之」等，皆不更出。因經注本及注疏本固未嘗誤，不煩正也。

君子陽陽

遠離禍害已閩本、明監本、毛本同。案：「已」上，浦鏜云：「脱『而』字。」是也。

其且樂此而已小字本、相臺本同，《考文》古本同。閩本、明監本、毛本「且」誤「自」。案：正義云「其且相與樂此而已」可證。

翿纛也翳也小字本、相臺本同，閩本、明監本、毛本亦同。案：正義標起止如此，《考文》古本「翳」上有「纛」字。考正義引

《爾雅》「翿，纛也」，又引「纛，翳也」，然後説之云「故傳并引之」，正説傳用《爾雅》而去其一「纛」字之意。《考文》古本反用添傳，失之甚矣。○按：纛，从每，正字也。纛，从毒，俗字也。説見《五經文字》、《爾雅》釋文。

揚之水

故言周人以別之明監本、毛本「別」誤「列」，閩本不誤。

何月我得歸還見之哉閩本、明監本、毛本同。小字本、相臺本「歸還」作「還歸」，《考文》古本同。案：「還歸」是也。

今日安否哉安否哉閩本、明監本、毛本同。案：箋作「不」，正義作「否」。不、否，古今字，易而説之也。例見前。

祚四岳爲侯伯明監本、毛本「祚」誤「作」，閩本不誤。

其葉皆長廣於柳葉閩本、明監本、毛本「於」誤「似」。

中谷有蓷

以喻夫恩薄厚閩本、明監本、毛本「厚」誤「閔」。

喻婦人宜居平安之世明監本、毛本「喻」上衍「以」字，閩本剜入。

果至分離矣毛本「至」誤「生」，閩本、明監本不誤。

葉似萑閩本、明監本、毛本同。案：浦鏜云：「『萑』誤『萑』。」考《爾雅》注，是也。

皆云蓷蓶是也明監本、毛本「蓶」誤「閭」，閩本不誤。案：蓷蓶，見司馬相如賦，《漢書》作「奄閭」，《史記》作「蓷蓶」。

韓詩及三蒼説明監本「詩」誤「信」，閩本、毛本不誤。

説文云菸緌也閩本、明監本同。毛本「緌」作「蕤」。案：皆誤也。浦鏜云「㱱」，是也。

徒用凶年深淺爲厚薄小字本同，閩本、明監本、毛本同。相臺本「厚薄」作「薄厚」。案：「薄厚」是也。正義中「薄厚」字凡四見，又標起止云「至薄厚」，皆其證。閩本以下并標起止亦改而倒之。誤甚。

兔爰

國危役賦不息閩本、明監本、毛本同。案：「危」當作「内」，以六字爲一句。〔一〕

秋又取成周之粟閩本、明監本、毛本同。粟，傳作「禾」。

是諸侯背也明監本、毛本「背」下有「叛」字，閩本剜入。案：所補是也。

序云君子不樂其生之由閩本、明監本、毛本同。案：「云」當作「言」，形近之譌。

有急者有所躁蹙也小字本、相臺本同。案：此正義本也。正義云：「箋『有所躁蹙』者，定本作『操』，義並得通。」《釋文》云：「操，七刀反，本亦作『慅』。沈：七感反。蹙，子六反，本亦作『戚』，七歷反。」此箋取莊三十年《公羊傳》文，今彼文作「操蹙」。鄭《考工記》注云：「齊人有名疾爲戚者」，《春秋傳》曰「蓋操之爲已戚矣」。此箋當亦本是「操戚」，其或作「躁蹙」者，即「操戚」之別體。皆上讀七刀反，下讀子六反。正義所謂「義並得通」也。若本又作「慅」，讀爲七感反，下讀爲七歷反，則誤作「慘慼」二字之音。失之矣。沈重非也。又見《江漢》箋。

庶幾無此成人之所爲毛本「此」誤「所」，閩本、明監本不誤。

〔一〕「句」，原作「字」，據文選樓本改。

易云庶幸也幾覬也閩本、明監本、毛本同。案：「云」當作「注」，形近之譌。

以傳言尚無成人者爲閩本、明監本、毛本同。案：此不誤。浦鏜云：「『者爲』倒。」非也。「者」字，傳無，正義足成傳意耳。

造僞也閩本、明監本、毛本同。小字本、相臺本「僞」作「爲」，《考文》古本同。案：「爲」字是也。○按：古「爲」、「僞」通用，如「人之爲言」亦作「人之僞言」。《左傳》「爲」多訓「僞」。

中施罥以捕鳥閩本、明監本、毛本「罥」誤「骨」。

葛藟

王族刺平王也唐石經、小字本、相臺本同。案：正義云：「定本云『刺桓王』，義雖通，不合鄭《譜》。」《釋文》云：「刺桓王，本亦作『刺平王』。」案《詩譜》是平王詩，皇甫士安以爲桓王之詩，崔《集注》本亦作『桓王』。」《譜》下正義云：「今《葛藟序》云『平王』，則謚言非也。定本《葛藟序》云『刺桓王』，誤也。」考此是《集注》、定本、《釋文》本皆誤以皇甫謐所改入毛、鄭詩。

亦無顧眷我之意相臺本同，閩本、明監本、毛本同。小字本「顧眷」作「眷顧」。案：「眷顧」是也。又見《碩鼠》箋。

王又無母恩小字本、相臺本同。案：《釋文》云：「王又無母恩也，一本作『王后』。」正義云：「定本及諸本『又』作『后』，義亦通。」考此文當屬箋，今脱去句首「箋云」二字，遂屬之傳。非也。正義標起止云「箋王又無母恩」是其證。且「又」者，繫前之辭，所以「又」上箋「無恩於我」也。傳未有「無恩」之文，安得云「又」哉。各本皆誤，當依正義正之。定本及諸本作「王后」者尤誤。此但刺王不刺后，若分首章「父」爲王，二章「母」爲后，則三章「昆」之所指不應不見於傳、箋也。正義云

「義亦通」，非是。

箋王又無母恩明監本、毛本「箋」下衍「云」字，閩本剜入。

溓水溓也小字本、相臺本「溓」作「慊」，閩本、明監本、毛本亦同。案：此非《釋文》所云「《詩》本又作水旁兼者」也。乃《釋文》「溓，清也」誤涉耳。正義標起止以下及各本皆作「慊」可證。

不行者蓋衍字閩本、明監本、毛本同。案：浦鏜云：「行，衍字。」是也。《爾雅》疏即取此，正無「行」字。

采葛

釋草云蕭荻閩本、明監本、毛本同。案：浦鏜云：「『萩』誤『荻』，下同。」考《爾雅》釋文，浦校是也。餘同此。

王氏云取蕭祭脂閩本、明監本、毛本同。案：「王氏」當作「生民」，形近之譌。《蓼蕭》正義可證。

大車

菼鵻也蘆之初生者也小字本、相臺本同。案：《釋文》：「蘆，力吴反。」正義云：「此傳菼爲蘆之初生，則意同李巡之輩以蘆、亂爲一也。」戴震云：「蘆字訛，當爲萑。菼、蘆乃萑、葦二物未秀之名。溷爲一者，非。」《説文》「菼，萑之初生」可證。毛傳轉寫之失。見《毛鄭詩考正》。

如菼草之色〇然閩本、明監本、毛本同。案：〇，當衍。

服其於國之服閩本、明監本、毛本「於」誤「本」。

故得如菼色閩本、明監本、毛本「色」誤「也」。

毳畫虎雉閩本、明監本、毛本同。案：浦鏜云：「『蜼』誤『雉』。」是也。

穴謂塚壙中也相臺本同，閩本、明監本、毛本同。小字本無「也」字。

丘中有麻

丘中墝埆之處盡有麻麥草木小字本、相臺本同。案：此正義本也。正義云：「定本云『丘中墝埆，遠盡有麻、麥、草、木』，與俗本不同也。」《釋文》云：「埆，本或作『遠』，此從孫義而誤耳。」是定本「遠」字亦從孫義，但又「埆」、「遠」複出，無「之處」爲異。

將其來施施唐石經、小字本、相臺本同。案：《釋文》云：「施施，如字。」正義標起止云「丘中至施施」。考《顔氏家訓》引傳及箋云：「《韓詩》亦重爲『施施』，河北《毛詩》皆云『施施』，江南舊本悉單爲『施』，俗遂是之，恐有少誤。」然則今《毛詩》、《釋文》、正義及各本皆作「施施」者，或由顔説定之也。《經義雜記》以爲經文一字，傳、箋重文。引《邶·谷風》「有光有潰」傳「洸洸，武也。潰潰，怒也」、箋「君子洸洸然、潰潰然，無温潤之色」等證之，其説是也。

正謂朋友之身明監本、毛本「身」下有「也」字，閩本作「〇」，皆誤。

鄭譜

又云爲幽王大司徒閩本、明監本、毛本同。案：此不誤。浦鏜云：「『衍』『云』字。」非也。《譜》以上説京兆鄭縣，以下説河南新鄭，故以「又云」爲更端之辭。山井鼎《考文》載永懷堂板，「又云」作「桓公」，出於臆改。其板自是俗書，無足論者。盧文弨亦取改此文，失之矣。

問於史伯曰閩本、明監本「史」誤「吏」，毛本不誤。

桓公臣善閩本、明監本、毛本同。案：山井鼎云：「《史記》『臣』作『曰』。」是也。

故昭十六年左傳明監本、毛本「昭」誤「桓」，閩本不誤。

昔我先君桓公明監本、毛本「昔」誤「皆」，閩本不誤。

斬之蓬蒿藜翟閩本、明監本、毛本同。案：浦鏜云：「『藋』誤『翟』。」是也。

是桓公寄帑之時毛本「公」誤「王」，閩本、明監本不誤。

案左傳及鄭世家毛本「及」誤「又」，閩本、明監本不誤。

齊人殺子亹毛本「殺」誤「弒」，閩本、明監本不誤。

子文公踕立閩本、明監本、毛本同。案：此不誤。浦鏜云：「踕，傳作『捷』。」非也。此據《世家》。

蓋後立時事也明監本、毛本「蓋」誤「皆」，閩本不誤。

是突前篡之箋閩本、明監本、毛本「箋」作「初」。案：皆非也。當作「事」，上下文可證。

宜是初田事也閩本、明監本同。毛本「田」作「年」。案：皆非也。「田」當作「日」，形近之譌。

雖當突前篡時明監本、毛本「時」上衍「之」字，閩本剜入。

緇衣

而善於其卿之職明監本、毛本「善」誤「美」，閩本不誤。

則民不愉閩本、明監本、毛本「愉」誤「偷」，下同。案：此正用《周禮》字。

粲餐也小字本、相臺本同。案：《釋文》云：「飱，蘇尊反。」在「粲」字後，諸「廬」字前。是《釋文》本「餐」作「飱」。正義云：「『粲，餐』，《釋言》文。」考《爾雅》與此傳意同，皆謂「粲」爲「餐」假借。《釋文》本誤。

在天子宫小字本、相臺本「宫」上有「之」字，明監本、毛本同，閩本剜入，《考文》：「一本同。」案：有者是也。

而言予爲子授者閩本、明監本、毛本同。案：浦鏜云：「『予』譌『子』。」是也。

非民所能改受之也閩本、明監本、毛本同。案：浦鏜云：「『授』譌『受』。」是也。

又再染以黑乃成緇閩本、明監本、毛本同。案：「乃」上，浦鏜云：「脱『則爲緅又復再染以黑』九字。」考《周禮》注，是也。此以「黑」複出而脱去。

此緇衣卿士冠禮所云閩本、明監本、毛本同。案：浦鏜云：「『即』誤『卿』。」是也。

周緇衣卿士所服也閩本、明監本、毛本「周」作「則」。案：所改非也。「周」當作「明」，形近之譌。

釋詁云之適往也閩本、明監本、毛本同。案：此不誤。浦鏜云：「『適之』字誤倒。」非也。《有杕之杜》正義亦引作「之適」可證。

內路寢之裏明監本、毛本「路」誤「朝」，閩本不誤。

將仲子

繕甲兵毛本「甲兵」誤倒，閩本、明監本不誤。

仲初諫曰小字本、相臺本同，閩本同，明監本、毛本「諫」誤「請」。

君將與之小字本、相臺本同。案：《釋文》云：「君若與之，一本『若』作『將』。」正義本今無可考。

四牡傳云杞枸繼閩本、明監本、毛本同。案：考彼傳及《爾雅》皆是「檵」字，此「繼」字當誤。

哀二十年左傳閩本、明監本、毛本「二十」誤倒。

矣則祭仲之諫閩本、明監本、毛本同。案：浦鏜云：「『矣，或『然』字之誤，屬下。」是也。

實敗名病大事閩本、明監本、毛本同。案：「敗名」二字當衍。此引《晉語》「實病大事」，或記《左傳》「敗名」於傍，遂誤入。

《皇皇者華》正義引「實病大事」，不誤。

園所以樹木也小字本、相臺本同，閩本、明監本同。毛本「樹」誤「種」。案：正義云「故其内可以種木也」，是自爲文，不當據以改傳。

檀彊韌之木閩本、明監本、毛本同。小字本、相臺本「韌」作「忍」。案：《釋文》云：「忍，本亦作『刃』，同而慎反。依字韋旁刃，此今假借也。」考《采薇》箋「堅忍」，《白華》、《抑》箋「柔忍」，《皇皇者華》傳「調忍」，字皆作「忍」。《周禮・士訓》、《考工記》二釋文亦可證。是此傳本作「忍」字，因正義自用「韌」字，不知者乃取以改也。又，《考文》古本作「紉」，采《釋文》所載沈重説。及《采薇》改作「𦀄」，《白華》采所易今字作「韌」，皆非也。舊《釋文》「韋」字誤，今正。見後考證。

故云彊韌之木閩本、明監本、毛本同。案：傳作「忍」，正義作「韌」。忍、韌，古今字，易而説之也。例見前。餘同此。

駁馬梓檎閩本、明監本、毛本「檎」作「榆」。案：「榆」字是也。《晨風》正義引作「榆」。

叔于田

以寵私過度閩本、明監本、毛本「私」誤「禄」。

丰曰俟我乎巷明監本、毛本「丰」誤「毛」，閩本不誤。

夾轅兩馬明監本、毛本「夾」誤「也」，閩本不誤。

言其不妄爲武閩本、明監本、毛本「武」下衍「也」字。

大叔于田

叔多才而好勇唐石經、小字本、相臺本同。案：此正義本也。《釋文》云：「本或作『而好勇』。好，衍字。」正義云「襢裼暴虎，是好勇也」，下文云「好勇如此」，是與或作本同。

大叔于田唐石經、小字本、相臺本同。案：此正義本也。《釋文》云：「叔于田，本或作『大叔于田』者，誤。」正義標起止云：「大叔至傷女。」下文云：「毛以爲大叔往田獵之時。」又上篇正義云：「此言『叔于田』，下言『大叔于田』，作者意殊。」是與或作本同。此詩三章共十言「叔」，不應一句獨言「大叔」。或名篇自異，詩文則同。如《唐風·杕杜》《有杕之杜》二篇之比。其首句有「大」字者，援序入經耳。當以《釋文》本爲長。

將叔無狃唐石經、小字本、相臺本同。案：《釋文》云：「毋，本亦作『無』。」正義本今無可考。

然則藪非一閩本、明監本、毛本同。案：「則」當作「澤」，上下文可證。

孫炎曰狃伏前事閩本、明監本、毛本同。案：浦鏜云：「『忕』誤『伏』。」是也。

欲止則往閩本、明監本、毛本同。案：浦鏜云：「『住』誤『往』。」是也。

驂中對文明監本、毛本「驂」下衍「與」字，閩本剜入。

乘一乘之騧馬閩本、明監本、毛本上「乘」字誤「秉」、「騧」誤「鴇」。案：經傳皆作「鴇」，正義作「騧」。鴇、騧，古今字，易而說之也。例見前。標起止。

以惰慢者必遲緩明監本、毛本「慢」誤「悞」，閩本不誤。

明上句言覆矢閩本、明監本「明」誤「名」，毛本不誤。

清人

臣有高克者閩本、明監本、毛本「臣」誤「將」。

禦狄于竟閩本、明監本、毛本「竟」作「境」，下言「禦狄於境」同。案：所改是也。《序》作「竟」，正義作「境」，下文皆可證。竟、境，古今字，易而說之也。《考文》古本《序》亦作「境」，誤采正義所易之今字。

故言侵也明監本、毛本「也」誤「之」，閩本不誤。

駟四馬也小字本、相臺本同。案：《釋文》云：「一本『駟介，四馬也』。」《考文》古本有「介」字，采《釋文》一本。此箋但說「駟」耳，其「介，甲也」已在傳矣。一本誤。○按：毛傳「文茵，虎皮也」，謂文茵之文乃是虎皮也。「荷華，扶渠也」，謂荷華之荷乃是扶渠也。傳之例本如此，後人有刪改，遂致不畫一。

乃使四馬被馳駈敖遊明監本、毛本「被」下有「甲」字，閩本剜入。案：所補是也。

故刺之閩本、明監本、毛本「之」誤「也」。

酋近夷長也毛本「近」誤「短」，閩本、明監本不誤。

是守國之兵長明監本、毛本「兵」下衍「用」字，閩本剜入。

魯頌以矛與重弓共文明監本、毛本「以」下衍「二」字，閩本剜入。案：此無「二」字，乃與上下文互見，不當添也。

然題者表識之言明監本、毛本「題」誤「則矛」二字，閩本剜入。

中軍爲將也閩本、明監本、毛本同。小字本、相臺本「爲」作「謂」，《考文》古本同。案：「謂」字是也。《釋文》以「謂將」作音可證。

注云右陽也閩本、明監本、毛本同。案：浦鏜云：「『左』誤『右』。」是也。

爲相敵之言閩本、明監本、毛本「言」下衍「〇」。

鄭兵緩爲右閩本、明監本、毛本同。案：山井鼎云：「『兵』當作『丘』。」是也。

羔裘

朝多賢者閩本、明監本、毛本「賢」下衍「臣賢」二字。

如濡潤澤也小字本、相臺本同。案：此正義本也。正義云：「定本『濡，潤澤也』，無『如』字。」《釋文》以「如濡」作音，亦有「如」字。此傳「潤澤」，正謂裘之潤澤，所以得如濡，非訓「濡」爲「潤澤」也。正義所説是矣，定本失之也。《皇皇者華》箋云「如濡，鮮澤也」，亦其證。〇按：「裘」不得云「潤」，乃「如潤」耳。潤澤正是「濡」訓。定本是也。

刺今朝廷無此人明監本、毛本「人」下衍「也」字，閩本剜入。

知緇衣者閩本、明監本、毛本「知」誤「如」。

遵大路

不寁故也唐石經、小字本、相臺本同。案：《釋文》云：「故也，一本作『故兮』。後『好也』亦爾。」考正義云「我乃以莊公不速於先君之道故也」，標起止云「遵大至故也」，是正義本作「也」。

説文摻字山音反聲閩本、明監本、毛本「字」下有「參」字。案：所補是也。「山音反」三字當雙行細書，即爲「參」字作音也。閩本、明監本、毛本「山」誤「此」。

操字喿此遥反聲閩本、明監本、毛本同。案：「此遥反」三字當雙行細書，即爲「喿」字作音也。此「喿」聲與上「參」聲，皆二字連文。

女曰雞鳴

陳古意以刺今唐石經、小字本、相臺本同。案：正義云：「陳古之賢士好德不好色之義。」又云：「定本云『古義』，無『士』字。」是正義本有「士」字也。

朝廷之士閩本、明監本、毛本「士」誤「上」。

箋德謂至德也閩本、明監本、毛本「也」作「者」。案：所改是也。

士者男子之大號閩本、明監本、毛本「大」誤「美」。

曲禮所陳燕食之饌閩本、明監本、毛本「食」誤「飲」。

去則以報荅之毛本「荅」作「畣」，閩本、明監本作「荅」。

珩佩上玉也毛本「佩」誤「珮」，下同。閩本、明監本不誤。

諸侯佩山玄玉明監本、毛本同，閩本「諸」作「公」。案：此「公」字用《禮記》文改也。

士佩瓀玟玉閩本、明監本、毛本同。案：此不誤。浦鏜云：「玉，衍字。」非也。《記》無「玉」字，正義引而增之著，正義引亦有「玉」字可證。

下傳亦云佩有琚玖所以納閒閩本、明監本、毛本「玖」作「瑀」。案：「瑀」字誤改也。詳見下。

非古士獨說外來賓客閩本、明監本、毛本「非」下衍「言」字。

此章非是異國耳閩本、明監本、毛本「非」作「必」。案：所改非也，「非」當作「自」。

有女同車

鄭人刺忽之不婚於齊閩本、明監本、毛本同。案：《序》作「昏」，正義作「婚」。昏、婚，古今字，易而說之也。例見前。《考文》古本序作「婚」，誤采此。

而忽不娶閩本、明監本、毛本同。案：《序》作「取」，正義作「娶」。取、娶，古今字，易而說之也。例見前。《考文》古本序作「娶」，誤采此。添「忽」字，亦誤采此也。下箋「鄭人刺忽不取齊女」，小字本、相臺本、十行本皆不誤，閩本以下亦誤爲「娶」，餘同此。

獲其一帥閩本、明監本、毛本「帥」誤「師」。

今以君命奔齊之急明監本、毛本「以」誤「之」，閩本不誤。

明是在後妻者也明監本、毛本「者也」誤「之賢」，閩本不誤。

何必實賢實長也明監本「實」皆誤「貴」，閩本、毛本不誤。

曰雍始閩本、明監本、毛本同。案：浦鏜云：「『姞』誤『始』。」考《左傳》，是也。

佩有琚瑀所以納閒小字本、相臺本同。案：《女曰雞鳴》正義引此傳「瑀」作「玖」，見上。考《女曰雞鳴》傳云：「雜佩，珩、璜、琚、瑀、衝牙之類。」正義説之，於字皆引《説文》。而證其爲佩，則衝牙及珩引《玉藻》，璜引《列女傳》，琚引此經。唯瑀獨無所證，故先引《説文》「瑀、玖，石次玉」，後引《丘中有麻》云「貽我佩玖」而云然。則「琚、玖與瑀皆是石次玉，玖是佩，則琚亦佩也」。若此傳作「瑀」，則傳自有明證，不當舍之而借「玖」爲譬況矣。作「玖」者是也。

後世傳其道德也小字本、相臺本「其道」作「道其」，《考文》古本同。案：「道」字在「其」上者是也。《釋文》以「傳道」作音可證。閩本、明監本、毛本亦誤在下，又脱「也」字。

此解鏘鏘之意閩本、明監本、毛本同。案：傳及經皆作「將將」，正義作「鏘鏘」，易古字爲今字而説之也。例見前。《庭燎》正義作「將將」，當是不知者依經注改之耳。

山有扶蘇

所美非美然唐石經、小字本、相臺本同。案：正義云：「皆是所美非美人之事。定本『所美非美然』，與俗本不同。」是正義「然」字當是「人」字，標起止云「至美然」，後改也。

扶蘇扶胥小木也小字本、相臺本同。案：《釋文》「山有扶蘇」下云：「扶蘇、扶胥，木也。」今考正義本亦然，無「小」字也。正義云：「毛以爲山上有扶蘇之木。」又云：「毛以下章云『山有喬松』是木，則扶蘇是木可知。」又云：「扶胥，山木。宜生於高山。」皆不言「小木」。至説鄭，乃始云「小木」，又云「箋以扶蘇是木之小者」。較然有别，可證。唯云「傳言『扶胥，小木』者，毛當有以知之」，有一「小」字，乃後人用經注本之有「小」字者誤添之耳。段玉裁云：「毛云『高下大小各得其宜』，高下，謂山隰。大，謂扶蘇、松。小，謂荷、龍。正言以刺忽，與鄭異。鄭乃互易其大小耳。《吕覽》及《漢書·司馬相如》《劉向》《楊雄傳》、枚乘《七發》、許氏《説文》皆謂扶疏爲大木。許氏『扶』作『枎』。古『疏』、『胥』、『蘇』通用。」

荷華扶渠也其華菡萏小字本、相臺本同。案：「荷」下「華」字，衍也。傳分説經「荷」、「華」二字，用《爾雅》文，不應「華」字又錯見「荷」字解中。正義云：「『荷，扶渠，其華菡萏』，《釋草》文。」正無「荷」下「華」字，是其本不誤。○按：非誤衍也。説見《鄭風·清人》。

所美非美閩本、明監本、毛本「美」作「美」。案：所改是也。下文云「此篇刺昭公之所美非美、養臣失宜」，是其證。

山有喬松唐石經、小字本、相臺本「喬」作「橋」，閩本、明監本、毛本亦同。案：「橋」字是也。《釋文》：「橋，本亦作『喬』，毛作『橋』，其驕反。王云『高也』。鄭作『槁』，苦老反，枯槁也。」考正義本是「橋」字，此經毛作「橋」，以爲「喬」之假借，鄭亦作「橋」，與毛字同，但以爲「槁」之假借，是其異耳。《釋文》云毛作某、鄭作某，所謂某者，指傳、箋之義，不以指經字之形。經字之形，毛、鄭不容有異也。箋云「槁松在山上」，以爲假借，不云讀爲，直於訓釋中改其字也。箋例每如此。其《釋文》本亦作「喬」者，乃依毛義改爲正字耳。非毛、鄭《詩》舊文也。《考文》古本作「喬」，采《釋文》亦作本。

喬松在山上小字本、相臺本「喬」作「橋」，閩本、明監本、毛本同。案：「橋」當作「槁」。見上。

紅草放縱枝葉於隰中小字本同，閩本、明監本、毛本同。相臺本「枝」作「支」。案：「枝」字是也。相臺本取《芄蘭》經字，非也。

傳以喬松共文閩本、明監本、毛本「喬」作「橋」，下「以明喬非木也」、「不取喬、游爲義」同。案：「喬」字是也。凡正義説傳者，例用「喬」，十行本皆未誤。此用毛義易字，非正義本經作「喬」也。

嫌爲一木閩本、明監本「木」誤「本」，毛本不誤。

此章直名龍耳閩本、明監本、毛本同。案：浦鏜云：「『草』誤『章』。」是也。

不應言橋游也今松言槁閩本、明監本同。毛本「槁」作「橋」，下「明槁松喻無恩於大臣」，明監本、毛本皆作「橋」。案：「槁」字是也。凡正義説箋者，例用「槁」，十行本多未誤。唯「不應言槁、游也」一字誤作「橋」耳。

下篇言昭公有狂狡之志閩本、明監本、毛本同。案：「狂」當作「壯」，形近之譌。

蘀兮

和者當汝臣閩本、明監本、毛本「當」下有「是」字。案：所補是也。

有君不以爲君明監本、毛本上「君」字誤「臣」，閩本不誤。

狡童

使立突閩本、明監本、毛本「使」誤「所」。

褰裳

欲大國以兵征鄭毛本「大」誤「人」，閩本、明監本不誤。

先鄉齊晉宋衛後之荆楚小字本、相臺本同。案：此定本也。正義云：「齊、晉本是諸夏大國，與鄭境接連。楚則遠在荆州，是南夷大國。」下文云：「其實大國非獨齊、晉，他人非獨荆楚也。定本云『先嚮齊、晉、宋、衛，後之荆楚也』，義亦通。」是正義本當無「宋」、「衛」二字。今正義作「齊晉宋衛諸夏大國」者誤。下文又云「而云告齊、晉、宋、衛者」，此承「定本」之下，因引《春秋》經有「宋公」、《衛侯》遂并説義，亦通耳。與上文不同。

可知此子不斥大國之君閩本、明監本、毛本同。案：浦鏜云：「『可』當『何』字誤。」是也。

正可有親疏之異閩本、明監本、毛本「可」誤「以」。

齊晉宋是諸夏大國閩本、明監本、毛本「是」作「衛」。案：此非也。「宋」當作「本」。詳見上。

是爲諸國不思正己閩本、明監本、毛本「爲諸」誤「謂侯」。

故箋之云他士猶他人閩本、明監本、毛本脱「之」字。閩本、明監本「士」誤「事」，毛本不誤。

其卿三命閩本、明監本、毛本「三」誤「二」。

丰

謂之婚姻閩本、明監本、毛本「婚」誤「昏」，下同。案：此正義十行本。唯「昏時」、「士昏禮」昏字不從女，是也。其《序》注標起止皆作「婚」。則「婚」者，正義所易字。

之黨爲姻兄弟閩本、明監本、毛本「之」上有「壻」字。案：所補是也。

謂婦爲婚也閩本、明監本、毛本「謂」誤「爲」。

悔予不將兮小字本、相臺本同。案：「予」字，唐石經磨改，其初刻字不可知矣。

褧禪也毛本「禪」誤「禪」，明監本以上皆不誤。下同。

士妻紂衣纁袡小字本、相臺本同。案：此《釋文》本也。《釋文》云：「紂，側基反，本或作『純』，又作『緇』。」考《士昏禮》，《釋文》本誤也，唯「本或作純」不誤。經云「女次純衣」，注云：「純衣，絲衣。」是純如字讀，訓爲絲。鄭未嘗破爲紂也。《儀禮》「緇」字甚多，皆作「緇」，無作「紂」者，經爲「純」字更審矣。「紂」字在《周禮·媒氏》注，非此經之字也。正義引《士昏禮》并注，是其本當不誤，今亦盡作「紂」，用《釋文》改注，又用注改正義也。《考文》古本作「緇」，采《釋文》又作本。

女從者畢袗玄閩本、明監本、毛本「袗」誤「袊」。

東門之墠

而相奔者也各本此序無注。《釋文》云：「此《序》舊無注，崔《集注》本有。鄭注云：『時亂，故不得待禮而行。』」考正義當亦無此注，實非鄭注也，《集注》誤耳。

故名曰爲刺也閩本、明監本、毛本同。案：「名曰」當作「各自」，形近之譌。

東門之墠唐石經、小字本、相臺本同。案：此定本也。正義云：「偏檢諸本，字皆作『壇』。」又云：「讀音曰墠，蓋古字得通用也。今定本作『墠』。」《釋文》云：「壇，音善，依字當作『墠』。」考此，是《釋文》、正義經字皆作「壇」，注同，唐石經以下依定本作「墠」。

男女之際近而易小字本、相臺本同，閩本、明監本、毛本同。案：正義云：「阪云遠而難，則墠當云近而易。不言『而易』，可知『而』省文也。」是傳本無「而易」二字。《釋文》於下「易越」始云「以豉反，下同」，當是亦無此二字也。各本皆衍。

則茹藘在阪閩本、明監本、毛本同。相臺本「則」下有「如」字，《考文》古本同，小字本作「以」。案：有「如」字者是也。

墠坂可以喻難耳閩本、明監本、毛本「難」下有「易」字。案：所補是也。

則在東門外閩本、明監本、毛本誤作「則近在門外」。

風雨

胡何夷說也小字本、相臺本同。案：正義云：「定本無『胡何』二字。」《考文》古本無，采正義。

子衿

亂世則學校不脩焉唐石經缺，小字本、相臺本同。案：《釋文》云：「世亂，本或以『世』字在下者，誤。」正義本今無可考。

言可以校正道藝小字本、相臺本同。案：《釋文》上云「學校，户孝反」，下云「以挍正，音教」，是「學校」字當從木，「挍正」字當從扌。《五經文字》手部云：「挍，經典及《釋文》或以爲比挍字。」案：字書無文，此「校」字即張參所云也。各本「挍正」字從木，誤。毛本「學校」字亦從扌，更誤。正義中字同此。《釋文》有誤「挍」作「校」者。今正。詳後考證。

鄭國衰亂不脩校閩本、明監本、毛本「校」上有「學」字。案：所補是也。

故曰校也明監本、毛本「曰」誤「稱」。

衣皆謂之襟李巡曰衣皆閩本、明監本、毛本同。案：浦鏜云：「『眥』誤『皆』。」考《爾雅》，是也。段玉裁云：「作『皆』不誤。皆，猶交也。衣皆謂衣領，衣之交處也。此當是李巡本獨得之。他本作『眥』，不可解。乃字之誤耳。」

士佩瓀珉小字本、相臺本同。案：《釋文》作「碝」，云：「本又作『瓀』，如兖反。」考《玉藻》釋文云：「瓀，而兖反。徐又作『瑌』，同。」《説文》、《五經文字》「碝」字皆在石部。其作「瑌」者，後變而從玉耳。凡耎聲之字多誤從需聲，見《廣韻》廿八獮「輭」字下，故又作本如此。

揚之水

被他人之言閩本、明監本、毛本「被」作「彼」。案：所改是也。

出其東門

而輭高渠彌閩本、明監本、毛本同。案：浦鏜云：「『轘』誤『輭』。」是也。

如其從風閩本、明監本、毛本同。小字本、相臺本「其」作「雲」。案：「雲」字是也。

聊樂我貟唐石經、小字本、相臺本同。案：《釋文》云：「我貟，音云，本亦作『云』。」正義云：「則可以樂我心云耳。」下文云：「云、貟，古今字，助句辭也。」是正義本作「貟」，以「貟」爲古字，「云」爲今字，故易「貟」爲「云」而説之。自著其例如此也。凡易字者，依是求之而例可得矣。又《商頌》「景貟維河」箋：「貟，古文『云』。」亦可證。

縞衣綦巾所爲作者之妻服也小字本、相臺本同。案：此「所」字上當有「已」字。正義當本云：「故言縞衣綦巾已所爲作者之妻服也。己謂詩人自己。」今正義脱去「所」上「己」字耳。不然，此箋更無「己」字，其「己謂詩人自己」者，安所指乎？《考文》古本有「己」字，采正義而得之者也。

恩不忍斥之小字本、相臺本同，《考文》古本同。閩本、明監本、毛本「恩」誤「思」。

有棄其妻閩本、明監本「妻」下有「者」字。案：所補是也。

如雲之從風閩本、明監本、毛本重「雲」字。衍。

青黑白綦閩本、明監本、毛本同。案：浦鏜云：「『曰』誤『白』。」是也。

是心不忍絶也明監本、毛本「是」誤「自」，閩本不誤。

荼茅秀小字本同。岳本「秀」作「莠」。《釋文》云：「秀，或作『莠』，音同。劉昌宗《周禮音》：莠音酉。」考正義本是「秀」字，《鴟鴞》正義引此箋作「秀」。《既夕》釋文「用茶」下云：「茅莠。」《地官》釋文「茅莠」下云：「《毛詩》注作『秀』。」是字本不與二《禮》注同。或作本正依二《禮》改耳。《考文》古本作「莠」，采《釋文》。○案：段玉裁云：「莠者，魏晉以下俗字也。謂依二《禮》改，非是。」

説文云闉闍城曲重門閩本、明監本、毛本同。案：此不誤。浦鏜云：「『曲』，《説文》作『内』。」非也。《説文》本作「曲」，今《説文》誤耳。《九經字樣》云：「闉，城曲重門也。」可證。

即委菜也閩本、明監本、毛本「菜」作「葉」。案：所改是也。

六月云白旆英英毛本「英英」誤「央央」，閩本、明監本不誤。

出其東門二章小字本、相臺本同。唐石經初刻無「其」字，後改同今本。案：初刻誤也。《序》有，可證。

野有蔓草

下章首二句是也閩本、明監本、毛本同。案：浦鏜云：「『二』誤『下』。」是也。

零露漙兮唐石經、小字本、相臺本同。案：正義云：「『靈』作『零』字，故爲落也。」《詩經小學》云：「案此則經本作『靈露』，箋作『靈落』也，假『靈』爲『零』字。」依《説文》則是假「靈」爲「霝」。《考文》古本「漙」作「團」，采《釋文》也。《釋文》云：「漙，本亦作『團』，徒端反，團團然盛多也。」《匡謬正俗》所云《詩》古本有作「水」旁「專」者，亦有單作「專」者，後人輒改之爲「團」字，讀爲團圓之「團」者，即謂此。

清揚眉目之間婉然美也小字本、相臺本同。案：《經義雜記》云：「此傳當云：『清揚婉兮，眉目之間婉然美也。』下八字作一句讀。以『清』爲目之美，以『揚』爲眉上之美，以『婉兮』爲清揚之美婉婉然。今傳中無『婉兮』字，是嫌於訓清揚爲眉目之間矣。此以經合傳時所删。」

有蔓延之草閩本、明監本、毛本同。案：「蔓延」當倒，下文可證。

鄭以仲春爲媒月閩本、明監本、毛本同。案：浦鏜云：「『婚』誤『媒』。」是也。

野有蔓草三章唐石經、小字本、相臺本「三」作「二」。案：「二」字是也。閩本、明監本、毛本亦誤作「三」。

溱洧

士與合會溱洧之上小字本、相臺本「與」下有「女」字，明監本、毛本同，閩本剜入。案：此脱也。

渙渙春水盛也小字本、相臺本同，《考文》古本同。閩本、明監本、毛本脱「春水」二字。案：《釋文》「渙渙」下云：「春水盛也。」山井鼎用爲證。是也。

士曰已觀乎閩本、明監本、毛本同。案：浦鏜云：「『乎』當『矣』字誤。」是也。

鄭國二十一篇小字本、相臺本同。唐石經磨改「廿一篇」，其初刻上爲「二十」，其下不能知矣。

齊譜

季蒯因之閩本、明監本、毛本同。案：山井鼎云：「『蒯』當作『蒯』。」物觀云：「宋板下『季蒯』作『季蒯』。」是也。

其先祖世爲四岳閩本、明監本、毛本同。案：浦鏜云：「『嘗』誤『世』。」是也。《崧高》正義引作「嘗」，是其證。

師尚父堪君多難閩本、毛本同。明監本「堪」作「甚」。案：皆誤也。考《文王》正義引作「謀計居多」，此當與彼同。

大公以元勳毛本「勳」誤「勛」，閩本、明監本不誤。案：此「勛」字在《周禮》故書，非正義所用。餘同此。

自武公九年明監本、毛本「公」誤「王」，閩本不誤。

止自胡公之所殺閩本、明監本、毛本同。案：盧文弨云：「止自，當作『上距』。」是也。

故云敷土閩本、明監本、毛本同。案：「土」當作「定」。此説《譜》「敷定九畿」。

甸服此周爲王畿閩本、明監本、毛本同。案：「此」當作「比」，形近之譌。

成王周公封東至海閩本、明監本、毛本同。案：浦鏜云：「至『非奄君名也』，疑在下『成王』節疏内。錯誤在此。」是也。

當以此「成王」起，接「管仲之言也」。下凡移百九十三字。

在禹貢青州閩本、明監本、毛本同。案：山井鼎云：「『在禹』上當有圈。」是也。

濰水出今琅耶箕屋山閩本、明監本、毛本同。案：此不誤。浦鏜云：「《漢志》無『屋山』二字。」非也。今《志》誤脱耳。《説文》「濰」字下有，可證。

與吕伋王孫牟閩本、明監本、毛本「伋」作「汲」。案：此誤改也。十行本此字作「伋」，以下引《顧命》、《齊世家》則作「汲」。各順其文耳。

不言孝王者有大罪去國閩本、明監本、毛本同。案：此當作「不言孝王身有大罪于國」，皆形近之譌。《譜》、《序》、正義無「身」字，「于國」作「惡彼」。文多不與此同也。

詩人作到閩本、明監本、毛本同。案：山井鼎云：「『到』當作『刺』。」是也。

昭暫若此閩本、明監本、毛本同。案：山井鼎云：「『暫』恐『晢』誤。」

雞鳴

故夫人興戒君子閩本、明監本、毛本同。案：「故」當作「無」。

故陳人君早朝閩本、明監本、毛本同。案：「人君」當作「夫人」。見第二章正義。

皆陳與夫相警相成之事也閩本、明監本、毛本同。案：「陳」當作「是」。以上正義各本譌舛不可讀，今訂正。

雞鳴思賢妃也至蒼蠅之聲閩本、明監本、毛本同。案：此標起止有誤。《序》有，疏已在上矣，「雞鳴思賢妃也」六字不當更見於此。依其常例，但取經首末二字而已，當云「雞既至之聲」。

以雞既鳴知朝將盈閩本、明監本、毛本同。案：十行本「以」至「知」，剜添者一字。

東方且明之時小字本、相臺本同。閩本、明監本、毛本「且」誤「早」。案：正義云：「是東方且欲明之時，即上雞鳴時也。」可證。《考文》古本作「旦」字，又云「宋板同」。作「旦」者皆誤。

鳳凰爲之長毛本「爲」誤「謂」，閩本、明監本不誤。

還

還便捷之貌小字本、相臺本同。案：《釋文》：「便捷，本亦作『便旋』。」正義本是「捷」字。

併驅而逐禽獸閩本、明監本、毛本同。小字本、相臺本「禽」作「二」。案：「二」字是也，「禽」字誤。

牡名驪牝狼閩本、明監本、毛本「牝」下有「名」字。案：所補是也。

著

謂所以懸瑱者閩本、明監本、毛本同。小字本、相臺本「懸」作「縣」。案：「縣」字是也。《釋文》云：「以縣，音玄。下同。」正義本當亦是「縣」字，其自爲文乃用「懸」字。縣、懸，古今字，易而説之之例也。不知者乃以正義所易改箋。

人君以玉爲閩本、明監本、毛本同。小字本、相臺本「爲」下有「之」字，《考文》古本同。案：有者是也。

楚語稱曰公子張閩本、明監本、毛本同。案：「曰」當作「白」，形近之譌。

其又以繩爲瑱閩本、明監本、毛本同。案：此不誤。浦鏜云：「『規』誤『繩』。」非也。繩，當訓爲「戒」。今韋昭注作「規」，不與正義所引本同也。

士婚禮壻親迎閩本、明監本、毛本「婚」作「昏」。案：所改是也。餘同此。

宜降以兩且此詩刺不親迎閩本、明監本、毛本「降」下衍「殺」字，「且」誤「耳」。

取其韻故耳閩本、明監本、毛本「韻」下有「句」字。案：所補非也。或言「韻」，或言「韻句」，一也。

其物小耳毛本「小」誤「下」，閩本、明監本不誤。

箋尚猶至似瓊也閩本、明監本、毛本脱「也」字。

而云玉之瑱兮閩本、明監本、毛本同。案：此不誤。下孫毓引同。浦鏜云：「『也』誤『兮』。」非也。《説文》「瑱」下引「玉之瑱兮」可證。案：段玉裁云：「古《尚書》、《周易》無『也』字，《毛詩》、《周官》始見。各書所用『也』字本『兮』字之假借。」是也。

青紞之青毛本「青」下衍「也」字，閩本衍「〇」，明監本誤空一字，餘本不誤。

天子用金閩本、明監本、毛本同。案：浦鏜云：「『全』誤『金』。」是也。

東方之日

刺衰也唐石經、小字本、相臺本同。案：《釋文》云：「本或作『刺襄公』，非也。」正義云：「刺衰也。」與《釋文》同。

有姝姝美好之子小字本同，相臺本亦同，《考文》古本亦同。閩本、明監本、毛本「姝姝」作「姝然」。按：此當是「有姝姝然美好之子」。《静女》正義所引可證也。今此正義兩言「姝然」，其毛以爲下一「姝然」不誤，以傳本不重此字也。其鄭以爲下本是與箋文同作「姝姝然」，因上有「姝然」，遂誤脱之也。閩本以下用以改箋，非也。各本亦脱去「然」字。

傳月盛至門閩本、明監本、毛本同。案：「門」下當有「内」字。

東方未明

東方未明三章閩本、明監本、毛本脱「未明」二字。

挈讀如挈髮之挈閩本、明監本、毛本同。案：下二「挈」字，浦鏜云：「『絜』誤『挈』。」考《周禮》注，是也。

東方未明當起也閩本、明監本、毛本同。案：「當」上脱去一「未」字。

不能辰夜各本皆同。案：《考文》古本「辰」作「晨」，誤也。考此可見古本之多誤。

瞿爲良士貌閩本、明監本、毛本同。案：「瞿」當作「因」。

厤言晝夜者閩本、明監本、毛本「者」誤「考」。

夙早釋注文閩本、明監本、毛本同。案：山井鼎云：「『注』當作『詁』。」是也。

南山

公謫之閩本、明監本、毛本同。小字本「謫」作「讁」，相臺本作「適」。案：「讁」字是也。《釋文》云：「讁，直革反。」是箋字作「讁」也。《左傳》作「謫」，正義引同，順彼文耳。十行本因改餘字皆作「謫」，誤也。相臺本作「適」，更誤。「適」是古假借字，非箋所用。《五經文字》云：「讁，經典或從適，又借『適』字爲之。」乃包舉《左傳》、《詩·北門》、《禮記·昏義》等而言之者也。○按：漢人不必不用假借字，讀兩《漢書》及漢人所著可證。舊校非也。

襄公使公子彭生乘公小字本、相臺本同。案：《釋文》云：「彭生乘，繩證反。一本作『彭生乘公』，『乘』則依字讀。」正義本今無可考。段玉裁云：「《左傳》古本當是『使公子彭生乘』爲句，『公薨於車』爲句。俗本增一『公』字耳。乘，謂同車也。」

下章責魯桓明監本、毛本「章」上有「二」字，閩本剜入。案：所補是也。

大夫遇是惡明監本、毛本「大」上衍「故」字，閩本剜入。

以姧淫之事閩本、明監本、毛本「姧」作「姦」，下同。案：《五經文字》云：「姦，俗作『姧』。訛。」正義多有之，當是傳寫作俗體耳。

正謂手捉其脅而折拉然爲聲閩本、明監本、毛本「折拉」誤倒。案：此讀「折」字句絶，「拉」字下屬。

經書三月夫人遜于齊毛本「三」誤「二」，閩本、明監本不誤。

於會防之正閩本、明監本、毛本同。案：浦鏜云：「『下』誤『正』。」是也。

意出於齊侯毛本「出」誤「正」，閩本、明監本不誤。

以襄公居尊位而失匹配閩本、明監本、毛本同。案：十行本「居」至「匹」，剜添者一字。

言魯之道路有蕩然平易閩本、明監本、毛本同。案：十行本「路」至「平」，剜添者一字。

以求配耦閩本、明監本、毛本「耦」誤「偶」。

五人爲奇小字本、相臺本同。案：《釋文》云：「人奇，居宜反。」是其本無「爲」字也。正義本今無可考，但無者是也。正義本當亦無，其各本是淺人誤添耳。

是服之最尊閩本、明監本、毛本「服」誤「物」。

奇天數矣獨舉五而言閩本、明監本、毛本同。案：「天」當作「大」，形近之譌也。「奇大數矣」者，謂奇之數不止於五也。

不宜以襄公往雙之云其數奇閩本、明監本、毛本同。案：「云」當作「六」，形近之譌也。「六其數奇」者，謂從五人而六之，則五人失其數奇也。此正義各本譌舛不可讀，今訂正。○按：此必有脱誤。或作「耦其奇數」。

又襄公止復文姜耳閩本、明監本、毛本同。案：浦鏜云：「『從』誤『復』。」是也。

種之然後得麻小字本、相臺本同。案：正義云：「今定本云『重之然後得麻』，義雖得通，不如爲『種』字也」。考《釋文》不爲「重」字作音，當與正義本同。

令至于齊乎毛本「令」誤「命」，明監本以上皆不誤。

又非魯桓小字本、相臺本同，閩本、明監本、毛本同。案：此「又」字衍也。下章箋始云「又非魯桓」，「又」者，又此箋也。正義於此章云「責魯桓」，於下章云「又責魯桓」，一無一有，極爲明晰。

而至齊乎止明監本、毛本「止」誤「上」，閩本不誤。

卜於死者以足之明監本「足」誤「兄」，毛本誤「見」，閩本不誤。

正義曰釋詁文閩本、明監本、毛本「文」誤「云」。

正義曰釋詁文閩本、明監本「文」誤「云」，毛本不誤。

甫田

言無德而求諸侯閩本、明監本、毛本同，小字本、相臺本「言」上有「箋云」，《考文》古本有，亦同。案：有者是也。

總角丱兮小字本、相臺本同，閩本、明監本、毛本同。唐石經「丱」作「卝」。案：各本皆誤。唐石經是也。見《五經文字》艹部。

未幾見兮唐石經、小字本、相臺本同。案：《釋文》云：「見兮，一本作『見之』。」考《釋文》一本是誤本也。《詩》之大體，韻在辭上者，其韻下助句之字必同。此章四句，句末悉是「兮」字，不得此句獨爲「之」字也。所以致誤之由，當以箋云「見之無幾何」故耳。其實此箋「之」字不出於經也。正義云：「未經幾時而更見之」，末亦當有「兮」字。「見之」字取於箋，「兮」字順經文。正義每如此，今脱去耳。未可即謂正義本作「之」字也。韻下助字「之」同。由《漢廣》「思」字推之，則作正義者必知之矣，不容誤也。《氓》正義引作「兮」，《考文》古本作「之」，采《釋文》。

突而弁兮唐石經、小字本、相臺本同。案：正義云「此言『突若弁兮』」，又云：「若，猶耳也。故箋言『突耳加冠爲成人』」。《猗嗟》『頎若』，言『若』者，皆然耳之義。古人語之異耳。定本云『突而弁兮』，不作『若』字。」考《釋文》以「突而」作音，與定本同。《猗嗟》正義云「義並通」，故《氓》正義引作「而」，依定本也。○按：箋作「突爾」，猶突然也。俗本作「耳」，乃大誤。凡云「爾」者，猶言如此也。

婉孌少好貌毛本「貌」誤「侻」，明監本以上皆不誤。

言若者皆然耳之義閩本、明監本、毛本同。案：此不誤。浦鏜云：「『抑』誤『言』。」非也。「言若者」三字下屬，浦誤上屬讀之也。此但舉「突若」、「頎若」二「若」字與定本作「而」不同者，其「抑若」則定本亦不作「而」，故不及之。○按：當云「皆然爾之義」。

盧令

其環鈴鈴然爲聲閩本、明監本、毛本同。案：經、傳作「令令」，標起止云「至令令然」，正義作「鈴鈴」。令、鈴，古今字，易而説之也。例見前。

孟子謂梁惠王曰閩本、明監本、毛本同。案：「謂」字當衍。

忺忺然有喜色閩本、明監本、毛本「忺忺」作「欣欣」。案：所改非也。當是本作「忻忻」，不與今《孟子》同。故誤如此。

鬈讀當爲權權勇壯也小字本、相臺本同。案：《詩經小學》云：「《五經文字》權字注云：從手，作捲，古拳握字。」可知鄭箋從手非從木，與《説文》引《國語》「捲勇」、《小雅》「拳勇」字同。今字書佚此字，僅存於張參之書。《吴都賦》「覽將帥之權勇」，善曰：《毛詩》「無拳無勇」，「拳」與「捲」同。俗刻《文選》譌誤不可讀。

敝笱

鰥大魚小字本、相臺本同。案：《釋文》云：「鰥，毛：古頑反，大魚也。鄭：古魂反，魚子也。」正義云：「是鰥爲大魚也。傳以鰥爲大魚，則以大爲喻。王肅言：魯桓不能制文姜，若敝笱不能制大魚也。」段玉裁云：「《説文》：鰥，魚也。蓋出於《毛詩》。」魴、鱮、鰥，皆魚名耳。本無「大」字，或加之以駁鄭。「魴」已見《周南》，故此單釋「鰥」。

弊敗之笱閩本、明監本、毛本同。案：經、注作「敝」，正義作「弊」。敝、弊，古今字，易而説之也。例見前。考此知《緇衣》正義「敝」字亦皆本是「弊」字。今但存「緇衣若弊」一「弊」字，餘字作「敝」，後人依經、注改之而未盡也。

初歸於魯國止閩本、明監本、毛本「止」誤「正」，下同。

鰥魚子釋魚文閩本、明監本、毛本同。案：「鰥」當作「鯤」。下引李巡注可證。又下云「鯤鰥字異」亦可證。

或鄭本作鯤也閩本、明監本、毛本同。案：「鯤」當作「鰥」。謂或鄭之《爾雅》作「鰥」字也。此與上「鯤魚子」，鯤、鰥互易而誤如此。

里革斷其罟閩本、明監本、毛本「里」誤「星」。

魚禁鯤鱬閩本、明監本、毛本同。案：「鱬」當作「鮞」，即「鮞」之别體字。今《國語》作「鮞」，此從重「而」者，亦如「陑」作「隭」、「輀」作「轜」也。

箋以一鰥若大魚閩本、明監本、毛本同。案：「一」當作「魴」。刊時字壞而如此。

且魴鯤非極大之魚與鰥不類閩本、明監本、毛本同。案：「鯤」當作「既」，形近之譌。

魴鱮大魚小字本、相臺本同。案：《釋文》「魴鱮」下云：「毛云大魚也。」以上章推之，正義本亦如此。段玉裁云：「此當云『鱮，魚也』。」説詳上。

亦文姜所使止小字本、相臺本同。案：正義云：「亦文姜所使，今定本云『所使出』，於義是也。」標起止云「至使止」。此箋當是定本有「止」字，正義本無耳。「出」是「止」字之譌，標起止當是後改也。

今其上下相充也閩本、明監本、毛本同。案：浦鏜云：「『今』當『令』字誤。」是也。

義亦同也閩本、明監本、毛本此下尚有十九字同。案：山井鼎云：「《釋文》混在疏中，當改正也。」是也。

載驅

疾驅於通道大都唐石經、小字本、相臺本同。案：下正義云：「《序》言『疾駈』，故云『疾驅』。駈與驅音義同。」考《釋文》云：「載驅，本亦作『駈』。」「薄薄」下云：「疾駈聲也。」又《鄘·載馳》釋文云：「駈，字亦作『驅』，如字。協韻亦音丘。」是唐時凡經、序「驅」字皆有作「駈」之本。而正義本此一字作「駈」，故特説之也。《五經文字》云：「驅，作『駈』，訛。」依字書言之。正義自爲文亦用「驅」，十行本間或作「駈」，乃寫書人以爲别體，取其省，非正義所用。

載驅薄薄毛本「驅」誤「馳」，明監本以上皆不誤。

簟茀朱鞹唐石經、小字本、相臺本同。案：《五經文字》云：「鞹，此《説文》字，《論語》及《釋文》並作『鞟』。」今此《釋文》正作「鞟」，正義引《説文》或其本作「鞹」，而唐石經以下所從出也。《韓奕》釋文亦作「鞹」。

簟方文蓆也閩本、明監本、毛本同。小字本、相臺本「蓆」作「席」。案：「席」字是也。「蓆，大也」，在《緇衣》，非此之用。但俗體有加草者耳。

以入魯竟小字本、相臺本同。閩本、明監本、毛本「竟」作「境」。案：「竟」字是也。《釋文》云：「竟，本亦作『境』。」考正義本是「竟」字，其自爲文則用「境」字，易字之例也。餘同此。

輿革前謂之䩶閩本、明監本、毛本同。案：浦鏜云：「『䩭』誤『䩶』。下同。」是也。

彼文革飾後户謂之蔽閩本、明監本、毛本同。案：盧文弨云：「當云『革飾後户謂之茀，竹飾後户謂之蔽』。脱七字。」是也。上文可證。複出而誤耳。

乘其一駟之馬閩本、明監本、毛本「乘」誤「盛」。

箋以爲齊子愷悌閩本、明監本、毛本同。案：經、注作「豈弟」，標起止云「至豈弟」，正義作「愷悌」。豈、愷，弟、悌，皆古今字，易而説之也。例見前。《考文》古本經作「愷悌」，誤采正義所易之今字。

與上古文相通也閩本、明監本、毛本同。案：「古」當作「句」，形近之譌。

猗嗟

頎而長兮唐石經、小字本、相臺本同。案：正義云：「若，猗然也。此言『頎若長兮』。」又：「定本云『頎而長兮』，『而』與『若』，義並通也。」《釋文》以「頎而」作音，與定本同。

然而美者其額上揚廣兮閩本、明監本、毛本同。案：「然」上，浦鏜云：「脱『抑』字。」是也。

嗟是口之唶咀閩本、明監本、毛本同。案：「咀」當作「啞」，形近之譌。唶啞，見《史記・淮陰侯列傳》索隱，亦作「嗌」，見《集解》。

傳欲辨揚是眉閩本、明監本、毛本「傳」誤「專」。

趨今之吏步閩本、明監本、毛本「吏」作「捷」。是也。

大夫二正士一正小字本、相臺本同。案：此定本也。正義本當是「大夫二正士二正」。正義引《夏官・射人》而云「彼文大夫、士同射二正。今定本云『大夫二正，士一正』，誤耳。」各本皆沿定本之誤。

未學者之所及閩本、明監本、毛本同。案：浦鏜云：「『未』當『末』字誤。」是也。

以射法治射義閩本、明監本、毛本同。案：浦鏜云：「『儀』誤『義』。」是也。

均布之以至於外畔也明監本、毛本「均」下衍「而」字，閩本剜入。

量侯道者以弓爲度毛本「度」誤「量」，閩本、明監本不誤。

司衣掌大射之禮云閩本、明監本、毛本同。案：浦鏜云：「『裘』誤『衣』。」是也。

有正者無鵠者無正閩本、明監本、毛本同。案：浦鏜云：「『無鵠』下當脱『有鵠』二字。」是也。

象其能禦四方之亂也閩本、明監本、毛本同。小字本、相臺本無「也」字。

二十四章唐石經「二十」作「卅」，小字本、相臺本作「三十」，毛本同。案：「三十」是也。閩本、明監本亦誤作「二十」。

魏譜

都平陽或安邑閩本、明監本、毛本「平」誤「子」。

乃厎滅亡閩本、明監本、毛本「厎」誤「底」，下「厎柱」同。

故言周以封同姓了閩本、明監本、毛本同。案：「子」當作「云」，形近之譌。

寘諸河之干兮閩本、明監本、毛本同。案：此不與今《地理志》同。

不可知凡閩本、明監本、毛本同。案：浦鏜云：「『凡』當作『也』，字誤。」是也。

止此詩並刺君閩本、明監本、毛本「止」作「也」。案：皆誤也。「止」當作「但」，字之壞耳。

葛屨

而無德以將之小字本、相臺本同。唐石經初刻「之」下有「也」字，後磨去。

葛屨二章明監本、毛本「二」誤「三」，閩本不誤。

反覆儉嗇褊急閩本、明監本、毛本同。案：浦鏜云：「『覆』當『復』字誤。」是也。

機巧趨利者章上四句是也閩本、明監本、毛本同。案：「者」當作「首」，形近之譌。

亦是趨利之士也閩本、明監本、毛本「士」作「事」。案：所改是也。篇内同。

故箋採下章閩本、明監本、毛本同。案：浦鏜云：「『採』當『探』字誤。」是也。

要褸也段玉裁云：「古本當作『要，要也』。謂此『要』字即衣之要也。」衣之要，見於《喪服》、《士喪禮》、《玉藻》、《深衣》諸篇，字無作「褸」者。以本字爲訓，此《易》傳「蒙者，蒙也」、「比者，比也」、「剥者，剥也」，《説文》「巳，巳也」，《北風》傳「虚，虚也」之例。淺人不能通，故《北風》與此二傳皆妄改。

襋領也小字本、相臺本同。案：「領」上當有「衣」字。《釋文》「襋」下云「衣領也」。正義云：「要是裳褸，則襋爲衣領。《説文》亦云：『襋，衣領也。』」考此可見《釋文》、正義二本此傳皆有「衣」字，正義「亦」者，即亦傳也。《説文》「襋」下引《詩》此句，是正用傳文。傳上云：「要，褸也。」以上經已見「裳」字，故不復言「裳褸」也。此傳云：「襋，衣領也。」以經更無「衣」字，故須言「衣」以顯之也。各本脱「衣」字，失傳旨矣。當正之。○案：褸、領皆統於衣，不得分褸屬裳、領屬衣。正義云：「褸爲裳褸」，此語陋甚。是未考《儀禮》、《禮記》衣服之制。

好人好女手之人小字本、相臺本同。案：此定本也。正義本無下「好」字。正義云：「上云『女手』，此云『好人』，故云『好人女手之人』。今定本云『好人好女手之人』者，義亦通。」

國家靡幣閩本、明監本、毛本同。案：「幣」當作「弊」，形近之譌。

君子不履絲屨者閩本、明監本、毛本「履」誤「屨」。

雖復與襌同闔本、明監本、毛本同。案：浦鏜云：「『複』誤『復』。」考《儀禮》釋文，浦校是也。

要是裳襋毛本「襋」誤「要」，闔本、明監本不誤。案：此正義上「要」下「襋」改而一之者。非。

則襯爲衣領闔本、明監本、毛本同。案：「襯」當作「䙝」。

汾沮洳

其君儉以能勤唐石經、小字本、相臺本同。案：《釋文》云：「其君子，一本無『子』字。」正義云：「其《集注》《序》云『君子儉以能勤』。」案：今定本及諸本《序》直云「其君」，義亦得通。《考文》古本有，采《釋文》、正義。

雖然其采莫之士小字本、相臺本「士」作「事」，闔本、明監本、毛本同。案：「事」字是也，「士」乃誤字。其誤與《葛屨》正義内同。當時寫書人往往以「士」代「事」，此絶不可通。闔本以下閒仍之，亦誤。

園有桃

興也園有桃其實之殽闔本、明監本、毛本同。小字本、相臺本「殽」作「食」。案：「食」字是也。此傳以食解殽，非複舉經文。正義説箋云「明食桃爲殽」，正用傳。

不我知者唐石經、小字本同。相臺本作「不知我者」，闔本、明監本、毛本同。案：相臺本非也。箋倒經作「不知我者」，正義依之耳，不可據以改經。下章同。

夫人謂我欲何爲乎小字本、相臺本同。案：正義云：「今定本云『彼人』，不云『夫人』，義亦通也。」《釋文》云：「夫人，音符。」與正義本同。

箋云知是閩本、明監本、毛本同。小字本、相臺本「知」作「如」，《考文》古本同。案：「如」字是也。

以自止也小字本、相臺本同，《考文》古本同。閩本、明監本、毛本「止」誤「正」，十行本初刻「止」，後剜改作「正」。案：「止」字是也。正義云「蓋欲亦自止，勿復思念之」可證。

又言從君之行儉而嗇閩本、明監本、毛本同。案：浦鏜云：「『從』當『彼』字誤。」是也。

是税三不得薄也閩本、明監本、毛本同。案：「三」當作「一」。

非徒薄於十閩本、明監本、毛本同。案：「十」當作「一」。

陟岵

國迫而數侵削唐石經、小字本、相臺本同。案：此定本也。正義云：「今定本云『國迫而數侵削』，義亦通也。」下云：「箋以文承數見侵削。」是正義本「數」下有「見」字。考《釋文》云：「國迫而數侵削，本或作『國小而迫，數見侵削』者誤。」正義本當即或作本也。《葛屨序》正義云「以下《園有桃》及《陟岵》序皆云『國小而迫，日以侵削』。」乃引此就《園有桃序》耳。《考文》古本作「國小迫而數見侵削」，采《釋文》，但誤倒「而迫」二字。

猶司寇亡役諸司空閩本、明監本、毛本同。案：「亡」當作「云」，形近之譌。

止者謂在軍事作部列時小字本、相臺本同，閩本同。明監本、毛本「止」作「上」。案：「上」字是也。正義云「若至軍中，在部列之上」，又説箋云「此變言上」，又云「明在車上爲部分行列時也」，標起止云「箋上者」，皆可證。山井鼎云：「按：疏作『上』爲是。」

十畝之間

桑者閑閑兮唐石經、小字本、相臺本同。案：《釋文》云：「閒閒，音閑，本亦作『閑』」，正義標起止云「傳閑閑」，正義本與《釋文》亦作本同。

又云遂上地有菜五十畒閩本、明監本、毛本同。案：浦鏜云：「『萊』譌『菜』。」是也。

伐檀

徑言徑涎也閩本、明監本、毛本同。案：「涎」當作「侹」，形近之譌。《爾雅》釋文可證。

猶似闇主常多閩本、明監本、毛本「似」誤「以」。

揚子云有田一㕓閩本、明監本、毛本同。案：浦鏜云：「『雲』誤『云』。」非也。此語出揚子自序。

其雌者名貔貔乃刀反毛本「貔」誤「貙」，閩本、明監本不誤。案：《爾雅》釋文云：「貔，字又作『貙』，同。」是作「貙」者誤。

今江東通呼貉爲狭狭閩本、明監本、毛本同。案：浦鏜云：「『狭貇』誤『狭狭』」，引證《爾雅》釋文「狭，烏郎反。貇，山吏反」。是也。

獸三歲曰特小字本、相臺本同。案：正義云：「獸三歲曰特，毛氏當有所據。不知出何書。」盧文弨云：《齊》傳曰「三歲曰肩」。《豳》傳曰「三歲曰豜」矣，則此傳「三」當作「四」。《廣雅》之所本也。段玉裁云：「鄭司農注《周禮》云：三歲爲特，四歲爲肩，與毛互異。肩、豜同字耳。」今考《騶虞》正義引此傳亦作「三歲」云，蓋異獸別名，故三歲者有二名也。

故今古數言之閩本、明監本、毛本同。案：「今」當作「合」，形近之譌。

其雄鵲牝庳閩本、明監本、毛本「鵲」誤「鵲」。

入其門則無人焉閩本、明監本、毛本同。案：此《公羊》本作「則無人焉門者」，何休注可證。正義所引亦然。不知者誤去下「門者」二字耳。今《公羊》「焉」字誤在「門」字下，更非。

鄭以爲魚食飧閩本、明監本、毛本同。案：「食」當作「飧之」二字。

不得與不素飧相配閩本、明監本、毛本同。案：浦鏜云：「『飧』當『餐』字誤。」是也。

碩鼠

曾無教令恩德來顧眷我小字本、相臺本同。案：依正義，當作「眷顧」，各本皆誤倒也。

關西呼鼩音瞿鼠閩本、明監本、毛本同。案：「呼」至「瞿」，十行本剜添者一字。必「音瞿」二字初刻旁行細書而兩字相並，後改入正文，故如此耳。山井鼎云：「『鼠』字當在『鼩』下。」非也。《爾雅》釋文作「鼩，將略反」。引沈旋作「鼩，音求于反」。此同沈也。〇按：「音瞿」二字，郭語也，非疏家語。

及卿大夫職閩本、明監本、毛本同。案：浦鏜云：「『鄉』誤『卿』。」是也。

或郊民入徙國中毛本「入」誤「人」，閩本、明監本不誤。

誰之永號唐石經、小字本、相臺本同。案：《釋文》云：「咏，本亦作『永』，同。音詠，歌也。」正義本是「永」字，此箋云「永歌也」乃讀「永」爲「咏」，不改其字者，以爲假借也。正義本爲長。《釋文》本作「咏」，當是因箋并改經字。《考文》古本作「詠」，采《釋文》耳。

言往釋皆歌號閩本、明監本、毛本同。十行本「釋」字剜。案：此誤也。「釋」當作「矣」。首章正義云「言往矣將去汝」，「往矣」二字本箋，此亦同。物觀《考文補遺》所載作「者」，就彼所見本而言也。

樂記及關雎矣閩本、明監本、毛本同。十行本「矣」字剜。案：此誤也。「矣」當作「序」。十行本欲剜上文「往矣」之「矣」，誤入於此。山井鼎云「宋板磨滅」，就彼所見本而言也。

魏國七篇十八章百二十八句十行本脱此一行，各本皆有。

唐譜

以此封君閩本、明監本、毛本同。案：浦鏜云：「『若』誤『君』。」是也。

是也南有晉水閩本、明監本、毛本同。案：「也」當作「地」，壞去土傍耳。

恒山在故縣上曲陽西北閩本、明監本、毛本同。案：「縣」當作「郡」。

湯湯洪水方害閩本、明監本、毛本同。案：此不誤。浦鏜云：「『割』誤『害』。」非也。此不與今《尚書》同耳。古害、割同字。《思文》正義引作「割」，或後人改之。○按：此以詁訓字代其本字，非所見《尚書》有異本也。

既稷播奏庶艱食鮮食閩本、明監本、毛本同。案：浦鏜云：「『曁』誤『既』。」是也。

王命號父伐曲沃閩本、明監本、毛本同。案：盧文弨云：「左氏『父』作『公』。」是也。《鴇羽》正義引正作「公」。此誤。

頍父之子嘉父閩本、明監本、毛本「頍」誤「須」。

蟋蟀

以禮自娱樂也閩本、明監本、毛本同。案：《序》作「虞」，正義作「娱」。虞、娱，古今字，易而説之也。例見前。《考文》古本於《出其東門》經改「娱」爲「虞」，采此。

君之好義閩本、明監本、毛本同。小字本、相臺本「義」作「樂」，《考文》同。案：「樂」字是也。

則歲未爲暮閩本、明監本、毛本同。案：經作「莫」，正義作「暮」。莫、暮，古今字，易而説之也。例見前。餘同此。

山有樞

弗擊弗考是也毛本「擊」誤「鼓」，閩本、明監本不誤。

山有樞唐石經、小字本、相臺本同。案：《釋文》云：「樞，本或作『蓲』，烏侯反，荎也。」《爾雅·釋木》：「藲，荎。」《釋文》：「藲，烏侯反。《詩》云『山有樞』是也。本或作『蓲』，同。」考漢石經《魯詩》殘碑作「蓲」。《説文》艸部「蓲」下云：「草也。」不以爲「藲荎」字。是毛氏《詩》作「樞」也。《爾雅》加艸於首，所以别「户樞」字耳。《漢書·地理志》「山藲」亦然。其實《毛詩》不作「蓲」，《釋文》或作本非也。亦不作「藲」，故《説文》艸部、木部皆無「藲」字也。

失其聲耳明監本「失」誤「者」，閩本、毛本不誤。

華如練而細閩本、明監本、毛本同。案：此不誤。浦鏜云：「『楝』誤『練』。」非也。「練」即「楝」字耳。○按：疏家不用假借字，作「楝」是。

蘃正白蓋樹閩本、明監本、毛本同。案：此不誤。浦鏜云：「『蓋』下脱『此』字。」非也。「蓋樹」二字爲一句，言華之盛多掩蓋其樹也。

共汲山下人明監本「汲」誤「及」，閩本、毛本不誤。

弗洒弗埽唐石經、小字本、相臺本同，閩本同。明監本、毛本「埽」作「掃」。案：「埽」字是也。

弗鼓弗考唐石經、小字本、相臺本同。案：正義云：「今定本云『弗鼓弗考』，注云『考，擊也』，無『亦』字，義並通也。」《釋文》云：「弗鼓，如字。本或作『擊』，非。」正義本與或作本同。

考擊也小字本、相臺本同。案：此定本也。正義本「考」下有「亦」字。亦者，亦經「弗擊」也。見上。標起止云「傳洒灑考擊」，當脱「亦」字，或後人誤去之也。

謂得己樂以爲樂閩本、明監本、毛本「謂」誤「爲」，下「謂得己之安」同。

何不日日鼓瑟有飲食之閩本、明監本、毛本「有」作「而」。案：所改非也。「有」當作「自」，形近之譌。

揚之水

沃盛强閩本、明監本、毛本同。唐石經、小字本、相臺本「强」作「彊」。案：「彊」字是也。「彊」雖可通用「强」，而正義本用「彊」字，今正義中間有「强」字者，寫書人省而亂之耳。餘同此。

昭公分其國地明監本、毛本「地」誤「也」，閩本不誤。

沃國日以盛彊明監本「沃」誤「氏」，閩本、毛本不誤。

始兆亂矣明監本「兆」誤「比」，閩本、毛本不誤。

其能久乎明監本「乎」誤「矣」，閩本、毛本不誤。

鑿鑿然鮮明貌小字本、相臺本同，閩本同，《考文》古本同。明監本、毛本脱「然」字。

激流湍疾小字本同，閩本、明監本、毛本同。相臺本「激」作「波」，《考文》古本同。案：「波」字是也。正義言「激揚之水，波流湍疾」，是其證。

使白石鑿鑿然小字本、相臺本同，閩本同，《考文》古本同。明監本、毛本脱「使」字。

知諸侯當服之也中衣者閩本、明監本脱「中」字，毛本脱「也」字。

詩云素衣朱襮閩本、明監本、毛本「素」誤「表」。

於此綃上刺爲繡文閩本、明監本、毛本同。案：「繡」當作「黼」。

白石皓皓小字本、相臺本同，唐石經初刻同，後磨改作「晧」。案：「皓」字是也。《説文》白部無「皓」字，是「晧」字本從曰也。《廣韻》三十二晧亦無「皓」字。《釋文》當本作「晧」，今誤。見後考證。

白石粼粼唐石經、小字本、相臺本同。閩本、明監本、毛本「粼」誤「粦」。案：今《釋文》亦有誤者。詳後考證。

椒聊

碩謂莊貌佼好也小字本、相臺本同，閩本、明監本、毛本同。案：段玉裁云：正義云「故以碩爲壯佼貌」，是正義本作「壯佼貌」。「壯佼」二字，疑鄭本用《月令》文而後人亂之。「壯佼」，又見《萇楚》箋。

條長也小字本、相臺本同。案：正義云：「《尚書》稱『厥木惟條』，謂木枝長，故以『條』爲『長』也。」其説非也。此傳以「長」訓「條」，乃謂「條」爲「脩」之假借。古字「條」、「脩」相通，如《漢書》「脩侯」之比。考箋云「椒之氣日益遠長」，是此經「遠」、「條」二字皆以氣言之，不以枝言之也。下章同。《考文》古本改經二「條」字皆作「脩」，乃依「長也」之訓而爲之耳，非有所本。此經自正義及唐石經以下各本皆作「條」也。

彼已是子謂桓叔閩本、明監本、毛本「已」誤「其」。案：此正義以「已」説「其」耳，故與經字不同。《考文》古本經「其」作「已」，采此而誤。又，「謂」，衍字也。「彼已是子桓叔」六字爲一句，正義文例如此。猶《日月》正義云「今乃如是人莊公」之類。

得美廣大閩本同。明監本、毛本「得」作「德」。案：所改是也。

郭璞曰菉萸子閩本、明監本、毛本「菉」誤「茱」。案：浦鏜云：「『萸』誤『萸』。」從《爾雅音義》校。萸，所留反。」是也。

碩大且篤唐石經、小字本、相臺本同。閩本、明監本、毛本「碩」誤「實」。

言聲之遠聞也小字本、相臺本同。案：段玉裁云：「『聲』當作『馨』。此欲以『馨』訓『條』也。」今考此章「條」與上章同，皆訓「長」，爲「脩」字之假借，非有異也。不宜更爲之訓。此傳「言聲之遠聞也」，乃篇末揔發一篇之傳，謂此《椒聊》詩乃言桓叔聲之遠聞也。篇末揔發傳，毛氏每有此例。如《采蘋》、《木瓜》之屬是矣。此傳毛當有所案據，自作正義時已無文以言之，後遂專繫諸第二章「遠條且」一句，而疑其有所不可通也。○按：《説文》云：「馨，香之遠聞也。」正與此合。蓋上章作「脩」，此章作「條」，後人亂之耳。條，取芬芳、條暢之義。

綢繆

若薪芻待人事小字本、相臺本「芻」作「芻」，閩本、明監本、毛本亦同。案：「芻」字是也。《釋文》、正義皆可證。唯十行本作「蒭」，乃沿經注本俗體字耳。

鄭差次之閩本、明監本、毛本「鄭」誤「郤」。

又哀十二年左傳云閩本、明監本、毛本「二」誤「一」。

妻謂夫爲良人毛本「爲」誤「謂」，閩本、明監本不誤。

斥嫁取者小字本、相臺本同。案：嫁，衍字也。此但刺取者，不刺嫁者，故下文云「子取後陰陽交會之月」也。正義亦可證。

謂之五月之末閩本、明監本、毛本同。小字本、相臺本「謂」下無「之」字，《考文》古本同。案：無者是也。

有一妻二妾也明監本、毛本「二」誤「一」，閩本不誤。

杕杜

有杕之杜唐石經、小字本、相臺本同。案：《釋文》云：「杕，本或作夷狄字。非也。」考此六朝時河北本也。其江南本木旁施大，不誤。見《顔氏家訓》。

杕特貌閩本、明監本、毛本同。小字本、相臺本「特」下有「生」字。案：此十行本無者是也。《釋文》「杕杜」下云「特貌」，《顔氏家訓》引江南本傳亦無「生」字。正義云「言有杕然特生之杜」者，是自爲文，取下《有杕之杜》篇箋文爲説耳，非此傳有「生」字也。考彼箋，乃本彼經「生于道左」而言之，則此傳不應有明矣。《考文》古本有，采正義。○按：《説文》「杕，木特貌」，正本毛傳。

湑湑枝葉不相比也小字本、相臺本同，閩本、明監本、毛本亦同。案：「比」下當有「次」字，此傳「比次」即取經「胡不比焉」、「胡不佽焉」之文也。《釋文》「湑湑」下云「不相比次也」。是其本有「次」字。正義云「傳於此云『湑湑，枝葉不相比』」，標起止云「至相比」，或因經注本無「次」字而誤去之耳。其餘仍多言「比次」也。《考文》古本「次」字采《釋文》。

以菁菁爲稀少之貌 閩本、明監本、毛本同。案：下箋作「希」，此正義作「稀」。希、稀，古今字，易而説之也。例見前。

希少之貌 小字本、相臺本同。閩本、明監本、毛本「希」誤「稀」。案：此不知正義易字而誤，依之改也。

故知同姓爲同祖也 閩本、明監本、毛本「知」誤「云」。

羔裘

晉人刺其在位 唐石經、小字本、相臺本同。案：正義云：「俗本或『其』下有『君』，衍字。定本無『君』字。是也。」《考文》古本有，采正義。

袪袂也 小字本、相臺本同。案：《釋文》「袪」下云「袂，末也」。正義云：「此解直云『袪，袂』，定本云『袪，袂末』，與禮合。」《釋文》本與定本同。下傳云「本末不同」，正義云：「以裘身爲本，裘袂爲末。」是也。無取於袂爲本、袪爲袂末，當以正義本爲長。見段玉裁《毛詩詁訓傳》注。

又曰袂尺二寸 閩本、明監本、毛本同。案：浦鏜云：「『袪』誤『袂』。」是也。又，下「袂口也」不誤，浦并改之，則非。

不應得有故亂舊恩好 閩本、明監本、毛本同。案：浦鏜云「『亂』疑衍字」。是也。上文兩言「故舊恩好」可證。

鴇羽

君子下從征役 唐石經、小字本、相臺本同。案：正義云「言下從征役者」，又云「定本作『下從征役』」。如其所言，不爲有異。當有異也。《釋文》云：「政役，音征，篇内注同。」或定本作「政」字也。考《周禮·小宰》「聽政役以比居」注云：「政，謂賦也。凡其字或作『正』，或作『征』，以多言宜從『征』，如《孟子》『交征利』云。」此《序》字與彼同。《考文》古本作「政」，采《釋文》。

逐翼侯于汾隰明監本、毛本「隰」誤「溼」，閩本不誤。

稹者根相迫迮梱致也小字本同，閩本、明監本、毛本同。相臺本「梱」作「捆」。案：「捆」字非也。梱者「稛」字之借。又，《釋文》云：「致，直置反。下同。」正義云：「定本『緻』皆作『致』。」是正義本此箋及下傳箋「攻致」皆作「緻」也。考《説文》糸部，本無「緻」字，徐氏新附字有之。鄭《考工記》注云：「稹，致也。」亦不從系。當以《釋文》定本爲長。下傳「攻致」，閩本以下作「緻」，依正義改耳。以後「致」字同此。

其殼爲汁閩本、明監本、毛本同。案：浦鏜云：「『斗』誤『汁』。」是也。下多言「杼汁」，誤同。

盬與蠱字異義同明監本、毛本「與」誤「爲」，閩本不誤。

曷其有常唐石經以下各本同，唯相臺原刻作「有其」，誤。

無衣

刺晉武公也閩本、明監本、毛本同。唐石經、小字本、相臺本「刺」作「美」，《考文》古本同。案：正義云「美晉武公也，所以美之者」，又云「而作是《無衣》之詩以美之」，又云「美其能并晉國」，作「美」者是也。上文《譜》正義云「《無衣》、《有杕之杜》則皆刺武公」者誤。

豈號奉使適晉閩本、明監本、毛本「號」下有「公」字。案：所補是也。

心未自安小字本、相臺本同，閩本、明監本同，《考文》古本同。毛本「未」作「不」。案：「心未自安」者，承上箋謂「七章之衣

晉舊有之」矣，但未自安耳。正義云「心不自安」，乃自爲文，不當依以改箋。

安且燠兮唐石經、小字本、相臺本同。案：《釋文》云：「奧，本又作『燠』。」正義標起止云「傳燠煖也」，是正義本作「燠」。

《小明》經作「奧」，經中用字不畫一之例。《考文》古本作「奧」，采《釋文》。

有杕之杜

言武公專任己身閩本、明監本、毛本「任」誤「在」。

皆可求之我君所閩本、明監本、毛本同。小字本、相臺本「求」作「來」。案：「來」字是也。正義云「皆可使之適我君之

所」，此「來之」之義也。

君當忠心誠實好之閩本、明監本、毛本「忠」作「中」。案：所改是也。

葛生

二年傳云閩本、明監本、毛本「二」誤「三」。

域營域也閩本、明監本、毛本同。小字本、相臺本「營」作「塋」。案：此十行本「營」字是也。「營」即「塋」之借字耳。

故極之以盡情小字本、相臺本「極」下有「言」字，閩本、明監本、毛本同。《考文》古本無「極」字。案：此十行本無「言」字

者是也。《小大雅譜》云「要於極賢聖之情」，是其證。

婦人專一閩本、明監本、毛本同。小字本、相臺本「一」作「壹」。案：「壹」字是也。

采苓

以獻公好聽用讒之言明監本、毛本「讒」下有「人」字，閩本剜入。案：所補是也。

人之爲言唐石經、小字本、相臺本同。案：此《釋文》本也。正義云「人之詐譌之言」，又，下文盡作「僞言」，是其證。又云「王肅諸本作『爲言』，定本作『僞言』」，此引定本以證其同也。《釋文》云：「爲言，于僞反，或如字。下文皆同。本或作『僞』字，非。」考《沔水》「民之訛言」箋云：「訛，僞也。言時不令，小人好詐僞爲交易之言。」《正月》「人之訛言」箋云：「訛，僞也。人以僞言相陷入。」其「訛言」即此經之「爲言」也。古爲、僞、訛三字皆聲類所近，用作假借，用作詁訓，其理一也。作「爲」，則當讀作「僞」耳。箋不云「讀作」者，其於假借例有如此者也。正義本、定本乃依正字，《釋文》讀「于僞反」及「如字」，又云「本或作『僞』字，非」，其説皆未諦。《考文》古本作「僞」，下文注同，皆采正義。○按：鄭箋云「謂爲人爲善言」，上「爲」字去聲，下「爲」字平聲讀之。然則經文「爲」字不當作「僞」。爲者，作也，造也。《王風》傳云「造，爲也」。

爲言謂爲人爲善言小字本、相臺本同。案：《釋文》云：「爲言，謂『爲人』，並于僞反。若經文依字讀，則此上『爲』字亦依字。」正義本經作「僞言」，此箋當亦作「僞言」。下二「爲」字雖無明文，但以經推之，當是作「爲人」、「僞善言」。其「爲人」讀于僞反，「僞善言」即複舉經字也。

欲使見進用也相臺本同，閩本、明監本、毛本同。小字本無「也」字。

皇清經解卷八百四十一終

嘉應李恆春舊校

南海鄒伯奇新校

毛詩注疏校勘記　卷三

儀徵阮宫保元著

秦譜

正義曰鄭語云閩本、明監本、毛本「云」誤「公」。

僉曰益哉毛本「僉」誤「禽」，閩本、明監本不誤。段玉裁云：「『禽』乃『禹』之誤。《古文尚書》作『禹』。詳見《尚書撰異》。」

實鳥谷氏閩本、明監本、毛本同。案：此不誤。浦鏜云：「『俗』誤『谷』。」非也。當是正義所見《秦本紀》如此。

有子曰女妨閩本、明監本、毛本同。案：此不誤。浦鏜云：「『防』誤『妨』。」非也。《漢書·人表》作「女妨」，當是正義所見《秦本紀》亦如此。

大几生大雒閩本、明監本、毛本同。案：此不誤。浦鏜云：「『駱』誤『雒』。」非也。《人表》作「大雒」，當是正義所見《秦本紀》亦如此。

翳之變風始作閩本、明監本、毛本同。案：此不誤。浦鏜云：「『秦』誤『翳』。」非也。案：《譜》於其餘每稱國，於此易秦言翳者，以其言秦則嫌似秦之政衰而變風始作也。《衛譜》云「衛國政衰變風始作」，餘國從上而同可知也。唯《鄭》首

《緇衣》亦不易其文者，對上《檜》而言「又作」故耳。

西戎滅犬丘大雒之族明監本、毛本「犬」誤「大」，閩本不誤。下同。

池謂靡池閩本、明監本、毛本上「池」字誤「地」。

東拓土境閩本、明監本、毛本「土」誤「上」。

不須便言其西閩本、明監本、毛本「便」作「復」。案：皆非也。此更字之誤。

是秦自德公已後常雍也閩本、明監本、毛本「常」下衍「居」字。又，毛本「德」後誤互，閩本、明監本不誤。

故鄭於左方中明監本、毛本「於」誤「在」，閩本不誤。

故蒹葭蒼蒼之歌閩本、明監本、毛本「故」下衍「有」字。

車鄰駟驖小戎之歌閩本、明監本、毛本「驖」作「鐵」。案：「鐵」字是也。餘同此。詳本篇。山井鼎云「上文『駟鐵』同，今本非也」者，誤。

車鄰

此美秦初有車馬侍御之好閩本、明監本、毛本「秦」下有「仲」字。案：所補是也。

天官寺人掌王之内人明監本、毛本「官」誤「子」，閩本不誤。

止其御曰閩本、明監本、毛本「止」誤「上」。

駟驖

駟驖美襄公也小字本、相臺本同。唐石經初刻「鐵」，後改「驖」，經「駟驖孔阜」同。案：《釋文》云：「駟驖，田結反，又吐結反。驖，驪馬也。」考《説文》：「驖，馬赤黑色，从馬戴聲。《詩》曰『四驖孔阜』。」是毛氏《詩》作「驖」。《釋文》本與許合也。正義本當是「鐵」字。「鐵」爲「驖」之借，如「鴇」爲「駂」之借，而石經初刻依之。上《譜》正義及《騶虞》、《車攻》、《吉日》等正義多引作「鐵」，是其證。此篇經、注、正義十行本盡作「驖」，必合併時人以經、注改正義字。故即正義所云「鐵者言其色黑如鐵」者，亦盡改爲「驖」而不可通矣。閩本、明監本與十行本同。毛本依《譜》正義改爲「鐵」。

秦始附庸也小字本、相臺本同。案：正義云「本或『秦』下有『仲』，衍字。定本直云『秦始附庸也』」。《考文》：「一本作『秦仲始爲附庸也』。」采正義而又有誤。

於園於囿皆有此樂毛本二「於」字誤「于」，閩本、明監本不誤。案：凡正義所有「于」字，或順經順注及引他書而順彼文也。其自爲文，則例用「於」字。互相錯亂者皆非。餘同此。

言襄公親賢也小字本同，閩本、明監本、毛本同。相臺本無「也」字。

冬獵曰狩釋言文閩本、明監本、毛本同。案：浦鏜云：「『天』誤『言』。」是也。

正義曰釋詁文閩本、明監本、毛本「文」誤「云」。

異義戴禮戴毛氏二説閩本、明監本、毛本同。案：浦鏜云：「上『戴』字當『載』字之誤。」是也。

釋訓云暴虎明監本、毛本「訓」誤「詁」，閩本不誤。

國狗之瘈閩本、明監本、毛本同。案：浦鏜云：「『瘈』誤『瘈』。」是也。

小戎

作者敘外内之志相臺本同。小字本「外内」作「内外」，閩本、明監本、毛本同。案：作「内外」者非也。正義可證。

是矜爲夸大之義也明監本、毛本「義」誤「大」，閩本不誤。

束有麻録相臺本同，閩本、明監本、毛本同。小字本「録」下有「也」字。

游環靷環也小字本、相臺本同。案：此正義本也。正義云：「游環者，以環貫靷，游在背上，故謂之『靷環』也。」《釋文》云：「靳環，居覲反，本又作『靷』。沈云：舊本皆作『靳』。靳者，言無常處，游在驂馬背上，以驂馬外轡貫之，以止驂之出。《左傳》云：如驂之有靳。居釁反，無取於靷也。」戴震、段玉裁皆以《釋文》本爲長，正義本誤與下箋「靷之環」字相亂，非也。又云「定本作『靷環』」，如其所言不爲有異，當是定本作「靳環」。

慎駕具小字本、相臺本同。《釋文》云：「慎，或作『順』。義亦兩通。」正義云「愛慎乘駕之具也」，是作「慎」字。

陰揜軌也小字本同。相臺本「軌」作「軏」，閩本、明監本、毛本作「軓」。案：「軓」字是也。

騏騏文也小字本、相臺本同。案：當作「騏綦文也」。正義云「色之青黑者名爲綦。馬名爲騏，知其色作綦文」。考此則正義本作「騏，綦文也」。以「綦」解「騏」，詁訓之法也。《釋文》云：「騏，馬騏文也。」以《曹·鳲鳩》釋文訂之，當亦「綦」之誤。○段玉裁云：騏，騏文也。《尸鳩》傳同，《駉》傳亦曰「蒼騏曰騏」。此皆以「騏」釋「騏」。下「騏」即「綦」字。綦者，蒼艾色。見《出其東門》傳矣。《説文》所本也。而此等字皆不作「綦」者，毛時習用「騏」字，謂蒼艾色爲綦色。故《尚書》「騏弁」、《曹風》「其弁伊騏」，皆謂蒼艾色也。此等傳以「騏」釋「騏」，正如《北風》傳以「虚」釋「虚」、《葛屨》傳以「要」釋「要」，正是一例。謂此馬名騏者，以其騏文也。詁訓之學，必於古今字求之。縞衣綦巾，周人古字。騏文騏弁，漢人今字。《鄭風》作「綦」，《曹風》作「騏」，字不必畫一也。

五褧是轅上之飾閩本、明監本、毛本同。案：十行本「上之飾」剜添者一字，是誤衍之字也。

衡高八尺七寸也閩本、明監本、毛本「衡」上衍「則」字。

爲衡頸之閒也明監本、毛本「衡」誤「馬」，閩本不誤。

今驂馬之引閩本、明監本、毛本同。案：當作「令驂馬引之」。此正義以「引」説「靷」也。

兩軛又馬頸者閩本、明監本、毛本同。案：浦鏜云：「『邊乂』誤『軛又』。」以《左傳》釋文、正義所引考之，浦校是也。

此説兵車之飾明監本、毛本「説」誤「設」，閩本不誤。

所以蔭茎也閩本、明監本、毛本同。案：浦鏜云：「『笭』誤『茎』。」以《釋名》考之，浦校是也。

鋈沃也治白金閩本、明監本同。毛本「治」作「冶」。案：所改是也。

馬後右足白驤左白馵閩本、明監本、毛本「右」誤「左」，「白馵」上衍「足」字。山井鼎云：「宋板與《爾雅》合。」是也。

左足白曰馵閩本、明監本、毛本「左」誤「右」。案：十行本「足白曰」剜添者一字，是誤衍「足」字也。

縝密以栗閩本、明監本、毛本「以」誤「而」。

温其如玉有五德也明監本、毛本誤重「玉」字，閩本剜入。

沈文又云閩本、明監本、毛本同。案：「沈」當作「彼」，形近之譌。

何以然了不來小字本、相臺本同，《考文》古本同，閩本、明監本同。毛本「然了」二字倒。案：倒者非也。讀當於「何以然」斷句。正義云「何爲了然不來」，乃誤耳。明監本、毛本又依之改也。段玉裁云：明馬應龍刊經注本亦作「然了」。

此四牡之馬何等毛色明監本、毛本脱「馬」字，閩本有。

騂馬白腹騵閩本、明監本、毛本「騵」上衍「曰」字。案：此無「曰」字，亦與《爾雅》合也。而山井鼎未載。

蒙厖也小字本同，閩本、明監本、毛本同。相臺本「厖」作「尨」。案：「尨」字誤改也。正義標起止云「至厖伐」，《釋文》：「厖伐，莫江反。」○按：依《説文》，則尨者正字，厖者假借字。相臺本不誤。

進矛戟者前其鐓明監本、毛本「鐓」誤「錞」，閩本不誤。

取其鐏地閩本、明監本、毛本同。案：此不誤。下「取其鐓地」同。浦鏜云：「『也』字並誤『地』。」非也。正義所引《曲禮》注自如此，今本作「也」，誤耳。山井鼎《禮記考文》可證。

干櫓之屬明監本、毛本「干」誤「十」，閩本不誤。

説狄虒彌閩本、明監本、毛本「虒」誤「虎」。

弟子職曰執箕膺揭明監本、毛本「箕」誤「其」，閩本不誤。案：山井鼎云：「『揭』恐『擖』誤。當與《曲禮》疏併考。」是也。今考《管子》作「揲」，鄭注《曲禮》引此文正義本作「擖」，《釋文》本作「葉」。又《少儀》云「執箕膺擖」，《士冠禮》「面葉」注「古文『葉』爲『擖』」，《士昏禮》同。是揲、葉、擖三字，古通用也。「揭」字誤。《儀禮》注亦有誤作「揭」者。○按：段玉裁云：「揭」乃「擖」之誤，「擖」乃「擸」之誤，「擸」乃「⿰木巤」之誤。凡箕之底柶之盛物者，皆曰葉，或作「楪」，譌作「揲」。「葉」亦謂之「⿰木巤」，古字巤聲與葛聲相互。亦鬣或作「⿱髟曷」、臘或作「臈」之類也。

蒹葭

國家待禮然後興小字本、相臺本同，《考文》古本同。閩本、明監本、毛本「國」上衍「興」字。

蒼蒼然彊盛小字本同，閩本、明監本、毛本同。相臺本無「盛」字。案：有者是也。

順禮求濟小字本、相臺本同。案：此定本也。正義云「定本『未濟』作『求濟』，義亦通也」。標起止云「傳順禮未濟」。又，上文皆可證。

青徐州人謂之蒹閩本、明監本、毛本「蒹」誤「兼」。

可以爲曲簿毛本同。閩本、明監本「簿」作「薄」。案：「薄」字是也。「簿」見《廣韻》，宋時或用此字。其《説文》、《方言》、《廣雅》等皆用「薄」字。今《廣雅》亦誤「簿」。此當與同。

其實白露初降閩本、明監本、毛本「露」誤「霜」。

已任用矣閩本、明監本、毛本「任」誤「在」。

使之周禮明監本、毛本「之」誤「知」，閩本不誤。案：「周」當作「用」，形近之譌。

所謂是知周禮之賢人閩本、明監本「所」誤「皆」。

故下句逆流順流喻敬順明監本、毛本「順」下更有「不敬順」三字，閩本剜入。案：所補非也。此隱栝箋意，故略去「不敬順」耳。不必加三字以分配逆流也。

蒹葭萋萋閩本、明監本、毛本同。唐石經、小字本、相臺本「萋萋」作「淒淒」。案：《釋文》云：「萋萋，本亦作『淒』。」正義本今無可考。

未已猶未止也小字本、相臺本同。案：段玉裁云：「此『猶』字衍。」

取其與涘沚爲韻明監本、毛本脱「與」字，閩本有。

終南

以戒勸之小字本、相臺本同。唐石經初刻「之」下有「也」字，後磨去，閩本、明監本、毛本亦無。

錦衣采色也小字本、相臺本同。案：正義云「錦者，雜采爲文，故云采衣也」。是正義本「色」當作「衣」，《考文》古本作「衣」，乃采正義耳。

狐裘朝廷之服相臺本同，閩本、明監本、毛本亦同。小字本「服」下有「也」字。

渥厚漬也小字本、相臺本同。案：此正義本也。正義云「赫然如厚漬之丹」。《釋文》「渥丹」下云「淳漬也」，又云：「淳，之純反，又如字，本或作『厚』。」是正義本與或作同。《考文》古本作「淳」采《釋文》。

人君以盛德之故有顯服閩本、明監本、毛本「故」下有「宜」字。案：所補是也。

有大山古文以爲終南閩本、明監本、毛本同。案：「大」下，浦鏜云：「脱『壹』字。」是也。

梅枏釋木云閩本、明監本、毛本同。案：浦鏜云：「『文』誤『云』。」是也。

梅樹皮葉似豫樟豫樟葉大如牛耳閩本、明監本、毛本同。案：盧文弨云：「『豫樟』不應複。《爾雅》疏無其説。」誤也。陸疏自此下皆説「豫樟」，因《毛詩》更無「豫樟」，故就梅下説之，至「枏葉大，可三四葉一藂」以下乃更説梅也。《爾雅》疏誤。

雜采爲文閩本、明監本、毛本「采」誤「綵」，下同。

鄭於方記注云閩本、明監本、毛本同。案：浦鏜云：「『坊』誤『方』。」是也。

在朝君臣同服明監本「在」誤「有」，毛本初刻同，後因改上文「方」作「坊」而誤剜「在」作「坊」，閩本不誤。

及受鄭國之聘明監本、毛本「及」誤「乃」，閩本不誤。

有紀有堂唐石經缺，小字本、相臺本同。案：《釋文》「紀」字云：「本亦作『屺』。」正義云：「《集注》本作『屺』，定本作『紀』。」標起止云「傳紀基」。是正義本與定本同。「屺」是山有草木字。《集注》當誤。

堂畢道平如堂也小字本、相臺本同。案：此定本也。正義云「定本又云『畢道平如堂』」，下文云「因解傳『畢道如堂』」，是正義本此傳當無「平」字。段玉裁云：「定本非也。此自兩崖言之，故《爾雅》云：『畢，堂墻，若平如堂。』則自道言之矣。」

箋云畢也堂也小字本、相臺本同。案：段玉裁云：「『畢也』當作『基也』。」考正義云「今箋唯云『畢也堂也』，止釋經之有堂一事者」云云，是正義本已誤，遂爲之遷就其説也。

黄鳥

琁環其左右曰殉閩本、明監本、毛本「琁」誤「璇」。

當是後有爲之閩本同。明監本、毛本「有」作「主」。案：所改非也。「有」當作「君」，形近之譌。

黄鳥以時往來得其所小字本、相臺本同。《考文》古本「其」字亦同，閩本、明監本、毛本脱。

慄慄懼也閩本、明監本、毛本同。小字本、相臺本「慄慄」作「惴惴」，《考文》古本同。案：「惴惴」是也。

皆爲之悼慄毛本「爲」誤「謂」，明監本以上皆不誤。

以求行道若不行閩本、明監本、毛本重「道」字。案：所補是也。

左傳作子輿輿車字異義同閩本、明監本、毛本同。案：此不誤。浦鏜云：「《左傳》亦作『子車』，唯《本紀》作『子輿』。」非也。正義所引《左傳》自如此，不與杜氏同耳。

箋以仲行爲字者閩本、明監本、毛本「以」誤「云」。

晨風

鴥彼晨風閩本、明監本、毛本同。小字本、相臺本「鴥」作「鴪」，唐石經作「䳗」。案：「䳗」字是也。《釋文》「尹橘反」，《采芑》經同，《沔水》經不誤。

鴥疾如晨風之飛入北林閩本、明監本、毛本同。相臺本「鴥」作「鴪」，小字本作「鴪」。案：「鴪」字是也。考此字《説文》在新附中，而《廣雅》已有之，皆作「鴪」。《玉篇》、《廣韻》皆作「鴪」。《釋文》此及《二子乘舟》同，乃失去一畫耳。

穆公由能招賢之故故賢者疾往明監本、毛本同。案：十行本「之」至「疾」，剜添者一字。

據作者所見有此林也毛本「此」誤「北」，閩本、明監本不誤。

但箋傳不然閩本、明監本、毛本「然」誤「言」。

一名山梨明監本、毛本「梨」下衍「也」字，閩本剜入。

無衣

我與女共袍乎閩本、明監本、毛本同。小字本、相臺本「共」作「同」，《考文》古本同。案：「同」字是也。

以興明君能與百姓樂致其死閩本、明監本、毛本「百姓」下更有「同欲故百姓」五字。案：所補是也。

緼謂今纊及舊絮也明監本、毛本「及」誤「乃」，閩本不誤。

諸侯不得專輒用兵閩本、明監本、毛本「專」誤「事」。

陳其號令之辭明監本、毛本「號」誤「傳」，閩本不誤。

襗褻衣近汙垢相臺本同，閩本、明監本、毛本同。小字本「襗」作「澤」。案：「澤」字是也。《釋文》云「澤，如字」，毛「澤，潤澤也」，鄭「褻衣」也，《説文》作「襗」，云「袴也」，可作毛、鄭義異而經字則同之證。正義云「故易傳爲『襗』」，乃依鄭義易字，以曉人非謂經、傳字作「澤」，箋字作「襗」也。相臺本依之改箋者誤。

渭陽

外國者婦人不以名行閩本、明監本、毛本同。案：浦鏜云：「『外國者』三字疑衍。」是也。

懼不敢占閩本、明監本、毛本「占」誤「言」。

權輿

案崔駰七依閩本「駰」誤「騩」，後因改「騩」爲「駰」而又誤剜「依」作「駰」，明監本、毛本承其誤。

傳承繼也毛本「傳」誤「口」，閩本、明監本不誤。

陳譜

虙戲即伏犧閩本、明監本、毛本「犧」誤「羲」。

投殷之後於宋閩本、明監本、毛本「投」誤「封」。

東不及明音孟豬閩本、明監本、毛本同。案：此正義自爲音，旁行細書之末誤入正文者。以此推之而例可知矣。○按：未可以一例百。且在句中者容或有此例，如此「音孟」及《遵大路》之「山音反」是也。在句末者則文理可讀，亦不盡同此例。

在外方屬鄭閩本、明監本、毛本同。案：此當作「在外方之北」。「外方」屬鄭，因「外方」複出而脱去四字。下引《檜譜》云「在豫州外方之北」，其證也。

楚語云在女曰巫毛本「云」誤「曰」，閩本、明監本不誤。

子慎公圉戎立明監本、毛本「戎」誤「戍」，閩本不誤。

卒子武公靈立卒子夷公説立閩本、明監本、毛本同。案：十行本上「卒」至下「公」，剜添者二字。

弟平公燮立閩本、明監本、毛本同。案：此不誤。浦鏜云：「『燮』誤『燮』。」非也。正義所引《世家》自如此。

躍既爲厲公明監本「既」誤「即」，閩本、毛本不誤。

馬遷既誤以佗爲厲公明監本、毛本「既」誤「即」，閩本不誤。

宛丘

聲樂不倦明監本、毛本「聲樂」誤倒，閩本不誤。

狀如一丘矣閩本、明監本、毛本同。案：依《爾雅》注，「一」上當有「負」字。

若此宛丘中央隆峻明監本、毛本「此」誤「比」，閩本不誤。

今江東人取以爲甝攡閩本、明監本、毛本同。案：此不誤。浦鏜云：「『橇』誤『攡』。」非也。《爾雅》注本作「攡」，今《釋文》誤爲「橇」耳。《廣韻》十一暮「鷺」字下引亦作「甝攡」可證。又，五支「接羅白帽」，「接羅」即「甝攡」。

不鼓缶而歌閩本、明監本、毛本「不」誤「云」。

注云艮爻也位近丑閩本、明監本、毛本同。案：此不誤。浦鏜改「位近丑」作「爻辰在丑」，非也。王伯厚輯鄭《易》即采此，正同。

主國尊於簋閩本、明監本、毛本同。案：此不誤。浦鏜云：「『棜』誤『於』，從《玉海》校。」非也。《禮器》正義引亦作「於」，《玉海》作「棜」者，當是誤涉《禮器》下文。

東門之枌

應劭通俗云閩本、明監本、毛本同。案：通俗，浦鏜云：「當作『風俗通』。」是也。

傳枌白至所聚明監本、毛本「所」誤「於」，閩本不誤。

箋之子男子閩本、明監本、毛本「男」上衍「至」字。

序云男子棄業閩本、明監本、毛本同。案：浦鏜云：「『女』誤『子』。」是也。

是陳有大夫姓原氏也閩本、明監本、毛本「氏」誤「是」。

朝旦善明曰往矣閩本、明監本、毛本同。小字本、相臺本「旦」作「日」，《考文》：「一本同。」案：「日」字是也。上章箋及正義中皆可證。

貽我握椒明監本「握」誤「楃」，各本皆不誤。

交情好也相臺本同，閩本、明監本、毛本同。小字本「情」作「博」。案：小字本誤也。《釋文》以「情好」作音可證。○按：交博好，猶云「互相討好」。「博」字必古本之留遺者。舊校非。

此本淫亂之所由相臺本同，閩本、明監本、毛本同。小字本無「此」字。案：有者是也。正義云「詩人言此者」，即説箋「此」字。

謂男言擇女閩本、明監本、毛本「言」誤「來」。

荍芘芣椒芬香閩本、明監本、毛本「芣」下衍「至」字。

似葵紫色閩本、明監本、毛本重「葵」字，衍。

衡門

掖扶持也小字本、相臺本同。案：正義標起止云「掖扶持」，下云：「故以掖爲扶持也。定本作『扶持』。」如其所言，不爲異本，當有誤。今無可考。《釋文》「掖」下云「扶持也」，與正義本同。

云掖臂也閩本、明監本、毛本同。案：「云」上，浦鏜云：「脱『《説文》』。」又，「掖」下，浦鏜云：「脱『持』。」是也。

持以赴外殺之閩本、明監本、毛本同。案：浦鏜云：「『掖』誤『持』。」考《左傳》，是也。

横木爲門毛本「横」誤「衡」，明監本以上皆不誤。

可以樂飢小字本、相臺本同，唐石經初刻同，後加疒作「𤻲」。案：《唐石經考異》云：用鄭義也。考《釋文》云：「樂，本又作『𤻲』。毛：音洛。鄭：力召反。沈云：『舊皆作樂字，晚《詩》本有作疒下樂，以形聲言之，殊非其義。療字當從疒下尞。』案：《説文》云：『𤻲，治也。』療或𤻲字也。則毛本止作『樂』，鄭本作『𤻲』。注放此。」正義云：「案：今定本作『樂飢』，觀此傳亦作『樂』，則毛讀與鄭異。」是正義本即作「𤻲」也。標起止云「至樂飢」，或後改。沈云「舊皆作『樂』字」，是也。陸意不從沈，而不云檢舊本不如沈言，則作「樂」審矣。《釋文》又作本、正義、唐石經後刻作「𤻲」，皆沈所謂晚本也。沈但當如正義所云「觀此傳亦作樂」，以證毛氏《詩》是「樂」字，不當誤論形聲，以致陸駁。然陸云毛本作「樂」、鄭本作「𤻲」，斯不然矣。鄭非於毛外別有本，但可易傳義耳，不容經字先已異也。鄭本亦必作「樂」，陸欲調停晚本，失之。《考文》古本作「𤻲」，采正義、《釋文》也。《釋文》晚，字或誤，今正。詳後考證。

可飲以𤻲飢閩本、明監本、毛本同。小字本、相臺本「𤻲」作「療」，《考文》古本同。案：正義本作「𤻲」。療、𤻲一字，見上。此箋不云「樂讀爲𤻲」者，以「樂」爲「𤻲」之假借，而於訓釋中改其字以顯之也。晚本乃因此改經耳。唯傳中「樂道」字不容改，近盧文弨遂以「樂飢，可以樂道忘飢」一句屬之王肅而議删之矣。其誤實由於晚本惑之，且不得鄭箋改字之例故也。

邶國有毖彼泉水毛本「國」誤「風」，閩本、明監本不誤。

且下章勸君用賢閩本、明監本、毛本「且」誤「耳」。

取其口美而已小字本同，閩本、明監本、毛本同。相臺本「口美」倒。案：「美口」是也。

何必聖人小字本、相臺本同，明監本、毛本同。閩本「聖」作「至」，誤。

周語作四岳閩本、明監本、毛本同。案：浦鏜云：「『祚』誤『作』。」是也。

東門之池

以配君子也閩本、明監本、毛本下有注，小字本、相臺本無，《考文》古本無。案：山井鼎云：「此亦《釋文》混入注也。」是也。

彼美淑姬唐石經、小字本、相臺本同。案：《釋文》云：「叔姬，音叔，本亦作『淑』，善也。」正義云「言彼美善之賢姬」，是正義本作「淑」。《釋文》「音叔」或誤，今正。詳後考證。

考工記慌氏閩本、明監本、毛本「慌」誤「梳」。案：山井鼎云：「『作『㡃』爲是。』是也。凡巾傍之字，寫者多以忄旁亂之。

齊人曰漚烏禾反閩本、明監本、毛本同。案：「烏禾反」三字當傍行細書。正義於自爲音者例如此也。○按：不然。

歲再刈刈便生閩本、明監本「刈」誤「割」，下「人刈白華於野」同，毛本皆不誤。

可以漚菅小字本、相臺本同。唐石經初刻「與」，後改「以」。案：初刻誤也。

東門之楊

羣生閉藏爲陰閩本、明監本、毛本同。案：浦鏜云：「『乎』誤『爲』。」考《家語》，浦校是也。

歎天道鄉秋冬而陰氣來閩本、明監本、毛本同。案：「歎」當作「觀」，形近之譌。浦鏜云：「『歎』字衍文，見《繁露·循天之道》篇。」非也，爲校《繁露》者所去耳。

與陰俱近而陽遠也閩本、明監本、毛本同。案：此不誤。浦鏜云：「原文作『内與陰居近而陽遠也』。」非也。「居」即「俱」字誤。上文云「冰泮而殺止」，故傍記「内」字爲「止」字之異耳。後遂誤入正文也。當依此正之。

墓門

陳佗乃用其言閩本、明監本、毛本「乃」作「仍」。案：所改是也。

昔久也小字本、相臺本同。案：正義云：「昔是久遠之事，故爲久也。」段玉裁云：夕，誤作「久」。誰夕，猶今人言「不記是何日」也。《記》云「疇昔之夜」、「疇誰」，正同。

誰昔昔也小字本、相臺本同。案：正義云：「《釋訓》文。」又云：「今定本爲『誰昔，昔也』，合《爾雅》。俗爲『誰，疑辭也。』」正義本、定本同。是也。俗誤。

傳稱古曰在昔毛本「傳」誤「傅」、「曰」誤「云」，閩本、明監本不誤。

善惡自有閩本、明監本、毛本同。小字本、相臺本「有」作「耳」。案：「有」字誤也。正義云「此梅善惡自耳」可證。但與下「此性善惡自然」爲對文，依義當作「爾」。《考文》古本作「爾」，一本作「耳」，二字混也。

性因惡矣閩本、明監本、毛本同。小字本、相臺本「性」作「樹」，《考文》古本同。案：「樹」字是也。正義云「梅亦從而惡矣」可證。

歌以訊之唐石經、小字本、相臺本同。案：正義標起止云「傳訊告也」。《釋文》云：「訊，本又作『誶』，音信。徐：息悴反，告也。」《詩經小學》云：「誶、訊義别。『誶』多譌作『訊』。如：《爾雅》『誶，告也』，《釋文》云『本作訊，音信』。《説文》引《國語》『誶申胥』，今《國語》作『訊』。《詩》『歌以誶止』、『誶予不顧』，傳『誶，告也』。『莫肯用誶』，箋『誶，告也』。正用《釋詁》文。而《釋文》誤作『訊』，以『音信』爲正。王逸《楚詞注》引『誶予不顧』，《廣韻》六至『誶』下引『歌以誶止』，可正其誤。」《毛鄭詩考正》云：「止，譌作『之』。」

與梟一名鴟閩本、明監本、毛本同。案：此當作「與梟異，梟，一名鴟」，因複出「梟」字而脱也。《爾雅》「梟鴟」疏即取此誤改爲「一名梟，一名鴟」。當是所見本已脱而未察。此正義之旨也。

唯鴞冬夏尚施之閩本、明監本、毛本同。案：浦鏜云：「『常』誤『尚』。」考《爾雅》疏，是也。

防有鵲巢

所美謂宣公也閩本、明監本、毛本同。小字本、相臺本無「也」字。

公既信此讒言明監本、毛本「言」誤「人」，閩本不誤。

告語衆讒人輩明監本、毛本「語」誤「與」，閩本不誤。

箋誰讒至宣公閩本、明監本、毛本同。案：「讒」當作「誰」。

甓瓴甋也相臺本同，閩本、明監本、毛本同。小字本「瓴甋」作「令適」。案：小字本是也。《釋文》云：「令，字書作『瓴』。

適，字書作『甋』。」又，「甓」下云「令，適也」。《爾雅》釋文云：「《詩》傳作『令適』。」是其證也。正義本當亦作「令適」，引《爾雅》乃順彼文作「瓴甋」耳。相臺本及此依以改傳者誤。

月出

又是佼好之人閩本、明監本、毛本「是」誤「見」。

言月光者明監本、毛本「月」誤「日」，閩本不誤。

月出皓兮小字本、相臺本同。唐石經「皓」作「晧」。案：「晧」字是也。

勞心慘兮唐石經、小字本、相臺本同。案：《釋文》「慘，七感反」。此無正義，其本未有明文，以《白華》例之，當亦作「懆」。《毛鄭詩考正》云：「蓋『懆』字轉寫譌爲『慘』耳。毛晃、陳第、顧炎武諸人論之詳矣。」

株林

公謂行夏曰閩本、明監本、毛本同。案：十行本「行夏曰」剜添者一字，是本無「曰」字，後依《左傳》加而衍也。

從夏南小字本、相臺本同。唐石經「南」下有旁添「姬」字，下句同。案：惠棟云：「『南』與『林』協韻，不容闌入『姬』字。依疏當云『從夏南兮』。」今考正義云「定本無『兮』字」。

言我非之株林從夏氏子南之母小字本同，閩本、明監本、毛本同。相臺本無「氏子」二字。案：有者是也。

乘我乘駒唐石經、小字本、相臺本同。案：此正義本也。正義云「何故得乘我君之一乘之駒」，又標起止云「傳大夫乘駒」，《釋文》云：「『乘驕』，音駒。沈云：或作『駒』字，是後人改之。」《皇皇者華》篇内同。考《汝墳》傳云：「五尺以上曰駒」，正義云「五尺以上即六尺以下」，故《株林》箋云「六尺以下曰駒」也。毛於此及《皇皇者華》皆更不爲「驕」字作傳，當皆是「駒」字，未必後人改之。《説文》「驕」下引「我馬爲驕」。凡《説文》所引不同，多不可强合。○按：沈重説是也。其詳見段玉裁《説文解字注》。

澤陂

男悦女之形體閩本、明監本、毛本「悦」下有「女言」二字。案：所補是也。

正以陂中二物興者明監本、毛本「二」誤「一」。閩本不誤。

傷思釋言文閩本、明監本、毛本同。案：浦鏜云：「『詁』誤『言』。」是也。

孫毓以箋義爲長○正義曰閩本、明監本、毛本同。案：「○」下，浦鏜云：「當脱『傳自目至曰泗』六字及『○』。」是也。

檜譜

檜國在禹貢豫州閩本、明監本、毛本同。案：此不誤。浦鏜云：「檜，衍字。」非也。嫌國是祝融國，故複舉檜而言之。

在汴縣東閩本、明監本、毛本同。案：浦鏜云：「『其』誤『汴』。」是也。

昆吾蘇顧温莒也閩本、明監本、毛本同。案：依《國語》，「莒」作「董」。

妘姓鄢閩本、明監本、毛本同。案：此不誤。浦鏜云：「鄢，《國語》作『鄔』。」非也。今《國語》誤耳。《潛夫論》亦作「鄢」，可證。

檜國仍在毛本「國」誤「公」，閩本、明監本不誤。

地理志毛本「理」誤「里」，閩本、明監本不誤。下同。

皆不言北鄰閩本、明監本、毛本同。案：「北」當作「其」，形近之譌。

羔裘

經云豈不汝思閩本、明監本、毛本「汝」作「爾」。案：「汝」字是也。

三諫不聽於禮得去也閩本、明監本、毛本同。案：「不聽」下，浦鏜云：「當有『則去之是三諫不聽』。」是也。此「不聽」複出而脱。

宣二年穀梁傳閩本、明監本、毛本「二」誤「三」。

復士以璧閩本、明監本、毛本同。案：此不誤。浦鏜云：「『問』誤『復』。見《荀子·大略篇》。」非也。此不與楊倞注本同耳。

曲禮云大夫去國明監本、毛本「去」誤「至」，閩本不誤。

在國視朝之服則素衣麑裘閩本、明監本、毛本同。案：「朝」當作「朔」。

又用朝服以燕閩本、明監本、毛本「又」誤「入」。

不過用玄端深衣而已閩本、明監本、毛本「端」誤「用」。

素冠

爲母齊衰三年毛本「齊」誤「斬」，閩本、明監本不誤。

不言其韠毛本「其」誤「有」，閩本、明監本不誤。

素冠於韠閩本、明監本、毛本同。案：浦鏜云：「『冠於』疑『裳與』誤。」是也。

欒欒瘠貌小字本、相臺本同。案：此定本也。正義云：「故以欒欒爲腰瘠之貌。定本毛無『腰』字。」《釋文》「欒欒」下云「瘠貌」。此傳止云「瘠貌」，箋云「腰瘠」者，亦申傳也。當以定本《釋文》爲長。

形貌欒欒然腰瘠也相臺本同，閩本、明監本、毛本同。小字本「腰瘠」作「瘠瘦」。案：小字本誤倒也。《釋文》：「腰，本亦作『瘦』。」正義作「腰」。

此冠練在使熟閩本、明監本、毛本同。案：浦鏜云：「『布』誤『在』。」是也。

彼棘作悈閩本、明監本、毛本「悈」誤「戒」。

便是朞即釋服明監本、毛本「即」誤「既」，閩本不誤。

我心蘊結兮小字本、相臺本同。唐石經初刻「薀」，後改「藴」。案：《説文》：「薀，積也，从艸，温聲。」正義、《釋文》作「藴」者，即「薀」之俗字耳。

隰有萇楚

國人疾其君之淫恣唐石經缺。小字本、相臺本同。案：此正義本也。定本無「淫」字，唐石經計其字亦當有。

樂其無妃匹之意相臺本同，閩本、明監本、毛本同。小字本「妃」作「配」。案：《釋文》云：「妃匹，音配。」正義中作「配」字者妃、配，古今字，易而説之也。例見前。小字本非也。

於人天天然少壯沃沃壯佼之時閩本、明監本、毛本同。案：上「壯」字衍。「沃沃」下脱「然」字。此讀於「少」字略逗。

故謂夫婦家室之道毛本「謂」誤「爲」，閩本、明監本不誤。

隰有萇楚三章小字本、相臺本同。唐石經無「隰有」二字。案：有者是也。序可證。〔一〕

匪風

怛傷也小字本、相臺本同。案：此正義本也。正義云：「定本無『怛，傷』之訓。」考《釋文》「怛兮」下云：「慘怛也。」是《釋文》本亦無此傳。

偈偈然大輕嘌閩本、明監本、毛本同。案：「然」當作「兮」。上文「發發兮大暴疾」與此對文，皆經中「兮」字也。

此見周道既滅毛本「見」誤「皆」，閩本、明監本不誤。

亦歸與之而閩本、明監本、毛本同。案：此不誤。下「亦備具之而」同。浦鏜云：「兩『而』字當衍文。」非也。讀以「而」字斷句。而，詞也。浦誤於「之」字斷句耳。

俱不欲煩閩本、明監本「俱」誤「故」，毛本不誤。

謂以人思尊偶之也閩本、明監本、毛本同。案：「思」當作「意」。《聘禮》疏「以人意相存偶也」。「尊偶」、「存偶」與《中

〔一〕「序」，原作「亦」，據文選樓本改。

庸》正義之「相親偶」、《表記》正義之「相愛偶」、《碩人》正義之「荅偶」，皆一也。下文云「尊貴之」。

曹譜

被孟豬閩本、明監本、毛本同。案：「孟」當作「盟」。《陳譜》作「明豬」。正義云：「明豬，《尚書》作『盟豬』，即《左傳》稱『孟諸之麋』，《爾雅》云『宋有孟諸』是也。但聲訛字變耳。」是正義所引《尚書》作「盟」之證。

由此所以寡於患難明監本「由」誤「自」，閩本、毛本不誤。

曹之後世閩本、明監本、毛本「曹」上誤衍一「〇」。案：《毛鄭詩考正》亦誤，以此下共廿一字爲鄭君語。

十一世當周惠王時閩本、明監本、毛本同。案：浦鏜云：「上脱『〇』。」是也。

子宫伯侯立閩本、明監本、毛本同。案：浦鏜云：「『宫』誤『官』。」是也。

弟幽伯强立閩本、明監本、毛本「幽」誤「豳」，下「殺幽伯」，毛本誤同，閩本、監本不誤。

幽伯戴伯二人又不數閩本、明監本、毛本同。案：盧文弨云：「前《陳譜》疏云『除相公一及』，此『人』字亦當作『及』。父子曰世，兄弟曰及。」是也。考《邶》《鄘》《衛譜》正義云「又不數及」，《商頌譜》正義云「除二及」，皆可證。

蜉蝣

昭公國小而迫唐石經、小字本、相臺本同。案：《釋文》云：「國小而迫，一本作『昭公國小而迫』。」案《鄭譜》云：「『昭公好奢而任小人，曹之變風始作。』此詩箋云『喻昭公之朝』，是《蜉蝣》爲昭公詩也。《譜》又云：《蜉蝣》至《下泉》四篇，共公時作。今諸本此《序》多無『昭公』字，崔《集注》本有，未詳其正也。」今考《集注》，是也。《譜》正義云：「《蜉蝣序》云『昭公』，昭公詩也。《候人》《下泉序》云『共公』，《鳲鳩》在其間，亦共公詩也。鄭於左方中，皆以此而知。」是正義所見《鄭譜》左方中不云《蜉蝣》至《下泉》四篇共公時作。《釋文》所見乃誤本，因是而去此《序》「昭公」字耳。

蓤生糞土中閩本、明監本、毛本「蓤」誤「聚」。

非獨刺小人也閩本、毛本「小人」誤「羣臣」，明監本不誤。

楚楚於衣裳之下閩本、明監本、毛本「於」誤「在」。

掘閲掘地解小字本、相臺本「解」下有「閲」字，閩本、明監本、毛本亦有。案：十行本脱也。又，此定本也。正義云「初掘地而出皆解閲」，又云「定本云『掘地解閲』」。《釋文》：「解閲，音蟹，下同。」與定本同也。

謂其始生時也以解閲相臺本同。小字本無此九字。案：小字本非也。閩本、明監本、毛本亦有。

喻君臣朝夕變易衣服也相臺本同。小字本無「臣」字。案：小字本非也。閩本、明監本、毛本亦有。

諸侯之朝朝服朝夕則深衣也相臺本同，閩本、明監本、毛本亦同。小字本不重「朝」字。案：小字本非也。《釋文》云：「之朝，直遥反。下皆同。一讀下『朝夕』字張遥反。」可證。

當何所歸依而説舍乎閩本、明監本、毛本「歸依」誤「依歸」。

候人

而好近小人焉小字本、相臺本同。唐石經初刻無「好」字，後改有。案：《釋文》以而「好」作音，是其本有「好」字。正義云：「以下皆近小人也。此詩主刺君近小人。」當是其本無「好」字，初刻出於此。

候人道路送賓客者小字本、相臺本同，《考文》：一本同。閩本、明監本、毛本「送」下有「迎」字。案：正義云「以是知候人是道路送迎賓客者」，依正義，當有此字。

止爲彼候迎賓客之人兮毛本「止爲」誤「正謂」，閩本、明監本「爲」字不誤。

荷揭戈與祋閩本、明監本、毛本同。案：經、注作「何」，正義作「荷」。何、荷，古今字，易而説之也。例見前。《考文》古本經作「荷」，誤采所易之今字。《釋文》：「何戈，何可反，又音河。」

不刺遠君子而舉候人閩本、明監本、毛本同。案：「不」當作「本」，形近之譌。

衮冕韍珽閩本、明監本、毛本「珽」誤「廷」。

知用享祀閩本、明監本、毛本同。案：此不誤。浦鏜云：「『利』誤『知』，『祭』誤『享』。」非也。正義所引《易》自如此。祭祀，本或作「享祀」，見《易》釋文。

所謂韍也閩本、明監本、毛本同。案：浦鏜云：「『韎』誤『韍』。」以《玉藻》注考之，浦校是也。

下大夫再命上士一命閩本、明監本、毛本同。案：此不誤。浦鏜云：「二『其』字，一譌『下』，一譌『上』。」非也。盧文弨云：「不必拘本文。」是也。

遺衛夫人以魚軒閩本、明監本、毛本同。案：浦鏜云：「『遺』誤『遺』。」是也。

僖十八年左傳閩本、明監本、毛本同。案：「十」上，浦鏜云：「脱『二』字。」是也。

郭朴曰閩本、明監本、毛本同。案：此不誤。浦鏜云：「『璞』誤『朴』。」非也。考朴字，景純取純、朴相應，字當從木。他書多從玉，不如此所稱者爲正。以上正義皆作「璞」，或後人改之，以下互見「璞」字同此。朴即樸之俗字。〇案：段玉裁云：「樸素」字古作「樸」。樸者，素也，胎也。是以金玉之礦，古皆作「樸」。而璞乃俗字。郭名當本作「樸」，或譌「璞」，非。或譌「朴」，亦非。朴者，木皮也，非命名之意。

形如鶡而極大閩本、明監本、毛本「鶡」誤「鴞」。案：此因十行本別體俗字作「鴞」而然。

隮升雲也小字本、相臺本同。案：正義云：「『隮，升』，《釋詁》文。定本及《集注》皆云：隮，升雲也。」《釋文》「隮」下云「升雲也」，與定本同。

季人之少子也女民之弱者小字本、相臺本同。案：正義云：「定本云『季，人之少子。女，民之弱者』。」其正義本未有明文，今無可考。正義云：「伯仲叔季，則季處其少。女比於男，則男彊女弱。」又標起止云「至弱者」。其自爲文者不可據。意必求之，當云「季，少子。女，弱者」。又「季，少子」見《陟岵》傳也。

則歲不熟小字本、相臺本同。案：此定本也。正義云「則歲穀不熟」，又云「故知此言歲穀不熟」，又云「今定本直言『歲不熟』，無『穀』字」。

則下民困病矣閩本、明監本、毛本同。小字本、相臺本無「矣」字。案：無者是也。標起止云「至困病」，可證。

天者無大雨閩本、明監本、毛本同。案：「者」當作「若」，因剜改而與下互譌也。

故知薈蔚雲興若閩本、明監本、毛本同。案：「若」當作「者」，因剜改而與上互譌。

車輂云明監本、毛本「輂」誤「牽」，閩本不誤。

鳲鳩

以刺今在位之人毛本「位」誤「外」，明監本以上皆不誤。

其儀一兮唐石經、小字本、相臺本同。案：此「一」字是「壹」之假借。《騶虞》經「壹發五豝」，又以「壹」字爲「一」之假借。此《序》中「不壹」字凡二見，唐石經以下各本同用正字也。《序》用字不與經同，如《采薇》之「昆雲漢之戎」皆可見。傳、箋亦作「一」，標起止可證。正義易而説之，乃皆用「壹」字。

言執義一則用心固小字本、相臺本同。案：段玉裁云：「上箋『儀，義也。善人君子其執義當如一也』，下箋『執義不疑』。此言『執義一』，文句相承，上當脱『箋云』二字。」今考標起止作『傳』，是正義本已誤。

用心如壹既如壹兮其心堅固不變閩本、明監本、毛本同。案：十行本「用心」至「其心」，剜添者三字。此當作「用心既如壹兮其堅固不變」，剜添「如壹」及「心」字，皆誤。

刺曹君用心不均也閩本、明監本、毛本「刺」誤「既知」二字。案：此十行本始剜者，譌一字爲二字。山井鼎云：「宋板作『刺』最是。彼所見『刺』字重剜而又正之也。」十行本屢經剜改者如此。

謂如不以散閩本、明監本、毛本同。案：當作「謂固不可散」。

素冠云我心藴結毛本「藴」誤「緼」，閩本、明監本不誤。

騏騏文也小字本、相臺本同。案：當作「騏，綦文也」。《釋文》「伊騏」下云：「騏，綦文也。」正義云：「馬之青黑色者謂之騏。此字從馬，則謂弁色如騏馬之文也。」此與《小戎》正義詳略互見耳。如者，如騏馬之綦文也。又正義下引孫毓云：「皮弁之飾，有玉璂而無綦文。綦文非所以飾弁，箋義爲長。」是此傳、《釋文》、正義、孫毓評皆是「騏，綦文也」。今各本皆誤標起止，「傳騏騏文」亦當是後改。《釋文》「綦」字舊或誤「纂」，今正。詳後考證。〇按：說詳《小戎》。

騏當作璂小字本、相臺本同。案：《釋文》云「作『璂』，音其」。是《釋文》本字如此。段玉裁云：「《周禮》作『瑧』，鄭易爲『綦』。鄭箋《詩》、孔疏《詩》皆依『綦』字。」今考正義本箋亦是「璂」字，見下，與《釋文》本同，當是用此字以別於傳「綦文也」。其引《周禮》而說之，用彼注作「綦」。

言皮爲之璂閩本、明監本、毛本同。案：「爲」當作「弁」。

會逢中也閩本、明監本、毛本同。案：浦鏜云：「『縫』誤『逢』。下同。」是也。

以爲飾謂之綦閩本、明監本、毛本「謂」誤「爲」。

玉用采閩本、明監本、毛本同。案：「用」下，浦鏜云：「脱三字。」是也。

綦常服也閩本、明監本、毛本同。案：「綦」上當有「玉」字，因上句末「王」字形近而脱去也。

故知騏當作綦閩本、明監本、毛本同。案：「綦」當作「璂」。上文云「鄭唯『其帶伊騏』，言皮弁之璂」。又云「知『騏』當作『璂』」。此二「璂」字據箋言之。可證也。

正是也閩本、明監本、毛本同。小字本、相臺本「是」作「長」，《考文》古本同。案：「長」字是也。《釋文》、正義皆可證。

傳言正長釋訓文閩本、明監本、毛本同。案：「訓」當作「詁」。

其非禮也閩本、明監本、毛本同。案：浦鏜云：「『討罪』誤『其非』。」是也。《鴻鴈》正義引作「討罪」，《魯頌譜》正義引同。

下泉

洌彼下泉〔一〕唐石經、小字本同。相臺本「洌」作「冽」，閩本、明監本、毛本同。案：《釋文》「洌，音列，寒也」。唐石經本此。正義云「字從冰」，相臺本所據改也。《東京賦》李善注引此作「洌」。《詩經小學》云：「字從仌，列聲。又見《大東》。」

稂童梁小字本、相臺本「梁」作「粱」，閩本、明監本、毛本同。案：「粱」字誤也。《爾雅》作「梁」。此《釋文》及《大田》亦或誤。見《六經正誤》。

洌彼至周京閩本、明監本、毛本「洌」作「冽」，下同。案：所改是也。

浸彼苞稂之草明監本、毛本「草」下衍「也」字，閩本剜入。

字從水閩本、明監本、毛本「水」作「冰」。案：所改是也。《大東》正義可證。

必浸其稂本閩本、明監本、毛本同。案：「稂」當作「根」，形近之譌。

郭朴曰莠類也閩本、明監本、毛本「朴」作「璞」。

或謂宿田也毛本「田」誤「守」，閩本、明監本不誤。

甫田云不稂不莠閩本、明監本、毛本同。案：浦鏜云：「『大』誤『甫』。」是也。《爾雅》正義即取此，正作「大」。

〔一〕「洌」，文選樓本作「冽」。

豳譜

后稷之曾孫也公劉者閩本、明監本、毛本同。案：浦鏜云：「『曰』誤『也』。」是也。

原隰底績閩本、明監本、毛本「底」誤「底」。

金縢直云居東閩本、明監本「直」誤「惟」，毛本作「勤」，誤。見下。

由其積德勤民閩本、明監本「勤」誤「愛」，毛本作「直」，誤。山井鼎云：「乃改之互換其處。」是也。

本詩周公所作毛本「詩」誤「是」，閩本、明監本不誤。

俱是先公之後閩本、明監本、毛本「後」誤「後」，下「明是念其後者」同。閩本、監本、毛本「俱」改「則」。

若然大王既遭事難閩本、明監本、毛本「若」誤「者」。

後成王迎之反之閩本、明監本、毛本同。案：上「之」字，浦鏜云：「『而』誤。」是也。正義云「是成王迎而反之」可證。

主意於豳公之事毛本「主」誤「王」，閩本、明監本不誤。案：山井鼎云：「『王』當作『主』。物觀《補遺》不載，據宋板。」皆失之。

其入攝王政也閩本、明監本、毛本「政」誤「室」。

有自比二人之意閩本、明監本、毛本「有自」誤倒，「比」誤「此」。

主意於豳公之事閩本、明監本、毛本同。案：十行本損。以字計之，應少一字。改刻補損而誤也。

故亦謂之變風閩本、明監本、毛本「謂」作「爲」。案：此改刻補損而誤。

逸言詠周公之德者閩本、明監本、毛本「者」作「也」。案：此改刻補損而誤。

故周公之德閩本、明監本、毛本「故」誤「攷」。

知武王於時明監本、毛本「知」上衍「則」字，閩本剜入。

十有一年武王伐殷閩本、明監本、毛本「一」作「三」。案：《文王》正義作「一」可證。此改刻補損而誤。

以右王室明監本、毛本「右」誤「左」，閩本不誤。

即云惟朕小子其新逆閩本、明監本、毛本「逆」作「迎」。案：此改刻補損而誤。

於四方諸來朝明監本、毛本「諸」下有「侯」字，閩本無。案：有者是也。《采菽》正義引有。

自然文王崩之明年毛本「文」誤「武」，閩本、明監本不誤。

故迎周公閩本、明監本、毛本同。案：浦鏜云：「『欲』誤『故』。」是也。

金縢之前作也明監本、毛本「金」上衍「啓」字，閩本剜入。

三年踐奄閩本、明監本、毛本「踐」誤「伐」。

攝政元年年十四明監本、毛本「攝」上衍「則」字，閩本剜入。

大夫既美周公來歸閩本、明監本、毛本「來」誤「東」。

必然以否明監本、毛本「以」誤「與」，閩本不誤。案：「以否」，正義中常語而不知，乃改之。

七月

處豳地之先公閩本、明監本、毛本「之」誤「陳」。

故流公將不利孺子之言於京師毛本「公」誤「言」，閩本、明監本不誤。

我先王以謙謙爲德毛本下「謙」字誤「讓」，閩本、明監本不誤。

無以告我先王閩本、明監本、毛本「以告」誤「怨於」。

古者避辟扶亦反譬僻閩本、明監本、毛本同。案：「扶亦反」三字當旁行細書，正義自爲音例如此。考此正義所言，知《采苓》正義必當易「辟」爲「僻」，今盡作「辟」者，後人依注改也。此類多矣。○按：自爲音未必雙行小字。

故毛讀辟爲辟明監本、毛本下「辟」字誤「避」，閩本不誤。案：此即上「扶亦反」字。

故四章陳女功助閩本、明監本、毛本「助」上衍「之」字。

其助在成一冬之月閩本、明監本、毛本同。案：此當作「其助在成冬一之日」。「冬一」字誤倒，「日」誤「月」。

一之日觱發毛本「之日」誤倒，明監本以上皆不誤。

二之日栗烈唐石經、小字本、相臺本同。案：此《釋文》本也。《釋文》云「栗烈並如字」。《下泉》、《大東》正義皆引作「二之日栗冽」，云「字從冰」。此正義云「有栗冽之寒氣」，以下皆作「烈」，猶引「白旆英英」而本詩作「央央」也。又，《五經文字》仌部有「凓」字，是「栗」亦有從仌者。今考毛氏《詩》多假借字，當以《釋文》云「如字」者爲長，《四月》箋云：「烈烈，猶栗烈也。」亦其證。○按：《詩經小學》全書考「栗烈」當爲「凓冽」，其説甚詳。今坊間所行乃删本耳。

觱發風寒也小字本、相臺本同。案：正義云「有觱發之寒風」，又云「故以觱發爲寒風」。考《説文》云「滭，風寒也」，用此傳。正義下云「仲冬之月，待風乃寒」，則作「風寒」者是也。「有觱發之寒風」，自爲文而倒之也。其「故以觱發爲風寒」，不當倒，乃後來所改也。《釋文》「觱發」下云「寒也」，有誤。詳後考證。《考文》古本作「寒風」，采正義而誤。

言勸其事小字本、相臺本同，《考文》古本同。閩本、明監本、毛本「勸」誤「勤」。

俱時我耕者之婦子閩本、明監本、毛本「俱」誤「其」。案：箋云「『同』猶『俱』也」，正義依此作「其」者，誤甚。

見其勤農事閩本、明監本、毛本「勤」下衍「於」字。

傳火大火至冬衣矣閩本、明監本、毛本脱下「火」字、「矣」字。

火大火心也毛本「心」誤「星」，閩本、明監本不誤。

正中在南方大寒明監本、毛本「寒」下有「退」字，閩本剜入。案：所補是也。

大暑退明監本、毛本「大」誤「天」，閩本不誤。

堯典云明監本、毛本「堯」上衍「而」字，閩本剜入。

吴志孫皓問閩本、明監本、毛本同。案：「吴」當作「鄭」。《困學紀聞》嘗正其誤，是當時本已作「吴」矣。

前受東方之體閩本、明監本、毛本同。案：「體」當作「禮」，形近之譌。「禮」即謂《月令》也。

又復指斥其一之日閩本、明監本、毛本「日」下有「者」字。案：所補是也。

此篇説文閩本、明監本、毛本同。案：浦鏜云：「『説』當『設』字誤。」是也。

物之牙蘖將生毛本「牙」誤「芽」，閩本、明監本不誤。

言此二正之月閩本、明監本、毛本「正」作「陽」。案：此改刻補損而誤。

衣事絲蠶爲重閩本、明監本、毛本同。案：十行本損。以字計之，應少一字，改刻補損而誤也。

傳三之日至大夫閩本、明監本、毛本脱「日」字。

當季冬之月閩本、明監本、毛本「當」下有「以」字，閩本剜入。案：所補是也。

當以孟春之月者閩本、明監本、毛本同。案：浦鏜云：「『者』當衍字。」是也。

自三百以外閩本、明監本、毛本「百」下有「里」字。毛本「三」作「二」。案：所補、所改皆是也。

故直云田畯大夫閩本、明監本、毛本「畯」下有「田」字。案：所補是也。《釋文》「畯」下云「田大夫也」。

知其祭先教者閩本、明監本、毛本「其」作「爲」。案：此改刻補損而誤。

便是喜其餉食閩本、明監本、毛本「喜」作「言」。案：此改刻補損而誤。

雖有冀缺如賓之敬閩本、明監本、毛本「如」作「迎」。案：此改刻補損而誤。

何爲辱身就耕民公嫗龔畝草閒閩本、明監本、毛本「草」作「之」。案：此改刻補損而誤。

故又本作此閩本、明監本、毛本同。小字本、相臺本「作」作「於」，《考文》古本「於」字亦同。案：「於」字是也。

蘩白蒿也小字本、相臺本同。案：此正義本也。正義云：「今定本云『皤，蒿也』。」《釋文》云：「皤蒿，音婆。」與定本同。《考文》古本作「皤」，采正義、《釋文》。

遲遲非暄閩本、明監本、毛本「非」誤「是」。

胎始也明監本、毛本「胎」誤「殆」，閩本不誤。

説者皆以爲生始閩本、明監本、毛本「始」上衍「之」字。

然則胎殆義同明監本、毛本「胎殆」誤「殆始」，閩本作「胎始」，亦誤。

當具有風雅頌也閩本、明監本、毛本「也」誤「他」。

王者設教以正民明監本、毛本「設」誤「説」，閩本不誤。

鹿鳴陳燕勞伐事之事閩本、明監本、毛本「伐事」作「羣臣」。案：此誤改也。「伐事」當作「戍士」。伐、戍，形近之譌。十行本「士」、「事」不別也。通《鹿鳴》以下言之，不專指《鹿鳴》一篇，下《文王》亦然。

未得功成道洽閩本、明監本、毛本「洽」誤「治」。

八月萑葦小字本、相臺本同。唐石經初刻「藋」，後改「萑」。案：「萑」字是也。《五經文字》云：「萑，户官反，從廾，下萑。今經或相承隸省草作『萑』。」正謂此也。《釋文》：「萑，户官反。」○按：《説文》有「萑」有「雈」。萑者，葦之類也，从艸雈聲。雈者，鳥名，从𦫳从隹。今人「萑葦」字蓋用「雈雀」字爲假借，非用「萑艸」字也。「萑艸」字从艸隹聲，音追。

猗彼女桑唐石經、小字本、相臺本同。案：《釋文》云：「猗彼，於錡反。徐：於宜反。」正義云：「襄十四年《左傳》云：『譬如捕鹿，晉人角之，諸戎掎之。』然掎、角皆遮截束縛之名也。故云『角而束之曰掎』。」考此是説傳「角」字之義。又以爲「猗」之言「掎」也，故并説之，非正義本經、傳皆作「掎」也。末「曰掎」仍當作「曰猗」，乃不知者改之耳。或因正義中字譌，遂并疑此經當作「掎」者，非也。正義上文云「猗束彼女桑而采之」，又云「以繩猗束而采之也」，皆作「猗」，不作「掎」。「掎」字在《小弁》經，正義不引，亦其證。

斨方銎也小字本、相臺本同。案：段玉裁云：「斨，方銎斧也。依《説文》補。」今考《釋文》「斨」下云「方銎也」，正義云「故云『斨，方銎也』」，皆無「斧」字。當是與《破斧》傳「隋銎曰斧」互文見義也。《説文》取此傳足「斧」字者，以文無所互故耳。

女桑荑桑也小字本、相臺本同。案：正義云「故知女桑柔桑」，又云「《集注》及定本皆云女桑荑桑」，《釋文》云「荑桑，徒夷反」，與定本同。

條桑枝落采其葉也閩本、明監本同。毛本「落」下剜添「之」字，小字本、相臺本有，《考文》古本同。案：有者是也。《釋文》「條」下云：「枝，落也，不備取耳。」與《葛覃》「濩，煑也」正同。

七月鳴鵙小字本、相臺本同，明監本、毛本同。唐石經「鵙」作「鶪」。案：唐石經是也。《五經文字》云：「鶪，伯勞也。」與《説文》合，可證也。

葼初生葸息理反騂色閩本、明監本、毛本同。案：「息理反」三字當旁行細書。正義自爲音。○按：不然。

又云葭華舍人曰葭一名華閩本、明監本、毛本同。案：二「華」字皆當作「葦」。今《爾雅》自石經以下各本皆作「華」者，字之誤也。此正義所引本不誤，故下文云「成則名爲葦也」。不知者乃改之。《文選》注引亦不誤。

白露爲霜之時猶名葭閩本、明監本、毛本同。案：盧文弨云：「『白露爲霜』當重。」非也。讀以「霜」字斷句，「之時」二字下屬。之時者，是時也。

具曲植筐筥閩本、明監本、毛本同。案：浦鏜云：「『筥筐』字誤倒。」是也。

傳斯方至蒹桑閩本、明監本、毛本同。案：「蒹」當作「柔」。

故云角而束之曰掎閩本同。監本、毛本「掎」作「猗」。案：當作「猗」。見上。

集注及定本皆云女桑柔桑閩本、明監本、毛本同。案：「柔」當作「蒹」。

言如爵頭色也閩本、明監本、毛本「頭」誤「弁」。

注云凡染絳閩本、明監本、毛本「絳」誤「終」。

士記位於南方閩本、明監本「記」作「寄」，毛本剜改「記」。案：皆誤也。當作「託」。《周禮·染人》疏可證。

但不知經文實誤不耳閩本、明監本、毛本「不」誤「之」。

其餘後可知也閩本、明監本、毛本同。案：浦鏜云：「『後』當『從』字誤。」是也。

當及盛暑熟潤閩本、明監本、毛本同。案：浦鏜云：「『熱』誤『熟』。」是也。

三月而後可用閩本、明監本、毛本「用」誤「以」。

謂以夏日染之毛本「日」誤「三」，閩本、明監本不誤。

是爲衣之終毛本「爲」誤「謂」，閩本、明監本不誤。

十月隕蘀小字本、相臺本同。唐石經初刻「殞」後改「隕」。案：初刻誤也。

于貉往搏貉小字本、相臺本同。案：此《釋文》本也。《釋文》云：「搏，音博，舊音付。」《車攻》《篤公劉》釋文同。又，《無羊》釋文云：「搏，音博，亦作『捕』，音步。」考正義云「一之日往捕貉取皮」，又云「皆是往捕之而取其皮」，是正義本作

「捕」字。《都人士》正義引「于貉，往捕貉」亦其證。如《周禮·小司徒》注「伺捕」，《小司寇》注「司搏」也。○按：搏、捕，古今字。此正箋作「搏」，正義易字而説之也。

以自爲裘也小字本、相臺本同。案：此正義本也。正義云「庶人自以爲裘」，又云「明于貉是民自用爲裘也」，皆「爲」讀如字。《都人士》正義引「以自爲裘」亦其證。《釋文》：「自爲也，于僞反。」無「裘」字，讀亦不與正義同。

釋蟲又云蜺寒蜩閩本、明監本「蜩」作「蜩」，毛本誤作「蟬」。案：山井鼎云：「《爾雅》作『蜩』。」是也。

七月寒蟬鳴毛本「鳴」誤「名」，閩本、明監本不誤。

是葽以否閩本、明監本、毛本「以」誤「與」。

皮革踰歲乾冬乃可用閩本、明監本、毛本同。案：浦鏜云：「『久』誤『冬』。」考《掌皮》注，浦校是也。

知狐貍以供尊者閩本、明監本、毛本「貍」誤「裘」。

向北出牖也毛本「牖」誤「牗」，明監本以上皆不誤。下同。

此皆將寒漸閩本、明監本、毛本「漸」上衍「之」字。

如蝗而班色毛本「班」誤「斑」，閩本、明監本不誤。

箋七月至卒來閩本、明監本、毛本「箋」下有「自」字。案：所補是也。

此爲寒之備閩本、明監本、毛本「此」誤「北」。

是爲未終毛本「爲」誤「謂」，閩本、明監本不誤。

既以鬱下及棗小字本、相臺本同，《考文》古本同。閩本、明監本、毛本「下」作「薁」。案：「下」者謂「薁葵菽」也，改作「薁」者誤，正義云「鬱下及棗揔助男功」可證。

劉稹毛詩義問云閩本、明監本、毛本同。案：惠棟云：「劉公幹《毛詩義問》十卷：『稹』當作『楨』。」

晉宮閣銘云華林薗中閩本、明監本、毛本「薗」作「園」。案：所改非也。「薗」即「園」字，當是正義依彼文引之也，不得以字書不載而改去。

棗須樹擊之閩本、明監本、毛本「樹」上有「就」字。案：此誤補也。「樹」當作「捯」。「捯」即「擣」字。見《集韻》。又，《列女傳》「手自捯」即《漢書》之「手自擣」也。今本亦有誤爲「樹」者，皆因不識此字。○按：此殊附會。剝棗，即今之撲棗也。剝，讀爲撲。觀《釋文》自明。「撲」者「扑」之俗，「扑」者「攴」之變。正義「樹」字當是「撲」之誤。

必有豪毛秀出者毛本「豪」誤「毫」，閩本、明監本不誤。案：《考文》古本因此并改箋作「毫」，失之甚矣。

右助也閩本、明監本、毛本「右」誤「言」。

苴麻之有實者閩本、明監本、毛本「者」下衍「也」字。

場圃同地自物生之時小字本同，閩本、明監本、毛本同。相臺本「自」作「耳」，《考文》古本同。案：「耳」字是也，上屬斷句。

上入執宮功小字本、相臺本同。唐石經「執」下有傍添「於」字。案：傍添誤也。又，此定本也。正義云：「經當云『執於宮公』，本或『公』在『宮』上，誤耳。今定本云『執宮功』，不爲『公』字。」考此傳、箋皆無「公」字之訓，箋云「執宮中之事」，與上「載纘武功」、傳「功事也」相承，當以定本爲長。正義「於」字是自爲文，傍添者誤取之。

七月定星將中閩本、明監本、毛本同。小字本、相臺本「七」作「十」，《考文》古本同。案：「十」字是也。

急當治野廬之屋毛本「屋」誤「外」，明監本以上皆不誤。

豳公又其始閩本、明監本、毛本「豳」上衍「以」字。

場圃在園地閩本、明監本、毛本同。案：浦鏜云：「『任』誤『在』。」是也。

故春夏爲圃明監本、毛本「故」下衍「言」字，閩本剜入。

東山云町畽鹿場明監本、毛本「畽」誤「疃」，閩本不誤。案：彼經唐石經以下皆作「畽」。

徒黍稷重穋四種而已明監本、毛本「徒」上衍「非」字，閩本剜入。

其餘稻秫苽粱之輩毛本「苽」誤「菰」，閩本、明監本不誤。

皆名爲禾毛本「名」誤「云」，閩本、明監本不誤。

則是訓功爲事閩本、明監本、毛本同。案：「功」當作「公」。下「故入之執於宫功」同。

祭非祭也閩本、明監本、毛本「非」下有「民」字。案：皆誤也。當作「非民祭也」。十行本衍上「祭」字，脱「民」字，閩本以下補，仍衍上「祭」字。

祀於公社及門閭明監本、毛本「祀」誤「社」，閩本不誤。

臘謂以田獵所得禽祭明監本、毛本「得」誤「謂」，閩本不誤。

冰盛水腹相臺本同，閩本、明監本、毛本同。小字本「腹」作「複」。案：《釋文》云「複音福」，正義云「《月令》：季冬，冰方盛，水澤腹堅」。「腹，厚也」，《爾雅》文，鄭彼注用之。正義本當是「腹」字。《月令》釋文云：「腹，本又作『複』。」此《釋文》或作「腹」，詳後考證。《考文》：「一本作『複』。」采自《月令》釋文耳。

祭司寒而藏之 小字本、相臺本同。案：《釋文》云：「祭司寒，本或作『祭寒』。」正義云「加司字以足之」，其所説最得《左傳》及此箋之意。或作本誤，依傳删，失之矣。

滌場功畢入也 閩本、明監本、毛本同。小字本、相臺本「滌」下有「埽也」二字，《考文》古本同。案：有者是也。《釋文》、正義皆可證。

饗者鄉人以狗 小字本、相臺本同。案：盧文弨云：「『饗者』下脱『鄉人飲酒』。正義有，《説文》同。」今考正義中所云「飲酒」皆推傳意，如此，非正義本傳中有「鄉人飲酒」四字而今脱去也。正義云「傳以『朋酒斯饗』爲黨正飲酒之禮」，又云「箋以『斯饗』爲國君大飲之禮」，二者皆推其意，傳之無「飲酒」猶箋之無「大飲」，其明證矣。《説文》自解「饗」字從鄉之義，非取此傳成文也。不當補。○按：段玉裁云：「細讀正義，知本作『饗者，鄉人飲酒也。鄉人以狗，大夫加以羔羊』。因兩『鄉人』複而奪落數字，古書類然。且如上文傳『埽也』，既依正義補入矣，何此正義確可據者獨不可依乎？若云箋中無『大飲』字，豈正義文不得略有參差乎？」段云是也。

疆竟也 小字本、相臺本同。案：《釋文》「疆」下云：「竟也。或音注爲境，非。」正義云「疆是境之別名」，即《釋文》所云「音竟爲境」者。故上文易爲「境」字而説之，云「無有疆境之時」也，又云「定本『竟』作『境』」。考《楚茨》及《甫田》箋意，當以正義「音境」爲長。《考文》古本作「境」，采正義。

故特爲殺羊 閩本、明監本、毛本「羊」下衍「也」字。

此亦得爲淩室者閩本、明監本、毛本同。案：「此」當作「而」。

公始用之閩本、明監本、毛本「公」誤「君」。

賓客食喪有祭祭祀閩本、明監本、毛本同。案：此當作「賓客食享喪浴祭祀」，每二字爲一句，所以解賓、食、喪、祭四事也。

給賓客喪祭之用閩本、明監本、毛本同。案：「客」當作「食」，此字之誤耳。《考文》古本因此改箋「食」亦作「客」，失之矣。

此引之到者閩本、明監本、毛本「到」作「倒」。案：所改是也。正義俱用「倒」字，此壞耳。

肅謂枝葉縮栗閩本、明監本、毛本「栗」誤「束」。

鄉人雖爲鄉大夫閩本、明監本、毛本同。案：盧文弨云：「『鄉』當作『卿』。」是也。

別人於燕閩本、明監本、毛本同。案：今《月令》注「燕」作「他」，不與此所引同也。正義下云「言別於燕禮」可證。山井鼎依彼文，非也。

其禮云閩本、明監本、毛本同。案：「云」字當作「亡」，形近之譌也。今《月令》注不誤。山井鼎依彼文，是也。

烝謂特牲體謂爲俎閩本、明監本、毛本同。案：此當作「烝謂折牲體升爲俎」。「折」字、「升」字譌而不可讀。今《月令》注「烝」作「燕」，「特」作「有」，無「體」下「謂」，亦皆誤耳。山井鼎依彼文，非也。又云：「宋板『特』作『有』。」其實不然，當是剜也。

言別於燕禮小於大飲閩本、明監本、毛本同。案：盧文弨云：「『燕禮』當重。」是也。

公尊瓦大夫尊兩圓壺閩本、明監本、毛本同。案：浦鏜云：「『士』誤『夫』。」以《儀禮》考之，是也。「大」字斷句。

俱教孝悌之道閩本、明監本、毛本「悌」誤「弟」。

鴟鴞

公乃爲詩以遺王唐石經、小字本、相臺本同。案：《釋文》云：「遺，唯季反，本亦作『貽』，此從《尚書》本也。」正義云：「定本『貽』作『遺』字，則不得爲怡悦也。」考正義引《金縢》注「怡，悦也」，是鄭讀《尚書》「貽」爲「怡」也。此《序》注義既與彼同，則「貽」字亦不爲有異。當以正義本爲長。

疑其將篡明監本、毛本「其」誤「有」，閩本不誤。

以貽遺成王閩本、明監本、毛本無「遺」字。案：此誤去也。「遺」字讀唯季反。

而不取正言閩本、明監本、毛本「取」作「敢」。案：所改是也。首章正義云「但不敢正言其事」可證。

不得復名爲貽悦王心閩本、明監本、毛本同。案：「貽」當作「怡」，上文可證。

興者喻此諸臣毛本「喻」誤「踰」，明監本以上皆可證。

無絶其位小字本、相臺本同，《考文》古本同。閩本、明監本、毛本「位」上有「官」字。案：無者是也。當是蒙上而省。

此取鴟鴞子者言稚子也小字本同，閩本、明監本、毛本同。相臺本「言」作「指」。案：「指」字是也。

舍人曰鴟鴞毛本「鴞」誤「鴟」，閩本、明監本不誤。

取茅莠爲窠閩本、明監本、毛本「窠」誤「巢」。

或謂之過羸閩本、明監本、毛本同。案：盧文弨改「羸」爲「鸁」，依《方言》、《廣雅》耳。非也。「羸」即「鸁」字，《爾雅》疏即取此，正作「羸」。

欲誚公之意作此詩明監本、毛本「欲」上有「是」字，閩本剜入。案：此誤補也。「欲誚」當作「鄭謂」。

罪猶未加刑閩本、明監本、毛本同。案：「罪」當作「實」。

假以官位土地爲辭毛本「辭」誤「鄭」，閩本、明監本不誤。

釋言云鬻稚也閩本、明監本、毛本同。案：浦鏜云：「『鞠』誤『鬻』。」是也。

箋云言取鴟鴞子者閩本、明監本、毛本同。案：「言」當作「此」。

惜稚子也閩本、明監本、毛本同。案：「惜」當作「指」。

致此王功閩本、明監本、毛本「王」誤「大」。案：《考文》所載「功」作「意」，誤也。

汝成王意何得絶我官位閩本、明監本、毛本同。案：「意」當作「竟」，與下互誤也。

箋以此爲諸臣設請閩本、明監本、毛本「設」誤「諮」。

故竟欲恚怒之毛本「竟」誤「以」，閩本、明監本作「意」。案：「意」是也。此作「竟」，乃與上互誤也。

予所蓄租唐石經、小字本、相臺本同。案：《釋文》云：「租，子胡反，本又作『祖』，如字，爲也。」正義云：「祖訓始也。物之初始，必有爲之，故云『祖，爲也』。」段玉裁云：正義正同又作本也。今《釋文》、正義「祖」皆譌「租」，當正《釋文》。見後考證。

拮据撠挶也小字本、相臺本同，《考文》古本同，閩本同。明監本、毛本「撠挶」誤「檝楇」，正義中同。

是荼之草也閩本、明監本、毛本脱「也」字。

謂薍之秀穗也毛本「秀」誤「莠」，閩本、明監本不誤。

而口文未見閩本、明監本、毛本「文」誤「又」。

若唯口病閩本、明監本、毛本「若」誤「苦」。

曰予未有室家明監本、毛本「曰」誤「也」，閩本不誤。

予尾翛翛小字本、相臺本同。唐石經「翛翛」作「消消」。案：《釋文》：「翛翛，素彫反，注同。」考此經相傳有作「翛」、作「消」二本也。《沿革例》云：「監、蜀、越本皆作『消消』，以疏爲據。興國本及建寧諸本皆作『翛翛』，以《釋文》爲據也。」又引疏云：「定本作『消消』。」今正義誤，見下。又正義云「予尾消消而敝」，乃正義所易之字。如易「令令」爲「鈴鈴」，易「遂遂」爲「璲璲」，非其本經、傳作「消消」也。以定本作「消消」推之，正義本當作「翛翛」矣。標起止當是後改。段玉裁云：「《集韻》、光堯《石經》作『消消』。」

予尾消消而敝閩本、明監本、毛本同。案：「而」上，浦鏜云：「脱『然』字。」是也。

鄭殺弊盡同閩本、明監本、毛本「弊」作「敝」。案：此誤改也。正義是「弊」字，與《緇衣》、《敝笱》正同。此唯一字尚存其舊，而上下多作「敝」矣。閩本以下又并改之。凡正義所易之字往往改去，今有不可追而正之者。

作翛翛也閩本、明監本、毛本同。案：「翛翛」當作「消消」，見《沿革例》。

東山

周公於是志伸毛本「周公」誤在「於是」下，明監本以上皆不誤。

乃令人憂思閩本、毛本「乃」誤「物」，明監本不誤。

説其成婦之事閩本、明監本、毛本「婦」作「昏」。案：「婦」當作「婚」。

唯恐民上不知閩本、明監本、毛本「民」誤「君」。

不序章首四句皆同明監本、毛本「皆」上有「以章首四句」五字，閩本剜入。案：山井鼎云：「脱此五字。」是也。

惟朕小子其新迎注云新迎毛本上「新」字誤「親」，閩本、明監本不誤。案：二「迎」字皆當作「逆」，《譜》正義引作「逆」可證。

與之歸尊任之閩本、明監本、毛本「與」誤「征」。

非二年始東征也閩本、明監本、毛本「二」誤「三」。

此言商奄者明監本、毛本「此」下有「不」字，閩本剜入。案：所補非也。「言」當作「無」耳。

勿士行枚唐石經、小字本、相臺本同。案：《釋文》云「勿士行，毛音衡，鄭音銜，王户剛反」。正義云「定本云『勿士行枚』，無『銜』字。箋云『初無行陳銜枚之事』。定本是也」。考《釋文》云「鄭音銜」者，謂箋之「銜枚」即經之「行枚」，鄭以「行」爲「銜」之假借。不云「讀爲」，直於訓釋中改其字以顯之，箋例每如此。《釋文》得之。其箋之「行陳」是説銜枚所用，非經中之「行」。如《殷其靁》傳、箋之「此」，非經中之「斯」。《菁菁者莪》傳、箋之「載」，非經中之「載」，其比也。故《釋文》云：

「無行，户剛反。」明非經中之「行」也。正義、定本讀經讀箋皆爾，絶無異説。正義所云「定本『勿士行枚』無『銜』字」者，必當時或本經於「勿士行枚」之間更有「銜」字故也。若但爲「行」、「銜」二字互異，止得云「不作『銜』字」，不得云「無『銜』字」。「箋云」以下乃正義自引箋以證，謂箋中「銜枚」即經中「行枚」，其間更無「銜」字。如《鷄鳴》正義在定本下自引箋以證「予」字也，非箋云以下載定本之箋。《經義雜記》欲改此經作「銜」，及去箋「行陳」字，皆於《釋文》、正義未得其理。又《釋文》云云「王户剛反」，乃難箋「銜」字，於箋「行陳」則迥不相涉也。《太平御覽》引作「銜」，以破引之也。○按：舊校本殊誤。鄭箋「行陣銜枚之事」以釋經之「行枚」，猶傳以「樂道忘飢」釋經之「忘飢」也。此何容疑惑而必云鄭讀「行」爲「銜」乎？行，古音如「杭」。銜，從行金聲。絶不在古人讀如、讀若、讀爲、讀曰之例。蓋必古音相近，而後得有讀如、讀若、讀爲、讀曰也。此《釋文》云「鄭音銜」者，自是陸氏之誤。

亦初無行陳銜枚之事 小字本、相臺本同。案：正義云「箋云『初無行陳銜枚之事』」，引箋不備耳。「亦」者，亦兵服也。《經義雜記》云：「『亦』字當衍。」非也。

蜎蜎蠋貌桑蟲也 閩本、明監本、毛本同。小字本、相臺本「桑」上有「蠋」字，《考文》古本同。案：有者是也。

烝寘也 相臺本同，閩本同，《考文》：「一本同。」小字本「寘」作「真」，明監本、毛本同。案：「寘」字是也。《釋文》云「從穴下真」，餘同此。

道上乃遇零落之雨 閩本、明監本、毛本同。案：物觀云：「宋板『乃』作『又』。」其實不然。當是誤舉下一行字也。

歸又遇雨落 閩本、明監本、毛本「落」誤「是」。

定本云勿士行枚無銜字 明監本「銜」字誤缺，閩本、毛本不誤。

嫌此四句意不同明監本、毛本「意」下衍「亦」字，閩本剜入。

正義曰幾法也閩本、明監本、毛本同。案：山井鼎云：「『幾』恐『辟』字。」是也。

倫謂親踈之比也毛本「謂」誤「爲」，閩本、明監本不誤。

是枚爲細物也毛本「枚」誤「彼」，閩本、明監本不誤。

韓子云虫似蠋閩本、明監本、毛本「虫」作「蟲」。案：「虫」當作「蠶」。因別體俗字「蠶」作「蚕」、「蟲」作「虫」而轉輾致誤也。

果贏栝樓也相臺本同，閩本、明監本，毛本同。小字本「栝」作「括」。案：「括」字是也。《釋文》「果贏」下云「括樓」，又：「括樓，古活反。」十行本正義中皆作「括樓」可證，閩本以下正義中亦誤。《爾雅》作「栝樓」，《説文》作「苦蔞」，皆不與此同。《考文》古本作「括摟」，采《釋文》而并改「樓」從扌。非。

燐螢火也小字本、相臺本同。案：《釋文》：「螢火，惠丁反。」正義云：「案：諸文皆不言螢火爲燐。」又云：「然則毛以螢火爲燐，非也。」段玉裁云：「螢火與《列子·天瑞》、《淮南·氾論》《説林》二訓、《説文》、《博物志》皆合，謂鬼火熒熒然者也。淺人誤以《釋蟲》之『熒火即炤』當之，又改其字從虫。其誤蓋始於陳思王也，思王引《韓詩章句》『鬼火或謂之燐』。然則毛、韓無異。」其説是也。陳思王《螢火論》載正義，此不更具録。

家無人則然小字本、相臺本同，《考文》古本同。閩本、明監本、毛本「則」誤「惻」。

括樓如瓜明監本、毛本「如」上衍「葉」字，閩本剜入。

葉形兩兩相拒值閩本、明監本、毛本脱「拒」字。

故知町疃是鹿之跡也閩本、明監本、毛本「疃」作「畽」。案：「畽」字是也。見上。

即夜飛有火蟲也明監本、毛本「即」下衍「炤」字，閩本剜入。案：此「即」字非「即炤」之「即」，乃下章正義所引舍人曰「即大螚也」、「即名螚也」之「即」。

瓜之辨有苦者小字本、相臺本「辨」作「瓣」，閩本、明監本、毛本同。案：「瓣」字是也。《釋文》「瓣」下引《説文》云「瓜中實也」可證。十行本正義中亦作「辨」，明監本、毛本作「瓣」，所改是也。

君子既有此苦毛本「此」誤「所」，閩本、明監本不誤。

一名皂裙毛本「皂」誤「早」，閩本、明監本不誤。

又尼其巢一傍爲池閩本、明監本、毛本同。案：「尼」當作「穴」，形近之譌。山井鼎云：「尼，宋板作『泥』。」其實不然，當是剜也。○按：巢中何得作「穴」？作「泥」是也。

縭婦人之褘也毛本「褘」誤「緯」，明監本以上皆不誤。

言以戲樂之毛本「以」誤「已」，閩本、明監本不誤。

月令仲春倉庚閩本、明監本、毛本同。案：「庚」下，浦鏜云：「脱『鳴』字。」是也。

騂赤色名曰駁也閩本、明監本、毛本同。案：「曰」當作「白」。舍人讀《爾雅》，以「騂」字斷句也。

舍人言騂馬名白馬非也閩本、明監本、毛本同。案：「白馬」當作「白駁」。舍人讀《爾雅》「白駁」二字爲一句也。此正義譌舛不可讀。今訂正。

以申解之閩本、明監本、毛本同。案：浦鏜云：「『戒』誤『解』。」以《爾雅》疏考之，浦校是也。

案昏禮言結帨此言結縭明監本、毛本脱「結帨此言」四字，閩本不誤。

且未冠笄者佩容臭明監本、毛本「者」下衍「未冠笄者」四字，閩本不誤。案：此上脱下衍，乃寫書人自覺其誤而未及改正者。山井鼎、物觀不載，失之矣。

破斧

三章上二句閩本、明監本、毛本「章」下衍「皆」字。

隋銎曰斧小字本、相臺本同。案：《考文》古本下有「方銎曰斨」四字。非也。此與《七月》傳「斨，方銎也」互文見義。《七月》正義云：「《破斧》傳云『隋銎曰斧，方銎曰斨』，然則斨即斧也。」各本皆同。其實誤也，當作「然則方銎曰斨，斨即斧也」。因「方銎曰斨」與所引《破斧》傳云「隋銎曰斧」有似對文，乃誤屬「然則」二字於「斨即斧也」之首耳。此經「又缺我斨」，《釋文》「斨」下云：「《説文》云：『方銎，斧也。』」浦鏜校彼正義，以爲觀音義則傳本無此四字，非脱也。其説當矣，特未悟彼正義亦本不引此傳「方銎曰斨」也。《考文》古本正采彼正義而致誤。

主爲四國之民被誘作亂閩本、明監本、毛本「主」誤「正」。

傳吪化也正義曰閩本、明監本、毛本「正」上有「○」。案：所補非也。「也」當作「○」耳。

言使四國之民心堅固也明監本、毛本「言」誤「亦」，閩本不誤。

箋以爲之不安閩本、明監本、毛本同。案：浦鏜云：「『之』疑衍。」是也。

伐柯

克能也毛本「克能」誤「倒明」，監本以上皆不誤。

當先使曉王與周公之意者又先往小字本、相臺本同。案：「又」者，又上箋「先往」也。正義云「當使曉王與周公之意者先往」，乃檃栝箋文，非箋如此。明刻單注别本有改「又」爲「以」者，誤甚。

唯周公耳閩本、明監本、毛本「唯」上衍「其」字。

見能未形閩本、明監本、毛本同。案：浦鏜云：「『見能』字當誤倒。」是也。

何須問人閩本、明監本、毛本同。案：「問」當作「用」，形近之譌。

能如是者唯周公耳閩本、明監本、毛本「如」誤「迎」。

則復籩禮器閩本、明監本、毛本「籩」下有「豆」字。案：「復籩」當作「籩豆」。

九罭

反而居攝閩本、明監本、毛本「攝」下衍「政」字。

鱒魴大魚也小字本、相臺本同。案：《釋文》「鱒」下云「大魚也」。正義云：「傳以爲大者，欲取大小爲喻。王肅云：『以興下土小國，不宜久留聖人。』傳意或然。」今考此傳，當本無「大」字，或加之以駮鄭，與《敝笱》同。「魴」亦衍字也。《釋文》獨於「鱒」下云「大魚也」，是其本無「魴」字。

當有其禮毛本「禮」誤「體」，明監本以上皆不誤。

九罭至繡裳閩本、明監本、毛本「裳」誤「囊」。

是儗人各有其倫閩本、明監本、毛本「儗」誤「擬」。

郭朴曰緵閩本、明監本、毛本「朴」誤「璞」，下「郭朴曰鱒」同。

釋魚有鱒魴閩本、明監本、毛本同。案：鱒魴，盧文弨云：「當作『鮅鱒』。」是也。

陸機注云閩本、明監本、毛本同。案：浦鏜云：「『疏』誤『注』。」是也。

以其緵促綱目毛本「目」誤「自」，閩本、明監本不誤。

則可於汝之所誠處耳毛本「於」誤「與」，閩本、明監本不誤。

是是東都也小字本、相臺本同，《考文》古本同。閩本、明監本、毛本下「是」字誤「以」。

欲周公留之爲君閩本、明監本、毛本同。小字本、相臺本「之爲」作「爲之」，《考文》：「一本同。」案：「爲之」是也。

無使我心悲兮唐石經、小字本、相臺本同。案：正義云：「本或『心』下有『西』，衍字。與《東山》相涉而誤耳。定本無『西』字。」《考文》：「一本有。」采正義。

周公在東必待王迎閩本、明監本、毛本「東」下衍「都」字。

箋是東至西歸閩本同。明監本、毛本「東」作「以」。案：皆誤也，當作「是」。

九罭四章明監本、毛本「章」誤「句」，唐石經以下各本不誤。

狼跋

成王又留之相臺本同，閩本、明監本、毛本同。小字本「又」作「久」。案：小字本誤也。

遜遁辟此成公之大美小字本同，閩本、明監本、毛本同。相臺本「公」作「功」，《考文》古本同。案：「功」字是也。正義可證。

履赤舄几几然毛本「履」誤「屨」，明監本以上皆不誤。

乃遜遁避此成功之大美閩本、明監本、毛本同。案：經、注作「孫」，正義作「遜」。孫、遜，古今字，易而説之也。例見前。正義云：「古之遜字借孫爲之。」則固自言其例矣。《考文》古本箋作「遜」，誤采正義也。「避」亦易字，見《汝墳》。

説文云跋躐丁千反跆躓竹二反閩本、明監本、毛本同。案：「丁千反」、「竹二反」六字當旁行細書。正義於自爲音者例如此。○按：即自爲音，不定有此例。況「丁千反」、「竹二反」乃引《説文音隱》乎？唐人所引《説文》反語皆本《音隱》。

掌王之服屨毛本「屨」誤「履」，閩本、明監本不誤。

爵弁纁黑絇繶純閩本、明監本、毛本同。案：「纁」下，浦鏜云：「脱『屨』字。」考《士冠禮》，浦校是也。

狀如刃衣閩本、明監本、毛本同。案：浦鏜云：「『刀』誤『刃』。」考《士冠禮》注，浦校是也。

屨順裳色毛本「色」誤「也」，閩本、明監本不誤。

則絇赤黑也閩本、明監本、毛本同。案：盧文弨云：「『赤』當作『亦』。」是也。

皆謂周公閩本、明監本、毛本「謂」誤「是」。

故履赤舃閩本、明監本、毛本同。案：浦鏜云：「『履』誤『屨』。」是也。

小大雅譜

懿王徙於犬王閩本、明監本、毛本「犬」誤「大」。

而別世載其功業閩本、明監本、毛本同。案：「別」當作「列」，形近之譌。

大雅以盛爲王閩本、明監本、毛本同。案：浦鏜云：「『王』疑『主』字誤。」是也。

既聖能代閩本、明監本、毛本「代」下衍「殷」字。

不言武王之謚成王時作閩本、明監本、毛本同。案：「成」當作「武」，形近之譌。

此又解小雅比篇之意閩本、明監本、毛本「比」誤「此」，下「比篇尚不以作之先後爲次」同。

可王之事繼之閩本、明監本、毛本同。案：浦鏜云：「『可』當『武』字誤。」是也。

役反而勞之閩本、明監本、毛本「反」誤「還」。

容有鄰國之聘客也毛本「容」誤「客」，閩本、明監本不誤。

多在武王成王時作也毛本「成」誤「文」，閩本、明監本不誤。

詩見事漸閩本、明監本、毛本「詩」誤「書」。

又大雅生民及卷阿閩本、明監本同。毛本「及」上剜添「下」字。案：所補是也。

此五篇樂與萬物得所閩本、明監本、毛本同。案：「樂與」下當脱「賢與」二字。

既醉告太平閩本、明監本、毛本「告」誤「言」。

鳧鷖守成閩本、明監本、毛本「守」上衍「言」字。

蓼蕭既醉之輩閩本、明監本、毛本「輩」誤「章」。

失毛之旨閩本、明監本、毛本「失」誤「先」。

故中候曰閩本、明監本、毛本「中候」誤「申侯」。

小雅十六爲正經閩本、明監本、毛本「六」下有「篇」字。案：所補非也。

何者天子饗元侯閩本、明監本、毛本同。案：「何」上，浦鏜云：「脱『〇』。」是也。

由此二傳論之閩本、明監本、毛本「二」誤「三」。

天子食元侯閩本、明監本、毛本同。案：浦鏜云：「『食』當『饗』字譌。」是也。

歌四夏也閩本、明監本、毛本「四」作「肆」。案：所改是也。下同。

言金奏者始作未閩本、明監本、毛本同。案：浦鏜云：「『未』當『樂』字譌。」是也。

於次國與小國閩本、明監本、毛本「於」誤「以」。

小國於次國於小國閩本、明監本、毛本同。案：盧文弨讀「小國」上屬，其下改「小國相於次國」。非也。此當八字一句，謂小國之於次國，及小國之於小國也。小國在次國下，故不得言「相於」。若倒「小國相於」在上，則無以説次國矣。

則元侯相見閩本、明監本、毛本同。案：「見」當作「於」，上下文可證。

燕羣臣乃聘問之賓閩本、明監本、毛本同。案：山井鼎云：「『乃』恐『及』誤。」是也。

於元侯雖閩本、明監本、毛本同。案：「雖」當作「饗」讀，四字一句。

但鄭從風爲鄉樂以上差之閩本、明監本、毛本「風」誤「凡」。

文與天子燕羣臣閩本、明監本、毛本同。案：浦鏜云：「『又』誤『文』。」是也。

自由尊用之差閩本、明監本、毛本同。案：浦鏜云：「『卑』誤『用』。」是也。

使上取以饗爲文閩本、明監本、毛本「使」誤「此」。

箋云飲之而有幣酬即饗所用閩本、明監本、毛本同。案：此不誤。「酬」下，浦鏜依彼箋添十二字，非也。「饗」專係飲，彼正義有明文，不得兼引食。

禮者可以逮下閩本、明監本、毛本「禮」下有「輕」字。案：所補是也。

鄉飲酒大夫之禮閩本、明監本、毛本同。案：十行本「鄉」至「大」，剜添者一字。

三十年後事閩本、明監本、毛本「事」下衍「也」字。

則是流彘之後毛本「是」誤「事」，閩本、明監本不誤。

作懿以自誓閩本、明監本、毛本「誓」作「警」。案：山井鼎云：「《國語》作『儆』，作『誓』爲非。」是也。《抑》正義引作「儆」。

事在大雅之後閩本、明監本、毛本同。案：「大雅」當作「流彘」，上下文可證。

論怨嗟小閩本、明監本、毛本同。案：浦鏜云：「『怨嗟』當『惡差』之誤。」是也。

王師敗績於羌氏之戎閩本、明監本、毛本「羌」作「姜」。案：所改是也。下「羌戎爲敗」亦當作「姜」。

蓋周衰自此而漸也閩本、明監本、毛本「自」誤「至」。

是序此篇之意也閩本、明監本、毛本同。案：「此」當作「比」，形近之譌。

故終以斯干考室毛本「干」誤「年」，閩本、明監本不誤。

殺王麗山之下閩本、明監本、毛本「麗」誤「驪」。

褒姒滅之明監本剜「滅」爲「烕」，閩本、毛本不剜。案：「滅」字是也。烕，本或作「滅」，見《釋文》。

故上以盛隆爲大雅閩本、明監本、毛本「上」誤「士」。

何也獨無刺厲王閩本、明監本、毛本同。案：浦鏜云：「『以』誤『也』。」是也。

不應改厲爲幽閩本、明監本、毛本「厲」誤「詩」。

今先王起衰亂閩本、明監本、毛本同。案：「先」當作「宣」，下文可證。

興廢於人也閩本、明監本、毛本「廢」下有「存」字。案：所補是也。

無爲陳其廢缺矣毛本「缺」誤「政」，閩本、明監本不誤。

故左傳曰以什共車閩本、明監本、毛本「共」誤「其」。

咨者無紙閩本、明監本、毛本同。案：山井鼎云：「『咨』恐『昔』字。」非也。「咨」當作「古」，《出車》正義云「古者無紙」可證。

皆用簡札閩本、明監本、毛本「札」誤「禮」。案：因十行本以「礼」爲「禮」之别體而誤改也。

商魯非周詩毛本脱「魯」字，閩本、明監本不誤。

明無所用於之什也毛本「於之」誤倒，閩本、明監本不誤。

鹿鳴

故鄉飲酒燕禮注云毛本「燕」誤「宴」，閩本、明監本不誤。

講道脩德之樂歌是也閩本、明監本、毛本同。案：浦鏜云：「『政』譌『德』。」以《儀禮》注考之，是也。

非於臣子忻樂之義閩本、明監本「忻」誤「所」，毛本作「欣」。下「此詩主於忻樂」，閩本、明監本、毛本皆作「欣」。案：「忻」字是也。餘同此。

故敘以燕因之閩本、明監本、毛本同。案：盧文弨云：「『因』疑『目』。」是也。

饗謂亨大牢以飲賓閩本、明監本、毛本同。案：浦鏜云：「『亨』誤『享』。」考《儀禮》注，是也。《伐木》正義引作「亨」。

仍不必用束帛乘馬閩本、明監本、毛本「仍」誤「乃」。

苹藾蕭小字本、相臺本同，《考文》古本同。閩本、明監本、毛本「蕭」下衍「也」字。

吹笙而鼓簧矣小字本、相臺本同。案：段玉裁云：「《宋書·樂志》引『吹笙則簧鼓矣』，《君子陽陽》疏言『吹笙則鼓簧』。」今考此引者以意言之耳。傳本是「而」字，《考文》古本無「而」字，誤。

書曰篚厥玄黄小字本、相臺本同。案：「篚厥」二字當倒。毛居正《六經正誤》云：「『篚厥玄黄』作『厥篚玄黄』誤。興國及建本皆作『篚厥』。」其説非也。正義標起止云「箋書曰厥篚玄黄」，是正義本如此也。故下文云：「今《禹貢》止有『厥篚玄纁』之文，而鄭《禹貢》注引《胤征》曰『篚厥玄黄』，則此所引亦爲《胤征》文。」正因此箋作「厥篚」，與《禹貢》相涉，故言「今止有」以明「黄」字之非彼文也。若作「篚厥」，但當引彼注，不煩言此矣。

示當作窴小字本、相臺本「窴」作「寘」，閩本、明監本、毛本同。案：《釋文》「示」下云「鄭作『寘』」，《六經正誤》所載作「窴」，十行本正義中皆作「寘」。考此「寘」字從宀者，在《説文》新附。《卷耳》、《伐檀》經各本皆作「寘」。段玉裁曰：「即『窴』之譌文。」是也。而自唐時即有分别，從宀者訓置，從穴者爲《東山》、《當棣》箋字，訓「久」者矣。

瑟琴以樂之閩本、明監本、毛本「琴」作「笙」。案：所改是也。此正義用王肅述毛也。見下。

故嘉賓皆愛好我毛本「我」誤「義」，閩本、明監本不誤。

琴瑟笙幣帛愛厚之者閩本、明監本、毛本無「琴」字。案：所删是也。

謂羣臣相呼以成君禮閩本、明監本、毛本「謂」誤「爲」。

箋書曰厥篚閩本、明監本、毛本「厥篚」誤倒。

琴笙以樂之閩本、明監本、毛本「琴」作「瑟」。案：所改是也。

不間其親疏閩本、明監本、毛本「間」誤「問」。

非直燕曰詁言而已閩本、明監本、毛本「詁」誤「話」。

蒿菣也小字本、相臺本同。案：《釋文》云：「本或作『牡菣』。『牡』，衍字耳。」正義云：「本或云『牡菣』者，『牡』，衍字。『牡菣』乃是蔚，非蒿也。與《蓼莪》傳相涉而誤耳。」

恌愉也小字本、相臺本同。案：釋文云：「愉，他侯反，又音踰。」正義云：「愉音臾，《說文》訓爲薄也。」又云：「定本作『愉』。」如其所言，不爲有異。應是定本作「偷」，依《爾雅》改耳。當以《釋文》、正義本爲長。

是則是傚言可法傚也毛本上「傚」字誤「倣」，明監本以上皆不誤。

謂蒿爲菣毛本「爲」誤「謂」，閩本、明監本不誤。

今人呼爲青蒿香中炙啖者爲菣閩本、明監本、毛本同。案：「呼」下「爲」字衍也。今《爾雅》注無此。讀以上十二字爲一句。

目視物與示傍見閩本、明監本、毛本同。案：「與」當作「爲」，因別體俗字「與」作「与」而致譌也。

愉音臾閩本、明監本、毛本同。案：「音臾」二字當旁行細書。正義自爲音例如此。○案：非也。

說文酬爲薄也閩本、明監本、毛本同。案：浦鏜云：「『訓』誤『酬』。」是也。

定本作愉者然閩本、明監本、毛本同。案：「愉」當作「偷」，見上。「者」當作「若」，屬「然」字別爲句。

爲草貞實閩本、明監本、毛本「貞」誤「真」。

四牡

箋云無私恩小字本、相臺本同。案：正義云：「《集注》及定本皆無『箋云』兩字。」是自此盡「鹽王事」並屬傳也。段玉裁云「是也」。

甚疲勞矣明監本、毛本「甚」誤「其」，閩本不誤。

使臣當爾之時閩本、明監本、毛本「爾」誤「此」。

即非適王畿也閩本、明監本、毛本「即」誤「耳」。

爲後世法者閩本、明監本、毛本「者」誤「所」。

定本云作樂以文王之道閩本、明監本、毛本「樂以」誤「此爲」。

舉中以明上下毛本「中」誤「衆」，閩本、明監本不誤。

箋以傳言未備閩本、明監本、毛本「未」誤「不」。

采其勤苦王事明監本、毛本「王」誤「工」，閩本不誤。

又定本思恩作私恩閩本、明監本、毛本同。案：此當云「又定本『私恩』作『思恩』」，誤互易其字也。正義本作「私恩」，上文可證。

遂受命遂行閩本、明監本、毛本下「遂」字誤「乃」。

既釋幣於禰於行閩本、明監本、毛本「於」誤「乃」。

乃云遂受命閩本、明監本、毛本「乃」誤「又」。

鵻名其夫不閩本、明監本、毛本同。案：山井鼎云：「《爾雅》疏無『其』字。」今考彼疏引云：「鵻，一名夫不。」

祝鳩鵻夫不者故爲司徒閩本、明監本、毛本同。案：「者」當作「孝」，《爾雅》疏即采此，正作「孝」。而今本亦誤爲「者」。

今鶉鳩也閩本、明監本、毛本同。案：浦鏜云：「『鵓』誤『鶉』。」是也。《釋文》引《草木疏》云：「夫不，一名浮鳩。」「浮」、即「鵓」字也。

述時其情小字本、相臺本「時」作「序」，閩本、明監本、毛本作「敘」。案：「序」字是也。

敬爲尊愛爲親閩本、明監本、毛本上「爲」字誤「以」。

後爲詩人歌故云歌耳閩本、明監本、毛本同。案：「人」當作「入」，形近之譌。

皇皇者華

則爲不辱命也小字本、相臺本同。案：《釋文》云：「不辱命也，一本作『不辱君命』。」考正義云「所以臣無辱命」，其本當無「君」字，《考文》古本有，采《釋文》。

序以君本送之以禮樂閩本、明監本、毛本「君」誤「言」。

知遠而有光華閩本、明監本、毛本「而」誤「之」。

每雖懷和也小字本、相臺本同。案：正義云「本皆如此」。又云「如鄭此意，則傳本無『每雖』二字」。又云：「蓋鄭所據者本無『每雖』，後人以下傳有『雖有中和』之言、下篇『每有良朋』之下有『每雖』之訓，因而加之也。定本亦有『每雖』。」又云「而今《詩》本皆有『每雖』，則王肅之説，又非無理」云云。《經義雜記》以爲王肅私加，是也。〇按：舊校非也。毛於此云「每雖懷和也」，末章傳曰「雖有中和，當自謂無所及」，即蒙此傳而言，以釋經文「每懷靡及」也。傳自作「和」，箋乃易「和」爲「私」字，未可牽合。句云「『每雖』二字爲後人所加」，非也。鄭云「中和謂忠信也」，是鄭謂「中和」即經之「周」，絶非毛意。毛以周也、咨也、諏也、謀也、度也、詢也爲六德，皆在「雖有中和」之外。

懷私爲每懷也小字本、相臺本同。案：此引《國語》，「私」當如彼文作「和」。韋昭云：「後鄭司農云『和當爲私』」，即據下箋也。正義云：「故鄭引其文，因正其誤云『和當爲私』，爲『和』誤也。」考此，則正其誤在下，此當仍作「和」矣。正義中「臣聞之曰『懷私爲每懷』」，是《外傳》以爲『懷私』」，末章正義中箋云「懷私爲每懷」，皆「和」字之誤。亦見《經義雜記》。

此述文王勑使臣之辭閩本、明監本、毛本「勑」誤「遣」。

而章傳云閩本、明監本、毛本同。案：「而」當作「卒」。

明魯語所亦當爲懷私閩本、明監本、毛本「所」下有「云」字。案：所補是也。

下復解傳中和爲忠信毛本「忠」誤「中」，閩本、明監本不誤。

揔戒勑之毛本「戒」誤「介」，閩本、明監本不誤。

我馬維駒唐石經、小字本、相臺本同。案：《釋文》云：「駒音俱，本亦作『驕』。」正義云「維是駒矣」，是其本作「駒」，與《株林》同。已見彼下。

則於是訪問閩本、明監本、毛本同。小字本、相臺本「是」作「之」。案：「之」字是也。

才當爲事明監本、毛本「才」誤「身」，閩本不誤。

我馬維騆毛本「騆」誤「絪」，明監本以上皆不誤。

箋以破和爲私閩本、明監本、毛本同。案：浦鏜云：「『以』疑『已』字誤。」是也。

上當毛意以否閩本、明監本、毛本同。案：山井鼎云：「宋板『上』作『止』，其實不然。當是剜也。『上』字不誤『止』字。」非也。

常棣

則遠及九族宗親閩本、明監本、毛本「親」誤「族」。

上四句言兄弟光顯閩本、明監本、毛本同。案：浦鏜云：「『章』誤『句』。」是也。

至此上論兄弟由親毛本「由」誤「之」，閩本、明監本不誤。

以爲二叔宜爲夏之末明監本、毛本「之」上有「殷」字，閩本剜入。案：所補是也。

即傳言云二叔可知閩本、明監本、毛本同。案：「言」字當衍。

鄂不韡韡唐石經、小字本、相臺本同。案：《釋文》云「鄂，五各反」。《詩經小學》云：「『鄂字從卩。今考唐石經以下各本及《釋文》皆從阝，作地名之鄂。疑此經乃依聲托事也。《說文》卩部無鄂。『韡』下引此詩作『萼』，出後人所改，艸部亦無『萼』字。李善《長笛賦》注引《字林》『鄂，直言也』。鄂字當始於漢，而《周禮》、《禮記》注用之。」○按：古或有從卩之「鄂」，《說文》或有遺漏之字。

常棣棣也小字本、相臺本同。案：《釋文》云：「本或作『常棣移』。」又云：「作『移』者非。」正義云：「『常棣棣』，《釋木》文也。」

不當作拊小字本、相臺本同，閩本、明監本、毛本亦同。案：《釋文》「不」下云：「鄭改作『附』。」又：「不、拊同。」下云：「拊，本亦作『跗』，前注同。」考《説文》木部云：「柎，闌足也。」《山海經》「員葉而白柎」，《集韻》十虞亦作「柎」，皆從木。而《羣經音辨》載此字在手部，則當時《釋文》字已從手也。

與此唐棣異木閩本、明監本、毛本同。案：浦鏜云：「『與此』當誤倒。」是也。

管蔡之事以次毛本同。閩本、明監本「次」誤「是」。案：皆非也。「以次」當作「已缺」。「以」、「已」多相亂者，「次」、「缺」形近之譌。《序》下正義云「以管蔡已缺」，即用此述毛語也。當據彼正之。

言兄弟人恩至厚閩本、明監本、毛本「人」作「之」。案：所改非也。「人恩」見鄭《表記》注。

則當求以相耽閩本、明監本、毛本同。案：「耽」當作「助」，形近之譌。

所以相半矣閩本、明監本、毛本「半」誤「求」。

況也永歎閩本、明監本、毛本同。小字本、相臺本「歎」作「嘆」，唐石經亦作「嘆」。案：《釋文》作「歎」，十行本依之改也。又，唐石經「況」字後改。案：《釋文》云：「況也，或作『兄』，非也。」段玉裁云：「此《桑柔》、《召旻》及《今文尚書》『毋兄曰』、『則兄曰』正同作『兄』，是作『況』非。」

每有雖也小字本同，閩本、明監本、毛本同。相臺本無「有」字。案：相臺本誤也。「每有雖也」，箋用《釋訓》文。《皇皇者華》正義云：「下篇『每有良朋』之下有『每雖』之訓。」乃隱栝此箋，不當據之删也。下箋云「雖有善同門來」，「雖」即「每有」也。「雖」下之「有」非經中之「有」，亦《殷其靁》傳、箋此字之比。《考文》古本作「每有雖有也」，更誤。○按：舊校非也。無「有」字爲是。箋正用《皇皇者華》傳。

茲對也唯長嘆而已閩本、明監本、毛本同。案：此不誤。浦鏜云：「『之』誤『也』。」非也。凡正義於説經必順其文，此順經云「況也」耳。下經「烝也」，正義云「雖久也」，亦順經，可證。○按：「對」字非經中所有，則舊説亦非。浦云「『也』當作『之』」爲是。正義用箋語耳。

外禦其務唐石經、小字本、相臺本同。案：此定本也。《釋文》：「外禦，魚呂反。」與定本同。正義云：「定本經『御』作『禦』，訓爲『禁』，《集注》亦然。」是正義本經作「御」字。

箋云禦禁小字本、相臺本同。案：「禦禁」，定本也。見上。正義云：「俗本以傳『禦』爲『御』，《爾雅》無訓，疑俗本誤也。」此正義當有誤。詳下。段玉裁云：「此傳『御，禦。務，侮也。兄弟雖内鬩而外禦侮也』，本《國語》。《爾雅》各本誤衍『箋云』，非也。定本改『御禦』爲『禦禁』，不知『御禦』見於《谷風》傳矣。正義疑《爾雅》有『禦禁』而無『御禦』，不知《爾雅》御、禦、禁三字互訓。」

過於朋友也毛本「於」誤「與」，閩本、明監本不誤。

亦其朋者也閩本、明監本、毛本同。案：「朋者」當作「同志」，形近之譌耳。

俗本以傳禦爲御閩本、明監本、毛本同。案：此當作「俗本以傳爲御禦」，誤倒「禦」字於「爲」字上也。

兄弟尚恩怡怡然小字本、相臺本同。案：此定本也。正義云：「兄弟之多則尚恩，其聚集則熙熙然。」正義本作「熙熙」也。詳下。

朋友以義切切然小字本、相臺本同。案：此《釋文》本也。《釋文》云：「切切然，定本作『切切偲偲然』。」正義云：「朋友之交則以義，其聚集切切節節然。」又云：「《論語》云：『朋友切切偲偲，兄弟怡怡。』注云『切切，勸競貌。怡怡，謙順貌』。此『熙熙』當彼『怡怡』，『節節』當彼『偲偲』。定本『熙熙』作『怡怡』、『節節』作『偲偲』。依《論語》則俗本誤。」考此當是毛所據《論語》自作「熙熙節節」耳。定本乃改之以合於其時行世之《論語》。非也。「切切節節然」，又見《伐木》正義。

節節作偲偲閩本、明監本、毛本「節節」誤「切切」。

飫非公朝私飫飲酒也閩本、明監本、毛本同。案：浦鏜云：「下『飫』字衍。從《爾雅》疏校。」是也。此誤衍耳。見下。

周語有王公立飫閩本、明監本、毛本同。案：十行本「語」至「立」，剜添者一字。考此當是因上句衍「飫」而脱去一字。後就而補之，仍未去其衍字也。

在露門内也閩本、明監本、毛本「露」作「路」，下「以私在露寢堂上」同。

亦從后於房中毛本「后」誤「後」，閩本、明監本不誤。

至意合也閩本、明監本、毛本同。小字本、相臺本「至」作「志」。案：「志」字是也。

翕合也小字本、相臺本同，閩本同，《考文》古本同。明監本、毛本「合」誤「如」。

故有妻子也閩本、明監本、毛本「也」誤「自」。

族人者入侍閩本、明監本、毛本同。案：「者」當作「皆」，形近之譌。

是渫宗也閩本、明監本、毛本「渫」誤「媟」。

族人皆侍終日閩本、明監本、毛本同。案：浦鏜云：「『日』誤『曰』。」以《特牲》注考之，是也。

燕私者何也已而與族人飲也閩本、明監本、毛本同。案：此不誤。「已」上，浦鏜云：「脱『祭』字。」又云：「衍下

『也』字。」從《儀禮經傳通解》校，非也。《通解》多以意增删，不可據也。

故族人在堂室婦在房也閩本、明監本、毛本同。案：浦鏜云：「『宗』誤『室』。」是也。

宜爾家室小字本、相臺本同，《考文》古本同。唐石經「家室」作「室家」，閩本、明監本、毛本同。案：作「室家」者是也。《禮記》引同。以家、帑、圖、乎爲韻，唐石經可據也。正義云「然後宜汝之室家」，亦其證。

皇清經解卷八百四十二終

漢軍樊封舊校

南海鄒伯奇新校

毛詩注疏校勘記　卷四

儀徵阮宫保元著

伐木

則民德皆歸於惇厚閩本、明監本、毛本「惇」誤「淳」。

舊則不可更釋閩本、明監本、毛本「釋」誤「擇」。

而後言父舅先兄弟閩本、明監本、毛本「先」誤「及」。案：此當重「父舅」二字，別以「父舅先兄弟」五字爲一句。

是此篇皆有義意閩本、明監本、毛本同。案：「此」當作「比」，形近之譌。

乃飛出從深谷之中閩本、明監本、毛本「深」誤「幽」。

以喻朋友既自勉勵閩本、明監本「既」誤「即」，毛本不誤。

遠本文王幼少之時閩本、明監本、毛本「遠」誤「追」。

傳意以此伐木鳥鳴閩本、明監本、毛本同。案：「傳」當作「彼」。彼者，彼《爾雅》也。

具解丁丁嚶嚶之義閩本、明監本、毛本同。案：「具」當作「其」，形近之譌。

不可以禮論也明監本、毛本「禮論」誤「理諭」，閩本不誤。

伐木許許小字本、相臺本同。唐石經初刻「滸滸」，後去水旁。案：正義云「共柹許許然」，下文同。《釋文》云：「許許，呼古反。」是其本皆作「許」，不從水。《後漢書·朱穆傳》、《顏氏家訓·書證》引作「滸滸」，即沈所云「呼古反」是也。讀「許」爲「滸」，遂破爲「滸」而引之。凡羣書引《詩》文多不同者，往往類此。非毛氏《詩》別有作「滸」之本。唐石經初刻誤，所謂字體乖師法也。

許許柹貌閩本、明監本、毛本同。小字本、相臺本「柹」作「柿」。案：「柿」字是也。《五經文字》云：「柿，芳吠反，見《詩》注。」謂此也。《說文》：「柿，削木札樸也，從木朩聲。」十行本正義中皆作「柿」不誤，閩本以下皆誤爲「柹」。《釋文》云：「柿，孚廢反，又側几反。」上一音是也。下一音即宜從「𠂔」，非也。因又並誤大字爲「柹」。詳後考證。

此言許者伐木許許之人小字本同，閩本、明監本、毛本同。相臺本「言」下「許」字作「前」，《考文》古本同。案：「前」字是也。正義云「鄭以嚮時與文王伐本許許之人」，以「嚮時」解「前者」也。

今以召族之飲酒閩本、明監本、毛本同。小字本、相臺本「之」作「人」，《考文》：「一本同。」案：「人」字是也。

以喻朋友之相勵閩本、明監本、毛本「勵」誤「勸」。

王意又殷勤諸父兄弟毛本「殷勤」誤「慇懃」，閩本、明監本「殷」字不誤，餘同此。

以許許非聲之狀閩本、明監本、毛本同。案：「之」當作「非」，《七月》正義云「沖沖非貌非聲」是其比也。

逆解下文用草者用茅也毛本「茅」誤「茆」，閩本、明監本不誤。

東西二伯閩本、明監本、毛本同。案：此不誤。浦鏜云：「非記文，疑衍。」非也。正義説以上記文是東西二伯，以下記文乃州牧之伯，所以曉人也。但「伯」下當脱「是也」二字，因此脱而下文乃衍「禮記」二字矣。

禮記注云牧尊於大國之君閩本、明監本、毛本同。案：浦鏜云：「『禮記』二字當衍文。」是也。

昔伯舅大公佐我先王閩本、明監本、毛本同。案：「佐」當作「佑」，《左傳》作「右」。

叔父陟恪在我先王之左右毛本「恪」誤「恬」，閩本、明監本不誤。

而周公之國故擊繫伯禽閩本、明監本、毛本同。案：「之」上當脱「不」字。擊，衍字也。凡一脱一衍，多是寫書人自覺其誤而如此，後遂忘更正耳。山井鼎云：「『擊』作『事』。」當是剜也。

三國並爲大國毛本「三」誤「二」，閩本、明監本不誤。

王曰父義和閩本、明監本、毛本同。案：浦鏜云：「『義』誤『羲』。」是也。

其稱父舅以否閩本、明監本、毛本「以」誤「與」。

饗謂亨大牢以飲賓也閩本、明監本、毛本「亨」誤「烹」，下同。

上大夫六簋閩本、明監本、毛本同。案：浦鏜云：「『八』誤『六』。」是也。

欲令族人以不醉閩本、明監本、毛本同。案：浦鏜云：「『以』當『無』字誤。」是也。

此言兄弟父舅二文閩本、明監本、毛本同。案：浦鏜云：「『兄弟』下當脱『揔上』二字。」是也。

同姓揔上王之同宗閩本、明監本、毛本同。案：浦鏜云：「『揔上』二字當衍文。」是也。

正義曰定恨作限閩本、明監本、毛本同。案：「定」下當有「本」字。

箋以經傳無名一宿酒爲酤者毛本「名」誤「明」，閩本、明監本不誤。

故易之爲酤買也閩本、明監本「易」誤「亦」，毛本不誤。

伐木六章章六句唐石經、小字本、相臺本同，閩本、明監本、毛本同。案：《序》下標起止云「伐木六章章六句」，正義又云：「『燕故舊』，即二章、卒章上二句是也。燕朋友，即二章諸父、諸舅，卒章『兄弟無遠』是也。」與標起止不合，當是正義本自作三章章十二句，經注本作六章章六句者。其誤始於唐石經也，合併經、注、正義時又誤改標起止耳。

天保

言天保神祐毛本「祐」誤「佑」，閩本、明監本不誤。

此鹿鳴至伐木於前閩本、明監本、毛本同。案：「此」當作「比」。

生業日隆閩本、明監本、毛本「生」誤「王」。

即知何等福不開出與之閩本、明監本、毛本同。案：箋作「予」，正義作「與」。予、與，古今字，易而説之也。例見前。正義又云「故云『皆開出予之』」，「此云『開出予之』」，仍作「予」，復舉箋而順其文，不同此例。《考文》古本改箋亦作「與」，誤采此所易之今字。

箋天使至予之閩本、明監本、毛本「天」誤「云」。

受天之多禄毛本「禄」誤「福」，明監本以上皆不誤。

唯恐日且不足閩本、明監本、毛本「且」誤「日」。

大陵曰阜小字本、相臺本「陵」作「陸」，閩本、明監本、毛本同。案：「陸」字是也。

多曰積積者閩本、明監本、毛本同。案：下「積」字當作「異」，謂此箋以「委」、「積」皆爲多，似與彼注分「委」、「積」爲多少者異。盧文弨云：「其上當有脱文。」浦鏜云：「『積』及下『當粟米者有限』凡七字，疑衍。」皆非。

先君之尸嘏予主人曰閩本、明監本、毛本「予」誤「于」。

要以所改有漸閩本、明監本、毛本同。案：浦鏜云：「『亦』誤『以』。」是也。盧文弨云：「《爾雅》疏作『亦』。」

故省文以宛句也閩本、明監本、毛本同。案：「宛」當作「婉」。

言法效之閩本、明監本、毛本「效」誤「効」。案：「効」即「效」訛，俗字也。餘同此。

如月之恒唐石經、小字本、相臺本同。案：正義云：「《集注》、定本『緪』作『恆』。」是正義本作「緪」字也。《釋文》云：「恆，本亦作『緪』。恆，繩字同。」《考工記》：「恆角而短」注鄭司農云：「恆，讀爲『裻緪』之『緪』。」緪、緪亦同，見《廣韻》。考此經字，《説文》二部引《詩》曰「如月之恆」，當以《集注》、定本爲長。

如日月之上弦閩本、明監本、毛本同。案：浦鏜云：「『日』當衍字。」是也。

如日之出閩本、明監本、毛本同。案：「出」上當有「始」字，因上文衍「日」而此脱也。

月去日已當二次閩本、明監本、毛本同。案：「二」當作「一」。三十度十六分度之七爲一次月去日，日十二度十九分度之七計三日，去合朔二日，月去日二十四度十四分近一次，故曰「已當一次」。

集本定本閩本、明監本、毛本同。案：浦鏜云：「『集本』當『集注』之誤。後並同。」是也。

采薇

章六句閩本、明監本、毛本同。案：浦鏜云：「『八』誤『六』。」是也。

歌出車以勞將帥之還閩本、明監本、毛本同。案：《序》作「率」，正義作「帥」。率、帥，古今字，易而説之也。例見前。餘同此。《釋文》云：「率，本亦作『帥』。」非正義本也。正義上文復舉《序》云「命其屬爲將率」，仍作「率」，是其證。○案：舊校非也。

文王爲愧之情深閩本、明監本、毛本「愧」作「恤」。案：所改是也。

後人歌因謂本所遣之辭爲歌也閩本、明監本、毛本同。案：「人」當作「入」。

勤者陳其勤苦明監本、毛本下「勤」字誤「勞」，閩本不誤。

故知以文王之命閩本同。明監本、毛本「之命」誤倒。案：十行本「知以文」剜添者一字，是「文」字衍也。《序》云「以天子之命」可證。言「王」者，順上云「事殷王」也。

周正月丙子愬閩本、明監本、毛本同。案：浦鏜云：「『愬』當『朔』字誤。」是也。《緜》正義引無此字。

勝而惡之者明監本、毛本「者」誤「耳」，閩本不誤。

但往克敵閩本、明監本、毛本「但」誤「往」。

與鄭脆脕同也閩本、毛本「脕」誤「晚」，明監本不誤。

歲亦莫止唐石經、小字本、相臺本同。案：正義云：「《集注》、定本『暮』作『莫』，古字通用也。」《釋文》云：「莫，本或作『暮』。」依此，或《東方未明》、《蟋蟀》、《小明》、《雲漢》經諸「莫」字正義本皆作「暮」。但未有明文，不可意必求之也。

今薇菜生而行閩本、明監本、毛本同。小字本、相臺本無「菜」字，《考文》古本同。案：無者是也。

歲亦莫止之時閩本、明監本、毛本同。案：「莫」當作「暮」。下標起止「箋莫晚」同。

然若出車曰閩本、明監本、毛本同。案：「然若」二字當倒。

蹔費永久寧閩本、明監本、毛本同。案：浦鏜云：「『久』字當衍。」是也。

謂脆晚之時毛本「脕」誤「晚」，明監本以上皆不誤。案：《釋文》云：「脕，音問，或作『早晚』字，非也。」毛本偶合其誤。《五經文字》肉部云：「脆脕，見《詩》注。」謂此也。《内則》注作「娩」，又作「免」，皆同。正義云：「定本作『脆腴之時』。」當以正義、《釋文》本爲長。

靡使歸聘唐石經、小字本、相臺本同。案：《釋文》云：「本又作『靡所』。」考正義云「無人使歸問家安否」，是正義本作「使」字，又作本因箋「無所使歸問」而誤耳。

然始得歸汝所以憂心烈烈然者閩本、明監本、毛本脱「始得歸」三字。

故綿箋云小聘問閩本、明監本、毛本「綿」誤「歸」。案：「問」上，浦鏜云：「當脱『曰』字。」是也。

故以名此月爲陽小字本、相臺本同。案：此正義本也。正義云：「定本無『爲陽』二字，直云『故以名此月焉』。」當以定本爲長。

實陰陽而得陽名者閩本、明監本、毛本同。案：上「陽」字當作「月」。

爲其嫌於無陽閩本、明監本、毛本同。案：「嫌」當作「慊」，下正義云「且《文言》『慊於無陽』爲心邊兼」可證。又「無」字當衍。

故稱陽焉閩本、明監本、毛本同。案：「陽」當作「龍」。

鄭云嫌讀如羣公慊之慊閩本、明監本、毛本同。案：「嫌」當作「慊」，二「慊」字皆當作「溓」，下正義云「鄭從水邊兼，初無嫌字」可證。○按：「羣公溓」即今《公羊傳》之「羣公廩」也。作「廩」者非古本。

讀者失之故作溓閩本、明監本、毛本同。案：「溓」當作「慊」。

且文言慊於無陽閩本、明監本、毛本同。案：「無」字當衍。

故將帥之車言閩本、明監本、毛本同。案：「言」字當在「將」字上，錯在「車」下。

賊賢害仁則伐之閩本、明監本、毛本同。案：浦鏜云：「『民』誤『仁』。」是也。《祈父》正義引作「民」。

仍有故取襲克圍滅入之名閩本同明監本、毛本「入」誤「人」。案：山井鼎云：「『故』恐『攻』誤。」是也。

腓辟也小字本、相臺本同。案：正義作「避」，《釋文》「腓」下云：「毛云『避』也。」皆易字之例。

此言戎車者小字本、相臺本同，閩本同，《考文》古本同。明監本、毛本「戎」誤「我」。

所以解紒也小字本、相臺本同。案：正義云：「『紒』與『結』義同。」《釋文》云：「紒，音計，又音結，本又作『紛』，芳云反。」段玉裁云：「《說文》『弭』下作『紛』。以『紛』爲長。」

宜滑也小字本、相臺本同，《考文》古本同。閩本、明監本、毛本「滑」作「骨」，十行本初刻「滑」，剜改「骨」。案：「滑」字是也。

豈不日戒小字本、相臺本同，閩本、明監本、毛本同。唐石經初刻「曰」，後改「日」。案：《釋文》云：「曰，音越，又人栗反。」上一音是也。下一音字即宜作「日」，非也。箋意是「曰」字。

豈不日相警戒乎小字本、相臺本同，閩本、明監本、毛本同。案：「日」當作「曰」，正義中同。

誠曰相警戒也小字本同，閩本、明監本、毛本亦同。相臺本「曰」作「日」。案：相臺本誤也。

左傳云公室者閩本、明監本、毛本同。案：山井鼎云：「『室』作『族』爲是。」是也。

公室之所庇廕毛本「廕」誤「蔭」，閩本、明監本不誤。案：《左傳》字作「廕」也。

背上班文閩本、明監本、毛本「班」誤「斑」。

今以爲可弓韉步叉者也閩本、明監本、毛本同。案：浦鏜云：「可，衍字。」是也。

經年海水潮閩本、明監本「年」誤「云」，毛本不誤。

自相感也閩本、明監本同。毛本「自」上剜添「氣」字。非也。

說文云彎方結反云弓戾也閩本、明監本、毛本同。案：十行本「反云弓」剜添者一字，是「云」字衍也。「方結反」三字旁行細書，正義自爲音例如此。不知者以之入正文，乃誤加「云」字。○按：此引《說文音隱》語，非自爲音。

以弓必須骨故用滑象閩本、明監本、毛本同。案：此當作「以弓必須滑故用象骨」，誤倒錯之也。

夏官司弓人職曰閩本、明監本、毛本同。案：浦鏜云：「『矢』誤『人』。」是也。

是矢器謂之服也毛本「謂」誤「爲」，閩本、明監本不誤。

戍止而謂始反時也小字本、相臺本同。案：正義標起止作「戍役止」，云「定本無『役』字」，於理是也。

行反在於道路猶飢渴小字本同，閩本、明監本、毛本同。相臺本「渴」上有「猶」字。案：相臺本誤添也。

楊柳依依然閩本、明監本脱「然」字，毛本剜補。

事得還返閩本、明監本、毛本同。案：注作「反」，此正義作「返」，亦是易而説之，以反、返爲古今字也。上正義多作「反」，當是爲後人依注改耳。

則渴則有飢閩本、明監本、毛本「渴」上有「有」字。案：所補是也。

定本無役字閩本、明監本、毛本「定」誤「正」。

出車

作出車詩閩本、明監本、毛本同。案：「詩」下，浦鏜云：「脱『者』字。」是也。

雖三章三輩别行明監本、毛本上「三」字誤「二」，閩本不誤。

乃始還帥閩本、明監本、毛本同。案：「帥」當作「師」，形近之譌。

爲小到耳閩本同。明監本、毛本「到」作「别」。案：當作「倒」，正義例用「倒」也。

王今既以我天子之命閩本、明監本、毛本「今既」二字誤「本」。

雖大數在牧閩本、明監本、毛本「大」誤「言」。

不即以在厩之馬駕戎車者毛本「戎」誤「我」，閩本、明監本不誤。

戎僕掌御戎車閩本、明監本、毛本同。案：「戎」當作「貳」，因别體字「貳」作「弍」，形近而譌也。

以此云維其載矣閩本、明監本、毛本同。案：浦鏜云：「『謂之』誤『維其』。」是也。

或卿兼官閩本、明監本、毛本同。案：「卿」當作「即」，形近之譌。

將帥既受命行乃乘馬閩本、明監本、毛本同。小字本、相臺本「帥」作「率」、「馬」作「焉」。案：「率」字、「焉」字是也。

旆旆旒垂貌小字本、相臺本同。案：此正義本也。標起止云「傳旆旆旒垂貌」是其證。正義下云：「定本『旆旆旒垂貌』」，如其所言不爲有異。當作「定本云『旆旆旆旒垂貌』」，上「旆旆」，經文也，下「旆旒垂貌」，謂「繼旐曰旆」者也。故下云「多一『旆』字」也。《釋文》以「旒垂」作音，或與正義本同，與定本不同。各本正義皆誤。

僕夫況瘁唐石經、小字本、相臺本同。案：正義標起止云「至況瘁」，《釋文》云：「况瘁，本亦作『萃』，依注作『悴』。」考此當是經本作「萃」，故於訓釋中竟改其字。箋之例也。《釋文》云「依注作『悴』」，似乎未晰也。《四月》釋文：「盡瘁，本又作『萃』，下篇同。」亦其證。

憂其馬之不正小字本、相臺本同。案：正義云：「『憂其馬之不正』，定本『正』作『政』，又無『不』字。」《釋文》云：「『憂其馬之不正』，一本作『之不正』也，一本作『馬之政』。」考「憂其馬之政」，謂憂非其馬之政也。段玉裁云「用《甘誓》文」，是也。當以定本爲長。

即就於郊牧之車毛本「即」誤「既」，閩本、明監本不誤。

滋益憔悴矣閩本、明監本、毛本同。案：箋作「兹」，正義作「滋」。兹、滋，古今字，易而説之也。例見前。

一言此便文耳明監本、毛本「耳」誤「如」，閩本缺。

傳鼉蛇曰旐◯明監本、毛本脱「◯」，閩本缺。

二十五人爲兩明監本、毛本「二」誤「一」，閩本不誤。

故南仲所以在朔方而築於也閩本、明監本、毛本「於」誤「城」。案：此「築於」者，經之「城于」。

其所建於旐閩本、明監本、毛本同。案：浦鏜云：「『旂』誤『於』。」是也。

於是而平除之閩本、明監本、毛本誤重「是」字。

其間非有休息毛本「非」誤「未」，明監本以上皆不誤。

是春凍始釋也毛本「釋」誤「解」，閩本、明監本不誤。

則跳躍而鄉望之小字本、相臺本同。案：《釋文》云：「嚮，或作『鄉』。」正義本未有明文，今無可考。正義云「嚮望而美之者」，當亦是易字，以鄉、嚮爲古今字耳，未必與《釋文》同也。

及所獲之衆以此而來明監本「及所」誤「又多」，閩本、毛本不誤。

杕杜

有晥其實唐石經、相臺本同。小字本「晥」作「皖」。案：《釋文》云：「字從白，或作目邊。又見《大東》經『睆彼牽牛』，字同。」

女心傷止唐石經、小字本、相臺本同。閩本、明監本「女」誤「汝」，毛本初刻同，後改「女」。

有晛然其實閩本、明監本、毛本「晛」作「睆」。案：所改是也。

我采其杞木之菜閩本、明監本、毛本脱「我」字。

謂之父母也已尊之閩本、明監本、毛本同。案：「也」當作「由」，讀下屬。

今幝幝然弊閩本、明監本、毛本「弊」誤「敝」。

正義曰傳以會之言閩本、明監本、毛本脱「之」字。

魚麗

終於逸樂唐石經、小字本、相臺本同。案：正義云：「是終於逸樂。」《釋文》云：「逸，本或作『佚』。」《考文》古本作「佚」，采《釋文》。

文武並言者閩本、明監本、毛本「言」誤「有」。

言時已太平毛本「已」誤「以」，閩本、明監本不誤。

云可以告其成功之狀閩本、明監本、毛本「云」上衍「謂」字。

鱨楊也小字本同。相臺本「楊」作「揚」，閩本、明監本、毛本同。案：小字本、十行本是也。正義中同。《釋文》「鱨」下云「楊也」。

草木不折不操斧斤不入山林小字本、相臺本同。案：各本皆誤。正義云：「草木不折不芟，斤斧不入山林。」下云：「定本『芟』作『操』，又云『斧斤入山林』，無『不』字。」《釋文》云：「一本作『草木不折不芟』，定本『芟』作『操』。」考此，則今誤合兩本爲一。當是經注本始依定本作「不操斧斤」，「斤」下無「不」字，後不知者以正義本「不」字竄入，遂不可通。定本以「不操」下屬，正義本以「不芟」上屬，相臺本每四字爲一句，亦非。此當從正義本。正義以定本爲誤者最得之也。

士不隱塞小字本、相臺本同。案《釋文》云：「不隱，如字，本又作『偃』，亦如字。」正義云：「士不隱塞者，爲梁止可爲防於兩邊，不得當中，皆隱塞。」是正義本作「隱」。其「本又作『偃』」者，即今之「堰」字，《周禮·獻人》注「水偃」，《谷風》正義引作「水堰」。

庶人不數罟小字本、相臺本同。案：此定本也。正義云：「庶人不揔罟者，謂罟目不得揔之使小。」又云：「《集注》『揔』作『緵』，依《爾雅》，定本作『數』，義俱通也。」《釋文》以「不數」作音，與定本同。考《九罭》傳作「緵罟」，《釋文》云「字又作『緫』」。」是「緵」、「緫」同字，「揔」又「緫」之别體，當以正義本爲長。

然則曲簿也以簿爲魚笱閩本、明監本、毛本二「簿」字皆作「薄」。案：上引《爾雅》注作「薄」，「薄」字是也。

似燕頭魚身毛本「魚」誤「角」，閩本、明監本不誤。

陸機疏云魚狹而小閩本、明監本、毛本「疏」誤「注」。

無不誤字也閩本、明監本、毛本同。案：浦鏜云：「『誤字』二字當倒。」是也。

然則十月而斤斧人山林閩本、明監本、毛本「斤斧」誤倒。案：正義本傳作「斤斧」，十行本不誤。不知者以定本改之，非也。

獸蟄伏豺食禽毛本「禽」誤「獸」，閩本、明監本不誤。

不得圍之使迒閩本作「迒」，俗字也。明監本、毛本作「迊」，正字也。

但不迒耳閩本、明監本、毛本「迒」誤「廦」。

獸長麛夭閩本、明監本、毛本「夭」誤「麌」。案：「夭」即「麌」字之假借，不知者以今《國語》改之。○按：改「麌」是也。

鳥翼殼卵閩本、明監本、毛本「殼」誤「觳」。案：「殼」當是「觳」之假借。

是尊卑皆禁也閩本、明監本、毛本「皆」誤「所」。

三章則似酒多也閩本、明監本、毛本「似」下衍「酒美」二字。案：「三章」二字亦衍，涉下文而誤也。

鱧鮦也小字本、相臺本同。案：《釋文》云：「鮦，直冢反。」「鱧」下云：「鮦也。」正義云：「徧檢諸本，或作『鱧鯶』，或作『鱧鯇』。」又云：「或有本作『鱧鰈』者。定本『鱧鮦』，鮦與鯶音同。」考此正義引舍人曰「鯉名鯇」，下正義引孫炎「鱧鯇一魚」。《釋文》「鮎」下云「毛及前儒鱧爲鯇」，是傳正取《爾雅》爲解，注《爾雅》者舊無異説。作「鯇」爲是。作「鮦」者乃依郭注《爾雅》所改，謂鱧、鯇各爲一魚也。作「鰈」者，依《説文》「鰈，鱧也」所改。皆非傳意。

又與舍人不異閩本、明監本、毛本「不」誤「有」。案：《爾雅》疏即取此，正作「不」。

郭璞以爲鰋鮎鱧鮦四者閩本、明監本、毛本同。案：「鮦」當作「鯇」。

南陔　白華　華黍

鼓南北面閩本、明監本、毛本同。案：浦鏜云：「『磬』誤『鼓』。」考《鄉飲酒禮》，是也。

又解爲亡而義得存者閩本、明監本、毛本同。案：「爲」當作「篇」，形近之譌。

其義則以衆篇之義合編閩本、明監本、毛本「以」誤「與」。

各置於其篇亡閩本、明監本、毛本同。案：「亡」當作「端」，即複舉注文也。

無詩可屬閩本、明監本、毛本「詩」誤「時」。

則止鹿鳴一篇是也閩本、明監本、毛本同。案：「篇」當作「什」。

而鄉飲酒之禮注閩本、明監本、毛本同。案：浦鏜云：「『之』當『燕』字誤。」是也。

禮樂之書稍廢棄閩本、明監本、毛本同。案：「稍」下，浦鏜云：「脱『稍』字。」以《鄉飲酒》、《燕禮》二注考之，浦校是也。

南有嘉魚

大平君子閩本、明監本、毛本同。唐石經、小字本、相臺本「平」下有「之」字，《考文》古本同。案：有者是也。下正義云「鳧鷖與此序皆云大平之君子」可證。

欲置之於朝閩本、明監本、毛本「置」作「致」。案：所改是也。

又云麈然猶言久然爲如也閩本、明監本、毛本同。案：「久」下當脱「如麈爲久」，凡四字，以「久」字複出而誤也。

上見求魚之多閩本、明監本、毛本「上」作「止」。案：所改是也。

彼注云君子謂成王閩本、明監本、毛本同。案：浦鏜云：「『斥』誤『謂』。」是也。正義下云「則毛亦不斥成王明矣」，是本引此作「斥」也。

升家臣以公閩本、明監本、毛本「以」作「於」。案：所改非也。正義所引自如此。

李巡曰汕以薄魚也閩本、明監本、毛本「魚也」作「汕魚」。案：《爾雅》疏引作「汕以薄汕魚也」，此當「汕」、「也」並有，各脱其一。

鄉飲酒曰賓以我安小字本、相臺本同。案：正義云：「則此文當在《燕禮》矣。言《鄉飲酒》者誤也。定本亦誤。以《南陔》與《由庚》之箋皆《鄉飲酒》、《燕禮》連言之，故學者加《鄉飲酒》於上。後人知其不合兩引，故略去《燕禮》焉。今本猶有言《燕禮》者。」此正義據當時或本猶有《鄉飲酒》、《燕禮》連言者而定其誤如此也。今無其本矣。

得上而纍蔓之毛本「而」誤「面」，閩本、明監本不誤。

案鄉飲酒燕飲而安之閩本、明監本、毛本同。案：浦鏜云：「下五字當衍文。」是也。此寫者涉上文而誤。

箋云又復也以其壹意欲復與燕加厚之小字本、相臺本同。案：正義云「定本『式燕又思』之下有『箋云：又，復也。以其壹意，欲復與燕，加厚之』也。俗本多無此語。」《釋文》云：「又復，扶又反，下同。」是《釋文》本有。

有專壹之意我君子閩本、明監本、毛本同。案：「我」上當有「於」字。

夫擇木之鳥慤謹閩本、明監本、毛本同。案：此當作「鵻夫不之鳥慤謹」，用《四牡》傳、箋之文也。

南山有臺

不一端矣閩本、明監本、毛本脱「一」字。

保艾爾後唐石經、小字本、相臺本同。案：段玉裁云：「依傳『艾，養。保，安也』，似經文當作『艾保』。」今考《釋文》以「保艾」作音，是《釋文》本與唐石經以下正同。正義本未有明文，今無可考。

由庚　崇丘　由儀

各得其宜也唐石經、小字本、相臺本同。案：《九經古義》云：「宜，束皙《補亡詩》引作『儀』。李善注云：毛萇《詩》傳『儀，宜也』，此當作『儀』。」非也。此《序》以「宜」説「儀」，與《由庚序》以「道」説「庚」，《崇丘序》以「高」説「崇」、以「大」説「丘」爲例正同。束皙改作「儀」，失《序》意矣，不當反據之也。凡他書援引之異不可信者視諸此。毛不注《序》，無此傳明甚。李善取《烝民》「我義圖之」之傳，破而引之耳。

燕禮又有升歌鹿鳴毛本「又有」誤「有所」，明監本以上皆不誤。

無以知其篇第之處小字本、相臺本同。案：正義云：「篇第所在皆當言處。云『之意』者，以無意義可推尋而知，故云『意』也。」各本作「處」者皆誤。段玉裁云：「『正義作『意』，是也。」

故鄭於譜言閩本、明監本、毛本同。案：「譜」當作「此」。

左傳昭二十五年毛本「十」誤「年」，閩本、明監本不誤。

蓼蕭

外薄四海小字本、相臺本同。案：《釋文》云：「外薄，音博，諸本作『外敷』，注音芳夫反。」正義云：「撿鄭所注《尚書》經作『外薄』，今定本作『外敷』，恐非也。」

書傳稱越常氏之譯曰閩本、明監本、毛本「常」作「裳」。案：所改非也。《周頌譜》及《臣工》二正義引皆作「常」。依《説文》，「常」是「裳」之正字。

吾受命吾國黄老毛本「老」誤「耇」，閩本、明監本不誤。

雒師謀我應注閩本、明監本、毛本「雒」誤「維」。案：《文王》正義引皆作「雒」。

是九州外爲伯閩本、明監本、毛本「爲」誤「諸」。

州有十二師閩本、明監本、毛本同。案：「有十」當作「十有」，正義下云「既言州十有二師」可證。下引注云「州立十二人」，又云「故州有十二師」者，皆非經成文也。山井鼎云：「宋板作『十有』，誤舉下行耳。」

舒其情意小字本、相臺本同，《考文》古本同。閩本、明監本、毛本「舒」誤「輸」。

彼四夷之君此四夷之君所以得所者閩本、明監本、毛本同。案：「之」至「四」，十行本剜添者一字。

我心則舒寫盡兮閩本、明監本、毛本「舒」作「輸」。案：所改非也。此用箋。

言爲天子所保閩本、明監本、毛本同。案：浦鏜云：「『子』疑『下』字誤。」是也。

下章瀼瀼泥泥毛本「章」誤「草」，閩本、明監本不誤。

雖香而是物之微者閩本、明監本、毛本同。案：「而」至「微」，十行本剜添者一字。

豈樂弟易也小字本、相臺本同。案：《釋文》以「樂也」作音，當是其本較今各本皆每多「也」字，《考文》古本有，采《釋文》。

鞗革忡忡相臺本同。唐石經、小字本作「沖沖」，閩本、明監本、毛本同。案：「沖沖」是也。十行本正義中字仍作「沖沖」，《釋文》同，皆可證。

鞗轡也革轡首也小字本、相臺本同。案：段玉裁云：「傳：『鞗，轡首飾也。革，轡首也。』此謂『革』即『勒』字，古文省。攸革，古金石文字皆作『攸勒』，或作『鋚勒』。《說文》：『鋚，轡首銅也。』然則鋚以飾轡首，傳云『垂飾貌』，正謂『鋚』

也。《韓奕》鞹以爲鞃、淺以爲幦、鋚以飾勒、金以飾軛，四事一例。《載見》云『攸革有鶬』，『鶬』謂金飾。《采芑》箋云『攸革，轡首垂也』。皆可證。各本作『轡也』，係淺人删『首飾』二字。『攸』作『鞗』，亦淺人爲之。」又詳《詩經小學》。今考正義云「鞗皮以爲轡」，標起止云「傳鞗轡也」，《釋文》「鞗」下云「轡也」，《五經文字》革部云「鞗，轡也，見《詩》」，是唐時本已與今各本同。

故知説天子之車飾也毛本「説」誤「飾」，閩本、明監本不誤。

彼六服諸侯閩本、明監本、毛本「彼」誤「從」。

立當前侯閩本、明監本、毛本同。案：此不誤。浦鏜云：「『疾』誤『侯』。」非也。《周禮》本是「侯」字，唐石經以下皆譌爲「疾」，唯此及《論語·鄉黨》疏所引不誤。詳見《禮説》、《九經古義》、《周禮漢讀考》。

湛露

蓼蕭序云天子閩本、明監本、毛本同。案：「序」下，浦鏜云：「脱『不』字。」是也。

燕賜諸侯之身閩本、明監本、毛本「身」誤「事」。

故下章名言草木以充之閩本、明監本、毛本「名」誤「各」。

其義有似醉之貌閩本、明監本、毛本同。小字本、相臺本「義」作「儀」。案：「儀」字是也。正義云「其威儀有似醉之貌也」可證。

夜飲私燕也小字本、相臺本同。案：正義云「故言燕私也」，引《楚茨》、《尚書大傳》「燕私」以説之。是此誤倒。《常棣》正義引此亦誤。

猶諸侯之儀也小字本、相臺本同。案：「儀」當作「義」，即正義所云「族人之義」也。下箋「此天子於諸侯之儀」亦當作「義」，即正義所謂「宗子之義」也。皆無取於威儀。又，正義屢云「天子於諸侯之義」亦可證。

而嵬峩然閩本、明監本、毛本「嵬」誤「巍」。

燕私者何而與族人飲閩本、明監本、毛本同。案：「而」上當有「已」字。《常棣》正義引有。

霄則兩階及庭門閩本、明監本、毛本「霄」作「宵」，下同。案：所改是也。

於是乃止小字本、相臺本同。案：正義云「於是止」，是其本無「乃」字。

以此變言在其實閩本、明監本、毛本同。案：「言在」二字，盧文弨云「當乙」，是也。

彤弓

彤弓三章毛本「三」誤「二」，閩本、明監本不誤。

自諸侯敵王所愾毛本「愾」誤「餼」，閩本、明監本不誤。○按：「餼」或「鎎」之誤。《説文》引《左傳》作「鎎」。

後説享閩本、明監本、毛本「享」作「饗」。案：所改是也。下同。

故貺之爲揔也閩本、明監本、毛本「貺」誤「舉」。

正以有功者受彤弓彤弓之賜閩本、明監本、毛本「正」誤「王」。案：下「彤」字當作「玈」。

安得賜玈弓多彤弓少閩本、明監本、毛本同。案：「安得」當作「案傳」，形近之譌。

非其差也閩本、明監本、毛本「其」誤「甚」。

設牲俎豆閩本、明監本、毛本「設」誤「殺」。

以覺報宴是也閩本、明監本、毛本「宴」誤「燕」。

筵前受爵反位毛本「反」誤「及」，閩本、明監本不誤。

坐絶祭齊之閩本、明監本、毛本同。案：浦鏜云：「『嚌』誤『齊』。」是也。

是言之可以明主之獻賓閩本、明監本、毛本同。案：浦鏜云：「『言』當『右』字誤。」是也。

又曰主人盥洗升閩本、明監本、毛本「盥洗」誤倒。

瓠葉傳曰疇導飲閩本、明監本、毛本「飲」誤「引」。

菁菁者莪

興立小學大學閩本、明監本、毛本「大」誤「之」。

又曰命鄉論秀士閩本、明監本、毛本「鄉」誤「卿」。

升之司徒曰選官閩本、明監本、毛本同。案：山井鼎云：「『官』當作『士』。」是也。物觀《補遺》云：「宋板『官』作『士』。當是剜也。」

蘿蒿也此蘿蒿也此蘿蒿閩本、明監本、毛本不重「也此蘿蒿」四字。案：所改是也。此複衍。

菜似邪蒿而細閩本、明監本、毛本「似」誤「以」。毛本「菜」作「葉」。案：「葉」字是也。

壯貝閩本、明監本、毛本「壯」誤「牡」。

各二貝爲一朋閩本、明監本、毛本「二」誤「一」。

不成貝寸二分閩本、明監本、毛本同。案：「貝」下當依《漢志》補「不盈」二字。

載沈亦沈小字本、相臺本同。案：下「沈」字當作「浮」。正義云：「則載其沈物，則載其浮物，俱浮水上。」又云：「傳言『載沈亦浮』。」皆可證也。《考文》古本作「浮」，采正義。

喻人君用士小字本、相臺本同，《考文》古本同。閩本、明監本、毛本「士」作「人」。案：「人」字誤也。

六月

宣王北伐也閩本、明監本、毛本此下有注，小字本、相臺本無，《考文》古本同。案：山井鼎云：「《釋文》混入注者。」是也。

則爲國之基隊矣小字本、相臺本同，閩本、明監本、毛本亦同。唐石經「隊」作「墜」。案：《釋文》云：「隊，直類反。」小字本以下之所出也。《考文》古本作「墜」，偶與唐石經合。○按：《説文》有「隊」無「墜」。「墜」者，「隊」之俗字也。

六月言周室微而復興美宣王之北伐也小字本、相臺本同。案：此定本也。正義本無。又正義云：「案《集注》及諸本並無此注。」是當以正義本爲長。各本皆沿定本之誤。

盡中國微矣閩本、明監本、毛本「盡」誤「至」。

皆在北伐之事閩本、明監本、毛本「在」誤「是」。

明與上詩別主閩本、明監本、毛本「主」誤「王」。

此與由夷全同閩本、明監本、毛本「夷」作「儀」。案：「夷」當作「庚」，形近之譌。

故博而詳之閩本、明監本、毛本「博」誤「傳」。

其戎夷則小雅無其事毛本「夷」誤「狄」，閩本、明監本不誤。

言周室微而復興毛本「室」誤「至」，閩本、明監本不誤。

若將師之從王而行閩本、明監本、毛本同。案：浦鏜云：「『帥』誤『師』。」是也。

何嘗假稱王命閩本、明監本「嘗」誤「嘗」，毛本誤「常」。

我是用急唐石經、小字本、相臺本同。案：《毛鄭詩考正》云：「『急』字於韻不合。」段玉裁云：「《鹽鐵論》引『急』作『戒』，謝靈運撰《征賦》，用作『棘』，皆協。今作『急』者，後人用其義改其字耳。」詳《詩經小學》。

毛以爲正當盛夏明監本、毛本「正」誤「王」，閩本不誤。

所設五戎也閩本、明監本、毛本同。案：浦鏜云：「『謂』誤『設』。」以《車僕》注考之，浦校是也。

又以爲衣閩本、明監本、毛本同。案：此不誤。「衣」下，浦鏜云：「脱『裳』字。」非也。兵事素裳，下文引《鄭志》可證。今《周禮》注衍「裳」字耳。《采芑》正義引亦衍。

周禮云韋弁皮弁服閩本、明監本、毛本同。案：「云」當作「志」。《采芑》正義引《周禮志》云：「韋，韋弁素裳。」是其證。

幅有屬者毛本「者」誤「也」，閩本、明監本不誤。又引見《周禮·屨人》疏。

注云韋弁韎韐之弁閩本、明監本、毛本同。案：浦鏜云：「『韋』誤『韐』。」考《聘禮》注，是也。

其餘軍士之服毛本「餘」誤「飾」，閩本、明監本不誤。

爲僕右無也閩本、明監本、毛本同。案：「無」當作「服」。

于三十里小字本、相臺本同。唐石經「三十」作「卅」。案：傳、箋、正義皆云「三十」。《詩經小學》云：「唐石經『卅維物』、『終卅里』皆同。蓋唐人仍讀爲『三十』」是也。凡唐石經章句中「廿」字、「卅」字皆同此。

織文鳥章唐石經、小字本、相臺本同。案：《釋文》以「徽織」作音，正義標起止云「箋織徽」，下皆同。《詩經小學》云：「毛無傳。蓋讀與《禹貢》『厥篚織文』同。鄭易爲『徽識』，則當作『識文』。」今考此，鄭以「織」爲「識」之假借，仍用經字，但於訓詁中顯之者也，故亦不言「讀爲」。例見前「怨耦曰仇」下。《周禮·司常》疏兩引作「識」，所謂以破引之也。

白旆央央唐石經、小字本、相臺本同。案：此《釋文》又作本也。《釋文》本作「白茷」，正義本作「帛茷」，《周禮·司常》疏及《出其東門》正義引作「白」，與《釋文》本同也。《公羊》宣十二年疏載孫炎《爾雅》注引作「帛」，則正義本之所同也。《詩經小學》云：「作『帛』爲善。」又，央央，孫炎注及《出其東門》正義皆引作「英英」。考正義云「央央然鮮明」，《釋文》云「央央，音英」，當是字作「央」，讀從「英」也。

織徽織也小字本、相臺本同，閩本同。明監本、毛本「徽」作「徽」。案：「徽」字是也。《釋文》、正義皆作「徽」。考《左傳》「揚徽」、《禮記》「徽號」鄭司常注及此箋，皆用「徽」字者，假借也。《說文》作「徽」者，正字也。明監本、毛本所改非是。正義中字同。

箋云鉤鞶閩本、明監本、毛本同。小字本、相臺本重「鉤」字，《考文》古本同。案：重者是也。正義標起止云「箋鉤鉤鞶」可證。《釋文》本「鞶」作「股」，云「音古」。正義云：「定本『鉤鞶』作『鉤般』。」又云：「蓋謂此車行鉤曲般旋。」考箋云「行曲直有正也」，乃取曲鉤直股爲義。「般」與「股」形相近耳。《爾雅》釋文載李巡注「鉤股」云：「水曲如鉤，折如人股。」孫炎、郭璞本作「般」，注云：盤桓者誤，當以《釋文》本爲長。

石爲大甚閩本、明監本、毛本「石」作「實」。案：所改非也。「石」當作「恣」。

以帛爲行旆閩本、明監本、毛本同。案：經、注作「茷」，正義作「旆」，易而説之也，正義下文云「古今字也」。例見前。下同。

故知嚮日千里之鎬閩本、明監本、毛本同。案：「知嚮日」，盧文弨云「劉向曰」，是也。此在《漢書·陳湯傳》。

漢有洛陽縣閩本、明監本、毛本同。案：惠棟云：「『漢』下當有『中』字。『陽』字衍。」是也。

牢幅一尺絳幅二尺閩本、明監本、毛本同。案：浦鏜云：「『半』誤『牢』。『終』誤『絳』。」是也。

除去絳直是銘長三尺也閩本同。明監本、毛本「絳」作「降」。案：皆誤也，當作「繆」。

竹杠長三尺閩本、明監本、毛本「杠」誤「杖」。

旌旒雖有等差閩本、明監本、毛本「旒」誤「旂」。

雖短之令小閩本、明監本、毛本「令」誤「今」。

帥謂軍將至伍長閩本、明監本、毛本「伍」誤「五」。下同。

此唯有三閩本、明監本、毛本「三」誤「王」。

但以卿統名焉事閩本、明監本、毛本同。案：「焉」當作「爲」，形近之譌。

箋鉤鉤鞶至未聞閩本、明監本、毛本不重「鉤」字。案：此誤删也。

鉤讀如婁頷之鉤閩本、明監本、毛本同。案：浦鏜云：「『讀如』二字衍。」是也。《采芑》、《韓奕》正義引無。

是也鉤鞶之文閩本、明監本、毛本同。案：當作「是鉤鞶之文也」，誤倒。

故云同異未制聞閩本、明監本、毛本「未制」作「制未」。案：所改是也。

采芑出車明監本、毛本「采」誤「菜」，閩本不誤。

所以極勸也閩本、明監本、毛本同。小字本、相臺本「勸」下有「之」字。案：有者是也。

亦所以爲美也毛本「亦」誤「得」，閩本、明監本不誤。

箋御侍至勸之明監本、毛本「之」誤「也」，閩本不誤。

采芑

宣王能新美天下之士小字本、相臺本同，毛本亦同。閩本、明監本「下」誤「子」。

謂已和耕其田毛本「田」誤「用」，閩本、明監本不誤。

以興須人爲軍士閩本、明監本「須人」誤倒，毛本不誤。

當是轉寫誤也閩本、明監本、毛本「轉」誤「傳」。

箋解菜之新田閩本、明監本、毛本同。案：浦鏜云：「『采』誤『菜』。」是也。

傳奭赤至樊纓閩本、明監本、毛本脱「赤」字。

金路無錫有鉤明監本、毛本「鍚」誤「錫」，閩本不誤。

約軧錯衡閩本、明監本、毛本同。唐石經、小字本、相臺本「軧」作「軝」。案：「軧」字是也。《釋文》、《五經文字》可證。餘同此。○按：軝，《説文》從車氏聲。凡氏聲與氐聲，古分別最嚴。

有瑲葱珩唐石經、小字本、相臺本同。案：《釋文》云：「有創，本又作『瑲』，亦作『鎗』，同。」正義本是「瑲」字，《考文》古本作「創」，采《釋文》。

朱衣裳也小字本、相臺本同。案：《釋文》云：「本或作『朱衣纁裳』。纁，衍字。」正義本與《釋文》同。正義云「此本或云『天子之服，韋弁服，朱衣纁裳』者，誤。定本亦無『纁』字。」

錯置文王於車之上衡閩本、明監本、毛本「文王」誤「其文」。案：山井鼎云：「宋板『王』作『彩』，當是剜也。『彩』字是。《韓奕》正義作『采』。」

彼云又累一命閩本、明監本、毛本同。案：「彼云又」當作「又彼文」。

又以爲衣裳閩本、明監本、毛本同。案：「裳」字衍也。《六月》正義引無。閩本、監本「以」誤「似」。

周禮志云韋韋弁素裳閩本、明監本、毛本脱一「韋」字。

則陳閲軍士閩本、明監本、毛本「則」作「而」。案：所改是也。

鉦鐃也似鈴毛本「似」誤「以」，閩本、明監本不誤。

釋天云出爲治兵明監本、毛本「天」誤「文」，閩本不誤。

故經改其文而引之閩本、明監本、毛本同。案：「經」當作「徑」，形近之譌。

蠢爾蠻荆唐石經、小字本、相臺本同。案：段玉裁云：「《漢書・韋賢傳》引『荆蠻來威』。案：毛云『荆州之蠻也』，然則《毛詩》固作『荆蠻』，傳寫倒之也。《晉語》、《後漢書・李膺傳》、《文選》王仲宣《誄》皆可證。」見《詩經小學》。今考正義云「宣王承厲王之亂，荆蠻内侵」，是正義本作「荆蠻」，下文皆作「蠻荆」。後人依經、注本倒之而有未盡也。

執將可言問小字本、相臺本同，《考文》古本同。閩本、明監本、毛本「將」作「其」。案：「將」字是也。《出車》箋作「其」，此不必與彼同。正義亦作「其」，乃自爲文，不盡與注相應也。

尚到讎怨閩本、明監本、毛本「到」誤「致」。

元老皆兼官也閩本、明監本、毛本同。案：「皆」當作「者」，形近之譌。

車攻

案王制注云閩本、明監本、毛本同。案：浦鏜云：「『云』當衍字。」是也。

四國皆叛閩本、明監本、毛本「皆」誤「背」。

當城壞壓境毛本「壞」誤「壤」，閩本、明監本不誤。

射餘獲之禽閩本、明監本、毛本「射」上衍「頒」字。

宗廟齊毫小字本、相臺本同，《考文》古本同。閩本、明監本、毛本「毫」作「豪」。案：《釋文》云：「依字作『毫』也。」考《説文》無「毫」，即「豪」字之俗耳。正義作「毫」，乃易字而説之。當以《釋文》本作「豪」爲長。

取牲於苑囿之中閩本、明監本、毛本「牲」誤「往」。

東有甫草小字本、相臺本同。唐石經「甫」字上磨去。案：《唐石經考異》云：「甫，先作『莆』，後改。」是也。考《釋文》、正義皆作「甫」。傳云：「甫，大也。」此亦字體乖師法之一。《經義雜記》以爲原刻作「圃」改從鄭箋者，誤也。又《水經注》、王逸《楚詞注》引作「圃」，乃《韓詩》。《後漢書》注、《文選》注皆云「韓詩」也。

大芟草以爲防閩本、明監本、毛本同。小字本、相臺本「芟」作「艾」。案：《釋文》本作「艾」，音「魚廢反」。正義本作「芟」。考正義引大司馬注「芟除」、《穀梁傳》「芟蘭」而説之，「芟」字是也。今《穀梁》亦作「艾」者誤。

擊則不得入小字本、相臺本同，《考文》古本同。閩本、明監本、毛本「擊」作「毄」。案：《釋文》云：「毄音計，本又作『擊』，音同，或古麻反。」正義本與《釋文》又作本同。當是讀爲「古麻反」也。

左者左右者之右小字本、相臺本作「左者之左」，閩本、明監本、毛本同。案：有「之」字是也。《釋文》云：「之左者之左，一本無上『之』字，下句亦然。」正義云「其屬左者之左門，屬右者之右門」，與一本同。

鄭有甫田小字本、相臺本同，閩本同。明監本、毛本「甫」作「罔」。案：《釋文》云：「甫草，毛如字，大也。鄭音補，謂圃田，鄭藪也。」又：「甫田，舊音晡，十藪，鄭有圃田，下同。」下同者，即此「甫田」字。正義云「爲圃田之草」，乃易字而説之耳，不當改箋。明監本、毛本誤。大徐本《説文》「藪」下「豫州甫田」今誤依小徐改爲「圃田」。

既爲防院閩本、明監本、毛本「院」作「限」。案：所改是也。

以爲門之兩傍其門閩本、明監本、毛本同。案：十行本「門」至「門」，剜添者一字。

闑車軌之裏閩本、明監本、毛本「軓」作「軌」。案：皆誤也，當作「軌」，謂兩輪間也。

所以罰不一也閩本、明監本、毛本「一」誤「工」。

不得越離部位閩本、明監本、毛本「位」誤「伍」。

注云萊芟除可陳之處閩本、明監本、毛本「萊」誤「乘」。

又北百步爲一表閩本、明監本、毛本同。案：「一」當作「三」。

彼言敘和出毛本「敘」誤「人」，閩本、明監本不誤。

又從前第三至最前退卻閩本、明監本、毛本同。案：十行本「第」至「卻」，剜添者一字。

直言建旌後表之中閩本、明監本「中」誤「來」，毛本不誤。

既陳車驅車卒奔閩本、明監本、毛本同。案：浦鏜云：「『驅』下誤衍『車』字。」是也。

以葛覆質爲槷閩本、明監本、毛本「槷」誤「槸」。

不以火田閩本、明監本、毛本「以」誤「出」。

非放火田獵閩本、明監本、毛本「放」誤「故」。

箋甫草至甫田閩本、明監本、毛本下「甫」字誤「圃」。案：箋作「甫」，正義作「圃」者，以甫、圃爲古今字，易而説之也。例見前。此標起止不當易。山井鼎云：「宋板作『莆』。因宋板磨滅而足之者誤加艸耳。」

河南曰豫州其澤藪曰圃田閩本、明監本、毛本同。案：十行本「豫」至「曰」，剜添者一字。

維數車徒小字本、相臺本同，閩本、明監本、毛本同。案：《釋文》以「唯數」作音，是其本「維」作「唯」。

搏獸于敖唐石經、小字本、相臺本同。案：《九經古義》云：「《水經注》引云『薄狩于敖』，《東京賦》同。」段玉裁云：「薄狩，《後漢書·安帝紀》注及《初學記》所引皆可證。薄，辭也。箋釋『狩』以『搏獸』者，上文言『苗』，毛謂『夏獵』，則不當復舉冬獵之名。且上章之『行狩』，疏謂是獵之揔名，則此『狩』字當爲實事，以別於上章。」亦見《詩經小學》。

獸田獵搏獸也小字本、相臺本同。案：惠棟云：「上『獸』字亦當爲『狩』。」《考文》古本作「狩」，因覺其不詞而改之耳。

今近滎陽小字本、相臺本同，閩本、明監本、毛本同。案：「滎」當作「熒」。《六經正誤》云：「作『熒』誤。」其説非也。後人多依之改「熒」爲「滎」。詳見《沿革例》中。

許厤冬夏也閩本、明監本、毛本「許」誤「都」。

殷見曰同小字本、相臺本同。案：正義云：「定本云『殷頫曰同』，誤也。」《釋文》「時見」下云：「賢遍反，下同。」其本與正義本同也。

而服赤芾金舄之飾閩本、明監本「飾」誤「芾」，毛本不誤。

赤舄爲上閩本、明監本、毛本「赤」誤「金」。

則以此射而取之閩本、明監本、毛本「射」下衍「夫」字。

不相依猗閩本、明監本、毛本「猗」誤「倚」，下「驂不相猗」，毛本不誤。

箋言御者之良明監本、毛本脱「言」字，閩本不誤。

蕭蕭馬鳴唐石經、小字本、相臺本同。案：《經義雜記》以爲經本作「肅」，云：「唐石經原刻作『肅肅馬鳴』，後即於『肅肅』

上改爲『蕭蕭』。」非也。石經並非改刻，其所云經本作「肅」者，全未有據，誤之甚者也。

徒御不驚唐石經、小字本、相臺本同。案：段玉裁云：「經文作『警』，傳、箋、正義皆甚明。」《考文》古本作「警」，采正義。○按：李善《文選》注引。

三曰充君之庖小字本、相臺本同。案：此定本也。正義本「庖」下有「廚」字。正義云：「衍字也。」是也。

自左膘而射之小字本、相臺本同。案：《釋文》云「本亦作『髀』」，又云「或又作『髃』」者，皆誤。

達于右腢小字本、相臺本同。案：段玉裁云：「《五經文字》作『腢』。」是也。《釋文》、正義皆作「腢」，乃轉寫之譌。《釋文》云：「一本作『髃』。」「髃」即「腢」字耳。又云：「本或作『膘』。」考「髃」、「腢」二字皆《説文》所不載，《釋文》亦云字書無「腢」字。此傳當以本或作「膘」者爲長。何休《公羊》桓四年注乃用「腢」字，其義本不與此傳同也。

地官鄉師云明監本、毛本「地」誤「也」，閩本不誤。

鄭於此申毛者反鄂不韡韡閩本、明監本、毛本同。案：十行本「者」至「不」，剜添者一字。

達於右腢言射左髀明監本、毛本「言」上衍「獨」字，閩本剜入。

翦毛不獻閩本、明監本、毛本同。案：傳作「踐」，《釋文》「踐，子淺反」，正義作「翦」。踐、翦，古今字，易而説之也。例見前。

所以班餘獲射也閩本、明監本、毛本「以」誤「謂」。

事在哀二十七年明監本、毛本「二」誤「一」，閩本不誤。

吉日

時述此慎微接下二事者閩本、明監本、毛本同。案：浦鏜云：「『時』當『特』字誤。」是也。

是由禱之故也閩本、明監本、毛本「由」誤「田」。

注云馬祖天駟毛本「駟」誤「賜」，閩本、明監本不誤。

麀牝曰麌小字本、相臺本「牝」作「牡」，閩本、明監本、毛本同。案：「牡」字是也。《釋文》云：「麀牡，下音茂。」正義云「是『麀牡曰麌』也」，又云「是爲『麌牡曰麌』也」，又云「本或作『麌牝』者誤也」，皆可證。《經義雜記》據《玉篇》、《廣韻》「麌」下誤作「牝」，而以爲鄭箋所用《爾雅》與郭不同，其説非也。又引《羣經音辨》，亦誤字耳。《考文》古本作「牝」，采正義。

而致天子之所小字本同，閩本、明監本、毛本同。相臺本「致」作「至」。案：作「至」字是也。正義云「從彼以至天子之所」，《騶虞》正義引亦作「至」，皆可證。

箋麀牝至言多閩本、明監本、毛本「牝」作「牡」。案：「牡」字是也。

麀牡麌牝麋毛本同。閩本、明監本「麋」作「麜」。案：「麜」字是也。

郭璞引詩曰麀鹿麌麋毛本同。閩本、明監本「麋」作「麜」。案：皆誤也。浦鏜云：「『麌』字誤。」是也。

又承鹿牡之下閩本、明監本、毛本同。案：「牡」當作「牝」。

本或作麋牝者誤也閩本、明監本、毛本「麋」誤「麋」。

且釋獸有麎之名閩本、明監本、毛本同。案：浦鏜云：「『麎』誤『麌』。」是也。

一人行則得其友明監本、毛本「一」誤「二」，閩本不誤。

或令左驅令右閩本、明監本、毛本「右」誤「左」。

既挾我矢小字本、相臺本同。唐石經初刻「又」，後改「既」。案：初刻誤也，正義可證。

酌而飲羣臣小字本、相臺本同，《考文》古本同。閩本、明監本、毛本「飲」誤「醴」。

故言既已張我天子所射之弓毛本「已」誤「以」，閩本、明監本不誤。

天子飲酒之閩本、明監本、毛本同。案：「酒之」二字當倒。

故知御賓客者閩本、明監本、毛本「知」誤「言」。

二百七十二句小字本、相臺本同。唐石經磨改「其」，初刻不能知矣。

鴻鴈

鴻鴈美宣王也毛本「鴈」誤「雁」，明監本以上不誤。餘同此。

今還歸本宅安止閩本、明監本、毛本同。案：「安」當作「定」。

首章次二句是也閩本、明監本、毛本「二」誤「一」。

先陳王殷勤於民閩本、明監本、毛本「於」誤「爲」。

各爲飾文之勢毛本「勢」誤「始」，閩本、明監本不誤。

明其王先據散民閩本、明監本、毛本「其」誤「宣」。案：「王」當作「正」，形近之譌。

箋云鴻鴈知避陰陽寒暑小字本、相臺本同。案：正義云：「故傳辨之云『大曰鴻，小曰鴈』也，知避陰陽寒暑者」云云，「故箋云『喻民知去無道就有道』」，標起止云「傳大曰鴻至寒暑」，是正義本「鴻鴈知避陰陽寒暑」八字在傳，「箋云」二字在其下也。

明君安集之閩本、明監本、毛本同。案：十行本「明君安」剜添者一字。

傳既以之子爲侯伯卿士閩本、明監本、毛本同。案：十行本「既」至「爲」，剜添者一字。

以貧窮無財宜賙餼之閩本、明監本、毛本「宜」上衍「則」字。

雉高一丈長三尺閩本、明監本、毛本「三」誤「二」。

何休注云公羊閩本、明監本、毛本同。案：浦鏜云：「誤衍『云』字。」

祭仲曰閩本、明監本、毛本「祭」誤「蔡」。

庭燎

美宣王也因以箴之小字本、相臺本同。唐石經初刻作「美宣王因以箴也」，後改同今本。案：正義標起止云「至箴之」，《釋文》以「箴之」作音，初刻誤也。

央旦也小字本、相臺本同。案：此正義本也，標起止云「傳央旦」。《釋文》云：「且，七也反，又子徐反，又音旦。」段玉裁云：且，薦也。凡物薦之則有二層：未且，猶言未漸進也。與「未艾」、「向晨」爲次第。若作「旦」字，與「向晨」不別矣。

《釋文》「旦」字或誤「且」，今正。詳後考證。

庭燎大燭閩本、明監本、毛本同。小字本、相臺本「燭」下有「也」字，《考文》古本同。

將將鸞鑣聲閩本、明監本、毛本同。小字本、相臺本「聲」下有「也」字，《考文》古本同。

供蕡燭庭燎閩本、明監本「蕡」誤「墳」，毛本不誤。

以一夜始譬一世閩本、明監本、毛本「始」誤「如」。

沔水

規主仁恩也小字本、相臺本同，《考文》古本同。閩本、明監本、毛本「主」誤「王」。

皆可以比諫君閩本、明監本、毛本「比」誤「此」。

無所在心也小字本、相臺本同。《考文》古本「在」字亦同。閩本、明監本、毛本「在」作「懼」。案：「在」字是也。正義云「無所懼也」，乃正義自爲文，不當依以改箋。

女自恣聽不朝小字本、相臺本同。案：正義云：「箋云『自恣不朝』，《集注》及定本『恣』下有『聽』字。」此正義本是也，有者衍。

言放縱無所入也小字本、相臺本同。案：正義云：「定本云『放衍無所入』，《集注》云『放恣』。」標起止云「傳言放縱無所入」。《考文》古本「縱」作「恣」，采正義。

訛僞也毛本「僞」誤「爲」，明監本以上皆不誤。

此篇主責諸侯之自恣毛本「主」誤「王」，閩本、明監本不誤。

二章章八句小字本、相臺本同。唐石經「二章」字磨改，其初刻不可知矣。

鶴鳴

尚有樹檀而下其蘀小字本同，閩本、明監本、毛本同。相臺本「有」作「其」。案：「有」字是也。此即經「爰有」之「有」也。

正義云「曰『以上有善樹之檀』」，亦其證。

它山之石唐石經、小字本、相臺本同，《考文》古本同。閩本、明監本、毛本「它」誤「他」，下章同。案：《釋文》云：「它，古他字。」考此字與《鄘·柏舟》、《漸漸之石》經同，餘經或作「他」，用字不畫一之例也。正義應易爲「他」。十行本、正義中作「它」，乃以經字改之耳。

其名聞於朝之閒明監本、毛本「朝」下有「廷」字，閩本剜入。案：所補是也。

以興人有能深隱者閩本、明監本、毛本「深」下衍「於」字。案：十行本「人」至「深」，剜添者一字，是「深」字亦衍也。

非但在朝爲人所親閩本、明監本、毛本同。案：浦鏜云：「『親』當『觀』字誤。」是也。

故淮南子云閩本、明監本、毛本脱「故」字，「子」下衍「亦」字。

其下維穀唐石經、相臺本同。小字本「穀」作「榖」，閩本同。明監本、毛本「榖」誤「穀」，餘同此。

幽州人爲之穀桑閩本、明監本、毛本「爲」作「謂」。案：所改是也。

絜白光澤閩本、明監本、毛本「澤」誤「輝」。

祈父

正義曰經二章閩本、明監本、毛本同。案：浦鏜云：「『三』誤『二』。」是也。

舉此以刺王也閩本、明監本、毛本「舉」誤「率」。

執而治其正殺之閩本、明監本、毛本「其」下有「罪」字。案：所補非也。「正」當作「罪」。

犯令陵政則之杜塞杜塞閩本、明監本、毛本作「則杜之杜塞」。案：十行本「令」至下「塞」字，剜添者三字，當是但有「則杜之」耳。十行本「塞杜塞」三字衍，「杜之」誤倒，閩本以下亦衍「杜塞」二字。

則滅之□□□誅滅去之閩本、明監本、毛本「之」下誤不空。案：依大司馬注考之，空處當是「悖人倫」三字也。

書曰若疇圻父小字本、相臺本同。案：此定本也。正義云：「《酒誥》文也。彼注云：『順壽萬民之圻父。』」又云：「定本作『若疇』，與鄭義不合，誤也。」《釋文》云：「若㠰，此古『疇』字，本又作『壽』。按孔注《尚書》：直留反。馬、鄭音受。」考此箋是鄭自用其讀而引之。正義本爲長。

謂司馬小字本、相臺本同。閩本、明監本、毛本「馬」下衍「也」字。

羌戎爲敗小字本、相臺本同，閩本、明監本、毛本亦同。案：正義引《周語》云「王師敗績於姜氏之戎」，考韋注以爲西方之種，四嶽後。是「羌」字當作「姜」，《周本紀》文同，《集解》亦引韋注，皆可證。

若疇圻父閩本、明監本、毛本同。案：「疇」當作「壽」。下「若疇圻父」同。

是末有姜戎爲敗也閩本、明監本、毛本「末」誤「未」。

以防衛已身毛本「以」誤「已」，閩本、明監本不誤。

乃頒比法於六鄉之大夫閩本、明監本、毛本「比」誤「此」。

靡所厎止唐石經、小字本、相臺本同。閩本、明監本、毛本「厎」作「底」。案：《釋文》：「厎，之履反，至也。」可證。

白駒

大夫刺宣王也小字本、相臺本同。唐石經初刻「幽」，後改「宣」。案：初刻誤也。

以永今朝閩本、明監本、毛本同。小字本、相臺本「永」作「久」，《考文》古本同。案：「久」字是也。正義云「以久今朝者」

白駒四章章四句閩本、明監本、毛本同。案：浦鏜云：「『六』誤『四』。」是也。

所謂是乘白駒而去之賢人今於何處閩本、明監本、毛本同。案：十行本「人」至「何」，剜添者一字。

傳宣王至縶絆明監本、毛本「縶絆」誤「維縶」，閩本不誤。

維之謂縶靮也閩本、明監本、毛本「縶」下衍「其」字。

散則繼其本地閩本、明監本、毛本同。案：「繼」當作「繫」。

日天文也閩本、明監本、毛本脱「也」字。

艮爲石地文也閩本、明監本、毛本誤重「石」字。

此賁賁必爲賢者之貌閩本、明監本、毛本誤脱一「賁」字。

母愛女聲音小字本、相臺本同。案：正義云：「定本、《集注》皆然。」是當時本或不如此也。但未有明文，今無可考。《考文》古本「女」下有「之」字，以正義自爲文者添耳。

猶未是知其所在也閩本、明監本、毛本脱「是」字。

黄鳥

是謂男女之事爲陰也明監本、毛本「謂」誤「爲」，閩本不誤。

列傳曰執禮而行兄弟之道閩本、明監本、毛本同。案：「列」下，浦鏜云：「脱『女』字。」是也。在《母儀·魯師氏母傳》中，今本失此篇。《雞鳴》正義亦引此傳，是其證。

喻天下室家不以其道而相去是失其性小字本、相臺本同。案：此傳十六字是箋。「喻」上當有「箋云興者」四字，因「者」字複出而誤脱也。章末傳云：「宣王之末，室家離散，妃匹相去，有不以禮者。」不應上已有此傳。又箋例言「喻」，見《螽斯》。正義各本皆誤。今正之。

諸父猶諸兄也相臺本同，閩本、明監本、毛本同。小字本無下「諸」字。案：小字本誤也。

我行其野

刺其不正嫁取之數小字本、相臺本同。閩本、明監本、毛本「取」誤「娶」，下箋同。

以荒政十有二娶萬民閩本、明監本、毛本同。案：浦鏜云：「『聚』誤『娶』。」是也。

言采其蓫唐石經、小字本、相臺本同。案：《釋文》云：「『蓫』，本又作『蓄』。」正義本是「蓫」字。

蓫牛蘈也小字本、相臺本同。案：正義標起止云「蓫牛頹」，又云「定本作『牛蘈』」。《釋文》云：「蕒，本又作『蘈』。」考今《爾雅》云「蕒，牛蘈」。故正義云：「此《釋草》無文。」其實「蕒」、「蘈」一字耳。「頹」、「蘈」爲古今字，亦一也。鄭所據《爾雅》當是「蓫，牛頹」，今《爾雅》有誤。

箋蓫牛頹閩本、明監本、毛本「頹」誤「蘈」。

我采葍之時小字本、相臺本同。閩本、明監本、毛本「葍」誤「菖」。

成不以富唐石經、小字本、相臺本同，閩本、明監本、毛本亦同。《考文》古本「成」作「誠」。案：「誠」字非也。乃依《論語》改之耳。山井鼎云「宋板同」者，誤。

亦祇以異小字本、相臺本同，閩本、明監本、毛本同。唐石經「祇」作「祇」。案：《六經正誤》云：「作『祇』誤。」段玉裁云：「祇，適也。凡此訓，唐人皆從衣从氏，作『祇』。」見《五經文字》。唐石經、《廣韻》、《集韻》宋以後俗本多作「祇」，非古也。至各體從氏，則尤繆極矣。

女亦適以此自異於人道小字本、相臺本同，《考文》古本同。閩本、明監本、毛本脱「女」字。

誠不以是而得富閩本、明監本、毛本同。案：「誠」當作「成事」二字。正義即用箋文也。

有莘氏之媵氏之媵臣閩本、明監本、毛本無下「氏之媵」三字。案：所删是也。

斯干

歌斯干之詩以落之小字本、相臺本同。案：《釋文》云：「落之，如字，始也。或作『樂』，非。」正義云：「歌《斯干》之詩以歡樂之。」又云：「本或作『落』，以釁又名『落』。定本、《集注》皆作『落』。未知孰是。」下箋「爲歡以落之」，《釋文》云：「以樂，音洛，本又作『落』。」正義云：「定本作『落』。」考正義本皆作「樂」，皆釋爲「歡樂」，定本皆作「落」，則皆釋爲「釁」也。《釋文》本上作「落」，下作「樂」，是以此「落」爲「始」，下「樂」仍爲「歡樂」也。

則又祭祀先祖 閩本、明監本、毛本同。小字本、相臺本無「祀」字，《考文》古本同。案：無者是也。正義可證。

則而以禮釁塗之 閩本、明監本、毛本無「而」字。案：所删是也。

本或作樂 閩本、明監本、毛本同。案：「樂」當作「落」。

秩秩流行也 小字本、相臺本同。案：《釋文》「秩秩」下云「流行貌」，「貌」字《釋文》所增也。正義云「正以秩秩宜爲流貌」，亦但説傳意耳。

似讀如巳午之巳 小字本、相臺本同。案：正義云「故讀爲巳午之巳」，又云「直讀爲巳」，是正義本「如」字作「爲」。

閟宫生民 毛本「閟」誤「悶」，閩本、明監本不誤。

傳西至鄉户○正義曰 閩本、明監本、毛本同。案：十行本「西」至「曰」，剜添者二字，當是「至」及「○」也。

推此有東嚮户北嚮户 閩本、明監本、毛本同。案：傳作「鄉」，正義作「嚮」。鄉、嚮，古今字，易而説之也。例見前。

箋此至户正義曰 閩本同。毛本「此」下有「築」字，「户」下有「爾」字及「○」，明監本所剜入也。

禮諸侯之制也有夾室 閩本、明監本、毛本同。案：「也」當作「聘」。

故室户偏東 毛本「偏」誤「徧」，閩本、明監本不誤。

每室四户毛本「四」誤「西」，閩本、明監本不誤。

故言西其户也閩本、明監本、毛本同。案：浦鏜云：「『西』當『南』字誤。」是也。

故喪禮設衣物之處毛本「物」誤「服」，閩本、明監本不誤。

寢者夾室與東西房也閩本、明監本、毛本同。案：浦鏜云：「『者』當『有』字誤。」是也。

周公制禮土中閩本、明監本同。毛本「禮」下剜入「建國」二字。案：所補非也。

下又后六宮閩本、明監本、毛本同。案：「又」當作「云」。

其堅致閩本、明監本、毛本同。小字本、相臺本「致」作「緻」。案：正義本作「緻」，定本作「致」，見《鴇羽》。又《釋文》云：「致，本亦作『緻』，同。」《考文》古本作「緻」，采正義、《釋文》。

鄭以爲揔宮廟羣寢毛本脱「揔」字，「宮」下衍「宗」字，閩本、明監本不誤。

故云其堂堂相稱閩本、明監本、毛本不重「堂」字。案：下「堂」字乃「室」字之誤，輒刪者非也。

如鳥夏暑又布革張其翼者閩本、明監本、毛本「布」作「希」。案：所改非也。又，「布」當作「希」，誤分爲二字耳。

冥幼也小字本、相臺本同。案：《釋文》云「幼，王：如字。本或作『窈』。崔：音杳。」正義云：「『冥，幼』，《釋言》文。」又云：「而本或作『冥，窈』者，《爾雅》亦或作『窈』。」又云：「爲『冥，窈』，於義實安。但於『正，長』之義不允。」考上傳云：「正，長也。」正義云「《釋詁》文」，《釋文》云：「王：丁丈反。崔：直良反。」是依崔讀，即無不允當。以或作本爲長。

處所寬明快快快然閩本、明監本、毛本無一「快」字。案：上「快」字乃「矣」字之誤，輒刪者非也。

而本或作冥幼者閩本、明監本、毛本同。案：浦鏜云：「『幼』當『窈』字誤。」是也。

與羣臣安燕爲歡以落之小字本、相臺本同，閩本、明監本同，《考文》古本亦同。毛本「落」作「樂」。案：毛本依《釋文》改也。

下云大人占之閩本、明監本、毛本「云」誤「文」。

毛氏爲燕以否閩本、明監本、毛本「以」誤「與」。

箋莞小蒲至落之閩本、明監本、毛本同。案：「落」當作「樂」。下文云「定本作『落』」可證。此合併以後依經注本所改耳。

西方亦名蒲明監本、毛本「亦」誤「一」，閩本不誤。

故得爲兩種席也明監本「兩」誤「而」，閩本、毛本不誤。

如莞席紛純閩本、明監本、毛本同。案：浦鏜云：「『加』誤『如』。」是也。

又曰乃舍萌于四方閩本、明監本「又」誤「文」，毛本不誤。

似熊而長頭閩本、明監本、毛本「頭」誤「頸」。

色如文綬文文閒有毛閩本、明監本、毛本誤不重「文」字。案：「綬」上「文」字當作「艾」，《爾雅》疏即取此，皆不誤。

大者長七八尺毛本「尺」誤「寸」，閩本、明監本不誤。

明其法天人所爲閩本、明監本、毛本同。案：浦鏜云：「『大』誤『天』。」是也。

箋云男子生毛本「子」下衍「初」字，明監本以上皆不誤。

宣王將生之子閩本、明監本、毛本同。小字本脱「將生」二字。相臺本「將」作「所」，《考文》古本同。案：「將」字是也。此時實未生，故曰「將生」。

或且爲諸侯或且爲天子相臺本同，閩本、明監本、毛本亦同。小字本「諸侯」、「天子」互易。案：小字本非也。正義云「或爲諸侯之君，或爲天子之王」可證。

易文言文也閩本、明監本、毛本脱下「文」字。

玉不用圭而以璋者毛本「圭」誤「珪」，閩本、明監本不誤。

故困封注云閩本、明監本、毛本「困」誤「内」。案：山井鼎云：「『封』恐『卦』誤。」是也。

朱深云亦是矣閩本、明監本、毛本同。段玉裁云：「『云』當作『于』，形近之譌。王伯厚《鄭易考》所引不誤。」

載衣之裼毛本「裼」誤「禓」，明監本以上皆不誤。

瓦紡塼也相臺本同。小字本「塼」作「摶」。案：正義標起止云「瓦紡塼」，《釋文》云：「塼，本又作『專』。」考《説文》土部無「塼」字，當以又作本爲長。小字本作「摶」，乃形近而譌。古「專」、「摶」雖通用，但非此之證。

習其一有所事也小字本同，閩本、明監本、毛本同。相臺本作「習其所有事也」，《考文》古本同。案：正義云「習其所有事也」，相臺本、《考文》古本皆依之改耳。段玉裁云：當作「一所有事」。「一」同「壹」，「一所有事」謂「壹於所有事」也。以「壹」訓「專」，此詁訓之法。

無父母詒罹唐石經、小字本、相臺本同。案：《釋文》云：「詒，本又作『貽』。」「罹，本又作『離』。」正義標起止云「至詒罹」。

《考文》古本作「貽」，采《釋文》。離、罹，古今字也。

無羊

今乃犉者九十頭　毛本「十」誤「千」，明監本以上皆不誤。

明不與深色同　閩本、明監本、毛本同。案：「深」當作「身」。《良耜》正義作「身」，是其證。

黑毛色者三十也　閩本、明監本、毛本同。小字本、相臺本「黑」作「異」，《考文》古本同。案：「異」字是也。

索則有之　小字本、相臺本同，閩本同，《考文》古本同。明監本、毛本「索」誤「素」。

既夕禮亦有簑笠　明監本、毛本脱「笠」字，閩本不誤。

祭祀之牲　明監本「之」下、毛本「祀」下誤空一字，閩本不誤。

搏禽獸以來歸也　小字本、相臺本同。案：《釋文》云：「搏禽，音博，下同。亦作『捕』，音步。」下箋「相與捕魚」正義云：「維相與捕魚矣。」是正義本此亦當作「捕」。《釋文》本下箋亦作「搏」。今各本此依《釋文》，下依正義，非是。《考文》古本作「捕」，采正義及《釋文》亦作本也。

騫虧也　小字本、相臺本同。案：正義云：「定本亦然。《集注》『虧』作『曜』。」段玉裁云：「曜，《考工記》作『燿』，讀爲哨，頃小也。〔一〕毛釋此別於《天保》言山。」

〔一〕「頃」，疑當作「頎」，參見《毛詩注疏》。

又夢見旐與旟毛本「又」誤「及」，明監本以上皆不誤。

牧人所牧既服閩本、明監本、毛本「服」誤「暇」。

故知此以占夢之官得而獻之閩本、明監本、毛本無「以」字。案：十行本此「以占」剜添「者」字，是「以」字衍也。

節南山

頌及風頌正經閩本、明監本、毛本同。案：下「頌」字，浦鏜云：「當『雅』誤。」是也。

爲周文公之頌則二篇閩本、明監本、毛本同。案：十行本「公」至「篇」，剜添者一字。

戒須有主閩本、明監本、毛本「主」誤「王」。

所以國傳重也閩本、明監本、毛本同。案：「國」當作「箋」。

桓七年天王使家父來求車閩本、明監本、毛本同。案：浦鏜云：「『十五』誤『七』。」是也。正義下文可證。

此言不廢作在平桓之世閩本、明監本、毛本同。案：「言」當作「詩」。

維石巖巖唐石經、小字本、相臺本同。案：《釋文》云：「巖巖，如字。本或作『嚴』，音同。」正義本是「巖」字。考「巖」字是也。傳云：「巖巖，積石貌。」箋云：「喻三公之位，人所尊嚴。」箋以「嚴」説「巖」者，詁訓之法也。《經義雜記》以爲經本作「嚴」，不得箋意。又以爲正義本、《釋文》本皆作「嚴」，尤失其實。又引《羣經音辨》，不知賈昌朝所載即《釋文》或作本耳。

人所尊嚴小字本、相臺本同。案：此正義本也。正義云：「《集注》及定本皆作『高嚴』。」

憂心如惔唐石經、小字本、相臺本同。案：正義云：「『如惔』之字《說文》作『𤆗』。」《釋文》云：「惔，徒藍反，又音炎，燔也。《韓詩》作『炎』，字書作『焱』，《說文》作『𤆗』字。」《五經文字》心部云：「惔，見《小雅》考。《釋文》云『字書作焱』，故轉寫而爲『惔』。」《詩經小學》云：「《毛詩》本作『如𤆗』，或同《韓詩》作『如炎』，不知何人始作『如惔』。惔，憂也。豈『憂心如憂』乎？又於《說文》『惔』下妄加『《詩》曰憂心如惔』。」今考《說文》，「惔」下當是引「《詩》曰憂心如炎」，以解「惔」字從炎之意，不知者誤改爲「惔」耳。

不敢相戲而言語小字本、相臺本同，閩本、明監本、毛本亦同。案：正義云「不敢相戲而談語」，又云「故言『又畏汝之威，不敢相戲而談語』也」，是「言」當作「談」。《考文》古本作「談」，采諸正義也。

斬斷監視也小字本、相臺本同。案：《釋文》以「斷也」作音，是其本「斷」下有「也」字。《考文》古本有。

所以便而互閩本、明監本、毛本「便」誤「更」。

訓爲小熟也閩本、明監本、毛本同。案：浦鏜云：「『爇』誤『熟』。」是也。

明所憂者刑罰之成閩本、明監本、毛本同。案：浦鏜云：「『成』疑『威』字譌。」是也。

更何所主閩本、明監本、毛本「主」誤「王」，下「分主東西」同。

箋云猗倚也毛本「倚」誤「猗」，明監本以上皆不誤。

又以草木平滿其旁倚之畎谷小字本、相臺本同。案：此正義本也。正義云「有以草木平滿其傍倚之甽谷」，又云「故知以草木平滿其傍之甽谷」，正義中餘「甽」字同。甽、畎一字也。《釋文》云：「山畎，本亦作『甽』。」是「甽谷」《釋文》本作「山畎」也。正義又云：「定本云『又以草土平滿其傍倚之山』，以『木』爲『土』，恐非。」考定本「山」下當是亦有「畎」字，與《釋文》本同。正義不備引耳。

薦重瘥病小字本、相臺本同。案：《釋文》以「重也」作音，是其本「重」下有「也」字。《考文》古本有。

天氣方今又重以疫病小字本、相臺本同。案：《釋文》云：「疫，本又作『疢』。」正義本是「疫」字。「疫」字是也。

平滿其傍倚之甽谷毛本「傍」誤「旁」，閩本、明監本不誤。

能實甽唯草木也閩本、明監本、毛本同。案：浦鏜云：「『甽』下當脱『谷』字。」是也。

文承死喪之下閩本、明監本、毛本「文」誤「又」。

故責之曾無恩德止之者閩本、明監本、毛本同。案：「責」下「之」字當作「云」。

俾民不迷唐石經、小字本、相臺本同。案：《釋文》云：「卑，本又作『俾』，同。後皆放此。」正義本今無可考。

氐當作桎鎋之桎小字本、相臺本同。案：《釋文》云：「桎，之實反，又丁履反，礙也。本或手旁至者，誤也。」段玉裁云：「當是『抵』字誤『桎』。」是也。別體字「抵」作「扺」，與「桎」字形近。

秉持國之正平閩本、明監本、毛本「之正」誤「政之」。

若四圭爲邸閩本、明監本、毛本同。案：浦鏜云：「『有』誤『爲』。」是也。

説文云桎車鎋也閩本、明監本、毛本同。案：浦鏜云：「今《説文》無。」是也。考正義所引《説文》如「第」、「艄」、「摻」、「湌」等字，皆與《説文》不合，當是正義自誤以他書爲《説文》耳，非字有譌也。

勿當作末小字本、相臺本同，《考文》古本同。閩本、明監本、毛本「末」作「未」，下及正義中同。案：「末」字是也。此箋「末罔」即《漢書・谷永傳》之「末殺」，正義云「末略欺罔」也。

式夷式已唐石經、小字本、相臺本同。案：《釋文》云：「式已，毛音以，鄭音紀。」正義云：「易傳者，以上文欲王躬親爲政，則宜爲己身之己，不宜爲已止也。」段玉裁云：「傳云『用平則已無以小人之言至於危殆也』，作一句讀。未必『毛音以』也。」

用能紀理其事也閩本、明監本、毛本同。小字本、相臺本「也」作「者」，《考文》古本同。案：「者」字是也。考此箋以「紀」説「已」，乃詁訓之法。《考文》古本改「紀」爲「已」者，不得箋意。盧文弨從之，非也。

瑣瑣姻亞唐石經、小字本、相臺本同。案：《釋文》云：「瑣瑣，素火反，小也。本或作『璅』，非也。璅，音早。」《考文》古本作「璅」，采《釋文》而誤也。《旄丘》釋文云：「璅兮，依字作『瑣』。」亦其證。

故天下庶民之言不可信也閩本、明監本、毛本同。案：經作「弗」，傳云「庶民之言不可信」，以「不」解「弗」也。故正義上文云「由不躬爲之，不親行之」，皆易「弗」爲「不」。弗、不亦古今字耳。《考文》古本依傳改經爲「不信」者，誤。

汝天下之民閩本、明監本、毛本「汝」誤「必」。

無得用小人而親問之閩本、明監本、毛本「用」誤「問」。

君民之所以相信者閩本、明監本、毛本脱「以」字。

無胥遠矣者明監本「胥」誤「壻」，閩本、毛本不誤。

各有以發閩本、明監本、毛本「發」下衍「之」字。

箋云盈猶多也小字本、相臺本同，《考文》古本同，明監本亦同。閩本、毛本初刻「盈」誤「鞠」。

夷易違去也小字本、相臺本同。案：《釋文》以「易也」作音，是其本「易」下有「也」字，《考文》古本有。

無民之所不爲皆化於上也閩本、明監本、毛本「無」字在「之」下。案：皆誤也。當云「民之所爲無不皆化於上也」。

民既化上上爲惡亦當效上爲惡亦當化上爲善閩本、明監本、毛本下「亦」字上有「上爲善」三字。案：所補非也。此當云「民既化上爲惡亦當化上爲善」。複衍「上爲惡亦當效上」七字，寫者之誤也。

無肯止之者小字本、相臺本同，《考文》古本同。閩本、明監本、毛本「肯」誤「有」。

王肅云言政不由王出也閩本、明監本、毛本脱「云」字。

是今昊天之辭閩本、明監本同。毛本「今」作「令」。案：所改是也。

此正與祖伊諫皆同義忠臣殷勤之閩本、明監本、毛本作「此正與祖伊諫皆同忠臣殷勤之義」。案：「皆同」當作「同皆」。

蹙蹙然至俠閩本、明監本、毛本「俠」作「狹」。案：所改是也。

集本云大辯是争閩本、明監本、毛本同。案：浦鏜云：「『大辯』下疑脱『辯』字。」是也。「本」當作「注」。見前。

冀上改悞而已閩本、明監本、毛本「悞」作「悟」。案：所改是也。

正月

是由王急酷之異閩本、明監本、毛本「異」誤「刑」。

則非常霜之月閩本、明監本、毛本「常」誤「當」。

夏七月甲戌朔閩本、明監本、毛本同。案：浦鏜云：「『六』誤『七』。」是也。

正純陽之月傳稱慝未作閩本、明監本、毛本同。案：十行本「之」至「稱」，剜添者一字。

致常寒之氣來順之閩本、明監本、毛本「常」誤「恆」。

女口一爾小字本、相臺本同，閩本、明監本、毛本亦同。案：「爾」當作「耳」。正義云「女口一耳」，是其證。

憂心愈愈毛本「心」誤「憂」，明監本以上皆不誤。

又此病我之先閩本、明監本、毛本「病」下有「不從」二字。案：所補是也。

由訛言所致閩本、明監本、毛本「由」下衍「此」字。

又以父母爲文武也閩本、明監本、毛本「又」誤「人」。

文王雖受命之王閩本、明監本、毛本同。案：「文」下「王」字當作「武」，與下互换。

訴上世之哲氏閩本、明監本、毛本「氏」作「民」。案：皆誤也。「民」當作「王」，與上「武」字互换而又有譌也。

故此病遭暴之政而病也閩本、明監本、毛本「暴」下有「虐」字。案：所補是也。上「病」字衍。

言不得天禄小字本、相臺本同，毛本同。閩本、明監本「天」誤「大」。

則役之圜土小字本、相臺本同，閩本、明監本、毛本亦同。案：《六經正誤》云：「作『圓』誤。興國、建本皆作『圜』，《周禮》作『圜』。」是也。《釋文》云：「圜，音圓。」

視烏集於富人之室閩本、明監本、毛本同。小字本、相臺本「室」作「屋」，《考文》古本同。案：「室」字誤也。

是無禄世閩本、明監本、毛本「世」作「由」。案：所改非也。「世」當作「也」，形近之譌。

輕者役於圓土閩本、明監本、毛本「圓」作「圜」，下同。案：所改非也。注作「圜」，正義作「圓」。圜、圓，古今字，易而説之也。例見前。

好陷人人罪毛本「陷」誤「諂」，閩本、明監本不誤。

弗受冠飾閩本、明監本、毛本同。案：浦鏜云：「『使』誤『受』。」以《周禮》注考之，浦校是也。

係用徽纆閩本、明監本、毛本「纆」誤「纏」，下同。

臣則事人之稱毛本「事」誤「辜」，閩本、明監本不誤。

無罪知彼刑殺者閩本、明監本、毛本同。案：浦鏜云：「『彼』疑『被』字譌。」是也。

伊讀當爲緊小字本、相臺本同。案：《釋文》以「作緊」作音，是其本「爲」字作「作」也。正義本今無可考。

言於中有爲薪蒸之木閩本、明監本、毛本「於」誤「林」。

王述之云王既有所定閩本、明監本、毛本脱「王」字。

故老召之閩本、明監本、毛本同。小字本、相臺本「召之」作「元老」，《考文》古本同。案：「召之」誤也。

召彼無老宿舊有德者閩本、明監本、毛本「無」作「故」。案：皆誤也。「無」當作「元」，因別體字「無」作「无」而譌也。

不敢不局唐石經、小字本、相臺本同。案：《釋文》云：「局，本又作『跼』。」正義標起止云「傳局曲」，又云「箋局蹐」，是其本作「局」。《考文》古本作「跼」，采《釋文》。

胡爲虺蜴唐石經、小字本、相臺本同。案：《釋文》云：「蜴，星歷反，字又作『蜥』。」段玉裁云：「《説文》無『蜴』字。蓋『蜴』即『蜥』之或體也。」詳《詩經小學》。

一名蠑螈蜴也閩本、明監本、毛本同。案：盧文弨於「蜴」上補「水」字，是也。下文云「水陸異名耳」可證。

曾無桀臣小字本、相臺本同，《考文》古本同。閩本、明監本、毛本「桀」誤「傑」。

以興視彼空谷仄陋之處閩本、明監本、毛本「仄」誤「側」。

傳言朝至桀臣閩本、明監本、毛本「桀」誤「傑」。案：正義上下文「桀」作「傑」者，易而説之也。此標起止，即不當易。

毛以詩意取菀苗此賢者閩本、明監本、毛本同。案：浦鏜云：「『比』誤『此』。」是也。

褒姒威之唐石經、小字本、相臺本同。案：《釋文》云：「威，本或作『滅』。」考傳云：「威，滅也。」《説文》「威」下同引此詩。是字本作「威」，或作本非也。他書多引作「滅」，非毛氏《詩》正字。

輸墮也小字本、相臺本同。案：《釋文》云：「墮，許規反。本或作『隳』，待果反。」正義云：「定本『隳』作『墮』。」是正義本讀「許規反」，定本讀「待果反」也。標起止云「箋輸墮」，當是後改。

蓋如今人縛杖於輻毛本「今」誤「令」，閩本、明監本不誤。

終是用踰度陷絶之險小字本同，閩本、明監本、毛本同。相臺本「是用」作「用是」，《考文》古本同。案：相臺本是也。此誤倒。

女不曾以是爲意乎閩本、明監本、毛本同。小字本、相臺本「不曾」作「曾不」。案：「曾不」是也。

汝能若是則輔車輻閩本、明監本、毛本同。案：「車」當作「益」。

但輔益輻以賢益國閩本、明監本、毛本同。案：「以」當作「似」。

自然似相執政也閩本、明監本、毛本「似」誤「以」。

莫知所於閩本、明監本、毛本「於」作「逃」。案：「於」字是也。此承上「於朝廷」、「於山林」而言。

言尹氏富與兄弟相親友閩本、明監本、毛本同。小字本、相臺本「與」上有「獨」字，《考文》引古本亦同。案：有者是也。

會比其鄰近兄弟及昏姻毛本同。閩本、明監本「會」誤「合」。

蔌蔌方有穀唐石經、小字本、相臺本同。案：《釋文》云：「方穀，本或作『方有穀』。非也。」正義云：「方有爵禄之貴矣」，是其本與或作同。戴震《毛鄭詩考正》云：「當從《釋文》爲正。」

此言小人富毛本脱「言」字，明監本以上皆不誤。

夭夭是椓唐石經、小字本、相臺本同。案：《後漢書·蔡邕傳》「夭夭」作「天夭」，是譌字。蜀石經亦誤「夭」爲「天」。見《詩經小學》中。

富人已可小字本、相臺本同，《考文》古本同。閩本、明監本、毛本「已」誤「猶」。

爲上天椓閩本、明監本、毛本「天」誤「夭」。

箋民以至害甚閩本、明監本、毛本「以」作「於」。案：所改是也。

十月之交

節刺師尹不平相臺本同，《考文》古本同。小字本「節」下有「南山」二字，閩本、明監本、毛本「節」下有「彼」字。案：皆衍也。《釋文》以「節刺」作音，正義亦云「節刺師尹不平」。

非此篇之所云番也小字本同，閩本、明監本、毛本同。相臺本「之」下有「内」字。案：相臺本衍也。

又自檢其證毛本「又」誤「只」，閩本、明監本不誤。

此篇譏曰皇父擅恣閩本、明監本、毛本同。案：「曰」當作「由」，形近之譌。

事國家之權閩本、明監本、毛本「事」作「專」。案：所改是也。

中候擿雒貳曰閩本、明監本、毛本同。案：「貳」當作「戒」，形近之譌。《周頌譜》正義引「擿雒戒」可證。

昌受符厲倡孽閩本、明監本、毛本「孽」誤「孼」。案：「孽」即「孽」字之别體。

其理欲明閩本、明監本、毛本同。案：「欲」當作「故」，形近之譌。

小旻小菀卒章閩本、明監本、毛本「菀」作「宛」。案：所改非也。考《小菀》釋文本作「菀」，通志堂改作「宛」。

朔月辛卯毛本「月」誤「日」，明監本以上皆不誤。

周之十月夏之八月也小字本、相臺本同，閩本、明監本、毛本同。案：《釋文》以「夏八」作音，正義云「而知此『周十月夏八月』者」，是正義本、《釋文》本皆無二「之」字也。《考文》古本「周之十月」無「之」字，采正義。

即云朔月辛卯閩本、明監本、毛本「月」誤「日」。下同。

朔月即是之交爲事也閩本、明監本、毛本同。案：「事」當作「會」。

月日行十三度明監本「三」誤「二」，閩本、毛本不誤。

二十九日有餘明監本「日」誤「册」，閩本、毛本不誤。

推度災曰閩本、明監本、毛本同。案：浦鏜云：「『曰』誤『日』。下同。」是也。

金應勝木反侵金閩本、明監本、毛本同。案：浦鏜云：「『勝木』下當脱『木』字。」是也。

自是所食之月閩本、明監本、毛本同。案：浦鏜云：「『日』誤『月』。」是也。

生其君幼弱而任卯臣也閩本、明監本、毛本同。案：「生」當作「主」。

緯意又取剛柔爲義毛本「又」誤「也」，閩本、明監本不誤。

秋正月壬午朔閩本、明監本、毛本同。案：山井鼎云：「『正』當作『七』。」是也。

云衛地如魯地閩本、明監本、毛本同。案：山井鼎云：「『云』恐『去』誤。」是也。

而公家董仲舒何休閩本、明監本、毛本同。案：此不誤。浦鏜云：「公家，俟考。」非也。公家，謂公羊家耳。

而王基獨云以麻考此辛卯日食者而王基獨云以麻校之閩本、明監本、毛本作「而王基獨云以麻校之」，中更無「考此辛卯日食者而王基獨云以麻」十四字。案：此十行本複衍。

説者或據世以定義矣閩本、明監本、毛本「矣」上有「謬」字。案：此十行本因上文衍十四字而「義」字下有脱耳，輒補非也。

臣不有以犯君閩本、明監本、毛本「有」作「可」。案：所改是也。

山冢崒崩唐石經、小字本、相臺本同。案：此《釋文》本也。《釋文》云：「崒，舊子恤反。徐：子綏反。鄭云『崔嵬』也。宜依《爾雅》音徂恤反。本亦作『卒』。」考正義本是「卒」字。正義云：「崒者厓巖。」又云：「此經作『卒』，箋作『崔嵬』者，雖字與《爾雅》小異，義實同也。徐邈以『卒，子恤反』，則當訓爲盡。於時雖大變異，不應天下山頂盡皆崩也。故鄭依《爾雅》爲說。」今正義中「卒」皆譌作「萃」而不可通矣。卒、崒，古字同用。箋云：「卒者，崔嵬。」訓「卒」爲「萃」，而不改其字也。《漸漸之石》傳、箋、正義可證。當以正義本爲長。《漢書·劉向》作「卒」，是《魯詩》亦作「卒」也。

胡憯莫懲唐石經、小字本、相臺本同。案：《釋文》云：「憯，亦作『慘』。」考此與《節南山》「憯莫懲嗟」，二「憯」字皆即《爾雅》之「暨」字，亦作本誤。

其聲駁駛過常閩本、明監本、毛本「駛」誤「駃」。

今進而上明監本、毛本「而」下衍「在」字，閩本剜入。

深谷爲陵小臨即是也閩本、明監本、毛本「臨」下有「大」字。案：所補非也。『即』當作「節」耳。

又云崒者厓子規反巖語規反閩本、明監本、毛本同。案：「厓」、「巖」二字連文，「子規反」、「語規反」六字各當旁行細書於其下。正義自爲音者例如此。○案：舊校非也。

楀維師氏小字本、相臺本同，閩本、明監本、毛本亦同。唐石經初刻「𢱧」，後改「楀」。案：《五經文字》木部云：「楀，氏也。見《詩·小雅》。」「楀」字是也。從木從才字多相亂。顏師古《漢書·人表》注云「萬，讀曰𢱧」，《集韻》九麌亦作「𢱧」，皆與唐石經初刻同。

豔妻煽方處唐石經、小字本、相臺本同。案：《釋文》云：「處，一本作『熾』。」考傳、箋，一本誤也。又，此以「處」與「馬」爲韻。

謂用親戚閩本、明監本、毛本同。案：「謂」當作「謁」。

彼言掌贊正良馬毛本「正」誤「政」，閩本、明監本不誤。

小宰卿大夫閩本、明監本、毛本同。案：山井鼎云：「『卿』恐『中』誤。」是也。

冢宰之單稱宰閩本、明監本、毛本同。案：「之」當作「乃」。

兼擅曰宰職閩本、明監本、毛本同。案：山井鼎云：「『曰宰』恐『羣』字誤。」非也。此唯「宰」爲「羣」字誤耳。其「曰」字當作「目」，乃下句錯入此者也。

故但以卿士云閩本、明監本、毛本同。案：「但」下，浦鏜云：「脱『目』字。」是也。錯在上句，又誤作「曰」。

故謂之卿士毛本「謂」誤「爲」，閩本、明監本不誤。

曰予不戕唐石經、小字本、相臺本同。案：《釋文》云：「戕，在良反，殘也。王本作『臧』。臧，善也。孫毓《評》以鄭爲改字。」惠棟云「王肅改字反誚康成」，是也。

憖者心不欲自彊之辭也小字本、相臺本同。案：正義云：「定本及《集注》云：『憖者，心不欲强之辭也。』」較正義本少「自」字。《釋文》云：「强之，其丈反。」考「勉强」字，唐人例用「强」，作「彊」者，後人亂之耳。

左傳説桓王明監本「左」誤「在」，閩本、毛本不誤。

無所可擇民之富有者閩本、明監本、毛本同。案：浦鏜云：「『擇』下當脱『故知擇』三字。」是也。此「擇」字複出而致誤。

噂沓背憎小字本、相臺本同。唐石經初刻「蹲」，後改「噂」。案：初刻誤也。又，此正義本也。《釋文》云：「噂，本又作『沓』。」《考文》古本作「嗒」，采《釋文》。

下民有此言小字本、相臺本同，閩本、明監本、毛本亦同。案：段玉裁云：「『言』當作『害』。」是也。

非從天墮也閩本、明監本、毛本同。小字本、相臺本「墮」作「隋」。案：「隋」字是也。《釋文》云：「隋，徒火反。」正義中字作「墮」者，隋、墮，古今字，易而説之耳。

由主人也小字本同，閩本、明監本、毛本同。相臺本「由主」作「主由」，《考文》古本「主由」亦同。案：「主由」是也。

已畏刑罰故不敢告也閩本、明監本、毛本「已」誤「以」。

下民競相譖匿閩本、明監本、毛本同。案：浦鏜云：「『匿』疑『慝』字誤。」是也。

今下民皆噂噂沓沓毛本「皆」誤「者」，閩本、明監本不誤。

箋妖孽至由人明監本、毛本「由」誤「主」，閩本不誤。

天以讒佞相害閩本、明監本、毛本同。案：「天」當作「人」。

天孽從天而來閩本、明監本、毛本同。案：山井鼎云：「宋板上『天』作『夭』。」當是剜也。

里居也痗病也相臺本同，閩本、明監本、毛本同。小字本「居」作「病」。案：小字本是也。《釋文》「我里」下云：「如字。毛：病也。鄭：居也。本或作『瘇』，後人改也。」正義云：「爲此而病，亦甚困病矣。」上「病」説「里」，下「病」説「痗」

也。《考文》古本作「里、痗，皆病也」。采正義、《釋文》而爲之。

十月八章唐石經同，閩本、明監本、毛本同。小字本、相臺本「十月」下有「之交」二字。案：有者是也。《序》有，可證。

雨無正

旻天疾威小字本同，閩本、明監本、毛本同。唐石經、相臺本「旻」作「昊」。案：此《釋文》本也。《釋文》云：「旻天疾威，密巾反。本有作『昊天』者，非也。」正義云：「上有昊天，明此亦昊天。定本皆作『昊天』，作『旻天』，誤也。」《沿革例》云：「俗本皆作『旻天』，今從疏及諸善本。」考此箋云：「王既不駿昊天之德，今昊天又疾其政，以刑罰威恐天下」，是鄭自作「昊」。此詩凡三言「昊天」，「浩浩昊天」、「昊天疾威」、「如何昊天」是也，不應其一作「旻」，乃涉《小旻》而誤耳。《毛鄭詩考正》云：「孔説爲得。」是矣。《經義雜記》云「此當從《釋文》作『旻』」者誤。

鋪徧也毛本「徧」誤「偏」，明監本以上皆不誤。

欲害及王身毛本「及」誤「於」，閩本、明監本不誤。

三十四年穀梁傳曰閩本、明監本、毛本同。案：浦鏜云：「『二』誤『三』，上脱『襄』字。」是也。

有如影響毛本「響」誤「嚮」，閩本、明監本不誤。

故韋昭云明監本、毛本「昭」誤「召」，閩本不誤。

故安漢時不同閩本、明監本、毛本同。案：「安」當作「校」，形近之譌。

正義曰詁文明監本、毛本「詁」上有「釋」字，閩本剜入。案：所補是也。

二卿則公一人閩本、明監本、毛本同。案：浦鏜云：「『鄉』誤『卿』。」是也。下「外與六鄉之事」同。

王見以三事爲三公閩本、明監本、毛本同。案：「見」當作「肅」。

曾我暬御小字本、相臺本同，閩本、明監本、毛本同。唐石經「暬」作「褻」。案：唐石經是也。此字從執聲。《五經文字》云：暬與褻同。見《詩・小雅》。《説文》云：「暬，日狎習相慢也。」皆誤從執。

憯憯日瘁小字本、相臺本同。唐石經「憯憯」作「慘慘」。案：《釋文》云：「憯憯，千感反。」正義云：「憯憯然日以憂病。」是《釋文》正義本皆作「憯憯」。不知唐石經出何本也。

莫肯用訊唐石經、小字本、相臺本同。案：《毛鄭詩考正》云：「『訊』乃『誶』字轉寫之譌。誶告、訊問，聲義不相通借。」是也。

無肯用此相告語閩本、明監本、毛本同。小字本、相臺本「語」下有「者」字，《考文》古本同。案：有者是也。

飢困已成而不能禦而退之天下之衆飢困已成而不能恤而安之閩本、明監本、毛本作「飢困已成而不能恤而安之」，無「禦而退之天下之衆飢困已成而不能」十四字。案：此十行本複衍。

曾我侍御之小臣毛本「御」誤「禦」，閩本、明監本不誤。

若有道聽非法之言聞閩本、明監本、毛本「若」誤「君」。

惡忠直而醜貞正也閩本、明監本、毛本「貞」誤「真」。

哿可矣閩本、明監本、毛本同。小字本、相臺本「矣」作「也」，《考文》古本同。案：「矣」字誤也。

故不悖逆小字本同，閩本、明監本、毛本同。相臺本「逆」作「遻」。案：《釋文》云：「遻，五故反。本亦作『逆』。」正義云

「無所悖逆」。考此，「悖遻」即韓非所謂「拂悟」，字異義同。當以《釋文》本爲長。《考文》古本作「遻」，采《釋文》。

使身居安休休然　小字本、相臺本同，《考文》古本同。閩本、明監本、毛本「居」作「舌」，十行本初刻「居」，後改「舌」。案：「舌」字誤也。正義云「使身得居安休休然」可證。

將其害之　閩本、明監本、毛本同。案：浦鏜云：「『其』當『共』字誤。」〔一〕是也。

非徒所可矣　閩本、明監本、毛本「所」誤「聽」。案：山井鼎云：「『所』恐『听』誤。〔二〕俗字不可從。」非也。「所可矣」指傳所云「可矣」，即經之「哿矣」也。

維曰予仕　閩本、明監本、毛本同。唐石經、小字本、相臺本「予」作「于」，《考文》古本同。案：「予」字誤也。

正使者君有不正我從之　閩本、明監本、毛本上「正」作「不可」二字，「我」下有「不」字。案：所改是也。

女猶自作之爾　小字本、相臺本同，閩本、明監本、毛本亦同。案：「爾」當作「耳」。正義云「本汝自作之耳」，是其證。《考文》古本作「耳爾」，采正義而誤。山井鼎云：「『爾』字屬下讀，不知經言『爾』，箋必言『女』，無仍言『爾』者也。」

故云我試憂思泣血　閩本、明監本、毛本同。案：浦鏜云：「『試』疑『誠』字誤。」是也。

小旻

此篇唯刺謀事邪僻　閩本、明監本、毛本「僻」作「辟」，下同。案：此誤改也。下傳云：「回，邪。遹，辟。」《釋文》作「僻」，

〔一〕「共」，原作「其」，據文選樓本改。
〔二〕「恐」，原作「誤」，據文選樓本改。

乃轉寫之誤。辟、僻，古今字，正義易而説之也。例見前。

訿訿然思不稱乎上　小字本、相臺本同，《考文》古本同。閩本、明監本、毛本「乎」作「其」。案：《釋文》云：「稱其，一本作『稱乎』。」正義標起止云「至乎上」，是正義本作「乎」。《考文》古本作「乎其上」，采《釋文》而誤。十行本標起止不誤。明監本、毛本亦改爲「其」，非也。正義云「不思稱於上」，又云「不思稱上者，背公營私，不思欲稱上之意」。段玉裁云：「正義誤倒『思不』二字。」

伊于胡厎　唐石經、相臺本同。小字本「厎」作「底」，閩本、明監本、毛本同。

故云謀之其有不善者　閩本、明監本、毛本無「不」字。案：所刪是也。

此傳亦唯爾雅文　閩本、明監本、毛本同。案：「唯」當作「準」，形近之譌。

言雖得兆　小字本、相臺本同。案：正義云：「定本云『雖得兆』，無『吉』字。俗本有『吉』字，衍也。」《考文》古本有，采正義。

占繇不中　小字本同，閩本、明監本、毛本同。相臺本「繇」作「䌛」。案：《六經正誤》云：「占䌛不中，作『繇』誤。」考《説文》、《玉篇》卜部，皆無「繇」字。《釋文》亦但作「繇」，《左傳》同。《廣韻》云：「繇，卦兆辭也。」郭忠恕《佩觿》肊分「繇」、「䌛」爲二字。毛居正取其説，反以「繇」爲誤，非也。《氓》箋「卜兆之繇」、《杕杜》箋「合言於繇」爲近，皆同。

不肯於我告其吉凶之道也　毛本「於」誤「與」，閩本、明監本不誤。

非於道止　閩本、明監本、毛本同。案：浦鏜云：「『止』疑『上』字誤。」是也。

是用不得於道里　毛本「里」誤「理」，閩本、明監本不誤。

故至筮龜靈也閩本、明監本、毛本同。案：浦鏜云：「『至筮』疑『云瀆』誤。」是也。

及占之於繇明監本、毛本「繇」誤「𦂳」，下同。閩本不誤。

小人取不若人閩本、明監本、毛本同。案：浦鏜云：「『取』當『恥』字誤。」是也。

爾雅亦云閩本、明監本、毛本同。案：「爾」當作「小」。

争言之異者閩本、明監本、毛本同。小字本、相臺本「争」下有「近」字，《考文》古本同。案：有者是也。

可哀哉今幽王君用閩本、明監本、毛本同。案：「用」當作「臣」。

人有通聖者小字本、相臺本同。案：此正義本也。定本及《集注》無「人」字，今正義有，譌，遂不可通。見下。

從作乂小字本、相臺本同，閩本、明監本亦同。毛本「乂」作「艾」。案：「艾」字非也。經作「艾」，鄭引《尚書》「乂」而説之，以「艾」爲「乂」之假借也。依經改爲「艾」，失箋意矣。

王之爲政者如原泉之流閩本、明監本、毛本同。小字本、相臺本「者」作「當」，《考文》古本同。案：山井鼎云：「屬下讀。」是也。

今日民下之國閩本、明監本、毛本同。案：「民」當作「天」。

故於聖上哲上言亦閩本、明監本、毛本同。案：「聖上」二字當衍。

聖上無人字閩本、明監本、毛本同。案：「聖」字上當脱「有通」二字者，因上衍而下脱也。此正義譌舛，今正之。

鄭訓膴音模爲法閩本、明監本、毛本同。案：「音模」二字當旁行細字。正義自爲音者其例如此。下同。○按：舊校非。

王肅讀爲膴喜吳反膴大也閩本、明監本、毛本「膴」作「幠」。案：所改是也。「喜吳反」三字當旁行細字。○按：舊校非。引王肅語，則愈知不然。

以聖賢此四事爲優閩本、明監本、毛本同。案：「此」當作「比」。

君視明則臣昭哲毛本「明」誤「民」，閩本、明監本不誤。案：「哲」當作「晢」，形近之譌。

徒博曰暴虎閩本、明監本、毛本同。小字本、相臺本「博」作「搏」，《考文》古本同。案：「博」字誤也。

惡直國正閩本、明監本、毛本同。案：浦鏜云：「『醜』誤『國』。」是也。

恐隊也相臺本同。小字本「隊」作「墜」，閩本、明監本、毛本同。案：《釋文》云：「隊，本又作『墜』。下篇同。」

小宛

大夫刺宣王也閩本、明監本、毛本同。唐石經、小字本、相臺本「宣」作「幽」，《考文》古本同。案：「宣」字誤也。正義中同。

鄭刺厲王爲異閩本、明監本、毛本「刺」上衍「唯」字。

鳴鳩鶻鵰小字本、相臺本同。案：正義云：「定本及《集注》，皆云『鳴鳩鶻鵰』也。」如其所言，不爲有異。正義本未有明文，今無可考。意必求之，或當「鵰」作「鵃」也。《釋文》云：「鵰，《字林》作『鵃』。」

行小人道閩本、明監本、毛本「人」下有「之」字，小字本、相臺本無，十行本初刻無，後剜添。案：初刻是也。

王既才智褊小毛本同。閩本、明監本「褊」誤「偏」。

猶能温藉自持以勝小字本、相臺本同。案：此定本也。正義云：「『蘊藉』者，定本及箋作『温』字。」《釋文》以「温藉」作音，與定本同。「温克」下云：「鄭：蘊藉也。」乃改用今字耳。

醉而日富矣閩本、明監本、毛本同。小字本、相臺本「而日」作「日而」。案：「日而」是也。段玉裁云：「謂當壹醉之日頓自富矣。」與箋小别。

以喻王位無常家也小字本、相臺本同。案：正義云：「《集注》、定本皆作『家』。俗本作『處』，誤。」《考文》古本作「處」，采正義。

螟蠃負之唐石經、小字本同，閩本、明監本、毛本亦同。相臺本「蠃」作「羸」。案：「羸」乃誤字。

教取王民以爲已民閩本、明監本、毛本同。案：山井鼎云：「宋板『王』作『主』，當是剜也。『王』字是，『主』字非。」

箋傳皆以爲藿者閩本、明監本、毛本「爲藿」誤倒。

或在草萊上閩本、明監本、毛本同。案：此不誤。浦鏜云：「『葉』誤『萊』。」非也。《爾雅》疏即取此，正作「萊」。

不有止息小字本同，閩本、明監本、毛本同。相臺本「有」作「肯」。案：「有」字是也。正義云「無有止息之時」可證。下文兩云「無肯止息時也」，乃自爲文耳。相臺本依之改者，非。

謂月視朔也閩本、明監本、毛本同。小字本、相臺本「朔」作「朔」，《考文》古本同。案：「朔」字誤也。

毋忝爾所生小字本同，閩本、明監本、毛本同。唐石經、相臺本「毋」作「無」。案：《釋文》云「毋音無」，正義本無明文，今無可考。《白駒》釋文云：「毋金，音無，本亦作『無』。他皆放此。」

欲使言與羣臣行之閩本、明監本、毛本同。案：浦鏜云：「『言』疑『王』字誤。」是也。

貧困如此毛本「如」誤「於」，閩本、明監本不誤。

箋以寡財者閩本、明監本、毛本「箋」上衍「○」。

世必無從得活閩本、明監本、毛本同。案：「世」當作「此」。

小弁

故變文以云義也閩本、明監本、毛本同。案：山井鼎云：「宋板『云』作『示』。『示』字是也。」但其實不然，當是剜也。

鸒卑居小字本、相臺本同。案：正義云：「『鸒，卑居』，《釋鳥》文也。」又云：「傳或有『斯』者，衍字。定本無『斯』字。」標起止云「傳鸒卑居」。《釋文》「鸒斯」下云：「鸒斯，卑居也。」又云：「一云：斯，語辭。」是其本傳當有「斯」字，《考文》古本有，采正義《釋文》。

雅烏也毛本「烏」誤「鳥」。明監本以上皆不誤，下及正義中「雅烏」字同。

提提羣貌小字本、相臺本同。案：正義云：「『羣』下或有『飛』，亦衍字。定本、《集注》並無『飛』字。」標起止云「至羣貌」。《釋文》「提提」下云「羣飛貌」，是其本傳有「飛」字。《考文》古本有，采正義、《釋文》。

我大子獨不然小字本、相臺本同。案：「然」字衍也。上箋云「今大子獨不」，正義云：「《集注》、定本皆無『然』字。俗本『不』下有『然』，衍字。」此當與彼同。

日以憂也相臺本同。小字本「日」作「曰」，閩本、明監本、毛本同。案：「曰」字是也。

亦提提然聚居歡樂也毛本「亦」誤「以」，閩本、明監本不誤。

大子言曰我憂之也大子言曰我憂之也閩本、明監本、毛本不重「大子言曰我憂之也」。案：所删是也。此八字複衍。

而類菀鳥部閩本、明監本、毛本「菀」作「苑」。案：所改非也。「菀」即「苑」字。

本集本並無飛字閩本、明監本同。毛本「本」上剜添「定」字。案：所補是也。

當文爲興閩本、明監本、毛本「文」誤「又」。

乎我之父母也閩本、明監本、毛本同。案：浦鏜云：「『乎』當作『于』。」是也。

鞫爲茂草唐石經、小字本、相臺本同，《考文》古本同。閩本、明監本、毛本「鞫」誤「鞠」。案：《釋文》「鞫」，通志堂亦誤「鞠」，影宋本不誤。詳後考證。

褒姒干王政毛本「干」誤「于」，閩本、明監本不誤。

不罹于裏小字本、相臺本同，閩本、明監本、毛本亦同。唐石經「罹」作「離」。案：正義云「不離麻於母乎」，又云「離者謂所離麻」。考《小明》、《漸漸之石》，皆經言「離」，則正義言「離麻」，即《魚麗》，正義所云「麗歷」、傳云「麗麻也」是也。麗、離，古字同，用聲類至近也。「罹」字即非此義。各本皆誤，當依唐石經正之。

裏指謂母也毛本「謂」誤「爲」，閩本、明監本不誤。下「非謂幽王所樹桑梓」同。

而並言母也閩本、明監本、毛本「也」誤「者」。

萑葦淠淠小字本、相臺本同。唐石經「萑」初刻「雚」。案：初刻誤與《七月》同。

析薪扡矣小字本、相臺本同，閩本、明監本、毛本亦同。唐石經「扡」作「杝」。案：惠棟云：「《玉篇》在木部。」是也。《五經文字》木部云：「杝，又音『褫』。見《詩·小雅》。」即謂此字也。《釋文》「杝」與唐石經同，或誤「扡」，今正。詳後考證。十行本正義中字不誤。

不欲妄挫析之毛本同。小字本、相臺本「析」作「折」，閩本、明監本同。案：「折」字是也。《釋文》以「挫折」作音可證。

謂以物倚其巔峰也毛本「倚」誤「掎」，閩本、明監本不誤。

闕弓而射之閩本、明監本、毛本同。小字本、相臺本「之」作「我」。案：「我」字是也，下作「我」。《角弓》正義引《孟子》同。

無如之何小字本、相臺本同，《考文》古本同。閩本、明監本、毛本「無」上衍「亦」字。

念固而不暇耳閩本、明監本、毛本同。案：浦鏜云：「『念固』疑『今因』之誤。」是也。

小弁則王欲殺大子閩本、明監本、毛本「王」誤「必」。

孔子曰以舜年五十閩本、明監本、毛本同。案：浦鏜云：「『曰』字衍。」是也。

如高子譏小弁閩本、明監本、毛本同。案：「如」當作「知」。

巧言

亂如此幠唐石經、小字本、相臺本同。閩本、明監本、毛本「幠」作「憮」，下經及傳及正義皆同。案：「憮」字誤也。詳《詩經小學》。《釋文》「幠」，與唐石經同，或誤「憮」，今正。見後考證。

昊天大幠相臺本同，閩本、明監本、毛本同。唐石經、小字本「大」作「泰」。案：《釋文》云：「大，音泰，本或作『泰』。」正義云「而泰幠言甚大」，是其本作「泰」字。《沿革例》云：「蜀本、越本、興國本皆作『泰』，余仁仲及建大字本作『大』。」此以《釋文》爲據也。今亦從《釋文》，不知兩本之各有所據。

我心憂思乎昊天閩本、明監本、毛本「乎」誤「呼」。

甚傲慢無法度閩本、明監本「傲」誤「敖」。案：箋作「敖」，正義作「傲」。敖、傲，古今字，易而説之也。例見前。標起止仍云「箋幠敖」可證也。《釋文》：「幠傲，本又作『敖』。」與正義本不同。《考文》古本箋作「傲」，采《釋文》。

乃昊天乎王甚傲慢閩本、明監本、毛本同。案：「乃」當作「及」，形近之譌。

傳者以下言已威閩本、明監本、毛本同。案：「傳」上當脱「易」字。

而泰幠言甚大閩本、明監本、毛本「甚」誤「其」。

放其初即位閩本、明監本、毛本「放」作「故」。案：所改非也。「放」即「昉」字。

僭始既涵唐石經、小字本、相臺本同。案：《詩經小學》云：「傳：僭，數也。蓋以爲『譖』字。」是也。

正由明不燭下閩本、明監本、毛本「正」誤「王」。

會同則用盟而相要也小字本、相臺本同。案：此正義本也。正義云：「定本及《集注》皆云『用盟而不相要』。」又云：「『用盟』屬上爲句，義亦通也。」

若無疑事則不會同閩本、明監本、毛本同。案：十行本「若」至「不」，剜添者一字。

傳讒兔至狡兔閩本、明監本、毛本同。案：「讒」當作「毚」，「至」當衍字。

則彼獲耳閩本、明監本、毛本同。案：浦鏜云：「『彼』當『被』字誤。」是也。

正義曰定之方中云毛本「義」誤「意」，閩本、明監本不誤。

箋云言無力勇者小字本、相臺本同，《考文》古本同。閩本、明監本、毛本脱「無」字。

骭瘍爲微小字本、相臺本同。案：《釋文》云：「瘍，本亦作『傷』。」正義本是「瘍」字。

傃能然乎小字本、相臺本同，《考文》古本「傃」字亦同，閩本、明監本、毛本作「素」，十行本初刻「傃」，後改「素」。案：「素」字誤也。《釋文》云「傃音素」可證。

故箋亦云此人閩本、明監本、毛本「云」下有「〇」。案：山井鼎云：「『宋板「云」、「此」相接，有圈。』」非也。

何人斯

以絶之小字本、相臺本同，閩本、明監本、毛本亦同。唐石經作「而絶之也」。考正義云「故《序》專云刺暴公而絶之也」，唐石經是也。

疑其讒已而未察毛本「讒」誤「纔」，閩本、明監本不誤。

誰暴之云閩本、明監本、毛本同。唐石經、小字本、相臺本「誰」作「維」，《考文》古本同。案：「誰」字誤也。《序》下正義同。

知蘇公已得譴讓也閩本、明監本、毛本同。案：注作「以」，正義作「已」。以、已，古今字，易而説之也。例見前。《考文》

古本改箋作「已」，采正義而誤。

云何其盱小字本、相臺本同。唐石經無「其」字，旁添「之」。案：正義標起止云「至其盱」，又云「毛以此云何其盱」，《釋文》以「其盱」作音，是正義本、《釋文》本皆有「其」字。唐石經未知出何本也。

一者之來見我閩本、明監本、毛本同。小字本、相臺本「一」作「壹」，下箋小字本作「一」。案：正義中皆作「一」，則作「一」是也，作「壹」者依經改耳。山井鼎云：「宋板『一』作『壹』，疏及下注同。」其實不然，皆其誤也。

於女亦何病乎閩本、明監本、毛本同。小字本、相臺本「乎」作「也」。小字本無「亦」字。案：無者是也，有者用正義自爲文添耳。

與下俾我祇也元文閩本、明監本、毛本同。案：浦鏜云：「『互』誤『元』。」是也。

俾我祇也唐石經、小字本、相臺本同。閩本、明監本、毛本「祇」誤「祗」。案：唐石經此與「祇適也」字別。《釋文》云：「祇，祈支反。毛：病也。鄭：安也。一云：鄭上支反。」段玉裁云：「傳『病也』者，謂『祇』即『疷』之假借。《說文》：『疷，病不吾也。』箋『安也』者，謂『祇』即『禔』之假借。《說文》：『禔，安也。』」

易說祇病也小字本、相臺本同。案：《釋文》以「說也」作音，是其本「說」下有「也」字，《考文》古本有。

女與於譖我與否小字本、相臺本同，閩本、明監本、毛本亦同。案：段玉裁云：「此『否』字當作『不』，與經文『否』字無干。」是也。

我與女恩如兄弟毛本「恩」誤「心」，明監本以上皆不誤。

當還與汝相親閩本、明監本、毛本「與汝」誤倒。

大塡謂之鼦音叫閩本、明監本、毛本同。案：「音叫」二字當旁行細書。正義自爲音者例如此也。

鋭上平氐閩本、明監本、毛本「氐」作「底」。案：所改是也。

釋樂文云閩本、明監本、毛本同。案：浦鏜云：「『又』誤『文』。」是也。

王肅亦云我與汝毛本「汝」誤「女」，閩本、明監本不誤。

並言詛而俱用三閩本、明監本「三」誤「二」，毛本不誤。

明其不信者閩本、明監本、毛本同。案：浦鏜云：「『詛』誤『明』。」是也。

則以玉敦辟盟閩本、明監本、毛本「玉」誤「王」。

贊牛耳桃茢閩本、明監本、毛本「桃」誤「祧」。

然盟者人君用牛閩本、明監本、毛本同。案：此不誤。浦鏜云：「『然』下疑脱『則』字。」非也。古言「然」即今言「然則」也，正義文本如此，《十月之交》正義云「然日者大陽之精」等可證也。

蜮短狐也小字本、相臺本同。案：段玉裁云：「『弧』作『狐』，誤。」是也。《釋文》「蜮」下云：「短狐也。」正義云：「蜮，短狐。」今《説文》本「蜮」下皆誤。《漢書·五行志》注作「弧」，不誤。

淫女或亂之氣所生也閩本、明監本、毛本同。案：此不誤。浦鏜云：「『惑』誤『或』。」非也。古「或」、「惑」同用，當是《五行傳》本用「或」字。

説文云靦面見人閩本、明監本、毛本同。案：此不誤。浦鏜云：「『也』誤『人』。」非也。《爾雅》疏即取此，正作「人」，是正義自如此。

婟面靦也閩本、明監本、毛本同。案：此不誤。浦鏜云：「『醜』誤『靦』。」非也。《爾雅》疏即取此，正作「靦」，是正義自如此，下文云「然則靦與婟皆面見人之貌也」可證。

則知側是不正直也閩本、明監本、毛本同。案：「側」上，浦鏜云：「脱『反』字。」是也。

巷伯

巷伯奄官小字本、相臺本同。案：此《釋文》本也。《釋文》云：「巷伯，奄官。本或將此注爲《序》文。」正義標起止云「至奄官」，又云：「『故《序》解之云『巷伯，奄官』。」又云：「『官』下有『兮』，衍字。定本無『巷伯奄官』四字，於理是也。以俗本多有，故解之。」是正義本此四字爲《序》文也。《車鄰》正義云：「《序》言『巷伯，奄官』。」亦其證。考鄭此注云：「巷伯，内小臣也。奄官上士四人，掌王后之命。」正據此《序》之文而釋之也，是鄭自有。正義以定本爲是者，誤。當以正義本爲長。段玉裁云：「《周禮·序官》疏引甚明，兮、也，古書通用。《周禮》疏引作『也』。」是也。唐石經《序》中無此四字，依《釋文》、定本。

寺人内小臣也奄官上士四人小字本、相臺本同。案：正義標起止云「箋巷伯至名篇」。考《車鄰》正義云：「《巷伯》箋云『巷伯，内小臣，奄官上士四人』。」是正義本作「巷伯，内小臣也」。作「寺人」者，非。「寺人」與「内小臣」異官，説詳彼正義。此《序》正義本有「巷伯，奄官」，《釋文》本以爲注，正在此文之上。未知其此文較正義本仍同與否？今無所考。段玉裁云：「『官』字衍。」

故謂之巷伯也毛本「謂」誤「爲」，閩本、明監本不誤。

彼讒譖人者毛本「彼」誤「被」，閩本、明監本不誤。

餘泉文閩本、明監本、毛本同。案：「泉」下，浦鏜云：「脱『白黄』二字。」是也。

黄爲文又有柴貝閩本、明監本「又」誤「文」。毛本「文又」誤「又文」，「柴」作「紫」。案：「紫」字是也。

皆可列相當閩本、明監本同。毛本「可」作「行」。案：「行」字是也。

當有至至一尺六七寸者閩本、明監本同。毛本「當」作「常」，上「至」字作「徑」。案：所改是也。

哆兮侈兮唐石經、小字本、相臺本同。案：此經《釋文》本、正義本皆如此。《説文》「誃」下有「一曰《詩》云『侈兮哆兮』」，見段玉裁《説文訂》。今考《説文》，或别有誤。《經義雜記》欲依之以倒此經者，非也。其謂王伯厚《詩考》所載崔靈恩《集注》爲作僞，不可據。誠然。

縮屋而繼之小字本同，閩本、明監本、毛本亦同。相臺本「縮」作「擂」。案：正義云：「擂謂抽也。」《釋文》云：「縮，又作『樎』，同。」「樎」是「擂」之譌字。「擂」字見於《説文》、《廣雅》，皆從手，訓引也。武梁左石室畫像載此事，字作「擂」。「擂」、「縮」字同。韋昭《周語》注亦訓「縮」爲「引」。《考文》古本作「樎」，采《釋文》而誤。

男子不六十不閒居小字本、相臺本同。案：正義云「吾聞男女不六十不閒居者」，是其本「子」作「女」。《考文》古本作「女」，采正義。

嫗不逮門之女小字本、相臺本同。案：《釋文》云：「嫗，本或作『煦』。」正義本未有明文，今無可考。《小宛》箋有「煦嫗」，正義引《樂記》注「以體曰嫗，以氣曰煦」，此傳意亦謂以體暖之，作「嫗」者是。「不逮門」者，段玉裁云：「不及入門。門如城門之類。」荀卿云：「與後門者同衣也。」

記言讒人集成己罪閩本、明監本、毛本同。案：浦鏜云：「『記』當『既』字誤。」是也。

初有小嫌疑爲始兮閩本、明監本、毛本「兮」誤「乎」。

言雖小寬閩本、明監本、毛本同。案：浦鏜云：「『言』當『舌』字誤。」是也。

星因物益大閩本、明監本、毛本同。案：浦鏜云：「『星』當『是』字誤。」是也。

暗作詩之人閩本、明監本、毛本同。案：「暗」當作「斯」。此説傳「斯人」也。

素已彰者閩本、明監本、毛本同。案：浦鏜云：「『者』當『著』字誤。」是也。

定本蹱作踵閩本、明監本、毛本同。定本「踵」作「蹱」。案：依此則正義本是「蹱」字。今正義字皆作「踵」，後改也。《釋文》作「踵」，與定本同。

爲理否女閩本、明監本同。毛本「女」作「安」。案：「否女」當作「不安」。

彼戎則驕逸也得罪則憂勞閩本、明監本、毛本「戎」作「誠」，「也」下有「我」字。案：「戎」即「我」字之誤，又錯在上句耳。

作爲此詩唐石經、小字本、相臺本同。案：此《釋文》本也。《釋文》云：「作爲此詩，一本云『作爲作詩』。」考正義本是「作爲作詩」，與一本同。正義云「起發爲小人之更讒而作《巷伯》之詩」，順經文「作爲作詩」四字次敘而説之，極爲明晰。此二本之異在第三字，正義是「作」，《釋文》是「此」，不同耳。故正義本箋並有「作，起也」、「作，爲也」二訓，以經有二「作」字而各釋之也。正義又云：「定本云『作爲此詩』。又，定本箋有『作，起也』、『作，爲也』二訓，自與經相乖，非也。」所謂乖者，經字既是「此」矣，不復有二「作」，而箋訓有之，是其乖也。正義之意，據其箋有二訓，證其經止一「作」之失耳，不謂不當有二訓也。今各本皆但有「作，起也」一訓，必是因其經與注相乖不可通而去之。合併者不知檢照，又令正義與經、注相乖而不可通，是其轉輾之失也。《考文》古本「作起也」下有「爲作也」三字，采正義而不得其解，乃誤倒之。

當云作賦詩閩本、明監本、毛本同。案：「賦」字當衍。正義云「當云『作詩』」，謂其本經是「作詩」也。舉之以訂下定本經「此詩」之非。

自與經相乖閩本、明監本、毛本同。案：十行本「經」至「乖」，剜添者一字。

釋丘云如畝閩本、明監本、毛本「云」誤「文」。

曰畝丘也閩本、明監本、毛本「曰」誤「田」。

皇清經解卷八百四十三終　嘉應生員李恒春校

中華經解叢書

清經解　詩經編

整理本

董恩林　主編

鳳凰出版社

毛詩注疏校勘記

（下册）

（清）阮元　著　劉真倫　岳珍　點校

毛詩注疏校勘記　卷五

儀徵阮宫保元著

谷風

禮俗喪紀明監本、毛本「紀」誤「記」，閩本不誤。

能及於膏潤澤陰雨閩本、明監本、毛本同。案：「澤」當作「之」。

扶搖謂之猋閩本、明監本、毛本同。案：浦鏜云：「『猋』誤『焱』。下同。」是也。

草木無有不死葉萎枝者小字本、相臺本同。案：此定本、《集注》本也。正義云：「定本及《集注》本云『草木無有不死葉萎枝者』。」其正義本未有明文，今無可考。正義釋經云：「無能使草不有死者，無能使木不有萎者。」釋傳云：「是草木無能不有枝葉萎槁者。」意必求之，或當「無有不」作「無能不有」也。《考文》古本作「不有」，采正義。

大德切瑳小字本、相臺本同。閩本、明監本、毛本「瑳」誤「磋」。案：正義作「磋」。瑳、磋，古今字，易而説之之例也，不當依以改箋。

以其大時不齊閩本、明監本、毛本「大」誤「天」。

蓼莪

以亡必用病閩本、明監本、毛本「用」誤「由」。

貌視之以爲非莪小字本同，閩本、明監本、毛本同。相臺本「貌」作「我」，《考文》古本「我」字亦同。案：「我」字是也。正義云「故云『我視之』，是作者自我也」可證。

故謂之蒿小字本同，閩本、明監本、毛本同。相臺本「故」作「反」。案：「反」字是也。正義云「反謂之爲蒿」，又云「反謂之是彼物也」，是其證。

民之一生也言生而得養閩本、明監本、毛本同。案：十行本「之」至「生」，剜添者一字。

是罍大如缾也閩本、明監本、毛本同。案：浦鏜云：「『如』當『於』字誤。」是也。

拊我畜我唐石經、小字本、相臺本同。案：《詩經小學》云：「戴震云『畜』當爲『慉』。《說文》：『慉，起也。』此箋：『畜，起也。』明是易『畜』爲『慉』。」今考《釋文》云：「畜，喜郁反。」正義云：「『畜我』承『拊我』之後，明起止而畜愛之。」是《釋文》、正義二本經皆是「畜」字。箋「畜，起也」，仍用經字，以「畜」爲「慉」之假借而於訓釋中顯之者也。例見前。

母兮以懷任以養我閩本、明監本、毛本「任」誤「姙」。

故爲懷抱毛本「爲」誤「謂」，閩本、明監本不誤。

愴其至役之勞苦閩本、明監本、毛本同。案：「至」當作「在」，形近之譌。

大東

歛則兼言民勞閩本、明監本、毛本同。案：浦鏜云：「『歛』當『斂』字誤。」是也。

由送哀財以致役閩本、明監本、毛本同。案：「送哀」當作「哀送」。

證其在京師之事也閩本、明監本、毛本同。案：「事」當作「東」。

君子皆法效而履行之相臺本同，閩本、明監本、毛本同。小字本「效」作「傚」。案：正義云「皆共法傚」，又云「而法傚之」，是其本作「傚」字。

以天子崇其施予之厚毛本「厚」誤「後」，閩本、明監本不誤。

所以視而供之閩本、明監本、毛本同。案：箋作「共」，正義作「供」。共、供，古今字，易而説之也。例見前。

雜記注閩本、明監本、毛本「注」誤「法」。

言凡飧饔閩本、明監本、毛本同。案：「飧」下當有「饔」字。

故注云凡大行人宰使閩本、明監本、毛本「使」作「史」。案：所改是也。浦鏜云：「『介』誤『大』。」

知砥比貢賦毛本「知」誤「如」。閩本、明監本不誤。

杼柚其空唐石經、小字本、相臺本同。案：《釋文》云：「柚，本又作『軸』。」考「柚」即「軸」之假借。《方言》云：「木作謂之柚。」《五經文字》木部云：「柚，橘柚也。又『杼柚』字見《詩》。」

維絲麻爾小字本、相臺本同。案：「爾」當作「耳」，正義云：「維絲麻耳。」《考文》古本作「耳」，采正義。

糾糾葛屨毛本「屨」誤「履」，明監本以上皆不誤。

前所賦斂者閩本、明監本、毛本「前」誤「則」。

是使我心傷悲焉閩本同。明監本、毛本「悲」作「病」，「焉」作「也」。案：所改「病」字是，「也」字非，正義上文云「由是所以使我心傷病焉」可證。正義本是「焉」字，今各本作「也」字，與正義本不同。

垂橐而入閩本、明監本、毛本同。案：此不誤。浦鏜云：「『櫜』誤『橐』。」非也。今《國語》作「櫜」，乃誤字耳。韋昭注云：「橐，囊也。」囊、橐，散文則通。昭元年有「垂櫜而入」，「橐」非此之用也，相涉而致誤。

有洌氿泉唐石經、小字本、相臺本同，閩本同。明監本、毛本「洌」作「冽」。案：《釋文》：「洌，音列，寒意也。」正義云：「故字從冰。」明監本、毛本依之改也。《詩經小學》云：「字從仌，列聲。」

無浸穫薪〔一〕唐石經、小字本、相臺本同。案：《釋文》云：「穫，户郭反。毛：刈也。鄭：落木名也。字則宜作木旁。」正義云云：〔二〕「穫，落。《釋木》文。文在《釋木》，故爲木名。」考此經毛如字，鄭以「穫」爲「檴」之假借，仍用經字而但於訓釋中顯之者也，例與「遂，瑞也」、「价，甲也」之屬同。詳見前。《爾雅》釋文「檴」下引《詩》云「無浸檴薪」，是依鄭義破其字而引之，非此經有作「檴」之本也。

既伐而折之以爲薪閩本、明監本、毛本同。小字本、相臺本「折」作「析」。案：「析」字是也。

今譚大夫契憂苦而寤歎閩本、明監本、毛本同。小字本、相臺本重「契」字，《考文》古本同。案：重者是也。

蓄之以爲家用小字本、相臺本同。案：正義云：「又言薪畜是穫刈之薪者。」《釋文》云：「畜，敕六反。」「畜」、「蓄」二字

〔一〕「薪」，原作「新」，據文選樓本改。
〔二〕「云云」，當衍一「云」字，參見《毛詩注疏》。

以《鳲鳩》、《甫田》等釋文考之，經、注中皆有錯互者，當各依其舊。

有洌至可息閩本、明監本、毛本同。案：所改是也。

故爲刈也閩本、明監本、毛本「洌」作「洌」，下同。案：傳作「艾」，正義作「刈」。艾、刈，古今字，易而説之也。例見前。《釋文》「穫」下云：〔二〕「毛：刈也。」亦是改用今字。

以荆楚之類閩本、明監本、毛本同。案：「以」當作「似」。

穫落釋木文閩本、明監本、毛本同。案：「穫」當作「擭」。正義引《爾雅》本是「穫」字，不云「字異義同」者，省耳。

郭璞曰穫音穫閩本、明監本、毛本同。案：上「穫」當作「檴」，下「音穫」二字當旁行細字。正義自爲音例如此。○案：舊校非也。此郭璞自爲音耳。

舟人舟楫之人小字本、相臺本同，閩本、明監本、毛本亦同。案：《釋文》云：「檝，字又作『楫』。」正義本未有明文。正義云「致舟檝之人之子」者，當亦是以「楫」、「檝」爲古今字而易之，未必與《釋文》本同也。

使搏能羆小字本、相臺本同。案：此《釋文》本也。《釋文》云：「搏，音博。」正義云：「明遺賤人求捕能羆。」是其本「搏」作「捕」。

快其不賦税閩本、明監本、毛本同。案：山井鼎云：「宋板『快』作『決』。」其實不然，當是剜也。

杕杜以勤歸毛本「歸」誤「婦」，閩本、明監本不誤。山井鼎《考文》所載「勤」作「動」，譌字也。

〔二〕「穫」，原作「檴」，據文選樓本改。

東人言王勞苦閩本、明監本、毛本同。案：浦鏜云：「『主』誤『王』。」是也。

刺其素餐相臺本同，閩本同。小字本「餐」作「飧」，明監本、毛本同。案：正義云：「《釋訓》云：皐皐、琄琄，刺素餐也。某氏曰：琄琄，無德而佩，故刺素餐也。」考《爾雅》是「食」字。「食」字與上下文爲韻，鄭據彼文及正義所引亦當作「食」。今作「餐」者，轉寫之誤耳。《召旻》正義引《釋訓》作「食」，引某氏曰「無德而空食禄也」，亦可證。

從旦莫七辰一移閩本、明監本、毛本同。小字本、相臺本「旦」下有「至」字，重「辰」字，《考文》古本同。案：有「至」字、「辰」字者是也。

或用之爲官明監本、毛本「官」誤「宮」，閩本不誤。

天漢此知不以無水用爲義者閩本、明監本、毛本同。案：浦鏜云：「『天漢此知』當『知此天漢』誤。」是也。

說文云歧頃也閩本、明監本、毛本「歧」誤「跂」。

從旦至暮閩本、明監本、毛本「旦」誤「日」。

睆彼牽牛唐石經、相臺本同。小字本「睆」作「晥」。案：《釋文》云：「睆，華板反。」考《杕杜》釋文云：「字從白，或作目邊。」是小字本「晥」，當「皖」之誤也。《廣韻》「皖，明星」，即此經字。

河鼓謂之牽牛小字本、相臺本同，《考文》古本同。閩本、明監本、毛本「河」作「何」。案：《釋文》云：「何，胡可反。又音河。」是《釋文》本作「何」也。正義引《爾雅》及李巡、孫炎注，字盡作「河」，是正義本作「河」也。其郭璞注《爾雅》字作「何」，讀爲「荷」，正義不引，以其字不合也。唐石經、《爾雅》初刻「何」，後磨刻作「河」。此正義、十行本唯標起止一字剜爲「何」，彼此互改，皆誤也。

正義曰河鼓閩本、明監本、毛本「河」誤「何」，下同。

乃求萬斯箱明監本「箱」誤「栢」，閩本、毛本不誤。

今曰明星閩本、明監本、毛本同。案：《史記·天官書》索隱「今」作「命」，下「今曰太白」同。「命」字是也。

彼注云畢狀如又閩本、明監本、毛本同。案：浦鏜云：「『乂』誤『又』。」是也。

翕如也閩本、明監本、毛本同。小字本、相臺本「如」作「合」，《考文》古本同。案：「如」字誤也。

四月

是怨亂也閩本、明監本、毛本同。案：浦鏜云：「『亂』當『辭』字譌。」是也。

已闕一時之祭閩本、明監本、毛本「一」誤「二」。

何故幽王頓此二時閩本、明監本、毛本同。案：浦鏜云：「『此』當『比』字誤。」是也。

計秋日之寒閩本、明監本、毛本「計」誤「許」。

未知冬時閩本、明監本、毛本同。案：浦鏜云：「『知』當『如』字誤。」是也。

何爲曾使我當此難世乎小字本同，閩本、明監本、毛本同。相臺本「難」作「亂」，《考文》古本同。案：「亂」字是也。正義云「當此亂世乎」可證。

四惡如此閩本同。明監本、毛本「四」作「曰」。案：山井鼎云：「『曰』恐『王』誤。」非也。浦鏜云：「疑『肆』字誤。」是也。寫者以「四」爲「肆」之別體字而致誤耳。《大小雅譜》「肆夏」作「四夏」，是其證也。

何曾施恩於我閩本、明監本、毛本同。案：山井鼎云：「《左傳》疏『恩』作『忍』，見於文公十三年傳。」是也。此即經之「忍」字。

至一夕毛本「夕」誤「名」，閩本、明監本不誤。

百卉具腓唐石經、小字本、相臺本同。案：李善注謝靈運《戲馬臺》詩引《毛詩》作「痱」。考《釋文》云：「腓，房非反，病也。《韓詩》云：變也。」不言其字有異，是《毛詩》經亦作「腓」，但傳訓爲「病」，以爲「痱」之假借字。

必自之歸爲亂小字本、相臺本同，閩本、明監本、毛本亦同。案：正義云「必之歸於國家滅亂也」，又云「是之歸於亂也」，是「爲」當作「於」。

其何所歸之乎閩本、明監本、毛本同。案：「歸之」當作「之歸」。下「必歸之於國家滅亂也」同。

廢爲殘賊小字本、相臺本同。唐石經初刻「癈」，後磨改「廢」。

廢忲也小字本、相臺本同。案：《釋文》：「忲，時世反，下同。一本作『廢，大也』。此是王肅義。」正義云：「定本『廢』訓爲『大』，與鄭不同。」標起止云「傳廢忲」。定本當是依王肅申毛也。

言大於惡閩本、明監本、毛本同。小字本、相臺本「大」作「忲」，《考文》古本同。案：「忲」字是也。《列女傳》引《詩》云「廢爲殘賤，言忲於惡」可證。《六經正誤》云：「《釋文》『忲』作『怈』。」誤。見後考證。

其生也維在栗閩本、明監本「生」誤「末」，毛本不誤。

定本廢訓爲太閩本、明監本、毛本同。案：「太」當作「大」。

使不雝滯小字本、相臺本「雝」作「壅」，閩本、明監本、毛本同。案：「雝」即「雍」字是也，正義中作「壅」。此亦易爲今字之例，不當依以改箋也。《考文》古本作「雝」，當出於十行本耳。

姜嬴荆芊閩本、明監本「芊」誤「芉」，毛本誤「芋」。

謂以兵甲之事勞役之閩本、明監本、毛本「以」誤「之」。

匪鶉匪鳶唐石經、小字本、相臺本同。案：《釋文》云：「鶉，徒丸反，鵰也。字或作『鷻』。」正義云：「《説文》云：『鷻，鵰也。』從敦而爲聲。字異於鶉也。」標起止云「匪鶉」，又云「傳鶉鵰」。考此，是正義、《釋文》二本皆作「鶉」字，「鶉」即「鷻」字之省耳。

皆驚駭辟害爾相臺本同，閩本、明監本、毛本同。小字本「辟」作「避」。案：「避」字非也。此正義所易之今字。《考文》古本作「避」，亦誤，采正義。

言若鶉若鳶閩本、明監本、毛本同。案：此不誤。「言」下，浦鏜云：「脱『非』字。」非也。主説他鳥，箋所謂「非鵰鳶」者也。

非鱣鮪之小魚閩本、明監本、毛本同。案：此不誤。浦鏜云：「『大』誤『小』。」非也。主説他魚，箋所謂「非鱣鮪」者也。此經中四「匪」字，箋以爲魚鳥之非鵰、鳶、鱣、鮪者，與傳以爲人非鵰、鳶、鱣、鮪不同，故正義文如此。浦所改失箋及正義之意也。

説文云鶉鵰也閩本、明監本、毛本同。案：浦鏜云：「《説文》作『鷻』。」是也。正義下文可證。

説文又云鳶鷙鳥也閩本、明監本、毛本同。案：浦鏜云：「鳶，《説文》作『鳶』。」是也。

鶉鳥皆殺害小鳥閩本、明監本、毛本同。案：上「鳥」字，浦鏜云：「『鳶』誤。」是也。

尚各得其所閩本、明監本、毛本同。小字本、相臺本「尚」作「生」。案：「生」字是也。

葉細而岐鋭也毛本脱「也」字，閩本、明監本有。

北山

其有瀛海環之閩本、明監本、毛本同。案：「其」下，浦鏜云：「脱『外』字。」是也。

鞅猶何也相臺本同，閩本、明監本、毛本同。小字本無「也」字。案：無者脱也。

居家用逸閩本、明監本、毛本「用」誤「閒」。

或勤者無事不爲者閩本、明監本、毛本同。案：山井鼎云：「宋板『者』作『若』。」其實不然，當是剜也。

無將大車

賢者與之從事反見譖害自悔與小人並小字本、相臺本同。案：此十六字非鄭注也。考下箋云：「不任其職，愆負及己。」此正義亦云：「不堪其任，愆負及己。」絶無反見譖害之事。使有此注，正義自不容不爲之解，其當無此注明甚。且此正義云：「此大夫作詩，則賢者也。」若有此注，則鄭已明言賢者，正義不待推作詩而後定其賢者矣，是正義本決無此注也。今各本皆誤。

祇自疷兮小字本、相臺本同。唐石經「疷」作「疧」。案：《釋文》云：「疷兮，都禮反。」《白華》釋文云：「疷，徐：都禮反，又祈支反。」是此依徐讀也。考「疧」字見於《爾雅》、《説文》、《玉篇》、《廣韻》、《五經文字》，皆從氏，不從氐，則徐讀非也。段玉裁《六書音韻表》云：「一作『疷』，無此字。宋劉彝臆改『疷』以韻『塵』，亦無此字。考唐石經正作『疧』，與《白華》『疧』字皆甚明畫。顧炎武從劉説，謂石經乃從諱『民』減畫之例，非也。詳見《詩經小學》。」《釋文》「疧」，通志堂本亦誤爲「疷」，今正。詳後考證。

維塵雝兮唐石經、小字本同，閩本、明監本、毛本同。相臺本「雝」作「雍」。案：「雝」字是也。《九經字樣》云「《爾雅》作『雝』」，是其證。《石經考異》云：「經中『雝』字皆放此。」《釋文》云：「『雝』字又作『壅』。」《考文》古本作「壅」，采《釋文》而誤。

小明

令而悔仕者閩本、明監本、毛本同。案：浦鏜云：「『令』當『今』字誤。」是也。

其實皆悔辭也明監本、毛本「辭」誤「亂」，閩本不誤。

喻王者當察理天下之事閩本、明監本、毛本「事」下衍「也」字，小字本、相臺本無，十行本初刻無，後剜添。

品物咸亨也毛本「亨」誤「享」，閩本、明監本不誤。

念彼明德供具賢者爵位之人君閩本、明監本、毛本同。案：經、注作「共」，正義作「供」。共、供，古今字，易而説之也。例見前。餘同此。

月之明察閩本、明監本、毛本同。案：浦鏜云：「『日』誤『月』。」是也。

昭五年左傳曰閩本、明監本、毛本「五」誤「二」。

今仕而遇亂明監本「遇」誤「過」，閩本、毛本不誤。

四月爲除毛本「爲」誤「謂」，閩本、明監本不誤。

又下章云四月方奧閩本、明監本、毛本同。案：浦鏜云：「『日』誤『四』。」是也。

奥煖也小字本、相臺本同。閩本、明監本、毛本「奥」誤「燠」。案：此經《釋文》、唐石經皆作「奥」，與《無衣》經用字不同。上正義兩云「下章日月方奥」可證。其正義自爲文則用「燠」字者，以「奥」、「燠」爲古今字而易之也。《考文》古本經作「燠」，采正義而誤耳。

是使聽天乎命閩本、明監本、毛本同。小字本、相臺本「乎」作「任」，《考文》古本同。案：「任」字是也。

遷也故須安此之安擇君遷也閩本、明監本、毛本同。案：上「遷也」二字當衍，「擇君」下當有「而能」二字。

小明五章三章章十二句二章章六句唐石經、小字本、相臺本同，閩本同。明監本脱。毛本「小明」至「二章」脱。

鼓鍾

欽欽人樂進之善同音四懸克諧閩本、明監本、毛本同。案：十行本「之」至「諧」，剜添者二字。

既以其正且廣所及閩本、明監本、毛本同。案：十行本「正」至「廣」，剜添者一字。

又爲和而不僭差閩本、明監本、毛本同。案：十行本「又」至「不」，剜添者一字。

傳礬大淮上地閩本、明監本、毛本同。案：十行本「大」至「地」，剜添者一字。「淮」當作「至」。

東夷之樂曰昧小字本、相臺本同，閩本、明監本、毛本同。案：《釋文》云：「韎，本又作『昧』。」正義云：「然則言昧者，物生根也。」是正義本與《釋文》又作本同。

南夷之樂曰南小字本、相臺本同，《考文》古本同，閩本同。明監本、毛本「南」作「任」。案：「南」字是也。正義云「以南訓任，故或名任，此爲南，其實一也」可證。

西夷之樂曰朱離小字本、相臺本同，閩本同。明監本、毛本「朱」作「株」。案：正義云「秋物成而離其根株」，又云「定本作『朱離』，其義不合」，是作「株」字者改之以合正義也。

此經言云鍾琴笙磬閩本、明監本、毛本同。案：「云」字當衍，「琴」上當有「瑟」字。

即爲夷禮明監本「即」誤「既」，閩本、毛本不誤。

四夷之樂雖爲舞閩本、明監本、毛本同。案：「雖」當作「唯」。

鄭意直據三種之舞明監本「三」誤「二」，閩本、毛本不誤。

楚茨

民盡皆流散流散而逃亡閩本、明監本、毛本同。案：上「流散」二字當作「棄業」。

田疇墾闢閩本、明監本、毛本「墾」作「墾」。案：所改是也。毛本「闢」誤「闕」。

欲明喪亡亦由饑饉明監本「喪」誤「夷」，閩本、毛本不誤。

則於經無所當明監本、毛本「當」下衍「也」字，閩本剜入。

文指田類閩本、明監本、毛本同。案：「田」當作「相」，《大田序》正義可證。

君婦有清濁之德閩本、明監本、毛本「濁」作「浄」。案：所改是也。

首尾接連閩本、明監本、毛本「連」下衍「而」字。

我蓺黍稷唐石經、小字本、相臺本同。閩本、明監本、毛本「蓺」作「藝」。案：「藝」字非也。《釋文》云：「我蓺，魚世反。」

《南山》釋文云：「蓺，樹也。本或作『藝』，『技藝』字耳。」《猗嗟》釋文云：「技藝，其綺反。」

茨蒺蔾也毛本「蔾」誤「藜」，明監本以上皆不誤。下同。

我將得黍稷焉閩本、明監本、毛本同。小字本、相臺本「得」作「樹」。案：「樹」字是也。

萬萬曰億毛本「萬」誤「十」，明監本以上皆不誤。案：毛以萬萬爲億，《伐檀》正義有明文。

比至於尸酳閩本、明監本、毛本「比」誤「北」。

子有三角刺是也毛本「三」誤「二」，閩本、明監本不誤。

以黍稷爲國之主閩本、明監本、毛本同。案：浦鏜云：「『國』當『穀』字誤。」是也。

必祭祀所用閩本、明監本、毛本同。案：「必」上，浦鏜云：「疑脱『非』字。」是也。

即郊特牲云明監本、毛本「即」誤「既」，閩本不誤。

或陳于牙小字本、相臺本同，閩本、明監本、毛本亦同。案：「牙」當作「𠀁」。「𠀁」即「互」之别體，碑刻中每見之。《周禮》釋文云：「互，徐：音𠀁。」正義中字同。

或齊于肉小字本同，閩本、明監本、毛本同。相臺本「于」作「其」。案：「其」字是也。正義標起止云「至其肉」，又云「齊其肉者，王肅云『分齊其肉所當用』」，可證。

有解剥其皮者小字本、相臺本同。案：正義云：「豚解腥之，是解剥其肉也。定本、《集注》皆云『解剥其皮』。」是正義本作「肉」字。

皇暀也相臺本同，閩本、明監本、毛本同。小字本「暀」作「睢」。案：「睢」字誤也，《信南山》、《泮水》箋小字本亦不作「睢」，可證也。

而享其祭祀閩本、明監本、毛本同。小字本、相臺本「享」作「饗」，《考文》古本同。案：「饗」字是也。

箋云慶賜也小字本同，閩本、明監本、毛本同。相臺本無「也」字。

祭祀之禮明監本、毛本「祀」誤「禮」，閩本不誤。

郭朴曰閩本、明監本、毛本「朴」誤「璞」。

然則以此二禮毛本「禮」誤「體」，閩本、明監本不誤。

由名有所司故也閩本、明監本、毛本同。案：浦鏜云：「『名』當『各』字誤。」是也。

供其脯脩刑撫閩本、明監本、毛本同。案：浦鏜云：「『膴』誤『撫』。」考《周禮》，是也。

與此不同者明監本、毛本「與」誤「於」，閩本不誤。

每處求之是祀禮於是甚明也閩本、明監本、毛本同。案：十行本「求之是」，剜添者一字。

豆謂肉羞庶羞也小字本、相臺本同。閩本、明監本、毛本「肉」作「内」。案：《釋文》云：「内羞，如字。内羞，房中之羞。或作『肉羞』，非也。」正義云「豆，内羞、庶羞者」，是其本作「内」，不誤也。

君婦謂后也毛本「謂」誤「爲」，明監本以上皆不誤。

必取肉物肥腯美者也閩本、明監本、毛本同。小字本、相臺本無「者」字。案：正義標起止云「箋君婦至腯美」，是其本無「者」字。段玉裁云：「有『者』是。」

又爲繹而賓敬其尸閩本、明監本「繹」誤「釋」，毛本不誤。

故云傳火加之閩本、明監本、毛本同。案：「之」當作「火」。

留其實亦炙閩本、明監本、毛本「留」作「燔」。案：此當作「其實燔亦炙」。

燔從於獻酒之肉閩本、明監本、毛本同。案：「肉」下，浦鏜云：「脱『炙』字。」考《周禮》注，是也。

特牲云燔炙肉閩本、明監本、毛本同。案：「云」上，浦鏜云：「脱『注』字。」是也。

數多少長短閩本、明監本、毛本同。案：「長」上，浦鏜云：「脱『量』字。」考《周禮》注，是也。

必先膊乾其肉閩本、明監本、毛本「膊」誤「膞」。

孫炎曰庶豐多也云胗閩本、明監本、毛本同。案：「多也」二字當倒。

加籩則内宗薦之閩本、明監本、毛本同。案：「籩」上，浦鏜云：「脱『豆』字。」以《周禮》考之，是也。

則世婦薦之閩本、明監本、毛本「世」誤「主」。

造主人使受嘏閩本、明監本、毛本同。小字本、相臺本「造」作「告」，《考文》古本同。案：「告」字是也。

既匡既勑唐石經、小字本、相臺本同。案：《釋文》云：「筐，本亦作『匡』。」考此經毛無傳，但以「稷疾勑固」例之，必不與鄭義同。正義依王述毛以説傳，云「既能誠正矣」，是其本經字作「匡」，與《釋文》亦作本同。毛氏《詩經》字自如此也。鄭箋本經字亦作「匡」，其云「受之以筐」者，以「匡」爲「筐」之假借，不云讀爲而於訓釋中竟改其字以顯之也。《釋文》本經字作「筐」，乃依箋所改，當以正義本爲長。正義云「既筐既勑二句爲異」，又云「此經云『既筐』」，皆易字之例耳。○按：

《說文》「筐」即「匡」之或字，是知毛訓正、鄭訓器而無異字也。〔一〕

天子使宰夫受之以匡小字本、相臺本「匡」作「筐」，閩本、明監本、毛本同，《考文》古本同。案：「筐」字是也。

以擩于醢以受尸矣閩本、明監本、毛本同。案：「受」當作「授」。

曰孝子能盡其誠信閩本、明監本、毛本同。案：浦鏜云：「『曰』當『由』字誤。」是也。

多少如有法矣毛本「有」誤「是」，閩本、明監本不誤。

率命祝祝受以東閩本、明監本、毛本同。案：山井鼎云：「『率』恐『卒』誤。」是也。

故孝子前就凡受之閩本、明監本、毛本同。案：浦鏜云：「『尸』誤『凡』。」是也。

定本注天子宰又受之閩本、明監本、毛本同。案：浦鏜云：「定本下當脱『集』字。『又』字當衍文。」是也。

眉壽万年閩本、明監本、毛本「万」誤「百」。

勿替以之閩本、明監本、毛本「以」作「引」。案：山井鼎云：「『以』，恐非。」是也。

戒諸在廟中者以祭禮畢小字本、相臺本同。案：《釋文》云：「禮，或作『祀』。」正義本是「禮」字。正義云「告以祭禮畢也。祭禮畢即『禮儀既備』是也」，可證。

鼓鍾送尸唐石經、小字本、相臺本同。案：《宋書·樂志》兩引此，作「鍾鼓送尸」。考箋云：「尸出入，奏《肆夏》。」此經言

〔一〕「字」，原作「是」，據文選樓本改。

「鼓鍾」，猶《春秋》内外傳之言「金奏《肆夏》」也。變上經「鍾鼓既戒」，亦使不相蒙也。當以作「鼓鍾」者爲是。正義云：「乃鳴鍾鼓以送尸，謂奏《肆夏》也。」「鍾鼓」當倒耳。○按：舊校非。《宋書》自可據也。

神安歸者歸於天也　小字本、相臺本同。案：《宋書·樂志》引「歸於天地也」。考正義云「神安而歸於天也」，又云：「《郊特牲》云『魂氣歸於天』，故言神安歸於天也。」標起止云「至於天」，是有「地」字者誤也。

歸賓客豆俎　閩本、明監本、毛本同。小字本、相臺本「豆」作「之」。案：「豆」字誤也。正義云「於是之時賓客歸之俎」，又云「是祭祀畢，賓客歸之俎也」，又云「歸之俎，所以尊賓客」，是正義當作「賓客歸之俎」。《考文》古本「客」下有「之」字，仍衍「豆」字。

則從西堂下　毛本「則」誤「別」，閩本、明監本不誤。

此尸所陳　閩本、明監本、毛本同。案：浦鏜云：「『詩』誤『尸』。」是也。

是其歡也　相臺本同，閩本、明監本、毛本同。小字本「其」作「具」。案：「具」字誤也。正義可證。

釋詁云子子孫孫　閩本、明監本、毛本「詁」作「訓」。案：所改是也。

信南山

畇畇原隰　唐石經、小字本、相臺本同。案：《釋文》云：「畇畇，音匀。又作『畮』，蘇遵反。又音旬。」正義云：「《釋訓》云：畇畇，田也。注引此『畇畇原隰』，與匀音同也。」是正義本作「畇」字。

則又成王之所佃　小字本、相臺本同，閩本、明監本、毛本亦同。案：《釋文》云：「佃，本亦作『田』。」正義云「由曾孫成王所田之」，又云「成王田之，皆信然矣」，又云「今原隰墾辟，則又成王之所田」，是其本作「田」，與亦作本同。「佃」非其義，乃俗本耳。

下注言上天同雲閩本、明監本、毛本同。案：「注」當作「經」。

讀如中甸之甸閩本、明監本、毛本同。案：此不誤。浦鏜云：「『𤰈』誤『中』。」非也。正義所引自如此。今《周禮》注作「𤰈甸」，《左傳》同，《説文》人部引作「中佃」。

丘乘其粢盛閩本、明監本、毛本同。案：浦鏜云：「『共』誤『其』。」是也。

出□□□長轂一乘閩本、明監本、毛本「出」下不空。案：此所空當是「馬四匹」三字也。《郊特牲》注本無此三字，正義以義增之耳。依彼注删，非也。

皆丘甸之閩本、明監本、毛本「皆」誤「比」。

與匠人井間有洫同也閩本、明監本、毛本同。案：浦鏜云：「『成』誤『井』。」是也。

限以同年閩本、明監本、毛本「以」誤「於」。

疆場翼翼毛本「場」誤「埸」，明監本以上皆不誤。下同。

周禮所諧前期十日閩本、明監本、毛本同。案：浦鏜云：「『謂』誤『諧』。」是也。

受天之祜唐石經、小字本、相臺本同，《考文》古本同。閩本、明監本、毛本「祜」誤「祐」。

箋云毛以告純也小字本、相臺本同。案：此正義本也。正義標起止云「箋毛以至馨香」，又云「定本及《集注》皆以此注爲毛傳，無『箋云』兩字」，是自此至「合馨香也」二十八字皆在傳，是也。

似由陽祀故用騂閩本、明監本、毛本「似」誤「以」。

故曰白牡騂公牲明監本、毛本「牡」誤「牲」、「公」誤「剛」，閩本「牡」字不誤。案：「騂」當作「周」。《魯頌》傳云「白牡周公牲」，正義引彼文也。不知者轉輾改之而不可通矣。

彝尊彝四時之祭閩本、明監本、毛本同。案：上「彝」字當作「司」。

盎齊涚酌毛本「涚」誤「説」，閩本、明監本不誤。

郊特又曰閩本、明監本、毛本同。案：「特」下，浦鏜云：「脱『牲』字。」是也。

又言享于祖考明監本、毛本「言」誤「曰」，閩本不誤。

亨于祖考閩本、明監本、毛本同。案：浦鏜云：「『享』誤『亨』。」是也。

甫田

甫之言丈夫也小字本、相臺本同。案：此正義本也。正義云：「故云『甫之言丈夫也』。」《釋文》云：「依義，丈夫是也。本又作『大夫』。一本『甫之言夫也』，又一本『甫之言大也』。」《考文》「一本作『大夫』」，采《釋文》。古本作「大丈」，誤。

上地穀畝一鍾小字本、相臺本同，閩本同。明監本、毛本「鍾」作「鐘」。案：「鍾」字是也。正義標起止同。正義下文作「鐘」者，自爲文而易字耳。閩本皆作「鍾」，非。

民得賖貰取食之小字本、相臺本同。案：正義云：「賖貸取而食之也。」又云：「定本及《集注》『貸』皆作『貰』，義或然也。」《釋文》云「貰音世」。

自古者豐年之法如此小字本、相臺本同,《考文》古本同。閩本、明監本、毛本「豐」誤「農」。

今言治田元辭閩本、明監本、毛本同。小字本、相臺本「元」作「互」,《考文》古本同。案:「互」字是也。正義標起止不誤。

禮使民鋤作耘耔小字本、相臺本同。案:《釋文》云:「鋤,本或作『助』,同,仕魚反。」正義本是「鋤」字。○按:《周禮》「耡」訓「助」,牀倨切。作「鋤」,仕魚切」非也。

以道藝相講肄小字本、相臺本同。案:《釋文》云:「肆,以四反。字亦作『肄』,同。」正義本是「肄」字。

等養之義也閩本、明監本、毛本「等」作「孝」。案:此用孫毓評也。下文引是「孝」字。

或擁其根本閩本、明監本、毛本「擁」作「壅」。案:「壅」字非也。正義引《食貨志》之「附根」,故易「雍」爲「擁」而説之。

故令黍稷得薿薿然而茂盛閩本、明監本、毛本「令」誤「今」。

所以紓官之畜滯閩本、明監本、毛本「畜」作「蓄」,後「畜積」同。案:「畜」字是也。以《大東》證之,正義用「畜」,爲今字。

今成王之時奉而脩之閩本、明監本、毛本「奉」誤「舉」。

夫猶傳也毛本同。閩本、明監本「傳」作「傅」。案:「傅」字誤也。

可倚丈也閩本、明監本、毛本「丈」作「仗」。按:「仗」乃俗字耳。古祇用「杖」、用「丈」。

上孰其收自四閩本、明監本、毛本「孰」誤「熟」。下同。

自三百五十碩閩本、明監本、毛本同。案:「三」下,浦鏜云:「脱『四』字。」是也。「自三」者,以三乘百五十碩也,當得四百五十碩。

孟子曰言三代稅法閩本、明監本、毛本同。案：浦鏜云：「『曰』當衍字。」是也。

方里而井九百畝閩本、明監本、毛本重「井」字。案：所補是也。

故鄭元通其率閩本、明監本、毛本同。案：「元」當作「互」。

而失其本旨毛本「失」誤「決」，閩本、明監本不誤。

其若合符閩本、明監本、毛本同。案：「其」當作「共」。

言農夫食陳閩本、明監本、毛本「夫」作「人」。案：所改是也。

注云因時施之閩本、明監本、毛本同。案：浦鏜云：「『困』誤『因』。」是也。

此即義取其陳也閩本、明監本、毛本同。案：浦鏜云：「『我』誤『義』。」是也。

因隤其土閩本、明監本、毛本「隤」誤「壝」。

比成壠盡而根深閩本、明監本、毛本同。案：此不誤。浦鏜云：「『盛暑』二字誤『成』。」非也。當是正義所引自如此。

故得使農人之其南畝也明監本、毛本「之」誤「知」，閩本不誤。

且耕且養明監本、毛本「耕」誤「井」，閩本不誤。

用日少而畜德多閩本、明監本、毛本「畜」誤「蓄」。案：浦鏜云：「《漢志》作『畜』。」是也。

吹豳雅擊土鼓明監本「擊」誤「繫」，各本皆不誤。

以之其能成五穀之功也閩本、明監本、毛本上「之」字作「報」。案：所改是也。

而饗勞之也閩本、明監本、毛本「饗」誤「嚮」。

共工氏有子曰句龍爲后土又曰后土則社閩本、明監本、毛本同。案：十行本「共」至下「后」字，剜添者四字，當是衍「又曰后土」四字也。「則」者，今之「即」字，下引趙商問「后土則社，社則后土」可證。

后土爲社謂輔作社神閩本、明監本、毛本同。案：十行本「社」至「社」，剜添者一字，當是衍「謂」字也。「輔」當作「轉」，下云「後轉爲社」，又云「後轉以配社」，又云「后土轉爲社」，皆其證也。

注云社祭也神閩本、明監本、毛本同。案：山井鼎云：「『也』當作『地』。」是也。

社而祭之故曰閩本、明監本、毛本同。案：「曰」下，浦鏜云：「脱『后土社』三字。從《周禮·大宗伯》疏校。」是也。

亦可不須由此言閩本、明監本、毛本同。案：此不誤。「須」下，浦鏜云：「脱『言也』二字。」非也。此讀當於「言」字絶，乃七字爲一句。

檀弓曰以國亡大縣邑哭於后土閩本、明監本、毛本同。案：「以」字當衍，「土」下當有「者」字。

社爲陰祀閩本、明監本、毛本「爲」誤「謂」。

是謂休息之明監本、毛本「謂」誤「爲」，閩本不誤。

蜡也蜡者索也閩本、明監本、毛本同。案：浦鏜云：「『蜡也』下衍一『蜡』字。」

郊特牲止云息田夫閩本、明監本「止」誤「只」，毛本初刻同，後剜改「止」。

禁民飲食閩本、明監本、毛本同。案：浦鏜云：「『酒』誤『食』。」是也。

郵表畷四也明監本、毛本「畷」誤「啜」，閩本不誤。

彼云設其社稷之壇閩本、明監本、毛本同。案：浦鏜云：「『壝』誤『壇』。」是也。

祁雨又宜早閩本、明監本、毛本同。案：「祁」當作「祈」。

時次於上閩本、明監本、毛本「上」誤「此」。

饟其左右從行者小字本、相臺本同，《考文》古本同。閩本、明監本、毛本「饟」誤「攘」。

成王則無所責怒小字本、相臺本同，《考文》古本同。閩本、明監本、毛本「責」作「恚」。案：正義云「不有恚怒」，不知正義本字作「恚」或自爲文也，輒依以改者非。

田畯田家閩本、明監本、毛本同。案：「家」當作「官」。

而公以其閩本、明監本、毛本同。案：浦鏜云：「『公』當『云』字誤。」是也。

又帝王乃躬自食農人明監本「自」誤「目」，閩本、毛本不誤。

田蠶並爲急務明監本「田」誤「曰」，閩本、毛本不誤。

近者納稯小字本、相臺本同，《考文》古本同。閩本、明監本、毛本「稯」作「總」。案：《釋文》云：「稯，作孔反。」考此正義「總」字凡五見，應是其本作「總」，與《釋文》本不同。

是言年豐收入踰前也小字本、相臺本同。案：《釋文》云：「年收，手又反。又，如字。」考此箋當本云「是言年收踰前也」，「年」下「豐」字、「收」下「入」字皆衍。「年收」即「歲取」也。正義云「以其收入踰前」，乃自爲文耳。或因此改箋，又並添「豐」字。《考文》古本倒作「豐年」，但欲使「年」、「收」連文，以爲合於《釋文》耳。

橋有廣狹閩本、明監本、毛本「橋」誤「横」。

小渚曰沚明監本「小」誤「水」，閩本、毛本不誤。

亦校其歲以爲率明監本、毛本「亦」誤「應」，閩本不誤。

禹貢有納銍納秸閩本、明監本、毛本「銍」誤「秷」。下同。

秸又云穎也閩本、明監本、毛本同。案：浦鏜云：「『去』誤『云』。」是也。

遠者粟米閩本、明監本、毛本「粟」誤「納」。

定本疆境字作竟閩本、明監本、毛本同。案：「境」、「竟」二字當互易。《七月》正義可證。

大田

亦矜寡之類閩本、明監本、毛本「類」誤「稱」。

是既備矣小字本、相臺本同。案：正義云「故云『是故備矣』」，當是其本作「故」字。

至孟春士長昌橛相臺本同，閩本、明監本、毛本同。小字本「橛」作「撅」。案：「橛」字是也。橛者，陳稼之根橛在地中者也。《月令》及此《釋文》皆作「橛」，正義中字同，皆可證。○按：《禮記》疏云：「以木橜置地上，〔一〕候之氣至，則士冒

〔一〕「木」，原作「本」，據文選樓本改。

槩上。」此云：「以冬土定，故稼槩於地，與地平。」「稼」字必誤，當同《月令》疏作「置」，非「稼槩」，即下文「陳根」也。舊校殊誤，今復正之。

載讀爲菑栗之菑毛本「菑」誤「蓄」，明監本以上皆不誤。

以種其百種之衆穀閩本、明監本、毛本下「種」字誤「穀」。

如嫁女有所生閩本、明監本「嫁」誤「稼」，毛本不誤。

即分地之利是也明監本、毛本「利」誤「耕」，閩本不誤。

農書有七家閩本、明監本、毛本同。案：浦鏜云：「『九』誤『七』。」以《漢志》考之，是也。

人耕即下種毛本「下」誤「云」，閩本、明監本不誤。

稂童粱也小字本、相臺本同，閩本同。明監本、毛本「粱」作「梁」。案：「粱」字是也。見《下泉》。

無害我田穉閩本、明監本、毛本同。小字本、相臺本「穉」作「稺」，唐石經初刻「稺」，後磨改「穉」。案：「稺」字是也。《釋文》云：「田稺，音稚。下同。」《五經文字》云：「稺、穉，幼禾也。上《説文》，下《字林》。」亦爲「長稺」字。《載馳》「衆稺且任」，唐石經同。作「穉」者非。《谷風》等箋「長稚」則多用「稚」，又「稺」之今字也。正義自爲文，「長稚」字亦當用之。

盛陽氣嬴則生之小字本同，閩本、明監本、毛本同。相臺本「嬴」作「贏」。案：《六經正誤》云：「作『嬴』誤。興國本作『贏』，相臺本依之改。」非也。《釋文》云：「嬴，音盈。」古「盈縮」字作「嬴」，見於書傳多矣，毛居正失考耳。

皁成而未堅閩本、明監本、毛本「皁」誤「是」。

釋草文閩本、明監本、毛本「文」誤「云」。

故曰螾也閩本「螾」誤「螟」，明監本、毛本「螾」作「螣」。案：正義下文以「螾」與「蟠」爲古今字說此也。作「螣」者誤。

食禾節言貪很閩本、明監本、毛本「很」誤「狼」。

蝨與蟹古今字耳閩本、明監本、毛本同。案：「蟹」當作「蠹」。《集韻》所載如此，可證也。依此上所引李巡《爾雅》注是「蠹」字，今作「蝨」者，誤。○按：蠹，今《說文》蟲部徐鉉曰：「上象其形，非从矛，書者多誤。」徐所云「多誤」者，謂俗多上從矛耳。

一穗蟲也閩本、明監本同。毛本「穗」作「種」。案：所改是也。

故持之付于炎火閩本、明監本、毛本同。案：「于」當作「與」，因寫者以「予」爲「與」之別體字而又譌爲「于」也。「付與」是箋所以說經「畀」字者也。〔一〕正義上文云「持于炎火」，誤同。

有渰萋萋唐石經、小字本、相臺本同。案：《釋文》云：「萋萋，七西反。」正義云：「萋萋然行者。」段玉裁云：「當從《說文》、《玉篇》、《廣韻》作『淒淒』。」又《呂氏春秋・務本》、《漢書・食貨志》、《後漢・左雄傳》皆作「淒淒」，見《經義雜記》。《考文》古本作「淒」，采他書也。

興雨祈祈小字本同，閩本、明監本、毛本同。唐石經、相臺本作「祁祁」，《考文》古本同。案：祈祈，誤也，正義中字同。《釋文》云：「興雨，如字。本或作『興雲』，非也。」正義云：「經『興雨』或作『興雲』，誤也。定本作『興雨』。」考此經本作「興

〔一〕「說」，原作「脫」，據文選樓本改。

雲」，《顏氏家訓》始以爲當作「興雨」，《釋文》、正義、唐石經皆從其說也。段玉裁云：「《說文》：淒，雨雲起也。渰，雨雲貌。雨雲謂欲雨之雲。凡大雨之來，黑雲起而風生，風生而雲行，所謂『有渰淒淒』也。已而風定，白雲彌天，雨隨之下，所謂『興雲祁祁』，『雨公及私』也。作『興雨』，於物理、經訓皆失之。」《詩經小學》說同。又《呂氏春秋》、《食貨志》、《隸釋·無極山碑》、《韓詩外傳》皆作「興雲」，見《經義雜記》。又，《鹽鐵論》、《後漢書·左雄傳》作「興雨」，當亦是後人以顏說改之耳。

渰雲興貌 小字本、相臺本同。案：《釋文》「渰」下云：「雲興貌。」正義云：「傳『渰，雲興貌』，定本、《集注》云『渰，陰雲貌』。」《顏氏家訓》引毛傳云「渰，陰雲貌」。段玉裁從《家訓》、定本、《集注》。《考文》：「一本作『渰，陰雲興貌』。」采正義而誤，並二本爲一也。

祁祁徐也 小字本、相臺本同。案：《釋文》「祁祁」下云「徐也」。正義云：「祁祁，徐貌，謂徐緩而降。」段玉裁云：「《家訓》有『貌』。」《考文》：「一本作『祈祈，徐徐行貌也』。」采正義而有誤。

此有不斂穧 唐石經、小字本、相臺本同。案：正義云：「定本、《集注》『穧』作『積』。」以《釋文》、正義考之，「積」字非也。或「積」當作「穦」，以「齊」、「資」得通用而借「穦」爲「穧」也。

言捃拾取之以自利己 明監本、毛本「己」誤「也」，閩本不誤。

此秉謂刈禾盈手之秉 毛本「謂」誤「爲」，閩本、明監本不誤。

以對米秉爲異 閩本、明監本、毛本「米」誤「禾」。

騂牛也 小字本、相臺本同。案：正義云：「故云『騂，赤牛也』。定本、《集注》『騂』下無『赤』字，是也。」是其本有「赤」字，標起止無，當是後改。《考文》古本有，采正義。

以觀稼穡也閩本、明監本、毛本同。案：浦鏜云：「『勸』誤『觀』。」是也。《甫田》正義可證。

目上章言犧羊閩本、明監本、毛本「目」誤「且」。案：「章」當作「篇」。

而祈後年也明監本、毛本「祈」誤「祀」，閩本不誤。

瞻彼洛矣

此及裳裳者華明監本、毛本「乃」誤「及」，閩本不誤。

故宜云古明王閩本、明監本、毛本同。案：浦鏜云：「『宜』當『直』字誤。」是也。

韎韐者茅蒐染草也小字本、相臺本同。案：「草」當作「韋」。見下。

一曰韎小字本、相臺本同。案：「一」下當有「入」字。見下。正義云「定本云『一入曰韎韐』」，此讀當以「韎」字斷句，「韐」字逗。正義讀「韎韐」二字爲連文者，非。亦見下。

韎韐者茅蒐染也茅蒐韎韐聲也小字本、相臺本同。案：二「韐」字當衍，見下。韋昭《晉語》注引無二「韐」字，《左》成十六年正義引亦無，正義有二「韐」字，當是其本誤。

韎韐祭服之韠合韋爲之小字本、相臺本同。案：「韎」字當衍也。段玉裁曰：「『韎者，韐之色也。茅蒐染韋，一入曰韎。』亦見《說文》及《五經文字》。即一染謂之縓也。韠，韍也。士無韍有韐，故云『韐所以代韠』。箋申之云：『韎者，茅蒐染也。茅蒐，韎聲也。韐，祭服之韠，合韋爲之。』皆分析韎、韐二字別義。各本譌舛不可讀。「茅蒐韎聲」者，駁《異義》

所云「齊魯之間言韎聲如茅蒐」也。

紂衣纁裳也小字本、相臺本同。案：此《釋文》本也。《釋文》云：「紂，音緇。」考《士冠禮》「纁裳純衣緇帶」注云：「純衣，絲衣也。」鄭不破爲「紂」，正義引此經及注，是其本當不誤。今正義中字皆作「紂」者，後人改之也。又鄭彼注云先裳後衣者，欲令下近「緇」，明衣與帶同色，亦經不讀爲「紂」之明證。《儀禮》釋文此無音，不誤也。

河西曰雍州閩本、明監本、毛本同。案：浦鏜云：「『正』誤『河』。」是也。

此又言韎韐閩本、明監本、毛本同。案：「又」當作「文」。

其躰合韋爲之閩本、明監本、毛本「躰」誤「禮」。

琫上飾珌下飾珌下飾也閩本同。明監本、毛本「也」誤「者」。小字本、相臺本不重「珌下飾」三字，《考文》古本同。案：有者複衍也。段玉裁云：鞞，刀室也，即刀削。削，音肖。削之上刀把其飾曰琫，削末之飾曰珌。有，讀爲又。言有鞞有琫又有珌也。《公劉》傳「下曰鞞，上曰琫」，略舉上下之體而已。《釋名》與毛所説各異。戴震改此傳云：「琫上飾，鞞下飾，珌飾貌。」非也。「鞞」不可言飾。戴説見《毛鄭詩考正》，據《釋名》也。又陳啓源《毛詩稽古編》説與段玉裁合。

諸侯璗琫而璆珌大夫鐐琫而鏐珌小字本、相臺本同。案：正義云：「天子諸侯琫珌異物，大夫士則同，尊卑之差也。」又云：「定本及《集注》皆以諸侯珌璆，字從玉。又以大夫鏐珌，恐非也。」是正義本當作「諸侯璗琫而鏐珌，大夫鐐琫而鐐珌」。《釋文》本與定本、《集注》同。段玉裁曰：「此從正義本。」考《説文》，琫、珌，天子皆以玉，則諸侯皆以金、大夫皆以銀、士皆以蜃爲有條理。《説文》又云：「天子玉琫而珧珌。」

顯其能制斷小字本、相臺本同。案：《釋文》以「能斷」作音，無「制」字。正義云：「以顯其能制斷也。」不知正義本有「制」

字或自爲文也。「制斷」字在《兔罝》傳，當以有者爲是。

其鞞則有琫明監本「鞞」誤「轉」，閩本、毛本不誤。

郭璞曰珧似蜯閩本、明監本、毛本「蜯」誤「琫」。

説文云公珕蜃而不及於蜃故天子用蜃閩本同。明監本、毛本「及」誤「别」。案：十行本「珕」至末「蜃」，剜添者三字。「公珕蜃」，山井鼎云：「作『珕蜃屬』爲似是。」是也。

裳裳者華

兮已由讒見絶[一]閩本、明監本、毛本同。案：浦鏜云：「『兮』疑『以』字誤。屬下爲句。」是也。

故下章無葉毛本「章」誤「意」，閩本、明監本不誤。

此華赤以黄爲盛閩本、明監本、毛本同。案：「赤」當作「亦」，形近之譌。

故言時有駮而不純者閩本、明監本、毛本同。案：「駮」當作「駁」。

而見絶也閩本、明監本、毛本同。小字本、相臺本「見」下有「棄」字、無「也」字，《考文》古本「棄」字亦同。案：有者是也。

桑扈

箋胥皆至福禄閩本、明監本、毛本同。案：山井鼎云：「『皆』作『有』爲是。」是也。

[一]「讒」，原作「毚」，據文選樓本改。

屈原之妹名女須閩本、明監本、毛本同。案：「姊」誤「妹」。下同。是也。

萬邦是中國之辭明監本「辭」誤「辟」，閩本、毛本不誤。

翰榦小字本、相臺本「榦」作「幹」，閩本、明監本、毛本同，《考文》古本作「榦」。案：「榦」字是也。此箋云「爲之楨榦」、《韓奕》「榦不庭方」、《江漢》「召公維翰」箋皆云「楨榦」，可證此傳本是「榦」字也。「幹」字，《説文》所無。《文王》、《文王有聲》、《板》、《崧高》傳、箋皆當同。其正義云「爲之楨幹」者，以榦、幹爲古今字，易而説之也。餘同此。《釋文》「翰」下云「幹也」，亦是易爲今字耳。《崧高》、《韓奕》以「楨榦」作音，則不用「幹」字矣。《爾雅》「楨翰，儀榦也」，《釋文》云：「本又作『幹』。」《五經文字》木部云：「榦，楨榦字。」○按：「幹」乃俗字之尤者，未必作正義者用之，直轉寫之譌耳，舊校非是。

則爲天所祜明監本、毛本「祜」誤「祐」，閩本不誤。

釋詁云楨榦也閩本、明監本、毛本「榦」誤「幹」，下「榦所以當牆兩邊」同。

爲之楨榦也閩本、明監本、毛本「榦」作「幹」。案：所改是也。此當易爲「幹」，上標起止當作「榦」，今誤。

言不憮敖自淫恣也小字本同，閩本、明監本、毛本同。相臺本「憮」作「幠」。案：「幠」字是也。

爲不傲慢矣閩本、明監本、毛本「傲」誤「敖」。案：敖、傲，古今字，此正義易而説之也。

鴛鴦

以興於萬物皆耳閩本、明監本、毛本同。案：浦鏜云：「『耳』字當作『爾』。」是也。

易得尚以閩本、明監本、毛本同。案：浦鏜云：「下當脱『時取』二字。」是也。

月令云羅網畢翳閩本、明監本、毛本同。案：十行本「月令云」，剜添者一字。

摧莝也小字本、相臺本同。案：此正義本也。正義云：「傳云『摧，莝』，轉古爲今。」《釋文》「摧」下云「芻也」。又：「芻也，楚俱反。」是其本「莝」作「芻」，與正義本不同也。考此傳當本云「摧，芻也」，與下傳「秣，粟也」相對，故箋云：「摧，今『莝』字。」所以申『摧』得訓爲『芻』之意，非傳先已轉古爲今而箋又辨之如正義所云也。當以《釋文》本爲長。○按：《詩經小學》言之詳矣。傳本作「摧，挫也」，箋本作「挫，今莝字也」，毛用古字，鄭恐人不解，故申之。後人轉寫譌誤耳。「莝」乃是斬芻，芻未斬者不可以飼馬。且「摧」、「挫」音義皆相近。

挫今莝字也小字本同，閩本同。相臺本「挫」作「摧」，明監本、毛本同。案：「摧」字是也。《釋文》云：「摧，采卧反。」讀依此箋也。正義標起止云「箋摧今」。○按：小字本、閩本是也。

有事乃予之穀小字本、相臺本同。案：此正義本也。正義云「而不常與粟」，易「予」爲「與」也。《釋文》云：「與於，音豫。」是其本「予之」作「與於」，與正義本不同。《考文》「一本『予』作『與』」，采正義、《釋文》而不知其異。

箋鴛鴦至恐懼閩本、明監本、毛本同。案：浦鏜云：「至『故與此異也』百五字，當在二章下。」是也。此合併時分屬之如此耳。

故與此異也閩本、明監本、毛本同。案：浦鏜云：「『此』當『彼』誤。」是也。

序言自奉養非王身閩本、明監本、毛本同。案：「非」當作「謂」。

亦猶然也齊而後三舉設盛饌三舉節是設盛饌也恒曰則減焉唯一舉也閩本、明監本、毛本同。案：十行本首「也」至末「也」，剜添者七字。浦鏜云：「『節』當『即』字誤也。」

玉藻曰少牢閩本、明監本、毛本同。案：浦鏜云：「『日』誤『曰』。」是也。

頍弁

不能宴樂同姓唐石經、小字本、相臺本同。案：《釋文》云：「燕，又作『宴』。」以《鹿鳴》等訂之，《序》字當用「燕」。又作「宴」者，依經「君子維宴」字改也。《考文》古本作「燕」，采《釋文》。

今不親睦閩本、明監本、毛本同。案：浦鏜云：「『今』疑『令』字誤。」是也。

非自有根毛本「自有」誤倒，閩本、明監本不誤。

雖陪臣卿大夫明監本、毛本「陪」誤「倍」，閩本不誤。

釋詁云寔是也明監本「寔」誤「宴」，閩本、毛本不誤。下同。

則此皮爲燕之服閩本、明監本、毛本同。案：浦鏜云：「『皮』下當脱『弁』字。」是也。

周人循而兼用之閩本、明監本、毛本同。案：今《禮記》「循」作「脩」。

親同姓用皮弁也閩本、明監本、毛本同。案：浦鏜云：「『親』疑『燕』字誤。」是也。

赤黑恬美閩本、明監本、毛本同。案：此不誤。浦鏜云：「『甜』誤『恬』。」非也。「采苦」正義引陸機云「恬脆而美」可證也。「恬」即「甜」字，《周禮》注云「如今恬酒矣」。

言當開解而懌悦也閩本、明監本、毛本「懌悦」倒。案：所改是也。

實維何期唐石經、小字本、相臺本同。案：《釋文》云：「本亦作『其』，音基，辭也。王：如字。」考此箋云「期，辭也」，是以「期」、「其」爲同字也。毛氏《詩》當是經字本作「期」，故王肅得如字讀之，以異於鄭。亦作本非也。《考文》古本作

「斯」，誤甚。

具猶來也閩本、明監本、毛本同。小字本、相臺本「來」作「皆」，《考文》古本同。案：「來」字誤也。

吾謂之甥相臺本同，閩本、明監本、毛本同。小字本「甥」下有「也」字。

君子維宴小字本、相臺本同，《考文》古本同。唐石經初刻「燕」，後改「宴」。案：初刻非也。正義標起止云「至維宴」，當是其本字作「宴」。上下文云「燕」者，亦易字之例也。

且今夕喜樂此酒小字本、相臺本同。案：《六經正誤》云：「『喜』作『善』，誤。建本作『喜』。」考正義作「喜」者，誤字耳。毛居正非。《考文》古本作「善」，采正義。

王若覆滅明監本「覆」誤「復」，閩本、毛本不誤。

且自相與善樂此酒於今之夕閩本、明監本、毛本「善」誤「喜」。

解雪當散下明監本、毛本「散」誤「能」，閩本不誤。

陽之專氣爲霰陰之專氣爲雹閩本、明監本、毛本同。案：山井鼎云：「《大戴禮》上作『雹』，下作『霰』。」是也。此轉寫誤倒耳。○按：正義文不誤，且以釋箋「遇温氣而摶謂之霓」正相合，不當以今之《大戴禮》相繩也。疑今《大戴》正文誤。

盛陽氣之在雨水閩本、明監本、毛本同。案：山井鼎云：「以下文類之，『氣之』當作『之氣』。」是也。

車舝

作車舝詩者閩本、明監本、毛本同。案：浦鏜云：「『作』字當衍文。」是也。

思得變然美好之少女小字本、相臺本同。案：《釋文》云：「一本作『季女』。」正義本是「少」字。

往迎之配幽王閩本、明監本、毛本同。小字本、相臺本「配」上有「以」字，《考文》古本同。案：有者是也。

合會離散之人小字本、相臺本同，閩本、明監本、毛本亦同。案：正義云「會合離散之人」，當是轉寫倒之耳。《考文》古本作「會合」，采正義而誤。

須賢友共之閩本、明監本、毛本「友」誤「女」。

雖無同好之賢友明監本、毛本「雖」誤「須」，閩本不誤。

嫉褒姒之甚閩本、明監本「嫉」字誤作「疾」。案：此亦正義易字也。《考文》古本因改箋作「疾」者，非。

思賢女之幼閩本、明監本、毛本同。案：「幼」當作「切」，其誤因形近而涉上文也。

辰彼碩女小字本、相臺本同。唐石經初刻「季」，後改「碩」。案：初刻誤也，正義可證。

此鷮雉乃耿介之鳥明監本、毛本「乃」誤「及」，閩本不誤。

唯有茂美之德者毛本「美」誤「林」，閩本、明監本不誤。

故林麓山下人語曰閩本、明監本、毛本同。案：浦鏜云：「『慮』誤『麓』。」是也。

猶用之燕飲閩本、明監本、毛本「之」下衍「此」字，小字本、相臺本無，《考文》古本無，十行本初刻無，後剜添。

必皆庶幾於王之變改閩本、明監本、毛本同。小字本、相臺本「必」作「人」。案：「人」字是也。

善乎我得見女如是小字本、相臺本同。案：此正義本也。正義云：「善乎！我得見汝之新昏賢女，辟除褒姒之惡如是。」《釋文》云：「行如是，一本無『行』字。」《考文》古本有，采《釋文》。

高山仰止唐石經、小字本、相臺本同。案：《釋文》云：「仰止，本或作『仰之』。」考正義云「則仰而慕之」，下「景行行止」正義云「則法而行之」，又云「故仰之行之異其文也」，是正義本二「止」字皆作「之」。○按：正義本當是一作「之」、一作「止」，故云「異其文」。舊校非也。

青蠅

慰安也小字本、相臺本同。案：此傳正義本作「慰，安也」，《釋文》本作「慰，怨也」。正義云：「孫毓載毛傳『慰，怨也』。」又云：「徧檢今本，皆爲『慰，安』。」又云：「定本『慰，安也』。」《釋文》云：「本或作『慰，安也』，是馬融義。馬昭、張融論之詳矣。」昭、融所論今不傳。《釋文》以王申爲怨恨之辭爲據，正義則申鄭以難王，當以正義本爲長。

詩人喻善使惡閩本、明監本、毛本「詩」作「譏」。案：所改是也。

箋構合猶交亂閩本、明監本、毛本「構合」下衍「也」字。

賓之初筵

飲酒時情態也小字本、相臺本同。案：《釋文》「淫液」下云：「飲酒時情態也。」正義云：「定本、《集注》『態』下皆無『出』字。」標起止云「至情態」，當是合併時不知正義本有「出」而删之耳。考三章箋云「至於旅酬而小人之態出」，當以有者爲長。

俱以上二章明監本、毛本「二」誤「三」，閩本不誤。

卒章無君臣淫泆之事者閩本、明監本、毛本「泆」作「液」。案：所改是也。以下皆當作「液」。

說大侯既抗以下六句毛本「抗以」誤「坑之」，閩本、明監本不誤。

和旨酒調美也小字本同，閩本、明監本、毛本同。相臺本「酒」作「猶」，《考文》古本同。案：「猶」字是也。

下章言烝衎烈祖小字本、相臺本同，閩本同。明監本、毛本「烈」誤「列」。

其非祭與小字本、相臺本同。案：《釋文》云：「其非祭與，音餘，本作『乎』，又作『也』，並非。」考正義云「故破之」云云、「其非祭乎」，是其本作「乎」，標起止云「至祭與」，當是後改。

我以此求爵女小字本、相臺本同，閩本、明監本、毛本同。案：正義云：「故云『發矢之時，各心競云：我以此求汝爵』。」是其本作「女爵」。《考文》古本有「女」字，采正義，但又以句末「女」字別屬下「爵」讀，非也。

隨其左右之宜毛本「宜」誤「官」，閩本、明監本不誤。

公外席賓列自西階閩本、明監本、毛本同。案：「外」字、「列」字皆「升」字之誤。山井鼎引《儀禮》元文「公升」下有「即」字，乃正義引不備耳。

是將祭再爲射禮澤宮言習射則未是正射射於射宮乃行閩本、明監本、毛本同。案：十行本上「射」至下「宮」，剜添者二字。此當云「正射於射宮乃行」，句首仍脫一「正」字。

毛以此篇爲燕射鄭則爲大射閩本、明監本、毛本同。案：十行本「射」至「射」，剜添者一字。

傳言加籩豆閩本、明監本、毛本同。案：「豆」字當衍。

而又天官籩人毛本「天」誤「大」，閩本、明監本不誤。

菱芡栗脯閩本、明監本、毛本同。案：浦鏜云：「『芡』誤『茨』。」是也。

皆實之於豆實謂葅醢閩本、明監本、毛本同。案：「實」上，浦鏜云：「當脱『故云豆』三字。」是也。

殽核與籩豆相對毛本「與」誤「於」，閩本、明監本不誤。

皆正面畫其頭象閩本、明監本、毛本「正」誤「止」。

不忘上下相犯閩本、明監本、毛本同。案：山井鼎云：「《鄉射記》注『下』作『不』。」誤也。「不」是今本《儀禮》譌字耳。

天子之射張三侯也明監本、毛本「三」誤「二」，下「是諸侯之射張三侯也」同，閩本不誤。

正鵠皆鳥之捷黠者也閩本、明監本、毛本「捷」誤「棲」。案：山井鼎云：「『黠』恐『黠』誤。」是也。今《大射》注作「黠」，不誤。

大射唯三耦者明監本「耦」誤「射」，閩本、毛本不誤。

衆耦正謂王之六耦之外衆耦也閩本、明監本、毛本同。案：浦鏜云：「『六耦』下當脱『非謂六耦』四字。」是也。

四寸曰質毛本「寸」誤「尺」，閩本、明監本不誤。

又引爾雅云閩本、明監本、毛本同。案：「爾」當作「小」。此在《孔叢・小雅・廣物》。

司射命設封閩本、明監本、毛本同。案：山井鼎云：「《大射禮》『封』作『豐』。」浦鏜云：「『豐』誤『封』。」是也。正義下文皆作「豐」。

卒爵者酌之以其所尊小字本、相臺本同。案：當作「酌以之其所尊」，倒者誤。正義云「故云酌之獻其所尊」，以義言之耳。《考文》古本「其」上有「獻」字，采正義而爲之。

又無次也小字本、相臺本同。案：《釋文》云：「人無次也，一本『人』作『又』。」正義云：「以旅末，故并無次序也。」當是其本作「又」，而以「并」釋之也。

作樂以助歡心毛本「歡」誤「樂」，閩本、明監本不誤。

所以事其先祖也閩本、明監本、毛本「事」誤「祀」。

郊特牲文以人死也閩本、明監本、毛本同。案：「也」字當在「文」字下。

其相去亦幾也閩本、明監本、毛本同。案：「亦」當作「無」。

去國之法閩本、明監本、毛本「法」誤「去」。

有孝子之人君耳◯箋任至心◯閩本、明監本、毛本同。案：十行本「有」至下「◯」，剜添者二字。此當云「箋『壬任』至『歡心』」，仍脱二字。

君爲國君則任是君所任者閩本、明監本、毛本同。案：十行本上「君」至上「任」，剜添者一字。

採其美物閩本、明監本同。毛本「採」作「采」。案：「采」字是也。

故知陳天下諸侯獻之禮陳於庭閩本、明監本、毛本同。案：浦鏜云：「『侯』下脱『所』字。」是也。「知」下「陳」字衍。

是皆尸假神意與主人閩本、明監本、毛本「假」誤「嘏」。

次若今更衣帳張席爲之閩本、明監本、毛本同。案：山井鼎云：「彼注作『次若今時更衣處帳張席爲之』。」非也。正義無「時」字、「處」字，引不備耳。又今《大射》注「帳張席」作「張幃席」。

又此論祭事閩本、明監本、毛本「事」誤「祀」。

上嗣主人將爲後者閩本、明監本、毛本「主」誤「王」。

又曰舉奠洗爵入閩本、明監本、毛本同。案：浦鏜云：「『酌』誤『爵』。」以《特牲》考之，浦校是也。

少牢無嗣子舉奠之事特牲注云大夫之嗣子無舉首奠閩本、明監本、毛本同。案：十行本上「嗣」至下「子」，剜添者二字。山井鼎云：「《特牲》注『無』作『不』，無『首』字。」浦鏜云：「首，衍字。」是也。

以有洗爵入事閩本、明監本、毛本「酌」誤「爵」。

故云其登引餕獻受爵閩本、明監本、毛本同。案：山井鼎云：「『引』字應刪。」是也。

不直引文王世子閩本、明監本、毛本同。案：十行本「引文王」，剜添者一字。此因初刻「引」字錯入上文而然也，但上仍未删耳。

以特牲少牢饋食禮言之閩本、明監本、毛本同。案：浦鏜云：「『少牢』二字衍。」是也。

注云大夫三獻而禮成閩本、明監本、毛本同。案：「夫」下，浦鏜云：「脱『士』字。」是也。

遷徙屢數也小字本同，閩本、明監本、毛本同。相臺本無「也」字。案：無者誤也。

能自勑戒以禮小字本、相臺本同。閩本、明監本、毛本「勑」誤「敕」。

號呼讙呶也明監本「讙」誤「謹」，各本皆不誤。

僛僛舞不能自正小字本、相臺本同。案：《釋文》云：「注本『正』或作『止』。」又云：「此宜爲『正』。」正義本是「正」字。

《考文》古本作「止」，采《釋文》。

彼醉則已不善小字本、相臺本同。案：《六經正誤》云：「彼醉則已不善，作『已』誤。」此毛居正誤改也。箋意「已」字與下「復」字相對，無取於「巳」之義。

匪由勿語唐石經、小字本、相臺本同。案：段玉裁云：「觀箋『亦無從而行之也』，鄭時經文作『勿由勿語』。」詳見《詩經小學》。今考正義云「非得見彼皆然，遂從而行之」，是正義本已如此，唐石經所自出也。

以人性諱短閩本、明監本、毛本「性」誤「姓」。

鄭唯以式爲惡閩本、明監本、毛本同。案：浦鏜云：「『慝』誤『惡』。」是也。

魚藻

有那其居小字本、相臺本同。唐石經「那」字磨改，其初刻不可辨，或與《商頌》同。見彼下。

采菽

數徵會之小字本、相臺本同。唐石經「數」字磨改，其初刻不可辨。

以寇徵之而實無寇毛本「而」誤「不」，閩本、明監本不誤。

萬方故不笑閩本、明監本「故」誤「無」，毛本不誤。

采其葉以爲藿小字本、相臺本同。案：正義云：「故云『采其葉以爲藿』。」《釋文》以「爲藿」作音。段玉裁云：「『藿』當是『芼』。」

王饗賓客有生俎閩本、明監本、毛本同。小字本、相臺本「生」作「牛」，《考文》古本同。案：「生」字誤也。正義可證。

傳解言大牢之意閩本、明監本、毛本同。案：浦鏜云：「『傳解』二字當誤倒。」是也。

膳宰設折俎毛本「宰」誤「牢」，閩本、明監本不誤。

天子賜諸侯氏以車服閩本、明監本、毛本同。案：浦鏜云：「『諸』，衍字。」是也。

是服同賜之矣閩本、明監本、毛本同。案：「是」下當有「車」字。

皆畫以爲繢明監本「繢」誤「繪」，閩本、毛本不誤。

絺衣粉米閩本、明監本、毛本同。案：浦鏜云：「『剌』誤『衣』。」是也。

裁以爲衣舉衮閩本、明監本、毛本同。案：浦鏜云：「『裁』當『或』字誤。」是也。

諸侯將朝于王小字本、相臺本同。案：《釋文》云：「一本無『于』字，皆以『王』字絶句。一讀『諸侯將朝』絶句，以『王』字下屬。」考正義云：「以諸侯至，當行朝禮，故言：將朝，於是王則驂乘四馬而往迎之。」是正義本無「于」字，讀「朝」字絶句，與一讀同也。

不知以興車服賞賜閩本、明監本、毛本同。案：浦鏜云：「『知』當『如』字誤。」是也。

上章菽芼美閩本、明監本、毛本同。案：浦鏜云：「『羹』誤『美』。」是也。

箈菹鴈醢明監本、毛本「箈」誤「落」，閩本不誤。○按：康成以前正作「菭菹」。

則此言觀其旂明監本、毛本「旂」誤「芹」，閩本不誤。

於四方諸侯來朝明監本、毛本「朝」誤「相」，閩本不誤。

邪幅幅偪也所以自偪束也小字本、相臺本同。案：正義云：「故傳辨之云：邪幅，正是偪也。名曰偪者，所以自偪束也。」是其本作「邪幅偪也偪所以自偪束也」，各本皆誤。

俱尊祭服閩本、明監本、毛本同。案：浦鏜云：「『俱』當『但』字誤。」是也。

此則由神祈祐閩本、明監本、毛本同。案：浦鏜云：「『祈』疑『所』字譌。」是也。

至則亦當賞之毛本「亦」誤「有」，閩本、明監本不誤。

不謂連屬小國明監本、毛本「謂」誤「獨」，閩本不誤。

便蕃左右毛本「便」誤「使」，閩本、明監本不誤。

優哉游哉明監本「優」誤「優」，各本皆不誤。

以興居於民上者毛本「於」誤「以」，閩本、明監本不誤。

李巡曰辮竹爲索閩本、明監本、毛本「辮」誤「緈」。案：依此正義引《爾雅》并注，皆當作「辮」，今作「緈」者，乃依此傳改耳。

角弓

騂騂調利也小字本、相臺本同，《考文》古本同。閩本、明監本、毛本「利」誤「和」，正義中字同，《釋文》「騂騂」下云「調利也」，本亦或誤。今正。詳後考證。

則以親親之望易以小字本、相臺本、閩本、明監本、毛本皆「以」下有「成怨」二字。案：此十行本誤脱。

則翩然而其體反房矣閩本、明監本、毛本同。案：浦鏜云：「『戾』誤『房』。」是也。

翩然而則反矣閩本、明監本、毛本同。案：「則」字當在「翩」字上。浦鏜云：「譌在下。」是也。

謂幹角筋膠絲漆也毛本「謂」誤「調」，閩本、明監本不誤。

閉謂之骨肉閩本、明監本、毛本同。案：「閉」當作「因」，形近之譌。

則天下之人皆如之小字本、相臺本同，《考文》古本「如」字亦同，閩本、明監本、毛本「如」誤「知」。

綽綽有裕毛本「裕」誤「裕」，明監本以上皆不誤。餘同此。

至于已斯亡小字本、相臺本同，閩本、明監本、毛本同。唐石經「已」作「己」。案：「己」字是也，音紀。正義云「至於己身以此而致滅亡」可證。《坊記》引此詩鄭彼注云「以至亡己」是鄭義自作「己」也。「己」誤作「已」，經、注、正義中所在多有。考《六經正誤》，則宋時固然，唐石經二字無誤者。餘同此。

是以禍及於己閩本、明監本、毛本「禍」誤「福」。

傳又因述不可讓之意閩本、明監本、毛本同。案：「不可」下，浦鏜云：「疑脱『不』字。」是也。

而孩童慢之小字本、相臺本同。案：《釋文》云：「孩，本作『咳』，户才反。」考正義云「此言咳童慢之」，是其本作「咳」也。

如食宜饇唐石經、小字本、相臺本同。案：《釋文》云：「宜，如字，本作『儀』，注同。」正義本是「宜」字。

老子所謂埏埴以爲器閩本、明監本、毛本同。案：浦鏜云：「『挻』誤『埏』。」是也。

又若一禮閩本、明監本、毛本同。案：浦鏜云：「『禮』當『孔』字誤。」是也。因「禮」作「礼」而致譌耳。

若教使其爲之必也小字本同，閩本、明監本、毛本同。相臺本無「之」字，「必」下有「能」字。案：相臺本誤也。《沿革例》云：「依疏，增一『能』字。」考此正義云「必能登木矣」，乃自爲文，非其本注有「能」字也。下箋云「其著亦必也」，二「必」字義同。正義引王肅云「教猱升木，必也」，又云「因其所善而教用之，故云必也」，皆可證。《沿革例》讀正義誤耳。

故樂記注云猨獮猴也閩本、明監本、毛本同。案：「猨」當作「獿」。正義引經籍，有用其本書之字而不復言其字異義同者，於所易知，例如此也。今每有爲人因經、注不見其字而改去者，此其比矣。

言止其奸而稱毋閩本、明監本、毛本「奸」誤「好」。案：上文「象有好之者」，山井鼎云：「當作『奸』。」是也。

必是物之澀者閩本、明監本、毛本「澀」誤「歰」。

序又從日閩本、明監本、毛本同。案：浦鏜云：「『序』當『字』字誤。」是也。

菀柳

菀茂木也小字本、相臺本同。案：《釋文》「菀柳」下云：「木茂也。」是其本作「木茂」。正義本今無可考。

由無美德故也閩本、明監本、毛本「由」下衍「王」字。

似諸侯之顯朝於有德閩本、明監本同。毛本「顯」作「願」。案：所改是也。

箋云瘵接也小字本同，閩本、明監本、毛本同。相臺本無「瘵」字。案：無者誤也。○按：箋即「際」之假借也。不言「讀爲際」者，省文也。

春秋傳曰予將行之閩本、明監本、毛本同。小字本、相臺本「予」作「子」。案：「予」字誤也。

毛依釋詁云瘵病也閩本、明監本、毛本「云」誤「文」。

都人士

言專爲一行閩本、明監本、毛本「行」誤「明」。

以注記之時明監本、毛本「時」誤「特」，閩本不誤。

是順時而服非同於常祭閩本、明監本、毛本「服」下衍「之」字。

狐青及小而美者明監本、毛本「及」誤「乃」，閩本不誤。

無隆殺也小字本、相臺本同。案：正義云：「定本『隆』作『降』。」《釋文》云：「俗本作『降』。」

士女淫慾閩本、明監本、毛本同。案：「慾」當作「慾」。

可爲笠則一也閩本、明監本、毛本「可」下衍「以」字。

則草笠野□人之服閩本、明監本、毛本不空。案：此當有脱字。

無笄者著頍閩本、明監本、毛本同。案：十行本「無」至「頍」，剜添者一字。

琇美石也小字本、相臺本同。案：正義云：「俗本『琇實美石』者，誤也。今定本毛無『實』字。」《考文》古本有，采正義。

我不見兮唐石經、小字本、相臺本同。案：《釋文》云：「第二章作『不見』，後三章作『弗見』，一本四章同作『不』字。」《考文》古本作「弗」，采《釋文》，但在「我心苑結」下，未明屬何章也。

我心苑結唐石經、小字本、相臺本同，閩本、明監本、毛本同。案：《釋文》云：「苑，於粉反。」《羣經音辨》：「苑，積也。《詩》『我心苑結』。」正義云「我心爲之菀然盤屈，如繩索之爲結矣」，又云「後更菀結」，標起止云「至菀結」，是其本亦作「菀」。十行本正義中作「菀」不誤。菀結，即素冠之藴結。以「菀」字爲是。《考文》古本作「菀」，采《釋文》正義。

則與諸侯之同名閩本、明監本、毛本同。案：「同名」當作「名同」，誤倒也。

明與周室爲昏姻也閩本、明監本、毛本「周」誤「同」。

案篇義思古之人明監本、毛本「思」誤「略」，閩本不誤。

垂而下名之爲裂閩本、明監本、毛本「下」誤「不」。

旟枝旟揚起也小字本、相臺本同。案：《考文》古本「枝」作「技」，誤字耳。其云「宋板同」者，山井鼎之不審也。

采緑

恨本不從君子明監本「恨」誤「根」，閩本、毛本不誤。

不盈是常閩本、明監本、毛本「不」上衍「則」字。

今日月長遠閩本、明監本、毛本「今」上衍「况」字。

妾雖年未滿五十明監本、毛本「年」下衍「老」字，閩本剜入。案：此正義不備引也。

女御八十一人當九夕閩本、明監本、毛本同。案：十行本「一」至「人」，剜添者一字。

世婦二十七人閩本、明監本、毛本同。案：十行本「二」至「人」，剜添者一字。

九嬪九人當一夕三夫人當一夕閩本、明監本、毛本同。案：十行本上「九」至下「人」，剜添者二字。此當云「女御八十一當九夕，世婦二十七當三夕，九嬪當一夕，三夫人當一夕」，正義引鄭注如此，所剜添者皆非。

婦從夫故月紀明監本、毛本同。案：山井鼎云：「『故』恐『放』誤。」是也。

謂繫於釣竿也閩本、明監本、毛本「繫」下有「繩」字。案：所補是也。

此美其君子之有技藝也相臺本同，閩本、明監本、毛本同。小字本無「之」字。

黍苗

以幽王不能如陰雨膏澤潤及天下明監本、毛本「膏」上衍「以」字，閩本剜入。

使召伯營謝邑小字本、相臺本同。案：《釋文》云：「營謝，一本作『營謝邑』。」正義本當與一本同。

將徒役南行小字本、相臺本同。案：《釋文》云：「一本作『將師旅』。」正義本當是「徒役」。

營謝轉餫之役小字本、相臺本同。案：《釋文》云：「餫，音運。本又作『連』。」正義云：「任、輦、車、牛是轉運所用，故營謝邑轉運之役也。」是其本作「運」。依此，《大東》箋有「轉餫」，其本與此當同。正義中亦是「運」字，今本後人改也。《考文》古本作「運」，采《釋文》、正義。

言宣王之時毛本「宣」誤「先」，閩本、明監本不誤。

文別爲二毛本「文」誤「又」，閩本、明監本不誤。

則是大車以駕牛者也毛本「車」誤「任」，閩本、明監本不誤。

車中有牛而將之閩本、明監本、毛本「車中」誤「牽之」。

以表其名自別人閩本、明監本、毛本同。案：浦鏜云：「『名』當『各』字誤。」是也。下「以其所司各異」，十行本誤與此同。

反以刺今使人行役閩本、明監本、毛本「刺」下衍「時故刺」三字，「今」下衍「王」字。

故故略焉閩本、明監本、毛本不重「故」字。案：下「故」字當作「箋」，輒删者非。

其士卒有步行者小字本、相臺本同。案：《釋文》云：「士卒，一本作『士衆』。」正義本當是「士卒」。

傳亦見四事别閩本、明監本、毛本「事」上衍「者」字。

此上我輦異章閩本、明監本、毛本「此」下衍「與」字。

隰桑

盡心以事之小字本、相臺本同。唐石經初刻「之」下有「也」字，後磨去，《考文》古本有，偶合也。

言小人在位無德於民閩本、明監本、毛本「位」下有「雖經無所當而首章箋反求此義則原上之桑不能然以刺時小人在位」。案：山井鼎云：「宋板脱此廿八字。」非也。此不當有。

箋云思在野之君子閩本、明監本、毛本「箋」誤「傳」，以上本皆不誤。

枝條其阿然而長美閩本、明監本、毛本同。案：「其」當作「甚」，形近之譌。下「則甚難然」，十行本誤同。

阿那是枝葉條垂之狀閩本、明監本、毛本同。案：「葉」當作「長」，下文可證。

中心藏之小字本、相臺本同，唐石經初刻同，後磨改「藏」作「臧」。案：《釋文》云：「臧之，鄭：子郎反，善也。王：才郎反。」是唐石經依鄭義磨改也。《羣經音辨》艸部云：「藏，善也。鄭康成讀。」宋時《釋文》舊本、新本不同。賈所見本字或作「藏」，故云。然考鄭訓善，自當不從艸。而「藏」字在《説文》新附，即王義亦未必不仍爲「臧」，有艸者非也。《考文》古本作「臧」，采《釋文》。

白華

以主刺后姒也閩本、明監本、毛本「主」誤「王」。

庶子比支孽閩本、明監本、毛本同。案：浦鏜云：「『孽』當作『蘖』。下『支孽』同。」是也。

母愛者子伯服閩本、明監本、毛本同。案：「伯服」當作「抱矣」二字，此未論「伯服」也。「伯服」在下，不知者所誤改也。

而更取白茅收束之毛本「更」誤「便」，明監本以上皆不誤。

任妃后之事小字本、相臺本同。案：《釋文》云：「任妃后，一本作『任王后』。」正義本無可考。《考文》古本作「妃后」，倒誤也。

白華野菅釋草云閩本、明監本、毛本同。案：浦鏜云：「『文』誤『云』。」是也。

亦是茅之類也閩本、明監本、毛本「之」作「菅」。案：「菅」字誤也。《爾雅》疏即取此，正作「之」。

其實茅亦不可用閩本、明監本、毛本同。案：「亦」當作「非」，形近之譌。

後褒人有獻小字本同，閩本、明監本、毛本同。相臺本「獻」作「獄」，《考文》古本同。案：「獄」字是也。正義可證。

使之得長閩本、明監本、毛本「長」下衍「成」字。

則非所能拒閩本、明監本、毛本「非」下衍「人」字。

若人能改脩德行毛本「改」誤「更」，閩本、明監本不誤。

其何爲乎閩本、明監本、毛本「何」誤「人可」二字。

下幃而譟之閩本、明監本「下」作「不」，毛本初刻同，後改「下」。

漦龍所沫閩本、明監本、毛本「所」下有「吐」字。案：所補是也。

是先幽王之立十一年而生閩本、明監本、毛本「一」誤「二」。

自宣王三十六年上距流彘之歲閩本、明監本、毛本同。案：十行本「三」至「距」，剜添者一字。

妖大之人小字本、相臺本同。案：此正義本也。妖，於驕反。正義云：「褒姒而言大人，故言爲妖大之人。」《簡兮》正義所引亦可證。《釋文》本是「姣大之人」，姣，古卯反。云：「本又作『妖』。」今各本《釋文》皆互誤。毛居正易之，是也。此箋文承上箋，故言其「妖大」，無取「姣」義。當以正義本爲長。

又決而入豐閩本、明監本、毛本同。案：十行本「又」至「入」，剜添者一字。

故言爲妖大之人毛本「言」誤「以」，閩本、明監本不誤。

始以禮取申后禮儀備閩本、明監本、毛本同。小字本、相臺本重「申后」二字，《考文》古本同。案：有者是也。

中女之有德閩本、明監本、毛本「女」誤「后」。

注云未燃則樵者閩本、明監本、毛本「燃」下有「曰樵」二字。案：所補非也。此正義不備引。

故知宜饔饎之爨閩本、明監本、毛本「宜」下有「炊」字。案：所補非也。

念子懆懆唐石經缺。小字本、相臺本同。案：《釋文》云：「懆懆，七感反。《説文》：七倒反，云『愁不申也』。亦作『慘慘』。」正義云「慘慘然欲諫正之」，是正義本作「慘慘」也。考《釋文》於《正月》、《北山》、《抑》皆云「慘慘，七感反」，《北山》又云「字亦作『懆』」，《月出》云「慘，七感反」，所以與此詳略互見也。《五經文字》云：「懆，千到反。見《詩》。」乃依此《釋文》而定其字當用「懆」也。《月出》、《正月》、《抑》三篇皆作「懆」，乃得韻。《考文》古本作「慘」，采正義、《釋文》。

以其有褒姒之身閩本、明監本、毛本同。案：「其」當作「興」，形近之譌。

鳥之雌雄不可別者小字本、相臺本「者」誤「也」。案：《釋文》以「不別」作音，是其本無「可」字。正義本未有明文，今無可考。

以翼知之閩本、明監本、毛本同。案：此不誤。浦鏜云：「『知之』二字衍。」非也。二字《爾雅》本無，正義所添耳。《考文》古本依以改箋，則更誤。

其行登車以履石小字本同。相臺本「以」作「亦」，閩本、明監本、毛本同。案：「亦」字是也。

今也黜而卑賤小字本同，閩本、明監本、毛本同。相臺本「也」作「見」，《考文》古本同。案：「見」字是也。

俾我疧兮小字本、相臺本同。唐石經「疧」作「疷」。案：「疷」字是也。見《無將大車》。

夏官隸僕云明監本「官」誤「宫」，閩本、毛本不誤。

即此詩有扁斯石閩本、明監本、毛本同。案：「即」當作「引」，形近之譌。

緜蠻

故知臣謂士也士之作詩閩本、明監本、毛本「知」下衍「微」字，「也士」誤「亂世」。

又解所以怨大臣遺忘之者閩本、明監本、毛本同。案：十行本「所」至「者」，剜添者一字。

故知出行作未介也明監本「作」誤「坐」，閩本、毛本不誤。

止於丘阿閩本、明監本、毛本同。唐石經、小字本、相臺本「於」作「于」。案：「于」字是也。下二章皆作「于」可證。此因傳作「於」而改經也。《静女》、《著》、《權輿》經皆有「於」字者，用字不畫一之例。

飢則予之食小字本、相臺本同。閩本、明監本「飢」誤「食」，毛本初刻同，後改「飢」。

緜蠻至載之閩本、明監本、毛本「至」上衍「黄鳥」二字。

而貴賤不等小臣當依屬大臣閩本、明監本、毛本同。案：十行本「而」至上「臣」，剜添者一字。

田僕掌佐車之政閩本、明監本、毛本「佐」誤「左」。

瓠葉

掌外内饔之爨亨煮肉之名閩本同。明監本、毛本「外内」誤倒。案：「肉」上，浦鏜云：「當脱『饔是煮』三字。」是也。

故熟曰饔既爲熟閩本、明監本、毛本同。案：浦鏜云：「『饔』下當脱一『饔』字。」是也。

僖三十三年毛本下「三」字誤「二」，閩本、明監本不誤。

餼臧石牛明監本、毛本「臧」誤「藏」，閩本不誤。

飲食而曰嘗者閩本、明監本、毛本同。小字本、相臺本「食」作「酒」，《考文》古本同。案：「酒」字是也，正義可證。

而亨庶人之葉閩本、明監本、毛本同。案：「葉」當作「菜」，形近之譌。

立賓主爲酌名小字本、相臺本同，《考文》古本同。閩本、明監本、毛本「主」誤「注」。

故去毛炮之閩本、明監本同。毛本「去」作「云」。案：所改是也。

臣有炙之閩本、明監本、毛本同。案：「臣」當作「且」，形近之譌。

若今燒乾脾也閩本、明監本、毛本「脾」誤「脯」。

猶今俗之勸酒閩本、明監本、毛本同。小字本、相臺本「之」作「人」。案：《釋文》云：「俗之，一本作『俗人』。」正義云「猶今俗人勸酒者」，是其本作「人」字。《考文》古本「俗」下有「人」字，采正義、《釋文》而誤合之也。

其賓飲訖閩本、明監本、毛本同。案：浦鏜云：「『賓』當『實』字誤。」

漸漸之石

役久病於外唐石經、小字本、相臺本同，《考文》古本同。閩本、明監本、毛本「於」誤「在」。案：《釋文》云：「一本作『役人久病』。人，衍字。」正義本有。正義云：「定本、《集注》『役』下無『人』字，其箋、注亦無『人』字。俗本有者，誤也。」《考文》：「一本作『役人人病於外』。」更誤。

皇王也相臺本同，閩本、明監本、毛本同。小字本「王」作「正」，《考文》古本同。案：「正」字是也。正義云：「皇王，《釋言》

文。」亦「正」字之誤。

故經曰山川悠遠維其勞病矣閩本、明監本、毛本同。案：「病」字當衍也。因衍此而下有脱，故剜添之。餘亦多此類。

並爲征戎狄而言閩本、明監本、毛本同。案：十行本「狄而言」，剜添者一字。

不皇出矣唐石經以下同。《考文》古本「皇」作「遑」。案：鄭訓「皇」爲「正」，則經字自作「皇」。王肅以「不暇」説「不皇」，亦是就「皇」字而異其義耳。不知者乃改經爲「遑」，誤之甚者也。

戍役罷勞毛本同。閩本、明監本「戍」作「戎」。案：「戎」字是也。

由行不可徧毛本「由」誤「山」，閩本、明監本不誤。

疲於軍役而辛苦閩本、明監本「辛苦」誤「卒若」，毛本不誤。

不暇出而相與爲禮也閩本同。明監本、毛本「也」作「矣」。案：所改是也。

釋詁又云泯盡也明監本、毛本「又」誤「文」，閩本不誤。

將久雨小字本、相臺本同。案：此《釋文》本也。《釋文》云：「將久雨，一本作『天將雨』。」考正義但云「將雨」，不云「久雨」，是其本作「天將雨」，與一本同也。

四蹄皆白曰駭按：《釋文》作「駭」，正義則作「豥」，二家之本不同，分案其書可了然矣。正義以「駭」説「豥」，文理甚明。

今離其繒牧之處小字本、相臺本同。案：《釋文》「繒」下云：「《爾雅》『豕所寢曰繒』，《方言》作『橧』，從木。」正義引《爾雅》作「橧」，云「繒與橧音義同」，是鄭箋無從木之本也。《説文》木部無「橧」字。《爾雅》釋文云：「舊本多作『繒帛』字。」是鄭讀《爾雅》自從糸，後乃依《方言》改從木耳。《考文》古本作「橧」，采《釋文》、正義中之字而未之考也。

畢噣也　小字本、相臺本同，閩本同，《考文》古本同。明監本、毛本「噣」誤「蠋」。

則白豥亦不知幾蹢白　閩本、明監本、毛本同。案：浦鏜云：「『蹢』誤『豥』。」是也。

白蹢名之爲駭　閩本、明監本、毛本「駭」誤「豥」。○按：此作「豥」不誤。觀上文引《釋獸》「四蹢皆白，豥」、下文「駭與豥字異義同」可見。

某氏曰臨淮之　閩本、明監本、毛本同。案：山井鼎云：「《爾雅》疏『之』作『人』。」是也。

故賤之比方於豕　閩本、明監本、毛本「比」誤「此」。

晢時煥若　閩本、明監本、毛本「晢」誤「晳」，下二「晢」字同。

然從天爲大雨　閩本、明監本、毛本同。案：浦鏜云：「『從』當『後』字誤。」是也。

苕之華

下篇序曰西夷　閩本、明監本、毛本同。案：浦鏜云：「『四』誤『西』。」是也。

則苕幹特立矣　閩本、明監本同。毛本初刻「幹」，後改「榦」，下同。案：所改非也。「幹」即正義今字。

七八月中　毛本「月」誤「日」，閩本、明監本不誤。

以諸夏爲障蔽　小字本、相臺本同。案：《釋文》云：「鄣，章亮反。」正義中字同。考此字當用「鄣」，見《五經文字》。

憂閔之甚小字本同，《考文》古本同。相臺本「閔」作「悶」，閩本、明監本、毛本同。案：「閔」字是也。

不可以落喻閩本、明監本、毛本「喻」上衍「爲」字。

知我非詩人自我明監本下「我」誤「伐」，閩本、毛本不誤。

三星在罶唐石經、小字本、相臺本同。案：《釋文》云：「本又作『霤』。」誤字耳。《考文》古本采之，非也。

何草不黄

言萬民無不從役小字本、相臺本同。案：《釋文》「不矜」上以「數起」作音，云「所角反」，當在此上。各本注皆無之，未知其本何屬也。於正義無文，當是其本無此，不與《釋文》同矣。

始春之時草牙孽者小字本同，閩本同。相臺本「孽」作「蘖」，明監本同。毛本「牙」誤「芽」，正義中字同。案：《釋文》云：「牙蘖，魚列反。」「孽」即「蘖」字耳。

九月萬物草盡閩本、明監本、毛本同。案：浦鏜云：「『草』疑『畢』字誤。」是也。

彼言老宜爲六十之外閩本、明監本、毛本「老」誤「者」。

故以比棧車輂者小字本、相臺本同。案：《釋文》云：「輂者，一本作『輂車』。」以正義考之，其本作「者」。「者」字是也，一本誤。《考文》古本采而倒之，一本采之而去「棧車」二字，皆非也。

而此又云幽草毛本「又」誤「是」，閩本、明監本不誤。

與其輂輂閩本、明監本、毛本同。案：山井鼎云：「上『輂』當『葦』字，音九玉反。」是也。

輂一斧明監本、毛本「輂」誤「車」，閩本不誤。

一梩一鋤閩本、明監本、毛本「梩」誤「種」。

巾之言服車五乘閩本、明監本、毛本同。案：山井鼎云：「『之』當作『車』。」是也。

以此知非巾車之棧車也毛本「棧」誤「璣」，閩本、明監本不誤。

故知不與此同明監本、毛本「此」誤「比」，閩本不誤。

文王

言文王之能伐殷閩本、明監本、毛本「伐」作「代」。案：所改是也。

又易坤靈圖云法地之瑞毛本「法」誤「決」，閩本、明監本不誤。

以其得有天下閩本、明監本、毛本「得」誤「但」。

年八十九年其即諸侯之位閩本、明監本、毛本同。案：浦鏜云：「下『年』字當衍文。」是也。讀「九」字斷句。

二年伐邾閩本、明監本、毛本同。案：「邾」當作「邘」，下二「邘」字，十行本不誤。

三年伐密須四年伐犬夷五年伐耆閩本、明監本、毛本同。案：「四」至「五」，十行本剜添者一字。

尚書運期授閩本、明監本、毛本「授」誤「援」。

易類謀云毛本同。閩本、明監本「易」作「是」。案：皆誤也，當作「易是類謀曰」。

乃爲此改猶如也閩本、明監本、毛本同。案：「猶」上當有「應」字，讀以「改」字斷句。

然後始言受籙者毛本「言」誤「以」，閩本、明監本不誤。

是得命之後明年改元毛本「改」誤「故」，閩本、明監本不誤。

恆稱大子閩本、明監本、毛本「恆」誤「但」。

得魚即云俯取閩本、明監本、毛本同。案：「云」下，浦鏜云：「脱『王』字。」是也。

終而復始紀還然閩本、明監本、毛本同。案：此當重「紀」字。「紀紀還然」者，每紀還甲子等二十部，比前爲然也。浦鏜云：「『紀還然』三字疑衍。」誤甚矣。

得一千八百一十五紀毛本「十」誤「千」，閩本、明監本不誤。

有人侯牙閩本、明監本、毛本同。案：浦鏜云：「『牙』當『㸦』字誤，與下『步』、『顧』相叶。」是也。

黄帝堯舜周公是其正也閩本、明監本、毛本「正」誤「證」。

湯登堯臺見黑烏閩本、明監本、毛本同。案：此不誤。浦鏜云：「『烏』誤『鳥』。」非也。《節南山》正義云「若湯得黑烏」是其證。

實赤烏銜書明監本、毛本「烏」誤「雀」，閩本不誤。

故圖者謂閩本、明監本、毛本同。案：此當云「故得圖者」，錯誤耳。

坤靈圖云閩本、明監本、毛本「坤」誤「神」。

不必皆龜負也毛本「皆」字誤在「不必」上，閩本、明監本不誤。

文王既誅崇侯閩本、明監本「誅」誤「得」，毛本初刻同，後改「誅」。

不應此時方取正室閩本、明監本、毛本「正」誤「王」。

若武王承父舊基毛本「基」誤「業」，閩本、明監本不誤。

杖鉞之勞閩本、明監本、毛本「杖」誤「仗」。

其命維新小字本、相臺本同。唐石經初刻「惟」，後改「維」。案：初刻誤。

也者世祿也閩本、明監本、毛本同。小字本、相臺本上「也」字作「士」。案：「士」字是也。正義云「仕者世祿」，易「士」爲「仕」而説之耳。《考文》：「一本采之。」非也。

不問本宗之子皆得百澤相繼閩本、明監本、毛本同。案：浦鏜云：「『支』誤『之』，『澤』當『世』字誤。」是也。

言文王德人及朝臣閩本、明監本、毛本同。案：「人」當作「又」，形近之譌。

所以常見稱識閩本、明監本、毛本同。案：「識」當作「誦」，正義下云「令長見稱誦」，是其證也。

行復已止也閩本、明監本、毛本「行」作「不」。案：所改是也。此互易而誤。見下。

釋詁哉維侯也閩本、明監本、毛本「哉」作「文」。案：皆誤也。此當作「云」，與下「云」互易。

美其及支子孫閩本、明監本、毛本「及」作「本」。案：所改是也。

箋云始至百世閩本、明監本、毛本「云始」作「令善」。案：所改誤也。此「云」當作「哉」，與下「哉」互易。

不能敷陳恩惠之施閩本、明監本、毛本「不」作「以」。案：所改非也。此「不」字當與上「行」字互易。山井鼎云：「宋板作『亦』。」當是剜也。

陳錫載周能施也夫閩本、明監本、毛本「載」誤「哉」。

由顯而得世故并及之閩本、明監本、毛本同。案：十行本「而」至「及」，剜添者一字。

令子孫世之明監本、毛本「令」誤「謂」，閩本不誤。

舉輕苞重耳閩本、明監本、毛本「苞」作「包」。案：所改是也。

又公羊穀梁說毛本「梁」誤「粱」，閩本、明監本不誤。

專政犯君閩本、明監本、毛本「專」誤「事」。

故經譏尹氏齊氏崔氏也閩本、明監本、毛本同。案：「齊」下當衍「氏」字。齊崔氏，在《春秋》經宣十年也。《王制》正義無，引不備耳。

予不敢動用非罰世選爾勞予不絕爾善閩本、明監本、毛本同。案：此不誤。浦鏜云：「上『不』字衍，『掩』誤『絕』。」皆非也。正義引自如此。

則是我周之幹事之臣小字本、相臺本同，《考文》古本同。閩本、明監本、毛本「之」作「家」。案：正義云「則維是我周家幹事之臣」，又云「故云『則是我周家幹事之臣』」，未知其本作「家」或自爲文也。輒改者非。

則國以乂安閩本、明監本、毛本「乂」誤「人」。

傳翼翼至皇天閩本、明監本、毛本「皇天」誤「楨幹」。

祼將于京唐石經、小字本、相臺本同，閩本同。明監本、毛本「祼」誤「裸」，下同。

當念女祖爲之法小字本、相臺本同。案：《釋文》云「一本作『爲之法度』」，正義云「言當念汝祖文王之法」，是其本無「度」字。《考文》：「一本有。」采《釋文》。

今仍服殷冠閩本、明監本、毛本「仍」誤「乃」。

言之進用臣法閩本、明監本、毛本同。案：「言」當作「王」。

如早來服周也閩本、明監本、毛本「如」作「知」。案：所改是也。

但祼時送爵閩本、明監本、毛本「時」誤「是」。

注云似夏殷制閩本、明監本、毛本「似」誤「以」。

職掌五冕閩本、明監本、毛本「五」誤「玉」。

王肅亦云殷士自殷閩本、明監本、毛本同。案：十行本「亦」至下「殷」，剜添者一字。

故不忘也閩本、明監本、毛本同。小字本、相臺本「忘」作「亡」，《考文》古本同。案：「亡」字是也。

言爾國亦當自求多福者閩本、明監本、毛本同。案：「爾」下當有「庶」字。

以上章說殷侯助祭毛本「章」誤「帝」，閩本、明監本不誤。

舉未亡以駿亡者耳閩本、明監本、毛本同。案：浦鏜云：「『駿』疑『駮』字誤。」是也。

大明

故云保祐命爾閩本、明監本、毛本「祐」作「佑」。案：「祐」字是也。經、注作「右」，正義易作「祐」。右、祐，古今字。下同。

其徵應炤晢見於天小字本、相臺本同。案：《釋文》云：「炤，本或作『灼』。」考「炤晢」即「昭晢」，「灼」字非也。

在於下地毛本「地」誤「也」，閩本、明監本不誤。

不以兩明赫赫之文閩本、明監本、毛本上「赫」作「兩」。案：所改是也。

周迊之義閩本、明監本、毛本「迊」誤「匝」。下同。○按：「迊」、「匝」皆俗字。

摯國任姓之中女也閩本、明監本、毛本同。小字本、相臺本「之」作「仲」。案：「之」字是也。正義云「仲者，中也。故言『之中女』」。《釋文》以「之中」作音，是正義、《釋文》本皆作「之」。段玉裁云：「此當八字爲一句。」是也。此揔「摯仲氏任」一句而發，傳以「中」解經之「仲」，以「女」解經之「氏」，故錯綜而出之也。不得其讀者於「國」字、「姓」字誤斷句，乃改「中」爲「仲」，以附合於經。不知傳若專釋「仲」，即不得在「任」下也。《考文》古本無「中」字，亦誤。

大任至方國閩本、明監本、毛本「方」誤「大」。

其德不有所違閩本、明監本、毛本「德」誤「得」。

是合爲妃義也閩本、明監本、毛本「妃」誤「配」。

帝王之命閩本、明監本、毛本「命」誤「後」。

唐堯之受河圖毛本「受」誤「後」，閩本、明監本不誤。

所言居河之湄閩本、明監本、毛本同。案：「所」當作「巧」。

俔磬也相臺本同，閩本、明監本、毛本同。小字本「磬」作「譬」，《考文》古本同。案：「磬」字是也。《釋文》「俔」下云「磬也」，

正義標起止云「傳俔磬」，作「譬」者誤。

謂使納幣也小字本、相臺本同，閩本同，《考文》古本同。明監本、毛本脱「使」字。

至其光〇毛以爲閩本、明監本、毛本「〇」下有「正義曰」三字。案：所補是也。

此言成昏之禮閩本、明監本、毛本「成」誤「大」。

行納吉之後閩本、明監本、毛本「後」誤「禮」。

説文云俔諭也閩本、明監本、毛本同。案：「諭」上，浦鏜云：「脱『譬』字。」是也。〇按：《説文》言部：譬者諭也，諭

者告也。則此「俔」下云「諭也」已足。作正義者所見乃真古本，不當妄補也。

是指文王身之親迎毛本「迎」誤「近」，閩本、明監本不誤。

男子謂女子閩本、明監本、毛本「謂」誤「爲」。

妹即女弟閩本、明監本、毛本同。案：十行本「妹」至「弟」，剜添者一字。

鄭必以文王之娶閩本、明監本「娶」誤「聚」，毛本初刻同，後改「娶」，下「至庶人娶」同。

迎尚身自親之明監本「自」誤「目」，閩本、毛本不誤。

至特舟皆釋水文閩本、明監本、毛本「文」誤「云」。

維行大任之德焉閩本、明監本、毛本同。小字本、相臺本「維」作「能」，《考文》：「一本同。」案：「能」字是也。正義云「故知能行大任之德也」，是其證。

是莘國處長之子女閩本、明監本、毛本「子女」誤倒。

我姬氏出自天黿閩本、明監本、毛本「自」誤「日」。

則我皇姒大姜之姪閩本、明監本、毛本同。案：浦鏜云：「『妣』誤『姒』。」是也。

伯陵之後閩本、明監本、毛本「陵」誤「陸」。

辰星始見於閩本、明監本、毛本同。案：浦鏜云：「『於』字衍。」是也。

盟津去周九百里師行三十里閩本、明監本、毛本同。案：十行本「盟」至下「里」，剜添者二字。

此北水木交際閩本、明監本、毛本同。案：浦鏜云：「『東』誤『此』。」是也。

帝嚳以木受之閩本、明監本、毛本「木」誤「才」。

又天黿一名玄枵毛本「玄」誤「女」，閩本、明監本不誤。

禮記及時作晦野閩本、明監本、毛本同。案：山井鼎云：「『時』恐『詩』誤。」是也。

土無二王明監本、毛本「土」誤「上」，閩本不誤。

箋臨視也女女武王也至伐紂必克無有疑心閩本、明監本、毛本作「箋臨視至疑心」。案：所改是也。

大誓曰師乃鼓譟閩本、明監本、毛本同。案：「鼓」下當有「鼖」字。見鄭《大司馬》注引。

會甲也小字本、相臺本同。案：正義云：「定本云『會甲兵』，則與『會甲子』義異。」《九經古義》云：「甲者，一也。古皆以一爲甲。毛公以意説《詩》，故訓『會朝』爲『甲朝』。」又云「不崇朝而天下清明」，崇朝，終朝也。或以甲爲甲子，或爲甲兵，皆非毛意。《考文》古本「會」下有「兵」字，采正義而倒之耳。○按：詳段玉裁《故訓傳》三十卷注中。

赤色黑鬣也毛本同。閩本、明監本「赤」、「黑」二字皆誤「亦」。

時主之意異閩本、明監本、毛本「主」誤「王」。

故知明當時不用權詐也閩本、明監本、毛本「時」誤「知」。

隱精以虞閩本、明監本、毛本同。案：浦鏜云：「『情』誤『精』。」是也。

尚父爲佐閩本、明監本、毛本「佐」誤「左」。

受兵鈐之法云閩本、明監本、毛本「鈐」誤「鈐」。

鄭箴膏肓云閩本、明監本同。毛本「肓」作「盲」。案：「肓」字是也。

引考異郵云閩本、明監本、毛本「云」誤「至」。

不足以交鄰國定遠彊也閩本、明監本「交」誤「郊」，毛本不誤。案：浦鏜云：「『彊』當作『疆』。」是也。

其言皆可與尚父義同閩本、明監本、毛本同。案：「與」、「可」二字當倒。「可尚父」者，謂傳之可尚可父也。

會甲子之朝閩本、明監本、毛本「朝」誤「期」。

則傳言會甲長讀爲義閩本、明監本、毛本「讀」誤「續」。案：浦鏜云：「『下四字疑衍。』」非也。長讀，《民勞》正義可證。

失毛旨而妄難説耳閩本「説」誤「脱」，明監本缺「失」字，毛本不誤。

兵甲之彊閩本、明監本「彊」誤「疆」，毛本不誤。

其合兵以朝且清明之時閩本、明監本、毛本同。案：浦鏜云：「『旦』誤『且』。」是也。

言其味之而初明晚則塵昏旦則清閩本、明監本、毛本同。案：十行本「其」至「晚」，剜添者一字。當是衍下「塵」字而上有脱，故補之也。

易傳曰閩本、明監本、毛本同。案：浦鏜云：「『曰』當『者』字誤。」是也。

緜

本由大王也唐石經、小字本、相臺本同。案：《釋文》云：「一本無『由』字。」正義云「本之於大王也」，又云「本其上世之事」，又云「是本大王」，又云「而又追而本之」，是其本無「由」字。《譜》及《旱麓》正義皆有「本由大王」者，以義言之耳。《釋文》云：「《序》舊無注，本或有注者，非。」今各本皆無。

自土沮漆唐石經、小字本、相臺本同。案：此《釋文》本也。《釋文》云：「沮，七余反。漆，音七。毛云：沮、漆，二水名。」正義云「於漆、沮之旁」，又云「豳有漆、沮之水」，又云「是周地亦有漆、沮也」，又下章云「循西方水厓漆、沮之側」，又云「上言漆、沮，此言循滸，明是循此漆、沮之側也」，又下章云「周原在漆、沮之間，以時驗而知之」，是正義本作「漆沮」，餘亦有作「沮漆」者，後人改之耳。《六書音均表》云：「從《漢書》、《水經注》作『漆沮』。」

瓜紹也瓞瓝也小字本、相臺本同。案：段玉裁云：傳「瓜瓞」逗，「瓜紹也」句，「瓞」逗，「瓝也」句。此傳之難讀，由淺人誤刪「瓜瓞」二字，而以「瓜」逗、「紹也」句耳。

封於郃小字本、相臺本同。案：《釋文》以「封郃」作音，是其本無「於」字也。正義云：「是稷爲帝嚳之胄，封於郃也。」與《釋文》本不同。

古公亶父唐石經、小字本、相臺本同。案：《釋文》云：「父，本亦作『甫』。」正義云「號爲亶父者」，是正義本與《釋文》同。以下多作「甫」字者，以父、甫爲古今字，易而説之也。

狄人之所欲吾土地閩本、明監本、毛本同。小字本、相臺本「欲」下有「者」字、「地」下有「也」字，《考文》古本同。案：有者是也。

君子不以其所養人而害人相臺本同，閩本、明監本、毛本同。小字本「而」作「者」。案：「者」字是也。

何患無君閩本、明監本、毛本同。小字本、相臺本「患」下有「乎」字。案：有者是也。

邑乎岐山之下相臺本同，閩本、明監本、毛本同。小字本「乎」作「于」。案：「于」字是也。

據文王本其祖也明監本「據」誤「處」，各本皆不誤。

稱君曰公小字本同，閩本、明監本、毛本同。相臺本「稱」下有「其」字。案：有者是也。

緜緜至家室閩本、明監本、毛本「家室」誤倒。

然則瓜之族類閩本、明監本、毛本「瓜」誤「瓞」。

以其小如㼑閩本、明監本、毛本「㼑」誤「瓞」。

釋訓云閩本、明監本、毛本同。案：浦鏜云：「『詁』誤『訓』。」是也。

或言漆沮爲二水名閩本、明監本、毛本「水」誤「火」。

蓋沮一名洛水閩本、明監本、毛本「洛」誤「沮」。

故言繼也閩本、明監本、毛本「也」誤「者」。

我先生不窋閩本、明監本、毛本「生」作「王」。案：所改是也。

夏氏政亂去稷不務閩本、明監本、毛本「去」誤「棄」。

説公劉避亂適豳閩本、明監本「豳」誤「兵」，毛本誤「幽」。

皆孟子對滕文公之辭也閩本、明監本、毛本「公」誤「王」。

即云處豳爲異耳閩本、明監本、毛本同。案：「處豳」當作「古公」，因讀者記「處豳」於側，因誤改正文也。

請免吾乎閩本、明監本、毛本同。案：「吾」當作「居」。浦鏜云：「《莊子》作『勉居』，《吕氏春秋》作『勉處』。」是也。「免」即「勉」字。

吾不爲社稷乎閩本、明監本、毛本同。案：浦鏜云：「『君』誤『吾』。」是也。

奔而從之者三千乘閩本、明監本、毛本「三」誤「二」。

而公〇劉大王閩本、明監本、毛本不空。案：所改是也。

莫之抗禦閩本、明監本、毛本「之」誤「不」。

有虞氏上陶閩本、明監本、毛本「上」誤「土」。

說文云陶瓦器竈也閩本、明監本、毛本同。案：「陶」當作「匋」。

說文云穴土屋也閩本、明監本、毛本同。案：「室」誤「屋」，是也。

覆地室也閩本、明監本、毛本「地室」誤「於地」。案：「覆」當作「復」。下同。

故箋辨之云覆者閩本、明監本、毛本同。案：「覆」當作「復」。

以萬物自生焉則言土閩本、明監本、毛本「焉」誤「然」。

壤和緩之貌閩本、明監本「和」誤「如」，毛本初刻同，後改「和」。

爲堅三明監本、毛本「三」誤「土」，閩本不誤。案：引《九章》在商功術，謂堅率三也。山井鼎《考文》所載誤以「三」字屬下讀。〔一〕

將麻十世閩本、明監本、毛本「麻」誤「立」。

亦有宫室〇閩本、明監本、毛本同。案：「〇」當作「也」。

但豳近西戎閩本、明監本、毛本「豳」誤「戎」。

多復穴而居閩本、明監本、毛本「復」誤「複」。下同。

沮漆水側也小字本、相臺本同。案：《詩經小學》云：「《晉紀摠論》李善注引鄭曰『漆沮側也』。今考此章正義『漆沮』字

〔一〕「三」，原作「二」，據文選樓本改。

凡三見，是正義本自作『漆沮』也。」《考文》古本作「漆沮」，采正義。

至胥宇〇正義言閩本、明監本同。毛本「言」作「曰」。案：所改是也。

輒言爰及姜女閩本、明監本、毛本「輒」誤「鄭」。

明其著大姜之賢智也閩本、明監本、毛本「智」誤「知」。案：「智」是正義所易今字也。

甘如飴也閩本、明監本、毛本同。小字本、相臺本「甘」上有「皆」字，《考文》古本同。案：有者是也。

堇荁粉榆閩本、明監本「荁」作「直」，毛本初刻同，後改「荁」。案：所改是也。下同。浦鏜云：「『枌』誤『粉』。」是也。

孋姬將譖申生明監本、毛本「譖」誤「讃」，閩本不誤。

然則卜用龜者閩本、明監本、毛本脱「者」字。

迺疆迺理唐石經、小字本、相臺本同，閩本同。明監本、毛本「疆」誤「彊」，〔一〕十行本正義中字作「彊」，亦誤。餘同此。

乃安隱其居相臺本同，閩本、明監本、毛本同。小字本重「乃安」二字，衍。

乃爲之疆場閩本、明監本同。毛本「疆」誤「壃」，下同。案：「場」當作「埸」。

乃左右開地置邑閩本、明監本、毛本「置」誤「致」。

豳又有岐山西北閩本、明監本、毛本同。案：浦鏜云：「『在』譌『有』。」是也。

〔一〕「彊」，原作「疆」，據文選樓本改。

乃召司空小字本、相臺本同。唐石經「乃」作「迺」，《考文》古本同。案：「迺」字是也。下「乃召司徒」同。標起止云「乃召」，當是後改。又見《公劉》。

其繩則直唐石經、小字本、相臺本同。案：《釋文》云：「繩，本或作『乘』，後人誤改經文。」是也。

以繩正之閩本、明監本、毛本「以」誤「立」。

言營制之時當用繩也閩本、明監本、毛本「也」誤「者」。

捄捊也小字本、相臺本同。閩本、明監本、毛本「捊」誤「桴」，下及正義同，《考文》古本下作「捊」。○按：《説文》：「捊，引堅也。」今本「堅」作「取」，誤。

周禮曰以鼛鼓鼓役事小字本、相臺本同。案：正義云「此或云『止役事』」，又云「定本云『鼓役事』」，正義本與定本同也。

亦言其椎打之閩本、明監本、毛本「椎」誤「推」。

此經鼛是大鼓也毛本「鼛」誤「鼜」，閩本、明監本不誤。

以上有止之文而因設耳閩本、明監本、毛本同。案：浦鏜云：「『設』當『誤』字之誤。」是也。

正門爲朝門閩本、明監本、毛本「爲」誤「謂」。

土爲社主閩本、明監本「土」誤「王」。毛本「主」誤「王」。

宜求見使祐也閩本、明監本、毛本「祐」誤「佑」。

故謂之宜閩本、明監本、毛本「謂」誤「爲」。

郊特牲云天子大社閩本、明監本、毛本「社」誤「射」。

三傳皆無此文毛本「三」誤「左」，閩本、明監本不誤。

帥師者受命于廟閩本、明監本、毛本「帥師」誤倒，「者」誤「有」。

無曰字也閩本、明監本、毛本同。案：山井鼎云：「恐有脱誤。」非也。此申上文「曰，衍字也」之意。

其行道士衆兑然小字本、相臺本同。案：《釋文》：「脱然，通外反。本亦作『兑』。」正義云「行於道路兑然矣」，是其本作「兑」。此箋意以「兑」爲「脱」之假借，直於訓釋中改用「脱」字以顯之。其不云讀爲者，省文之例每如此也。當以《釋文》本爲長。

欲親人善鄰也閩本、明監本、毛本同。案：此不誤。浦鏜云：「『人』當『仁』誤。」非也。正義所用傳文自如此。

將師旅而出毛本「師」誤「帥」，閩本、明監本不誤。

王蒼説棫即柞也閩本、明監本、毛本同。案：「王」當作「三」。

可爲櫝車閩本、明監本、毛本同。案：浦鏜云：「『櫝』誤『樌』。」是也。《爾雅》疏即取此，「車」下有「輻」字，此脱。

止應將旅而已閩本、明監本、毛本「止」誤「上」。

上言柞棫之中而逃亡閩本、明監本、毛本同。案：「柞棫」下，盧文弨云：「『脱『拔明入柞棫』。」是也。此因「柞棫」複出而有誤。

明行有威武閩本、明監本、毛本「明行」誤「名得」。

盍往質焉小字本、相臺本同。案：此《釋文》本也。《釋文》云：「盍，胡臘反。」正義本是「蓋」字，云：「《家語》作『盍』。盍，訓『何不』也。此相勸之辭，宜爲『盍』也。」考蓋、盍，古同用字耳。

乃相與朝周小字本、相臺本同，毛本同。閩本、明監本「乃相」誤倒。

斑白不提挈相臺本同。小字本「斑」作「班」，閩本、明監本、毛本同。案：「班」字是也。古多以「班」爲「斑」字。

予曰有奔奏唐石經、小字本、相臺本同。案：《釋文》云：「本，音奔。本亦作『奔』，注同。奏，如字。本又作『走』，音同，注同。」正義云「我念之曰，亦由有奔走之臣」，又云「奔走者」云云，「令天下皆奔走而歸趍之，故曰奔走也」，又云「《書》傳説有疏附、奔走」，又云「是非奔走與」，又云「疏附、奔走」，是正義本作「奔走」也。依此，唐石經以下各本乃上字合正義，下字合《釋文》，當即《釋文》所云亦作本耳。

奏奔禦侮閩本、明監本、毛本同。小字本、相臺本「奏奔」倒。案：「奔奏」是也。

蓋往歸焉閩本、明監本、毛本同。案：浦鏜云：「『質』誤『歸』。」是也。

謂如王制云閩本、明監本、毛本「云」誤「文」。

故知動彼初生之道閩本、明監本、毛本「彼」誤「被」。

而王業日益大毛本「王」誤「生」，閩本、明監本不誤。

詩人不當代謙閩本、明監本、毛本「代」誤「伐」。

學頌於大公閩本、明監本、毛本同。案：此不誤。浦鏜云：「『訟』誤『頌』。」非也。頌，讀當爲「容」，即《漢書》所云「善爲頌者」是也。字或作「訟」，音同，故《文王》正義引作「訟」。浦意讀「訟」爲如字。誤之甚矣。

孔子以已弟子四人閩本、明監本、毛本「弟」誤「第」。

傳甚未明閩本、明監本、毛本同。案：「甚」當作「意」。

皇清經解卷八百四十四終

嘉應李恒春舊校

番禺金錫齡武進劉淇新校

毛詩注疏校勘記　卷六

儀徵阮宫保元著

棫樸

樸枹木也小字本、相臺本同。案：《釋文》云：「抱木，必茅反。」正義云：「《釋木》云：樸，枹者。孫炎曰：樸屬叢生謂之枹。以此故云『樸，枹木也』。」是正義本作「枹」，《釋文》本作「抱」，或毛公讀《爾雅》字從手，當以《釋文》本爲長也。於經中爲「苞」字，《釋言》所謂「苞稹」。○按：抱者，枹之譌文。枹者，苞之或體。其實當作「包」，言包裹然。舊校非。

豫斫以爲薪相臺本同，閩本、明監本、毛本同。小字本「斫」作「斮」。案：《釋文》云：「斮，一本作『斫』。」正義云「故云『豫斫』」，又云「是豫斫也」，是其本作「斫」。

乃彼賢人之叢集而衆多也閩本、明監本、毛本「彼」誤「被」。

乃命收秩薪柴閩本、明監本、毛本「收」誤「取」。

皇天上帝月令文明監本「月」誤「司」，閩本、毛本不誤。

則月爲天神當以煙祭明監本、毛本缺「煙」字，閩本不誤。

廣言之耳閩本、明監本、毛本同。案：十行本「言之耳」，剜添者一字。

奉璋峨峨唐石經、小字本、相臺本同。閩本、明監本、毛本「峨峨」作「峩峩」，注及正義中字同。案：「峨峨」是也。《釋文》、《説文》、《爾雅》皆可證。

故引顧命爲證閩本、明監本、毛本「證」誤「証」。

王肅云〇本有圭瓚者閩本、明監本「〇」誤「一」。案：此有缺文耳。

大宗伯執璋瓚亞祼是也閩本、明監本、毛本同。案：伯，衍字也。當在下，錯入於此。浦鏜云：「《記》文無『伯』字。」是也。

比及祭統言大宗者閩本、明監本、毛本「宗」下有「伯」字。案：有者是也。十行本錯在上文。

舍人曰峨峨奉璋之祭閩本、明監本、毛本「祭」誤「貌」。

淠彼涇舟唐石經、小字本、相臺本同，毛本同。閩本、明監本「淠」誤「渒」，注及正義中字同。

未有周禮周禮五師爲軍小字本、相臺本同，《考文》古本亦同。閩本、明監本、毛本誤不重「周禮」二字。

方言楫或謂之櫂閩本、明監本、毛本「或」誤「而」。

追彫也閩本、明監本、毛本同。小字本、相臺本「彫」作「雕」，下同。案：《釋文》：「雕，都挑反。」正義標起止云「追彫」，〔二〕

〔二〕「彫」，原作「雕」，據文選樓本改。

是二本不同也。彫、雕，古同用字。

以罔罟喻爲政小字本、相臺本同，《考文》古本同。閩本、明監本、毛本「罔」誤「網」。

毛以此經上下相成閩本、明監本、毛本「成」誤「承」。

論語曰朽木不可彫閩本、明監本、毛本同。案：十行本「曰」至「可」，剜添者一字。

彼注亦引此詩毛本「亦」誤「又」，閩本、明監本不誤。

旱麓

作旱麓詩閩本、明監本、毛本同。案：浦鏜云：「『詩』下當脱『者』字。」是也。

明前已得周禄閩本、明監本、毛本同。案：「周」字當在「明」字下。

而經皆説祖之得福明監本、毛本「皆」談「先」，閩本不誤。

若斬木林閩本、明監本、毛本同。案：浦鏜云：「『材』誤『林』。」是也。

榛以栗而大閩本、明監本、毛本同。案：浦鏜云：「『似』誤『以』。『大』當『小』字誤。」以《國語》注考之，是也。

織以爲牛筥箱器閩本、明監本同。毛本「牛」作「斗」。按：所改是也。

箋旱山名閩本、明監本、毛本同。案：「名」當作「之」。

周語引此一章〇乃云閩本、明監本、毛本不空。案：所改非也。「〇」當作「下」。

藪澤肆逸民力周盡閩本、明監本、毛本同。案：浦鏜云：「『既』誤『逸』。『彫』誤『周』。」考《國語》，浦校是也。

資用乏匱毛本「乏」誤「之」，閩本、明監本不誤。

黄金所以飾流鬯也小字本、相臺本同。案：《釋文》云：「黄金所以流鬯也，一本作『黄金所以飾流鬯也』，是後人所加。」正義云「定本及《集注》皆云『黄金所以飾流鬯也』，若有『飾』字，於義易曉，則俗本無『飾』字者，誤也。」段玉裁亦以有者爲長。

説文云瑟者閩本、明監本、毛本同。案：此不誤。浦鏜云：「《説文》作『瑟』，無『者』字。」非也。考《説文》引《詩》止作「瑟」，以證「璱」字從玉。瑟，正義所見本不誤。故但取其「如瑟弦」之義而云「瑟者」。「者」字爲下起文，殊無取於「璱」字也。《釋文》「瑟」下云：「字又作『璱』」，不云「《説文》作『璱』」，是矣」。〇按：此説甚誤。明明引《説文》玉部「璱」字下之語，安得云「瑟者」非「璱者」之誤耶？又云《説文》引《詩》止作「瑟」，彼亦未見古本有如此者。

秬黑黍一秠二米者也閩本、明監本、毛本同。案：此不誤。浦鏜云：「『稃』誤『秠』。」非也。此見鄭《周禮·鬯人》注及《答張逸》，《生民》正義有明文。浦失考之。

行步有度閩本、明監本、毛本同。案：浦鏜云：「『止』誤『步』。」是也。

鄭上二句別具箋閩本、明監本、毛本白「箋」字。案：山井鼎云非是也。餘同此。見前。

以得大大之福禄閩本、明監本、毛本下「大」字誤「我」。下同。

享先王亦如之閩本、明監本、毛本「如」誤「知」。

文十三年公羊傳曰明監本、毛本「三」誤「二」，閩本不誤。

而除其傍草矣閩本、明監本、毛本「傍」誤「旁」。案：傍者，正義所易之今字。餘多同此。

延蔓於木之枚本而茂盛小字本、相臺本「枚」作「枝」。閩本、明監本、毛本「本」誤「木」。案：「枝」、「本」是也。枝，條也。本，枚也。《考文》古本「本」字不誤。

此經既言依緣先閩本、明監本、毛本「先」下有「祖」字。案：所補是也。

思齊

爲相時也閩本、明監本、毛本同。案：山井鼎云：「『時』恐『睦』誤也。」

其名與史記皆同閩本、毛本同。明監本無此「名」字，起至二章疏末「諳於治事之臣也引」止。浦鏜云「失刊」，是也。於閩本爲二葉，明監本即據閩本重刻，故其脱如此。毛本仍用閩本補之。

定四年左傳曰閩本、明監本、毛本同。案：十行本「四年左」，剜添者一字。

無是痛傷小字本同，閩本、毛本同。相臺本「傷」下有「其所爲者」四字。案：有者是也。《沿革例》云：「諸本皆無『其所爲者』四字，唯建大字本有之。」此相臺本所出也。考正義云「無是痛傷其文王所爲者」，與上句正義云「無是怨恚其文王所行者」正同。是正義本自有此四字，諸本於「其」字複出而脱之耳。

其將無有凶禍小字本、相臺本同，《考文》古本同。閩本、毛本「凶」作「殉」。案：《釋文》云：「殉，本又作『凶』。」正義標起止云「至凶禍」，十行本不誤，是正義本作「凶」也。毛本改之以合於《釋文》，非。

皆謂宗廟爲宗又下頻言神罔閩本、毛本同。案：十行本「宗又下」，剜添者一字。

易傳曰閩本、毛本同。案：浦鏜云：「『曰』當『者』字誤。」是也。

意寧百神閩本、毛本同。案：浦鏜云：「『億』誤『意』」。是也。

辛男尹侯閩本、毛本同。案：「男」當作「甲」、「侯」當作「佚」，皆形近之譌。韋昭云：「辛，辛甲。尹，尹佚。」即本此。賈、唐注可證也。

宮謂辟廱宮也相臺本同，閩本、明監本、毛本同。小字本「廱」作「雝」。案：「廱」字是也。《釋文》可證。

保安無猒也小字本、相臺本「猒」作「厭」，閩本、明監本、毛本同。案：「猒」字是也。《釋文》云：「保安無猒也，一本作『保，安也。射，猒也』。非。」正義云「言『安無猒也』」云云，又云「定本云『保安射猒也』」，是正義本作「安無猒也」，無上「保」字。考此揔爲經「無射亦保」一句發，傳若分訓「射」、「保」，即不得「保」在「射」上，當以正義本爲長。《考文》古本作「射猒也」，采正義、《釋文》。《釋文》「非」字舊脱，今補。見後考證。

箋云厲假皆病也小字本、相臺本同。案：此正義本也。正義云：「鄭讀『烈假』爲『厲瘕』，故云『皆病也』。」又云：「定本及《集注》皆云『厲，疫病也』，不訓『瘕』字，義不得通。」《釋文》云：「烈，毛：如字，業也。鄭作『厲』，力世反，又音癩，病也。」「假，古雅反，大也。」於「假」字下不云「毛：大也。鄭：病也」，是《釋文》本不訓「瘕」字，與定本、《集注》同也。考此箋當云：「烈、假，皆病也。」下箋「爲厲假之行者」，當作「爲厲瘕之行者」。上仍用經字以爲訓，下則竟改其字以顯「烈假」是「厲瘕」之假借。如《噫嘻》「既昭假爾」之箋，上仍用經字，云「假，至也」，下則竟改其字，云「格于上下也」，是其例矣。《隸釋》、《唐公房碑》用作「厲蠱」，錢大昕《潛研堂金石文跋尾》云：「蠱、假，聲相近。」是也。此所謂以破引之。○按：訓「病」，則字當作「癘」。經書「癘」字多譌「厲」，不可勝正。

甚能和順在於室家之宮閩本、明監本、毛本「室家」誤倒。

行此化之事也閩本、明監本、毛本同。案：「行此」當作「亦所」。

上能敬和閩本、明監本、毛本「上」作「尚」。案：所改是也。

言安無猒也閩本、明監本、毛本同。案：此不誤。浦鏜云：「『也』當『者』字誤。」非也。以正義上云「言『以顯臨之』」例之可見矣。

以上文在宫在廟先行禮閩本、明監本、毛本同。案：「先」下當有「言」字。

説文云厲惡疾也閩本、明監本、毛本「惡」誤「疫」。○按：今《説文》疒部：「癘，惡疾也。」可知上下文皆當作「癘」矣。

小子其弟子也小字本、相臺本同。案：正義云「謂大夫之子弟」，以下「子弟」字凡四見，是作「弟子」者倒也。《考文》古本作「謂其子弟」，采正義而并添「謂」字，非也。古句中增多之字往往取於正義，此不悉出。

古之人無斁唐石經、小字本、相臺本同。案：此箋云：「口無擇言，身無擇行。」正義云：「箋不言字誤，則此經本有作『擇』者也。故不破之。」《釋文》云：「無斁，毛：音亦，猒也。鄭作『擇』。」考此經字自作「斁」，箋以「斁」爲「擇」之假借，直於訓釋中竟改其字以顯之。其例與「可以樂飢」箋中竟改爲「療」、「既匡既勑」箋中竟改爲「筐」之屬同也。《釋文》所説是矣，正義不得其例。吕氏《讀詩記》引董氏曰：「《韓詩》作『擇』。」《經義雜記》云「此竊取鄭箋」，是也。其讀正義有誤。見下。

古之人無猒於有名譽之俊士小字本、相臺本同。案：此正義本也。正義標起止云「傳古之至俊士」，其以下云云，皆解此文也。《釋文》云：「斁，毛音亦，猒也。髦，俊也。一本此下更有『古之人無猒於有譽之俊士也』，此王肅語。」二本不同。觀《釋文》「此下更有」之語，則其本當有「斁，猒也。髦，俊也」之傳，以「古之人」以下爲王肅申毛如此，當有所據也。《經義雜記》不得其理，乃以《釋文》别爲毛作，音爲過，又以爲正義釋傳亦無此文，未詳今本所出。皆非也。○按：「髦，俊也」，見上《棫樸》傳。「斁，猒也」，即見本篇三章傳，未必此又出傳。傳例簡嚴，複者甚少。陸氏用王氏之述毛者爲之訓耳。其云「此下」者，謂此經文之下。舊校非也。

今文王性與古合　閩本、明監本、毛本同。案：十行本「文王性」，剜添者一字。

上言賢才之賢　閩本、明監本、毛本同。案：下「賢」字，浦鏜云：「『質』誤。」是也。

行則施仁之稱　閩本、明監本、毛本同。案：「仁」當作「行」，形近之譌。

化其臣下亦使之然臣下亦使之然臣下亦能無擇行擇言　閩本、明監本、毛本不重「臣下亦使之然」六字。案：此十行本複衍。

故言五章章六句　閩本、明監本、毛本同。唐石經、小字本、相臺本「章六句」上有「二章」二字，《考文》古本同。案：有者是也。

皇矣

皇矣美周也天監代殷莫若周周世世脩德莫若文王　唐石經、小字本、相臺本同。案：此《釋文》本也。《釋文》云：「皇矣，一本無『矣』字。『莫若周』絶句。」又云：「一讀『莫若周世』絶句，『周世脩德』爲一句。一本無下一『世』字。義並通。崔《集注》：『莫若周也世世脩德。』」正義云：「定本『皇』下無『矣』字，『莫若周』又無『於』字。」是正義本較多一「於」字。

維有文王盛爾　小字本、相臺本同，閩本、明監本、毛本亦同。案：「爾」當作「耳」，正義標起止云「至盛耳」，是其證。上「維有周爾」當亦同。《考文》古本皆作「耳」，采正義。

所以申成上意閩本、明監本、毛本「成」誤「承」。

比校善惡毛本「比」誤「此」，閩本、明監本不誤。

殷紂之暴亂閩本、明監本、毛本同。小字本、相臺本「殷」上有「以」字，《考文》古本同。

其政不獲小字本、相臺本同。唐石經「政」作「正」。案：《釋文》云：「其政，如字。政，政教也。鄭作『正』。正，長也。」正義云「其政不得於民心」，是其本亦作「政」。考此箋云「正，長也」，乃以「政」爲「正」之假借，直於訓釋中改其字以顯之，而不言讀爲也。倒詳前。唐石經依改經文，未是。《經義雜記》云：「唐石經原刻作『正』，依鄭本也。後改爲『政』，依肅本也。」今考石經但小損耳，未嘗改爲「政」，又於此經之傳多所删改，皆非也。此傳本全與鄭異義，非由王肅之難。其「度，居也」，則已見《緜》傳矣，乃云毛公無此訓，亦知者之一失。

二國殷夏也小字本、相臺本同，閩本、明監本、毛本亦同。案：《釋文》以「謂夏」作音，是其本當作「謂夏殷也」。正義云：「故以二國爲殷紂夏桀也」，不與《釋文》本同。

耆老也廓大也閩本、明監本、毛本同。小字本、相臺本「老」作「惡」，《考文》古本同。案：「惡」字是也，《釋文》、正義皆可證，涉箋文而譌耳。

皇矣至此維與宅閩本、明監本、毛本脱「此維」二字。

紂既喪殷明監本、毛本「既」誤「師」，閩本不誤。

明所從者非法四國閩本、明監本、毛本同。案：「法」當作「徒」，形近之譌。

其秦亡家語引此詩閩本、明監本同。毛本「秦」作「泰」。案：皆誤也。當作「其奏云」，謂王肅奏也。正義凡四引，此及《賓之初筵》、《生民》、《卷阿》是也。《經義雜記》云此三字當爲衍文者，失考耳。

而執萬乘之勢閩本、明監本、毛本「執」誤「據」。

下云憎其用大位閩本、明監本、毛本「云」誤「文」。

謂未叛時也閩本、明監本、毛本「謂」誤「爲」。

夏後絶矣閩本、明監本、毛本「後」誤「后」，下「周封夏後於杞」及「夏後不必稱夏」同。

若毛意必爲夏後明監本、毛本「若」誤「后」，閩本不誤。

上下相成七章云閩本、明監本「成」誤「承」，「七」誤「上」。

也説文王之伐四國閩本、明監本、毛本同。案：浦鏜云：「『也』當『此』字之誤，屬下讀。」是也。

憎其用大位行大政閩本、明監本、毛本「憎」誤「謂」。

浸大者其惡漸更益甚也閩本、明監本「浸」誤「侵」，毛本不誤。

以爲天須暇之閩本、明監本、毛本「暇」誤「假」。

文王知天未喪殷閩本、明監本、毛本「王」誤「武」。

檉河柳也小字本、相臺本、閩本、明監本、毛本皆下有「椐樻也」，十行本無。按：此脱耳。

串夷載路唐石經、小字本、相臺本同。案：此《釋文》本也。《釋文》云：「串夷，古患反。毛云：習也。鄭云：串夷，混夷也。一本作『患』，或云鄭音患。」正義云：「毛讀患爲串。」又云：「鄭以《詩》本爲『患』，故不從毛。《采薇序》曰『西有混夷之患』，是患夷者，患中國之夷，故『患夷』則『混夷』也。」是正義本經作「患」字，與《釋文》所云一本者正同也。

路應也小字本、相臺本同。案：此正義本也。《釋文》云：「路瘠，在昔反。《詩》本皆作『瘠』，孫毓《評》作『應』。後之解者僉以瘠爲誤。」正義云：「路之爲『應』，更無正訓，鄭以義言之耳。」又云：「本或誤作『瘠』，孫毓載箋爲『應』，是本作『應』也。定本亦作『應』。」今考路、露，古同字。如「露寢」爲「路寢」、「華露」爲「華路」之類。《孟子》「是率天下而路也」，《音義》云：「丁張並云：『路』與『露』同。」凡物之瘠者多露見，故箋云「路，瘠也」。謂眚削混夷，使之瘠也。下箋「文王則侵伐混夷以應之」，云「應」者，揔説串夷載路之應乎帝遷明德也，非以「應」專釋「路」字。孫毓乃涉之而誤，後之解者反僉以瘠爲誤，失之矣。

天立厥配唐石經、小字本、相臺本同。案：傳云：「配，媲也。」正義云：「妃字音亦爲配。《釋詁》云：『妃，媲也。』某氏曰：《詩》云『天立厥妃』，是毛讀『配』如『妃』，故爲媲也。是爲妻之配夫，意與鄭合。」考正義之説是也。箋云：「又爲之生賢妃，謂大姒也。」此申毛以「配」是「妃」之假借字，直於訓釋中改其字以顯之也。《釋文》云：「厥配，本亦作『妃』，音同，注同。」其「亦作」本非也，乃依箋字改經耳。某氏《爾雅》注當即所謂以破引之，如引「其麎孔有」之比。段玉裁云：「古多用『妃』，少用『配』。『妃』是正字，『配』是假借字也。配者，酒色也。今人云『配合』，周秦人云『妃合』。嘉耦曰『妃』，非專謂男女也。經文本作『妃』，毛以『配合』解之，鄭以『后妃』解之。改『妃』爲『配』，自是後人所爲。」○按：段説是。毛用《釋詁》「妃，媲也」，非讀「配」爲「妃」也。

故言啓之闢之閩本、明監本、毛本「闢」誤「辟」。案：經作「辟」，正義作「闢」。辟、闢，古今字，易而説之也。例見前。正義上文云「開闢之者」不誤。山井鼎《考文》所載「言」作「云」，誤。

妨他木生長閩本、明監本、毛本「他」誤「地」。

栵而樫河柳閩本、明監本、毛本同。案：山井鼎云：「『而』恐『栭』誤。」是也。

一名兩師閩本、明監本、毛本同。案：浦鏜云：「『雨』誤『兩』。」是也。

以其世世習於常道閩本、明監本、毛本上「世」字誤「由」。

故不從毛閩本、明監本、毛本「毛」誤「耳」。

此之謂也此伐混夷閩本、明監本、毛本同。案：十行本「之」至「伐」，剜添者一字。

天又爲之興作周邦毛本「又」誤「以」，閩本、明監本不誤。

則光錫之大位閩本、明監本、毛本「光」作「兄」。案：皆誤也。當作「天」。

而後國傳於王季閩本、明監本、毛本「傳」誤「讓」。

善兄弟曰友釋訓文閩本、明監本、毛本「文」誤「云」。

而言善於宗族者閩本、明監本、毛本「而」誤「非」。

名傳後世由王季德然閩本、明監本、毛本「傳」下衍「之」字、脱「由」字。

此言傳世稱之者閩本、明監本、毛本「傳」誤「後」。

維此王季唐石經、小字本、相臺本同。案：正義引昭廿八年《左傳》而云：「此云『維此王季』，彼云『維此文王』者，經涉亂離，師有異讀，後人因即存之不敢追改。今王肅注及《韓詩》亦作『文王』，是異讀之驗。」又《左傳》正義同。段玉裁云：

「《樂記》注云：言文王之德皆能如此。所見《詩》亦是『維此文王』。然《禮》注言『文王』《詩》箋言『王季』，説自不同。」詳《詩經小學》。考毛氏《詩》自是「王季」，王肅申毛作「文王」者，非。《經義雜記》辨之是矣。〇按：鄭注《禮記》多用《韓詩》，不用《毛詩》，《左傳》作「文王」，與《韓詩》合。是可以證三家《詩》之皆有所受之也。

貊静也箋云小字本、相臺本同。案：正義云：「此傳、箋及下傳九言『曰』者，皆昭廿八年《左傳》文。彼引一章，然後爲此九言以釋之，故傳依用焉。毛引不盡，箋又取以足之。」段玉裁云：「此章詁訓本左氏，係箋自舛誤。」今正衍「箋云」二字。

慈和徧服曰順小字本、相臺本同。案：《釋文》以「偏復」作音，是其本「服」作「復」。以《左傳》考之，「復」字非也。

必比于文王者小字本、相臺本同，《考文》古本同。閩本、明監本、毛本「者」誤「盛」。

令誕生聖人閩本、明監本、毛本「令」誤「而」。

教誨人以善不解倦閩本、明監本、毛本「解」誤「懈」。案：此依服注文而引之也。正義自爲文用「懈」字。

畔援猶拔扈也小字本同。相臺本「拔」作「跋」，閩本、明監本、毛本同，下及正義中字同。案：《釋文》云：「拔，字或作『跋』。」考「拔」、「跋」古字通用。但《釋文》不云「本或作『跋』」，則此箋自用「拔」字。十行本正義中皆作「拔」，是也。閩本以下乃誤改耳。

按止也小字本、相臺本同。案：正義云：「按止，《釋詁》文。彼作『按』，定本及《集注》俱作『按』，於義是也。」如其所言，非爲異本。當有誤也。今無可考。意必求之，或正義本字作「按」，《釋文》云：「以按，本又作『遏』。」知正義本必不作「遏」者，以《釋詁》「按」、「遏」兩有，若作「遏」，即不得云「彼作『按』」也。

毛以爲既言文王受福閩本、明監本、毛本同。案：浦鏜云：「『文王』當『王季』誤。」是也。

無是叛道閩本、明監本、毛本同。案：經作「畔」，正義作「叛」。畔、叛，古今字，易而說之也。例見前。

敢拒逆我大國閩本、明監本、毛本同。案：經作「距」，正義作「拒」。距、拒，古今字，易而說之也。例見前。

苟貪人之土地閩本、明監本、毛本同。案：十行本「貪」至「地」，剜添者一字。

以却止徂國之師旅閩本、明監本「旅」誤「氏」，毛本不誤。

箋叛援至曲直閩本、明監本、毛本「叛」作「畔」。案：所改是也。此標起止仍不易字，下「故言叛援猶拔扈」，所改非也。

則上云監觀四方閩本、明監本、毛本「云」誤「天」。

是也○毛以徂爲往閩本、明監本、毛本同。案：浦鏜云：「衍『○』。」是也。

敢興兵相逆大國閩本、明監本、毛本同。案：浦鏜云：「『相』當『拒』字誤。」是也。

故拒其徵發明監本、毛本「故」誤「顧」，閩本不誤。

要言疑於伐者閩本、明監本、毛本同。案：浦鏜云：「『我』誤『伐』。」是也。上文可證。

有伐密須犬夷黎邘崇明監本、毛本「邘」誤「邦」，閩本不誤。○按：作「邦」、作「邗」皆誤。當作「邘」，从邑于聲，音況于切。今本《尚書大傳》此字亦誤作「邗」。

於時書史散亡閩本、明監本、毛本「散」誤「敗」。

今指言旅閩本、明監本、毛本「指」誤「止」。

以天下心皆嚮己閩本、明監本、毛本「心」誤「必」。

爲萬國之所鄉小字本、相臺本同。閩本、明監本、毛本「鄉」誤「嚮」。案：「嚮」乃正義所易之今字。《釋文》「鄉周」下云：「本又作『嚮』，下同。」當非正義本也。《考文》古本悉改作「嚮」，未是。

於是謀度其鮮山之傍閩本、明監本、毛本同。案：十行本「是」至「鮮」，剜添者一字。

其伐與百姓同欲明監本、毛本「其」誤「共」，閩本不誤。

莫不驚走明監本「莫」誤「草」，閩本、毛本不誤。

阜最大爲陵閩本、明監本、毛本「陵」誤「陸」。

絶高爲之京閩本、明監本、毛本「爲」誤「謂」。

密人乃依阻其京陵閩本、明監本、毛本「阻」誤「徂」。

非爲密須兵也閩本、明監本、毛本同。案：「密須」當作「須密」。此「須」者，用也，非「密須」之「須」。不知者誤倒之。

而驚散走也閩本、明監本、毛本同。案：浦鏜云：「『驚』下當脱『怖』字。」是也。

小山别大山鮮閩本、明監本、毛本「鮮」上衍「曰」字。

遠方不奏閩本、明監本同。毛本「奏」作「湊」。案：所改是也。

作程寤程典毛本「寤」誤「寐」，閩本、明監本不誤。

我歸人君有光明之德小字本、相臺本同，《考文》古本同。閩本、明監本、毛本「歸」作「謂」。案：「我歸」者，予懷也。

「謂」字誤。

同爾兄弟唐石經、小字本、相臺本同。案：《六書音均表》云「《後漢書·伏湛傳》作『同爾弟兄』，入韻。」顧炎武説同。考正義云「和同汝之兄弟」，又云「當和同汝兄弟之國」，是其本作「兄弟」。或毛氏《詩》與《伏湛傳》所引自不同也。

以和協女兄弟之國明監本「協」誤「陽」，各本皆不誤。

親親則方志齊心一也毛本同。閩本、明監本「方」誤「萬」，小字本、相臺本「方」作「多」，「一」作「壹」，《考文》古本同。案：「多」字、「壹」字是也。

當詢謀汝怨偶之傍國閩本、明監本、毛本同。案：「偶」當作「耦」。下同。

傳不大至所更明監本、毛本「傳」誤「箋」，閩本不誤。

以加人〇閩本、明監本、毛本同。案：浦鏜云：「『〇』衍。」是也。

謂色取人而行違閩本、明監本、毛本「人」作「仁」。案：所改非也。正義引《論語》自如此。〇按：舊校非。馬融注可按。

詩意言又無此行明監本、毛本「又」作「文王」二字，閩本剜入。案：所補是也。「意」字當衍。

故天命文王使伐人之道貴其識古知今閩本、明監本、毛本「人之」二字互易。案：所改是也。

箋云鉤鉤梯閩本、明監本、毛本同。案：「箋」當作「故」。

故爲傍國之諸侯閩本、明監本、毛本「傍」誤「方」。

執訊連連唐石經、小字本、相臺本同。案：《詩經小學》云：《釋文》「字又作『誶』」者，誤。《爾雅》：訊，言也。《說文》：訊，問也。〔一〕《正月》、《出車》傳，《采芑》及此箋以「言」、「辭」、「問」訓「訊」字，與「誶」訓「告」義别。

於野曰禡小字本、相臺本同。案：正義云：「故云『於内曰類，於外曰禡』，謂境之外内，内非城内也。」此正義專釋傳「内」字耳。「於外曰禡」當仍是「於野曰禡」。《考文》古本采之以改傳，作「外」。非也。

致致其社稷羣臣小字本、相臺本「臣」作「神」，閩本、明監本、毛本同。案：《釋文》云：「本或作『羣臣』。」正義本是「神」字。作「臣」者非也。羣神，多誤作「羣臣」，如《魯語》、鄭《大宗伯》注皆然。

尊其尊而親其親相臺本同，閩本、明監本、毛本同。小字本無「而」字。案：有者是也。

此天所以用文武代殷也閩本、明監本、毛本同。案：「武」當作「王」，此詩無武王也。

言言是城之狀故爲高大毛本「大」誤「左」，閩本、明監本不誤。

故不服者殺而獻其左耳耳曰馘閩本、明監本、毛本不重「耳」字。案：所改是也。「故」下當補「云」字。

所以復得致其羣臣閩本、明監本、毛本「臣」作「神」。案：所改是也。

正義曰箋以詩閩本、明監本、毛本誤重「曰」字。

碩人言庶姜孽孽是舉我之容閩本、明監本、毛本同。案：「是」上當有缺文，因「孽孽」字有複出者而脱去也。「舉我」

〔一〕「問」，原作「同」，據文選樓本改。

當爲「壞城」之誤。

靈臺

春秋傳曰小字本、相臺本同，閩本、毛本同。明監本「曰」誤「白」。

而民樂有其神靈之德閩本、明監本、毛本同。案：「有其」當倒。

是靈臺在豐邑之都文也閩本、明監本、毛本「文」誤「内」。

故此略引之明監本、毛本「此」誤「北」，閩本不誤。

故其説多異義公羊説閩本、明監本、毛本同。案：「義」上，浦鏜云：「當脱一『異』字。」是也。

取辟有德閩本、明監本、毛本同。案：「辟」當作「璧」。

不言辟水言辟水言辟廱者閩本、明監本、毛本不重「言辟」二字。案：所删是也。此十行本複衍。

説各有以無以正之閩本、明監本、毛本脱「有以」二字。案：「説各有以」句絶。

靈臺與辟廱同處閩本、明監本、毛本同。案：十行本「臺」至「同」，剜添者一字。

故謂之大廟閩本、明監本、毛本同。案：十行本「謂」至「廟」，剜添者一字。

圓之以水似辟閩本、明監本、毛本「辟」作「璧」。案：所改是也。

袁準正論云毛本「準」誤「惟」，閩本、明監本不誤。○按：舊書「準」多作「准」。

而使衆學處焉饗射其中閩本、明監本、毛本同。案：十行本「處」至「中」，剜添者一字。

以干犯鬼神閩本、明監本脱「犯」字，毛本剜補。

月令則其事也閩本、明監本、毛本「事」誤「序」。

天子張三侯閩本、明監本、毛本脱「侯」字。

穎氏云公既視朔閩本、明監本、毛本「穎」誤「左」。

所以法大道順時政閩本、明監本、毛本「大」作「天」。案：所改是也。

度始靈臺之基趾相臺本同，閩本、明監本、毛本同。小字本「趾」作「止」，下同。案：「止」字是也。止、趾，古今字。正義中字作「趾」，乃易而説之之例，不當依以改箋也。基止，又見《抑》箋。

似神之精明小字本、相臺本同，《考文》古本同。閩本、明監本、毛本「似」誤「以」。

始度靈臺之基趾也閩本、明監本、毛本同。案：「始度」當倒。

衛侯爲靈臺於藉圃明監本、毛本「藉」誤「籍」，閩本不誤。

文王親至靈囿相臺本同，閩本、明監本、毛本同。小字本「親」作「觀」。案：「觀」字誤。

傳囿所以至於囿閩本、明監本、毛本「於囿」誤「麀牝」。

鹿牡麌牡麀明監本、毛本「牡」誤「牝」，閩本不誤。

論思也小字本、相臺本同。案：正義云：「定本及《集注》『鏞大鐘』之下云：『論，思也。』則其義不得同鄭也。」《釋文》云：「論，音盧門反，思也。一云『鄭：音倫』，下同。」是《釋文》本亦有。段玉裁云：「論者，侖之假借字也。《説文》人部曰：『侖，思也。』龠部曰：『侖，理也。』」

使之和諧閩本、明監本、毛本「之」誤「人」。

義俱在箋閩本、明監本、毛本同。案：浦鏜云：「『具』誤『俱』。」是也。

木謂之虡閩本、明監本、毛本「木」誤「本」。

謂直立者爲虡明監本、毛本「直」誤「植」，閩本不誤。

又以彩色爲大牙閩本、明監本、毛本「彩」誤「采」。

大鐘音聲大閩本、明監本、毛本「大」誤「之」。

月令季夏閩本、明監本、毛本同。案：十行本有釋文八字錯入「季」字下，誤。

漁師取漁之官閩本同。明監本、毛本「漁」作「魚」。案：所改是也。

今合樂鼉魚甲是也閩本、明監本、毛本同。案：「樂」當作「藥」，《頍弁》正義引「今合藥兔絲子」是也，可作陸疏有「合藥」語之證。

無目眹謂之瞽明監本「眹」誤「眕」，閩本、毛本不誤，下同。○按：正義「眹」作「眹」。

外傳稱曚誦瞽賦閩本、明監本、毛本同。案：浦鏜云：「『瞍』誤『瞽』。」以《周語》考之，浦校是也。

下武

爲後世所因閩本、明監本、毛本「因」誤「繼」。

著其功也大閩本、明監本、毛本「也」作「之」。案：所改是也。

此三后既没登遐小字本、相臺本同，《考文》古本同。閩本、明監本、毛本「遐」作「假」。案：《釋文》云：「假，音遐。本或作『遐』。」正義本是「遐」字，故引《禮記》亦順經文作「遐」也。作「假」者，依《釋文》改耳。

若僊去云耳明監本、毛本「僊」誤「仙」，閩本不誤。

求終釋詁文明監本「詁」誤「能」，閩本、毛本不誤。

此則稱武王口自所言閩本、明監本、毛本「口」誤「曰」。

昭兹來許唐石經、小字本、相臺本同。案：《九經古義》依《東觀漢記》引「許」作「御」。疑作「許」是傳寫之誤。《詩經小學》云：「《廣雅》『許，進也』，本此傳。則《毛詩》本作『許』。作『御』者蓋三家《詩》。」

戒慎其祖考所履踐之迹相臺本同，閩本、明監本、毛本同。小字本「履踐」作「踐履」。案：「踐履」是也，正義云「戒慎祖考踐履之迹」可證。

四方謂中國諸侯也閩本、明監本、毛本同。案：十行本「謂」至「侯」，剜添者一字。

與之同福閩本、明監本、毛本「福」誤「歸」。

不遠有輔佐之臣閩本、明監本「輔」誤「轉」，毛本初刻同，後改「輔」。

洛誥云閩本、明監本、毛本同。案：浦鏜云：「『文』誤『云』。」是也。

同受福矣閩本、明監本、毛本無「受」字，「福」下有「禄」字。案：此當作「同受福禄矣」。

文王有聲

以其所施之事皆伐之功明監本、毛本「皆」下衍「繼」字，閩本剜入。

而四章言武王之謚閩本、明監本、毛本同。案：浦鏜云：「『武王』當『文武』誤。」是也。

述其所徙之言毛本「徙」誤「從」，閩本、明監本不誤。

四章言作豐以王四方閩本、明監本、毛本「王」誤「主」。

詒訓後世閩本、明監本、毛本「詒」誤「貽」。

文王烝哉小字本、相臺本同。唐石經初刻「文」誤「武」，後改正。

三代之王毛本「三」誤「二」，閩本、明監本不誤。

邘者密須混夷之屬明監本、毛本「邘」誤「邦」，閩本不誤。○按：此「邘」亦「邘」之誤，詳《皇矣》。

匪棘其欲唐石經、小字本、相臺本同。案：《釋文》云：「匪亟，或作『棘』。」正義云：「棘，急。《釋言》文。」是其本作「棘」。

大小適與成偶小字本、相臺本同，毛本同。閩本、明監本「成」誤「城」。案：《考文》古本并上傳、箋「成」皆作「城」，誤甚。

乃述追王季勤孝之行閩本、明監本、毛本「述追」誤倒。

申傳減爲溝之義明監本、毛本「爲」下有「成」字，閩本剜入。案：所補非也。「爲」當作「成」字耳。

作匪革其猶閩本、明監本、毛本「猶」誤「欲」。

文王既已受命閩本、明監本、毛本「已」誤「以」。

故所追勤孝唯王季也閩本、明監本、毛本「追」誤「述」。

異義駮云閩本、明監本、毛本「駮」誤「駁」。

以見二塗之意也閩本、明監本、毛本「塗」誤「途」。

正義曰釋詁文閩本、明監本、毛本「文」誤「云」。

欲又本之前世閩本、明監本、毛本同。案：「欲」當作「故」。

故爲天下所同心而歸之毛本「下」誤「子」，閩本、明監本不誤。

而豐水亦汎濫爲害閩本、明監本、毛本同。小字本、相臺本「汎」作「氾」，《考文》古本同。案：《釋文》云：「氾，字亦作『汎』。」考《説文》「汎，浮貌」，「氾，濫也」，當作「氾」者爲是也。正義中字作「汎」，與亦作本同。

今豐水之得東流明監本「水」誤「小」，閩本、毛本不誤。

此大王誠得人君之道哉毛本「大」誤「太」，閩本、明監本不誤。

故知豐水亦汎濫爲之閩本、明監本、毛本同。案：浦鏜云：「『害』誤『之』。」是也。

可以兼及文王欲連言之閩本、明監本、毛本「兼」誤「并」。案：「欲」當作「故」。

謂養老以教孝悌也閩本、明監本、毛本「悌」誤「弟」。案：「悌」是正義所用今字。

上言皇王小字本、相臺本同。閩本首有「傳」字，明監本、毛本首有「箋」字。案：此當脱「箋云」二字也。上箋「變諡而言王后者」、「變王后而言大王者」，與此箋「上言皇王，而變言武王者」相承，而下屬之傳者，誤也。

言武王能得順天下閩本、明監本、毛本同。案：「得」當作「傳」。

故云傳謀以安彼後閩本、明監本、毛本同。案：「彼」當作「敬」。

明敬事者明監本複衍「敬」字，閩本、毛本不誤。

生民

乃十七世祖也閩本、明監本、毛本同。案：十行本「十」至「也」，剜添者一字。

介大也止福禄所止也小字本、相臺本同。閩本、明監本、毛本「也」作「攸」。案：段玉裁云：「『也』、『攸』二字皆當有。」是也。

其左右所止住明監本「住」誤「佳」，各本皆不誤。

後則生子而養長名之曰弃閩本、明監本、毛本同。小字本、相臺本「名之」作「之名」。案：「之名」是也。讀「之」字斷句，「名」字下屬，正義可證。

終人道則生之閩本、明監本、毛本「則」誤「以」。

大戴禮帝繫篇閩本、明監本、毛本「繫」誤「系」。

下妃娵訾氏女閩本、明監本、毛本「娵」誤「姬」。

皆依用焉閩本、明監本、毛本「依」誤「遵」。

必待舜乃舉之者閩本、明監本、毛本「舜」誤「衆」。

亦謂之大祖閩本、明監本、毛本「亦」誤「並」。

上帝是依毛本「上」誤「二」，閩本、明監本不誤。

釋詁云禋祭也閩本、明監本、毛本「云」誤「文」。

變禖言禖者閩本同。明監本、毛本上「禖」字作「祀」。案：山井鼎云：「諸本皆非。作『媒』似是。」是也。

天子内官有后也閩本、明監本、毛本「官」誤「宫」，下同。

又帶以弓之韣衣閩本、明監本、毛本「帶」誤「帝」。

吉争先見之象閩本、明監本、毛本同。案：争，盧文弨改爲「事」。是也。

鄭記王權有此問閩本、明監本、毛本同。案：此不誤。浦鏜云：「『記』疑『志』字誤。」非也。考《鄭記》與《鄭志》非一書。《鄭記》，六卷，康成弟子撰。《鄭志》，十一卷，鄭小同撰。並見於《隋書·經籍志》。浦失考。

必自有禖氏祓除之祀閩本、明監本、毛本「必」誤「以」。

祀之以配帝毛本「配」誤「祀」，閩本、明監本不誤。

所在之地耳毛本「耳」誤「也」，閩本、明監本不誤。

此年始震閩本、明監本、毛本「年」誤「言」。

弃黎民阻飢閩本、明監本、毛本「弃」誤「棄」，下「帝曰棄」同；「飢」誤「饑」。按：引《尚書》作「弃」，依彼文也。○按：唐人多以「棄」中有「世」字，乃悉改爲「弃」。此不畫一者，轉寫所致也。

釋詁文介右也閩本、明監本、毛本同。案：「文」當作「云」。

是爲震爲有身閩本、明監本、毛本同。案：山井鼎云：「上『爲』恐『謂』字誤。」是也。

未覺其偏隱閩本、明監本、毛本「偏」誤「徧」。

達生也姜嫄之子先生者也小字本、相臺本同。案：《釋文》云：「達，毛云生也，沈云毛如字。」正義云：「『達，生者』，言其生易如達羊之生。但傳云略耳，非訓達爲生也。又解言『先生』之意，以人之産子先生者多難。此后稷是姜嫄之子最先生者，應難而今易，故言『先生』以美之。」段玉裁云：「蓋是『達』。達，生也。先生，姜嫄之子先生者也。『達』之言『沓』，言重沓而生。此與《車攻》傳『舄達屨』，皆假『達』爲『沓』。姜嫄之子首生者，乃如重沓而生之易。然先釋『達』，而後釋『先生』，如《白華》傳先釋『卬烘』，而後釋『桑薪』。」又見《詩經小學》。

不拆不副小字本同，閩本、明監本、毛本同。唐石經、相臺本「拆」作「坼」。案：「坼」字是也，《釋文》可證。又，《説文》土部「坼」下引此詩作「拆」者，形近之譌。正義中十行本尚閒作「坼」，明監本、毛本盡改爲「拆」，誤甚。

説文云達小羊也從羊大聲閩本、明監本、毛本同。案：「達」當作「羍」。此引「羍」而不云「字異音義同」者，省耳，不知者乃改之。

則又坼堛災害其母閩本、明監本、毛本同。案：經、注作「副」，正義作「堛」。副、堛，古今字，易而説之也。例見前。○按：舊校非。「堛」不與「副」爲古今字。此乃蒙上文「坼」從土而轉寫誤耳。

能無坼堛災害明監本、毛本「坼」誤「拆」，閩本不誤。下同。

因見稷之生由明監本、毛本「由」誤「易」，閩本不誤。上文云：「謂不由人所生之道也。」「生由」謂此。

少溲於家牢閩本、明監本、毛本同。案：浦鏜云：「『豕』誤『家』。」是也。

人道之言雖同三者皆小别耳閩本、明監本、毛本同。案：十行本「人」至「者」，剜添者二字。

此章上四章閩本、明監本、毛本同。案：下「章」字當作「句」。

欲望衆言閩本、明監本、毛本同。案：浦鏜云：「『信』誤『言』。」是也。

是聖人感見於經之明文閩本、明監本、毛本同。案：浦鏜云：「『感』下當脱『生』字。」是也。

以證有父得感生耳必由父也閩本、明監本、毛本同。案：浦鏜云：「『耳』疑『非』字誤。」是也。

契稷不棄契者閩本、明監本同。毛本上「契」字作「棄」。案：所改是也。

雖爲天所安閩本、明監本、毛本「安」誤「受」。

五章傳云明監本、毛本「章」誤「帝」，閩本不誤。

因之曰堯不名高辛閩本、明監本、毛本同。案：此當云「目之曰堯不名爲帝」，皆形近之譌也。

益知此帝不爲堯也明監本「堯」誤「帝」，閩本、毛本不誤。

姜嫄爲辛之正妃閩本、明監本、毛本「辛」上有「高」字。案：所改非也，「爲」當作「高」耳。

何云聽棄之也閩本、明監本、毛本「何云」誤倒。

自有聖弟閩本、明監本、毛本「自」誤「且」。

雖帝難之閩本、明監本、毛本同。案：此不誤。浦鏜云：「『雖』疑『惟』字誤。」非也。「雖」字正義自爲耳。據《尚書》者，但

「帝難之」三字耳。

謂有奇表異相閩本、明監本、毛本「謂」誤「猶」。

言帝謇若不順天意以顯之閩本、明監本、毛本「顯」誤「順」。

實之言適也小字本、相臺本同。案：此正義本也。正義云：「故云『實之言適也』。」又云：「定本爲『實之言是』。」按：《集注》並爲『適』。」考此箋，當依定本。《頍弁》正義云：「《釋詁》云：實，是也。『實』、『寔』義同，故『實』亦爲『是』也。」又《韓奕》箋云「實」當爲「寔」。此《楚茨》正義所謂「注意趨在義通，不爲例」者也。凡餘經「實」訓「是」者，視諸此。

訏謂張口嗚呼也小字本、相臺本同。案：《沿革例》云：諸善本皆作「嗚」。余仁仲本作「鳴」，最爲非是。今從疏及諸善本作「嗚」。《釋文》「訏」下云：「鄭：張口嗚呼也。」亦淺人改之耳。嗚呼，古書多作「烏呼」。《説文》云「烏，孝烏也」，引孔子「烏盱，呼也」，取其助氣，故以爲「烏呼」。

荏菽戎也閩本、明監本同。小字本、相臺本「戎」下有「菽」字，《考文》古本同，毛本誤剜入「事」字。案：有「菽」字者是也。

穟穟苗好美也小字本、相臺本同，閩本、明監本、毛本同。按：正義云「其苗則穟穟然美好」，《釋文》「穟穟」下云「苗美好也」，是「好美」當誤倒。

幪幪然茂盛也小字本、相臺本同，《考文》古本同。閩本、明監本，毛本「茂盛」誤倒。

其實則唪唪然衆多閩本、明監本、毛本同。案：十行本「其」至「然」，剜添者一字。

訏大路大釋詁文閩本、明監本、毛本「文」誤「云」。

敗實之爲義閩本、明監本、毛本「敗」作「取」。案：皆誤也。當作「則」，形近之譌。山井鼎云：「恐『以』字誤。」亦非。

訏音呼字又從言閩本、明監本、毛本同。案：「音呼」二字當旁行細書。正義自爲音例如此。○按：非也。

齊侯來獻戎捷閩本、明監本、毛本「捷」誤「菽」。

於後果爲稷官明監本、毛本「官」誤「宫」，閩本不誤。

相地之宜宜五穀者閩本、明監本、毛本不重「宜」字。案：山井鼎云：「《本紀》與宋板同。」

種雜種也小字本、相臺本同。案：《釋文》「實種」下云：「種，雜種。」正義云：「《莊子》説木之肥大云『雍腫無用』，故以『種』爲『雍腫』。」又云：「傳言雍種是肥充之貌。禾生雖肥，不能至雍種。」山井鼎云：「據疏，『雜』作『雍』爲是。」是也。《釋文》涉箋而字譌耳。各本依之，非也。○按：《釋文》本作「襍種」，正義本作「雍腫」，此二本之不同也，而陸本爲長。襍，集也。集種者，集其善種也，猶「集義」、「集大成」之「集」。舊校非也。

栗成就也小字本、相臺本同。案：此正義本也。正義云：「故言『成就』以足之。按：《集注》云：栗，成意也。定本以『意』爲『急』，恐非也。」《考文》古本作「急」，采正義。

稍至秋初閩本、明監本、毛本「初」誤「分」。

閟宫言稙穉菽麥明監本、毛本「稙」誤「植」、「穉」誤「稺」，下同。閩本「稙」字不誤。

尚書稱播殖百穀閩本、明監本、毛本同。按：浦鏜云：「『時』誤『殖』。」是也。

秸又云穎閩本、明監本、毛本同。案：「云」當作「去」，形近之譌。《甫田》正義同。

就其成國之室家閩本、明監本、毛本同。案：浦鏜云：「『家室』字譌倒。」是也。

禹封棄於邰閩本、明監本、毛本同。案：浦鏜云：「『舜』誤『禹』。」是也。

秬黑黍也毛本「黍」誤「忝」，明監本以上皆不誤。

箋云天應堯之顯后稷小字本、相臺本同。案：此正義本也。正義云：「按：《集注》及定本於此並無『箋云』。」考此，鄭申毛「天降嘉種」傳也。當以正義本爲長。

恒之秬秠唐石經同，小字本、相臺本同。案：《釋文》云：「恒，本又作『亘』。」正義云：「定本作『恒』，《集注》皆作『亘』字。」考「恒」、「亘」是一字。

以歸肇祀小字本、相臺本同，閩本、明監本、毛本同。唐石經「肇」作「肈」，下同。案：《釋文》以「肈」字作音。《詩經小學》云：《玉篇》攴部云：肇，俗「肈」字。《五經文字》戈部云：「肈，作『肇』訛。」《廣韻》有「肈」無「肇」。《說文》攴部有「肇」字，唐後人妄增入無疑。凡古書「肇」字皆當改作「肈」。今考《六經正誤》云「作『肈』誤」，是舊本從戈，毛居正始誤改之耳。

於是負檐之閩本、明監本、毛本同。案：此不誤。浦鏜云：「『擔』誤『檐』。」非也。「檐」字見《商頌》注。

唯彼糜作䴬閩本、明監本、毛本「䴬」誤「䕩」，下同。

故云釀秬爲酒閩本、明監本、毛本「云」誤「名」。

降之百穀閩本、明監本、毛本同。案：浦鏜云：「『福』誤『穀』。」考《閟宮》，浦校是也。

所降多矣閩本、明監本、毛本同。案：「所」至「矣」，十行本剜添者一字。

故任爲抱〇閩本、明監本、毛本同。案：「〇」當作「也」。

釋之叟叟唐石經、小字本、相臺本同。案：《六經正誤》云：「作『釋』誤。《說文》釋从米从睪，〔一〕漬米也。」云云。今考其說，非也。毛、鄭《詩》作「釋」，乃古字假借。故《釋文》不以「釋」字作音，正義亦不解「釋」字，《說文》「釋」下亦不引此詩。毛居正依旁字部改變經文，不可承用也。

或蹂黍者小字本、相臺本同。案：正義云：「《集注》等皆爲『蹂黍』，定本爲『蹂米』者，誤也。」考此傳以「米」與上「糠」爲對文，當以定本爲長。

先奠而後爇蕭閩本、明監本、毛本同。小字本、相臺本「先」作「既」，《考文》古本同。案：「既」字是也。

羝羊牡羊也小字本、相臺本同，閩本、明監本、毛本亦同。案：上「羊」字，衍文也。正義云「羝羊牡羊者」，乃自爲文，取以添注者誤。

貫之加于火曰烈閩本、明監本、毛本同。小字本、相臺本「于」作「於」。下注「當于豆者于登者」，相臺本作「於」。案：「於」字是也。

后稷既爲郊祀之酒小字本、相臺本同，閩本同。明監本、毛本「既」誤「即」。

齊敬犯軷而祀天者小字本同，《考文》古本同。相臺本「犯」作「祀」，閩本、明監本、毛本同。案：「犯」字是也。正義中十行本皆作「犯」，不誤。

〔一〕「釋」，原作「釋」，據文選樓本改。下同。

孟春之月令曰小字本、相臺本同。案：正義云：「定本云『孟春之令曰』，無『月』字。」當以無者爲長。

或使人蹂踐其黍言其各有司存閩本、明監本、毛本同。案：十行本「其」至「其」，剜添者一字。

又取羝羊之禮閩本、明監本、毛本同。案：「禮」當作「體」，下文不誤。

以此爲思閩本、明監本、毛本同。案：「思」當作「異」。

揄簸俱是春閩本、明監本、毛本「榆」誤「喻」。〔一〕

烰烰氣也閩本、明監本、毛本同。案：浦鏜云：「『烝』誤『氣』。」是也。

溞浮與此不同閩本、明監本、毛本同。案：「浮」當作「烰」，此與下互易。

故言烰浮氣閩本、明監本、毛本「烰」作「浮」。案：所改是也。此與上互易。

故設辭自問明監本、毛本「設」誤「説」，閩本不誤。

待御七閩本、明監本、毛本「七」誤「十」。

又去爲鑿閩本、明監本、毛本同。案：浦鏜云：「『春』誤『去』。」是也。

故上言於鑿也閩本、明監本、毛本同。案：「上」當作「止」。

皆春官肆師職文也毛本「文」誤「之」，閩本、明監本不誤。

〔一〕「榆」，當作「揄」，參見南昌府學本《毛詩注疏》。

故祭土之日而問稼也閩本、明監本「日」誤「已」，毛本不誤。

故因兵事閩本、明監本、毛本同。案：「因」當作「問」，形近之譌。

取蕭草與祭祀之脂閩本、明監本、毛本同。案：山井鼎云：「箋『祀』作『牲』。」浦鏜云：「『牲』誤『祀』。」是也。

郊之兆位在國外明監本、毛本「兆」誤「其」，閩本不誤。

未至定用何月閩本、明監本、毛本同。案：浦鏜云：「『至』當『知』字誤。」是也。

故云嗣歲今新歲新歲而謂之嗣者閩本、明監本、毛本誤不重「新歲」二字。

内郊天主爲祈穀故也閩本、明監本、毛本同。案：浦鏜云：「『内』當『由』字誤。」是也。

于豆于登唐石經、小字本同，閩本、明監本、毛本同。相臺本「登」作「登」。案：《六經正誤》云：「作『登』誤。『登升』之字，从癶。『豆登』之字，从肉从廾。」云云。今考「登」字，此經及《爾雅》作「登」，《儀禮》作「鐙」，《説文》有「𢍜」字，「登」即「鐙𢍜」之古字也。《釋文》不以「登」字作音，正義中字亦皆作「登」，其明證矣。「𢍜」字或作「登」、「甄」，見《集韻》，皆不載於《説文》。毛、鄭《詩》固未嘗用此字，毛居正特臆説耳。○按：舊校本所引劉台拱説。

其香始升唐石經、小字本、相臺本同。案：《釋文》云：「香，一本作『馨』。」正義本未有明文，今無可考。

上帝則安而歆享之小字本、相臺本同，《考文》古本同。閩本、明監本、毛本「享」作「饗」。案：「饗」字是也。正義云「上帝則安居而歆饗之」可證。凡「歆饗」字皆當作「饗」，「享祀」字皆當作「享」，二字截然有別。宋時寫書，乃以「享」爲「饗」別體字而亂之。

抑云庶無罪悔閩本、明監本、毛本同。案：浦鏜云：「『大』誤『罪』。」是也。

上傳肇爲始明監本、毛本「肇」誤「肁」，閩本不誤。

不調以鹽采閩本、明監本同。毛本「采」作「菜」。案：所改是也。

行葦

敦史受之小字本、相臺本同。案：《釋文》云：「敦，本又作『惇』，同。」正義本是「惇」字。

故即言周家以廣之明監本、毛本「言」誤「立」，閩本不誤。

見同出高祖閩本、明監本、毛本「出」誤「世」。

耇面凍棃色以浮垢也明監本、毛本「耇」誤「者」，「以」誤「似」，閩本「耇」字不誤。

燕伐北鄙閩本、明監本、毛本同。案：山井鼎云：「《爾雅》疏『伐』作『岱』，皆非也。」浦鏜云：「『代』誤『伐』。」是也。

言五帝直養其氣體閩本、明監本、毛本「氣」誤「意」。

敦敦然道傍之葦閩本、明監本、毛本同。小字本、相臺本「傍」作「旁」。案：「旁」字是也。「傍」乃正義所易今字。

以其終將爲人用小字本、相臺本同，閩本同。明監本、毛本「終將」誤倒。

故經以成形名之閩本、明監本、毛本同。案：浦鏜云：「『經』疑『徑』字誤。」是也。

而禁之者以牛羊當有牧處閩本、明監本、毛本同。案：十行本「禁」至「牧」，剜添者一字。

或陳言筵者閩本、明監本、毛本同。小字本、相臺本「言」作「設」，《考文》古本同。案：「設」字是也。

王俱爾而揖進之閩本、明監本、毛本同。案：「爾」當作「邇」，下文皆作「邇」可證也。經、注作「爾」，正義作「邇」。爾、邇，古今字，易而説之也。例見前。

邇卿面南北上閩本、明監本、毛本同。案：浦鏜云：「『西面』誤『面南』。」是也。

邇大夫北面少進閩本、明監本、毛本同。案：「北面」當作「皆」，分爲二字而誤也。山井鼎云：「《儀禮》元文作『大夫皆少進』，正義引略『大夫』者，不備耳。」

客受而奠之不舉也相臺本同，閩本、明監本、毛本同。小字本無「也」字。

緝績者連續之明監本、毛本「績」誤「續」，閩本不誤。

似是異器毛本「似」誤「以」，閩本、明監本不誤。

嘉殽脾臄唐石經、小字本、相臺本同。案：正義云：「定本、《集注》經皆作『嘉』，箋『以脾臄爲加，故謂之嘉』，是爲嘉美之加也。」依此，是正義經當作「加」字。考此箋之意，以嘉殽之文與脾臄相連，明爲一事，不與他經單言嘉殽者同，故用「加殽」爲説。以「加」訓「嘉」者，詁訓之法也。若經字作「加」，則箋無庸云「故謂之嘉」矣。當以定本、《集注》爲長。

徒擊鼓曰咢小字本、相臺本同。案：《釋文》云：「毛云徒歌曰咢。」正義云：「王肅述毛作『徒擊鼓』，今定本、《集注》作『徒歌』者，與《園有桃》傳相涉誤耳。」考「歌」字當爲「鼓」之誤。王肅有「擊」字，與今《爾雅》文同，或毛讀《爾雅》無。

韭菹則醓醢也小字本、相臺本同，《考文》古本同。閩本、明監本、毛本「韭」誤「非」，正義中同。

所加善殽明監本、毛本「善」誤「嘉」，閩本不誤。

又作樂助歡閩本、明監本、毛本「歡」誤「勸」。

是爲嘉美之加也閩本、明監本、毛本同。案：「加」當作「嘉」，與下互換而誤。

醓肉汁也閩本、明監本、毛本「醓」誤「醢」。

服虔通俗又云閩本、明監本、毛本同。案：山井鼎云：「『又』恐『文』誤。」是也。

皆以絃和之閩本、明監本、毛本「和」誤「歌」。

醓所以擩葅閩本、明監本「擩」誤「濡」，毛本不誤。

故謂之嘉閩本、明監本、毛本同。案：「嘉」當作「加」，與上互換。

以擇其可與者小字本、相臺本同。案：《釋文》云：「一本直云『可者』，無『與』字。」正義本有。

言賓客次第皆賢閩本、明監本、毛本同。小字本、相臺本「第」作「序」，《考文》古本同。案：「序」字是也。

觀者如堵牆小字本、相臺本同。按：此《釋文》本也。正義云：「皆《射義》文。彼於『圃』下云『蓋觀者如堵』，此引之略也。」是正義本無此一句。《釋文》云：「觀者，古亂反。如堵，丁古反。」是《釋文》本有也。此亦合併之未檢照者，故經、注、正義舛互。

又使公罔之裘序點揚觶而語曰小字本、相臺本同。案：此傳「曰」字上當有「公罔之裘揚觶而語」八字，因複出而脫去也。正義云「又使公罔之裘及序點二人揚觶爵而爲語，公罔裘先語於衆曰」，是其證。各本皆誤。

耄勤稱道不亂小字本、相臺本同。案：《釋文》云：「勤，音其。」正義云「而能勤行稱舉其道」，是正義如字讀。考鄭《射義》注云「旃期，或爲『旃勤』」，此乃本之異者。「勤」字不得讀爲「期」，《釋文》所音非也。

既堅軔矣閩本、明監本、毛本「軔」誤「勁」。

又解四鍭之義閩本、明監本、毛本「鍭」誤「鏃」。案：山井鼎云：「下除『金鏃』、『鐵鏃』外皆同。」是也。

言鍭是矢參亭者也閩本、明監本、毛本「亭」誤「停」，下同。

前有鐵重也明監本、毛本「鐵」誤「纖」，閩本不誤。

孫炎曰金鏑閩本、明監本「金」作「者」，毛本倒之。案：山井鼎云：「兩誤。」是也。

謂所射之質閩本、明監本、毛本「謂」誤「爲」。

用諸近射田獵閩本、明監本、毛本「田」誤「退」。

故舍之言釋閩本、明監本、毛本「故」誤「放」。

以此知爲毛之意亦爲大射也閩本、明監本、毛本同。案：十行本「此」至「之」，剜删者一字，誤也。當作「以此知爲大射毛意亦爲大射也」。

彼於圃下云明監本、毛本「於」誤「以」，閩本不誤。

蓋觀者如堵閩本、明監本、毛本同。案：「堵」下，浦鏜云：「『牆』字脱。」是也。

序點又揚舉此觶毛本「舉」誤「奉」，閩本、明監本不誤。

而先自言之閩本、明監本、毛本同。案：浦鏜云：「『自』疑『目』字誤。」是也。

必揚解者明監本、毛本「必」誤「以」，閩本不誤。

蓋爲大夫時也閩本、明監本、毛本「時」誤「射」。

鄉大夫之射閩本、明監本、毛本同。案：浦鏜云：「『卿』誤『鄉』。」是也。

謂中多者爲賢閩本、明監本、毛本「謂」誤「爲」。

言已挾四鍭小字本同，《考文》古本同。相臺本「鍭」誤「鏃」，閩本、明監本、毛本同。

以不侮慢多少爲次第明監本、毛本「以不」誤倒，閩本不誤。

二京賦曰彫弓既彀閩本、明監本、毛本同。案：浦鏜云：「『斯』誤『既』。」是也。又云：「『二』當作『東』。」非也。李善《文選》注引楊泉《物理論》曰「平子二京」，是通稱二京矣。

先生大夫之致位者閩本、明監本、毛本同。案：浦鏜云：「『仕』譌『位』。」是也。

以受大夫之福明監本、毛本下「大」字誤「人」，閩本不誤。

駘背耇老壽人也閩本、明監本、毛本同。案：浦鏜云：「人，衍字。」是也。

皮膚涓瘠閩本、明監本、毛本同。案：浦鏜云：「『消』誤『涓』。」是也。《爾雅》疏引即取此，正作「消」。

引者牽引之義閩本、明監本、毛本「牽」誤「率」。

在身之兩傍閩本、明監本、毛本「傍」誤「旁」，下同。

則老人於是始求閩本、明監本、毛本同。案：「求」當作「來」，形近之譌。

既醉

大平也小字本、相臺本同。唐石經「大」上有「告」字。案：正義云：「本或云『告大平』者，此與《維天之命》叙文相涉，故遂誤耳。今定本無『告』字。」《釋文》以「既醉大平」作音，是正義本、《釋文》本皆無「告」字。考《維天之命》在《頌》，故《序》云「告」，謂以其成功告於神明。此《既醉》在《雅》，《序》本不云「告」，或作本誤。《譜》正義引《既醉》「告大平」，即出於或作本也。

在意云滿閩本、明監本同。小字本、相臺本「在」作「志」、「云」作「充」，毛本同。案：「在」字、「云」字誤也。

此則平之大者閩本、明監本、毛本「平」誤「事」。

此與維天之命叙文相涉閩本、明監本、毛本「文」誤「又」。

詔室出於祊閩本、明監本、毛本「祊」誤「枋」。

別嫌而迎閩本、明監本、毛本同。案：此不誤。山井鼎云：「『迎』上恐脱『不』字。」非也。

此施爵賞於六也閩本、明監本、毛本「於」作「爲」。案：所改是也。

事謂惠施先後小字本、相臺本同。閩本、明監本、毛本「惠施」倒。案：倒者誤也。《釋文》、正義皆可證。

天又助女以大福小字本、相臺本同，《考文》古本同。閩本、明監本、毛本「福」誤「德」。

云永錫祚允閩本、明監本、毛本「祚」誤「作」。

天既其女以光明之道小字本、相臺本「其」作「助」，《考文》古本同。閩本、明監本、毛本「其」作「與」。案：「助」字是也，正義云「鄭以爲天既助汝王以光明之道」可證。

俶終也閩本同。小字本、相臺本「終」作「始」，明監本、毛本同。案：「始」字是也，《釋文》、正義皆可證。

祭祀是禮之終閩本、明監本、毛本同。案：浦鏜云：「『享』誤『祭』。」是也。

終於享祀閩本、明監本、毛本「享」誤「饗」。

未有祭事在其間閩本、明監本、毛本「事」誤「祀」。

釋詁文俶作也閩本、明監本、毛本同。案：浦鏜云：「『文』當『云』字誤。」是也。

恒豆之菹小字本、相臺本同，《考文》古本同。閩本、明監本、毛本「菹」作「俎」，十行本初刻作「菹」，後剜作「俎」。案：剜者誤。

乃由主之所祭閩本、明監本、毛本「主」作「王」。案：所改是也。

恒豆謂恒常正祭之豆閩本、明監本、毛本同。案：十行本「正」至「豆」，剜添者一字。

若羸與魚閩本、明監本、毛本同。案：浦鏜云：「『嬴』誤『羸』。下同。」是也。

故加相及所以交接於神明者閩本、明監本、毛本同。案：「相及」當作「恒豆」。

彼注云此謂諸侯也閩本、明監本、毛本同。案：十行本「彼」至「諸」，剜添者一字。

有韭菹青菹閩本、明監本、毛本同。案：浦鏜云：「『菁』誤『青』。」是也。

維何者問之辭閩本、明監本、毛本「之」誤「者」。

故云朋友謂羣臣同志好者閩本、明監本、毛本「云」誤「知」。

春秋傳曰頴考叔純孝也小字本同，閩本同。相臺本「頴」作「穎」，明監本、毛本同。案：「穎」字是也。《廣韻》云：「穎，又姓。《左傳》有穎考叔。」「頴」即「穎」之別體俗字。

乘上朋友之文閩本、明監本、毛本「乘」誤「承」，下「乘上」同。

各欲其類閩本、明監本、毛本同。案：「欲」當作「教」。

壼之言梱也小字本、相臺本同，《考文》古本同。閩本、明監本、毛本「梱」作「捆」。案：「梱」字是也，正義中字。十行本皆作「梱」，下「梱致」同。又見《鴇羽》。

允嗣也小字本、相臺本同，閩本同，《考文》古本同。明監本、毛本「嗣」誤「習」。

使至室家之內閩本、明監本、毛本同。案：「至」當作「在」。

孝昭皆取此箋閩本、明監本、毛本同。案：浦鏜云：「『韋』誤『孝』。」是也。

使禄臨天下小字本同。相臺本「禄」作「録」。閩本、明監本、毛本「臨」誤「福」。案：「録」字是也。以「録」解「禄」，是爲訓詁。《孝經援神契》云：「禄者，録也。」引見《樛木》正義。「録臨」者，今文《尚書》所謂「大録」。《考文》古本作「莅臨」，不得其解而臆改之耳。

謂使爲政教也閩本、明監本、毛本同。小字本、相臺本無「也」字。

録臨天下閩本、明監本、毛本「録」誤「禄」。

言常歸於汝閩本、明監本、毛本「於」誤「故」。

又隨之以生賢智之子孫明監本、毛本「智」誤「者」，閩本不誤。

鳧鷖

神祇祖考明監本、毛本「祇」誤「祗」，閩本以上皆不誤。

亦乘上篇而爲勢也閩本、明監本「乘」誤「承」，「也」誤「者」，毛本初刻同，後改「也」。

祖者則人神也閩本、明監本、毛本同。案：浦鏜云：「『考』誤『者』。」是也。

經序例者閩本、明監本、毛本同。案：山井鼎云：「『例』恐『倒』誤。」是也。

涇水名也小字本、相臺本同。案：段玉裁云：「此篇涇、沙、渚、潨、亹一例。『涇，水中也』，誤作『水名也』。下云『水鳥而居水中』，又云『水鳥以居水中爲常』，承上爲言。《爾雅》『直波爲徑』，《釋名》作『涇』。『涇』、『徑』字同，謂大水中流徑直孤往之波，故云『涇，水中也』。」詳《詩經小學》。今考正義云：「欲言水鳥居中，故云『涇，水名也』。」此「名」字或是後改，正義本當未誤。

不以己實臣之故自嫌毛本同。小字本、相臺本「謙」作「嫌」，閩本、明監本同。案：「嫌」字是也。下箋「亦不以己實臣自嫌也」不誤。

爾者女成王者閩本、明監本、毛本同。小字本、相臺本下「都」作「也」，《考文》古本「也」字同。案：「者」字誤。

水鳥之謹愿者也閩本、明監本、毛本「愿」誤「願」。

祊當於廟門之外西室閩本、明監本、毛本「祊」誤「枋」。

其尸以卿大夫爲之閩本、明監本、毛本「卿」誤「鄭」。

由王事之盡敬閩本、明監本、毛本「由」誤「曰」。

喻祭四方百物之尸也小字本、相臺本同，《考文》古本同。閩本、明監本、毛本「百」誤「萬」。

助成王也小字本、相臺本同。閩本、明監本、毛本「成」誤「或」。

其燕之時閩本、明監本、毛本「時」誤「事」。

以與公尸燕樂而飲之閩本、明監本、毛本「飲」誤「與」。

喻祭四方百物閩本、明監本「祭」誤「而」，毛本不誤。

易需卦九二閩本、明監本、毛本「二」誤「三」。

非獨祭宗廟而已閩本、明監本、毛本「已」誤「尸」。

由四方百物閩本、明監本、毛本「百」誤「萬」。

大宗伯畐辜閩本、明監本同。毛本「畐」作「疈」。案：所改是也。當與下「疈而磔之」互易。見下。

故注云疈畐牲胷也閩本、明監本同。毛本「畐」作「疈」。案：所改非也。畐，當作「副」。經作「疈」，古文也。注轉爲「副」而説之，所以曉人。今《周禮》注盡作「疈」者，不知者所改也。此正義所引自不誤。但「副」壞爲「畐」，又互易其一處，遂不可讀。今正之。

䨓而磔之閩本、明監本、毛本同。案：此「䨓」當與上「大宗伯𩃏辜」互易，「副」之壞字也。見上。

謂桀禳及蜡祭也閩本、明監本、毛本同。案：浦鏜云：「『磔』誤『桀』。」是也。

八蜡以記四方閩本、明監本、毛本「記」誤「祀」。

其祭非徒八神而已毛本「非」誤「其」，閩本、明監本不誤。

此得摠祭羣臣者閩本、明監本、毛本同。案：浦鏜云：「『神』誤『臣』。」是也。

此蜡祭祀辭也閩本、明監本、毛本同。案：浦鏜云：「『祝』誤『祀』。」是也。

此箋言祭四方百物之尸明監本、毛本「物」誤「神」，閩本不誤。

言明日又設禮而與公尸燕閩本、明監本、毛本「與」誤「爲」。

明其餘諸神閩本、明監本、毛本「明」誤「月」。

毛於此義毛本「於」誤「以」，閩本、明監本不誤。

未必五齊三酒皆俱也閩本、明監本、毛本同。案：「俱」當作「供」，形近之譌。

莫不咸在之義閩本、明監本、毛本「咸」誤「言」。

以其神多故也明監本、毛本「多故」誤倒，閩本不誤。

但不以爲宗廟之祭閩本、明監本、毛本同。案：「但」下當有「箋」字。

集處是也閩本、明監本、毛本同。案：浦鏜云：「『處』當『注』字誤。」是也。

故知天地之尸尊閩本、明監本、毛本「尸」誤「事」。

故以潀爲喻也閩本、明監本、毛本「潀」誤「衆」，下章正義「衆者水會之處」，亦「潀」之誤也。

瘞埋於泰折閩本、明監本、毛本「折」誤「圻」。

有埋牲玉者守之閩本、明監本、毛本「玉」誤「主」。

若無大宗伯云閩本、明監本、毛本同。案：浦鏜云：「『無』當『然』字譌。」是也。

唯山用埋爾閩本、明監本、毛本「用」誤「而」。案：「爾」當作「耳」。

褊以宗爲社宗者閩本、明監本同。毛本「褊」作「偏」。案：所改是也。

非其地則不祭毛本「非」誤「外」，閩本、明監本不誤。

郊特牲曰社者神地之道也閩本、明監本脱「特」字、「也」字，誤重「之道」，毛本不誤。

其神社同故云然閩本、明監本、毛本同。案：浦鏜云：「『社神』字誤倒。」是也。

故以喻閩本、明監本、毛本同。小字本、相臺本「喻」下有「焉」字，《考文》古本同。案：有者是也。

但令王自今無有後艱而已小字本同，閩本同。相臺本「艱」作「難」。明監本、毛本「今」誤「安」。案：「難」字是也，正義云「但令王自今以去無有後難而已」可證。

公尸之來止於燕坐熏熏然其又和悦而得其宜於是行旨美之酒閩本、明監本、毛本同。案：十行本「止」至「之」，剜添者六字。

箋以上四章明監本、毛本「章」誤「意」，閩本不誤。

案中霤禮閩本、明監本、毛本「禮」誤「祀」。

在門内也閩本、明監本、毛本「在」誤「左」。

傳欣欣至多祈幾閩本、明監本、毛本「幾」作「也」。案：所改非也，此衍字。

芬芬是香之氣閩本、明監本、毛本「氣」誤「義」。

祭法注云小神祭法注云小神閩本同。明監本、毛本無下「祭」至「神」六字。案：所删是也，此複衍。

於臘亦聚祭之義也閩本、明監本、毛本同。案：浦鏜云：「『義』當衍字。」是也。

假樂

此其所以官人得其宜也毛本「人」誤「之」，閩本、明監本不誤。

宜君宜王唐石經、小字本、相臺本同。案：《釋文》云：「且君且王，一本『且』作『宜』字。」正義云：「君、王别文，傳并言之者，以其俱有『宜』文，故揔而釋之。言宜君者，宜君天下。宜王者，宜王天下。」是正義本作「宜」字，與一本同。段玉裁云：「作『宜』爲俗本也。」詳《詩經小學》。

曰舊章不可忘閩本、明監本、毛本同。案：浦鏜云：「『亡』誤『忘』。」是也。

抑傳亦抑抑爲密閩本、明監本、毛本「亦」誤「以」。

以結綱喻爲政毛本「綱」誤「綱」，閩本、明監本不誤。

不解于位唐石經、小字本、相臺本同。案：《釋文》以「匪解」作音，或其本「不」作「匪」。今通志堂仍作「不」。詳後考證。正義本未有明文，今無可考。《考文》古本作「匪」，當是依《公劉》箋中「不」字、經中「匪」字而爲之耳。

詩云民之攸塈閩本、明監本、毛本同。案：塈，當作「呬」。見《詩經小學》。○按：此古假借字。

公劉

反歸之閩本、明監本、毛本同。小字本、相臺本「反」作「及」。案：「反」字是也，正義云「而反歸之」可證。

以深戒之也閩本、明監本、毛本同。小字本、相臺本無「也」字。

作公劉詩者閩本、明監本、毛本同。案：浦鏜云：「『作』字當衍。」是也。

欲使遺傳至王非己情所獻見閩本、明監本、毛本同。案：十行本「遺」至「王」，剜添者一字。此「情所」當作「所奏」，句末衍「見」字。下衍上脱，補而未去者也。

去中國而適戎其閩本、明監本、毛本同。案：浦鏜云：「『其』當『狄』字誤。」是也。

不窋之子閩本、明監本、毛本「不」上有「公劉」二字。案：此誤補也。當云「不窋稷子」，「稷」字誤作「之」耳。

又外傳稱后稷勤周閩本、明監本、毛本同。案：十行本「外」至「后」，剜添者一字。

有千二百歲閩本、明監本、毛本「二」誤「三」。

以理而推實據信閩本、明監本、毛本「實」下有「難」字。案：所補是也。

及歸之成王年二十一閩本、明監本、毛本同。案：浦鏜云：「『反』誤『及』。」是也。

分陝而治周公右閩本、明監本、毛本「右」誤「古」。案：此用《樂記》文也。當作「周公左召公右」，因「公」字複出而脱去三字。

祫祭之及羣公閩本、明監本、毛本「公」誤「君」。

唯三人稱公毛本「唯」誤「雖」，閩本、明監本不誤。

迺場迺疆小字本、相臺本同，閩本、明監本同。唐石經「場」作「埸」，毛本同。案：唐石經誤也，《釋文》云「埸，音亦」可證。注及正義中字，十行本盡作「埸」，亦誤。

戈句矛戟也小字本同，閩本、明監本、毛本同。相臺本「矛」作「孑」，《考文》古本「孑」字亦同。案：「矛」字誤也，《釋文》以「句孑」作音可證。鄭《考工記》注、《廣雅》皆作「孑」，《方言》作「釨」。孑、釨，字一耳。

傳篤厚至於時毛本「時」誤「焉」，閩本、明監本不誤。

欲見公劉不忲閩本、明監本、毛本同。案：浦鏜云：「『㤥』誤『忲』。」是也。

囊唯盛食而已閩本、明監本、毛本同。案：浦鏜云：「『橐』誤『囊』。」是也。

哀六年公羊傳閩本、明監本「傳」誤「是」，毛本初刻同，後改「傳」。

以自有積聚散而棄之以其意與彼同閩本、明監本、毛本同。案：十行本「而」至「其」，剜添者一字。當衍「自」上「以」字也。

正爲夏人迫逐己之故閩本、明監本、毛本「正」誤「公」。

唯陳己之父祖閩本、明監本、毛本「陳己」誤倒。

以此知應輯用光之言閩本、明監本、毛本同。案：「應」當作「思」。

以其特言黃鉞閩本、明監本「其」誤「言」，毛本初刻同，後改「其」。

而無永嘆唐石經、小字本、相臺本同。案：《釋文》云：「歎，字或作『嘆』。」正義中字皆作「歎」，是其本與《釋文》同。《考文》古本作「歎」，采正義、《釋文》。

猶文王之無悔也。相臺本同。小字本「悔」作「侮」。案：正義云：「故云『猶文王之無悔』。言文王之德不爲人恨，與此同。」是其本作「悔」字。段玉裁云：「謂《皇矣》末章『四方以無侮也』譌作『無悔』，非是。且『其德靡悔』，《毛詩》言『王季』，非言『文王』。」見《詩經小學》。

陟則在巘唐石經、小字本、相臺本同。案：《釋文》云：「甗，本又作『巘』。毛云：『小山，別於大山也。』與《爾雅》異。」正義云：「『小山別於大山』者，《釋山》云：『重甗隒。』郭璞曰：『謂山形如累兩甗。甗，甑，山狀似之，上大下小，因以爲名。』《西京賦》曰『陵重甗』是也。與《皇矣》『小山曰鮮』義別，彼謂大山之傍別有小山也。」依此，是正義本亦作「甗」字，與《釋文》本同，故引「重甗」以釋之也。今正義中「巘」字及標起止云「傳巘小」，當是合併以後改之。《釋文》云「與《爾雅》異」者，謂《爾雅》作「鮮」爲異，不以此當「重甗隒」也。其實「鮮」、「巘」字異義同，經中用字，例不畫一，如「逝」、「噬」、「鬯」、「韔」、「墳」、「汾」、「訧」、「尤」、「郵」之屬，是其比矣。唐石經以下作「巘」，出於又作本。

言居民相愛閩本、明監本、毛本「愛」誤「土」。案：浦鏜云：「『居』疑『君』之誤。」是也。

雖言玉瑶容刀者閩本、明監本、毛本「雖」誤「惟」。案：此當作「唯」。

瑤言公劉有美德也閩本、明監本、毛本同。案：「也」下脱「者」字。

乃覯于京小字本、相臺本同。唐石經「乃」作「迺」。案：此經「迺場迺疆」、「迺積迺倉」、「迺裹」、「迺宣」、「迺陟」、「乃覯」、「乃依」、「乃造」、「迺岡」、「迺理」、「乃密」凡十三見，十行本四字作「乃」、九字作「迺」，小字本、相臺本「乃密」作「迺」，爲異，餘同，唐石經盡作「迺」。考《釋文》以「迺場」、「迺裹」、「迺覯」、「乃依」、「乃造」作音，凡五見，而三「迺」二「乃」，則二文錯亂久矣。傳中亦「迺」、「乃」互有，箋有「乃」無「迺」，當是經本作「迺」，傳、箋轉爲「乃」而説之，故正義中亦悉用「乃」字也，或遂以注改經耳。當從唐石經也。山井鼎云：「古本『迺』、『乃』二字參差不同，是因其錯亂，又從而互易之。」

乃見其可居者於京毛本「其」誤「且」，明監本以上皆不誤。

論難曰語小字本、相臺本同。案：正義云「答難曰語」，又云「定本、《集注》皆云『論難曰語』」。《釋文》云：「論難，魯困反，下乃旦反。」是其本作「論」字。

謂安民館客小字本、相臺本同。案：《釋文》云：「館客，一本作『館舍』。」正義本未有明文，今無可考。

公劉於是言其所當言語其所當語閩本、明監本、毛本同。案：十行本上「言」至上「語」，剜添者一字。

且言爲之丘閩本、明監本、毛本同。案：浦鏜云：「『京』誤『丘』。」是也。

且慮下濕故往之泉處閩本、明監本、毛本同。案：十行本「下」至「之」，剜添者一字。

此文連上乃覯于京閩本、明監本、毛本「覯」誤「觀」。

飲酒以樂之閩本、明監本、毛本同。小字本、相臺本「樂」作「落」，《考文》古本同。案：正義云「則有落之禮」，又云「落室之禮」，是其本作「落」字。《釋文》不爲「樂」字作音，其本或與正義本同，合併時所取經、注本字作「樂」，與《斯干》注同，不合於此正義也。

儉以質也小字本、相臺本同。案：此定本也。正義云：「故云『儉且質也』。定本云『儉以質也』。」是其本作「且」字。

公劉既登堂負扆而立小字本、相臺本同。案：此箋易傳，以「依」爲「扆」字之假借。不云「讀爲」，直於訓釋中改其字以顯之也。《釋文》云「鄭：於豈反。箋云或『扆』字」者，言箋意耳，非載箋文也。○按：經云「箋云或扆字」，似陸所據有此語。

羣臣適其牧羣閩本、明監本、毛本同。小字本、相臺本「臣」下有「乃」字，《考文》古本「乃」字同。案：有者是也。

飲食以樂之閩本、明監本、毛本「樂」作「落」。案：所改是也。「食」當作「酒」。

但使掌供辨羣臣之職閩本、明監本、毛本「辨」作「辦」。案：所改是也。然古「辨」、「辦」無二字，俗人分別耳。

此文揔言於臣之禮閩本「文」誤「言」，明監本、毛本誤「章」。

不辨饗燕之異閩本、明監本、毛本「辨」誤「辦」。

故得依几也閩本、明監本、毛本同。案：十行本「故」至「也」，剜添者一字。

天子負斧衣南嚮而立明監本、毛本同。閩本「嚮」誤「饗」。案：浦鏜云：「『依』誤『衣』。」是也。

謂設几筵擬飲時閩本、明監本、毛本「擬」誤「疑」。

適其羣牧閩本、明監本、毛本同。案：浦鏜云：「『牧羣』二字誤倒。」是也。

故云搏豕於牢中閩本、明監本、毛本同。案：「搏」當作「捕」。以《七月無羊》例之，當《釋文》本作「搏」，正義本作「捕」也。

國君不能得其社稷閩本、明監本、毛本同。案：「得」當作「保」，形近之譌。

無饗燕尊賓之事閩本、明監本「賓」誤「卑」，毛本不誤。

何有賓已登席依几之義閩本、明監本「几」誤「已」，毛本不誤。

既景乃岡考於日景小字本、相臺本同。案：此定本也。正義云：「定本『影』皆爲『景』字。」是其本二字皆作「影」。考「影」爲「景」之俗字，論詳《顏氏家訓》，傳不應用之，當以定本爲長。

篤公劉至允荒閩本、明監本、毛本「篤」誤「箋」。

以爲久住之糧明監本、毛本「久」誤「人」，閩本不誤。

乃居其山西夕陽之地閩本、明監本、毛本「其」誤「得」。

量度其陽與原田之多少閩本同。明監本、毛本「陽」作「隰」。案：所改是也。

考於日影閩本、明監本、毛本「於」誤「其」。

定本影皆爲景字閩本、明監本、毛本「景」誤「是」。

逐浸潤而耕之閩本、明監本、毛本「逐」誤「遂」。

后稷本是二王之後閩本、明監本、毛本「二」誤「三」。

其證爲什一也閩本、明監本、毛本同。案：「其」當作「且」，形近之譌。

是夏時天子六軍之將亦命卿閩本、明監本、毛本「亦」誤「方」。

出其三卿而已閩本、明監本、毛本「卿」作「鄉」。案：所改是也。

爲田四萬四千一百夫明監本、毛本「夫」誤「去」，閩本不誤。

當用二萬五百人明監本、毛本同。閩本「人」作「千」。案：「百」當作「千」。閩本誤改下字，餘文多不誤。浦鏜所改皆非。

爲田二萬二千五百夫閩本、明監本、毛本「夫」誤「去」。

二章已言至豳閩本、明監本、毛本「已」誤「以」。

故知三單是三軍之無副閩本、明監本、毛本「單」誤「軍」。

取厲取鍛小字本同，閩本同。唐石經「鍛」作「鍛」，相臺本、毛本同。案：「鍛」字是也。《釋文》云：「鍛，本又作『碫』，丁亂反。《說文》云：『碫，厲石也。』《字林》：大喚反。」《詩經小學》云：「今本《說文》誤作『碬，乎加反』。此誤與彼同也。」又，《說文》云：「厲，本又作『礪』。」正義本是「礪」字，《考文》古本作「取礪取碫」，采正義、《釋文》。

鍛石也小字本、相臺本同。案：《釋文》「鍛」下云：「鍛石也。」段玉裁云：「傳『鍛，鍛石也』，鄭申之云：『鍛石，所以爲鍛質也。』今本傳中脫『鍛』字，考正義云『則知鍛亦石也』，又云『傳言鍛石，嫌鍛是石名』，是其本已無下『鍛』字。」

伐取材木相臺本同，閩本、明監本、毛本同。小字本「材」作「林」，《考文》古本同。案：「材」字是也，正義可證。《釋文》云：「一本作『材末』。」

止基作宫室之功止小字本、相臺本同，《考文》古本同。閩本、明監本、毛本「止」誤「也」。

校其夫家人數小字本、相臺本同。案：「校」當作「挍」。《釋文》云：「校其，音教。」詳《青衿》。

乘舟絶水爲亂而過閩本、明監本、毛本「水」誤「中」。

乃疆理民之田畝閩本、明監本、毛本「理」誤「里」。

俱是渡謂取礪閩本、明監本、毛本同。案：浦鏜云：「『渭』誤『謂』，『取礪』疑『而取』之誤。」是也。

箋鍛石至築事閩本、明監本、毛本「築」誤「衆」。

公劉之君民豳地作宫室閩本、明監本、毛本同。案：「君」當作「居」，衍「民」字，「作」下脱「此」字。

築作用所閩本、明監本、毛本同。案：浦鏜云：「『用所』字當誤倒。」是也。

大率民民以南門爲正閩本、明監本、毛本不重「民」字。案：所删非也，下「民」字當作「居」耳。

作宫室之功止閩本、明監本、毛本「宫」誤「公」。

未善部分閩本、明監本「善」誤「羨」，毛本不誤。

則内亦有汭名閩本、明監本「汭」作「内」。案：此當作「芮」。

上言夾澗鄉閩本、明監本、毛本同。案：「澗鄉」二字當倒。

故知就澗水之内外在居閩本、明監本、毛本同。案：「在」當作「布」，形近之譌。此正義自爲文，注作「而」。

詩大雅公劉曰閩本、明監本「曰」誤「仕」，毛本不誤。

未詳詩義故爲別解閩本、明監本、毛本「爲別解」三字誤作「也」字。

洞酌

下三句閩本、明監本、毛本同。案：浦鏜云：「『二』誤『三』。」是也。

樂以强教之小字本同，閩本、明監本、毛本同。相臺本「强」作「彊」。案：「彊」字是也，當讀平聲。正義云「當自彊以教之」，是其證也。《表記》釋文云：「强，其良反。徐：其兩反。」依上一音，字亦當作「彊」。徐音，字乃作「强」，與正義本此傳不同也。

民皆有父之尊母之親小字本同。相臺本「母」上有「有」字，閩本、明監本、毛本同，十行本初刻無，剜改有。案：無者是也。此傳本《禮記》而略去下「有」字者，以意自足也。正義仍依《禮記》文而説之耳。相臺本有，乃《沿革例》所謂以取疏中字微足其義者也。當從小字本及十行本初刻也。

饙餾稔也閩本、明監本、毛本「饙」誤「饋」。

均之曰餾郭璞曰閩本、明監本、毛本「均」誤「勻」。明監本「郭」亦誤「勻」，閩本、毛本不誤。

今呼餈〔音脩〕飯爲饙閩本、明監本、毛本「音」誤「者」。案：山井鼎云：「宋板『音脩』二字白書。」是也。此正義自爲音，不入正文也。○按：此則文義難讀，必須分別者。

饙均熟爲餾閩本、明監本、毛本同。案：山井鼎云：「『均』字衍文。」非也。今《爾雅》注脱耳。

非訓饙爲餾閩本、明監本、毛本「餾」誤「饎」。

蓋以潦水泥濁閩本、明監本、毛本「泥」誤「之」。

以爲此言以釋之閩本、明監本、毛本同。案：上「以」字當作「而」。

當自彊以教之閩本、明監本、毛本「彊」誤「疆」。

卷阿

長養之方來入之閩本、明監本、毛本「方」誤「力」。

明其取南爲義閩本、明監本、毛本「取」誤「此」。

興取一象毛本「興」誤「其」，閩本、明監本不誤。

箋王能至善心毛本「能」誤「待」，閩本、明監本不誤。

王能爲賢有所樂閩本、明監本、毛本同。案：「有」當作「者」，形近之譌。

自縱㢮之意也閩本、明監本、毛本同。小字本、相臺本「㢮」作「弛」。案：「㢮」即「弛」字也。《釋文》云：「從，本又作『縱』。施，本又作『弛』。同。」正義本是「縱㢮」字。

而優自休息也閩本、明監本、毛本同。小字本、相臺本「優」下有「游」字，《考文》古本同。案：有者是也。

似先公酋矣唐石經、小字本、相臺本同。案：此《釋文》本也。《釋文》云「酋，在由反」云云，是其證。正義云：「『遒終』，《釋詁》文。彼『遒』作『酋』，音義同也。」是其本作「遒」字，標起止云「酋終」，合併以後依經、注本所改也。郭璞《爾雅》注引「嗣先公爾酋矣」，或出於三家，毛、鄭《詩》非有「爾」字也。箋云「嗣先君之功而終成之」，此無「爾」字之明證。正義云：

「又嗣其先君之功，汝王能終之矣」，乃自爲文耳。如《何人斯》之五章經中三「爾」字，而正義有六「汝」字。《板》之三章經中二「爾」字，而正義亦六「汝」字，可以知其例矣。凡他書引用不可以爲典要者如此。○按：正義當本作「酋終，《釋詁》文。彼『酋』作『遒』」，寫者亂之耳。舊校非也。

不亦違理哉孫毓云閩本、明監本、毛本同。案：十行本「亦」至「孫」，剜添者一字。

書傳稱成湯之間閩本、明監本、毛本同。案：浦鏜云：「『湯』當『康』字誤。」是也。

謂羣神受饗而佐之閩本、明監本、毛本同。小字本、相臺本「神」作「臣」。案：「臣」字誤。

此樂易之君子既來在王位以德助汝使汝得終汝之性命百神皆以汝爲主矣閩本、明監本、毛本同。案：十行本「既」至「神」，剜添者一字。

謂居民土地屋宅也以教之故民有所法則王閩本、明監本、毛本同。案：「土」上，浦鏜云：「脱『以』字。」是也。「王」字當衍。

德大天之福閩本、明監本、毛本「福」誤「性」。案：山井鼎云「作『得大大之福』似是」者，是也。大大，正義常語，屢見於《楚茨》以下及《賓之初筵》、《旱麓》、《行葦》、《潛》等篇。

故以茀爲小福故以茀爲小閩本、明監本、毛本同。案：浦鏜云：「『故以茀爲小福』六字當衍。」是也。

言其終常得之閩本、明監本、毛本「得」誤「德」。

豫撰几擇佐食小字本、相臺本同。案：此正義本也。正義云：「此本或云『豫饌食』者，誤耳。孫毓載箋唯言『撰几擇佐食』，是也。定本亦作『饌』字，非也。」《釋文》云：「饌几，士戀反，又士轉反，具也。本亦作『撰』。」是《釋文》與定本同也。

正義以或本「饌」下有「食」字者爲非，則固然矣。其以定本字作「饌」爲非則誤。古用「饌食」字爲「撰具」字，是爲假借。「撰」字不見於《説文》，當以定本、《釋文》本爲長。

佐合入助之閩本、明監本、毛本「合」作「食」，小字本、相臺本「合入」作「食」。案：此十行本分「食」爲二字之誤也。仍衍「入」字者，非。

引長翼輔皆釋詁文閩本、明監本、毛本「翼輔」誤倒。案：山井鼎云：「『傳作「翼敬」，無「輔」訓也。』其説是也。《爾雅》亦有「翼敬」，無「翼輔」。「輔」當爲「敬」，涉傳上文而誤。

上言百神爾主閩本、明監本、毛本「上」誤「下」。

此本或云豫饌食者閩本、明監本、毛本「饌」誤「撰」。

佐食遷肵俎特特牲云閩本、明監本、毛本不重「特」字。案：所删是也。浦鏜云：「『肵』誤『昕』。」是也。

然則凡與佐食閩本、明監本、毛本同。案：浦鏜云：「『几』誤『凡』，下同。」是也。

少牢又云祝筵尸閩本、明監本同，毛本初刻同，後改「筵」作「延」，下「祝筵尸」同。案：所改是也。

尸入升祝先主人從閩本、明監本「主」誤「生」，毛本不誤。案：山井鼎云：「『入升』恐『升入』之誤。」以《特牲》考之，其説是也。

如圭如璋閩本、明監本、毛本同。唐石經「圭」作「珪」，小字本、相臺本同，注同。案：唐石經是也。餘經作「圭」，乃用字不畫一之例。此經及正義中字皆作「圭」，當是後人用他經所改。《考文》古本因此每改他經字作「珪」者，亦非。○按：珪者，圭之古文也。《毛詩》不當用古文。舊校非。

以禮義相切瑳閩本同。小字本、相臺本「瑳」作「磋」，明監本、毛本同。案：《釋文》云：「磋，或作『瑳』。」已見《淇奧》、《谷風》。「瑳」字是也。正義當用「磋」字。十行本皆作「瑳」，乃依注改也。

人聞之則有善聲譽小字本、相臺本同。案：此正義本也。正義云「有善聲譽爲人所聞知」，又云「故有善聲譽」，是其證。《釋文》云：「聲論，魯困反。」與正義本不同也。山井鼎云：「『譽』恐『論』誤。」是以《釋文》本改正義本也，殊爲失之。

高朗即盛壯也閩本、明監本、毛本「盛」誤「茂」。

敬順則貌無惰容閩本、明監本、毛本「惰」誤「隋」。

鳳皇于飛唐石經、小字本、相臺本同。閩本、明監本、毛本「皇」作「凰」，下同。案：凰，俗字。不當用於經典。

鳳皇靈鳥仁瑞也小字本、相臺本同。案：正義云：「言此鳥有神靈也。」又云：「《說文》云：鳳，神鳥也。」段玉裁云：「此傳及《說文》皆當作『禮鳥也』。《麟之趾》傳言：『麟，信而應禮。』《騶虞》傳言：『騶虞，義獸也。有至信之德則應之。』此傳意謂『禮而應仁』，言禮鳥而應仁德之瑞也。所謂《詩》毛說者如此，與左氏《春秋》說同。正義本誤。」〇按：《召南》傳當云：「麟，信獸而應禮。」各本奪「獸」字。

亦與衆鳥也閩本、明監本、毛本同。小字本、相臺本「與」作「亦」，《考文》古本同。案：「與」字誤也。

因時鳳皇至因以喻焉小字本同，閩本、明監本、毛本同。相臺本下「因」字作「故」，《考文》古本同。案：「故」字是也。

故鳳皇亦與之同止於閩本、明監本、毛本同。案：「止於」當作「於止」。此說經之「爰止」也。

故龍不生閩本、明監本、毛本同。案：「生」下，浦鏜云：「『得』字脫。」是也。

燕頷喙五色備舉閩本、明監本同。毛本「喙」作「雞」。案：此欲補「雞」字而誤改「喙」字耳，二字皆當有。《爾雅》疏即取此，正有，可證。

字從鳥几聲閩本、明監本、毛本同。案：浦鏜云：「『凡』誤『几』。」是也。

飲食自歌自舞閩本、明監本、毛本同。案：盧文弨云：「『飲食』下有『自然』二字。見《南山》經。」是也。此複出「自」字而脱。

郭璞云小之形未詳閩本、明監本、毛本同。案：浦鏜云：「『小』上疑脱『大』字。」是也。

鳳皇雖亦高飛傳天毛本「亦」誤「是」，閩本、明監本不誤。

故集止以亦傳天亦集止閩本、明監本、毛本同。案：浦鏜云：「『傳天』下當脱『傳天以』三字。」是也。

故云亦集衆鳥也閩本、明監本、毛本同。案：「集」當作「亦」。

以羣士慕賢閩本、明監本、毛本同。案：浦鏜云：「『以』當『似』字誤。」是也。

耇造德不降明監本、毛本「耇」誤「苟」，閩本不誤。

此經既云多言吉士閩本、明監本、毛本同。案：浦鏜云：「『王多』誤『多言』。」是也。

謂無擾之閩本、明監本、毛本同。小字本、相臺本「無」作「撫」，《考文》古本同。案：「撫」字是也。

無擾皆安養之意明監本、毛本「撫」誤「無」，「養」誤「樂」。閩本「養」字不誤。

出東曰朝陽閩本、明監本、毛本同。小字本、相臺本「出」作「山」，《考文》古本同。案：「出」字誤也。

地不極化閩本、明監本、毛本「極」誤「及」。

自是鳳之所栖閩本、明監本、毛本同。案：注作「棲」，正義作「栖」。棲、栖，古今字，易而説之也。例見前。

欲今遂爲樂歌閩本、明監本、毛本同。小字本、相臺本「今」作「令」，《考文》古本同。案：「令」字是也。

丁寧以足句耳閩本、明監本、毛本「耳」誤「且」。

馬既能走閩本、明監本、毛本「馬」誤「焉」。

唯言車耳閩本、明監本「車」誤「重」，毛本不誤。

以車則人有副貳閩本、明監本、毛本同。案：此不誤。山井鼎云：「『則』恐『賜』誤。」非也。

又止得兩馬閩本、明監本、毛本「兩」誤「一」。

春秋之師職掌九德六詩之歌閩本、明監本同。毛本「秋之」作「官大」。案：所改是也。浦鏜云：「『六』誤『九』。」是也。

且順文自通閩本、明監本、毛本「且」誤「宜」。

則不損今之成功閩本、明監本、毛本「今」下衍「日」字。

民勞

輕爲奸宄閩本同。小字本、相臺本「奸」作「姦」，明監本、毛本同。案：「奸」爲僞字。《釋文》以「奸宄」作音，正義中十行本亦作「奸」。

彊陵弱小字本、相臺本同。閩本、明監本、毛本「陵」作「淩」。案：「陵」字是也。正義中字同。

憯不畏明唐石經、小字本、相臺本同。案：《釋文》云：「慘不，七感反。本亦作『憯』，曾也。」正義云：「『慘，曾』，《釋言》文。《爾雅》本或作『憯，曾』，音義同。」是其本亦作「慘」字。標起止云「至憯曾」，當是後改。《詩經小學》云：「《説文》：朁，曾也，從曰兓聲。《詩》曰『朁不畏明』，《節南山》、《十月之交》云：《雲漢》及此『憯』字皆同音假借。」是也。考《釋文》、《十月之交》亦作「慘」。以「憯」作「慘」，猶以「訊」作「誶」之誤耳。《考文》古本作「摻」，采《釋文》而又誤。

曾不畏敬明白之刑罪者小字本、相臺本同，閩本、明監本、毛本亦同。案：正義云「曾不畏敬明白之刑罰者」，又云「故云『又用此止爲寇虐，曾不畏敬明白之刑罰者』」，是「罪」當作「罰」。

當以此定我國家爲王之功小字本、相臺本同，閩本、明監本、毛本亦同。案：正義云「以此定我周家爲王之功」，又云「故知以定我周家」，又云「是共王有周家之辭」，是「國」當作「周」。《考文》古本作「周」，采正義。

近於喪亡王可以小省賦役而安息之閩本、明監本「亡」誤「三」，「省」誤「者」，「之」誤「惠」，毛本初刻同，後改正。

若安此勞民閩本、明監本、毛本「此」誤「定」。

以此無阿縱之法閩本、明監本、毛本「此」誤「其」。

傳以汔之爲危閩本、明監本、毛本同。案：「傳以」當作「以傳」。

正義曰詭戾人之〇善閩本、明監本、毛本無「〇」。按：所删是也。

爾雅本或作僭曾閩本、明監本、毛本「僭」作「云」。案：山井鼎云：「『僭』恐『憯』誤。」是也。

無良寇虐蒙之明監本、毛本「無」誤「爲」。閩本不誤。

尚書無逸曰閩本、明監本、毛本同。案：浦鏜云：「『舜典』誤『無逸』。」是也。

則此云侐者與恣同閩本、明監本、毛本「恣」誤「注」。

故知以定我周家爲之功閩本、明監本、毛本同。案：山井鼎云：「『爲』下當有『王』字。」是也。

無縱詭隨明監本、毛本「縱」誤「蹤」。以上本皆不誤。

惽怓猶讙譁也小字本、相臺本同，《考文》古本同。閩本、明監本、毛本脱「猶」字。案：此正義本也。正義云「以此勑慎其讙譁爲大惡者」，又云「故箋以爲猶讙譁」，是其證也。《釋文》云：「譊，本又作『譁』。」此亦取聲音爲訓詁，當以《釋文》本爲長。

謂好争者也閩本、明監本、毛本同。小字本、相臺本「争」下有「訟」字，《考文》古本同。案：有者是也。

止其寇虐之善閩本、明監本、毛本同。案：山井鼎云：「『善』恐『害』字。」是也。

述合詁文明監本、毛本「詁」上有「釋」字，閩本剜入。案：所補是也。

春秋傳曰閩本、明監本、毛本同。小字本、相臺本「傳」作「左氏」二字。案：正義云「所引《春秋》傳曰」，是其本作「傳」字。

厲壞也閩本、明監本、毛本同。小字本、相臺本「厲」作「敗」，《考文》古本同。案：「厲」字誤也。

先愛止中國之京師閩本、明監本、毛本同。案：山井鼎云：「『止』恐『此』字。」是也。物觀《補遺》所載云「宋板『止』作『此』」，必誤用他章文當之耳。

正義曰愒息毛本「義」誤「意」，閩本、明監本不誤。

云泄漏也閩本、明監本、毛本同。案：浦鏜云：「上當有脱字。」是也。

醜衆釋詁文閩本、明監本、毛本「詁」誤「訓」。

乾九三閩本、明監本、毛本「三」誤「二」。

以爲人者也閩本、明監本、毛本同。案：山井鼎云：「『爲』恐『厲』誤。」是也。

犯改爲惡曰厲閩本、明監本、毛本同。案：浦鏜云：「『政』誤『改』。」是也。

衛孫蒯田于曹隧閩本、明監本「隧」誤「遂」，毛本不誤。

重丘人閉門而訽之毛本同。閩本、明監本「訽」作「詢」。案：「訽」字是也。

孫毓云閩本、明監本「孫」上衍「乃」字。毛本不誤。

不爲殘酷相臺本同，閩本、明監本、毛本同。小字本「酷」作「害」。案：「酷」字是也。

傳賊義曰殘毛本上誤添「民亦至大諫○」。閩本、明監本不誤。

固義不捨閩本、明監本、毛本同。案：「義」當作「著」，形近之譌。

板

此爲謀不能遠圖小字本、相臺本同。閩本、明監本、毛本「此」誤「然」。

不實於亶小字本、相臺本同，閩本、明監本、毛本同。唐石經「於」作「于」。案：唐石經是也。正義云「此不實於亶」，當是易爲今字耳。

管管無所依繫閩本、明監本、毛本同。小字本、相臺本「繫」作「也」，《考文》古本同。案：「也」字是也。正義云「無所依據」，又云「故知無所依繫」，皆自爲文，不當依以改箋。○按：《廣韻》作「悹悹」。

又王之所爲惡閩本、明監本「惡」誤「恐」，毛本不誤。

則無不能深知遠事閩本、明監本、毛本同。案：浦鏜云：「『無』當『爲』字誤。」是也。

自此以下是大遠也閩本、明監本「下」誤「不」，毛本不誤。案：山井鼎云：「『遠』恐『諫』誤。」是也。

辭之懌矣唐石經、小字本、相臺本同。案：《釋文》云：「繹，本亦作『懌』。」正義本是「懌」字。《頍弁》釋文云：「懌，本又作『繹』。」「繹」、「懌」同字也。《考文》古本作「繹」，采《釋文》。○按：古無「懌」字，以「繹」爲之，《釋文》是也。

汝臣等無得如是沓沓正隨從而助之閩本、明監本、毛本「正」作「兢」。案：皆誤也。當作「然」。

以下云及爾同寮閩本、明監本、毛本「云」誤「文」。

俗爲逢者誤也閩本、明監本「逢」誤「達」，毛本不誤。

及爾同寮唐石經、小字本、相臺本同。閩本、明監本、毛本「寮」作「僚」。案：《釋文》云：「僚，字又作『寮』。」正義本是「寮」字。閩本以下依《釋文》改耳。

反忠告以善道閩本、明監本、毛本「反」作「及」，小字本、相臺本作「欲」。案：「欲」字是也。

告此以善道閩本、明監本、毛本同。案：「此」當作「之」，下文可證。

得棄其言也閩本、明監本、毛本「得」上有「不」字。案：所補是也。

釋訓云顒顒傲也閩本、明監本、毛本「云」誤「文」。

告之以善道閩本、明監本、毛本誤重「道」字。

故責汝無笑之閩本、明監本「責」誤「貴」，毛本不誤。

言已至誠款實而告之閩本、明監本、毛本「已」誤「日」。

釋訓又云蹻蹻驕也閩本、明監本、毛本脱「又」字。

以興讒惡也閩本、明監本、毛本「惡」作「慝」。案：所改是也。

八十曰耄曲禮云閩本、明監本、毛本同。案：浦鏜云：「『云』當『文』字誤。」是也。

而汝反用此可憂之事閩本、明監本、毛本「此」誤「其」。

夸毗體柔人也閩本、明監本、毛本同。小字本、相臺本「體」上有「以」字，《考文》古本同。案：《釋訓》云「夸毗體柔也」，無「以」字。

則忽然有揆度知其然者小字本、相臺本同，閩本、明監本、毛本亦同。案：正義云「汝君臣忽然莫有察我民敢能揆度知其情者」，又云「無有揆度知其然」，是「忽然」下當有「無」字。《考文》古本有，采正義。

又素以賦斂小字本、相臺本同。案：正義云：「定本、《集注》『責以賦斂』，『責』字皆作『素』。俗本爲『責』，誤矣。素者，先也。」是正義本作「責」字。

又曾不肯惠施小字本、相臺本同，毛本同。閩本、明監本「惠」誤「施」。

民之多辟唐石經、小字本、相臺本同。案：《釋文》云：「多僻，匹亦反，邪也。注同。」考《七月序》正義云：「古避、辟、譬、僻皆同作『辟』字，而借聲爲義。」是正義本作「辟」字。其正義云「皆多邪僻」者，易爲今字而説之也。《蕩》釋文云：「辟，匹亦反，邪也。本又作『僻』，注同。」而於此經獨以「僻」爲正者，以下「立辟」文連，故别之。其實毛氏《詩》經但作「辟」，與下經「立辟」同字。傳云「辟，法也」，不更指其何「辟」，猶「昔育恐育鞠」傳之「育，長」不指言何「育」也。《後漢書》、《玉篇》、《文選》注引作「僻」，乃以破引之，當以正義本爲長。《考文》古本作「僻」，依《釋文》。

民之行多爲邪僻者小字本、相臺本同。閩本、明監本、毛本「辟」作「僻」。案：「辟」字是也。見上。

如攜取之隨人君也閩本、明監本、毛本同。案：「君」當作「者」，形近之譌。

以攜者取處末閩本、明監本「取」作「處」。毛本「末」作「未」。案：山井鼎云：「此疏恐有誤字。」是也。「者取」當作「文最」。

大宗王之同姓之適子也閩本、明監本、毛本同。小字本、相臺本下「之」字作「世」。案：「世」字是也。

爲之楨幹閩本、明監本、毛本「楨」誤「禎」，下同。

維爲藩蔽閩本、明監本、毛本同。案：浦鏜云：「『藩』當『屏』字誤。」是也。

君言宗人宰人也閩本、明監本、毛本同。案：浦鏜云：「『君』疑『若』字誤。」是也。

五姓賜則閩本、明監本、毛本同。案：浦鏜云：「『命』誤『姓』。」

而親掌職事閩本、明監本脱「事」字，毛本剜添。

又兵用事重閩本、明監本、毛本同。案：「用」當作「甲」，形近之譌。

莫知我勩閩本、明監本「我」誤「和」，毛本不誤。

及爾游衍唐石經、小字本、相臺本同。案：《釋文》云：「游羡，餘戰反，溢也。一音延善反。本或作『衍』。」正義本是「衍」字。

皆謂之明小字本同，閩本、明監本、毛本同。相臺本「謂」作「與」。案：「與」字誤也，正義云「皆謂之明」可證。

常與女出入往來小字本、相臺本同。閩本、明監本、毛本「女」誤「汝」。

孔子迅雷風列閩本、明監本、毛本「列」作「烈」。案：所改是也。

蕩

峻刑法也小字本、相臺本同。案：此正義本也。《釋文》云：「駿，本亦作『峻』。」正義云「峻者高險之名」，是其本作「峻」字。

其政教又多邪辟小字本、相臺本同。閩本、明監本、毛本「辟」誤「僻」。案：「僻」者，正義所易之今字耳。

人君爲政化之命閩本、明監本、毛本「化」誤「教」。

其實稱帝亦斥王明監本、毛本「實」誤「時」，閩本不誤。

曾是掊克唐石經、小字本、相臺本同。案：《釋文》云：「掊克，蒲侯反，聚斂也。又：自伐而好勝人也。徐：又甫垢反。」

正義云：「自伐，解『倍』。好勝，解『克』。定本『倍』作『掊』。『掊』即『倍』也。」考「自伐而好勝人」乃傳義，正義所論自矣。《釋文》作「掊」，與定本同，以爲「聚斂」，則非。

彊禦彊梁禦善也毛本「彊」誤「强」，明監本以上皆不誤。

又相與而力爲之小字本、相臺本同。案：正義云：「相與而力爲之，定本作『相興而力爲之』。」《考文》古本「與」作「興」，采正義。

自伐解掊閩本、明監本、毛本同。案：「掊」當作「倍」。

定本倍作掊掊即倍也閩本、明監本、毛本「倍」、「掊」互誤。

須有足句閩本、明監本、毛本「足」誤「是」。

四言曾是明監本、毛本同。案：閩本自此「曾是」起，至下「以言汝興是力」「是」字止，并三行爲二行，初刻脱一行而剜添也。凡閩本初刻誤而剜添是者，依十行本所校補，明監本、毛本即不誤矣。今多不悉出。

日祝詛求其凶咎無極已小字本、相臺本同，《考文》古本同。閩本、明監本「日」作「且」，毛本同，又「已」誤「也」。案：「日」字是也，正義云「故知日日爲之也」是其證。

以祝詛求言閩本、明監本、毛本「言」作「信」。案：所改是也。

作此流言閩本、明監本、毛本「此」誤「爲」。

懟謂很戾閩本、明監本、毛本「很」作「狼」。案：浦鏜云：「當『很』字誤。」是也。

咨女殷商閩本、明監本、毛本同。案：「咨」字下，浦鏜云：「脱『嗟』。」是也。

故不光明汝王之德也閩本、明監本、毛本同。案：十行本「故不光」，剜添者一字。

昭三十二年左傳曰閩本、明監本「三」誤「二」，「二」誤「一」。毛本「二」字不誤。

唯三公也冢宰雖亦貳王閩本、明監本、毛本同。案：十行本「也」至「亦」，剜添者一字。

式號式呼唐石經、小字本、相臺本同。案：《釋文》云：「或一本作『或號或呼』。」考正義云「用是呌號，用是讙呼」，是正義本作「式」字。

使晝爲夜也毛本「爲」誤「作」，明監本以上皆不誤。

女既過沈湎矣小字本、相臺本同。案：《釋文》云：「耽湎，本或作『湛』，都南反。」正義云「汝君臣何爲耽荒如是」，又云「汝乃自耽此酒」，是正義本亦作「耽」。下文云「汝沈湎如是」，當是後改也。上箋云「有沈湎於酒者，是乃過也」，《釋文》不爲作音，或其本但作「有湎」。〇按：漢人「浮沈」字作「湛」，今本箋作「沈」，乃淺人所改耳。經文「載沈載浮」亦決非古本。

此所以大壞毛本「所」誤「取」。閩本、明監本不誤。

雖有不醉猶好怒也小字本、相臺本同，《考文》古本同。閩本、明監本、毛本「有不」誤倒。

但人皆傚之毛本「傚」誤「倣」，閩本、明監本不誤。

時人化之甚閩本、明監本、毛本「甚」誤「其」。

釋蟲云蜩蜋蜩蝳閩本、明監本、毛本同。案：「蝳」下，浦鏜云：「脱『蜩』字。」是也。

則以尚爲上由爲用言居人上閩本、明監本、毛本同。案：十行本「上」至「言」，剜添者一字。

巨靈贔屭閩本、明監本「巨」誤「臣」，毛本不誤。

故爲怒也怒不由醉閩本、明監本、毛本同。案：十行本「也」至「由」，剜添者一字。

可案用也毛本「案」誤「按」，明監本以上皆不誤。餘同此。

顛仆沛拔也小字本、相臺本同。案：《釋文》以「仆也」作音，是其本有「也」字，《考文》古本有。閩本、明監本「拔」誤「按」，毛本不誤。

揭見根貌小字本、相臺本同。案：此正義本也。《釋文》「揭」下云：「根見貌。」又云：「見貌，賢遍反。謂樹根露見。王：如字，言可見。」正義云：「揭者，蹶倒之意。故以爲見根貌。此『顛沛之揭』，正謂樹將倒拔而已見其根。」又云：「傳言見根，不辨根之所見。」標起止云「至根貌」，是正義讀「見」如字。又：「見」在「根」上，與《釋文》本不同也。

言大木揭然將蹶小字本、相臺本同，《考文》古本同。閩本、明監本、毛本「木」誤「本」。

枝葉未有折傷小字本、相臺本同，《考文》古本同。閩本、明監本、毛本「折」誤「拆」。

故知爲拔謂樹枝也閩本、明監本、毛本「枝」誤「拔」。

抑

以宣王三十六年即位閩本、明監本、毛本同。案：浦鏜云：「三，衍字。」是也。

賢者皆佯愚相臺本同，閩本、明監本、毛本同。小字本「佯」作「祥」。案：「佯」字是也，正義中字皆作「佯」。古或借「詳」爲「佯」，此非所用。

濫罰無罪閩本、明監本、毛本「罰」誤「刑」。

如矢斯棘〇閩本、明監本、毛本同。案：浦鏜云：「衍『〇』。」是也。

挾日而斂之明監本、毛本「挾」誤「狹」，閩本不誤。

女雖湛樂從小字本、相臺本同。唐石經「樂」下旁添「克」字。案：添者誤。

縱令不慙於今時閩本、明監本「慙」誤「暫」，毛本不誤。

無見率引爲惡小字本、相臺本同，《考文》古本同。閩本、明監本、毛本「見」誤「自」。

洒埽庭内小字本、相臺本「庭」作「廷」，唐石經初刻「庭」，後改「廷」。案：《釋文》云：「廷，音庭。」唐石經改依《釋文》也。正義中字皆作「庭」，或其本作「庭」，但未有明文，今無可考。餘經如《著》、《斯干》、《小旻》、《有瞽》等皆作「庭」。

不恤政事小字本、相臺本同，《考文》古本同。閩本、明監本、毛本「恤」誤「洫」。

故復戒將率之臣小字本、相臺本同，閩本同。明監本、毛本「率」作「帥」。案：《釋文》云：「帥，本或作『率』。」明監本、毛本依之改也。考箋每用「率」字，正義每易爲「帥」字而説之。當以或作本爲長。

言由王躭亂如此閩本、明監本、毛本「由」誤「幽」。

鄭唯用此以治蠻方之外不服者閩本、明監本、毛本「者」字誤在「不」上。

皆釋詁文明監本、毛本「詁」誤「古」。閩本不誤。

楚語曰射不過講軍實焉閩本、明監本「射」誤「財」。毛本不誤。案：浦鏜云：「『榭』誤『射』。」非也。劉逵注《吴都賦》引亦作「射」，是其證。射，古之「榭」字。《九經古義》論之詳矣。

質爾人民唐石經、小字本、相臺本同。案：正義云「汝等當平治汝民人之政事」，又云「故令質爾民人也」，是其本「人民」作「民人」。郭璞注《爾雅》引《詩》「質爾民人」，與正義本正合。《説苑》引「告爾民人」，《鹽鐵論》引「誥爾民人」，皆即此經也。當是唐石經誤倒，如《有狐序》之比也。

謂非常驚急閩本、明監本、毛本同。案：浦鏜云：「『驚』當『警』字誤。」是也。

釋詁云質平成也閩本、明監本、毛本「云」誤「文」。

謂六鄉與公邑閩本、明監本、毛本「鄉」誤「卿」。

平汝萬民之事閩本「汝」誤「民」，明監本、毛本「汝」誤「爾」。

而自聽恣也毛本「聽」誤「輕」，明監本以上皆不誤。

教令一往行於下其過誤可得而已之乎小字本、相臺本同。案：此定本也。正義云：「教令一往行於天下其過誤不可得而改也，定本無『天』字。又言『過誤可得而已之乎』，定本是也。」《考文》古本「已」作「改」，采正義。

物善則其售賈貴小字本、相臺本同，下同。案：《釋文》云：「則售，市又反。一本作『讎』，謂讎物價也。」正義云「故以爲讎報物價」，與一本同。考「讎」即「售」也，古今字耳。《釋文》、正義以爲有分别者，非。《考文》古本作「讎」，采《釋文》、正義。

萬民靡不承唐石經、小字本、相臺本同。案：《釋文》云：「一本『靡』作『是』。」正義云「無有不承順而奉行之」，是其本作「靡」字。段玉裁云：「依《釋文》『一本』，與箋合。」

故應對物價謂之讎毛本「謂」誤「爲」。閩本、明監本不誤。

其意言王出教令閩本、明監本、毛本「王」誤「于」。

今視女諸侯及卿大夫閩本、明監本、毛本同。小字本、相臺本「女」下有「之」字。案：有者是也。

皆脅肩諂笑相臺本同。小字本「諂」作「謟」，閩本、明監本、毛本同。案：「謟」字誤也。餘同此。《釋文》云：「胎，本又作『脅』。」正義本是「脅」字。

言其近也小字本、相臺本同。案：《釋文》云：「近之也，附近之近。一本無『之』字。近則依字讀。」正義云「此正是罪過而言其近者」，標起止云「至其近」，是其本與一本同。

尚不愧于屋漏小字本、相臺本同，明監本、毛本同。唐石經「愧」作「媿」。案：「媿」字是也。《釋文》云：「媿，俱位反。」正義中字皆作「媿」，是其證。箋「不慚媿於屋漏有神」，唯毛本譌作「愧」耳。《何人斯》經用「愧」字。此不畫一之例。

而扉隱之處小字本、相臺本同。案：「扉」當作「厞」。《説文》、《五經文字》皆在厂部，《爾雅》不誤。此《釋文》亦誤爲「扉」。詳後考證。正義中「厞」字十行本皆未誤。

況於祭之所未閩本、明監本「於」誤「無」。毛本不誤。

相助慮也俱訓爲慮閩本、明監本、毛本同。案：山井鼎云：「『慮』當作『勴』。」是也。《清廟》及《雍》二正義引皆作「勴」

可證。

佐食徹尸薦俎毛本「俎」誤「豆」，閩本、明監本不誤。

言在室者閩本、明監本、毛本「在」誤「其」。

尸既謖之後閩本、明監本「尸」誤「户」。毛本不誤。

爲大夫當日賓尸故也閩本、明監本、毛本「日」誤「有」。

不僭不賊唐石經、小字本、相臺本同。案：《釋文》云：「不譖，本亦作『僭』，子念反，差也。注及下『我譖』同。」正義云：「譖毀人者，是差貳之事，故云『僭，差』。箋言『不信』，義亦同也。」是正義本亦作「譖」字。今標起止及其餘「僭」字，皆合併以後依經、注本所改也。考「譖」、「僭」，古通用字。此借「譖」爲「僭」耳，不必如正義所説也。《巧言》云「僭始既涵」，《瞻仰》云「譖始竟背」，《桑柔》云「朋友已譖」，及此「不譖我譖」，箋皆云「不信也」。毛《巧言》傳云「僭，數也」，乃以「僭」爲「譖」之假借。《瞻仰》無傳者，同彼爲「數也」。《桑柔》無傳者，同此爲「差也」。又《那》傳云：「不僭不濫者，賞不僭，刑不濫也。」意亦同此爲「差」。鄭不異毛，合而觀之可得其證矣。《桑柔》釋文：「譖，本亦作『僭』。」《瞻仰》釋文同。

女所行不信不殘賊者小字本、相臺本同，《考文》古本同。閩本、明監本、毛本「信」誤「僭」。案：「不」字當重。僭，不信也。不不信，不僭也。脱去一「不」字，遂又誤改「信」字耳。

彼童而角毛本「角」誤「覺」，明監本以上皆不誤。

童羊譬皇后也閩本、明監本、毛本同。小字本、相臺本「皇」作「王」，《考文》古本同。案：「王」字是也。正義可證。

而角者喻與政事有所害也小字本、相臺本同。案：正義云：「定本、《集注》『於政事有所害』，『於』字皆作『喻與』，於理是也。」是其本作「於政事」也。考《釋文》不爲「與」字作音，或其本與正義本同。

又當善慎汝心之所止毛本「止」誤「至」，閩本、明監本不誤。

此說君事唯當言止於仁耳閩本、明監本、毛本「此」誤「其」。毛本「事」誤「子」，閩本、明監本不誤。

虹潰釋言文明監本、毛本「釋」誤「擇」，閩本不誤。

故以喻於政事有所害閩本、明監本、毛本同。案：十行本「故」至「於」，剜添者一字。當是「云」字誤剜作「以喻」也。

故假在喪之稱以名之閩本、明監本、毛本「在」誤「有」。

告之話言唐石經、小字本、相臺本同。案：段玉裁云：「當作『告之詁話』。」詳下。

話言古之善言也小字本、相臺本同。案：《釋文》「告之話言」下云：「話言，古之善言。」段玉裁云：「當作『詁話，古之善言也』。前『慎爾出話』傳云『話，善言也』，此云『詁話，古之善言也』，一篇之内依字分訓而相蒙如此。《釋文》云『《說文》作詁』，蓋《說文》稱《毛詩》『告之詁話』。陸氏所據《說文》，『詁』字未誤，而『話』字亦已誤爲『言』矣。」

語賢智之人閩本、明監本、毛本同。小字本、相臺本「智」作「知」。案：「知」字是也。

二者意不同小字本、相臺本同，《考文》古本同。閩本、明監本、毛本「意」誤「竟」。

於呼小子唐石經、小字本、相臺本「呼」作「乎」，閩本、明監本、毛本同。案：「呼」字誤也。

非但對面語之小字本、相臺本同，閩本同。明監本、毛本「語」誤「與」。

此言以教道之孰小字本、相臺本同。閩本、明監本、毛本「孰」誤「熟」，正義中字同。山井鼎云「似屬下句讀」者，誤。

亦以抱子長大矣小字本、相臺本同，《考文》古本同。閩本、明監本、毛本「以」作「已」。案：所改是也。

不幼小也閩本、明監本、毛本同。小字本、相臺本「小」作「少」。案：「少」字是也。

言王之無成毛本「言王」誤倒，明監本以上皆不誤。

非復幼少也毛本「幼」誤「又」，閩本、明監本不誤。

皆持不滿於王閩本、明監本、毛本「不」作「無」，誤。

我心慘慘唐石經、小字本、相臺本同。案：《釋文》云：「慘慘，七感反。」正義云：「《釋訓》云：『慘慘，慍也。』」是《釋文》本、正義本皆作「慘慘」，與唐石經同也。此以韻求之，當作「懆懆」。見《白華》。

昭光也故爲明閩本、明監本「明」誤「昊」，毛本不誤。

匪用爲教唐石經、小字本、相臺本同。閩本、明監本、毛本「用爲」誤倒。

爾雅之訓聿爲述也明監本、毛本「爲」誤「曰」，閩本不誤。

悔恨也小字本、相臺本同，《考文》古本同。閩本、明監本、毛本「悔恨」誤「侮慢」。

將以滅亡小字本、相臺本同。閩本、明監本、毛本「亡」誤「三」。

不及遠也小字本同，閩本、明監本、毛本同。相臺本「不及」作「乃不」。案：「不及」是也。

正義曰自上以來毛本「來」誤「未」，閩本、明監本不誤。

故知艱難謂下災異閩本、明監本、毛本「謂」誤「爲」。

桑柔

芮伯入爲宗伯閩本、明監本、毛本「入」誤「亦」。

箋云桑之柔濡小字本、相臺本同。案：《釋文》云：「濡，而轉反。」段玉裁云：「當是本作『偄』也。」

人庇陰其下者小字本、相臺本同。案：《釋文》云：「庇，本亦作『芘』，同。」考「芘」字是也。《采薇》箋云「腓，當作『芘』」，《雲漢》箋云「言我無所芘蔭而處」，是鄭自用「芘」字也。

維均得蔭閩本、明監本、毛本同。案：注作「陰」，正義作「蔭」。陰、蔭，古今字，易而説之也。例見前。《釋文》云：「陰，本亦作『蔭』，下同。」非正義也。○按：《説文》：「蔭，艸陰。」

侵害下民閩本、明監本、毛本「侵」誤「之」。

譬彼昊天之王者閩本、明監本、毛本「彼」誤「喻」。

釋言云旬均也閩本、明監本、毛本同。案：「旬」當作「洵」。下文引李巡注不誤。

頻猶比也小字本、相臺本同，《考文》古本同。閩本、明監本、毛本「比」作「止」，十行本初刻「比」，剜改「止」。案：「止」字誤也。

箋黎不齊至及廣明監本、毛本脱「齊」字，閩本不誤。

以比兵寇灾害民之餘閩本、明監本、毛本「寇」誤「窮」。

比比然○傳疑定閩本同。明監本、毛本移「傳疑定」以下至「故爲定也」二十字於下章中，是也。

明是病於此惡閩本、明監本、毛本「此」誤「比」。

憂心慇慇唐石經、小字本、相臺本同。案：《釋文》以「慇慇」作音，是其本如此。正義云「其心殷殷然」，是其本字作「殷」。考《北門》經作「殷」，《正月》經作「慇」，《北門》釋文云：「本又作『慇』。同。」

正義曰瘖字從病閩本、明監本、毛本同。案：浦鏜云：「『病』當『疒』字。」誤也。

亂況斯削唐石經、小字本、相臺本同。案：此「況」字當作「兄」。上經云「倉兄慎兮」，傳：「兄，滋也。」箋云：「喪亡之道滋久長。」此無傳，箋云「而亂滋甚」，皆承上也。倉兄，《釋文》云：「本亦作『況』。」亦與下互爲詳略耳。唐石經上作「兄」，下作「況」，非也。

爲重慎兵事也小字本同。閩本、明監本、毛本同。相臺本「重慎」字倒。案：倒者非也。正義中「重慎」字凡三見可證。

禮亦所以救亂也閩本、明監本、毛本同。相臺本「救」誤「捄」。小字本無「亦」字。案：無者是也。

如彼遡風小字本、相臺本同。唐石經初刻作「愬」，後改作「遡」。案：初刻非也。李善注《月賦》引作「愬」。當是三家異字，石經誤用之耳。亦所云字體乖師法也。

亦孔之僾毛本「孔」誤「恐」，明監本以上不誤。

好是稼穡唐石經、小字本、相臺本同。案：《釋文》云：「家，王申毛音駕，謂耕稼也。鄭作『家』，謂居家也。下句『家穡惟寶』同。穡，本亦作『嗇』，音色。王申毛謂收穡也。鄭云：『吝嗇也。』尋鄭『家』、『嗇』二字本皆無『禾』者，下『稼穡卒痒』始從禾。」正義云：「箋不言稼當爲家，則所授之本先作家字也。」依此是毛、鄭《詩》本作「家嗇」，王申毛乃爲「稼穡」耳。正義每取王爲傳説，故其本作「稼穡」，而唐石經以下從之。段玉裁云：「改『稼穡』者，非也。」見下，亦見《經義雜記》。

力民代食代無功者食天禄也小字本、相臺本同。案：《詩經小學》云：傳云「力民代食」，無功者食天禄也。鄭申其意，而王肅所見之本誤衍一「代」字，因曲爲之説曰：有功力於民，代無功者食天禄。且改「家嗇」字從禾。而不知「代無功食天禄」語最無理。

但好任用是居家吝嗇閩本、明監本、毛本同。小字本、相臺本「家」下有「之」字。案：「之」字衍也。居家吝嗇，正義屢見可證。

明王之法毛本「明」上衍「大」字，明監本以上皆不誤。

不能治人者食於人閩本同。小字本、相臺本無「於」字，毛本同，明監本初刻有，後剜去。案：無者是也，《釋文》可證。

與其有聚斂之臣毛本「聚斂」誤倒，明監本以上皆不誤。

此由王不任賢閩本、明監本、毛本「此由」誤倒。

先知稼穡之艱難毛本「知」誤「儒」，閩本、明監本不誤。

是君上之美事閩本、明監本、毛本「是」誤「其」。

是使之不得及門也閩本、明監本、毛本「得」誤「能」。

則好是家嗇爲進惡故以家嗇閩本、明監本、毛本「家嗇」誤「稼穡」。

明王之法毛本「明」上衍「大」字，閩本、明監本不誤。

不能治人者出於人閩本「出」作「食」，明監本同，剜去「於」字，毛本無。案：「食人」是也。十行本「出於人」，剜添者一字。

謂出其賦稅閩本、明監本、毛本「稅」誤「斂」。

寧有盜臣何者閩本、明監本、毛本同。案：十行本「臣何者」，剜添者一字。

滅我立王小字本、相臺本同。唐石經初刻「威」，後改「滅」。案：初刻誤也。

朝廷曾無有同力諫諍小字本、相臺本同。案：《釋文》「朝廷」下以「者與」作音，是其本此箋有二字也，但其何屬未可考。

食節曰賊釋蟲文閩本、明監本、毛本「蟲」誤「詁」。

故民所繫屬唯兵耳閩本、明監本、毛本同。案：浦鏜云：「『故』疑衍字。」是也。

慎戒相助也閩本、毛本同。小字本、相臺本「戒」作「誠」，《考文》古本同。案：山井鼎云：「據下文『考誠』之語，古本似是。」是也。正義云「慎誠，《釋詁》文」亦可證。明監本誤作「病」。

言其所任之臣小字本同，閩本、明監本、毛本同。相臺本「任」下有「使」字。案：有者非也。正義云「謂己所任使之臣」，乃自文耳，非其本有「使」字。《考文》古本有，亦采正義之誤也。

乃使民盡迷惑也彼是又不宜猶小字本、相臺本「也彼」作「如狂」，閩本、明監本、毛本同。案：「如狂」是也。

不復詳考善惡更施順道於民之君自獨用己心謂己所任使之臣皆爲善人不復詳考善惡更求賢人閩本、明監本、毛本不重「施順」至「惡更」三十字。案：所刪是也。此十行本複衍。

知此不順者閩本、明監本、毛本「知」誤「如」。

却迫罪役小字本、相臺本同。案：《釋文》云：「一本作『罷役』。」正義本是「罪」字。

何爲今汝羣臣朋友閩本、明監本「汝」誤「彼」，毛本不誤。

讒僭是僞妄之言閩本、明監本、毛本同。案：「僭」當作「譖」，《抑》正義可證。

荼苦葉閩本、毛本同。明監本「葉」作「菜」。案：浦鏜云：「『菜』字誤。」是也。

井堙木刊閩本、明監本「堙」誤「煙」、「刊」誤「刻」，毛本不誤。

垢者土處中而有垢土明監本、毛本同。案：此當云：「垢者，土處地中而有垢。」錯誤耳。

則冥卧如醉小字本、相臺本同，閩本、明監本、毛本亦同。案：正義云「則眠卧如醉」，是其本作「瞑」。瞑、眠，古今字，易而說之也。《考文》古本作「瞑」，采正義而爲之。

箋類等至傚之明監本、毛本「傚」誤「效」，閩本不誤。案：正義上下文皆作「效」者，易字也。今各本箋皆作「效」，亦誤。

詩人善此事者閩本、明監本、毛本同。案：浦鏜云：「『善』疑『言』字誤。」是也。

善人欲教人爲善明監本、毛本下「人」字誤「之」，閩本不誤。

親而切瑳之也閩本同。小字本、相臺本「瑳」作「磋」，明監本、毛本同。案：「瑳」字是也，見《淇奥》。十行本正義中字亦作「瑳」，依經注改耳。

而猶女也小字本、相臺本同，《考文》古本同。閩本、明監本、毛本「女」誤「與」。

反予來赫唐石經、小字本、相臺本同。案：《釋文》云：「赫，本亦作『嚇』。」考此但當作「赫」，加口傍者，依注義以改字耳。

赫炙也小字本、相臺本同。案：《釋文》「赫」下云：「毛許白反，炙也。」正義云「故轉爲『嚇』」，又云「定本、《集注》毛傳云『赫，炙也』」，又云「俗本誤也」，是其本與俗本同作「赫，嚇也」。標起止云「傳赫炙」，乃後改。今考此傳當作「赫，赫也」，毛意謂此「赫盛」字即「拒赫」字也。○按：此即《北風》「虛，虛也」、《葛屨》「要，要也」之例。

口距人謂之赫小字本、相臺本同。案：《釋文》「赫」下云：「鄭：許嫁反，口距人也。《莊子》云『以梁國嚇我』是也。」正義云「故箋以爲『口拒人謂之嚇』」，是其本作「嚇」。考此是申傳「赫也」之意，非箋、經中「赫」字也。正義本經作「赫」、傳作「赫，嚇也」、箋作「謂之嚇」，可以知其讀矣，但其字當本皆作「赫」。

有時亦將爲所誅閩本、明監本、毛本同。案：十行本「將」至「誅」，剜添者一字。

汝何爲反於我來嚇然閩本、明監本、毛本「嚇」誤「赫」，下「謂之嚇」同。

放縱久無所拘制毛本「拘」誤「居」，閩本、明監本不誤。

則將有人伺汝之閒暇誅汝閩本、明監本、毛本同。案：「暇」當作「得」。正義讀「閒」爲「閒隙」，不爲「閒暇」。

諒信也閩本、明監本、毛本同。小字本、相臺本「諒」作「涼」。案：「涼」字是也。鄭但易毛訓耳，意以爲「涼」即「諒」之假借也，未嘗改其字。正義云「諒，信」，又云「以諒爲信」，乃易字而説之之例。依以改箋者非。

互相欺違小字本同，閩本、明監本、毛本同。相臺本「互」作「工」，《考文》古本同。案：「工」字是也，正義可證。

遂用彊力相尚故也閩本、明監本、毛本同。小字本、相臺本「遂」作「逐」，《考文》古本同。案：「逐」字是也。

言民愁困相臺本同，閩本、明監本、毛本同。小字本「愁困」作「依邪」。小字本誤也。

由上化然也閩本、明監本、毛本「上」誤「王」。

是也○毛以職競用力閩本、明監本、毛本同。案：「○」當衍，下章正義「○毛以職盜爲寇」同，明監本、毛本不誤。

涼曰不可小字本、相臺本同。唐石經「涼」作「諒」。案：唐石經非也。《釋文》云：「職涼，毛音良，薄也。鄭音亮，信也。下同。」《詩經小學》云：「所云『下同』者，即此『涼曰』之『涼』是也。正義因此『涼』字無傳，遂取鄭爲毛説而云『故我以信言諫王曰』云云，不知此『涼』字毛自與上傳同訓爲『薄』，不訓爲『信』也。然其本亦未必竟改經作『諒』字。唐石經乃始上作『涼』、此作『諒』，失之甚矣。當依《釋文》正之。」

言距已諫之甚小字本、相臺本同，《考文》古本同。閩本、明監本、毛本「距」作「拒」。案：「拒」字誤也，乃正義所易之今字耳。

雲漢

遇烖而懼唐石經、小字本、相臺本同，閩本同，《考文》古本同。明監本、毛本「烖」誤「災」。案：正義作「灾」者，易而説之也。

烈餘也閩本、明監本、毛本此下有注；小字本、相臺本無，《考文》古本同。案：山井鼎云：「此十六字，《釋文》混入於注。」是也。

七十六年閩本、明監本、毛本「十」誤「年」。

時旱渴雨小字本、相臺本同。案：《釋文》云：「愒，苦蓋反，貪也。本又作『渴』，苦葛反。篇末同。」正義本未有明文，今無可考。

薦重臻至也小字本、相臺本同。案：《釋文》以「重也」作音，是其本有「也」字，《考文》古本有。

曾無聽聆我之精誠小字本、相臺本同，《考文》古本同。閩本、明監本、毛本「誠」誤「神」。

何罪故以訴之閩本、明監本、毛本同。案：「何」當作「無」。

其有一曰索鬼神閩本、明監本、毛本「有一」倒。案：倒者誤也。「其」下當有「十」字。

以白琥禮西方閩本、明監本、毛本同。案：十行本「以」至「禮」，剜添者一字。

莊二十五年左傳曰閩本、明監本、毛本「莊」誤「僖」。

而此云靡愛斯牲者毛本「牲」誤「物」，閩本、明監本不誤。

謂救止天灾閩本、明監本「止」誤「上」，毛本不誤。

雩禜祭水旱也閩本、明監本、毛本同。案：十行本「雩」至「旱」，剜添者一字。

類造禬禜攻説閩本、明監本、毛本「攻」誤「政」。案：山井鼎云：「下『政説用幣』，宋板同誤，亦當作『攻』。」是也。

藴隆蟲蟲唐石經、小字本、相臺本同。案：正義云：「温字定本作『藴』。」以《小宛》正義考之，當云：「『藴』字定本作『温』。」正義屢云「藴藴」，是其本作「藴」之證也。《釋文》云：「藴，紆粉反。本又作『煴』，紆文反。」依「紆文反」，是讀同「烟烟煴煴」之「煴」，與作「温」又不同。

雷聲尚殷殷然小字本、相臺本同。案：《釋文》云：「一本作『雨雷之聲尚殷殷然』。」正義本未有明文，今無可考。《殷其靁》正義引與一本正同，或其本當爾。

耗斁下土小字本、相臺本同，閩本、明監本、毛本同。唐石經「耗」作「秏」。案：「秏」字是也。詳《詩經小學》。

奠瘞羣臣而不得雨小字本同，《考文》古本同。相臺本「臣」作「神」，閩本、明監本、毛本同。案：「神」字是也。十行本正義中誤同。

熱氣爞爞然明監本、毛本「爞爞」誤「蟲蟲」，閩本不誤。案：以下同，唯一處誤爲「蟲蟲」耳。經作「蟲蟲」，正義作「爞爞」者。蟲、爞，古今字，易而説之也。例見前。

若稷能祐我閩本、明監本、毛本同。案：此不誤。山井鼎云：「『若』恐『后』誤。」非也。

暑熱夫同閩本、明監本、毛本作「不同」。案：「夫」當作「大」，形近之譌。

蘊平常之熱蟲蟲又甚熱閩本、明監本、毛本「蟲蟲」上衍「而」字。案：「蟲蟲」當作「爞爞」。十行本上句剜去者一字，當是因有衍「而」。下句「甚」下脱「於」字，删而未補也。輙添「而」字者，非。

以言祭事而云宫毛本「事」誤「祀」，閩本、明監本不誤。

天則非己之親閩本、明監本、毛本「親」誤「視」。

斁是毁敗之義閩本、明監本、毛本「毁」誤「恐」。

兢兢業業唐石經、小字本、相臺本同。案：《釋文》云：「兢兢，本又作『矜』。」正義云：「《釋訓》云：兢兢，戒也。」是其本作「兢」字。《考文》古本作「矜」，采《釋文》。

靡有孑遺小字本、相臺本同。唐石經初刻誤「子」，後改「孑」。

孑然遺失也小字本、相臺本同。案：正義云：「定本及《集注》皆云『孑然遺失也』，俗本有『無』字者誤也。」考此傳本云「無孑然遺失也」，六字一句讀，乃揔説「靡有孑遺」也。定本、《集注》非是。《考文》古本采正義有「無」字，而加於「遺」字上，誤甚。

狀有如雷霆閩本、明監本、毛本同。小字本、相臺本「有如」作「如有」，《考文》古本同。案：「如有」是也。

今其餘無有孑遺者小字本、相臺本同，《考文》古本同。閩本、明監本、毛本「今」誤「幸」。

疑此故周之民多死亡矣閩本、明監本、毛本同。案：浦鏜云：「『疑』當『以』字誤。」是也。山井鼎云：「宋板『疑』作『以』。」其實不然，當是剜也。

無有孑然得遺漈閩本、明監本、毛本同。案：「漈」當作「漏」，下文謂「無有孑然得遺漏」是其證。山井鼎云：「宋板『漈』作『漏』。」當是剜也。

故爲戒也閩本、明監本、毛本同。案：浦鏜云：「『恐』誤『戒』。」是也。

業業危釋訓云閩本、明監本、毛本同。案：浦鏜云：「『文』誤『云』。」是也。

既呼即吁嗟告困毛本「既」誤「號」，「困」誤「苦」，閩本、明監本不誤。

故先祖與于嗺共句明監本、毛本「嗺」誤「摧」，閩本不誤。

言我無所庇陰處閩本、明監本、毛本同。小字本、相臺本「庇陰」作「芘蔭」，「蔭」下有「而」字，《考文》古本有。案：有者是也。《釋文》云：「芘，本亦作『庇』。蔭，本亦作『廕』。」考《桑柔》，箋當作「陰」，正義當作「蔭」。今正義亦作「陰」，依注改耳。

天曾無所視小字本、相臺本同，《考文》古本「天」字亦同，閩本、明監本、毛本「天」誤「矣」。

赫赫然氣盛閩本、明監本、毛本「氣」誤「既」。

但他人稱之明監本「他」誤「化」，閩本、毛本不誤。

如惔如焚唐石經、小字本、相臺本同。案：《釋文》云：「如惔，音談，燎也。《說文》云：炎，燎也。徐音炎。」正義云：「定本經中作『如惔如焚』。」是正義本經中作「如炎如焚」也。《詩經小學》云：「章懷注《章帝記》引《韓詩》『如炎如焚』，作『炎』爲善。《說文》：『炎，燎也。』傳云：『惔，燎之也。』蓋毛亦作『炎』也。上文『赫赫炎炎』，本或作『惔』，是其明證。」

憂心如薰唐石經、小字本、相臺本「薰」作「熏」，閩本、明監本、毛本同。案：十行本注及正義中仍作「熏」。《釋文》以「如熏」作音。「薰」字非也。《考文》古本作「薰」，依上正義中引《爾雅》「薰也」而爲之耳。

毛讀爲憚丁佐反閩本、明監本、毛本同。案：「丁佐反」三字當旁行細書。正義自爲音例如此也。

故讀爲憚徒旦反閩本、明監本、毛本同。案：「徒旦反」三字當旁行細書。

故箋言而害益甚上言云我無所閩本、明監本、毛本上「而」字誤「爲」。案：此「言而害益甚上」六字不當重，十行本複衍耳。閩本以下改「而」作「爲」以遷就之者，誤。

似見其甚於前也閩本、明監本、毛本同。按：浦鏜云：「『似』當『以』字誤。」是也。

敬恭明神唐石經、小字本、相臺本同。案：《釋文》云：「明祀，本或作『明神』。」正義本未有明文，今無可考。箋云「天曾不度知我心，肅事明神如是，明神宜不恨怒於我」，則作「明神」者是也。

我何由當遭此旱也小字本、相臺本同，《考文》古本同。閩本、明監本、毛本「當」誤「常」。

故言曾不知爲政所失明監本、毛本「言」誤「我」，閩本不誤。

師氏弛其兵小字本、相臺本「弛」作「弛」，閩本、明監本、毛本同，正義中同。案：《釋文》云：「施，本又作『弛』。同。」《考文》古本作「施」，采《釋文》。

人無賞賜也小字本、相臺本同，閩本、明監本、毛本同。案：正義云「又無賞賜」，是「人」當作「又」，乃形近之譌。「又」者，又上「禄餼不足」也。《考文》古本作「又」，采正義。其云「宋板同」者，必山井鼎誤。

所以令汝窮困哉閩本、明監本、毛本同。案：「哉」當作「者」。

言我王於汝衆臣閩本、明監本、毛本「臣」誤「人」。

故言歲凶爲之目閩本、明監本、毛本「目」誤「日」。

祭事不縣閩本、明監本、毛本「事」誤「祀」。

謂之嗛閩本、明監本、毛本「嗛」誤「歉」。

其十有二曰閩本、明監本、毛本「其」誤「共」。

天子日食太牢閩本、明監本、毛本同。案：此不誤。浦鏜云：「『少』誤『太』。」非也。《周禮》是「太牢」，與《玉藻》不同。《鄭志》有此問，在《鴛鴦》正義中。浦失考。

令不殺矣閩本、明監本、毛本「令」誤「今」。

三穀不升去兔閩本、明監本、毛本同。案：「去」下，浦鏜云：「脱『雉』字。」是也。

權時救其人急若明監本、毛本「人」誤「太」，閩本不誤。案：「若」當作「苦」，形近之譌。

無自羸緩之時小字本、相臺本同，毛本同。閩本、明監本「緩」誤「綏」，正義中同。

令我心安乎小字本、相臺本同。案：《釋文》以「令心」作音，是其本無「我」字。正義云「其令我心得安」，或自爲文也。今無可考。

渴雨之至也小字本、相臺本同。閩本、明監本、毛本「至」誤「時」。

因而意咸毛本同。閩本、明監本「意」誤「感」。案：「咸」當作「感」。此欲改「咸」字而誤改「意」字也。

汝等亦當去天無羸閩本、明監本、毛本「去」誤「法」。按：所改是也。

傳嘒衆至假至〇正義曰閩本重「假至」以下至「星貌」十四字，明監本、毛本初刻有，後剜去。案：山井鼎云：「校宋板，文當相接，非有闕誤。」是也。

又解助己求雨閩本、明監本、毛本「助」誤「度」。

故云何但求爲我身乎閩本、明監本、毛本「爲」誤「於」。

崧高

知非三公必兼六卿閩本、明監本、毛本同。案：浦鏜云：「『三公』下疑脱『者以三公』四字。」是也。

翰榦也小字本、相臺本同。閩本、明監本、毛本「榦」作「幹」，下同。案：「榦」字是也。見《桑扈》。

皆以賢知小字本、相臺本同。案：《釋文》云：「知，音智。本或作『哲』。」正義本是「知」字，故易爲「智」字而説之。

維是四岳之山閩本、明監本、毛本同。案：「岳」當作「嶽」。此寫者以「岳」爲「嶽」之别體而改之耳。下同。

則往捍禦之閩本、明監本、毛本同。案：注作「扞」，正義作「捍」。扞、捍，古今字，易而説之也。

岳者何桷也閩本、明監本、毛本「桷」誤「捔」。下同。

王者當謂之變閩本、明監本、毛本「謂」作「爲」。案：所改是也。

必取崧高毛本「崧」誤「嵩」，閩本、明監本不誤。下同。

言北岳降神閩本、明監本、毛本同。案：浦鏜云：「『北』當『山』字誤。」是也。

泰之與岱毛本「與」誤「爲」，閩本、明監本不誤。

張揖廣推云閩本、明監本、毛本同。案：浦鏜云：「『雅』誤『推』。」是也。

姜氏爲四伯也毛本「爲」誤「謂」，閩本、明監本不誤。

以佐堯者也言禮於神閩本、明監本、毛本同。案：十行本「佐」至「言」，剜添者一字。

明不偏指一山閩本、明監本、毛本同。案：山井鼎云：「『徧』恐『偏』誤。」是也。

箋申申伯至言之閩本、明監本、毛本脱一「申」字。

以賢入爲王之卿士小字本、相臺本同，《考文》古本「王」字亦同。閩本、明監本、毛本「王」誤「周」。

故王使召公定其意小字本、相臺本同，《考文》古本同。閩本、明監本、毛本「意」誤「宅」。

是功德爲事閩本、明監本、毛本同。案：浦鏜云：「『德』當『得』字誤。」是也。

其事既了明監本「了」誤「子」，閩本、毛本不誤。

箋云庸功也小字本、相臺本同。案：此《釋文》本也，《釋文》「庸」下云「鄭云功也」可證。正義云：「『庸，勞』，《釋詁》文。」

標起止云「箋庸勞」，是其本作「勞」也。

二王治事小字本、相臺本「二」作「貳」，閩本、明監本、毛本同。案：此寫者以「二」爲「貳」之別體而譌也。

令定申伯之居明監本、毛本「令」誤「合」，閩本不誤。

下言我圖爾居乃是命遣之辭閩本、明監本、毛本同。案：十行本「乃」至「我」，剜添者一字。

箋治者至賦斂閩本、明監本、毛本「治者」誤「徹治」，「斂」作「税」。案：「税」字是也。

故爲治也閩本、明監本、毛本「也」誤「田」。

襄二十五年明監本、毛本「二」誤「一」，閩本不誤。

九夫爲牧毛本「爲」誤「謂」，閩本、明監本不誤。

三公有太傅閩本、明監本、毛本「傅」誤「傳」。

僖二十八年閩本、明監本、毛本「二」誤「三」。

傳俶作明監本、毛本「俶」誤「淑」，閩本不誤。

寢人所處廟神亦有寢閩本、明監本、毛本同。案：「廟」下，浦鏜云：「脱『神所處』三字。」是也。

鉤者馬婁頷之鉤閩本、明監本、毛本「頷」誤「領」。

往近王舅唐石經、小字本、相臺本同。案：此正義本也。正義標起止云「傳近己」，下云「以命往之國，不復得與之相近，故轉爲己」，唐石經之所本也。《釋文》云：「近，音記。」《六經正誤》云：「《説文》作『㠯』，今作『近』，音記，字訛作『近』，不敢改其説。」是也。《釋文》當本作「辺」，今亦作「近」者，後人改之耳。近，不得音記。段玉裁云：「此借『辺』爲『己』。」詳《詩經小學》。正義本、唐石經皆誤也。

箋云近辭也小字本、相臺本同。案：此《釋文》本也。《釋文》「近」下云：「毛：己也。鄭：辭也。」是其證。正義本未有明文，今無可考。段玉裁云：「此傳謂辺者，己之假借。箋申之曰：『己，辭也。讀如彼記之子之記。』見《王風》、《鄭風》箋。蓋己、記、忌、辺、其五字同。『己』仍作『近』，誤。」

上既賜以四牡鉤膺明監本、毛本「鉤」誤「駒」，閩本不誤。

特言賜之以作爾閩本、明監本、毛本「爾」下有「寶」字。案：所補是也。

傳近己至之舅明監本、毛本「傳」誤「箋」，閩本不誤。

以峙其粻小字本、相臺本同。唐石經損。案：此正義本也。正義云：「俗本『峙』作『時』者，誤也。」《釋文》云：「以時，如字。本又作『峙』，直紀反。兩通。」『時』即『時』字之譌。正義之意，以爲『峙具』字不從田，故曰誤。

又以申伯爲天子大臣毛本「子」誤「下」，閩本、明監本不誤。

贈增也小字本、相臺本同。案：此正義本也。正義云：「凡贈遺者，所以增長前人。贈之財，使富增於本。贈之言，使行增於善。故云『贈，增也』。」《釋文》云：「贈，送也。《詩》之本皆爾。鄭、王申毛並同。崔《集注》本作『贈，增也』，崔云『增益申伯之美』。」考《渭陽》傳云「贈，送也」，此傳亦然，故箋云「送之」也。《女曰雞鳴》、《韓奕》箋皆云「贈，送也」。集注本非，當以《釋文》本爲長。○按：舊校未確。

故以此詩增長申伯之美閩本、明監本、毛本「以」誤「作」。

使行增於善閩本、明監本、毛本「善」誤「義」。

烝民

夷常懿美皆釋詁文閩本、明監本、毛本「夷」作「彝」。案：所改非也。依此，當是正義本經是「夷」字，與《孟子》所引同。《潛夫論》亦引作「夷」，故又破《爾雅》「彝」爲「夷」也。《釋文》、唐石經皆作「彝」，與正義本不同耳。閩本以下改去此「夷」，遂不復有知正義本作「夷」者矣。

云是其正閩本、明監本、毛本同。案：浦鏜云：「『云』當『六』字誤。」是也。

聞彼怒而懼閩本、明監本、毛本「聞」誤「則」。

共稟於天毛本「共」誤「其」，閩本、明監本不誤。

非是宣王既明明監本「既」誤「成」，閩本、毛本不誤。

襄二十三年左傳云閩本、明監本、毛本同。案：山井鼎云：「『云』恐『文』誤。」是也。

女施法度於是百君閩本、明監本、毛本「法」誤「汝」。

施行在力令盡心力毛本「施」誤「始」，「令」誤「命」，閩本、明監本不誤。

聽其政事而詔王廢置閩本、明監本、毛本同。案：山井鼎云：「『政』作『致』爲是。」是也。

不畏懼於彊梁禦善之閩本、明監本、毛本「之」下有「人」字。案：所補是也。

茹者敢食之名閩本、明監本、毛本同。案：山井鼎云：「『敢』恐『噉』誤。」是也。

我儀圖之唐石經、小字本、相臺本同。案：《釋文》云：「我儀，毛如字，宜也。鄭作『儀』。儀，匹也。」正義云：「『儀，匹』，《釋詁》文。然則鄭讀爲儀，故以爲匹。」考此知《釋文》、正義二本字皆作「義」，鄭以「義」爲「儀」之假借耳，未嘗改爲「儀」也。唐石經乃竟作「儀」字，誤。

故可任用以致中興毛本「故」誤「固」，閩本、明監本不誤。

衆行夫捷捷然至小字本、相臺本同，《考文》古本同。閩本、明監本、毛本「行」誤「征」。案：行夫，與《皇皇者華》箋同。此正義中亦不誤。

正陳車騎而人觀之閩本、明監本、毛本同。案：浦鏜云：「『正』疑『止』字誤。」是也。《泉水》正義作「止」。

以見其勸樂於事也閩本、明監本、毛本「勸」誤「勤」。

而經破之云閩本、明監本、毛本同。案：山井鼎云：「『經』恐『徑』誤。」是也。

如是言其車馬之盛閩本、明監本、毛本同。案：浦鏜云：「『如』當『知』字誤。」是也。

以慰其心唐石經、小字本同，閩本、明監本、毛本同。相臺本「其」誤「我」。

如清風之養萬物然小字本、相臺本同，《考文》古本同。閩本、明監本、毛本「之」誤「長」。

其調和人之情性閩本、明監本、毛本「情性」誤倒。

故以比清美之詩閩本、明監本、毛本「比」誤「此」。

皇清經解卷八百四十五終　嘉應生員李恒春校

毛詩注疏校勘記　卷七

儀徵阮宫保元著

韓奕

所望祀焉閩本、明監本、毛本同。小字本、相臺本「所」作「祈」，《考文》古本同。案：「所」字誤也。

錫謂興之以物閩本、明監本、毛本「興」作「與」。案：所改是也。山井鼎云：「宋板『與』作『賜』。」其實不然，當是剜也。

欲見命亦是賜毛本「是」誤「言」，閩本、明監本不誤。

三章言公侯得賜而歸閩本、明監本、毛本「公」作「諸」。案：皆誤也，當作「韓」。

卒章言欲得命歸國閩本、明監本、毛本同。案：山井鼎云：「宋板『欲』作『其』。」當是剜也。「其」字是。

左右猶外郡之名太守也閩本、明監本「猶」誤「無」，毛本不誤。

以韓爲氏也閩本、明監本、毛本「也」誤「出」。

是此韓爲之後也閩本、明監本、毛本同。案：山井鼎云：「宋板『爲』作『萬』。」當是剜也。「萬」字是。

宣王平大亂小字本同，閩本、明監本、毛本同。相臺本「宣」上有「今」字。案：有者衍也。

定貢賦於天子小字本、相臺本同。案：此正義本也。正義云：「定本、《集注》『貢賦』上皆無『定』字。」此箋意謂貢其賦，不謂定其貢賦也，當以無者爲長。

韓侯受王命爲侯伯小字本、相臺本同，《考文》古本同。閩本、明監本、毛本「侯伯」誤「諸侯」，正義標起止同，明監本、毛本誤，閩本不誤。

傳庭直○正義曰釋詁文閩本、明監本、毛本「文」下衍「也」字。

以常職來也小字本、相臺本同，閩本、毛本同。明監本「常」誤「當」。

書曰黑水西河小字本、相臺本同。案：此正義本也。正義云「引『書曰』者，《禹貢》文。」《釋文》云：「一本『黑』上有『書曰』二字。」

鉤膺鏤鍚唐石經、小字本、相臺本同，閩本同。明監本、毛本「鍚」誤「錫」，餘同此。

鞹鞃淺幭小字本、相臺本同。唐石經初刻「幭」，後改「幭」。案：《五經文字》、《集韻》二十三錫皆作「幭」。此《釋文》云：「幭，本又作『篾』。」《曲禮》「素篾」，《釋文》云：「本又作『幭』。」二「幭」字當本作「幭」，爲張參、丁度所據也。○按：正字當作「幦」，假借「幭」字爲之。幭，從巾蔑聲。《五經文字》體譌，舊校非也。

厄烏蠋也小字本、相臺本同。案：此正義本也。正義云：「『厄，烏蠋』，《釋蟲》文。」《釋文》「金厄」下云：「毛云：烏蠋也。」下云：「烏蠋，音蜀。《爾雅》作『蠋』。」又云：「沈音書。」段玉裁云：「烏蠋，軛也。《小爾雅》、《釋名》謂之『烏啄』。古蠋、啄通用，沈重音書，是也。正義牽合《釋蟲》，如風馬牛之不相及。陸氏雖誤引《爾雅》，『蠋』尚未譌爲『蠋』。鄭《士喪禮》注云『今文軛爲厄』，此可見『軛』爲正字，『厄』爲假借。」詳見《詩經小學》。

善旂旂之善色者也相臺本同，閩本、明監本、毛本同。小字本無「也」字。

又以綏章爲車上所引之綏有采章閩本、明監本、毛本同。案：浦鏜云：「『車上』疑倒。」是也。

既以朝禮見明監本、毛本「既」誤「即」。毛本「禮」誤「儀」，閩本不誤。

説文云鞟革也閩本、明監本、毛本同。案：「鞟」當作「鞹」，上下文可證。《載驅》正義引作「鞹」。

是冪爲覆蓋之名明監本「名」誤「多」，閩本、毛本不誤。

當馬之頟閩本、明監本、毛本「頟」誤「額」。

而犯軷也小字本、相臺本同，《考文》古本同。閩本、明監本、毛本「犯」誤「祀」。

顯父周之公卿也小字本、相臺本同。案：正義云「王使卿士之顯父」，又云「送者唯卿士耳，故知顯父周之卿士也」，是「公卿」當作「卿士」。

鬻以苦酒閩本、明監本、毛本同。案：浦鏜云：「『鬻』誤『鬻』。下同。」是也。

取其中心入地蒻閩本、明監本、毛本「中心」誤倒。

言作者以多爲榮閩本、明監本、毛本「作」誤「行」。

黎比公也小字本、相臺本同。案：《釋文》云：「棃，音離。又力兮反。又作『黎』。」正義本是「黎」字。案：此見《左·襄十六年傳》，今杜預注本作「犂」。《釋文》云：「徐：力私反，一音力兮反。」犂、黎、棃，皆通用字也。

顧之曲顧道義也小字本、相臺本同。案：正義云：「本或『曲』爲『回』者，誤也。定本、《集注》皆爲『曲』字。」《釋文》云：

「一本作『回顧』。」段玉裁云：「曲顧，見《白虎通》、《列女傳》、《淮南子》注。」是也。《六經正誤》云：「顧之猶顧，蓋『曲』誤爲『由』，『由』又轉爲『猶』，當改作『曲』。以諸本皆誤，未有善本可證，姑仍其舊。」依此，是宋時監、潭、撫、閩、蜀本皆譌作「猶」字。今之宋本因毛居正據正義、《釋文》論之而改正也。又云：「道義者，謂引導新婦之儀如此也。」

韓侯於是迴顧而視之　閩本、明監本、毛本同。案：「迴」當作「曲」，正義下文可證。

乃次及之耳　明監本、毛本「次」誤「文」，閩本不誤。

傳音以墳汾音同　閩本、明監本、毛本同。案：上「音」字當作「意」，形近之譌。

專以汾王爲大王　閩本、明監本、毛本「傳」誤「專」。

及升車授綬之時　閩本、明監本、毛本同。案：山井鼎云：「『綬』恐『綏』誤。」是也。

當最敵取匹　閩本、明監本、毛本同。案：此當作「當取其敵匹」，錯誤也。

麀鹿噳噳　唐石經、小字本、相臺本同。案：此《釋文》本也。《釋文》云：「噳噳，本亦作『麌』，同。」《吉日》釋文云：「麌麌，《說文》作『噳』。」唐石經彼經作「麌」，此經作「噳」，本諸《釋文》也。正義本此經亦是「麌」字，與《吉日》經同，即亦作本也。彼正義云：「『麌麌，衆多』，與《韓奕》同。則傳本作『麌』字。」又云：「此『麌』不破字，則鄭本亦作『麌』也。」是其誤。考《吉日》傳「麌麌衆多」，箋易之云「麜牡曰麌」，而此傳不復易者，以其文同，從可知而省也。《毛詩》字本用「噳」，「麜牡曰麌」亦當假借此字，故《說文》鹿部無「麌」。是其實二經皆當作「噳」。

乃古平安時　小字本、相臺本同。案：正義云：「本於『古』上或有『太』，衍字也。定本亦無『太』字。」《考文》古本有，采正義。

爲玁狁所逼小字本、相臺本同。案：正義云：「爲獫夷所逼。」又云：「故知爲獫夷所逼。定本、《集注》皆作『獫狁』字。」《釋文》云：「允，如字。本亦作『狁』。」與正義本不同。

實畝實藉唐石經、小字本同。相臺本「藉」作「籍」，閩本、明監本、毛本同。案：正義云「定是税籍」，又云：「《公羊傳》曰什一而籍，是『籍』爲『税』之義也。」是正義本作「籍」字。詳《載芟序》。

所受之國多滅絶閩本、明監本、毛本同。小字本、相臺本「受」作「伯」，《考文》古本同。案：「伯」字是也。

定是税籍毛本「是」誤「其」，閩本、明監本不誤。

邘晋應韓明監本、毛本「邘」誤「邢」，閩本不誤。

天子亦選其賢者毛本「子」誤「下」，閩本、明監本不誤。

是貊爲夷名毛本「貊」誤「蠻」，閩本、明監本不誤。

此追貊是二種之大名耳閩本、明監本、毛本「是」誤「亦」。

亦由韓侯有德閩本、明監本、毛本「由」誤「猶」。

亦時百蠻也其追其貊貊閩本、明監本、毛本同。案：「亦」下當脱「因」字。重「貊」字，衍。

爲獫夷所逼稍稍東遷者閩本、明監本、毛本「夷」誤「狁」。

獫狁之最彊閩本、明監本、毛本同。案：此當作「獫夷之最彊」，脱誤也。

今此方説所爲閩本、明監本、毛本「此」誤「也」。

韓之所獫又近於北夷閩本、明監本、毛本同。案：此當作「韓之所部又近於獫夷」，錯誤也。

其子穀閩本、明監本、毛本同。案：浦鏜云：「『㝅』誤『穀』。」是也。

江漢

箋召公召至名虎閩本、明監本、毛本脱下「召」字。

使循流而下小字本、相臺本同。案：《釋文》云：「循流，如字。本亦作『順流』。」正義本是「順」字。

據至其境小字本同，閩本、明監本、毛本同。相臺本「境」作「竟」。案：「竟」字是也。「境」是正義所易今字。

其曰出戎車建旟小字本同，毛本同。相臺本「曰」作「日」，閩本、明監本同，《考文》古本同。案：「曰」字是也。

而淮夷爲國號閩本、明監本、毛本同。案：「淮夷」下當有「與會是淮夷」五字，因複出而脱也。

此承其下云明監本、毛本「云」上衍「而」字，閩本剜入。

使以王法征伐小字本、相臺本同。案：《釋文》云：「王命征伐，〔一〕一本作『王法征伐』。」正義云「以王法行征伐，謂以王者之正法」。此箋「法」字承上「式法」而言，當以正義本爲長。《考文》古本作「命」，采《釋文》。

非可以兵急躁切之也小字本、相臺本同。案：正義云：「是齊桓之兵急躁之也。鄭言急躁，意出於彼。本或作『慘慼之』者，誤也。定本云『非可急躁切之』，公羊爲『躁』字，則『慘』非也。」《釋文》云：「非可以兵操切之也，操，音七刀反。」

〔一〕「征」，當作「行」，參見《經典釋文》及南昌府學本《十三經注疏》。

一本無『兵』字。又：一本『兵操』作『急躁』。躁，音早報反。」考此箋「躁切」，即《王風》箋之「躁蹙」，「急」字乃「兵」字之誤，不當二字並有。正義本無「切」字，讀「急躁之」連文者非。

于於也小字本、相臺本同。案：正義云「本或『往』下有『于於』二字，衍也」，依此各本有者皆誤。

非可以兵急躁切之閩本、明監本、毛本同。案：此「切」字衍也。下文「急躁之」凡三見，此合併以後人用經注本添耳。

彼棘作棫音義同閩本、明監本、毛本同。案：浦鏜云：「『惐』誤『棫』。」是也。

故以爲二事可以兵病害之閩本、明監本、毛本同。案：「事」當作「非」，讀下屬。上於「二」字斷句。

定本集注皆有于於二字有者是非衍也閩本、明監本、毛本同。案：浦鏜云：「『有者是非衍也』六字，疑誤衍。」是也。皆有，當作「皆無」。○按：六字係校書者語。

彼旬作徇閩本、明監本、毛本「徇」誤「狥」。

爲既以旬爲徧閩本、明監本、毛本上「爲」字作「毛」。案：所改是也。

錫山土田小字本、相臺本同。唐石經「錫」下旁添「之」字，「山」下旁添「川」字，「土田」下旁添「附庸」字。案：《釋文》云：「錫山土田，本或作『錫之山川土田附庸』者，是因《魯頌》之文妄加也。」又正義云：「此經無附庸，傳云『附庸』者，以『土田』即是『附庸』。定本、《集注》毛傳皆有『附庸』二字。」依此，是傳亦有本無「附庸」者，《釋文》或本當如此，故不云因傳加。

故謂之鬱鬯明監本、毛本「謂」誤「爲」，閩本不誤。

故云卣器也明監本、毛本「云」誤「曰」，閩本不誤。

和者以邑人掌秬邑閩本、明監本、毛本同。案：浦鏜云：「『知』誤『和』。」是也。

以黑黍和一秠二米作之閩本、明監本、毛本同。案：山井鼎云：「『和』恐『秬』誤。」是也。

矢施也相臺本同，閩本、明監本、毛本同。小字本「施」作「弛」。案：《釋文》云：「施，如字。《爾雅》作『弛』，式氏反。」正義云：「『矢，施也』，謂施陳文德。定本爲『弛』字，非也。」依此，是《釋文》、正義二本皆作「施」，唯定本乃作「弛」耳。《孔子閑居》引此經皇本作「施」，載《釋文》。其實「施」、「弛」古今字，見《周禮·小宰》等注「泮水觫弛貌」。《釋文》云：「施貌，式氏反。本又作『弛』，同。」正義中作「弛」，亦可證也。

對成王命之辭小字本、相臺本同。案：正義云：「定本、《集注》皆云『對成王命之辭』。」如其所言，非爲異本，當有誤也。

傳對遂至矢弛閩本、明監本、毛本「弛」作「施」。案：所改是也。

正義本未有明文，今無可考。

因而用之閩本、明監本、毛本「用」誤「思」。

常武

因以爲戒然唐石經、小字本、相臺本同。案：正義云：「定本、《集注》皆有『然』字。」是正義本無。標起止云「至爲戒然」，當是後添也。

毛以爲今有赫赫然顯盛閩本、明監本「今」誤「令」，毛本不誤。下「以王今命卿士南仲者」同。

既以戒勑之閩本、明監本、毛本「已」誤「以」。案：上文「既以警肅之」，「以」亦當作「已」。

於軍將行治兵之時小字本、相臺本同。案：《考文》古本「軍」上有「六」字。山井鼎云：「疏疊出此注作『於六軍將』。有『六』字者似是。」其説非也。此「軍將」二字連文。將，子匠反。下箋云「王又使軍將」云云，「又」者，又此箋也。行治兵者，謂行治兵之禮。正義有明文，二字連文也。《釋文》於上章「大將」下云「子匠反」，第二章注同，亦其證。古本所采正義乃誤字耳。見下。

傳尹氏至浦厓明監本、毛本「厓」誤「涯」，閩本不誤。下同。案：「厓」字經、注本多從水，《釋文》亦然，正義中多作「厓」，當是其本不從水也。考「厓」爲正字，「涯」爲俗字，依經、注本改正義者非。○按：正義之例，多以今字易古字。此等轉寫有譌亂耳。

於六軍將行治兵之時者閩本、明監本、毛本同。案：「於六」當作「云於」，錯誤耳。

大司掌其戒令是也閩本、明監本、毛本「司」下有「馬」字。案：所補是也。

雨無正云三事大夫閩本、明監本、毛本「云」誤「文」。

舒徐也小字本、相臺本同。案：此正義本也。正義云：「『舒，徐也』，定本云『舒，序』，非也。」《釋文》云：「舒，序也。一本作『舒，徐也』。」考「舒，徐也」與《野有死麕》傳同。定本、《釋文》依《爾雅》耳。當以正義本爲長。

以驚動徐國小字本、相臺本同，《考文》古本同。閩本、明監本、毛本「驚」誤「震」。案：正義云「其動驚此徐方之國」，又云「則皆動驚而將服罪」，是此箋當作「動驚」。下箋云「徐國則驚動而將服罪」，亦「動驚」之誤也。

有儼然威武閩本、明監本、毛本同。案：傳作「嚴」，正義作「儼」。嚴、儼，古今字，易而説之也。例見前。浦鏜云：「傳『儼』誤『嚴』」者，依正義所易字以改傳。」誤甚。

故美其不敢繼以敖遊明監本「敖」誤「故」，閩本、毛本不誤。

如震如怒唐石經、小字本、相臺本同。案：《釋文》云：「一本此兩『如』字皆作『而』。」正義云「其狀如天之震雷，其聲如人之勃怒其色」，是其本經中字亦作「如」也。考箋云「而震雷其聲，而勃怒其色」，鄭意以爲震怒自是實事，不假外象，轉經「如」字作「而」以説之。毛氏《詩》「如」、「而」互通，鄭但於《都人士》箋云「而亦如也」，餘多不言者，省文耳。一本乃依鄭竟改經作「而」，似是實非。

墳大防明監本、毛本「墳」誤「濆」，閩本不誤。

緜緜靚也小字本、相臺本同。案：《考文》古本「靚」作「静」。考「靚」字與《韓奕》傳同。《釋文》「緜緜」下云「靚也」。正義「緜緜然安静」者，易「靚」爲「静」而説之耳。《考文》古本誤采正義所易之字也。《韓奕》正義字仍作「靚」不易，當是後人改耳。○按：毛傳於《楚茨》、《閟宫》皆曰「清静」，於《韓奕》、《常武》曰「徐靚」、曰「靚」，毛意「靚」與「静」有别，「靚」有清麗之意。《上林賦》注曰「靚糚，粉白黛黑也」，是也。

故知兵未陣閩本、明監本、毛本「陣」誤「陳」。案：注作「陳」，正義作「陣」。陳、陣，古今字，易而説之也。例見前。下複舉注文仍作「陳」。

莊八年穀梁傳文明監本、毛本「梁」誤「粱」，閩本不誤。

瞻卬

天王使凡伯來聘閩本、明監本、毛本同。小字本、相臺本「騁」作「聘」。案：「騁」字誤也。正義標起止，十行本、閩本皆不誤，明監本、毛本亦誤作「騁」。

稱世稱之閩本、明監本、毛本同。案：上「稱」字，浦鏜云：「當『傳』之誤。」是也。《常武》正義云「或皇氏父字，傳世稱之」可證。

其爲殘酷痛病於民小字本同，閩本、明監本、毛本同。相臺本「病」作「疾」，《考文》古本同。案：正義云：「箋以蟊賊是損害之實，故以殘酷痛疾之言。」〔一〕相臺本、《考文》古本本皆依此所改也。〔二〕正義上文云：「其殘酷於民如蟊賊之蟲病害於禾稼」，乃用「病」字，則下「疾」乃誤字耳，依之改者非。

施刑罪以羅網天下小字本同，閩本、明監本、毛本同。相臺本「網」作「罔」。案：「罔」字是也。下箋「天下羅罔」不誤。「網」乃正義所易今字。

此自王所下大惡小字本同，閩本同。相臺本「自」作「目」，明監本、毛本同。案：「目」字是也。《考文》古本作「因」，誤甚。

國之所在必築城居之閩本、明監本、毛本「在」誤「存」。

故多謀慮則亂國閩本、明監本、毛本「亂國」誤倒。

梟鴟聲之鳥小字本、相臺本「聲」上有「惡」字，閩本剜入，明監本、毛本同。案：十行本脱也。

而使庶人芸芓終之明監本、毛本「芸」誤「耘」，閩本不誤。

〔一〕「之言」，當作「言之」，參見孔穎達疏及南昌府學本《十三經注疏》。

〔二〕「本本」，南昌府學本《十三經注疏》不重，是。

借民力所治之然也閩本、明監本、毛本「然」作「田」。案：所改是也。

夏官馬質注引蠶云明監本、毛本「云」上有「書」字，閩本剜入。案：所補是也。

高一丈矣閩本、明監本、毛本同。案：十行本「高一丈」，剜添者一字。下「高一丈」同。

始蠶於北郊閩本、明監本、毛本「始」誤「治」。

天子則獻繭於后是也閩本、明監本、毛本同。案：十行本「於」至「也」，剜添者一字。

凡繅每縄大總毛本「縄」誤「俺」，閩本、明監本不誤。

則天下邦國將盡困窮閩本、明監本、毛本同。小字本、相臺本「窮」作「病」，《考文》古本同。案：「病」字是也。十行本、閩本正義中標起止云「至困病」，不誤。明監本、毛本亦誤改爲「窮」。

天者羣臣之精閩本同。明監本、毛本「臣」作「神」。案：所改是也。

觱沸其貌小字本、相臺本同，《考文》古本同。閩本、明監本、毛本「其」誤「出」。案：《釋文》「觱沸」下云「泉出貌」，乃檃栝箋意耳。不知者取以改箋，誤也。

瞻卬七章小字本、相臺本同。唐石經初刻「仰」，後改「卬」。案：《雲漢》釋文云：「卬，本亦作『仰』。」卬、仰，古今字也。《考文》古本經、《序》皆作「仰」，亦非。

召旻

令民盡流移小字本、相臺本同。案：《釋文》云：「令民，一本作『令故民』。」正義云「令中國之民盡流移而散亡」，是其本無「故」字。

至於四境邊陲閩本、明監本、毛本同。案：注作「垂」，此正義作「陲」。垂、陲，古今字，易而説之也。例見前。

則以天爲上天閩本、明監本、毛本「爲」誤「威」。

亡賦税則急者行之必速之辭閩本、明監本、毛本「則」作「也」。案：所改非也。此「亡」當作「云」耳。

則爲行之理已著閩本「理」誤「禮」，明監本、毛本不誤。

而近爲行之理未彰閩本、明監本、毛本同。案：「近」字當衍。

故盡空虛以謂虐政故也閩本、明監本、毛本脱「謂」字。

訌争訟相陷入之言也小字本、相臺本同，《考文》古本同。閩本、明監本、毛本「入」誤「人」。案：正義中「入」字各本皆不誤。《釋文》「訌」下亦可證。

以羅罔天下小字本、相臺本同，《考文》古本同。閩本、明監本、毛本「罔」誤「網」。

皆潰潰然維邪是行小字本、相臺本同，《考文》古本同。閩本、明監本、毛本「行」下衍「者」字。

又自不相親也閩本、明監本、毛本「又」誤「人」。

天夭是椓閩本、明監本、毛本「天」誤「夭」。

靖謀釋詁文閩本、明監本、毛本「謀」下衍「○正義曰」。

官居其閒閩本、明監本、毛本「閒」誤「門」。

官與寺人爲類閩本、明監本、毛本「官」誤「宫」。

故謂之謀滅王國也閩本、明監本、毛本「也」下衍「已」字。

窳不供事也小字本、相臺本同。案：《釋文》云：「窳，音庾。裴駰云：病也。《説文》云：嬾也。一本作『㝢』。」正義云：「《説文》云『窳，嬾也』。草本皆自竪立，唯瓜瓠之屬卧而不起，似若嬾人常卧室，故字從宀。」依此，是《釋文》、正義二本皆作「窳」，唐人此字從宀也。所引《説文》，今無其文。正義所據，往往非今十五篇《説文》，如「第」字之類是也。「窳」字出楊承慶《字統》，「草木皆自竪立」以下即取彼文以爲説耳。毛傳當本用「窳」字。

故字從字音眠閩本同。明監本、毛本「字」作「穴」。案：皆誤也。當作「宀」。下「音眠」二字當旁行細書，正義自爲音例如此。

今言以草不潰故以潰爲遂閩本、明監本、毛本同。案：「故」上，浦鏜云：「脱『茂』字。」又云：「上『以』字當衍。」皆是也。

況兹也小字本、相臺本同，閩本、明監本、毛本同。案：「況」當作「兄」。正義中作「況」，乃易字耳。《考文》古本經作「況」，亦非也。

乃兹復主長此爲亂之事乎小字本、相臺本同。案：《考文》古本「兹」作「滋」。下章箋同。考此及《常棣》、《桑柔》經、傳、箋皆當「兄兹」二字。正義中作「況滋」者，皆易字也。今《常棣》唐石經已誤「況」，《桑柔》傳、箋各本皆誤「滋」，此箋《考文》古本又誤采正義字改爲「滋」也。又按：此等「兹」字皆當上从艸下从絲省聲，艸木多益也。滋字從水，從艸部之兹益也。今人所寫「兹」、「滋」皆譌字。

池水之溢由外灌焉閩本、明監本、毛本同。小字本、相臺本「溢」作「益」，《考文》古本「益」字亦同。案：「益」字是也。正義中「益」字各本不誤。

而在故小人閩本、明監本、毛本「故」作「位」。案：所改非也。「在故」當作「任政」，形近之譌。

於久豈得不災害我身乎閩本、明監本、毛本同。案：山井鼎云：「『久』恐『舊』誤。」其説非也，「於久」二字當衍，「我」下當脱「王之」二字，上衍而下脱耳。

昔先王受命有如召公唐石經、小字本、相臺本同。案：此正義本也。《序》下正義云「卒章云『有如召公』」，是其證也。《關雎》正義云「六字者，『昔者先王受命』、『有如召公之臣』」是也。所引不與此同。如《出其東門》引「白旆英英」而本篇乃作「央央」，《下泉》、《大東》皆引「二之日栗冽」而本篇仍作「烈」，是其比矣。良由撰者既非一人，六朝義疏本有各家，或復存舊，致此歧互耳。《經義雜記》欲依彼正義改此文，未爲當也。

言有如者小字本、相臺本同，《考文》古本同。閩本、明監本、毛本「者」誤「昔」。

言曰闢曰蹙閩本、明監本、毛本「闢」誤「辟」。案：「闢」是正義所易之今字。《皇矣》、《江漢》正義皆可證。

便有百里之校閩本、明監本、毛本「校」誤「效」。

十一篇九十二章小字本、相臺本同。唐石經「一篇九十二」五字磨改，其初刻不可辨矣。

周頌譜

脩文武之德閩本、明監本、毛本同。案：浦鏜云：「『武』當『王』誤。」是也。

無復征伐毛本「復」誤「從」，閩本、明監本不誤。

自三年數也毛本「三」誤「二」，閩本、明監本不誤。

康誥曰周公初基閩本、明監本「基」誤「其」，毛本不誤。

恐不能揚父祖功烈德澤閩本、明監本、毛本「烈」誤「業」。

稱成康之閒四十餘年閩本、明監本、毛本同。案：十行本「之」至「十」，剜添者一字。

不廢康王之時乃有其頌毛本「乃」誤「仍」，閩本、明監本不誤。

當代異其弟閩本、明監本、毛本「弟」作「第」。案：所改是也。餘同此。

德至矣哉大矣哉閩本、明監本、毛本同。案：浦鏜云：「下『哉』字衍。」是也。

中候摘雒戒云閩本、明監本「雒」誤「維」，毛本不誤。

是周德光被四表明監本「光」誤「堯」，閩本、毛本不誤。

但商書殘鈌明監本、毛本「鈌」誤「闕」，閩本作「缺」。案：「鈌」即「缺」之別體俗字耳。

至美之名毛本「至」誤「全」，閩本、明監本不誤。

其文在時邁與般敘武賚桓也閩本、明監本、毛本同。案：此不誤。浦鏜云：「『敘武賚』三字疑衍文。」非也。「敘」即「序」，《般序》在下文。

至此積三十年閩本、明監本、毛本同。案：此不誤。浦鏜云：「當作『十三年』。誤倒。」非也。此依鄭以《顧命》在致政後廿八年，見《尚書》正義，是上距攝政六年制禮時積三十年也。十二年一巡狩，故下云「再巡守，餘六年」也。浦不考之甚。

是成王除没嗣位　閩本、明監本同。毛本「没」作「喪」。案：所改是也。

來朝而見命　閩本、明監本、毛本同。案：浦鏜云：「『也』誤『命』。」以彼箋考之，是也。

似五年之事也　閩本、明監本、毛本「似」誤「以」。

然則朝諸侯郊祀　明監本「郊」誤「鄉」，閩本、毛本不誤。

率以祀文王焉　明監本「焉」誤「爲」，閩本、毛本不誤。

或者杞宋一國　毛本「一」誤「二」，閩本、明監本不誤。案：浦鏜云：「監本誤。」非也。「杞宋一國」者，或杞或宋，一國也。

明既告之後合而觀之即告也合各有禮於廟　閩本、明監本、毛本同。案：「也」字當在「觀之」下。錯誤耳。即正義每用爲則「告」、「合」二字連文。「告」謂《酌》，「合」謂《有瞽》，故云「各」。

事相符合也　閩本、明監本「事」誤「若」，毛本不誤。

以禴祠烝嘗類之　閩本、明監本、毛本「祠」誤「祀」。

絲衣繹賓尸　明監本「絲」誤「緣」，閩本、毛本不誤。

而作者當時不必皆爲有事而作先後　閩本、明監本、毛本同。案：讀當於「時」字、「爲」字斷句。下文云「故得自爲」，又云「多由祭祀而爲」可證也。下當云「有事先而後作」，誤錯「先後」二字在下耳。

風雅此篇既有義理　閩本、明監本、毛本同。案：山井鼎云：「此篇恐誤。」是也。「此」當作「比」，形近之譌。

武王之事不爲頌首不以事之先後必爲次矣閩本、明監本、毛本同。案：「武」字當重。上「武」，詩也。下「武」，謚也。正義下文云「《武》，武王之大事」可證也。「必」字衍。

推以配天明監本、毛本「推」誤「進」，閩本不誤。

雖祭告之歌閩本、明監本、毛本同。案：此不誤。山井鼎云：「『雖』恐『唯』誤。」非也。《執競》既祭告之歌，即當與《雍》相次，而今乃次《思文》上，故曰「雖」耳。浦鏜所改則更誤。

則主所愛敬閩本、明監本、毛本「主」誤「王」。

訪樂敬之也閩本、明監本、毛本同。案：浦鏜云：「『落』誤『樂』。」是也。

社稷雖國之貴神明監本「貴神」誤「責禮」，閩本、毛本不誤。

本以文王得用師之道閩本、明監本「本」誤「不」，毛本不誤。

郊宗柴望配禮之大者閩本、明監本、毛本同。案：此不誤。浦鏜云：「『配』當『祀』字誤。」非也。「配」謂《思文》。

且社稷以祈報此篇閩本、明監本、毛本同。案：「此」當作「比」。

山林宜皇物閩本、明監本同。毛本「皇」作「阜」。案：所改是也。

君又降之於民也閩本、明監本同。毛本「也」下剜「入」。○案：所補是也。

人君誠心事之閩本、明監本、毛本同。案：十行本「人」至「心」，剜添者一字。

法象天地羣神之爲閩本、明監本、毛本「法」誤「教」。

而德洽於神舉矣閩本、明監本同。毛本「矣」下剜「入」。○案：所補是也。

但既作之後常用之明監本「用」誤「周」，閩本、毛本不誤。

時邁與般毛本「時」誤「詩」，閩本、明監本不誤。

清廟

周公既成洛邑唐石經、小字本、相臺本同。案：《釋文》：「雒，音洛。本亦作『洛』。水名，字從水。後漢都洛陽，以火德，爲水剋火，故改爲『各』旁『隹』。」正義中字作「洛」，是其本與亦作同，唐石經所本也。段玉裁云：「豫州之水自古作雒，《周禮》、《逸周書·職方》、《淮南·地形訓》之屬皆有其證。後漢改之。魚豢録魏詔云爾，則魏文帝之失也。」詳見《尚書撰異》中。當以《釋文》本爲長。《考文》古本作「雒」，采《釋文》。

雖文王諸侯閩本、明監本、毛本同。案：浦鏜云：「『主』誤『王』。」是也。

所以有清廟之德者閩本、明監本、毛本「廟」作「明」。案：所改是也。

非清静之義也明監本「也」誤「之」，閩本、毛本不誤。

言祭之而歌此詩者明監本「祭」誤「察」，閩本、毛本不誤。

謂公之時閩本、明監本同。毛本「公」上剜添「周」字。案：所補是也。

顯光也見也小字本、相臺本同。案：《釋文》云：「見也，賢遍反。」正義云：「『顯，光』，《釋詁》文。定本、《集注》皆云『顯，光也，見也』，於義爲是。」當是正義無「見也」二字。

於穆清廟〇閩本、明監本、毛本同。案：此下乃每一篇之總正義也。合併經、注、正義，乃以隸於首節有注之下，爲割裂而失其次。經、注、正義宜各單行，於此可見。以後盡同。

其祭之禮義閩本、明監本、毛本同。案：盧文弨云：「『義』當作『儀』。」是也。

鄭唯以駿奔走二句爲異閩本、明監本、毛本同。案：浦鏜云：「『三』誤『二』。」是也。

名多士亦爲相矣閩本、明監本、毛本同。案：「名」當作「明」。

如存生存小字本同。閩本上「存」作「在」，明監本同。毛本「如」誤「知」。相臺本無上「存」字，《考文》古本無亦同。案：無者是也。

皆是執文德之人也毛本「也」上有「謂是能執行文王之德之人」十一字，閩本、明監本無。案：此誤補也。

不見厭於矣小字本、相臺本「於」下有「人」字，閩本、明監本、毛本同。案：此十行本誤脱。

此承諸侯多士之下毛本「下」誤「不」，閩本、明監本不誤。

其道猶存閩本、明監本、毛本「猶」誤「尤」。

維天之命

動而不止行而不已小字本、相臺本同。案：正義云「故云動而不已，行而不止」，又云「是天道不已止之事也」，是其本上「已」下「止」，今各本互誤。

作之若成閩本、明監本毛本「若」誤「告」。

孟子云齊王以孟子辭病閩本、明監本「云」誤「聞」，毛本不誤。

溢慎小字本、相臺本同。案：《釋文》云：「溢，慎也，市震反。本或作『順』。」案：《爾雅》：「毖、神、溢，慎也。」不作「順」字。王肅及崔申毛，皆作「順」解也。正義本是「慎」字。

成王能厚行之也小字本、相臺本同。案：此正義本也。《釋文》云：「成王能厚之也，一本作『能厚行之也』。今或作『能厚成之也』。」正義本與一本同。今考此傳但云「能厚之」，箋始云「能厚行之」。一本有「行」字者，涉箋而衍耳。當以《釋文》本爲長。

當謂德之純美無玷缺明監本、毛本「缺」誤「闕」，閩本不誤。

今所承我明子成王閩本、明監本、毛本同。案：浦鏜云：「『成』誤『承』。」是也。此「成」爲「考」作訓。

彼法更自觀經爲説閩本、明監本、毛本同。案：浦鏜云：「『法』當『注』字誤。」是也。

率由舊章是也閩本、明監本、毛本「由」誤「猶」。

一代法當通之後王閩本、明監本、毛本同。案：此當作「一代之法當通後王」，錯「之」字在下耳。

曾孫蒯聵明監本、毛本「聵」誤「瞶」，閩本不誤。

維清

季札見觀樂見舞象是於成王之世閩本、明監本、毛本同。案：上「見」字衍，「是」下當有「後」字。

故謂之象武也閩本、明監本、毛本「武」作「舞」。案：所改是也。上云「以《象武》爲名」，下云「明此《象武》」，二「武」字亦當作「舞」。

樂記説文武之樂閩本、明監本、毛本同。案：浦鏜云：「『文』當『大』誤。」是也。

一代大典須待太平閩本、明監本「須」誤「俱」，毛本不誤。

伐二十九年閩本、明監本、毛本「伐」作「成」。案：皆誤也。山井鼎云：「當作『襄』。」是也。

曾爲季札舞之毛本「曾」誤「魯」，閩本、明監本不誤。

明其有用明矣毛本同。閩本、明監本上「明」作「名」。案：所改非也。此「明」字當作「則」。

南籥以籥也閩本、明監本同。毛本「籥」下剜入「舞」字。案：所補是也。

故此文稱象象舞也閩本、明監本、毛本同。案：浦鏜云：「當衍一『象』字。」是也。

謂武詩則簫管以吹之閩本、明監本、毛本「吹」誤「次」。

釋詁緝熙皆爲光也閩本、明監本、毛本「詁」下衍「云」字，脱「爲」字。

而枝伐也閩本、明監本、毛本同。小字本、相臺本「枝」作「征」，《考文》古本同。案：箋上下言「征伐」，此言「枝伐」，正義於此引《中候》以説「枝伐」之義，不容并此亦改爲「征伐」也。小字本、相臺本自是誤字。

中候我應云閩本、明監本、毛本「候」誤「侯」。

崇蘖首閩本、明監本「蘖」誤「孽」，毛本不誤。

斯在伐崇謝告毛本「伐」誤「我」，閩本、明監本不誤。

維周之禎小字本、相臺本同。唐石經初刻「楨」，後改「禎」。案：《釋文》云：「祺，音其，祥也。《爾雅》同。徐云：本又作『禎』，音貞。與崔本同。」正義云：「定本、《集注》『祺』字作『禎』。」考此傳云「祺，祥也」，箋云「乃周家得天下之吉祥」，皆用《爾雅》「祺祥」、「祺吉」之文。《釋文》、正義二本皆作「祺」，是也。其作「禎」字者，非也。《詩經小學》云：「恐是改易取韻。」亦見《經義雜記》。唐石經初刻又誤作「楨」，乃涉《大雅》耳。

祺祥釋言文閩本、明監本、毛本「祺」誤「禎」。下「維周之祺」同。

厶氏曰閩本、明監本、毛本「厶」誤「某」。案：「厶」字出《穀梁・桓二年傳》注。正義中唯此一字作「厶」。或舊用此字，餘皆作「某」者，爲後改也。

烈文

祭於祖者諸本「者」作「考」，是也。

用賞不以爲己任閩本、明監本、毛本同。案：「不」當作「罰」，《譜》正義可證。

而周禮四時之間祀明監本「四」誤「日」，閩本、毛本不誤。

無疆乎唯是得賢人閩本、明監本、毛本同。案：浦鏜云：「『彊』誤『疆』。下同。」是也。

若得其賢明監本、毛本「賢」下衍「人」字，閩本剜入。

其可訓導之明監本、毛本「可」下衍「使」字，閩本剜入。

謂增其爵命閩本、明監本「爵」誤「辭」，毛本不誤。

我則使汝繼世在位閩本、明監本「在」誤「有」，毛本不誤。

其出於外而居之閩本、明監本、毛本同。案：浦鏜云：「『君』誤『居』。」是也。

是長遠無期也閩本、明監本、毛本同。案：浦鏜云：「『期』下當脱『竟』字。」是也。

無大累於女國小字本、相臺本同。閩本、明監本、毛本「女」誤「汝」。

謂侯治國無罪惡也閩本、明監本、毛本同。小字本、相臺本「謂」下有「諸」字，《考文》古本同。案：有者是也。

始至於武王閩本、明監本、毛本同。案：「至」當作「立」，形近之譌。

人稱頌之不忘小字本、相臺本同。案：正義云「故人稱誦之不忘也」，是其本「頌」作「誦」字。

天作

序以祭時實祭后稷閩本、明監本、毛本「時」誤「祀」。

能安天之所作也小字本、相臺本同。案：段玉裁云：「當作『能大天之所作也』。《晉語》叔詹曰：《周頌》曰『天作高山，大王荒之』，荒，大之也。大天所作，可謂親有天矣。箋云『大王能尊大之』，今本云『能安天之所作』，誤。」今考正義云「長大此天所生者」，又云「是其能長大之」，是正義本此傳作「能大天之所作」不誤。

彼萬民居岐邦築作宫室者閩本、明監本、毛本同。案：浦鏜云：「『彼』誤『被』。」是也。

有佼易之德故也閩本、明監本、毛本同。案：「德」當作「道」。下同。

但不知其定數耳○閩本、明監本、毛本脱「定」字。案：浦鏜云：「衍『○』。」是也。

故易簡之主毛本「主」誤「王」，閩本、明監本不誤。

昊天有成命

注云天神謂言五帝閩本、明監本、毛本同。案：浦鏜云：「言，衍字。」是也。

早夜始順天命小字本、相臺本同。案：正義云：「始於信順天命。」又云：「故知所信順者，始信順天命也。」考此箋「始信」乃經之「基命」，傳所云「基，始。命，信」也。故正義云「傳訓『命』爲『信』，既有所信，必將順之，故言『早夜始信順天命』。經中之『命』已訓爲『信』，其言『天命』，鄭自解義之辭，故非經中之『命』也。」其「順」上有「信」字顯然。今各本箋中脱者，非也。又：此正義「信」字今亦刪去。見下。

天道成命者而稱昊天閩本、明監本、毛本同。案：上「天」字，浦鏜云：「『夫』誤。」是也。

故曰成王閩本、明監本、毛本同。案：此不誤。浦鏜云：「王，衍字。」非也。今《周語》脱「王」字，韋昭注云「成，成其王命也」，當作「成王，成其王命也」，亦誤刪「王」字。

蒼帝非太帝閩本、明監本、毛本同。案：浦鏜云：「『大』誤『太』。」是也。

中苗興稱堯受圖書閩本、明監本、毛本同。案：「中」下當脱「候」字。盧文弨補之，是也。《生民》正義引作《稷起》注，當是鄭據《苗興》以注《稷起》耳。

故言早夜始順天命閩本、明監本、毛本同。案：「始」下當脱「信」字。〔一〕上下文皆可證。

〔一〕「始」，原作「中」，文選樓本、南昌府學本同誤，據上下文義改。

必所信有信閩本、明監本、毛本同。案：下「信」字當作「事」。

已上行既如此閩本、明監本「如」誤「始」，毛本不誤。

王上行既如此閩本、明監本、毛本同。案：「王」當作「已」。

我將

謂祭五帝之於明堂閩本、明監本、毛本同。案：浦鏜云：「『之』下當脱『神』字。」是也。

謂大享五帝於明堂也閩本、明監本、毛本「享」誤「饗」。

莫適十閩本、明監本同。毛本「十」作「卜」。案：所改是也。

爲秦世之書毛本「爲」誤「謂」，閩本、明監本不誤。

必有大享之禮毛本「享」誤「饗」，閩本、明監本不誤。

四時迎氣於四郊祭帝毛本「祭」下剜添「一」字，閩本、明監本無。案：此誤補也，言「帝」於文自足。《南齊書・禮志》有「一」字，以義添之耳。

雖是施設一祭必周五種之牲毛本「施」誤「揔」、「周」誤「用」，閩本、明監本不誤。

詩人雖同祀明堂而作閩本、明監本、毛本同。案：浦鏜云：「『同』當『因』字誤。」是也。

維羊維牛唐石經、小字本、相臺本同。案：《經義雜記》云：「正義本作『維牛維羊』，《周禮・羊人》疏、《隋書・宇文愷傳》引亦如此。」今考正義，其説是也。唐石經與正義本不合，未詳其所本。經、注各本箋皆云「我奉養我享祭之羊牛」，與唐石經合，當是一本也。

維是肥羊維是肥牛也閩本、明監本、毛本同。案：《經義雜記》云：「此非孔氏原本。原本作『維牛維羊』，前後俱未及盡改。」是也。「羊牛」字當互換。

謂其不疾瘯蠡也明監本、毛本「蠡」誤「⿸疒蠡」，閩本不誤。○按：《集韻》有「⿸疒蠡」字，正義以今字易古字耳。《左傳》祇作「蠡」。

燔柴於泰壇明監本、毛本「柴」誤「祡」，閩本同。

當謂槱燎毛本「謂」誤「爲」，閩本、明監本不誤。

時邁

偏于羣神小字本、相臺本同。案：正義云「此一句，衍字也。定本、《集注》皆有此一句」云云。《釋文》云：「偏于，音遍。」段玉裁云：「司馬彪《祭祀志》光武封大山刻石文亦有此四字。經言『秩』，則包攝『偏于羣神』在內。鄭注云『偏以尊卑次秩祭之』是也。鄭以經文前後詳略互見，故引之如此。正義非。」是。見《尚書撰異》中。

遠行也閩本、明監本、毛本同，小字本同，相臺本無此三字。案：山井鼎云：「古本無，後補人。」考無者是也。此《釋文》「邁行也」誤入於注而又譌「邁」作「遠」，遂不可解。當是經、注各本始附《釋文》者不加「○」爲隔故也。小字本正如此，是其驗矣。

國語稱周公之頌曰閩本、明監本、毛本同。案：「公」上，浦鏜云：「脱『文』字。」是也。

堯典説巡守之禮云閩本、明監本、毛本同。案：十行本「説」至「禮」，剜添者一字。

其封禪者閩本、明監本、毛本「禪」誤「墠」。

除地曰禪閩本、明監本、毛本「禪」作「墠」。案：所改是也。

而鳳望降閩本、明監本同。毛本「望」作「皇」。案：所改是也。

必不可也白虎通云閩本、明監本、毛本同。案：十行本「可」至「云」，剜添者一字。

七十二家閩本、明監本、毛本「二」誤「三」。

唯有柴望秩於山川而已閩本、明監本、毛本「柴」誤「祡」。下同。

不言徧羣神也閩本、明監本、毛本「神」誤「臣」。

懷柔百神唐石經、小字本、相臺本同。案：正義云：「《釋詁》云：柔，安也。某氏引《詩》云『懷柔百神』。定本作『柔』，《集注》作『濡』，『柔』是也。」《釋文》云：「懷柔，如字。本亦作『濡』。兩通，俱訓『安』也。」段玉裁云：「當從《集注》本作『濡』。」見《詩經小學》。

高岳岱宗也閩本、明監本、毛本同。小字本、相臺本「岳」作「嶽」。案：「嶽」字是也。十行本經中皆作「嶽」字，注及正義中多作「岳」字，乃以「岳」爲「嶽」之別體字而用之，以取省也。與《説文》所謂「岳」爲古文者全不相涉。盧文弨《經典釋文》考證牽合之，殊誤。

而明見天之子有周閩本、明監本、毛本同。案：「周」下，浦鏜云：「脱『家』字。」是也。

覆上佑序有周閩本、明監本、毛本「佑」誤「右」。

陔夏騖夏閩本、明監本、毛本「騖」誤「鶩」。

執競

祀武王也閩本、明監本、毛本此下有注，小字本、相臺本無，《考文》古本同。案：山井鼎云：「此亦《釋文》混入於注。」是也。

其成大功而安之也小字本、相臺本同。案：《釋文》云：「大功，本或作『天功』。」正義本是「大」字。

其心冀成王業未就閩本、明監本、毛本同。案：浦鏜云：「『王業』下當脱『王業』二字。」是也。

應侯順德閩本、明監本、毛本「侯」誤「候」。

君臣醉飽小字本、相臺本同，閩本、明監本、毛本同。案：正義云「此羣臣等既醉於酒矣，既飽於德矣」，又云「故知謂羣臣醉飽也。祭未旅酬，下及羣臣」，是其本作「羣」，各本作「君」皆誤。《考文》古本作「羣」，采正義。

穰穰衆多之貌也閩本、明監本、毛本同。案：「貌」當作「福」。

故知謂羣神醉飽也閩本、明監本、毛本同。案：山井鼎云：「『神』恐『臣』誤。」是也。

思文

其義一也而此與我將序不同者閩本、明監本、毛本同。案：十行本「一」至「此」，剜添者一字。

又舜典云帝曰弃閩本、明監本、毛本「弃」誤「棄」。〔一〕

〔一〕「弃」，原作「弁」，據文選樓本改。

黎民俎飢閩本、明監本、毛本「俎」誤「阻」。

俎讀曰阻閩本、明監本、毛本「俎」、「阻」字互誤。按：此條可證古本《尚書》十行本最佳處也。《古文尚書撰異》中詳之。

種蒔百穀閩本、明監本、毛本「百」誤「五」。

無此疆爾界小字本、相臺本同。唐石經初刻「界」，後磨改「介」。案：《釋文》云：「介，音界，大也。」是《釋文》本此字作「介」也。考箋「無此封竟於女之經界，乃大有天下也」，云「無此封竟於女之經界」者，説經「疆爾」也。「經界」之「界」，鄭自解義之辭，非經中之「介」。云「乃大有天下」者，訓「介」爲「大」，乃經中之「介」也。正義本亦自不誤。故《釋文》、正義初無異説，不知者誤認箋中「界」字爲經中「介」字，乃改經耳。此唐石經初刻之誤而各本同之者也。李善注《魏都賦》引薛君云：「介，界也。」然則《韓詩》讀「介」爲「界」，或相涉而亂耳。當據《釋文》本正之。《考文》古本作「介」，采《釋文》。

白魚躍入于舟小字本同，閩本、明監本、毛本同。相臺本「于」作「王」。案：相臺本非也。正義引《大誓》「白魚入於王舟」，《尚書》之文本如此。箋以上句有「武王」，故下不更云「王」耳。《考文》古本「于」、「王」並有，亦采正義而誤。

粹麥播種而穫之閩本、明監本、毛本「穫」誤「擭」。

説文云粹周受來牟也閩本、明監本、毛本同。案：「粹」當作「來」。此引《説文》「來」字下文，不知者誤改之耳。

率由自也閩本、明監本「由」誤「猶」，毛本不誤。

須暇紂五年閩本、明監本、毛本「暇」誤「假」。

中候合符后云閩本、明監本、毛本「候」誤「侯」。

魚文消閩本、明監本、毛本「文」誤「又」。

言無此疆爾界者閩本、明監本、毛本同。案：「界」當作「介」。此因經、注本之誤而改正義耳。

臣工

令及時勸農閩本、明監本、毛本「勸」誤「勤」。

當言其助而已閩本、明監本、毛本「當」誤「常」。

於王之朝無自專小字本、相臺本同。案：此《釋文》本也。《釋文》上「來朝」下云：「直遥反。下皆同。」謂此箋及下箋「諸侯朝周之春」二「朝」字也。正義云：「定本、《集注》『朝』字作『廟』，於義爲是。」正義本亦是「廟」字，與《釋文》本不同。

皆當敬慎於汝在君之職事閩本、明監本、毛本「君」誤「臣」。

耕則必獲閩本、明監本、毛本同。案：浦鏜云：「『獲』當作『穫』。」是也。

於久必多銍刈閩本、明監本、毛本同。案：浦鏜云：「『終』誤『於』。」是也。

與大客之儀明監本、毛本「儀」誤「義」，閩本不誤。

對爲賓主行禮明監本「對」誤「封」，閩本、毛本不誤。

周公謂越常氏之譯曰閩本、明監本、毛本「常」誤「裳」。

何知不是臣之與工閩本、明監本「工」誤「君」，毛本不誤。

當正尊卑之禮不可使人臣與君閩本、明監本、毛本同。案：十行本「禮」至「人」，剜添者一字。

定本集注廟字作廟閩本、明監本、毛本上「廟」作「庿」。案：所改非也。山井鼎云：「恐『朝』字誤。」是也。

女歸當何求於民小字本、相臺本同。閩本、明監本、毛本「女」誤「時」。案：正義云「汝歸當何求於民」，易字也。《考文》古本作「汝」，誤采耳。物觀云「宋板同」，亦誤。

偏勑車右者明監本、毛本「偏」誤「徧」，閩本不誤。

曰在𦨭音莽中爲莫毛本「音莽」誤「□」，閩本、明監本不誤。案：此正義自爲音之未誤入正文者也。○按：此則文理不得不作小字者，與前有别。

以禘禮記周公於太廟閩本、明監本、毛本同。案：山井鼎云：「『記』恐『祀』誤。」是也。

則祭用夏之孟月矣閩本、明監本「夏之」誤倒，毛本不誤。

更解謂車右與保介之義閩本、明監本、毛本同。案：山井鼎云：「『與』恐『爲』誤。」是也。

至今用之常有樂歲閩本、明監本「用」誤「月」，毛本不誤。

麻黍稷麥豆是也鄭以五行之穀閩本、明監本、毛本同。案：「是也」當誤倒。「是」屬下句讀。

鎛鎒小字本、相臺本同。案：此《釋文》本也。《釋文》云：「鎒，乃豆反。或作『耨』。」又引《字詁》云：「鎒，古字也，今作『耨』。同。」正義云「此云鎛耨」，當是其本作「耨」。

也本云垂作耨閩本、明監本同。毛本剜「也」作「世」。案：所改是也。

以淹爲奄故也閩本、明監本、毛本「淹」誤「奄」，「奄」誤「掩」。毛本剜「掩」作「淹」，亦誤。

噫嘻

噫嘻唐石經、小字本、相臺本同。案：《釋文》「意嘻」下云：「意，本又作『噫』。同。」正義引「噫天喪予」，是其本作「噫」，唐石經以下之所本也。其實「意」即「噫」之古字假借耳。當以《釋文》本爲長。

戒民使勤農業閩本、明監本、毛本「勤」誤「勸」。

當在孟夏之日閩本、明監本同。毛本「日」作「月」。案：所改是也。

大報天而主日閩本、明監本、毛本「大」誤「夫」。

故於此一祭閩本、明監本「一」誤「二」，毛本不誤。

郊而後祈閩本、明監本同。毛本「祈」作「耕」。案：所改是也。

止言配天閩本、明監本、毛本「止」誤「上」。

是即郊天也明監本「是」誤「先」，閩本、毛本不誤。

春官典瑞云閩本、明監本、毛本「瑞」誤「端」。

嘻和也小字本同，閩本、明監本、毛本同。相臺本「和」作「勑」，《考文》古本同。案：《釋文》云：「毛云：噫，嘆也。嘻，和也。」是其本作「和」。正義云：「爲歎以勑之，因其文重分而屬之。非訓『噫嘻』爲『歎勑』也。」是其本作「勑」。經、注本當出於《釋文》，岳氏、古本皆依正義改之。

能成周王之功小字本、相臺本同，《考文》古本同。閩本、明監本、毛本「王」誤「公」。

實有十千之數具說在箋明監本、毛本「數」誤「部」，「具」誤「其」，閩本不誤。

而聖人道同毛本「聖」誤「罡」，閩本、明監本不誤。

及春官籥師閩本、明監本、毛本「官」誤「宫」。案：浦鏜云：「『章』誤『師』。」是也。

田畯至典田之官閩本、明監本、毛本同。案：山井鼎云：「『至』恐『主』誤。」是也。

故知農夫是主田之吏也毛本「主」誤「典」，閩本、明監本不誤。

駿發爾私唐石經、小字本、相臺本同。案：《釋文》云：「浚，本亦作『駿』，音峻。毛云：大也。鄭云：疾也。」正義本是「駿」字。

發伐也小字本、相臺本同。案：《釋文》云：「發，發伐也。一本無一『發』字。」正義云：「《冬官·匠人》云：『一耦之伐。』伐，發地。故云『發，伐也』。」是正義本與一本同。考「發」、「伐」於聲類爲至近，故用爲訓詁，無取於疊字也。當以正義本爲長。〇按：俗有「撥」字、「垡」字，皆謂耕起土也。古祇作「發」、作「伐」，淺人謂土曰「伐」，人發之曰「發」，故增一「發」字。

竟三十里者一部一吏主之於是民大事耕其私田小字本同。相臺本「者」下衍「言」字。閩本、明監本此二十字全脱去，毛本初刻同，後改有。案：因上文云「使民疾耕，發其私田」，複出「私田」而致誤。

方三十三里少半里也小字本、相臺本同。閩本、明監本、毛本上「三」字誤作「二」，《考文》古本「三」字不誤。但物觀《補遺》所載但云「三十里」，無下「三」字，則更誤矣。

二耜爲耦小字本、相臺本同，《考文》古本同。閩本、明監本、毛本「二」誤「三」。

毛以此經皆勑民之言毛本「勑」誤「敕」，閩本、明監本不誤。下同。

上意之讓下也閩本、明監本、毛本「上」誤「主」。

此申毛之意也閩本、明監本、毛本「申」誤「出」。

以王者率農夫閩本、明監本、毛本「王」誤「主」。

深丈四尺也閩本、明監本、毛本同。案：此不誤。浦鏜云：「『六尺』誤『四尺』。」非也。此深二仞，七尺曰仞，是丈四尺。《考工·匠人》、鄭《遂人》注及此正義皆有明文。浦不考之甚。

以百百乘是萬也閩本、明監本、毛本下「百」字作「自」。案：所改非也。

九塗而川周其外焉閩本、明監本、毛本同。案：浦鏜云：「『澮』誤『塗』。」是也。

當遂地形而流閩本、明監本「遂」誤「遂」，毛本不誤。

振鷺

是杞之初封毛本「初」誤「後」，閩本、明監本不誤。

後以叛而誅之毛本「後」誤「初」，閩本、明監本不誤。

宋爲殷後也閩本、明監本、毛本同。案：浦鏜云：「『宋』當『未』字誤。」是也。

士輿襯閩本、明監本、毛本同。案：浦鏜云：「『櫬』誤『襯』。下同。」是也。

武王始封夏後於杞閩本、明監本、毛本「後」誤「后」。

無厭依之者閩本、明監本「依」作「射」，毛本初刻同，剜改作「倦」。案：所改是也。

皐陶謨曰毛本「曰」誤「云」，閩本、明監本不誤。

前云絜白之德閩本、明監本同。毛本「前」作「所」。案：所改是也。

豐年

其時則不然閩本、明監本、毛本「時」誤「餘」。

雖則常祭閩本、明監本「則」誤「國」，毛本初刻同，後改「則」。

數億至億曰秭小字本、相臺本案：此正義本也。正義云：「數億至億曰秭，於今數爲然。定本、《集注》皆云『數億至萬曰秭』。」《釋文》云：「數億至萬曰秭，一本作『數億至億曰秭』。」考《伐檀》、《楚茨》傳「億」字，毛用今數，則此傳自亦是今數，當以正義本爲長。

以洽百禮唐石經、小字本、相臺本同。案：《釋文》云：「祫，本或作『洽』。」案：《載芟》正義云：「《賓之初筵》與《豐年》皆有『以洽百禮』之文。」是正義本此作「洽」，與彼二經同也。彼二經箋皆云「洽，合也」。此無箋者，從可知而省。「祫」雖有合義而其字非此之用，當以正義本爲長。

此言廩之所容閩本、明監本、毛本「廩」誤「粟」。

但文不可再言及耳閩本、明監本、毛本「文」誤「又」。

偕訓俱也閩本、明監本、毛本同。案：經、注作「皆」，此作「偕」。皆、偕，古今字，易而説之也。例見前。

有瞽

而合乎祖也唐石經、小字本、相臺本同。案：《釋文》云：「而合乎祖也，本或作『合乎大祖』。」正義云：「定本、《集注》直云『合於祖』，無『大』字。此『大祖』謂文王也。」考《雍序》云：「禘，大祖也。」鄭云：「大祖謂文王。」若此《序》先云「大祖」，不容鄭不解之。正義以彼注云「謂文王」者傳合於此，非也。當以《釋文》、定本、《集注》爲長。

告神以知善否閩本、明監本同。毛本「善」作「和」。案：所改是也。《譜》正義云「以觀其和否」，是其證。

且不告餘廟閩本、明監本「且」誤「則」，毛本不誤。

或曰畫之小字本、相臺本同。案：正義云：「或曰畫之，謂既刻又畫之。以無明文，故爲兩解。」段玉裁云：「『或曰』當作『以白』，字之誤也。《説文》『業』下云：『大版也。所以飾懸鐘鼓，捷業如鋸齒，以白畫之，象其鉏鋙相承也。』正用此傳。」

鞉鞉鼓也小字本、相臺本同，《考文》古本同。閩本、明監本、毛本下「鞉」字誤「小」。案：正義云：「鞉者，《春官·小師》注云：鞉，如鼓而小。」言如鼓而小，即不得云「小鼓」矣。《釋文》「鞉」下云：「鞉，鞉鼓也。」通志堂本亦誤改作「小」。見後考證。

職播鞉柷圉閩本、明監本同。毛本「職」下剜添「掌」字。案：所補是也。

業即栒上之柷閩本、明監本、毛本同。案：浦鏜云：「『板』誤『柷』。」是也。

加於大板閩本、明監本、毛本同。案：「於」當作「施」，形近之譌。

似鋸齒捷業然毛本「似」誤「以」，閩本、明監本不誤。

以掛懸紘閩本、明監本、毛本「紘」作「紞」。案：皆誤也，當作「紘」。

言掛懸紘者紞謂懸之繩也閩本、明監本、毛本「紘」誤「紞」。案：下「紞」字亦「紘」之誤。山井鼎云：「案：《禮記》注作『紘』爲是。」是也。

及頷口銜璧閩本、明監本、毛本「口」誤「曰」。

飾鞞多是也閩本、明監本、毛本同。案：山井鼎云：「《禮》注『鞞』作『彌』。」是也。

知應小鞞者釋樂云閩本、明監本、毛本同。案：十行本「應」至「釋」，剜添者一字。

夏后氏之足鼓閩本、明監本、毛本同。案：此不誤。浦鏜云：「『鼓足』誤倒。」非也。「足鼓」在《商頌》傳，不盡依《明堂位》耳，亦載《廣雅》。

中有推閩本同。明監本、毛本「推」作「椎」。案：所改是也。下同。

所以止鼓謂之止閩本、明監本、毛本同。案：浦鏜云：「『所以鼓之以止樂』之誤。」是也。《爾雅》疏即取此，正作「所以鼓之以止樂」，可證。

掆之令左右擊閩本、明監本、毛本「掆」誤「棡」。

背上有二十七鉏敔刻閩本、明監本、毛本同。案：浦鏜云：「『鋙』誤『敔』。」考《爾雅》疏，浦校是也。

蓋依漢之大予樂而知之閩本、明監本、毛本「大予」誤「天子」。案：下正義引《小師》注云「今大予樂官有之」，不誤。

《東都賦》曰「正予樂」，李善注引《東觀漢記》「大予樂」是也。山井鼎據誤本《後漢書》欲改爲「大子」，非。又見《爾雅》疏。

⿰車柬字以柬爲聲閩本、明監本、毛本「柬」誤「東」。下同。

如今賣餳者所吹也小字本同，毛本同。相臺本「餳」作「鍚」，閩本、明監本同。案：「餳」字是也，見《六經正誤》。正義中

字同。《釋文》亦誤「鍚」。詳後考證。

管如篴小字本、相臺本同。案：《釋文》云：「篴，字又作『笛』。」正義引《小師》注云：「管如笛，形小。」當是其本作「笛」

字，故引後注之「篴爲笛」也。

凡飴謂之餳閩本、明監本、毛本「飴」誤「⿰飠曹」。

⿰飠重之類也閩本、明監本同。毛本「⿰飠重」作「餭」。案：所改是也。

長多其成功小字本、相臺本同。案：《考文》古本上有「永長也觀多」五字。考《釋文》「永觀」下云「注同」，當是其本有「觀

多」之訓，《考文》古本采而爲之耳。

潛

謂周公成王大平時閩本、明監本同。毛本「平」下剜入「之」字。案：所補是也。

乃命魚師始漁閩本、明監本、毛本同。案：浦鏜云：「『漁』誤『魚』。」是也。此與下「矢魚」互易之誤耳。

公矢漁於棠閩本、明監本、毛本「漁」作「魚」。案：所改是也。此誤與上互易。

此穴與江湖通明監本「江」誤「汪」，閩本、毛本不誤。

小者爲鮇鮪毛本「鮇」誤「鮢」，閩本、明監本不誤。

潛槮也閩本、明監本、毛本同。小字本、相臺本「槮」作「槮」。案：《釋文》云：「槮也，素感反。舊《詩》傳及《爾雅》本作米傍參。《小爾雅》云云。郭景純因改《爾雅》從《小爾雅》作木傍參，音霜甚反，又疏廕反。」正義云：「『槮』字諸家本作米邊。《爾雅》作木邊，積柴之義也。然則槮用木，不用米，當從木爲正也。」考正義所謂「諸家本」者，即《釋文》所謂「舊《詩》傳」也。《爾雅》釋文亦云：「《爾雅》舊文并《詩》，傳並米傍作。」是「槮」字特郭璞所改，不可轉依以改《詩》傳。正義所説非也。當以《釋文》本爲長。

鰷白鰷也小字本、相臺本同，《考文》古本同。閩本、明監本、毛本下「鰷」字誤「鯈」。

傳漆沮至潛槮閩本、明監本、毛本「槮」誤「糝」。案：此不知正義本作「槮」，而以《釋文》「糝」字改之也。

雝

神明安慶孝子愛予之多福皆是禘文王之事也閩本、明監本「慶」作「愛」，毛本初刻同，後剜去「予」上「愛」字。

案：十行本「孝」至「也」，剜添者二字。是「慶」、「愛」二字皆當衍，「神明安孝子」五字爲一句。

蓋此明也閩本同。明監本、毛本「明」作「時」。案：所改是也。

常禘當以夏閩本、明監本、毛本「常」誤「嘗」。

非祫多而禘少也明監本、毛本「少」誤「小」，閩本不誤。

反採得之後閩本、明監本同。毛本「反」作「及」。案：所改是也。

和敬賢者之嘗閩本同。明監本、毛本「嘗」作「常」。案：所改是也。

嘉哉皇考斥文王也小字本同，閩本、明監本、毛本同。相臺本「皇」作「君」。案：「君」字是也。正義云「可嘉美哉君考文王」，又云「故知嘉哉君考斥文王也」，是其證。《閔予小子》及《訪落》皆經言「皇考」，箋言「君考」也。

故知嘉哉君考閩本、明監本、毛本「嘉」誤「加」。

以其散文明監本「散」誤「考」，閩本、毛本不誤。

安助之以考壽與多福禄小字本、相臺本同。閩本、明監本、毛本「與多」誤倒。

而別言烈考明監本「別」誤「引」，閩本、毛本不誤。

載見

案經載見辟王閩本、明監本、毛本「載」誤「義」。

不得祭前已受諸侯之朝閩本、明監本、毛本「得」誤「能」。

鞗革有鶬唐石經、小字本、相臺本同。案：此《釋文》本也。《釋文》云：「鶬，七羊反。本亦作『鎗』，同。」正義本是「鎗」字。

曰求其章也小字本同，閩本、明監本、毛本同。相臺本「也」作「者」，《考文》古本同。案：「者」字是也。

如是休然盛壯而有以光閩本、明監本、毛本「以」作「顯」。案：所改是也。

乃安此諸侯以多福閩本、明監本、毛本「此」誤「比」。

以助考壽之福小字本、相臺本同，《考文》古本同。閩本、明監本、毛本「考壽」作「壽考」。案：正義云「以助壽考之福」，「壽考」是也。《雝》箋「考壽」字兩見，依彼正義，亦「壽考」之誤。

思成王之多福閩本、明監本、毛本同。小字本、相臺本「思」下有「使」字，《考文》古本同。案：有者是也。

祝嘏莫敢易其常閩本、明監本、毛本同。案：「常」下，浦鏜云：「脱『古』字。」是也。

純嘏謂大大也閩本、明監本下「大」字誤「夫」，毛本不誤。案：山井鼎但云「崇禎本似是」，不載宋板，非也。大大，詳《卷阿》。

有客

駮而美之相臺本同，閩本、明監本、毛本同。小字本「駮」作「駁」。案：「駮」字乃是倨牙食虎豹之獸。本當作「駁」，取馬色不純之意也，後人輒用「駮」字。

玉謂之雕閩本、明監本、毛本「雕」誤「彫」。下同。

既致饗則甸而稍閩本、明監本、毛本同。案：浦鏜云：「『旬』誤『甸』。」是也。

箋云既有大則小字本、相臺本同。案：山井鼎云：「古本『大』下補『法』字。」不知據何本也。今考此，采正義云「既有大法則矣」而爲之耳。非有本也。

武

注云非樂者閩本、明監本同。毛本「非」作「作」。案：所改是也。

宣十二年左傳引此云閩本、明監本、毛本「云」誤「文」。

須暇湯之子孫閩本、明監本、毛本同。案：浦鏜云：「湯，衍字。」是也。《皇矣》正義引作「須夏之子」，孫注云：「夏之言暇。」此直作「暇」者，以破引之。

閔予小子

計歲首命諸羣廟皆朝閩本、明監本、毛本同。案：浦鏜云：「『命』疑『合』字譌。」是也。

閔悼傷之言也小字本、相臺本同。案：《釋文·閔予小子》下云：「鄭云：閔，傷悼之言。」正義云「可悼傷乎」，又云「故爲悼傷之言」，標起止云「箋閔悼」，二本不同也。

故感傷而言曰困病乎閩本、明監本、毛本「困」誤「閔」。

維我之小子明監本、毛本「維」誤「繼」，閩本不誤。

於乎可歎美者閩本、明監本、毛本「乎」誤「是」。

以道有此德閩本、明監本、毛本同。案：「道」字當在「此」字下。錯誤耳。

信無私枉小字本、相臺本同。案：正義云「故云言無私枉」，是「信」字當「言」字之誤也。《考文》古本作「言」，采正義。

爲君所以牧民閩本、明監本、毛本「牧」誤「救」。

言不敢懈倦也相臺本同，閩本、明監本、毛本同。小字本「懈」作「解」。案：「解」字是也。

訪落

嗣王謀於廟也小字本、相臺本同。唐石經初刻「朝」，後改「廟」。案：初刻誤也。

艾扶將我小字本同，閩本、明監本、毛本同。相臺本「艾」作「女」。〔一〕案：「女」字是也。正義云「汝若將我就之」可證。《考文》古本作「汝」，采正義。

必有任賢待年長大之志閩本、明監本、毛本同。小字本、相臺本「必」作「心」。案：「心」字是也。山井鼎云：「古本後人旁記云：必，異本作『心』。」

小毖在致政之後閩本、明監本「致」誤「彼」，毛本不誤。

敬之

敬之羣臣進戒嗣主也唐石經、小字本、相臺本同。案：《釋文》云：「一本無『之』字。」正義云「敬之，十二句」，是其本有。

無謂天高又高在上小字本、相臺本同。案：正義云：「定本注云：無謂天高又高在上。」如其所言，非爲異本，當有誤也。意必求之，或定本仍作「高高」，無「又」字，故正義用注以目之。

日月瞻視近在此也小字本、相臺本同，閩本、明監本、毛本同。案：正義云「日日視人，其神近在於此」，又云「日日瞻視，其神近在於此」，是「月」字乃涉上而誤耳。今閩本以下并正義中盡改爲「日月」，誤之甚矣。《考文》古本作「日」，采正義。

乃光明顯見閩本、明監本「見」誤「是」。毛本不誤。

日日視人閩本、明監本、毛本下「日」字誤「月」。下「日日瞻視」同。

〔一〕「艾」，原作「女」，據文選樓本改。

定本注云天謂天高又高在上閩本、明監本、毛本同。案：上「天」字當作「无」，形近之譌。十行本每書「無」作「无」，當時以爲別體字也。

言當習之以積漸也小字本、相臺本同。案：正義云：「定本、《集注》『漸』作『浸』。」《釋文》云：「浸也，子鴆反。」《考文》古本作「侵」，山井鼎云「『侵』恐『浸』誤」，采《釋文》、正義也。

小毖

然而頌之大列閩本、明監本同。毛本「列」作「例」。案：所改非也。列，當作「判」，形近之譌。

翻飛維鳥而來也閩本、明監本、毛本同。案：此不誤。浦鏜云：「經作『拚』。」非也。「翻」字出箋，鄭意以「拚」爲「翻」之假借，故於訓釋中竟改其字，而正義依之耳。

而毖後患小字本、相臺本同。唐石經「毖」下旁添「彼」字。案：正義云「故慎彼在後」，當是自爲文耳，非其本更有「彼」字也。用之添者，誤。

自求辛螫小字本、相臺本同，唐石經初刻同，後磨改「螫」作「螫」。案：「螫」字是也。《五經文字》云「螫，式亦反」，是其證。

予其懲而閩本、明監本、毛本「而」作「八句」二字。案：所改非也。山井鼎云：「『而』字上屬爲是。」是也。正義讀「而」斷句，《釋文》以「懲而」作音。

莫復於我甹曳閩本、明監本、毛本同。案：注作「摩」，正義作「甹」。摩、甹，古今字，易而說之也。標起止仍作「摩」。《釋文》云：「摩，本又作『甹』。」非正義本也。今《爾雅》作「甹」。《考文》古本注作「甹」者，采《釋文》、正義耳。○按：甹，本作「瘳」，見《說文》。《說文》無「甹」字也。作「麘」更非。

後遂舉兵誅叛逆閩本、明監本、毛本同。案：「誅」當作「謀」，形近之譌。

以蓼菜之辛苦然閩本、明監本、毛本同。案：山井鼎云：「『以』恐『似』誤。」是也。

此二家以蛢蜂閩本同。明監本、毛本「蛢」作「荓」。案：所改是也。

爲掣曳爲善閩本、明監本、毛本同。案：此不誤。浦鏜云：「『善』疑『惡』字誤。」非也。王肅、孫毓「掣曳爲善」，與鄭「掣曳」正相反，正義上有明文，浦不考之甚。

三年踐奄閩本、明監本、毛本「踐」誤「伐」。

便就邪僻閩本、明監本、毛本同。案：浦鏜云：「『使』誤『便』。」是也。

或曰鴞皆惡聲之鳥小字本、相臺本同。案：正義云：「定本、《集注》皆云：或曰『鴟』，皆惡鳥也。」云云。考鳥之單名鴞者，鵩也，單名鴟者，梟也，皆與桃蟲迥非一物，此箋當本作「或曰鴟鴞，皆惡鳥也」。合《爾雅》、《方言》、《廣雅》、陸機《疏》觀之，可得其證。〇按：當作「或曰鶚」。《月令》注云：「征鳥，題肩，齊人謂之擊征，或曰鷹。」鶚與鷹正一類，二注正同耳。此取小鳥化大鳥之義，無取惡聲之義。蓋有「鶚」誤爲「鴞」之本，而淺人乃妄增「皆惡聲之鳥」五字耳。鴞，惡聲之鳥，見毛傳。題肩非惡聲也。舊校云「當作『或曰鴟鴞』」，甚誤。鴟鴞，鸋鴂，古説即桃蟲，非桃蟲所變化也。詳段玉裁《詩經小學》。

釋鳥云桃蟲鷦其雌名鴱閩本、明監本、毛本同。案：浦鏜云：「『名』，衍字。」是也。此涉下所引注而誤。

鷦鷯亡消反桃雀也閩本、明監本、毛本同。案：「亡消反」三字當旁行細書，正義自爲音也。

俱毛以周公閩本、明監本、毛本同。案：山井鼎云：「『俱』恐『但』誤。」是也。

始得周公閩本、明監本、毛本同。案：「得」當作「信」。

載芟

春籍田而祈社稷也閩本、明監本、毛本同。唐石經「籍」作「藉」，小字本、相臺本同。案：《説文》作「耤」者，爲正字。諸書作「藉」者，爲假借字。或又用「籍」字爲之，故此正義引應氏《漢書》注以典籍爲説也。當是正義本字從竹，十行本字多作「籍」，依正義也。經、注本字作「藉」，依石經也。餘同此。

周語説耕籍之事也閩本、明監本、毛本同。案：浦鏜云：「『也』當『云』字誤。」是也。

王耕一發閩本、明監本、毛本同。案：此不誤。浦鏜云：「『墢』誤『發』。」非也。發，古「墢」字。正義所引《國語》自如此，不與今本同也。

甸師下士一人閩本、明監本、毛本同。案：浦鏜云：「『二』誤『一』。」是也。

徒二百人閩本、明監本、毛本同。案：浦鏜云：「『三』誤『二』。」是也。

漢書孝文元年閩本、明監本、毛本同。案：浦鏜云：「『二』誤『元』。」是也。

率天下先閩本、明監本、毛本同。案：山井鼎云：「《漢書》『率』作『爲』。」非也。正義所引《漢書》自如此耳。

皆天子親耕之乎閩本、明監本、毛本「皆」誤「者」。

畛場也小字本、相臺本、閩本、明監本、毛本「埸」誤「場」。案：《釋文》云：「易，本又作『埸』，音亦。」正義本字作「埸」。皆可證。

强强力也閩本、明監本、毛本同。小字本、相臺本「强」皆作「彊」。案：「强」字誤也，下及正義中同。寫者以「强」爲「彊」之別體字而亂之耳。

始柞其所田之木閩本、明監本、毛本「柞」誤「除」。

維强力之兼士閩本、明監本、毛本「士」作「士」。案：「士」字是也。

乃有萬與億而及秭明監本「萬」誤「高」，閩本、毛本不誤。

爲鬼神所嚮閩本、明監本、毛本同。案：浦鏜云：「『嚮』當『饗』字誤。」是也。

爲祭祀之禮以事宗廟閩本、明監本、毛本「事」誤「祀」。

是除木曰柞閩本、明監本同。毛本「柞」下剜入「也」字。案：所補非也。

謂幼者之衆閩本、明監本、毛本「謂」誤「訓」。

强謂力能兼人閩本、明監本、毛本「謂」誤「有」。

隰指連形而言閩本、明監本、毛本「連」作「地」。案：皆誤也，當作「田」。

又解之以之意閩本、明監本、毛本同。案：上「之」字當作「云」，形近之譌。

彼雖爲師發例明監本、毛本「彼」誤「被」，閩本不誤。

自有不能有立閩本、明監本同。毛本下「有」字作「存」。案：所改是也。

及解所以合家俱作之意閩本、明監本、毛本同。案：浦鏜云：「『及』當『又』字誤。」是也。

饁饋饟也小字本、相臺本同。案：此《釋文》本也。《釋文》以「饁饋饟也」作音可證。正義云：「『饁，饋』，《釋詁》文。」是其本無「饟」字。考《爾雅》，「饟」字在「饋」字上。《甫田》箋取彼成文，併解經之「饁攘」二字。《七月》傳云：「饁，饋也。」此箋與之同。下文云「婦子來饋饟其農人於田野」，乃取「饟」字以足句耳，非此句中先有「饟」字也。當以正義本爲長。

孫炎曰土野之饋也閩本、明監本、毛本「土」作「饁」。案：所改是也。《七月》正義作「饁」可證。

正義曰苗生達也則射而出閩本、明監本、毛本同。案：「也」當作「地」，壞字耳。

謂苗生達也也厭者苗長茂盛之貌閩本、明監本、毛本下「也」字作「厭」。案：此誤改耳。上「也」字當作「地」，讀「也」字句絶。「厭者」下屬，乃說經「有厭」之文，不得重「厭」字。

郭璞曰芸不息也閩本、明監本、毛本同。案：此不誤。浦鏜云：「案《爾雅》注作『芸耨精』。」非也。正義所引自如此。

釋訓云濟濟容止也閩本、明監本、毛本同。案：此不誤。浦鏜云：「《釋訓》無『容』字。」非也。「容」字正義增之，不依本書耳。《文王》正義所引亦有可證。

箋云烝進小字本、相臺本同。案：正義本上有傳，標起止云「傳百禮言多」。正義云：「檢定本、《集注》皆無此文。有者誤也。」

進予祖妣小字本、相臺本同，《考文》古本同。閩本、明監本、毛本「予」誤「于」。

則與烝畀祖妣閩本、明監本、毛本「畀」誤「界」。

故知此爲饗燕閩本、明監本、毛本「故」誤「及」。

有椒其馨唐石經、小字本、相臺本同。案：《釋文》云：「椒，子消反。徐：子料反。」又云：「沈作『俶』，尺叔反。云作『椒』者誤也。」云云。正義本是「椒」字，與《釋文》本同。考《釋文》有云「無故改字爲俶」，當是毛氏《詩》舊本無作「俶」者，特始於沈重改之耳，故《釋文》、正義、唐石經皆不從也。

僖二十三年左傳曰閩本、明監本、毛本同。案：浦鏜云：「『二』誤『三』。」是也。

不聞而至也閩本、明監本、毛本同。小字本、相臺本「聞」作「問」。案：「問」字誤也，正義云「故云不聞而至」可證。

乃古古而如此相臺本同，閩本、明監本、毛本同。小字本上「古」字作「自」。案：小字本誤。

良耜

秋報社稷也唐石經、小字本、相臺本同。案：《釋文》云：「本或有『冬』字者，非。」正義云：「本或『秋』下有『冬』，衍字。與《豐年》之《序》相涉而誤。定本無『冬』字。」

以明報祭所由閩本、明監本「由」誤「田」，毛本不誤。

種此百穀相臺本同，閩本、明監本、毛本同。小字本「此」作「諸」。案：小字本誤。

利刃善耜閩本、明監本「刃」誤「刀」，毛本不誤。

見其農夫所戴之笠閩本、明監本、毛本「戴」誤「載」。

以續接其往歲閩本、明監本、毛本同。案：浦鏜云：「『歲』當『事』字誤。」是也。

饁者見戴糾然之笠小字本、相臺本同，《考文》古本同。閩本、明監本、毛本「戴」誤「載」。

薅去荼蓼之事言閔其勤苦小字本、相臺本同。案：正義云：「薅去荼蓼之草，定本、《集注》皆云：薅去荼蓼之事。言閔其勤苦。與俗本不同。」依此，是正義本「事」當作「草」，無「言閔其勤苦」五字也。

故舉少言也明監本、毛本「少」誤「室」，閩本不誤。

獨以百室爲親親之意閩本、明監本、毛本「爲」誤「於」。

故偏言之也閩本、明監本、毛本「偏」誤「徧」。

古書酺爲步閩本、明監本、毛本同。案：浦鏜云：「『故』誤『古』。」是也。

如雩禜云閩本、明監本、毛本「禜」作「祭」。案：所改非也。山井鼎云：「『禜』恐『禁』誤。」是也。

乃命國家醵是也閩本、明監本、毛本同。案：浦鏜云：「家，衍文。」是也。

後求有豐年也小字本同，閩本、明監本、毛本同。相臺本「後」作「復」，《考文》古本同。案：「復」字是也，《釋文》、正義皆可證。

求有良司穡也小字本、相臺本同。案：正義標起止云「至可嗇」，是其本作「嗇」字。

用黝生毛之閩本、明監本「生」作「牛」，毛本初刻同，後剜作「牲」。案：所改是也。

牛角以黑而用黃者閩本、明監本、毛本同。案：浦鏜云：「『角』當『色』字誤。」是也。

似訓爲嗣閩本、明監本、毛本「訓」誤「則」。

此言寧止遥結上句閩本、明監本、毛本「此」誤「也」。

當是剜也。

續往事者復求以養人閩本、明監本、毛本「續」誤「嗣」。

亦一事故因其異文閩本、明監本、毛本同。案：「故」當作「箋」，下屬讀之。山井鼎云：「宋板『故』作『也』。」其實不然，當是剜也。

絲衣

天子諸侯曰繹小字本、相臺本同。閩本、明監本「曰」誤「也」，毛本初刻同，後改「曰」。

商謂之肜小字本、相臺本同。案：《釋文》云：「之融，餘戎反，《尚書》作『肜』，音同。」依此是鄭此注本用「融」字。今正義中字皆作「肜」，標起止亦云「至之肜」，或其本作「肜」，與《釋文》本不同也。《爾雅》亦作「肜」。

令其天下立靈星祠閩本、明監本、毛本同。案：浦鏜云：「『其令』二字誤倒。」是也。

仲遂于垂閩本、明監本同。毛本「于」上剜入「卒」字。案：所補是也。

是魯爲諸侯閩本、明監本、毛本「魯」誤「皆」。

是卿大夫曰賓尸明監本、毛本「卿」誤「即」，閩本不誤。

遂形釋天閩本、明監本、毛本「形」作「肜」。案：皆誤也，當作「取」。

乃舉鼎冪告絜小字本、相臺本同。案：《釋文》以「舉冪」作音，是其本無「鼎」字。正義云「是舉冪告絜也」，其本亦當無「鼎」字。有者後人以正義所引《特牲》文添之耳。

而告此鼎之絜矣閩本、明監本、毛本「矣」誤「夫」。

皆思自安閩本、明監本、毛本「安」誤「反」。

鼎絶大者謂之鼐閩本、明監本、毛本「鼎」誤「鼐」。

士冠禮有爵弁服紂衣閩本、明監本、毛本「紂」作「緑」。案：皆誤也，當作「純」。

視滌濯閩本、明監本同。毛本「滌」作「滌」。案：所改是也。

次視牲次舉鼎閩本、明監本、毛本同。案：「鼎」當作「鼏」。

不吴不敖唐石經、小字本、相臺本同。案：傳云：「吴，譁也。」正義云：「人自娛樂必讙譁爲聲，故以娛爲譁也。定本『娛』作『吴』。」《釋文》云：「不吴，舊如字，譁也。」是正義本作「娛」，《釋文》、定本作「吴」也。詳正義之意，因傳云「吴，譁也」而説之以娛樂讙譁。又例以爲毛不破字，故定經文從「娛」也。其實此經字與《泮水》經同，彼箋即用此傳，經文皆本是「吴」字。《説文》云：「吴，大言也。」義與「譁」合。當以《釋文》、定本爲長。盧文弨校乃依《史記》所引改爲「虞」，誤也。

傳吴譁考成閩本、明監本、毛本同。案：「吴」當作「娛」。

此言飲美皆思自安閩本、明監本、毛本同。案：「美」下，浦鏜云：「脱『酒』字。」是也。

酌

酌九句閩本、明監本、毛本同。案：此不誤。浦鏜云：「『八』誤『九』，章末並同。」非也。讀以「實唯爾公」爲一句，「允師」爲一句。唐石經亦云「九句」也。

即是武樂所象衆閩本、明監本、毛本同。案：盧文弨云：「衆，疑衍。」是也。

以昭成功所由閩本、明監本、毛本「功」誤「王」。

酌左傳作約閩本、明監本、毛本同。案：山井鼎云：「『約』當作『汋』。」是也。

初成之時未奏用也閩本、明監本「未」誤「永」，毛本不誤。

以我周家用天人之和而受之閩本、明監本、毛本「家」誤「公」。

寵字以龍爲聲閩本、明監本「字」誤「之」，毛本不誤。

即之爲三等閩本、明監本、毛本同。案：山井鼎云：「『即』恐『節』誤。」是也。

傳公士○正義曰釋詁文閩本、明監本、毛本在下節首，十行本誤在上節末。案：山井鼎云：「『士』當作『事』。」是也。下同。

上說行文王之士閩本、明監本、毛本「上」誤「王」。

酌一章小字本、相臺本同。唐石經初刻「酌」下有「告」字，後磨改無。案：初刻誤也。

桓

桓武志也唐石經、小字本、相臺本同。案：《釋文》云：「本或以此句作注。」正義云「《序》又說名篇之意。桓者，威武之志」云云，是正義本亦爲《序》文。

謂武王將欲伐殷毛本「伐」誤「代」，閩本、明監本不誤。

夏正於南郊祭者閩本、明監本、毛本同。案：「正」當作「至」，形近之譌。

以記文不旨言周閩本、明監本、毛本同。案：浦鏜云：「『旨』當『指』字誤。」是也。

且人帝無時在南郊祭者閩本、明監本、毛本同。案：「時」當作「特」，形近之譌。

禱氣勢之十百而多獲閩本、明監本「勢」誤「象」，「十」誤「千」，毛本初刻同，後改「象」作「勢」。

婁豐年唐石經、小字本、相臺本同。閩本、明監本、毛本「婁」作「屢」。案：《釋文》作「婁」，是其證也。正義中字作「屢」，當是易爲今字耳。餘經依《釋文》皆當作「婁」。正義自爲文作「屢」者，皆易字之例。唐石經錯見「屢」字者非，「屢」乃俗字耳。今杜預《集解》本於宣十二年《傳》所引此經亦作「屢」，非左氏之舊矣。

即玉帛者萬國閩本、明監本、毛本同。案：山井鼎云：「《左傳》即作『執』。」是也。

賚

謂武王既伐紂毛本「既」誤「即」，閩本、明監本不誤。

虎奔之士脱劒閩本、明監本、毛本「奔」誤「賁」。

其三曰敷時繹思閩本、明監本、毛本「繹」誤「斁」。

樂記説武王克殷閩本、明監本、毛本脱「説」字。

祀於周廟閩本、明監本、毛本「周」誤「宗」。

分土惟三毛本「土」誤「士」，閩本、明監本不誤。

皆是武王大封之事明監本「事」誤「士」，毛本初刻同，後改，閩本不誤。

般

般樂也小字本、相臺本同。案：此《釋文》本也。《釋文》云：「崔《集注》本用此注爲《序》文。」正義云：「經無『般』字，《序》又説其名篇之意。般，樂也，爲天下所美樂。定本『般樂』二字爲鄭注。未知孰是。」是正義本爲《序》文，與《集注》同也。考此《序》解「般，樂也」，與《桓序》云「桓，武志也」，《賚序》「賚，予也。言所以錫予善人也」正爲一例。當以《集注》、正義本爲長。唐石經《序》末無此三字，出於《釋文》、定本，而經、注各本之所祖也。

經稱喬嶽翕河閩本、明監本、毛本「稱」誤「言」。

四瀆者五岳之匹閩本、明監本「匹」誤「四」，毛本不誤。

中國川原以百數閩本、明監本「數」誤「藪」，毛本不誤。

墮山山之隋墮小者也小字本同，閩本、明監本、毛本同。相臺本「墮」作「隋」。案：相臺本是也。正義云「有隋隋然之小山」，是「隋隋」叠經字，不容下一字作「墮」也。《釋文》云：「字又作『墮』。」考《説文》山部云：「隋，山之隋隋者。」乃用此傳文，則作「隋」爲正矣。十行本正義中字多作「隋」，唯故知「山之小者墮墮然」一處作「墮」。或正義本是「墮」字，後依經、注本改之而未盡也。明監本、毛本并改作「隋隋」，閩本此與十行本同，而上下文又改「隋」爲「墮」。

喬嶽與上句高山猶是一事明監本、毛本「猶」誤「俱」，閩本不誤。

東至于底柱閩本、明監本、毛本同。案：浦鏜云：「『厎』誤『底』。」是也。

下尾合爲逆河閩本、明監本、毛本「河」誤「同」。

簡者水深而簡大也閩本、明監本、毛本「深」誤「流」。

鉤盤者河水曲如鉤屈折如盤故曰鉤盤閩本、明監本、毛本同。案：浦鏜云：「盤，李本作『股』。」以《爾雅》釋文考之，是也。但此當是正義涉孫、郭本而誤，非其字有譌也。

可隔爲津閩本、明監本、毛本「爲」誤「日」。

以爲古記九河之名閩本、明監本、毛本同。案：此不誤。浦鏜云：「『説』誤『記』。」非也。正義引《漢志》如此。

今見在成平東光鬲界中閩本、明監本、毛本「成」誤「城」。

上舉三河之名閩本、明監本、毛本「三」誤「山」。

大史馬頰覆釜閩本、明監本、毛本「覆釜」誤「鉤盤」。

簡絜鉤盤閩本、明監本、毛本「鉤盤」誤「覆釜」。

鬲盤今皆爲縣明監本、毛本「今」誤「者」，閩本不誤。

未知并從何者閩本、明監本、毛本「者」誤「也」。

時周之命唐石經、小字本、相臺本同。案：正義云：「此篇末俗本有『於繹思』三字，誤也。」《釋文》云：「於繹思，《毛詩》無此句，《齊》、《魯》、《韓》有之。今《毛詩》有者，衍文也。崔《集注》本有，是采三家之本。崔因有，故解之。」今考正義，《釋文》所説，自得其實。《經義雜記》乃并三家此句亦以爲衍，誤矣。

箋裒聚至而王閩本、明監本、毛本同。案：山井鼎云：「據注，『聚』當作『衆』。」是也。

王言配者閩本、明監本、毛本同。案：浦鏜云：「『王』疑『正』字誤。」是也。

駉之什詁訓傳閩本、明監本、毛本同。唐石經、小字本、相臺本皆無「之什」二字。案：《釋文》云：「本或作『駉之什』者，隨例而加耳。《商頌》亦然。」《鹿鳴》正義云「今《魯頌》四篇、《商頌》五篇，皆不滿十，無『之什』也。或有者，承此《雅》、《頌》『之什』之後而誤耳」云云，是《釋文》、正義本皆無此二字。唐石經及經、注各本是也。十行本始誤同或本耳。《考文》古本亦有「之什」二字，可見其本之未善。

魯頌譜

令地方七百里毛本「令」誤「合」，閩本、明監本不誤。

大野蒙羽之野毛本下「野」字誤「謂」，閩本、明監本不誤。

子真公濞立閩本、明監本、毛本「濞」誤「儁」。

子弗湟立閩本、明監本、毛本「弗」誤「弟」。

立子開爲閔公立其卒閩本、明監本、毛本同。案：浦鏜云：「『二年』誤『立其』。」是也。

以惠王十九年即位閩本、明監本、毛本同。案：浦鏜云：「『八』誤『九』。」從《年表》校，是也。

襄王二十二年薨閩本、明監本、毛本同。案：下「二」字，浦鏜云：「『五』誤。」從《年表》校，是也。

脩泮宮守禮教閩本、明監本、毛本同。案：浦鏜云：「『崇』誤『守』。」考正義云「是脩泮宮崇禮教也」，浦校是也。

舒瑗云閩本、明監本、毛本同。案：浦鏜云：「『瑗』誤『援』。」以正義考之，是也。《隋書·經籍志》作「援」。

土功之事閩本、明監本、毛本「土」誤「上」。

詩稱既作泮閩本、明監本、毛本「稱既」誤倒。案：「泮」下當有「宫」字。

是成王命魯之郊天也閩本、明監本、毛本「成」誤「武」。

由命魯得郊天子禮明監本、毛本「由」誤「申」，閩本不誤。案：盧文弨云：「『子禮』上當有『用天』二字。」是也。此「天」字複而脱。

周爲王者之後閩本、明監本、毛本同。案：山井鼎云：「作『同於王者之後』。」是也。

是不欲侵魯有惡閩本、明監本、毛本同。案：盧文弨云：「『侵』疑『使』。」是也。

周之不陳其詩者爲憂耳閩本、明監本、毛本同。案：浦鏜云：「『優』誤『憂』。」是也。《駉》正義「魯爲天子所優」可證。

示無貶黜客之法閩本、明監本、毛本同。案：此不誤。浦鏜云：「『義』誤『法』。」非也。彼《譜》是「義」字，而正義云「示無貶黜者，示法而已」，故此引作「法」，不盡依本文也。上文引仍作「義」。如此等者，非有定例，不可拘也。

此言主於戒惡毛本「主」誤「王」，閩本、明監本不誤。

駉

頌僖公也僖公能遵伯禽之法唐石經、小字本、相臺本同。案：正義云：「定本、《集注》皆重有『僖公』字」，是正義本直云「頌僖公能遵伯禽之法」云云也。考此「頌僖公也」一句，乃摠《序》而後申其意，故文與下三篇《序》不同。正義本乃涉下而誤，當以定本、《集注》爲長。

牧于坰野唐石經、小字本、相臺本同。案：《釋文》以「牧乎」作音，是其本「于」作「乎」也。考正義云：「牧其馬於坰遠之野。」于、於，古今字，易而説之。則其本當是「于」字，唐石經以下之所從出也。

詩爲作頌閩本、明監本、毛本同。案：浦鏜云：「『請』誤『詩』。」是也。

儉者約於養身毛本「於」誤「以」，閩本、明監本不誤。

務農謂止舍勞役毛本「謂」誤「爲」，閩本、明監本不誤。

此雖借名爲頌閩本、明監本、毛本「借」誤「偕」。

駉駉牡馬小字本、相臺本同。唐石經初刻「牡」，後改「牧」，下同。案：《釋文》云：「牡馬，茂后反。《草木疏》云：騭馬也。《説文》同。本或作『牧』。」正義云：「定本『牧馬』字作『牡馬』。」考在六朝時江南書皆作「牝牡」之「牡」，河北本悉爲「放牧」之「牧」，見《顔氏家訓》。顔據此章傳「良馬」之文，以爲有「騭」無「騲」，定從「牡」字。段玉裁云：「考《周官・馬政》『凡馬特居四之一』，絶無郊祀朝聘有騭無騲之説。且《序》云『牧于坰野』，傳云『牧之坰野則駉駉然』，正義云『駉駉然腹幹肥張者，所牧養之良馬也』，經文作『牧』爲是。顔氏説誤。」詳《詩經小學》。今考正義云：「但毛以四章分説四種之馬，故言駉駉良馬，腹幹肥張。明首章爲良馬，二章爲戎馬也。」又云：「以四章所論馬色既别，皆言以車，明其每章各有一種，故言此以充之。不於上經言之者，以上文二句四章皆同，無可以爲别異，故就此以車異文而引之也。」正義此言深得傳旨。若如顔説，則四章止有良馬耳，自與傳乖，已不可通矣。當以正義本爲長。《經義雜記》又以爲，《釋文》於「牡馬」下引《草木疏》云「騭馬也」，陸機亦作「牡」，乃三國時本，更爲可據。其説非也。《草木疏》雖亡，但所云「騭馬也」者，非有專疏，此《詩》之明徵也。特陸引之，使就此「牡」字耳。下文云「《説文》同」，今《説文》具存，更何得指馬部「騭」字爲專解此詩乎？又以爲唐石經初刻「牧」，後改「牡」，亦誤。

辟民居與良田也小字本、相臺本同。閩本、明監本、毛本「辟」誤「避」。案：「避」乃正義所易今字。

此傳出於彼文閩本、明監本、毛本「出」誤「杜」。

不言牧馬閩本、明監本、毛本同。案：浦鏜云：「『馬』當『焉』誤。」是也。

又言牧在遠郊閩本、明監本、毛本同。案：浦鏜云：「『任』誤『在』。」是也。

于三十里閩本、明監本、毛本同。案：浦鏜云：「『二』誤『三』。」是也。

或當别有依終閩本、明監本、毛本同。案：「終」當作「約」，形近之譌。

三十里之國閩本、明監本、毛本同。案：浦鏜云：「『五』誤『三』。」是也。

以載師掌在士之法閩本同。明監本、毛本「士」作「土」。案：所改是也。山井鼎云：「『在』恐『任』誤。」是也。

上言駉駉牡馬閩本、明監本、毛本同。案：「牡」當作「牧」。此不知正義本作「牧」者誤改之耳。

乃言其牧處閩本、明監本、毛本同。案：「乃」當作「及」，形近之譌。

白跨股脚白也閩本、明監本、毛本「白」誤「色」。

其驪與黄閩本、明監本、毛本「其」誤「純」。

謂黄而色白者閩本、明監本、毛本「色」誤「雜」。

皆言以事閩本、明監本、毛本同。案：浦鏜云：「『車』誤『事』。」是也。正義下文可證。

彼校人上文閩本、明監本、毛本「彼」誤「按」。

玉路駕種馬閩本、明監本、毛本「玉」誤「王」。

故知戎馬不得駕田馬也閩本、明監本同。毛本上「馬」字作「路」。案：所改是也。

蒼祺曰騏小字本同，閩本、明監本、毛本同。相臺本「祺」作「騏」。案：《釋文》云：「蒼祺，字又作『騏』。」相臺本依之改也。《釋文》之意，以「祺」爲假借字，但考《小戎》、《尸鳩》傳「騏文」皆本是「綦文」，此傳用字當同，「蒼騏」亦本是「蒼綦」也，「祺」字恐非此之用。正義云：「蒼騏曰騏，謂青而微黑。」不知其本果作「騏」，抑或後人所改也。段玉裁云：「古假『騏』爲『綦』，因而以『騏』釋『騏』。《小戎》、《尸鳩》傳皆同。此亦以『虛』釋『虛』，以『要』釋『要』之例也。」

止一毛色之中閩本、明監本、毛本「一」誤「二」。

而牲用騂綱閩本、明監本、毛本「綱」誤「剛」。案：所改非也。此當作「犅」，形近之譌。

其色鮮明者也閩本、明監本、毛本「鮮」誤「辨」。

以車繹繹唐石經、小字本、相臺本同。案：《釋文》云：「繹繹，崔本作『驛』。」考正義於《序》下云：「故云驛驛，見其善走也。」是其本字作「驛」，與崔本正同。其此章正義云「故言『繹繹，善走』」，當是後人以經、注本改之耳。浦鏜乃校《序》下云：「驛驛，經作『繹繹』。」此不知經、注本非正義本之誤也。○案：繹者，正字。驛者，俗字。此蓋正義易字釋經之例也。

白馬黑鬣曰駱小字本、相臺本同。案：正義云：「定本、《集注》『髦』字皆作『鬣』。」是其本作「黑髦」也。《釋文》云：

「黑鬣，力輒反。」又「駱」下云：「樊、孫《爾雅》並作『白馬黑髦』」，《爾雅》釋文同。又《四牡》「驒驒駱馬」傳《釋文》云「黑鬣，力輒反。本亦作『髦』，音毛」。依此，則正義本《四牡》傳亦當是「髦」字，但未有明文耳。

善走也 小字本、相臺本同。案：《釋文》「繹繹」下云：「善足也。一本作『善走也』。」正義本是「走」字，此及《序》下標起止皆可證。

班駁隱鄰 閩本、明監本、毛本「班駮」誤「斑駮」。明監本、毛本「鄰」作「甐」，閩本作「鄰」。案：此當作「粼」，皆形近之譌也。《釋文》「驎」字下亦誤爲「甐」。詳後考證。○按：此本無正字，皆用同音字耳。舊校非也。「甐」字多讀作去聲，故「郭：良刃反」，「吕：良振反」。

皆謂馬之駿也 閩本、明監本「皆」誤「背」，毛本不誤。

駰馬黃脊騝音乾 閩本、明監本「脊」誤「春」，毛本不誤。案：「音乾」二字當旁行細書，乃正義自爲音也。

皆作駱字 閩本、明監本、毛本同。案：「駱」當作「雒」。下文云「其字定當爲『雒』」，是其證。

箋斁厭至乘馬 閩本、明監本、毛本「駕」誤「馬」。

以車袪袪 小字本同，閩本、明監本、毛本同。唐石經作「袪袪」，相臺本同。案：「袪」字是也。《六經正誤》云：「作『袪』誤。从示者袪，逐也。从衣者袪，袂也。」考此但毛居正臆爲區別。其實《說文》不載「袪」字，〔一〕無容見於毛氏《詩》也。惟從衣之字每易混於從示之字。今《釋文》、正義「袪」字從示者皆傳寫之誤。而毛居正以後，人又誤認從示爲正耳。

〔一〕「袪」，原作「祛」，據文選樓本改。

豪骭曰驔小字本、相臺本同。案：此《釋文》本也。《釋文》「驔」下云：「豪骭曰驔。」此經注各本之所本也。正義云：「《釋畜》云：四骹皆白，驓。無『豪骭白』之名。傳言『豪骭白』者，蓋謂豪毛在骭而白長，名爲驔也。」是其本「骭」下有「白」字。

二目白曰魚小字本、相臺本同。案：《釋文》云：「毛云：一目白曰魚。《爾雅》云：一目白，瞷。二目白，魚。」考正義亦引《爾雅》并舍人、郭璞注，而不云有異，是其本字與《爾雅》同，亦作「二目」也。但考毛傳多有與《爾雅》不合者，如《卷耳》「崔嵬」、「岨」，《陟岵》「岵」、「屺」之類。或此傳亦然。正義本依《爾雅》改耳。

倉白彤白相類閩本、明監本、毛本「倉」誤「蒼」。

其驔爾雅無文閩本、明監本、毛本「驔」誤「驒」。下同。

主以給官中之役閩本、明監本、毛本同。案：山井鼎云：「『官』恐『宮』誤。」是也。

貴其肥牡閩本、明監本、毛本「牡」作「壯」。案：所改是也。

思馬斯徂明監本「馬」誤「焉」，各本皆不誤。

有駜

皆陳君能禄食其臣閩本、明監本、毛本「能」誤「皆」。

但明義明德也小字本、相臺本同。案：正義云：「以經有二『明』，故知謂『明義明德也』。定本、《集注》皆云『議明德也』，無上『明』字。」段玉裁云：「『義』是衍字。羣經言『明明』者，皆連二字爲文。當作『但明明德也』。今考此箋之下引

《大學》『在明明德』，彼注云：『謂顯明其至德也。』訓同《爾雅》及毛《大明》傳，還與此『明明』相證成，不得如正義所説以二『明』字分屬二『義』二『德』也。」段説爲是。下箋「則相與明義明德而已」，「義」字衍，同。定本、《集注》亦誤。

其在於君所 閩本、明監本、毛本同。案：「君」當作「公」。上句可證。

食禄是常 閩本、明監本、毛本「常」誤「當」。

載言則也 閩本、明監本、毛本同。小字本、相臺本「載」下有「之」字，《考文》古本同。案：有者是也。

歲其有 小字本、相臺本同。唐石經「有」下旁添「年」字。案：《釋文》云：「歲其有，本或作『歲其有矣』，又作『歲其有年者矣』，皆衍字也。」正義本未有明文。唯《周頌·豐年》正義云「《魯頌》曰『歲其有年』」，當是其本有「年」字，與或作本同。唐石經本之添也。考此詩「有」與下「子」韻，不容更有「年」字。依《釋文》本爲是。惠棟引漢《西嶽華山廟碑》有「歲其有年」之文，此或出於三家耳。《考文》古本有「矣」字，采《釋文》。《釋文》亦有誤，當正。詳考後證。

詒孫子 小字本、相臺本同。唐石經「詒」下旁添「厥」字。案：《釋文》云：「本或作『詒厥子孫』、『詒于孫子』，皆是妄加也。」正義本未有明文。考正義説此經云「可以遺其孫子」，若以「其」説「厥」，則其本或有「厥」字也。但當依《釋文》爲是。惠棟引劉氏《列女傳》「貽厥孫子」，此正三家《詩》也。

歲其有豐年也 小字本、相臺本同。案：此正義本也。正義云「定本、《集注》皆云『歲其有年』」，標起止云「傳歲其有豐年」，可證也。考此經本云「歲其有」，傳本云「歲其有年也」，傳以「有年」説經之「有」也。經誤衍「有」下「年」字，傳又誤衍「年」上「豐」字，皆失其旨。當以定本、《集注》爲長。

可致陰陽和順 明監本、毛本「可」誤「故」，閩本不誤。

箋穀善貽遺閩本、明監本、毛本同。案：浦鏜云：「貽，箋作『詒』。通。」非也。當是正義本經作「貽」字，不與各本同耳。

泮水

頌僖公能脩泮宮也唐石經、小字本、相臺本同。案：此正義本也。標起止云「至泮宮」，下文同，可證。《釋文》云：「頖宮，音判。本多作『泮』。」考此，亦《序》與經不同字之例。當以《釋文》本爲長。

言民思往泮水閩本、明監本、毛本「水」誤「宮」。

天子諸侯宮異制毛本「子」誤「下」，明監本以上皆不誤。

其旂茷茷唐石經、小字本、相臺本同。案：《釋文》云：「伐伐，蒲害反。又：普貝反，言有法度。本又作『茷』。」正義云「則其旂乃茷茷然有法度」，與《釋文》又作本同也。《經義雜記》以爲正義本當亦作「伐」，是以《釋文》改正義，失之矣。《羣經音辨》人部載此，乃取諸《釋文》，非賈昌朝曾見經文作「伐」之本也。

噦噦言其聲也閩本、明監本、毛本同。小字本、相臺本「其」作「有」，《考文》古本同。案：「有」字是也。正義云「其鸞則噦噦然有聲」，可證也。

箋云于行閩本同。小字本、相臺本「行」作「往」，《考文》古本同，明監本、毛本作「邁」。案：「往」字是也。「行」，形近之譌。「邁」字，誤改也。

傳魯侯僖公閩本、明監本、毛本同。案：浦鏜云：「『值』誤『傳』。」是也。三章正義云「值魯侯來至」，其證也。

明堂位曰采廩毛本同。閩本、明監本「采」作「米」。案：所改是也。

僖公志復古制閩本、明監本、毛本「志」誤「至」。

觱沸檻泉閩本、明監本、毛本「檻」誤「濫」。

以雝水之外閩本、明監本、毛本同。案：此以「雝」、「雍」古今字，易而説之也。注云「雝水之外」，山井鼎云：「古本本作『雝』，後改作『雍』。」乃依正義以改注耳。

釋詁云肉倍好閩本、明監本、毛本同。案：浦鏜云：「『器』誤『詁』。」是也。

光武中元二年初載建三雝閩本、明監本、毛本同。案：浦鏜云：「『元』誤『二』。載，疑衍字。」以《後漢書·儒林傳》考之，浦校是也。

故留南方閩本、明監本、毛本「留」誤「從」。

傳戾來至有聲明監本、毛本「有」誤「其」，「聲」下衍「也」字，閩本不誤。

欲法則其文意閩本、明監本、毛本「文」誤「立」。案：「意」當作「章」，形近之譌。

箋其音至德音閩本同。明監本、毛本以此節正義改入下章「其音昭昭」句注下，首脱「箋」字。案：此十行散附時所誤繫耳。

收斂此羣衆人民明監本、毛本「羣」誤「醜」，閩本不誤。

故下章言其伐克也閩本、明監本、毛本「下」誤「五」。

菜大如手閩本、明監本、毛本同。案：浦鏜云：「『葉』誤『菜』。」是也。

又可鬻閩本、明監本同。毛本「鬻」作「鬻」。案：所改是也。

於是可以采閩本、明監本、毛本同。案：山井鼎云：「《鄉飲酒》注作『於是可以來』。」是也。

可者召唯所欲閩本同。案：山井鼎云：「《鄉飲酒》注作『可者召不召唯所欲』。」又云：「當以彼注爲正也。」非也。此正義不全引耳。明監本、毛本作「可以召」，尤誤。

謂遵伯禽之法閩本、明監本、毛本「禽」誤「夷」。

皆庶幾庶行孝閩本、明監本、毛本同。案：浦鏜云：「『庶行』當『力行』之誤。」是也。箋文可證。

矯矯虎臣唐石經、小字本、相臺本同。案：《釋文》云：「蟜蟜，本又作『矯』。」正義云「矯矯然有威武如虎之臣」，是其本作「矯」字也。

故云馘所獲者之左耳閩本、明監本、毛本同。案：「獲」當作「格」。箋文是「格」字，正義下文云「謂臨陣格殺之」，可證也。

故僖公既伐淮夷而反閩本、明監本、毛本「反」誤「又」。

故使武臣如虎者獻之閩本、明監本、毛本「故」誤「而」。

不吴不揚唐石經、小字本、相臺本同。案：正義云：「鄭讀『不吴』爲『不娱』，人自娱樂，必讙譁爲聲，故以『娱』爲『譁』也。」《釋文》云：「不吴，鄭如字，讙也。王音誤。」考此經字與《絲衣》同，鄭此箋即彼傳也。《釋文》以爲「鄭如字」者，最合箋意。正義以爲「鄭讀不娱」者，亦自據其彼經而言耳。即「王音誤」，其經仍是「吴」字，但讀作「誤」，以爲申毛而與鄭相難也。盧文弨校乃以此併前《緇衣》同改爲「虞」，皆失之也。《釋文》於「不吴」下、「于訩」上以「𥏸」字作音，云「余章反」。今考箋云「不大聲」，則經自是「揚」字，正義本及唐石經等皆不作「𥏸」字。或是傳「揚，傷也」，「傷」字《釋文》本作「𥏸」，與正義本不同，而爲之作音，今本誤錯出在上耳。𥏸、傷，古通用，《巧言》釋文有其證。盧文弨於此《釋文》「𥏸」上添入「不」字，亦爲專輒。詳後考證。〇按：此毛、鄭不同，毛作「𥏸」，訓「傷」，鄭讀「𥏸」爲「揚」，訓「大聲」。後人從鄭改經字。

吴譁也小字本、相臺本同。案：此正義本也。正義云「故以誤爲譁也」，《釋文》云「讙也，音歡」。考鄭用《緇衣》傳，當以正義本爲長。

其往征也閩本、明監本、毛本同。下「以威武往征剔治彼東南之國」，毛本亦誤。

則北狄亦爲遠也閩本、明監本、毛本同。案：「北」字，山井鼎云：「恐此是誤。」是也。

箋烝烝至其功明監本、毛本脱「箋」字，閩本不誤。

故知皇當作往釋詁云往往閩本、明監本、毛本同。案：浦鏜云：「三『往』字皆當作『暀』。」是也。

徒御無斁唐石經、小字本、相臺本同。案：《釋文》云：「繹，本又作『射』，又作『斁』，或作『繹』，皆音亦，厭也。」正義本未有明文，今無可考。餘經「射」、「斁」字多不畫一。依《釋文》本，則此經又假借作「繹」，其用字之例本有如此者也。

甚傅緻者閩本、明監本、毛本同。小字本、相臺本「緻」作「致」。案：「致」字依定本、《釋文》，是也。

謀謂度己之德小字本、相臺本同，《考文》古本同。閩本、明監本、毛本「謂」誤「爲」。

其戎車甚傅緻而牢固閩本、明監本、毛本「牢」誤「勞」。

已以爲搜與束矢共文閩本、明監本、毛本同。案：「已」當作「毛」，形近之譌。

得以弓言觩矢言搜閩本、明監本、毛本同。案：浦鏜云：「『傳』誤『得』。」是也。

謂弓張故弦急也閩本、明監本、毛本「弦」誤「弛」。

南謂荆楊也閩本同。小字本、相臺本「楊」作「揚」，明監本、毛本同。案：此字説見前。

感恩惠而從化毛本「從」誤「化」，閩本、明監本不誤。

琛圭釋言文閩本、明監本、毛本同。案：山井鼎云：「『圭』當作『寶』。」是也。

厥貢鏐鐵錫鉛閩本、明監本、毛本同。案：「錫」當作「銀」，見下「鏐鐵銀在梁州，鉛在青州」也。

而獨無銅明監本、毛本「而」誤「銀」，閩本不誤。案：山井鼎云：「作『銀』，屬上讀者似是。」非也。上文「銀」誤作「錫」，乃誤改去「而」字耳。

考工記云閩本、明監本「云」誤「工」，毛本不誤。

閟宫

伯禽之後明監本「禽」誤「會」，閩本、毛本不誤。

侐清浄也按：各本皆同。考《釋文》作「清静也」，引《説文》「侐，静也」。當依《釋文》更正。《楚茨》傳「莫莫言清静而敬至也」，亦可證。

天用是馮依小字本、相臺本同。案：《釋文》云：「一本作『馮依其身』。」正義云「上天用是之故憑依其身」，是正義本與一本同。

天神多與之福　小字本、相臺本同。案：「與」當作「予」。下箋云「天神多予后稷以五穀」，是其證。正義作「與」，乃易字耳。《考文》古本并作「與」，非。

先種之植　閩本、明監本同。毛本「植」作「稙」。案：所改是也。下「非穀名先種曰植」，誤同。

令稷種之　毛本「令」誤「命」，閩本、明監本不誤。

謂憑依其身　閩本、明監本、毛本同。案：箋作「馮」，正義作「憑」，當是易而說之也。馮、憑，古今字。《釋文》云「本又作『憑』」，未必即正義本也。

從之閟　閩本、明監本、毛本「閟」誤「閉」。

而則祭之也　閩本、明監本、毛本同。案：此不誤。浦鏜云：「『則』，疑衍字。」非也。「而則祭」者，下經之「而載嘗」也。本句下正義可證。

孟仲子曰是謂禖宮　閩本、明監本、毛本同。案：十行本「仲」至「宮」，剜添者一字。

宮室之飾　閩本、明監本、毛本「飾」誤「師」。

是閟得爲神　明監本、毛本「得」誤「神」，閩本不誤。

使得懷任后稷也　明監本、毛本「任」誤「妊」，閩本不誤。

文在先生如達之下　明監本「先」誤「未」，閩本、毛本不誤。

此箋云其生之又無災害　閩本、明監本、毛本同。案：浦鏜云：「『任』誤『生』。」是也。

生熟早晚之異稱耳閩本、明監本、毛本「異」誤「共」。

又解后稷其名曰弃閩本、明監本、毛本「弃」作「棄」。下同。案：箋字作「棄」，《生民》可證。正義自爲文亦用「棄」字，引《尚書》、《史記》乃依彼作「弃」字。十行本盡作「弃」，閩本以下盡作「棄」，皆有誤。凡唐石經於「棄」字皆作「弃」，以其中爲「世」字，諱而避之也。正義避諱之例則不如此。如「泄」字，唐石經避作「洩」，而正義仍作「泄」。當是作正義時例但缺畫也。

末爲司馬閩本、明監本、毛本「末」誤「未」。下「末説帝命羣官」同。

契在五教爲司徒閩本、明監本、毛本「在」誤「任」。

汝后稷閩本「汝」誤「按」，明監本誤。案：毛本不誤。

且尚書刑德故云閩本、明監本、毛本同。案：浦鏜云：「『放』誤『故』。」是也。

纘大王之緒毛本「纘」誤「讚」，明監本以上皆不誤。

箋云届極虞度也小字本、相臺本同，《考文》古本同。閩本、明監本、毛本「極」作「殛」。案：「殛」字誤也。《釋文》云：「届極，紀力反。下同。」「之届」下云：「極也。」正義云：「『届，極。虞，度。』《釋言》文」云云。是正義、《釋文》二本皆本是「極」字也。閩本以下又盡改正義中「極」字作「殛」，誤甚。十行本不誤。見下。段玉裁《尚書撰異》中凡三論「極」、「殛」字，至爲詳矣。

致大平天所以罰小字本、相臺本同。案：「大平」及「以」三字衍也。正義云「是致天所罰」，複舉箋文，可爲明證。且此與「大平」迥不相涉，而武王又實未太平。其説見於《芣苢》正義，斷爲衍字無疑矣。各本皆誤，當正。

極紂於商郊牧野小字本、相臺本同，《考文》古本同。案：正義云：「殺紂於牧野，定本、《集注》皆云『極紂於牧野』。『極』是『殺』非也。」是正義本「極」作「殺」。必當時俗本如此，而正義定從定本、《集注》以「極」爲是，以「殺」爲非也。《釋文》「届極」下云「下同」，是《釋文》本亦作「極」，不作「殺」。

謂民勸武王無有二心閩本、明監本同。毛本「二」作「貳」。案：所改是也。

箋届極至克勝閩本、明監本、毛本「極」誤「殛」。案：山井鼎云：「宋板此疏除『《釋言》又云：殛，誅也』外，皆作『極』。」考此二「殛」字亦「極」之誤，《菀柳》正義引可證也。

克先祖之意閩本、明監本、毛本同。案：浦鏜云：「『克』當『竟』字誤。」是也。

白牡周公牲也小字本、相臺本同，閩本同，《考文》古本同。明監本、毛本「牡」誤「牲」。

秋物新成尚之也小字本、相臺本同。案：正義云：「以秋物新成始可嘗之，故言『始嘗也』。定本、《集注》皆言『秋物新成，尚之也』，言貴尚新物，故言始也。作『嘗』字者，誤也。」是正義本「尚」作「嘗」。

下有柎小字本、相臺本同。閩本、明監本、毛本「柎」作「跗」。案：《釋文》云：「有柎，方于反。」考《常棣》箋用「拊」字，從手。「柎」、「拊」實一字也。正義中字皆作「跗」，或是其所易今字耳。各本依之，未是。

俾爾熾而昌唐石經、小字本、相臺本同。案：盧文弨云：「俾，一作『卑』，見《校官碑》。今考上《釋文》以『卑民』作音，云：『本又作俾，下皆同。』是《釋文》本作『卑』字也。餘經盡然。」盧未細考耳。又案：段玉裁云：《說文》云俾，門持人也。凡經傳言「俾」者皆取義於此。門持人，今《說文》譌作「門侍人」，莊述祖正之。卑者，「俾」之假借字。

魯邦是嘗唐石經、小字本、相臺本「嘗」作「常」，閩本、明監本、毛本同。案：「嘗」字誤也。

故先祖福之閩本、明監本、毛本同。案：十行本「先」至「之」，剜添者一字。

與赤色之特閩本、明監本、毛本同。案：此不誤。浦鏜云：「『特』當『犅』字誤。」非也。正義下引《説文》云「犅，特也」，故

此自爲文以「犅」爲「特」也。

則有爓火去其毛而炰之豚閩本、明監本、毛本「爓」作「以」。案：皆誤也，當作「爓」。下文彼注云「爓去其毛而炰之

也」同。

正月朔日於周二特牛閩本、明監本、毛本同。案：「於」當作「也」。「周」當作「用」。《烈文》正義引可證。

共蒙賜之文明監本、毛本「文」誤「又」，閩本不誤。

是魯君所祭唯祭蒼帝耳閩本、明監本、毛本「君」誤「公」。

今魯亦云享以騂犧閩本、明監本、毛本「犧」誤「牲」。

或云三年一祫閩本、明監本、毛本「祫」誤「禘」。

鄭駮異義云明監本、毛本「駮」誤「駁」，閩本不誤。

以禮讖所云閩本、明監本、毛本「讖」誤「纖」。

謙不敢與文武同也閩本、明監本、毛本「謙」誤「嫌」。

地官〇封人閩本、明監本、毛本「〇」作「中」。案：皆誤也。當衍。

大羹渚𤈦肉汁閩本、毛本同。明監本「渚」作「湆」。案：所改是也。

則是祭祀之器毛本「祀」誤「祖」，閩本、明監本不誤。

椇謂曲橈之也閩本、明監本、毛本「橈」誤「撓」。

王公立飫閩本、明監本、毛本「飫」誤「飲」。

是俎載半躰之事也閩本、明監本、毛本「躰」誤「胖」。

稱祀周公作大廟閩本、明監本、毛本同。案：浦鏜云：「『於』誤『作』。」是也。

即云白牡騂犅閩本、明監本、毛本「牡」誤「牲」。案：浦鏜云：「犅，經作『剛』。」非也。正義中「犅」字皆其所易耳。

宣八年公羊傳文毛本「八」誤「公」，閩本、明監本不誤。

故爲慶孝孫之辭明監本「孝」誤「者」，閩本、毛本不誤。

故皆謂僭踰相侵犯也閩本、明監本、毛本「踰」誤「喻」。

天子謂父事之者爲三老閩本、明監本、毛本「子」誤「下」。

天下無敢禦也小字本同，閩本、明監本、毛本同。相臺本「也」作「之」。案：「之」字是也。正義云「則無有於我僖公敢禦止之也」，標起止云「至禦之」，可證也。《考文》古本「也」上有「之」字，采正義。

萬二千五百爲軍閩本、明監本、毛本同。案：浦鏜云：「『爲』上疑脱『人』字。」是也。

重弓謂内弓於鬯閩本、明監本、毛本「謂」誤「爲」。

弓矛所用執一而已閩本、明監本、毛本脱「一」字。

俗本作增誤也閩本、明監本同。毛本「增」作「憎」。案：所改是也。

是三軍之大數又以此爲三軍者閩本、明監本、毛本同。案：「三」字，盧文弨云：「當作『二』，下同。」是也。正義下文云「故答臨碩謂此爲二軍」，「二」字不誤。可證。

文數可爲四萬閩本、明監本、毛本同。案：浦鏜云：「『文』疑『大』字誤。」是也。

使知當時無三軍也閩本、明監本、毛本同。案：浦鏜云：「『便』誤『使』。」是也。

唯有僖公耳閩本、明監本、毛本同。案：「僖」字盧文弨云：「當作『桓』。」是也。浦鏜校改上文「僖公」二字作「春秋」，非也。

師賤兵少閩本、明監本、毛本同。案：山井鼎云：「『師』當作『帥』。」是也。此因「帥」字俗體有作「師」者而譌耳。

魯邦所詹唐石經、小字本、相臺本同。《考文》古本「詹」作「瞻」。案：古本非也。傳訓「詹」爲「至」，毛氏《詩》不作「瞻」明甚。唯《説苑》等引此文作「瞻」者，是三家《詩》也。《韓詩外傳》有其證。

必先有事於配林毛本「有」誤「其」，閩本、明監本不誤。

以獎王室閩本、明監本、毛本「獎」誤「尊」。

蓋主會者不列之耳閩本、明監本、毛本「主」誤「盟」。

有從魯之嫌故明之閩本、明監本、毛本「之」誤「此」。

淮夷蠻貊而夷行也小字本、相臺本同。案：此傳「而」，當依正義作「如」。其讀則以「淮夷蠻貊」四字爲逗，傳之複舉經文者也。「如夷行也」四字爲句，傳文之説經也。以毛公文字簡奥，故説經本但有「淮夷」而併言「蠻貊」之意，云「如夷行也」。如者，譬況之言。謂經此文是譬況淮夷之行也，以爲足以明之矣。厥後作正義者所受之讀未誤，故引而伸之曰：「言『淮夷蠻貊如夷行』者，以『蠻貊』之文在『淮夷』之下，嫌蠻貊亦服，故辨之。以僖公之從齊桓，唯能服淮夷耳，非能服南夷之蠻、東夷之貊，故即『淮夷蠻貊』謂淮夷如蠻貊之行。」其言極爲明晰，可據以正各本「如」作「而」之誤，即可據以正岳本點「淮夷」二字逗，「蠻貊而夷行也」六字爲句之誤也。《經義雜記》讀之不審，一改傳文作「淮夷蠻貊夷行如蠻貊也」，再改正義「言淮夷蠻貊如夷行者」作「言淮夷如蠻貊之行者」，紛紛塗竄，皆由未得其句逗所致。

鳧嶧連文 閩本、明監本、毛本「嶧」誤「繹」。案：經文作「繹」，此作「嶧」者，繹、嶧，古今字，易而説之也。例見前。《禹貢》、《爾雅》、《説文》皆作「嶧」，是「嶧」爲正字。《釋文》云「字又作『嶧』」，亦指《禹貢》等言之也。毛氏《詩》但作「繹」，古文多假借也。○段玉裁云：繹山與葛峰山是兩山。《尚書》「嶧陽孤桐」，此葛峰山也。《地理志》在東海下邳，今在淮安府邳州。《魯頌》及《左傳》「邾國之繹」，此繹山也。《地理志》在魯國騶縣，今在兗州府鄒縣。前説云「繹、嶧，古今字」，非是。「繹山」字，《史記》及《漢志》作「嶧」，要以秦碑作「繹」爲正。

周公有嘗邑 小字本、相臺本同。閩本、明監本、毛本「嘗」誤「常」。

許□田未聞也 小字本「許田」不空，《考文》古本同。閩本、明監本、毛本空處誤補「許」字。相臺本「許田」作「所由」。案：「所由」是也。

天乃與公大夫之福 閩本、明監本、毛本「夫」作「大」。案：所改是也。

許田未聞也 閩本、明監本、毛本同。案：此「許田」亦「所由」之誤。

徂來之松唐石經、相臺本同，閩本、明監本、毛本同。小字本「來」作「徠」，《考文》古本同。案：傳「徂來山也」，相臺本仍作「來」，餘本皆作「徠」，正義中「來」字十行本作「來」、閩本以下改作「徠」而標起止未改，是正義本、唐石經皆作「來」爲可據矣。

孔甚碩大也奕奕姣美也小字本、相臺本同。案：正義云：「『孔，甚』，《釋言》文。『碩，大』，《釋詁》文。孔碩，言其寢美也。定本、《集注》云：孔碩，甚佼美也。與俗本不同。」考正義上文云：「作爲君之正寢甚寬大。又新作閟公之廟，奕奕然廣大。」初無「奕奕佼美」之文。今本箋有誤，故與定本、《集注》及俗本俱不合。《釋文》以「甚姣」作音，當是其本與定本、《集注》同。今《釋文》各本「甚」誤作「其」，非也。詳後考證。

新者姜嫄廟也小字本同，閩本、明監本、毛本同。相臺本無「也」字，「新」上有「所」字，《考文》古本有。案：無者是也。相臺本乃所謂以疏中字微足其義者耳。

曼脩也廣也且然也國人謂之順也小字本、相臺本同。案：正義云：「定本、《集注》箋『曼，脩也，廣也。且，然也。國人謂之順』，與俗本不同。」如其所言，非爲異本，當有誤也。今無可考。

取彼徂來山上之松閩本、明監本、毛本「來」作「徠」。案：此誤改也。見上。

作爲君之正寢甚寬大閩本、明監本、毛本「甚」誤「其」。

君德備矣明監本「君」誤「尹」，閩本、毛本不誤。

美其作之得所故舉名言之閩本、明監本、毛本同。案：十行本「其」至「之」，剜添者一字。

定本集注云路正也釋詁云路大也閩本、明監本、毛本同。案：十行本「云」至下「路」字，剜添者一字。

孔碩甚佼美也閩本、明監本、毛本「佼」作「姣」。案：此依《釋文》字改耳。

屬役賦丈明監本、毛本「丈」誤「文」，閩本不誤。案：山井鼎云：「『文』當作『丈』。」物觀《補遺》不云據宋板。皆非也。

引文十三年大室屋壞者明監本「十」誤「一」，閩本、毛本不誤。

卷第二十二十之三六九十行本此下脱「那詁訓傳第三十」一行，閩本以下有，《考文》古本同。是也。但《那》下仍衍「之什」二字，説見前。又閩本以下誤在《毛詩·商頌》鄭氏箋、孔穎達疏後，説見卷一。當依唐石經、小字本、相臺本删「之什」二字，補在《毛詩·商頌》一行之上也。

商頌譜

汝作司徒敷五教五教在寬明監本、毛本「敷」上有「敬」字，閩本剜入。案：所補非也。正義引之不備耳。浦鏜云：「衍『五教』二字。」非也。考《殷本紀》重「五教」二字，正用《尚書》文。唐石經初刻亦然，後乃磨去。合諸此正義所引，可知唐時本《尚書》自重二字，不得依今本輒删之也。

斯封稷臯陶閩本、明監本、毛本同。案：「稷」下，浦鏜云：「脱『契』字。」是也。《長發》正義引有。

契孫相士居商丘閩本同。明監本、毛本「士」作「土」。案：所改非也。當是王肅自用「土」字，故依彼引之。不得用正義改爲「土」也。○按：楊升庵欲改《左傳》「士氏」爲「土氏」以合「在周爲唐杜」之文，而不知「士」即理官，「士氏」以官得氏也。

大王來居周地閩本、明監本、毛本「周居」誤倒。

代夏桀定天下閩本、明監本、毛本同。案：「代」當作「伐」，正義可證。

或入列王官毛本「官」誤「宫」，閩本、明監本不誤。

中候維予命云閩本、明監本、毛本同。案：浦鏜云：「『雒』誤『維』。」是也。那，正義引作「雒」。

至於小大閩本、明監本、毛本「小大」誤倒。

居凶廬柱楣毛本「凶」誤「空」，閩本、明監本不誤。

此三主有受命中興之功閩本同。明監本、毛本「主」作「王」。案：所改是也。此正義及《長發》正義引皆可證。山井鼎《考文》所載以爲，毛本「主」，宋板「王」，諸本同。皆誤。

后帝不臧明監本「臧」誤「滅」，閩本、毛本不誤。

遷閼伯於商丘主辰毛本「主」誤「生」，閩本、明監本不誤。

故故終言之閩本、明監本、毛本不重「故」字。案：所改非也。下「故」字當作「譜」，此亦寫者誤而未及改正耳，不當輒删。

西及豫州盟豬之野閩本、明監本、毛本同。案：《陳譜》作「明豬」，正義引此文亦作「明」，今作「盟」，當誤。正義中「孟」字，據《地理志》及《陳譜》正義所引《尚書》訂之，則當作「盟」。

導河澤閩本、明監本、毛本同。案：「河」字，盧文弨云：「當作『菏』。」是也。此誤落去上「廿」耳。

今之梁國沛閩本、明監本、毛本「沛」誤「市」。

及東都之須昌壽張閩本、明監本、毛本同。案：「都」字，盧文弨云：「當作『郡』。」是也。

自從政衰閩本、明監本、毛本同。案：浦鏜云：「『後』誤『從』。」是也。

所以通大三統閩本、明監本、毛本同。案：「大」當作「天」，形近之譌。通天三統，《書》傳、《駁異義》皆有其文，引在《振鷺》正義。

雖有其美者毛本「美」誤「義」，閩本、明監本不誤。

而得無其詩者閩本、明監本、毛本「得無」誤倒。

那

那祀成湯也小字本同，閩本、明監本、毛本同。相臺本「那」作「𨛬」，唐石經初刻「𨛬」，磨改「那」。案：「那」字是也。下同。

有正考甫者唐石經、小字本、相臺本同。案：《釋文》云：「父，本亦作『甫』。」此唐石經之所出也。正義云「其大夫有名曰正考父者」，是其本作「父」字。今正義中「父」、「甫」字互歧，乃合併以後依經注有所改耳。

正義曰那那詩者閩本、明監本、毛本下「那」字作「之」。案：所改非也。此當衍。

死因爲語耳閩本同。明監本、毛本「語」作「謚」。案：所改是也。

以其伐紂革命閩本、明監本、毛本同。案：「紂」當作「桀」。

毛以終篇閩本、明監本「以」下衍「行」字，毛本剜去。

宋父生正考甫閩本、明監本同。毛本「甫」作「父」。案：所改是也，但餘多仍作「甫」。

爲華氏所逼明監本「華」誤「葉」，閩本、毛本不誤。

美湯受命伐桀毛本「伐」誤「我」，明監本以上皆不誤。

於盛矣湯孫毛本「矣」誤「也」，明監本以上皆不誤。

亦不夷懌唐石經、小字本、相臺本同。案：《釋文》云：「繹，字又作『懌』。」正義本是「懌」字，當爲唐石經之所本也。○按：「懌」者，俗字，從「繹」爲是。

先王稱之曰在古小字本、相臺本同。段玉裁云：「《魯語》：『先聖王之傳恭，猶不敢專。稱曰自古，古曰在昔，昔曰先民。』韋注引傳亦曰『先王稱之曰自古』。然則各本作『在』字，誤也。」山井鼎云：「古本本同，後改『在』作『自』，不知據何本也。」考此乃依《國語》改而偶有合也。

序助者之來意也相臺本同，閩本、明監本、毛本同。小字本「之來」作「來之」。案：小字本是也。

而能制作護樂閩本、明監本、毛本「護」作「濩」。案：所改非也。當是正義本作「護」字。正義下文皆作「濩」，乃合併以後依經、注改之耳。

於乎赫然盛矣者閩本、明監本、毛本「矣」誤「意」。

大鍾之鏞閩本、明監本、毛本同。案：經、傳作「庸」，正義作「鏞」。庸、鏞，古今字，易而説之也。例見前。

乃從上古在於昔代先正之民閩本、明監本、毛本「正」作「王」。案：所改是也。又按：作正義時其本作「在昔」。

鼓無當於五聲五聲不得不和閩本、明監本、毛本同。案：十行本「於」至下「不」字，剜添者一字。

注云柷鞉皆所以節樂毛本「云」誤「曰」、「鞉」誤「鼓」，閩本、明監本不誤。

夏后氏足鼓以下閩本、明監本、毛本「足」誤「柷」。

禮設樂懸之位明監本、毛本「樂懸」誤倒，閩本不誤。

以其追述成湯閩本、明監本、毛本「其」誤「爲」。

說作簫韶之樂得所閩本、明監本「簫」誤「蕭」，毛本不誤。

視其有所成閩本、明監本、毛本同。案：「視」當作「是」。

乃見其所爲齋者毛本「爲」誤「謂」，閩本、明監本不誤。

於此爲傳者閩本、明監本、毛本「爲」誤「故」。

則特牲所云食無樂當是夏殷禮矣閩本、明監本、毛本「食」下有「嘗」字，「是」上無「當」字。案：所補是也，所刪非也。

直取烝嘗之言爲韻耳閩本、明監本、毛本「取」誤「此」。

烈祖

御史大夫貢禹說毛本「貢禹」誤倒，閩本、明監本不誤。

數亦不定明監本「定」誤「宗」，閩本、毛本不誤。

鬷總假大也小字本、相臺本同。案：《釋文》以「總也」作音，是其本多「也」字。

神靈用之故小字本、相臺本同。案：之，是也，此也。正義說經云「以此故」可證。下文云「而云用是之故」，當是正義自爲文耳。《考文》古本「用」下有「是」字，采正義而爲之耳。

言文德之有聲也毛本「聲」誤「德」，明監本以上皆不誤。

假升也小字本、相臺本同，《考文》古本同。閩本、明監本、毛本「升」誤「大」。案：山井鼎云：「不可與傳混也。」是也。

駕四馬毛本「馬」誤「牡」，明監本以上皆不誤。

言得萬國之歡心也小字本、相臺本同。閩本、明監本、毛本「歡」誤「懽」。

來假來饗唐石經、小字本、相臺本同，《考文》古本同。閩本、明監本、毛本「饗」誤「享」。案：經中「饗」、「享」二字截然有別。享者，下享上也。饗者，上饗下也。自歐陽修《本義》以來，諸家論之審矣。○按：有同字義別而相因者，如獻神爲「享」，神食其所獻亦爲「享」是也。此等在訓詁中蓋未可枚舉。後儒曲爲分別，乃以獻之作「享」，神食所獻作「饗」，於《我將》、《閟宫》、《列祖》皆用此例定其字，故唐石經、宋本似是而非。今俗本概作「享」，似非而是。此篇前「享」字箋云「獻也」，後「享」字箋云「謂獻酒使神享之也」，相承爲説。當時斷非有二形也。〔二〕

享謂獻酒使神享之也閩本、明監本、毛本同。小字本、相臺本「享」作「饗」，《考文》古本同。案：「享」字誤。見上。十行本下箋「中宗之享此祭」誤同，與經文爲岐出。正義中「歆饗」字亦「饗」、「享」錯雜，此寫者以「享」爲「饗」別體字而亂之耳。閩本以下仍之而不覺，又因此而改經文亦爲「享」，誤甚。

來升堂來獻酒小字本、相臺本同。案：「來升堂」者，來，假也。「來獻酒」者，來，饗也。上箋云「饗謂獻酒使神饗之也」，此箋乘上爲文，故省而但言「獻酒」。下箋説經「降福無疆」云「神靈又下與我久長之福也」，「又」者，又神饗之也。是此

〔二〕「二」，原作「三」，據文選樓本改。

「獻酒」括上「使神饗之」而言明甚矣。箋之兩「來」字即經之兩「來」字，本自無誤。正義云：「來假，謂諸侯來升堂獻酒。來饗，謂神來歆饗之。」又云：「獻酒必升堂，故知『來假』謂來升堂獻酒也。」以獻酒連升堂入於「來假」之下，以「來饗」屬之神來，微失箋意。箋意「來饗」之「來」仍是諸侯來，不是神來，但「饗」是神饗之耳。王肅述毛，則以兩「來」字皆屬之神，此其與鄭異也。《經義雜記》因正義此言，以爲下一「來」字是淺人所增，其説非也。

子孫祀之　閩本、明監本「祀」誤「祖」，毛本不誤。

故余祀之　閩本、明監本、毛本「余」作「今」。案：此皆誤也。當作「祭」，形近之譌。

既言天使之豐　閩本、明監本、毛本「使」誤「賜」，「豐」誤「福」。

箋祐福至思成　閩本同。明監本、毛本「思」作「用」。案：所改是也。

曲辯酒齊之異　閩本、明監本、毛本「辯」誤「辨」。

鬷揔古今字之異也　閩本同。明監本、毛本「揔」作「總」。案：所改非也。「揔」即「總」字，正義自爲文多用之，唯順經、注乃有「總」字。明監本以下悉改之爲「總」者，非。

既戒且平　閩本、明監本、毛本同。案：此不誤。浦鏜云：「『既平』誤『且平』。」非也。考杜預注及正義傳文本作「且」，《晏子春秋》亦作「且」，可見此正義引傳爲是。今傳作「既」者，依此詩改之耳。《申鑒》亦引作「且」。皆不與毛氏《詩》同。

釋詁假爲升　閩本、明監本同。毛本「假」上誤剜入「以」字。

箋約軝至歡心　閩本、明監本、毛本「軝」誤「軧」。下同。案：正義本是「軝」字。上文作「軧」者，皆後人改耳。已見《采芑》經。

鄭於秦風駟驖之箋云閩本、明監本、毛本「驖」誤「鐵」。〔一〕案：所改是也。

乘篆轂金飾錯衡之車也閩本、明監本、毛本「篆」誤「傳」。

謂未升堂獻酒也閩本同。明監本、毛本「未」作「來」。案：所改是也。

玄鳥

古者君喪三年既畢禘於其廟而後祫祭於太祖明年春禘于羣廟小字本、相臺本同。案：《釋文》云：「古者喪三年既畢祫于大祖明年禘于羣廟，一本作『古者君喪三年既畢禘于其廟而後祫祭于大祖明年春禘于羣廟』。此《序》一注舊有兩本：前祫後禘是前本也，兩禘夾一祫是後本也。」正義：「此箋或云『古者君喪，三年喪畢，禘於其廟，而後祫於大祖。自此之後五年而再殷祭』者，其文誤也。何則？《禮》注及《志》皆無此言，則此不當獨有也。定本亦無此文。」惠棟云：正義本無經及傳、箋，南宋刻正義始增入之，而誤入宋時所傳之本。此箋正義已言其誤而書仍載者，刻書之人載入之箋不與正義相涉故也。今考正義本與《釋文》同，所謂前本者也。

五年而再殷祭小字本、相臺本同，《考文》古本同。閩本、明監本、毛本「再」誤「載」。

故詩人因此祫祭之後閩本、明監本、毛本「祭」誤「禘」。

皆云魯禮三年喪畢祫於太祖閩本、明監本、毛本「祖」誤「廟」。

務自尊成閩本、明監本、毛本「尊」誤「專」。

〔一〕兩「驖」字，原作「鐵」，據南昌府學本《十三經注疏》改。

此月大祭故譏其速閩本、明監本、毛本同。案：「此」當作「比」，形近之譌。

秋八月公薨閩本、明監本、毛本「公」誤「君」。

僖二年除喪而閩本、明監本、毛本同。案：「而」下當脱「祫」字。

因禘事而致哀美閩本、明監本、毛本同。案：山井鼎云：「『美』當作『姜』。」是也。

文二年秋八月祫明監本、毛本「二」誤「三」，閩本不誤。

僖公之服亦少四月閩本、明監本、毛本同。案：此不誤。浦鏜云：「『文』誤『僖』。」非也。上文「閔公之服」，自服者而言也。此「僖公之服」，自所爲服而言也。二者文不同而義俱通，無容改而一之也。

魯文公以其十八年閩本、明監本、毛本「八」誤「六」。

學者競傳其聞閩本、明監本、毛本「聞」誤「間」。

鄭以春秋上下考校閩本、明監本、毛本「鄭」誤「定」。

仍恐後字致惑閩本、明監本、毛本同。案：山井鼎云：「『字』恐『學』誤。」是也。

有娀氏女簡狄明監本「娀」誤「娥」，各本皆不誤。

祈于郊禖而生契小字本、相臺本同。案：《釋文》云：「郊禖，本或作『高禖』。」正義云「祈於高禖而生契」，是正義本當作「高」字。下文又作「郊禖」者，或合併後所改。○按：《月令》作「高禖」，毛傳《生民》、《玄鳥》皆作「郊禖」。《月令》正義分析甚明，是傳不當作「高」也。或云「郊」、或云「高」者，《鄭志》焦喬答王權甚明。此正義自當作「郊禖」，舊校非也。

箋云古帝天也明監本「天也」以下至「爲之王也」四十七字雙行，非也。閩本、毛本不誤。

受命不殆唐石經、小字本、相臺本同。案：箋云：「受天命而行之不解殆者。」正義云：「又受命不怠，在武丁孫子。謂行之不解怠者，在武丁之孫子。言高宗興湯之功，法度著明，以教戒後世子孫行之不解怠也。」又云：「言行之不懈怠者，在高宗之孫子，美此高宗孫子能得行之不懈怠也。」考此經字作「殆」，故正義引王述毛以爲危殆也。鄭以爲「殆」即「懈怠」字，故箋云「不解殆」，而字仍作「殆」。正義乃易爲「怠」字而説之也。趙岐注《孟子·告子下》、王弼注《易·震》皆用「殆」爲「怠」，可見在鄭時不煩改字矣。《殷武》經用「怠」字，此不畫一之例也。

十乘者二王後小字本、相臺本同，閩本同。明監本、毛本「二」誤「三」。

八州之大國小字本、相臺本同。案：《釋文》云：「大國與，音余。」是其本「國」下有「與」字。正義云：「又解諸侯衆多，獨言『十乘』之意，謂二王之後與八州之大國，故十也。」不云「言『與』爲疑辭」，是其本無也。此無正文，當以《釋文》本爲長。

景員維河唐石經、小字本、相臺本同。案：《釋文》云：「鄭云：河之言何也。王以爲河水。本或作『何』。」正義云「轉『員』爲『云』，『河』爲『何』」者云云，是其本作「河」也。此經本是「河」字，故王申毛以爲「河水」。或作本乃依箋改經耳。

員古文作云按：「作」字衍也。謂「員」是古文「云」字，此言古文之假借。《説文》多云古文，以某爲某，皆言假借。《秦誓》古文「若弗員來」，衛包始改爲「云」。「來員」是古文，「云」是今字。若衍「作」字，則古今互易矣。詳段玉裁《詩經小學》。

謂當擔負天之多福小字本、相臺本同。案：此與《長發》箋「擔」皆當作「檐」、《羣經音辨》木部「檐」下載此箋，是其證也。羣書亦多用從木字，如《釋名》云「檐，任也」之屬。正義中本皆作「檐」。今「檐」、「擔」錯雜，改之而未盡也。《音辨》本取

《釋文》，而通志堂本誤改從扌。詳後考證。

得言此殷王 閩本、明監本、毛本同。案：山井鼎云：「『言』恐『居』誤。王，『土』誤。」是也。

○行其先祖武德之王道 閩本同。明監本、毛本「○」作「能」。案：所改非也，「○」當衍。

景云維何 閩本、明監本、毛本「云」誤「員」、「何」誤「河」。案：此皆依箋易而説之也。上「受命不怠」、「兆域彼四海」正同此例。又「百禄是荷」亦易字也。

玄鳥降則曰有祀郊禖之禮也 閩本同。明監本、毛本「則」作「之」。案：此誤改也。「則曰」二字當倒耳。「郊」當作「高」，見上。○按：作「郊」者是。

記其祈福之時 明監本、毛本「祈」誤「所」，閩本不誤。

注云是時指在桑 閩本、明監本、毛本同。案：山井鼎云：「『指』當作『恒』。」是也。

簡狄行洛 閩本、毛本同。明監本「洛」作「浴」。案：「浴」字是也。《譜》正義引作「浴」。

墮其卵 閩本、明監本、毛本同。案：浦鏜云：「『墮』，《本紀》作『墯』。」是也。《譜》正義引作「墯」。

故知湯是亳之殷地而受命之也 閩本同。明監本、毛本下「之」字作「者」。案：所改非也。「之」當衍字。

殷殷湯所都也 閩本、明監本、毛本不重「殷」字，脱「也」字。案：不重是也。

學者咸以爲亳在河洛之間書序注云今屬河南偃師地理志河南郡有偃師縣有尸鄉殷湯所都也皇甫謐云學者咸以亳在河洛之間 閩本、明監本、毛本無「書序」以下至「河洛之間」四十二字。案：此十行本複衍也。

書序曰盤庚五遷毛本「曰」誤「云」，閩本、明監本不誤。

且中侯格予命云閩本、明監本、毛本同。案：山井鼎云：「『格』恐『洛』誤。」是也。《譜》正義引作「雒」。

東觀在洛閩本、明監本、毛本同。案：「在」當作「於」，《譜》正義引作「於」。此與下互换而誤也。

不得東觀於洛也閩本、明監本、毛本同。案：「於」當作「在」，此與上互换。

言九有九有閩本、明監本、毛本同。案：上「九」字當作「奄」。下文云「是同有天下之辭」，以「同」解「奄」也。

正謂授湯聖德明監本、毛本「正」誤「王」，閩本不誤。

殷質以名篇閩本、明監本、毛本同。案：「篇」當作「著」，形近之譌。

創基甚難閩本、明監本、毛本「基」誤「業」。

侯氏褘冕明監本「褘」誤「神」，閩本、毛本不誤。

載龍旂弧韣毛本「韣」誤「韣」，閩本、明監本不誤。

在傍與己同曰偏駕閩本、明監本、毛本同。案：「己」當作「王」。

而十乘俱至也閩本、明監本「俱」誤「假」，毛本不誤。

言己令千里之内明監本、毛本「千」誤「十」，閩本不誤。

荷者在負之義閩本、明監本、毛本同。案：浦鏜云：「『在』當『任』字誤。」是也。

以頍弁既醉言維何者閩本、明監本、毛本「何」誤「河」，下「維何既是問辭」，毛本誤同。

既言四海爲界也閩本、明監本、毛本同。案：浦鏜云：「也，疑衍字。」是也。

荷任即是擔負之義明監本、毛本脱「荷」字，閩本不誤。案：「擔」當作「檐」，見上。

故言檐負天之多福閩本、明監本、毛本「檐」作「擔」字。按：「儋」是正字，俗作「擔」，從手。蓋唐早有之，《集韻》平聲「儋」、「擔」同字，去聲「擔」、「檐」同字。

長發

麻更前世有功之祖閩本、明監本同。毛本「更」作「陳」。案：所改是也。

赤則赤摽怒閩本、明監本、毛本同。案：浦鏜云：「『熛』誤『摽』。」是也。

黄則含樞細閩本同。明監本、毛本「細」作「紐」。案：所改是也。

易緯稱王王之郊閩本、明監本、毛本同。案：山井鼎云：「上『王』恐『三』誤。」是也。

天人共云明監本「共」誤「其」，閩本、毛本不誤。

諸稱三王有受命中興之功閩本、明監本、毛本同。案：浦鏜云：「『譜』誤『諸』。」是也。

幅隕既長唐石經、小字本、相臺本同，閩本同，《考文》古本同。明監本、毛本「隕」誤「幀」。

隕當作圓相臺本同，閩本、明監本、毛本同。小字本「圓」作「員」。案：正義云「鄭以『隕』爲『圓』」，是其本作「圓」也。《釋文》云：「作圜，音還，又音圓。」考「圜」即「圓」之正字。《考工記》注云：「故書『圜』或作『員』，當作『圜』」，其證也。羣書中「圜」、「圓」、「員」不一。

禹平治水土閩本、明監本、毛本同。案：「禹」當作「内」，形近之譌。

上須言契而已閩本、明監本、毛本同。案：「上」當作「止」，形近之譌。

以其承黑商立子閩本、明監本、毛本同。案：山井鼎云：「『商』恐『帝』誤。」是也。

國語亦云昔我先王后稷閩本、明監本、毛本同。案：「先王」，浦鏜云：「《周語》作『先世』。」非也。《國語》本作「昔我先王世后稷」，誤本乃無「王」字耳。正義所引當亦「王」、「世」兩有。而《緜》正義引云「昔我先世后稷」，各少一字。

文武不先不窋閩本、明監本、毛本上「不」字誤「之」，「窋」誤「窟」。案：上文「我先王不窋」，十行本已誤「窟」，閩本以下同。

故爲齊也閩本、明監本、毛本同。案：「齊」上，浦鏜云：「脱『整』字。」是也。

故得云威武烈烈然閩本、明監本、毛本「得云」誤「孫子」。

截而整齊閩本、明監本、毛本同。案：浦鏜云：「『而』，箋作『爾』。此譌。」是也。

則威加一面而已閩本、明監本、毛本「面」誤「國」。

其德浸大小字本、相臺本同。案：《釋文》云：「浸大，子鴆反。」正義云：「定本作『浸』字。」如其所言，非爲異本，當有誤也。意必求之，或正義本是「漸」字。正義云「雖已漸大」，又云「以爲漸大之意也」，又云「其餘不能漸大也」，當是本此箋文。又云「而云『其德浸大』者」，又云「故述其意言浸大耳」，二「浸」字依經、注本之所改也。○按：古「浸」、「寖」同字，容是一本作「寖」耳。

天命是故愛敬之也閩本、明監本、毛本同。小字本、相臺本「命」作「用」。案：「用」字是也。

以其聰明寬假天下之人閩本、明監本、毛本「假」作「暇」。案：所改是也。

定本作浸字閩本、明監本、毛本「浸」誤「侵」。

傳升至九州閩本、明監本、毛本同。案：「升」上當脱「躋」字。

晉維宋公孫固閩本、明監本「固」誤「因」，毛本不誤。案：山井鼎云：「『維』恐『語』誤。」是也。

受大玉謂珽也明監本「玉」誤「至」，各本皆不誤。

如旌旗之旒縿著焉小字本、相臺本同。案：正義云：「定本云『如旌旗之縿旒者焉』。」《釋文》云：「旒縿，所銜反。著焉，直略反。」是《釋文》本與正義本同也。此箋當讀「旒」字略逗，「縿著焉」三字爲句。定本非是。○按：《爾雅》及《周禮》注，正幅曰縿，旒著於正幅之旁。然則當云「旌旗之縿，旒著焉」。正義本非。

舉事其得其中閩本、明監本、毛本上「其」字作「甚」。案：所改非也。此「具」字之誤。

及旌旗之飾毛本「飾」誤「節」，閩本、明監本不誤。

如旌旗之縿旒者焉閩本、明監本、毛本「者」誤「首」。○按：依定本，上「縿」下「旒」爲是，「者」字亦是「著」字之譌也，直略反。

敷奏其勇唐石經、小字本、相臺本同。案：《釋文》云：「傅奏，音孚。本亦作『敷』。」正義本未有明文，今無可考。《大戴禮》所引是「傅」字，此亦如《尚書》「敷納」、「敷土」、「敷淺」原多引作「傅」也。

百禄是總唐石經、小字本、相臺本同。案：《釋文》云：「是總，子孔反。本又作『緵』，音宗。」正義標起止云「至是總」，是其本作「緫」字。䞓緫，《列祖》正義以爲古今字也。○按：此當「䞓」字爲長。淺人以「緫」字與上文三上聲相叶而輒改耳。

戁恐竦懼也小字本、相臺本同。案：《釋文》以「恐也」作音，是其本多「也」字。《考文》古本有，亦采《釋文》耳。

龍之爲和閩本、明監本、毛本「龍」誤「寵」。

則此宜爲榮名閩本、明監本、毛本「宜」誤「豈」。

勇毅不懼小字本、相臺本同，《考文》古本同。閩本、明監本、毛本「毅」誤「敢」。

行天子之禮樂毛本「子」誤「下」，明監本以上皆不誤。

九州齊一截然閩本、明監本、毛本同。小字本、相臺本「一」作「壹」，《考文》：「宋板同。」

○以爲上言成湯進勇閩本、明監本、毛本同。案：浦鏜云：「『以』上當脱『毛』字。」是也。

克伐既滅封其支子閩本、明監本、毛本同。案：「克伐」當作「先代」，形近之譌。

唯有韋顧昆吾閩本、明監本、毛本「唯」誤「雖」。

故以苞爲本閩本、明監本、毛本「故」誤「固」。

謂本根已順明監本、毛本「順」作「顛」，閩本作「顧」。案：「顛」字是也。

美湯以小國而得天意也毛本「美」誤「夫」，閩本、明監本不誤。案：此因明監本字壞而譌。

不厤數之閩本、明監本、毛本同。案：浦鏜云：「『下』誤『不』。」是也。

侈故之以閩本、明監本、毛本「侈」誤「移」，「故」誤「放」。

畏君之震小字本、相臺本同，《考文》古本同。閩本、明監本、毛本「君」誤「吾」。

師徒橈敗相臺本同，閩本、明監本、毛本同。小字本「橈」作「撓」。案：「橈」字是也。小字本乃俗字耳。

言實也上天子而愛之閩本、明監本、毛本同。案：浦鏜云：「『言』疑『信』字譌。」是也。「實」當衍字，此以「信也」説經「允也」。浦屬上句讀者，誤。

殷武

脩宮室閩本、明監本「脩」誤「宿」，毛本初刻同，後改「脩」。

撻彼殷武小字本、相臺本同。唐石經自「撻彼」起下至「設都」止五行，每行十二字。案：此落去上《序》一行，從後改入，故變而每行多二字也。

罙入其阻唐石經、小字本、相臺本同。閩本、明監本、毛本「罙」誤「冞」。案：依字當作「䍐」。詳《詩經小學》。

裒聚釋詁○閩本、明監本、毛本「詁」下有文字。案：所補是也。

以其遠入險阻閩本、明監本、毛本「入」誤「處」。

曰商是常小字本、相臺本同。唐石經「商」下旁添「王」字。案：旁添誤也。箋云「曰商王是吾常君也」，「王」字是箋文而非經文也。

世見曰王小字本、相臺本同。案：正義云「世見曰來王」，「來」字正義所加耳。《考文》古本「王」上有「來」字，采正義而誤。

謂之藩國閩本、明監本、毛本「藩」作「蕃」。案：所改非也。「藩」即「蕃」字耳。○按：依《説文》，「藩」是正字。

及嗣王即位閩本、明監本、毛本「及」誤「父」。

此章盡五章以來更本其告責之禮耳明監本、毛本「以來更」誤「叙未伐」。閩本「更」誤「史」，「以來」不誤。

非可解倦小字本、相臺本同。閩本、明監本、毛本「解」誤「懈」。

此所用告曉楚之義也小字本、相臺本、毛本同。閩本「曉」誤「膮」，明監本誤「鐃」。

亦每服者合五百里閩本、明監本、毛本同。案：浦鏜云：「『合』當『各』之誤。」是也。

經塗所宜閩本、明監本、毛本同。盧文弨云：「『宜』疑『直』。」嚴杰云：「亦非也。此用《蜀都賦》『經涂所亙五千餘里』之句，〔一〕亙，居鄧切，竟也。」

三倍狹於周世閩本、明監本、毛本「狹」誤「狄」。

烝民不粒閩本同。明監本、毛本「丞」作「烝」。案：所改是也。

則設文從何而往明監本、毛本「設」誤「經」，閩本不誤。

遭時制宜明監本、毛本「遭」誤「遵」，閩本不誤。

時楚僭號王仰閩本同。小字本、相臺本「仰」作「位」，明監本、毛本同。案：「位」字是也。正義云「明是於時楚僭慢王位」，或其本是「慢」字，然無明文也。《考文》古本作「慢」，采正義。

〔一〕「亙」，原作「互」，據文選樓本改，下同。

襄二十六年左傳曰閩本、明監本、毛本「二」誤「一」。

中候契握曰若稽古王湯閩本、明監本、毛本同。案：「曰」字當重而誤脱其一。

松桷有梴唐石經、小字本、相臺本同。案：《釋文》云：「挻，丑連反，又力鱣反，長貌，柔梴物同耳。字音羶，俗作『埏』。」段玉裁云：「《釋文》『柔挻物同耳』，《老子音義》曰『挻』，《字林》云『長也，丑連反。又一曰柔挻』。合此二音義觀之，則《毛詩》本作『挻』，而《説文》木部『梴』字恐後人羼入。」今考正義云「有梴然而長」，《五經文字》木部云：「梴，長貌。見《詩·頌》。」其本字皆從木，唐石經之所本也。《釋文》舊多誤，當正。詳後考證。

鄭以椃又爲椹閩本、明監本、毛本同。案：浦鏜云：「又，疑衍字。」是也。經及箋作「虔」，正義作「椃」。虔、椃，古今字，易而説之也。例見前。

言正斵於椹上閩本、明監本、毛本「正」誤「王」。

箋云不解閑義閩本、明監本、毛本同。案：「云」當作「亦」，形近之譌。

弟小辛崩閩本同。明監本、毛本「辛」下有「立」字。案：所補是也。

百五十四句小字本、相臺本同。唐石經初刻「百」上有「一」字，後磨去，閩本以下亦無。案：初刻誤也。

皇清經解卷八百四十六終

嘉應張嘉洪舊校

番禺高學瀛新校

毛詩注疏校勘記　卷八

儀徵阮宫保元著

毛詩釋文校勘記

周南

故訓傳第一○人或作詁通志堂本、盧本「人」作「今」。案：「今」字是也。小字本、十行本所附皆是「今」字。

國風○揔謂十五國通志堂本「揔」作「緫」，盧本作「揔」。案：「緫」字非也。《九經字様》手部云：「揔，《説文》作『緫』。經典相承通用。」

歎之○傷贊反通志堂本同。盧本「傷」作「湯」，云：從宋本正。案：考此「宋本」，謂十行本所附也。凡盧文弨所稱葉林宗影宋本及十行本所附，概曰「宋本」。又，宋經注本亦然。雜揉無别，由其初彙校於一帙，迨後倩手纂録，不識本來，遂致此誤。今就可考知者略爲訂正。小字本所附亦是「湯」字。

之苛○音同通志堂本同，盧本「同」作「何」，云「宋本作『何』」。案：考此「宋本」，謂十行本所附也。小字本所附亦是「何」字。○案：當作「荷」。《周禮》注多用「荷」爲「苛」字，轉寫或改作「苛」。此宋本則譌爲「何」。

騶○本亦作騶通志堂本、盧本同。案：盧文弨云：「騶，舊譌『騶』。」是也。

窕○幽閑也通志堂本、盧本「閑」作「閒」。案：「閒」字是也。○按：古多通用。

興也○案興是譬喻之名通志堂本同。盧本「喻」作「諭」，云「今從宋本」。案：考此「宋本」，謂十行本所附也。「喻」字不誤，十行本譌耳。盧文弨依之改，非。小字本所附亦作「喻」。○案：《説文》從言，无從口之「喻」。

其一章章四句通志堂本同。盧本不重「章」字，云：「舊複，今删。」

萋萋○茂盛皃通志堂本「皃」誤「貌」，盧本作「皃」。案：以後「皃」字同此。不更出。

叢木○一本作最通志堂本、盧本同。案：段玉裁云：「『最』當作『冣』，從冖從取。古書『冣』字多誤爲『最』字，從月。」説已見前。

無斁○本又作斁通志堂本、盧本同。案：「斁」當作「斁」。《集韻》二十二昔載「斁」、「斁」二形，云「古从欠」可證。

害澣○户葛反曷何也通志堂本、盧本同。案：盧文弨云：「《釋文》『曷』字亦衍文。」是也。此載傳，考傳以「害」、「曷」爲假借。《釋文》「户葛反」，即「曷」字音，不當更有「曷」字。

絜清通志堂本初刻「絜」作「潔」，後改去「氵」，盧本作「絜」。案：初刻誤也。以後「絜」字同此，不更出。

周行○注下同通志堂本、盧本「注下」作「下注」。案：倒者誤也。小字本、相臺本、十行本所附皆作「注下」，不誤。

嵬○毛公崔嵬通志堂本同。盧本「公」作「云」。案：所改是也。

○與爾雅同通志堂本、盧本同。案：盧文弨以爲「同」當作「異」，非也。此當本是「不同」，脱去「不」字耳。

○説文作瘕案：《説文》：「瘣，病也。」無「瘕」字。瘣，見《小弁》。

碹矣通志堂本「碹」誤「碹」，盧本作「碹」。案：小字本、十行本所附亦作「碹」，不誤。《集韻》九魚載「岨」、「砠」、「碹」三形，《五經文字》石部云「『碹』見《詩·風》」，皆可證。

藟○一名巨荒通志堂本、盧本「荒」誤「苽」。案：小字本所附亦作「荒」，不誤。説已見前。

蝑○幽州人謂之舂箕通志堂本、盧本「舂」作「春」。案：「舂」字是也。十行本所附是「舂」字。《六經正誤》云：「作『春』誤。」

泭○本亦作泭通志堂本、盧本下「泭」作「涄」。案：「涄」字是也。《集韻》十虞載「泭」、「涄」、「柎」、「坿」四形可證。小字本所附作「符」，亦誤。皆字之壞也。

頳尾○又作赬通志堂本、盧本同。案：《五經文字》赤部云：「《釋文》作『赬』，見《詩·風》。或本是『赬尾』，又作『頳』，轉寫誤易之耳。」

如燬○楚人名火曰燥通志堂本、盧本同。案：「燥」字誤。段玉裁云：「戴依《方言》作『煤』。」

題也○郭璞注爾雅頟也通志堂本同。盧本「頟」作「額」。案：所改是也。

召南

髮○鄭音髮通志堂本、盧本同。案：盧文弨云：「『髮』字誤。鄭云『以被婦人之紒』，是鄭音髮爲被也。」是也。

祁祁○舒遲也通志堂本、盧本「遲」誤「遟」。案：以後「遲」字同此，不更出。

鼈〇本又作鰲通志堂本、盧本「鰲」誤「鱉」。案：小字本所附亦作「鰲」，不誤。又，此字影宋本作「鰲」，盧文弨仍通志堂之誤作「鱉」，乃有「從魚者俗字」云，由於失校也。凡影宋本字不見於盧本者皆其脱漏，後不出者準此。

采蘋〇浮者曰藻通志堂本、盧本同。案：「藻」字誤。盧文弨云：「王應麟《詩考》作『薻』，當據以改正。」是也。郭注《釋草》云：「江東謂之薻」，後《鹿鳴》篇「洴」下有「薻」字，皆其可證者也。

所憩通志堂本同。盧本「憩」作「憇」，云：「舊『憇』字，舌在左旁，今從宋本正。」案：考此「宋本」，謂十行本所附也。小字本所附亦是「憇」字。唐人如此作，石經其證也。

〇本又作愒通志堂本、盧本「愒」作「揭」。案：「愒」當作「愒」。《集韻》十三祭載「愒」、「憩」、「偈」、「㞕」四形可證也。「愒」是「憩」之正字，「愒」、「揭」皆形近之譌。小字本所附亦誤「揭」。

不遑〇本或作偟通志堂本「偟」誤「徨」，盧本作「偟」。案：《集韻》十一唐載「遑」、「偟」二形，云「或从人」可證。小字本所附亦作「偟」，不誤。

復入〇扶福反通志堂本、盧本「福」作「富」。案：「富」字誤也。小字本、相臺本、十行本所附亦皆作「福」，不誤。

脱脱〇勑外反通志堂本、盧本「勑」誤「勅」。案：以後「勑」字同此，不更出。

邶

正封于衛通志堂本、盧本「于」作「於」。案：「於」字誤也。小字本、十行本所附亦作「于」，不誤。

棣棣〇富而閑習也通志堂本「閑」作「閒」，盧本作「閑」。案：通志堂本誤。〇按：此「嫺」之假借。《説文》：「嫺，雅也。」

母嬖○謚法云通志堂本「謚」作「諡」，盧本作「謚」。案：「諡」字誤改也。段玉裁云：「『謚』字本從言益聲。《五經文字》引《説文》可證。誤作『諡』，始於徐鉉定《説文》。」是也。以後「謚」字同此，不更出。

展衣○鄭云色白通志堂本「云」誤「曰」，盧本作「云」。案：小字本、十行本亦作「云」，不誤。

俾無○卑尒反通志堂本「尒」誤「爾」，盧本作「尒」。案：以後「尒」字同此，不更出。

實勞○實是也本亦作寔通志堂本、盧本同。案：此不誤。盧文弨云：「疑陸氏本作『寔勞，寔，是也。本亦作實』，後人據注疏本乙改者。」其説非也。特以爲「實」不得訓「是」，故欲倒之耳。不知毛氏《詩》多用「實」字。《頍弁》、《生民》、《韓奕》經皆然，箋皆訓爲「是」，正陸之所本也。又，《韓奕》箋云「當爲寔」，尤毛氏《詩》作「實」之明證，何得目作「實」者爲注疏本乎？其本又作「寔」者，後人依《韓奕》箋改字者也。陸意不從，當矣。

疐○本又作嚏通志堂本「嚏」作「嚔」，盧本作「嚏」。案：「嚔」字誤也。考小字本、十行本所附皆作「嚏」，不誤。《集韻》六至載「疐」、「蹥」、「嚏」、「疌」、「捷」五形可證也。「嚔」字與此經迴不相涉。

○又渚吏反通志堂本「渚」作「豬」，盧本作「渚」。案：「豬」字是也。小字本、相臺本、十行本所附皆是「豬」字。

劫也○欠欠故㰦是也通志堂本同。盧本「故」作「㰦」。案：「㰦」字是也。小字本、十行本所附皆是「㰦」字也。

虺虺○虚鬼反通志堂本、盧本同。案：《六經正誤》云「《卷耳》詩『我馬虺隤』，音呼回反，與灰同音。此亦當音灰。疑本作『虚嵬反』，傳寫脱『山』字耳」云云。其説非也。虺字本「虚鬼反」，《卷耳》詩以爲「瘣」字之假借，故「呼回反」，徐「呼懷反」也。此「虺虺」則用爲叠字形容之詞，不得以《卷耳》比例之矣。「虚鬼反」不誤也。字别作「⿱雨虺」，在《集韻》七尾，亦可證其是上聲讀。○按：《説文》無「痕」，云「《詩》以爲『痕』之假借」，非也。

成説○鄭相憂説也通志堂本同。盧本「憂」作「愛」。案：所改是也。

棘心〔一〕○俗作棘通志堂本上「棘」作「棘」，盧本作「棘」。下「棘」二本皆作「棘」。案：此上當是「棘心」，下當是「俗作『棘』」，説在後《園有桃》篇「有棘」條下。各本皆誤。《六經正誤》云：「既曰俗作『棘』，是本文作『棘』也。今作『棘』，誤。唯興國本作『棘』。」毛居正不知唐人作「朿」字中間例有一短畫，〔二〕故所説多不諦。

不忮○之豉反通志堂本同。盧本「豉」作「豉」。案：「豉」是也。小字本所附是「豉」字。○按：《釋文》凡「忮」字皆云「之豉反」，作「豉」亦是譌字。雖寘韻有「豉」字，去智切，而不爲「忮」之反語。

軌○車轊頭所謂軌也通志堂本、盧本下「軌」作「軓」。案：「軌」、「軓」皆誤字也。考小字本、相臺本、十行本所附皆是「軹」字。當從之改正。

旭○徐又許袁反通志堂本、盧本同。案：段玉裁云：《類篇》、《集韻》云「許元切，徐邈讀」。徐必「許九反」，譌「九」爲「元」耳。今《釋文》又譌作「許袁」。

有違○違張也通志堂本同。盧本「張」作「很」。案：「很」字是也。十行本所附是「很」字，小字本所附作「違很反」，「反」字非。○按：「很」當是「恨」之譌。

〔一〕「棘」，原作「棘」，據文選樓本改。下同。

〔二〕「朿」，原作「束」，據文選樓本改。

能慉○毛與也通志堂本、盧本同。案：「與」字誤。考小字本、相臺本、十行本所附皆是「興」字。正義云「孫毓引傳云『慉興』」，然則陸本此傳與孫毓評同。

覬其○音兾通志堂本「兾」作「冀」，盧本作「兾」。案：「兾」是隸省字，見《九經字樣·雜辨部》。以後「兾」字同此，不更出。

旄丘○丘或作古北字通志堂本同。盧本「北」作「丠」。案：《六經正誤》云：「丘，或作古『北』字，作『北』誤。」是也。《集韻》十八尤載「丠」、「𡋃」、「丘」、「𡍂」四形可證。盧文弨所改者誤。

離○爲鶹鷅通志堂本同。盧本「鷅」作「鶫」。案：「鶫」字誤。

褎如○本亦作裦通志堂本、盧本同。案：「裦」字誤也。《六經正誤》云：「亦作『褏』，中从由。作『裦』，从丘从臼，誤。」考《羣經音辨》衣部云：「褏，盛服也。」《集韻》四十九宥載「褎」、「褏」二形，云「或从由」，皆可證也。「褏」壞作「裦」，又誤改作「裒」字，非此之用。

○由救反通志堂本「由」誤「申」，盧本作「由」。案：小字本、相臺本、十行本所附皆作「由」，不誤。

一散○容五升也通志堂本、盧本無「也」字。案：小字本所附有，當是《釋文》舊如此。

推我○音千隹子隹二反通志堂本「千」誤「于」，盧本作「千」。案：小字本、十行本所附作「千」，不誤。《六經正誤》所載亦是「千」字。

且○子餘反下同通志堂本、盧本脱「下同」二字。案：小字本、相臺本所附有，不誤。

踟○直知反通志堂本「直」誤「真」，盧本作「直」。案：小字本、相臺本、十行本所附皆作「直」，不誤。

新臺○爾雅云　通志堂本、盧本「云」誤「曰」。案：小字本、相臺本、十行本所附皆作「云」，不誤。

泚○云新色鮮也　通志堂本同。盧本「新」作「玉」，云「今從《説文》改」。案：盧文弨所説非也。陸所引自是「新」字，又見《君子偕老》篇。不得輒改之也。○按：《説文》古本必是作「新玉色鮮也」。或少「新」字，或少「玉」字，皆非耳。

婉○迂阮反　通志堂本、盧本同。案：《六經正誤》云：「婉，紆晚反。作『于』誤。」考毛居正是校宋監本，其葉林宗之影宋本即以毛所載者證之，知其出於宋時之潭本，故微有不合者。小字本、相臺本、十行本所附皆作「迂阮反」。

愬彼○先路反　通志堂本、盧本「先」作「蘇」。案：「蘇」字是也。小字本、相臺本、十行本所附皆是「蘇」字。

鄘

牆有茨○蒺蔾也　通志堂本、盧本「蔾」誤「藜」。案：考字書，「蒺蔾」字從艹下棃，與「藜藋」異字，《五經文字》、《廣韻》、《集韻》等皆可證也。下不誤。

編○或必仙反　通志堂本、盧本「仙」作「先」。案：小字本所附是「先」字，相臺本、十行本所附作「仙」。考此字當在一先韻，「先」字爲是。

他他　通志堂本、盧本作「佗佗」。案：盧文弨云：「《讀詩紀》引《釋文》亦作『他他』。」今考賈氏《羣經音辨》人部云：「佗，彼也，吐何切。佗佗，美也，大何切。《詩》『委委佗佗』。」賈氏此書多取《釋文》，當是《釋文》有作「佗」、作「他」二本也。《釋文》舊本、新本不同，載於《音辨》第七卷中，是其證矣。唐石經以下各本此經皆是「佗」字，通志堂本依之改，遂偶與《音辨》合。○按：他者，佗之俗字耳。古書多作「佗」，鮮作「他」。

狄○王后第二服　通志堂本「二」誤「一」，盧本作「二」。案：小字本、十行本所附亦作「二」不誤。

晳也通志堂本、盧本同。案：盧文弨云：「當從白作『晳』。」是也。

媛也○援取也通志堂本、盧本同。案：盧文弨引許焞云：「『取』乃『助』字之譌，當改正。」是也。

東辟○音壁通志堂本「壁」誤「璧」，盧本作「壁」。案：小字本、相臺本所附皆作「壁」，不誤。

騋牝○徐扶死反通志堂本「死」誤「允」，盧本作「死」。案：小字本、十行本作「死」，不誤。《集韻》五旨「牝」字即此，徐讀「也」。○按：經典「牝」字，徐皆讀如「刀匕」之「匕」。

相長○張丈反通志堂本、盧本同。案：盧文弨云：「注疏宋本作『丁丈反』。」考此，謂十行本所附也。小字本所附亦作「丁」。其實「張」字非誤。岳氏《沿革例》云：「有一字數切而自爲厖雜者。如一『長』字也，則丁丈、張丈、知丈、展兩反。」云云。《六經正誤》之音辨云：「《葛覃》『曰長』，丁丈反。當從《衛風·雄雉》詩『長幼』，張丈反爲正音。後倣此。」皆可爲證。盧文弨未之考也。

衛

緑竹○竹萹竹也通志堂本「萹」誤「篇」，盧本作「萹」。案：此字從艸。下同。

○云薄萹筑也通志堂本、盧本同。案：「筑」當作「茿」，從艸。下云「《韓詩》作『筑』」，亦「茿」字之誤。《集韻》一屋載「茿」、「菉」二形，艸名。《説文》「萹，茿也，或從木」可證。

如磋通志堂本、盧本同。案：小字本、相臺本、十行本所附皆作「瑳」。考《卷阿》釋文云「切磋，或作『瑳』」，是陸本作「磋」字。各本所附皆非其舊。《小雅·谷風》篇同。

琇○説文作琇通志堂本「琇」誤「琇」，盧本作「琇」。案：《集韻》四十九宥載「琇」、「琇」二形，云《説文》「石之次玉者」，引

《詩》「充耳琇瑩」,「或省」。可證。

猗通志堂本、盧本同。案：盧文弨云「宋本从人」。案：考此「宋本」,謂十行本所附。其實《釋文》本是「猗」字,十行本非是。說已見前。

倩兮○倉白色通志堂本、盧本「倉」作「蒼」。案：「倉」字不誤,此古通用。小字本、十行本所附亦是「蒼」字,皆後改也。

盻兮通志堂本同。盧本「盻」作「盼」。案：《六經正誤》云：「案《說文》作『盼』,引《詩》『美目盼兮』。據義,取黑白分,當从分。作『盻』誤」云云。《五經文字》目部云：「盼,見《詩》。」此《釋文》當本是「盼」字,轉寫乃譌作「盻」耳。

鮪○于𨊠反通志堂本同。盧本「𨊠」作「軌」。案：《六經正誤》云：「作『𨊠』誤。」《五經文字》車部云：「軌,從八九之九。作『𨊠』非。」可見俗作「𨊠」字,自唐已有此。○按：唐碑皆如此。

罛○音孤影宋本有此一條,在「罟音古」條上。通志堂本無,盧本有。案：考十行本所附亦有此條。當係陸氏元文,後人因與上重出而輒刪之。非也。山井鼎以爲元文無此三字者,但據通志堂本言之耳。凡《考文》所論皆然,今不盡出之也。

之繇通志堂本、盧本同。案：《六經正誤》云：「『之繇』作『繇』誤。」[一]今刻正誤倒其字。毛居正之意,欲改「繇」爲「䌛」,於《小旻》篇正文及左氏《傳》閔二年、僖四年、十五年,皆著其說。其實「䌛」字非是,說已見前。盧文弨云：宋本「系」上加「卜」,今未見,俟再詳。或謂相臺岳氏經注本也。小字本所附作「繇」,不誤。○按：《說文》作「籒」,引《春秋傳》「卜籒

〔一〕「繇」,疑當作「䌛」,參見《六經正誤》。

云」是也。凡經注作「繇」者，假借耳。加「卜」爲俗字。

之宴○本或作卝者非 通志堂本、盧本「卝」誤「丱」。案：《齊・甫田》篇字同。

恒蔓於地○後人輒加耳 通志堂本「輒」誤「輙」，盧本作「輒」。

桀兮○鄭云英桀也 通志堂本、盧本下「桀」作「傑」。案：「傑」字非。

所以育民人也 通志堂本、盧本「民人」作「人民」。案：改「民人」者誤。此《序》陸作「民人」最是。唐石經以下各本作「人民」者，乃誤倒耳，不當依之改也。說已見前《抑》篇下。

王

只且○子徐反又作且七也反 通志堂本、盧本同。案：此不誤。盧文弨欲删「作且」二字，非也。下云「七也反」，即爲「又作且」作音。盧不得此意。十行本所附亦有「作且」二字。

彼其○亦作已亦同 通志堂本、盧本同。案：上「亦」字誤，當作「或」。小字本、十行本所附皆是「或」字。

飢○本或作饑 通志堂本、盧本「或」誤「又」。案：小字本、十行本所附皆作「或」，不誤。

徒用○沈云當作□ 影宋本缺一字，通志堂本、盧本作「從」。案：小字本、十行本所附作「從」，以下注疏本皆同，通志堂依之補也。其實當作「徙」，形近而譌耳。詳沈意，以「徙」字上屬讀。

湑○不湑 通志堂本「不」誤「曰」，盧本作「不」。案：小字本、十行本所附「不」作「水」，此形近而譌也。

如璊○說文作璊 通志堂本同。盧本下「璊」作「𤩲」。案：段玉裁云：「『璊』是『𤩲』之誤。」是也。小字本、十行本所附正是「𥢶」字。

○禾之赤苗謂之𥢶通志堂本「𥢶」誤「樠」，盧本作「𥢶」。案：《集韻》二十三魂載「虋」、「蘴」、「穈」、「𥢶」四形可證。小字本所附亦作「𥢶」，不誤。

堬○本或作逮通志堂本、盧本同。案：盧文弨云：「『逮』乃『遠』字之譌。當改正。」是也。小字本、十行本所附正是「遠」字。陸云，此從孫義。考正義引孫毓有「遠」字，亦可證也。

鄭

之粢通志堂本、盧本「粢」作「粲」。案：盧文弨云：「不當依宋本。」非也。唐人作「粢」、「餐」字，例如此。石經其證也。以後同此。不更出。

○飧也通志堂本、盧本「飧」誤「餐」。案：此傳《釋文》本作「飧」，正義本作「餐」。以正義本改《釋文》本者，非。小字本、十行本所附作「飧」，不誤。

飧○蘇尊反通志堂本同。盧本「飧」下有「也」字，云「舊脱，今補」。案：補者非也。此陸氏元無。

忍○依字木旁作刃通志堂本、盧本同。案：《六經正誤》云：「依字『韋』旁作『刃』。『韋』作『章』誤。」是也。此及小字本、十行本所附皆作「木」，亦誤。

鴇○依字作鴇通志堂本同。盧本下「鴇」作「鳵」。案：《六經正誤》云：「依字作『鳵』。从鳥誤。」是也。考十行本所附是「鳵」字，當是依毛居正改正也。

二矛○鏦音錯江反通志堂本「江」誤「工」，盧本作「江」。案：小字本所附亦作「江」，不誤。

寁○市坎反通志堂本、盧本同。案：《六經正誤》云：「市坎反，作『市』誤。」非也。毛居正多用其時等子以繩尺隋唐間切韻，故其書之所謂音辨者，皆不得陸氏之理。此不悉論也。○按：舊校非也。段玉裁云：「毛氏不誤。」

有爤通志堂本「爤」作「爛」，盧本作「爤」。案：《六經正誤》云：「有爛，作『爤』誤。」其說非也。陸氏作「爤」，正字也。唐石經以下各本作「爛」，從省也。毛居正反以「爤」爲誤，失之矣。通志堂依各本改《釋文》爲「爛」，其失正同。唯影宋本爲是。《集韻》二十九换載「爤」、「爛」、「燗」、「煉」四形，云「《說文》孰也。或从闌、从閒、从柬」可證。

壻御○字書作𡎐通志堂本、盧本同。案：盧文弨云：「疑作『埍』。」非也。「𡎐」是當時別體耳。小字本所附作「埍」，乃字有壞而改之。

萏○本又作欿又作萏通志堂本同。盧本「欿」作「歁」，下「萏」作「蓞」，云「『歁』舊作『欿』，據《澤陂》音義改。『蓞』舊作『萏』，據《爾雅音義》改。」案：所改是也。《集韻》四十八感載「菡」、「萏」、「蓞」、「歁」四形可證。

倒○都老反通志堂本、盧本同。案：《六經正誤》云：「都耄反，作『老』誤。」其說非也。陸自作上聲，《東方未明》篇同，可互證也。

褰裳○本或作騫非說文云褰袴也通志堂本、盧本同。案：段玉裁云：「此是『騫裳』，本或作褰，非。《說文》云：『褰，袴也。』淺人倒易之。《左傳》襄五年、廿六年音同。『騫裳』字必从馬者，毛公云：騫，虧也。凡摳衣則下虧矣。」

堂兮○並如字通志堂本同。盧本「並」作「毛」，云「毛舊作『並』，今從浦鏜改。」案：所改非也。並者，指謂諸家述毛及作音人耳。浦全失陸意。

不瘳影宋本此一條在「不爲」一條下，通志堂本、盧本倒在上。案：依正文，所移是也。

以挍正通志堂本、盧本「挍」作「校」。案：「校」字誤也。小字本、相臺本、十行本所附皆誤，唯影宋本爲是。又，《公劉》注有此字，可互證。見本篇下。

達兮○往來見貌通志堂本、盧本同。案：盧文弨云：「傳作『往來相見貌』，此脱『相』字。」其説非也。陸所載傳、箋無毛云、鄭云者，每但取其意而增損其文，不得以傳、箋校之也。

○説文云達不相遇也通志堂本同。盧本「達」作「行」，云「舊『行』作『達』，今據本書改。」案：其説非也。此當是陸所引無「行」字，讀以「達」字逗，因上連釋「挑達」，而此則專引「達」解，故立文如此。

綦巾○巨基反綦反也通志堂本、盧本「綦反也」作「蒼艾色」。案：此誤改也。陸氏本云「綦巾，巨基反，綦文也」，下三字是所載箋文，影宋本唯譌「文」字作「反」字耳，乃形相近也。後之校者不得其故，遂取傳文「蒼艾色」三字盡易去之，似是而實非也。

邂○户邂反通志堂本、盧本下「邂」作「解」。案：「邂」、「解」皆誤也。此當作「懈」。考小字本、相臺本、十行本所附皆是「懈」字也。

涣涣○説文作汎汎音父弓反通志堂本、盧本同。案：段玉裁云：《説文》必本作「汎」，從水凡聲，即「洹」之別體。「音父弓反」者，有誤。

蕳兮○蘭香也通志堂本、盧本同。案：段玉裁云：「『蘭』下當補『也』字，『香』下當補『草』字。」是也。盧文弨於此所説多紛錯譌謬，今不論。

藥○勺藥通志堂本、盧本「勺」誤「芍」。案：上大字不誤。

瀏○力九反通志堂本「九」誤「尤」，盧本作「九」。案：此載在《集韻》四十四有，可證也。○按：《廣韻》有平聲。

齊

壺通志堂本、盧本「壺」作「壷」。〔一〕案：唐人作「壷」字例如此，石經其證也。以後同此，不更出。

無田影宋本此一條在「維莠」一條下，通志堂本、盧本倒在上。案：依正文，所移是也。考十行本所附亦「無田」在下。或《釋文》舊如此。

丱兮通志堂本、盧本「丱」誤「卝」。案：盧文弨云：「今以《周禮》『礦』作『丱』，此從舊，略有別。」其説誤之甚者也。《五經文字》艹部云：「丱，古患反。見《詩·風》。《字林》不見。又，古猛反，見《周禮》。《説文》以爲古『外』字。」張參所言，極其明晰。此經及《周禮》本皆是「丱」字，不知其以爲「略有別」者更據何書也。唐石經此經作「丱」。《集韻》三十諫云：「丱，束髮皃。《詩》『總角丱兮』。」可見唐宋以來無不如此作者。後更俗譌，乃始作「卝」耳，不得言從舊也。

鰥通志堂本、盧本「鰥」作「鱞」。案：所改非也。此字當作「鰥」。魚旁譌作「角」者，形相近也。《桃夭》篇云「鰥，本亦作鱞」，可互證。此必當時別體字也。

豈○開改反通志堂本、盧本同。案：《六經正誤》云「豈，開在反」，又云「案《蓼蕭》釋文：豈，開在反」，又云「『在』字有上、去二音。開在反，則『豈』字亦有上、去二音」，又云「《青蠅》詩：愷，開在反」云云。是宋監本此「改」字作「在」。考小字本所附亦作「改」，與此同。

〔一〕「壷」，原作「壼」，據文選樓本改。

弟○或音待易反通志堂本、盧本同。《六經正誤》云：「易也，『也』字作『反』，誤。」是也。《旱麓》篇「豈弟」下云：「弟，亦作『悌』，徒禮反，一音待。豈，樂也。弟，易也。後『豈弟』皆同」，云云。可互證。《集韻》十五海待鈕下有「弟」字，云「易也」，本此二《釋文》。

魏

蕡○說文音似足反通志堂本、盧本同。案：似足，小字本、相臺本、十行本所附皆作「其或」，當是也。○案：舊校非，此不得切「其或」。「或」乃「彧」之譌。既譌，乃又改爲「似足」者矣。

夫人影宋本此一條在「何爲」一條下，通志堂本、盧本倒在上。案：依正文，所移是也。

無復○扶又反通志堂本、盧本「扶」作「符」。案：相臺本所附是「符」字，小字本所附亦作「扶」。

有棘○從兩朿通志堂本「棘」作「棘」、「朿」作「束」，盧本作「棘」、作「朿」。案：通志堂本是。

○俗作𣗥同通志堂本、盧本同。案：各本皆非也。小字本所附「𣗥」作「𣚌」。考《集韻》二十四職，載「棘」、「𣚌」、「朿」三形，云：「或作『𣚌』。」當本此。「𣚌」即「𣚌」字也。唯小字本爲不誤，乃獨出於善本也。《凱風》篇亦當如此。今誤。又通志堂二《釋文》「𣗥」字皆改刻，其初刻未詳。

伐檀○待丹反通志堂本、盧本「待」作「徒」。案：相臺本所附亦作「待」，小字本所附是「徒」字。

寘之通志堂本脱「之」字，盧本有。

素餐○說文作㕘食通志堂本「㕘」皆作「餐」，盧本上作「㕘」，下作「餐」，云：「『餐』字舊互誤，今從宋本改。」案：盧文弨所説非也。此「《説文》作𩞐」乃對下云，或從水而言耳，非以從歹從歺區別也。所稱宋本今未見，俟再詳。

素飧通志堂本「飧」誤「飱」，盧本作「飧」。案：《九經字樣》食部云：「飧，音孫從夕。」可見「飱」特後來譌俗字耳。

○水澆飰也通志堂本「飰」作「飯」，盧本作「飰」。案：《九經字樣》食部云：「『飯』作『飰』者訛。」是「飰」乃當時俗體也。《集韻》二十五願，載「飯」、「餅」、「飰」三形，亦可證。

貫女○徐音宮通志堂本同。盧本「宮」作「官」。案：小字本、相臺本、十行本所附皆是「官」字。盧文弨引惠棟云：「貫，石經《魯詩》作『宦』，徐音官。官，當是『宦』字之誤。」是也。○按：「徐音官」不誤。今讀去聲，舊讀平聲耳。舊校謂「官」是「宦」之誤，非也。

喜説通志堂本「説」誤「悦」，盧本作「説」。案：小字本、相臺本、十行本所附皆作「説」不誤。

唐

荎○沈又直棃反通志堂本、盧本「棃」作「藜」。案：小字本、相臺本、十行本所附皆作「黎」。考此字載《集韻》六脂，以影宋本爲是。

皓皓通志堂本、盧本同。案：依字當作「晧」，唐石經改刻者是也。《釋文》當亦本是「晧」字，後轉作「皓」耳。《月出》篇同。

粼粼通志堂本、盧本誤「粼粼」。案：小字本、相臺本、十行本所附皆作「粼粼」。「粼」即「粼」別體字。

○利新反通志堂本「利」作「刊」，盧本作「利」。案：小字本、相臺本所附皆作「利」，不誤。

一捄通志堂本同。盧本「捄」作「梂」，云：「舊『梂』從手，今依宋本正。」案：此「宋本」今未見，俟再詳。《六經正誤》於正文下云：注「一捄之實」，作「梂」誤。《集韻》一屋兩載此字皆從木。此《釋文》當亦本從木，後轉從扌耳。

豹褎〇本又作褏同 通志堂本、盧本同。案：《六經正誤》云：「本又作『褏』。作『褎』誤。」其說非也。《五經文字》衣部云「褎、袖二同」，是其證。小字本所附作「裒」，亦非。

鴥 通志堂本同。盧本下有「羽」字，云：「從宋本補。」案：此「宋本」今未見，俟再詳。

〇無後指 通志堂本、盧本「指」誤「趾」。案：小字本、相臺本所附皆作「指」，不誤。

秦

其耊 通志堂本、盧本同。案：盧文弨云：「宋本作『耊』。不必從。」考此「宋本」，謂十行本所附。唐人作上從老之字，例省，石經其證也。小字本所附亦是「耊」字，非《釋文》之舊。

五楘〇本又作鞪 通志堂本、盧本「鞪」作「鞪」。案：「鞪」字是也。「鞪」字於字書無可考。小字本所附亦是「鞪」字。

靷〇之忍反 通志堂本、盧本同。案：小字本、十行本所附「之忍反」作「音允」，相臺本所附作「音酭」。段玉裁云：「此『之忍反』及相臺本，皆宋人避諱改之耳。今考『之忍反』，乃『軫』字音。改者誤也。」

蒙伐〇本或作瞂 影宋本缺失上卷第三十四葉也。下同。通志堂本如此。盧本「瞂」作「瞂」，云：「舊『瞂』譌作『瞂』。」案：其說非也。《集韻》十月，載「瞂」、「瞂」、「吙」三形可證。

竹閟〇本一作韠鄭注周禮云弓檠曰韠 影宋本缺。通志堂本、盧本如此。案：盧文弨云：「雨『韠』字當從下『韠』，音悲位反，一例韋旁作。」今考小字本、十行本所附皆作「柲」。鄭《儀禮·既夕》記「有柲」注引「竹柲緄縢」，當依「柲」爲是。

○徐邊患反影宋本缺。通志堂本如此。盧本「患」作「惠」。案：「惠」字是也。小字本、十行本所附是「惠」字。

陝○魚簡反又音簡按：「簡」字當作「檢」。此二「簡」皆明末避懷宗諱所改也。音韻全乖，急宜改正。考各本附音皆作「檢」，不誤。葉林宗於崇禎時寫此書，全書内往往有改「檢」爲「簡」者。

枏也○孫炎稱荆州曰枏揚州曰梅影宋本缺。通志堂本、盧本如此。案：段玉裁云：「疏引孫炎曰：『荆州曰梅，揚州曰枏。』當依之乙。」是也。《爾雅》疏亦可證。

殲我○又息廉反影宋本缺。通志堂本、盧本如此。案：小字本、十行本所附「又」上皆有「徐」字，無者當是脱也。

愬之○蘇路反影宋本缺。盧本此條下有「贖食燭反又音樹」一條，通志堂本無。案：盧文弨所補是也。小字本、相臺本、十行本所附皆有此一條，足以爲據。唯盧於「贖」上以意加「可」字，則非。

鸇也○説文止仙反字林尸先反影宋本缺。通志堂本、盧本如此。案：《六經正誤》云：「《字林》『巳仙反』，乃與『堅』同音，非也。當作『之仙反』。」段玉裁云：「《爾雅音義》『止』作『上』、『尸』作『巳』、『先』作『仙』。『上』是『止』非，『尸』是『巳』非。《集韻》收『巳仙切』，誤。小字本所附作『户仙反』，『户』即『尸』之譌。」

之駛影宋本缺。通志堂本、盧本如此。案：相臺本所附「駛」作「駛」。此當本作「駛」，後轉作「駛」也。小字本所附仍作「駛」，《二子乘舟》篇同。

樹檖○或作遂影宋本缺。通志堂本、盧本如此。案：盧文弨云：「《説文》引《詩》作『樣』。遂，疑當作『樣』。」其説非也。此不與《説文》相涉。小字本、十行本所附亦皆作「遂」。

屋○如字具也通志堂本、盧本同。案：此不誤。盧文弨云：「此條有脱文。疑當作『毛如字，宅也。鄭音握，具也』。」其説譌謬特甚。屋宅之解，傳既無文，孔氏正義不分毛、鄭異説。陸意同之，故載箋義，並非有脱文也。唯王肅以屋爲宅，與鄭立異。雖自謂述毛，究未嘗以「宅也」之語竟屬之於毛。正義具有明文，一一可以覆案，何容鄉壁虚造，援王入毛，又復塗竄《釋文》，貽誤來哲也。

四篚〇皆容一斗二升 通志堂本「斗」誤「升」，盧本作「斗」。案：小字本所附作「斗」，不誤。

皇清經解卷八百四十七終 嘉應生員李恒春校

毛詩注疏校勘記　卷九

儀徵阮宫保元著

毛詩釋文校勘記

陳

以㲹通志堂本「㲹」誤「𣰰」，盧本作「㲹」。案：以後從㚇者同此，不更出。

以樂○晚詩本有作疒下樂通志堂本、盧本「晚」作「逸」。案：「逸」字誤也。「晚《詩》本」者，對上「舊皆作樂字」而言也。改作「逸」者，誤。小字本所附正作「晚」，不誤也。

○療字當從疒下尞通志堂本同。盧本「療」作「瘵」，云：「舊譌『療』，今改正。」案：此不誤。盧文弨非也。小字本、十行本所附亦皆作「療」，不誤。

叔姬○音叔通志堂本、盧本下「叔」作「淑」。案：段玉裁云：「叔，音叔。與上《東門之枌》篇『旦，音旦』爲一例。」是也。小字本、相臺本、十行本所附雖皆順正文改上「叔」爲「淑」，其「音叔」則未誤。

有鷊○户驕反通志堂本同。盧本「户」作「于」。案：「于」字誤改也。考小字本、相臺本、十行本所附皆作「户」。

柟也○冉鹽反通志堂本同。盧本「冉」作「如」，云：「浦鏜據《終南》音義改。」案：改者非也。考小字本、相臺本、十行本所附皆作「冉」。陸切字本不畫一，見於岳氏《沿革例》。盧失考耳。

訊之○訊諫也通志堂本、盧本同。案：《六經正誤》云：「訊，諫也。作『誎』誤。《説文》：誎，數諫也，从言从朿，七賜反。誎，促也，从言从約束之束，音速。」依此，是宋監本、《釋文》此作「訊諫也」，从言从朿，中有小畫，即朿字，唐人例如此作。毛居正以爲「束」字非是。小字本所附作「誎」，誤多一畫，當由不識「諫」字者誤改之耳。

卬有通志堂本「卬」誤「卭」，盧本作「邛」。案：依字當作「邛」。唐石經可證也。

侜○有鷊蔽也通志堂本「鷊」誤「甀」，盧本作「鷊」。案：相臺本、十行本所附皆作「鷊」，不誤。山井鼎云：「謹案：《説文》作『鷊』也。」

劉兮○埤蒼作嬼嫺妖也通志堂本、盧本「嫺」作「嬼」。案：考小字本所附亦是「嬼」字，但其實非耳。「嫺」、「妖」二字連文，相如賦所謂「妖冶嫺都」也。

且卷○本又作婘通志堂本、盧本同。案：小字本、十行本所附皆云「本又作睠」。考「睠」字非也。《博雅》云：「婘，好也。」本此詩。

且儼○本又作曮通志堂本、盧本同。案：小字本所附「曮」作「𥌓」。段玉裁云：《集韻》從目是也。見五十二儼「儼」字下。

檜

羔裘第十三○滎波之南通志堂本、盧本「滎」誤「榮」。案：小字本所附亦作「滎」，不誤。《左傳》釋文云：「作『榮』者非。」可證陸是「熒」字。

見君○賢遍反通志堂本「賢」誤「實」，盧本作「賢」。案：小字本、相臺本、十行本所附皆作「賢」，不誤。

曹

何戈○獨也通志堂本同。盧本「獨」作「揭」，云「今改正」。案：此陸載傳盧改是也。

少貌○詩照反下同通志堂本、盧本無「下同」二字。案：無者脱也。小字本、相臺本所附皆有，不誤。

伊騏○纂文也通志堂本同。盧本「纂」作「綦」。案：《六經正誤》云：「纂，文也。作『纂』，誤。」是宋監本作「纂」也。此「綦」字誤加竹耳。十行本所附作「綦」，乃出於善本也。小字本所附作「纂」，當是依毛居正改。其實所改非。

○弁飾往往冒玉也通志堂本、盧本同。案：小字本、十行本所附「冒」皆作「置」。段玉裁云：「『置』字是。」

○或亦作璂通志堂本、盧本同。案：盧文弨云：「《説文》：璂，或从基。此當爲『或亦作琪』。」是也。《集韻》七之載「璂」、「琪」二形，亦可證。

洌通志堂本、盧本同。案：段玉裁云：此字當從仌作「冽」。見《詩經小學·大東》篇。

愾○大息也通志堂本「大」誤「太」，盧本作「大」。

豳

觱發○説文作畢通志堂本同。盧本「畢」作「滭」，云：「今改正。」案：所改是也。

○觱發寒也通志堂本、盧本同。案：傳云：「觱發，風寒也。栗烈，寒氣也。」分别二義。此及下「栗烈」條皆但云「寒也」，當有脱。

栗烈○寒也通志堂本、盧本「寒」下有「氣」字。案：此當有脱。見上「觱發」條。

饁○字林乎刮反通志堂本「乎」作「手」，盧本作「于」。案：「于」字是也。小字本、十行本所附皆是「于」字。

鵙通志堂本、盧本同。案：盧文弨云：「『鵙』當作『鶪』。」是也。

莎雞○舊多作莎今作沙通志堂本、盧本同。案：今注疏所附「莎」、「沙」互易，乃因正文今作「莎」而倒之，承十行本而然也。盧文弨疑當從之，其實非是。小字本所附上「莎」下「沙」，不誤。

篳户通志堂本、盧本同。案：盧文弨云：「宋本從艸。」考此「宋本」，當謂宋刻經注本耳，未詳的指何本也。小字本、相臺本所附皆是「蓽」字。《集韻》五質云：「篳，《説文》『藩落也』，引《春秋傳》『篳門圭窬』。通作『蓽』。」此《釋文》作「篳」，乃正字。經注本當是順正文改耳。

凌陰○陵陰冰室也通志堂本、盧本同。案：「陵」是「凌」字之誤。

○説文作⿰月⿱龹仌通志堂本「⿰月⿱龹仌」誤「滕」，盧本作「⿰月⿱龹仌」。

水複通志堂本、盧本「複」作「腹」。案：「腹」字非也。小字本所附作「複」，不誤。○按：作「腹」是也。腹者，厚也。《月令》「水澤腹」，漢《月令》下無「堅」字，見鄭注。

租○本又作租通志堂本同。盧本下「租」作「祖」。案：小字本所附是「祖」字，足正各本之譌。段玉裁引正義爲證。説已見前。

作翳○又作緊通志堂本、盧本同。案：小字本、十行本所附皆「翳」、「緊」互易。考鄭讀「伊」爲「緊」，屢見於箋，其字皆作

「緊」。陸唯此云「又作翳」，所以著其異耳。意當不以爲正也。互易者或是也。

鸛○水鳥也通志堂本、盧本脱「也」字。

栗薪○韓詩作蓼力菊反聚薪也通志堂本「蓼」作「蔘」。盧本「聚」作「衆」。案：十行本所附如此也。盧文弨云：「王氏《詩考正》同。」今考《集韻》一屋載「蔘」、「蓼」二形，云：「一曰『衆薪也』。或作『蓼』。」即本此。亦可證。

樂之○影宋本下缺注。通志堂本有「音樂」二字，盧本作「音落」。案：考小字本、十行本所附皆是「音洛，下同」四字，當依之補正。各本皆未是。

九罭○本亦作罭通志堂本、盧本下「罭」作「罭」。案：小字本所附作「棫」。「棫」亦非是，當本作「域」。

衮衣○六冕之第二者也通志堂本同。盧本「者」作「章」，云：「今改正。」案：所改是也。

卷龍○卷冕反通志堂本同。盧本「反」作「衣」，云：「今改正。」案：此不誤，盧改謬甚。《釋文》之例，無但有義而無音者，且「卷龍卷冕衣」豈復成語？更不得謂之義也。考小字本所附亦作「卷冕反」，相臺本所附作「眷冕反」。以《采菽》篇釋文云「卷龍卷勉反」互證之，可以知其非誤矣。「眷」字當是岳氏改。

鹿鳴之什

小雅○先其文王以治内後其武王以治外通志堂本、盧本同。案：二「王」字皆誤，當作「主」，形近而譌也。

蓱○薸音瓢通志堂本同。盧本「瓢」作「瓢」，云：「今改正。」案：所改是也。小字本、十行本所附是「瓢」字。

示我○鄭作寘通志堂本、盧本同。案：《六經正誤》云：「作『窴』誤。」考陸於《東山》「窴」下云「從穴下真」，所以分別此字，是陸自作「寘」也。

蒿⿱艹堅〇字又作⿱艹堅同通志堂本、盧本同。案：今注疏所附「又」作「林」，承十行本也。「林」字非。小字本所附作「又」，不誤。

遲〇韓詩作倭夷通志堂本、盧本同。案：盧文弨引臧琳云：「《文選》注引《韓詩》皆作『威夷』。」是也。

黑鬣〇本又作䮫通志堂本、盧本同。案：《六經正誤》云：「本作䮫，欠『作』字。」依此，是宋監本無「又」字。

夫〇又作鳺同通志堂本「鳺」誤「鳺」，盧本作「鳺」。

不〇夫不名浮鳩通志堂本、盧本「名」上有「一」字。案：考小字本、十行本所附有此，當脱也。

殼謹通志堂本、盧本「殼」作「慤」。案：「慤」字是也。《六經正誤》云：「經、注作『慤』，潭本《釋文》作『殼』，興國本作『㱿』，建本作『慤』。據經文，建本是。」依此，是影宋本出於潭本。又，《正誤》於《衡門》正義云：「注『人君慤愿』作『殼』，誤。」據監本而言也。可見「慤」多誤作「殼」。小字本所附是「慤」字，當出於建本也。〇按：殼者，㱿之俗。㱿者，慤之假借字。漢人用字如此。㱿，《説文》作「𣪊」。

維駒〇音俱通志堂本、盧本同。案：今注疏所附下有「恭候反」三字，此叶「諏」字之音，後人誤以入陸音中耳。小字本所附亦無，可正其誤。仍恐讀者滋惑，故附辨於此。

不〇鄭改作拊通志堂本同。盧本「拊」作「柎」。案：小字本所附亦作「拊」。《羣經音辨》手部云：「拊，鄂足也，音跗。」鄭康成説《詩·常棣》之「鄂」曰「拊」是賈氏所據。此《釋文》正作「拊」也。《閟宫》箋下有「柎」，《釋文》從木，故《音辨》木部又云：「柎，足也。」二字一從扌、一從木，《釋文》舊如此矣。盧文弨改而一之，未是。〇按：《説文》木部「柎，闌足也」，手部「拊，循也」，二字畫然。古書木、手多誤譌，木尤多从扌者。《棠棣》釋文作「拊」，賈昌朝未之辨正，非也。盧文弨得之矣。柎，俗作「跗」。

且湛○荅南反通志堂本「荅」誤「啓」，盧本作「荅」。案：小字本、相臺本、十行本皆作「荅」，不誤。

妻帑○今讀音奴子也通志堂本同。盧本「奴子」二字并作「孥」，〔一〕云：「『孥』字舊誤分爲『奴子』兩字。今改正。」案：所改謬甚。「音奴」者，對上「吐蕩反」而言也。「子也」者，載傳也。「奴」字句絶，「子也」別爲句。今注疏本并作「孥」，尤誤，不足爲據。小字本、相臺本所附皆但云「帑音奴」，二本之例，傳、箋文不複出，然則其讀《釋文》尚未失句逗也。

許許○柿貌通志堂本「柿」誤「柹」，盧本作「柿」。案：盧文弨云：「下文同。」考下文「柿」字，小字本、相臺本所附皆不誤也。

遠之○于万反通志堂本「万」作「萬」，盧本作「万」。案：小字本所附是「萬」字。《六經正誤》云：「『于萬』作『千万』，誤。」考「万」是別體俗字，毛居正於《衛・谷風》篇云：「經典豈應用之，故以爲誤也。其餘同此，不更出。」○按：舊校本非。居正指「千万」之「千」爲誤字，非指「万」爲誤字也。

坎坎○說文作竷通志堂本「竷」誤「竷」，盧本作「竷」。

蹲蹲○從士尊通志堂本同。盧本「士」作「土」。案：「土」是。「士」字，形近之譌也。《說文》在土部。

下下○注中下通志堂本、盧本「中」作「下」。案：「下」字是也。小字本所附是「下」字。

〔一〕「并作」，原作「作作」，據文選樓本改。

汲汲○已及反通志堂本、盧本同。案：盧文弨云：「宋本『匕及反』。」此宋本今未見。○按：「已」、「匕」皆誤。此當是「己及反」。己，音紀。

甞通志堂本、盧本「甞」作「嘗」。案：唐人作「甞」字例如此，石經其證也。《九經字樣》雜辨部云「隸省」。以後同此，不更出。

不騫○起虔反虧也通志堂本、盧本無「虧也」二字。案：無者脱。

三捷○息蹔反通志堂本、盧本「蹔」誤「暫」。案：小字本、相臺本、十行本所附作「蹔」，不誤。

象弭○以象爲之通志堂本同。盧本「象」下有「骨」字，云：「舊脱，今補。」案：所補非也。此陸氏元無。古呼「象骨」曰「象」。

睆通志堂本、盧本同。案：小字本所附「睆」作「皖」，下云：「字從白。」盧文弨云：「據陸語，正文當作『皖』。小字本是矣。」相臺本、十行本所附仍是「睆」字。

○或作目邊通志堂本、盧本同。案：小字本「邊」下有「非」字，當是也。

于罶通志堂本、盧本「罶」作「罶」。案：唐人凡從畱字，例如此作。其餘同此，不更出。

鯊○字亦作魦通志堂本、盧本同。案：「魦」當作「鯋」。盧文弨云：「宋本作『鯋』。」考此「宋本」，謂十行本所附也。小字本所附亦是「鯋」字。《集韻》九麻載「鯋」、「鯊」二形，是其證。

與世不愶通志堂本、盧本「愶」作「協」。案：「愶」、「協」同字，羣書亦多相亂者。以後同此，不更出。小字本所附作「叶」，當是寫者取省，非陸舊也。

南有嘉魚之什

撩罟○沈旋力到反通志堂本、盧本同。案：此不誤。盧文弨云：「此『旋』字後人妄增，當删之。『沈旋』是《爾雅》音，『沈重』是《毛詩》音。人往往致誤。」其説不考之甚。陸於此采《爾雅》音，故特舉「旋」名，所以别於《毛詩》音之但稱「沈」也。其《爾雅·釋器》音義「撩」下，亦載「沈，力到反」，安得更謂之「沈重」乎？以彼證此，足以祛其蔽矣。小字本、十行本所附皆無「旋」字，由不會陸指而删之耳，無足據也。

保艾○沈音刈通志堂本「刈」誤「别」，盧本作「刈」。小字本、十行本所附作「刈」，不誤。

沖沖通志堂本、盧本同。案：《六經正誤》云：「建本作『忡』。」相臺本、十行本所附皆作「忡」，當是出於建本也。考「忡」字非是。小字本所附作「沖」。

○又音勑弓反通志堂本、盧本同。案：《六經正誤》云：「一音勑弓反，欠『一』字。」此亦宋監本之異。小字本所附是「一」字。

所㦬○説文作𩙞通志堂本同。盧本「𩙞」作「𨭖」，云：「今從宋本正。」案：此「宋本」俟再詳。「𨭖」字是也。小字本所附是「𨭖」字。但盧不見此本。

菁菁者莪○莪蘿蒿也通志堂本、盧本同。案：《六經正誤》云：「羅蒿，建本作『蘿』。」依此，是宋監本「蘿」作「羅」也。以《爾雅·釋草》文及此正義引《草木疏》訂之，以從艹字爲是。

徽織通志堂本、盧本同。案：此不誤。盧文弨云：「當從注疏本作『微』，與《説文》同。」其説非也。陸自作「徽」字，正義本亦然。即「微」之假借字，不得用正字輒改之也。各本皆不誤，唯明監本始誤改「微」，而毛本仍之。盧文弨以爲據，非。

股○今經注作鞶無股字通志堂本、盧本同。案：段玉裁云：「此八字非陸語。」今考小字本所附亦有也。

輊○竹二反車□通志堂本、盧本「車□」作「摯也」。案：「摯也」是，「車□」非。

炰○徐又甫久反通志堂本、盧本「久」作「交」。案：「交」字誤也。《六經正誤》云：「『交』作『久』，誤。建本作『九』，尤非。」依此，是作「交」者出於毛居正之説也，其實「久」字不誤。《集韻》四十四有云：「炰炰，火熟也。或作『炰』，亦書作『炰』。」徐讀自爲「炰」字作音。又見《韓奕》篇。可互證。彼正義論此字詳矣。小字本所附作「久」，不誤。

采芑○徐又音呂反通志堂本、盧本「音呂」作「求已」。案：「求已」是也。小字本所附作「求已」。《生民》篇「徐又巨已反」，可互證。○按：「音」乃「奇」之誤。「奇已」即「求已」也。

左膘○或又作䏶通志堂本、盧本「䏶」作「髆」。案：小字本、十行本所附亦作「䏶」。以下文「右䏶」證之，「髆」字非也。《集韻》三十小兩載「䏶，脅骨」，當亦譌。段玉裁云：「《五經文字》作『髆』。髆蓋誤。䏶从自聲，於雙聲得音也。」

左髀○本又作髀影宋本缺失中卷第十六葉也。下同。通志堂本、盧本如此。案：小字本所附「髀」、「髀」互易，當是順正文所改耳。不可據也。○按：鄭注《儀禮》：古文「髀」作「髀」。

鹿牝○又扶允反影宋本缺。通志堂本如此。盧本「允」作「死」，云：「舊作『扶允反』，非。」案：所改是也。

其祁○又止之反影宋本缺。通志堂本、盧本如此。案：小字本所附「止」作「上」。「上」字爲是，《羣經音辨》卷七所載作「上」可證。

大兕○本又作光影宋本缺。通志堂本、盧本如此。案：盧文弨云：「宋本作『光』。」此「宋本」俟再詳。

鴻鴈影宋本缺。盧本於此上有「鴻鴈之什第十八」七字，云：「通志堂本闕此題，今補。」案：所補是也。

且也○又音且影宋本缺。通志堂本如此。盧本下「且」作「旦」。案：「旦」字是也。小字本所附是「旦」字。

○經本作旦影宋本缺。通志堂本、盧本如此。案：小字本所附作「經本將旦」，非是。盧文弨云：「『經本』當作『今本』。」亦非也。此與《六月》釋文稱「今經注」者同例。

春見○下文夏見同通志堂本、盧本無「文」字。案：無者脱也。小字本所附有，不誤。

之爰通志堂本、盧本作「爰有」。案：「爰有」是也。

爲錯○千故反通志堂本「千」誤「乎」，盧本作「千」。案：小字本、十行本所附亦作「千」，不誤。

亶不○都旦反通志堂本、盧本同。案：《六經正誤》云：「都但反，作『旦』誤。《緜》詩、《板》詩亦作『旦』，誤。《常棣》、《十月之交》音皆作『但』，建本並作『但』。『亶』無去聲，作『旦』非也。」云云。小字本、相臺本所附皆是「但」字，當依毛改耳。

遯思○字又作遂通志堂本、盧本「遂」誤「遁」。案：小字本所附亦作「遂」，不誤。《集韻》二十七恨載「遯」、「遂」、「⿺辶豩」三形可證。

亦衹通志堂本同。盧本「衹」作「祇」。案：《六經正誤》云：「『亦衹』，作『衹』誤。〔一〕《何人斯》詩『衹攪』同。」段玉裁云：「考此字，唐人例從衤從氏作。《五經文字》衣部云：『衹，止移反，適也。作『祇』誤。』是其證矣。《廣韻》五支亦可證。」

斯革○韓詩作翱通志堂本「翱」誤「勒」，盧本作「翱」。案：小字本、十行本所附亦作「翱」，不誤。段玉裁云：「王氏《詩考正》作『翱』。《廣雅》『翱，翼也』本此。」

〔一〕「衹」，疑當作「祇」，參見《六經正誤》。

下莞〇徐又九還反通志堂本、盧本同。案：小字本、十行本所附「還」作「完」。盧文弨云：「還，似宋人避『桓』嫌名改。」是也。

褓也〇齊人名小兒被爲褓通志堂本「小」誤「少」，盧本作「小」。案：小字本、十行本所附亦皆作「小」，不誤。

毋詒通志堂本、盧本「毋」作「母」。案：「母」字是也。此經自唐石經以下各本盡作「無父母詒罹」，「毋」字顯誤無疑。「毋」、「母」二字，自來多相亂者，宋槧羣書中亦往往而有矣。

濈濈〇本又作湒通志堂本、盧本「湒」誤「䚮」。案：小字本所附亦作「湒」，不誤。《集韻》二十六緝載「濈」、「湒」二形可證。

節南山之什

家父〇注及下同通志堂本「注」、「下」二字誤易，盧本不倒。案：十行本所附不誤。小字本所附無「注及」二字，乃刪去耳。

如惔〇小熱也通志堂本同。盧本「熱」作「爇」，云：「『爇』，舊作『熱』，據《說文》改。」案：所改是也。

噆莫〇本或作憯通志堂本、盧本同。案：小字本所附「噆」、「憯」互易，當是順正文所改。不可據。

勿罔〇鄭音未通志堂本同。盧本「未」作「末」。案：小字本、相臺本、十行本所附皆是「末」字。

鞫通志堂本、盧本「鞫」作「鞠」。案：小字本所附是「鞫」字，順正文也。唐石經此經字作「鞫」，經注各本之所出。此與之異。

日見影宋本、通志堂本皆此條在「縮小」條上，盧本改在下，云：「此二條舊誤倒，今移正。」案：此盧文弨所改。是。

家父影宋本此條在「爲王」條下，通志堂本倒在上。案：依正文，所移是也。考十行本所附亦「父音甫」在下，或《釋文》舊如此。

訅之通志堂本、盧本「訅」作「訙」。案：《六經正誤》云：「作『訅』誤。」是也。「訅」即「訊」字之變耳。〔一〕《集韻》二十二稕「訊」下有此字。

號呼○好路反通志堂本、盧本「好路」作「火故」。案：「好路」是也。小字本、十行本所附作「好路」，不誤。此亦陸切字不畫一耳。

有苑通志堂本、盧本「苑」作「菀」。案：「菀」字是也。《羣經音辨》草部云：「菀，茂也，音鬱。《詩》『有菀其特』可證。」小字本所附作「莞」，即「菀」之譌字。

輸墮○本又作憜通志堂本、盧本「墮」作「憜」。案：「憜」、「惰」字一耳。小字本所附是「隋」字。考《摽有梅》釋文正作「隋」。互證之，當是也。

孔云○鄭支也通志堂本、盧本「支」作「友」。案：「友」字是也。《六經正誤》云：「友也，作『支』誤。」

楀通志堂本、盧本同。案：小字本所附「楀」作「擩」。段玉裁云：「與《集韻》合。」今考「楀」是，「擩」非。説已見前。

不𨓍通志堂本、盧本同。案：《六經正誤》云：「𨓍，音退。興國本同。潭、建本作『𨓍』。」依此，是宋監本作「𨓍」也。影宋本作「𨓍」，出於潭本。

〔一〕「訅」，當作「訊」，參見上下文。

曾影宋本此一條與下「之畜」一條皆在「戯許氣反」一條下。通志堂本、盧本倒此條在「不退」條下，倒「之畜」條在「戯」條上。

案：此所移，依正文是也。小字本、十行本所附皆云「戯，許氣反。曾，在登反。畜，勑六反」。或《釋文》舊如此。

朁通志堂本同。盧本「朁」作「暬」。案：依字，當作「暬」，盧改是矣。說已見前。《集韻》十七薛，云：「暬，《說文》：『日狎，習相慢也。』《詩》『曾我暬御』，謂侍御。」獨爲未誤，與唐石經字正合也。○按：《說文》各本多誤，惟李文仲《字鑒》不誤。

是出○音毳通志堂本、盧本同。案：《六經正誤》云：「又音毳，欠『又』字。」非也。此不當補。小字本所附亦無。

距止○本又作歫通志堂本、盧本「歫」誤「岠」。

之卭通志堂本同。盧本「卭」作「邛」。案：「邛」字是。

胡厎通志堂本、盧本同。案：唐人作「厎」字，例如此，石經其證也。

占繇通志堂本、盧本「繇」作「䌛」。〔一〕案：「繇」字是也。《氓》及《小雅·杕杜》皆同。小字本、十行本所附皆是「繇」字，相臺本所附作「䌛」，岳依毛居正改耳。說見《衛風·氓》。

有知也通志堂本、盧本「也」作「者」。案：依正文，「者」字是也。

小菀通志堂本、盧本「菀」作「宛」。案：盧文弨云：「《國語》宋庠《補音》曰：『宛，《詩》作菀』，與《釋文》合。」是也。《六經正誤》所載亦是「菀」字，並可爲證。唐石經以下各本作「宛」，出於正義本，與此不同也。

〔一〕「䌛」，原作「繇」，據文選樓本改。

蠃○蠮於結反通志堂本「結」誤「髻」，盧本作「結」。案：小字本所附亦作「結」，不誤。

恐隕○下丁敏反通志堂本同。盧本「丁」作「于」。案：小字本、十行本所附是「于」字。「丁」誤也。

鞫爲通志堂本、盧本「鞫」誤「鞠」。案：小字本所附亦作「鞫」，不誤。

隊影宋本此一條在「涕」條上，通志堂本、盧本倒在「隕之」條下。案：依正文，所移是也。

拖矣通志堂本、盧本同。案：段玉裁云：「當作『柂』。」考唐石經，是「柂」字。小字本、相臺本、十行本所附皆從扌作拖。」《集韻》四紙「柂」、「拖」並載。又，十二蟹亦然。當是本作「柂」，轉作「拖」也。

此幠通志堂本「幠」誤「憮」，盧本作「幠」。案：相臺本所附亦作「幠」，不誤。小字本所附仍誤「憮」，下「幠傲」、「大幠」同。

止共○本又作恭通志堂本、盧本同。案：此不誤。盧文弨云：「『不共，本亦作供。』據此，則上『止共』亦當作『本亦作供』。」其説非也。此是截然二事，不容合并。上云「止共，本又作『恭』」者，經之異本也。下云「不共，本亦作『供』」者，注本之字有古今也。盧全失陸指。

之邛通志堂本「邛」誤「卭」，盧本作「邛」。

言我通志堂本、盧本「言」作「唁」。案：「唁」字是也。《六經正誤》云：「唁我，作『言』誤。」

蜮○音或通志堂本、盧本「或」誤「惑」。案：小字本、相臺本所附亦作「或」，不誤。

○短狐也通志堂本、盧本同。案：段玉裁云：「『狐』當作『弧』。」

其侈通志堂本、盧本作「侈兮」。案：「侈兮」是也。

縮屋〇又作樎同通志堂本、盧本同。案：「樎」字誤，當作「摍」。小字本、十行本所附作「厠」，不誤。《説文》從广作「廁」。

閒居〇閒厠之閒通志堂本、盧本「厠」誤「側」。案：小字本、十行本所附作「厠」，不誤。《説文》從广作「廁」。

緝緝〇云咠語也通志堂本同。盧本「咠」作「聶」，云：「今從宋本正。」案：此「宋本」今未見，俟再詳。所改「聶」字是也。

山井鼎云：「《説文》：『咠，聶語也。』『咠』當作『聶』。聶，附耳私小語也，从三耳，尼輒切。」或盧文弨依此校改，而纂録者遂誤認爲宋本耳。小字本、十行本所附皆仍作「咠」。

作爲此詩〇一本云作爲作詩通志堂本、盧本同。案：此不誤。盧文弨云「作爲作詩，似非辭」云云，其説誤謬特甚。今所不取，亦更不辨。

谷風之什

共之〇本又作恭通志堂本、盧本同。案：此不誤。盧文弨云：「當作『本又作供』。」其説非也。

潸焉〇説文作潸通志堂本、盧本「潸」誤「潸」。案：當依《説文》作「潸」，從水散省聲。

契契〇芳計反通志堂本同。盧本「芳」作「苦」，云：「苦，舊譌『芳』。今正。」案：「苦」字是也。小字本、相臺本、十行本所附皆是「苦」字。

跂彼〇説文作岐通志堂本同。盧本「岐」改「歧」，云：「歧，舊譌『跂』，今改正。」案：「歧」字是也。

晥彼通志堂本、盧本同。案：小字本所附「晥」作「睆」。考《集韻》二十五潸云：「睆睆，明貌，或从日。」此《釋文》當本同《杕杜》作「睆」也。

𣂃〇本又作𣂃通志堂本同。盧本上「𣂃」作「斞」。案：盧文弨所改非也。上「𣂃」不誤，下當作「本又作『𨟻』」。《集韻》十虞云「斞、鄋、仇」，《說文》「挹也」。或作「鄋」、「仇」，本此及《賓之初筵》鄭讀也。𠜂即斞也。鄋即𨟻也。《六經正誤》於正文云：「當从䀠」，相臺本依之改，所附亦作「斞」。小字本所附作「𠜂」，誤從刂。刻本《集韻》字有壞，今據汲古閣寫本。

國構〇古又反通志堂本、盧本「又」作「豆」。案：小字本、十行本所附作「候」，「候」字是也。

忕通志堂本同。盧本「忕」作「忲」。案：《六經正誤》云：「『忕』作『忲』，誤。」是也。上「廢爲」下「忕也」同。又，《蕩》篇「忕於」亦誤。

赤梀通志堂本、盧本同。案：《六經正誤》云：「赤梀，作『梀』誤。」相臺本所附作「梀」，依之改也。《五經文字》木部：「梀，從束，束音，七賜反。」唐人作從束字例如此。又見刃部「刺」字下。毛居正非是。小字本所附作「梀」，不誤。

叫〇本又作嘂通志堂本同。盧本「嘂」作「噐」，云：「噐，舊譌『嘂』。」案：「噐」字是也。小字本所附是「嘂」字。

祇自通志堂本同。盧本「祇」作「祗」。案：《六經正誤》云：「祗，作『祇』誤。」段玉裁云：「此字當作『祇』。見《我行其野》。」相臺本所附是「祇」字。小字本所附亦誤「祗」。

疧兮通志堂本、盧本「疧」作「疷」。案：「疧」字不誤。唐石經可證。「疷」字誤改也。又，盧文弨云「疧，當作『疷』」云云，此沿宋劉彝之誤說，已見前。小字本、相臺本正文皆誤作「疷」，故所附亦誤多一畫，唯影宋本爲是。

雍兮通志堂本、盧本同。案：相臺本改正文作「雝」，故所附亦作「雝」。其實非是，唐石經可證也。小字本所附亦作「雍」，不誤也。

樂通志堂本同。盧本上有「之」字，云：「舊無。今補。」案：所補非也。此陸氏元無。

楚茨○茨蒺藜也通志堂本、盧本同。案：「藜」是「蔾」字之譌。下不誤。《牆有茨》篇亦可互證。

皇暀通志堂本、盧本同。案：小字本、相臺本所附「暀」作「暀」，非也。《集韻》四十一漾載「暀」、「旺」二形，云：「《説文》：光美也。或省文。」可證。

受嘏○古假反通志堂本同。盧本「假」作「雅」，云：「舊譌。今改正。」案：「雅」字是也。小字本所附是「雅」字。

擩通志堂本、盧本同。案：小字本、相臺本所附皆是「擩」字。考《集韻》六脂載「擩」、「挾」、「㨎」三形，段玉裁云：「『挾』爲正體，『擩』爲譌字。」其説甚詳，不能備載。

○又音芮通志堂本同。盧本「芮」作「芮」。案：「芮」字是也。小字本所附是「芮」字。

齊則通志堂本、盧本作「齊戒」。案：齊戒，所改未是也。當是《釋文》本箋中無「戒」字，不與正義本及今所有經、注各本同耳。

甫田之什

倬彼○韓詩作箌通志堂本、盧本同。案：段玉裁云：「『箌』當作『菿』。」是也。考「菿」字，《説文》、《玉篇》在艸部，而此及《爾雅》釋文、《集韻》三覺皆從竹，當是轉譌也。

○音□云箌卓也影宋本缺一字，通志堂本、盧本作「同」。案：當是也。十行本所附是「同」字。

民鋤○本或作助同通志堂本、盧本「或」作「又」。案：十行本所附作「或」，小字本所附是「又」字。○按：鄭用《周禮》

「耡」字轉寫譌爲「鋤」。《說文》：「耡，耤稅也。」引《周禮》「興耡利萌」。

以御〇牙嫁反 通志堂本、盧本同。案：盧文弨云：「《召南》：『五嫁反』，後《思齊》亦作『牙嫁』。疑『牙』是『互』字之誤。」是也。〇按：「牙」與「五」同紐，「互」與「五」異紐，盧於切韻未明憭，故其誤如此。

吹𡺚 通志堂本、盧本「𡺚」作「豳」。案：唐人作「𡺚」字例如此。乃省耳，石經其證也。當是陸如此作。今《釋文》所有「豳」字，後人以正體改之也。

饋也〇巨愧反 通志堂本同。盧本「愧」作「媿」。案：今注疏所附作「媿」，盧文弨依之改，非也。小字本所附作「愧」，不誤。《載芟》釋文「餽，其愧反」，可互證。

橛 通志堂本、盧本同。小字本所附作「撅」，誤也。相臺本、十行本所附皆不誤。說已見前。

不稂〇童粱草也 通志堂本同。盧本「粱」作「梁」。案：《六經正誤》云：「『童粱』作『梁』。」是也。《下泉》篇可互證。〇按：通志堂本《下泉》篇作「粱」，非從木也。從米、從木皆非正字，《說文》作「蓈」。

〇謂之童莭也 通志堂本同。盧本「莭」作「蓈」。案：上云《說文》作「蓈」。「蓈」字是。

螣〇字亦作或 通志堂本、盧本同。案：「或」是「貣」字之誤。《集韻》二十五德載「蟘」、「蟦」、「蚮」、「螣」四形，可證。

氣贏 通志堂本、盧本同。案：《六經正誤》云：「氣贏，作『羸』誤。」又於正文下云：「興國本作『羸』。」其實「羸」字非也。說已見前。

斂穧〇□穫也 影宋本缺一字，通志堂本、盧本作「穧」。案：所補是也。小字本、十行本所附皆是「穧」字。陸複舉「穧」者，所以別於「斂」也。

有奭通志堂本、盧本「奭」作「奭」。案：「奭」字誤也。改「奭」字者，是考「奭」多形近而譌爲「奭」者。《六經正誤》於《采芑》正文下論之詳矣。《集韻》二十二昔載「奭」、「奭」、「奭」三形，可見「奭」不得爲「奭」別體。小字本所附是「奭」字。

琫○佩刀鞘上飾通志堂本、盧本同。案：盧文弨云：「宋本『鞘』作『削』。」考此「宋本」謂相臺岳氏所附也。「削」即「鞘」字，當是陸本如此，後經改去耳。

不幠通志堂本、盧本「幠」誤「憮」。案：相臺本所附亦作「幠」，不誤。小字本所附仍誤「憮」。盧本於《巧言》三「幠」字皆已正，此失校耳。

芻之通志堂本、盧本「之」作「也」。案：「也」字是也。上「摧」字下云「芻也」，是其證。

弈弈通志堂本、盧本作「奕奕」，唐石經作「弈弈」，小字本、相臺本、十行本所附同。案：「弈弈」是也。「奕」、「弈」二字義別，但寫者多不分。

霰○字亦作霓通志堂本同。盧本「霓」作「霓」。案：「霓」字是也。小字本、十行本所附是「霓」字。《集韻》三十二霰下云「或从見」可證。

車舝通志堂本同。盧本「舝」作「舝」，云：「舊上譌『士』頭，今改正。」案：所改是也。

舉鵠○鳿鴿也通志堂本、盧本「鳿鴿」作「鵠鵠」。案：此皆非也。陸元作「鳱鵠也」，取鄭《大射》注文。正義說此云「謂之鵠者，取名鳱鵠也」云云，亦引《大射》注。陸意正同，可作證也。影宋本二字皆形近之譌，後不得其故而臆改之，遂不可讀，今特訂正。小字本下是「鵠」字，未誤，上「鳱」字誤作「鴿」。

反反○韓詩作昄昄通志堂本、盧本「昄昄」作「眅眅」。案：「眅眅」是也。小字本所附是「眅眅」。

之俄○廣雅云哀通志堂本末有「也」字，盧本同，又「哀」作「衺」。案：所改「衺」字是也，末「也」字衍。小字本、十行本所附皆無，不誤。

魚藻之什

采菽○本又作菽通志堂本、盧本下「菽」作「叔」。案：此《釋文》當本是「采叔，本又作『菽』」。唐石經以下各本皆作「菽」，當出於正義本，即《釋文》之「又作」本也。影宋本經後人改上「叔」作「菽」，通志堂本又改下「菽」作「叔」以就之，而其迹乃盡泯矣。十行本所附亦作「采菽，本又作菽」，所據正與影宋本同。小字本所附上「菽」下「叔」，當是順正文改之，不可據也。

用鈃通志堂本、盧本「鈃」作「鉶」。案：所改非也。《采蘋》篇云：「鈃，本或作『鉶』。」《閟宫》篇云：「鈃，字又作『鉶』。」以二《釋文》證之，此亦當是「鈃」字。「鉶」通用「鈃」，見於《五經文字》金部、《集韻》十五青。小字本所附是「鉶」字，順正文改耳。○按：《説文》有「鉶」有「鈃」，後人誤認爲一字。

絺衣○知里反通志堂本、盧本同。案：《六經正誤》云：「作『如里』誤。」此亦宋監本之異。小字本所附亦作「知」。

○雉知反通志堂本、盧本同。案：小字本所附亦作「雉知」。《六經正誤》云：「雉知反，誤。」段玉裁云：「當作『知雉』。」是也。

檻泉○銜覽反通志堂本、盧本同。案：《六經正誤》云：「檻泉，户覽反。作『尸』誤。」此亦宋監本之異。小字本所附作「御覽」，「御」又「銜」之譌也。

騂騂○調利貌通志堂本、盧本「利」誤「和」。

爲駒影宋本此一條在「鄗争」條上，通志堂本、盧本倒在下。案：依正文，所移是也。考小字本所附亦「争」在「駒」下，或《釋文》舊如此。

見○云曣見日出也通志堂本、盧本同。案：段玉裁云：「當作『曣晛』。依《詩考》。」是也。

四褏通志堂本、盧本「褏」作「裔」。案：盧文弨云：「裔，宋本作『褏』字，譌。」非也。「褏」即「裔」別體字。《集韻》十三祭載「裔」、「褏」、「𧘇」三形，云「或作『褏』」可證。盧失之不考。

菀結○於粉反通志堂本、盧本「粉」誤「勿」。案：小字本、相臺本、十行本所附亦皆作「粉」，不誤。

螫蟲通志堂本、盧本同。案：《六經正誤》云：「『螫』作『螫』，誤。」是宋監本字作「螫」也。《五經文字》虫部云：「螫，式亦反。」唐人「螫」字如此作，乃省耳。「赦」亦作「赦」，見攴部。《小毖》經「辛螫」，唐石經磨改作「螫」，當是《釋文》本亦如此，故依之改也。

未揵○其言反通志堂本「其」誤「莫」，盧本作「其」。案：小字本、相臺本、十行本所附亦皆作「其」，不誤。

○又音虞通志堂本同。盧本「虞」作「虔」，云：「舊譌。今改正。」案：所改是也。

將徒役通志堂本、盧本「役」作「役」。案：「役」字所改非也，《集韻》二十二昔載「役」、「伇」、「役」三形可證。《說文》曰：「古文从人作『伇』。」

臧之通志堂本、盧本同。案：《羣經音辨》草部云：「藏，善也，音臧。《詩》『中心藏之』，鄭康成讀。」所據不與此《釋文》合，或即新本、舊本之異也。小字本所附是「藏」字。其實「藏」字非是。說已見前。

滌○又只醫反通志堂本、盧本「只」作「尸」。案：《六經正誤》云：「『尺』作『尸』，誤。潭本作『只』，亦誤。」小字本、十行本所附是「尸」字。○按：「尺」字是。「尺醫反」即《集韻》之「超之切」也。

妖大○古卯反本又作妶妶音於驕反　通志堂本、盧本同。案：《六經正誤》云：「妶大，古卯反。作『妖』誤。下云『本又作妖。妖，音於驕反。』今作『本又作妶，一音於驕反』，亦誤。」其説非也。「妖大，古卯反，本又作『妶』」，當連文。此陸讀「妖」爲「妶」，因説又作本之竟爲「妶」字也。「一音於驕反」五字當别爲句，乃陸又説或如字讀之也。正義讀如此，毛居正不得其句逗，乃輒議改易。《集韻》三十一巧載「妶」、「佼」、「妖」、「姿」四形，其「妖」字即本此前一讀也，得之矣。考小字本、十行本所附皆云「一音於驕反」，與毛所載正同，未失陸氏之舊。不知何故，今《釋文》誤「一」字爲「妶」字也。

烓竈○又沈同　通志堂本、盧本「又」作「吕」。案：「吕」字是也。小字本、十行本所附是「吕」字。「沈」字誤，當作「忱」。《爾雅》釋文云「烓，《字林》：口穎反」，是其證。

○何康螢反　通志堂本、盧本「螢」作「瑩」。案：「瑩」字是也。小字本、十行本所附皆是「瑩」字。

之爨　通志堂本初刻「爨」，後改去「亠」，盧本作「爨」。案：盧文弨云：「宋本作『爨』。俗。」是也。

疷兮　通志堂本、盧本「疷」誤「疧」。案：此與《無將大車》篇字同。

雍○孰曰雍　通志堂本、盧本「雍」皆作「饔」。案：「饔」字誤改也。當是《釋文》本作「雍」，即「饔」字之借，與今所有經、注各本不同也。小字本所附作「饔」，相臺本所附作「饔」，皆順正文耳。

勇悍○下旦反　通志堂本「下」誤「乃」，盧本作「户」。案：「户」字，盧以意改耳，亦非。小字本所附作「下」，不誤。○按：舊校非也，「户旦」即「下旦」。

治曰通志堂本、盧本「曰」作「日」。案：盧文弨云：「左不開口即『日』字。」是也。

牙蘖通志堂本、盧本同。案：盧文弨云：「宋本『蘖』作『孽』。」考此「宋本」，謂十行本所附也。小字本所附亦是「孽」字。其實「孽」字非。

皇清經解卷八百四十八終

嘉應李恒春舊校

番禺高學瀛新校

毛詩注疏校勘記　卷十

儀徵阮宮保元著

毛詩釋文校勘記

文王之什

之楨○幹也通志堂本、盧本「幹」作「榦」。案：所改非也。傳本作「幹」，陸用今字載之耳。《桑扈》、《文王有聲》、《板》、《崧高》所載皆是「幹」字，可互證也。

已上○本作已通志堂本、盧本下「已」作「以」。案：「以」字是也。小字本、十行本所附是「以」字。

俔○說文云譬譬也通志堂本同。盧本「譬」作「諭」。案：《六經正誤》云：「今考《說文》『譬喻也』，作『譬』誤。」是也。○按：「譬」是，「喻」非。《說文》譬者諭也，則不必累言「譬譬也」者。譬而譬之者，稱美也。

保右○音祐通志堂本、盧本「祐」誤「佑」。案：小字本、相臺本、十行本所附皆作「祐」，不誤。《六經正誤》所載亦是「祐」字。○按：「右」正，「佑」、「祐」皆俗。然「祐」字《說文》已有。

復○說文作覆通志堂本同。盧本「覆」作「𥨍」，云：「𥨍，舊譌『覆』，今從本書正。」案：所改是也。

膴膴○韓詩同通志堂本、盧本同。案：段玉裁云：《韓詩》作「腜腜」。此當有誤。「腜腜」引見《魏都賦》注。

廼宣○王云徧通志堂本、盧本「徧」下有「也」字。有者衍也。小字本所附亦無，不誤。

其繩○箋云傳破之乘字通志堂本同。盧本「之」作「爲」。案：「爲」字誤改也。此「傳破」二字誤倒耳，當作「破傳」。陸意謂箋之所云乃破傳之「乘」字也。傳未嘗破經爲「乘」，箋又無此云，盧文弨全誤。

捄之○呂忱同通志堂本、盧本「忱」誤「沈」。

捊也○說文云引取土通志堂本、盧本同。案：此正義亦引《說文》作「引取也」。今《說文》同。「土」字當誤。考小字本所附亦作「土」，或《釋文》舊如此。段玉裁曰：「『取土』二字乃『埾』之誤分。埾，積土也，古多用爲『聚』字。引埾者，引而聚之。《玉篇》正作『引聚』。又，北監本作『聖』，正『埾』字之誤。」

本通志堂本、盧本作「本」。案：唐人作「本」，例如此，石經其證也，當是《釋文》之舊。今所有「本」字，後人改也。

抱木通志堂本同。盧本「抱」作「枹」，云：「今從注疏本改。」案：所改非也。此傳《釋文》本是「抱」字，從扌。正義本是「枹」字，從木。說已見前。上「棫樸」下作「枹」，非也。小字本所附亦作「抱」，不誤。○按：苞，俗作「枹」，猶上文「本，或作『本』」耳。「抱」則又俗誤也。

璧王○音壁通志堂本「壁」作「璧」，盧本作「壁」。案：小字本所附亦作「辟」，不誤。相臺本所附是「璧」字。以後「辟音壁」者同此，不更出。

楫之○楫謂之撓通志堂本、盧本「撓」作「橈」。案：「橈」字是也。下郭注云「楫，橈頭索也」同。小字本所附二字皆是「橈」也。○按：此亦從木多誤從扌之證。

所燎○一云柴通志堂本、盧本同。案：山井鼎云：「『一』字可删。」是也。考今《説文》，不當有。小字本所附正無「一」字。

保安無猒也○一本作保安也射猒也非通志堂本無「非」字，盧本有。案：無者誤也。十行本所附正有「非」字，不誤，乃出於善本也。

孝弟○本亦作悌通志堂本、盧本「亦」誤「又」。案：小字本、十行本所附作「亦」，不誤。

謂夏通志堂本同。盧本「謂」下有「殷」字，云：「『殷』字，舊避宋諱脱，今補。」案：其説非也。影宋本遇「殷」字，但缺末筆，絶無避諱删字之例，當是《釋文》本「殷」在「夏」下。不然，即「謂」是「殷」字之誤，經、注各本無「謂」字也。

耆之○鄭云老也通志堂本、盧本無「云」字。案：無者當是。

乃眷○並音卷同通志堂本「卷」誤「眷」，盧本作「卷」。案：小字本、十行本所附亦作「卷」，不誤。

翳○柛音申通志堂本「柛」誤「神」，盧本作「柛」。案：十行本所附亦作「柛」，不誤。

樻○以扶老通志堂本同。盧本「以」作「似」，云：「『似』，舊譌『以』。」案：「似」字是也。十行本所附是「似」字。○按：扶老，木名，可以爲杖。亦竹名，似扶老，謂似扶老之木也。樻與扶老木又有不同處，故言「似」。陸機疏固作「似扶老」。

比○必里反影宋本此一條在「偏復」條上，通志堂本、盧本倒在下。案：此誤改也。陸是音「克順克比」之「比」，正義讀「克比」，「比」字亦上聲。考《左傳》云「擇善而從曰比」，毛公依用焉。服虔、杜預注皆云「比方」，可見陸、孔之讀信而有徵。安得輒讀作去聲，乃以此爲音「比于文王」之「比」，而遂移之乎？小字本所附在「克順克比」節，十行本所附亦「比」在「偏」上，皆爲不誤。山井鼎反以爲倒錯者，不明於陸讀，又惑於通志堂本故也。

偏復通志堂本同。盧本「復」作「服」，云：「舊譌『復』。今改正。」案：考《左・昭廿八年傳》及此正義，所改是也。

執訊〇字又作訙通志堂本「訙」誤「謅」，盧本作「訙」。案：小字本、十行本所附亦皆作「訙」，不誤。

仡仡〇說文作圪通志堂本「圪」誤「忔」，盧本作「圪」。案：「圪」字所改未是也。「圪」是隸省字，見《九經字樣》土部。陸但如此作。小字本所附作「扢」。「扢」、「忔」，皆形近之譌耳。

牝也〇頻刃反通志堂本同。盧本「刃」作「忍」，云：「忍，舊作『刃』，非。」案：「忍」字是也。小字本所附是「忍」字。《定之方中》等釋文皆可互證也。「頻忍」，今音也。「扶死」，舊音也。

樅〇衝牙也通志堂本、盧本同。案：段玉裁云：「『衝』當作『崇』。」是也。

植者〇恃職反通志堂本「恃」作「特」，盧本作「恃」。案：十行本所附作「恃」，小字本所附是「特」字。〇按：「特」非。同「位」字。

鼉〇徒何反通志堂本、盧本「何」誤「河」。案：小字本、相臺本所附亦皆作「何」，不誤。

瞍〇依字作叟通志堂本、盧本同。案：盧文弨云：「據陸語，則知本作『叟』，依字作『瞍』。後人乙改。」是也。

〇目有眸通志堂本同。盧本「眸」作「眹」，云：「今從浦校。」案：考《周禮》釋文，則浦校是也。

眸子〇莫佳反通志堂本同。盧本「佳」作「侯」。案：「侯」字是也。小字本、十行本所附是「侯」字。

生民之什

禖通志堂本、盧本上有「郊」字。案：此轉寫脱。

韣通志堂本、盧本上有「弓」字。案：此轉寫脱。

○弓衣通志堂本「衣」誤「也」，盧本作「衣」。案：小字本、十行本所附作「衣」，不誤。

敏○如字毛云疾鄭云拇也影宋本有此一條，在「齊敏」條下，通志堂本、盧本無。案：此轉寫衍。

介右通志堂本、盧本「右」上有「左」字。案：此轉寫脱。依箋意，當有。

指處通志堂本、盧本「指」作「之」。案：所改非也。當是《釋文》本此箋無「之」字耳。

不副○匹六反通志堂本、盧本「六」作「亦」。案：「亦」字誤也。《集韻》一屋蝮鈕下有「副」，即此，芳六反字也。小字本所附是「亦」字，非是。

訏○鄭張口嗚呼也通志堂本「嗚」誤「鳴」，盧本作「嗚」。案：説已見前。

歧通志堂本、盧本「歧」作「岐」。案：「歧」即「岐」俗字，見《五經文字》山部。唐石經此經作「岐」。

實褎○徐秀反通志堂本、盧本同。案：《六經正誤》云：「余秀反，作『徐』誤。建本作『余徐秀反』，是『衣褎』字，與袖同。」考十行本所附是「余」字，當出於建本也。小字本所附亦作「徐」。相臺本所附作「音袖」，此岳氏改之耳。

芑通志堂本、盧本「芑」誤「芭」。案：此字從己，唐人凡從己之字例如此作，與「巳」字無相混者，石經其證也。

烰○傳火曰烰通志堂本「傳」誤「傅」，盧本作「傳」。

泥泥○張揖作苨苨通志堂本「揖」誤「楫」，盧本作「揖」。案：小字本所附亦作「揖」，不誤。

爲此○注内爲設同通志堂本、盧本「注内」作「下注」。案：「下注」非也。小字本、十行本所附亦作「注内」，不誤。

醓○鄭注儀禮云醓汁也通志堂本同。盧本下「醓」作「醢」，云：「醓，舊作『醢』。」案：十行本所附是「醓」字。《六經正誤》云：「醓，海也。『海』字誤。潭、建本皆作『汁』，與國本作『醢』。案：《儀禮》第八《聘禮》云『其南醓醢屈』，鄭注云：『醓，醓汁也。』是解『醓』乃醢之汁也。監本誤合『醢』、『汁』二字爲『海』字，諸本亦各漏一字，故不可曉也。」今考此，當作「醓汁也」爲是。十行本乃出於善本也。小字本所附仍作「醓汁」。

函○又云口裏肉也通志堂本、盧本同。案：今注疏所附「裏」作「次」，承十行本也。小字本所附仍作「裏」。段玉裁云：「『次』是。《説文》：『谷，口上阿也，从口，上象其理。』然則非『口裏』可知。口次，猶口邊也。」

如堵○丁古反通志堂本「丁」誤「寸」，盧本作「丁」。案：小字本、十行本所附亦作「丁」，不誤。

勤○音其通志堂本、盧本同。案：《六經正誤》載此云「期音其」，是宋監本「勤」字作「期」也。今考此傳正義本是「勤」字，如字讀之。《釋文》本亦是「勤」字，但讀「勤」爲「期」，故云「音其」也。《集韻》七之其鈕下有「勤」字，即本於此。其實鄭《射義》注所云「旂期，或爲旂勤者」，「期」、「勤」各如其字讀之。此正義長於《釋文》也。宋監本改「勤」爲「期」，亦由謂「勤」不得「音其」耳。但非陸意。○按：陸本必是本作「期音其」，此與「往近王舅」本作「王近」同。

梱通志堂本、盧本「梱」作「捆」。案：此字從木者是也，乃「稛」之借字。小字本所附亦作「梱」，不誤。

匪解通志堂本、盧本「匪」作「不」。案：所改「不」字未是也，此當是《釋文》與各本不同。

○佳賣反通志堂本、盧本同。案：小字本所附「佳」作「圭」，非也。相臺本、十行本所附作「佳」。

涖○力自反通志堂本、盧本「自」作「洎」。案：盧文弨云：「洎，當疑後人所改。」非也。小字本所附是「洎」字。「自」當字之壞耳。

乃依○箋云或扆字通志堂本、盧本同。案：盧文弨云：「今箋無此語。」其説非也。陸載箋例稱「鄭云」，此稱「箋云」

者，指謂箋意所説耳。《緜》篇釋文有「箋云破傳之乘字」，是其比矣，皆非箋中有此成文也。又，《正月》篇釋文云：「姒，鄭云字也。」此出《白華》箋，亦不得疑今本箋無此語。今經、注各本鄭箋是完書，與陸所釋字有異致，文無脱簡。

材木○一本作材朩 通志堂本同。盧本「材朩」作「材木」，云：「今改正。」案：所改是也。十行本所附是「林木」，小字本所附作「林木，一本作『材木』」，順正文而易之耳。山井鼎所云「古本『材』作『林』」者，采諸此也。

挍其 通志堂本、盧本「挍」作「校」。案：《六經正誤》云：「作『校』誤。『考挍』之『挍』从手，不从木。潭本作『挍』。」是也。「挍」字見《五經文字》手部。今羣書「挍」字多誤爲「校」字者。

曰澳○字或作奥 通志堂本、盧本「奥」作「隩」。案：「隩」字非也。小字本、十行本所附亦皆作「奥」，不誤。

餾○郭云饙孰爲餾 通志堂本「孰」作「熟」，盧本作「孰」。案：小字本所附是「熟」字。

齊絜○本或作齋 通志堂本、盧本「或」作「又」。案：小字本所附是「又」字。

施○本又作㢮 通志堂本、盧本「㢮」作「弛」。案：「㢮」是「弛」別體耳。《集韻》四紙「弛」下有此字。其餘同此者不更出。

茀○鄭芳弗反 通志堂本、盧本「弗」作「沸」。案：「沸」字是也。小字本所附是「沸」字。「弗」乃「沸」之壞耳。

繇役○本亦作傜 通志堂本「傜」誤「徭」，盧本作「傜」。案：《集韻》四肴云：「傜，使也，通作『繇』。」可見「徭」乃後來俗譌字耳。

惛○説文作惛 通志堂本下「惛」作「昬」，盧本作「怋」，云：「今挍改。」案：「怋」字是也。小字本所附正作「怋」字。「惛」字誤，「昬」亦誤改。

○釋文惛亦不憭也 通志堂本同。盧本「釋文惛亦」作「又釋惛云」。案：此盧文弨所改，未是也。當作「又云惛不憭也」，與《旱麓》「燎」下「又云：燎，放火也」同例。「釋」衍字，「又」誤「文」，「云」誤「亦」倒在「愶」下，遂不可讀。今特訂正。

屎〇說文作吚通志堂本同。盧本「吚」作「𠯆」，云：「今本《說文》作『𠯆』，從之。《玉篇》、《廣韻》並同。」案：其說非也。陸所引《說文》是「吚」字，《爾雅》釋文同，是其證。《五經文字》米部亦云：「屎，《說文》作『吚』。」不當輒改作「𠯆」。

㕎通志堂本、盧本同。案：段玉裁云：「『㾐』誤『㕎』。」是也。小字本所附正是「㾐」字，乃出於善本。此《釋文》當本作「㾐」，轉譌從广耳。《小毖》篇同。

蕩之什

侯祝〇本或作兄通志堂本、盧本「兄」作「呪」。案：作改非也。此字當口旁兄作，見《集韻》四十九宥「祝」字下。小字本所附正是「呪」字。影宋本壞去口旁也。

湎〇飲酒閉門不出容曰湎通志堂本、盧本「容」作「客」。〇按：「閉門不出客」者，如「陳遵投轄井中」是也。《初學記》引《韓詩》曰：「齊顏色、均衆寡謂之『沈』。閉門不出謂之『湎』。」下句奪「客」字。《魏都賦》「沈湎千日」，李善引薛君《韓詩章句》與《初學記》同，而譌奪不可讀。《賦》文「沈」字誤爲「流」，注「客」字誤爲「容」。

蝘〇青徐謂之蝚蠬通志堂本同。盧本「蠬」作「螔」，云：「今從宋本正。」案：此「宋本」，謂十行本所附也。小字本所附亦是「螔」字。

〇或名之蜓蚰通志堂本、盧本同。案：「蜓」字誤，當作「蜓」。小字本、十行本所附皆是「蜓」字。「蜓蚰」、「蝚蠬」，《釋蟲》文。彼《釋文》所音可證。此誤。

㚖通志堂本、盧本「㚖」誤「𡙡」。案：《說文》作「奰」。此省也。字從二「目」，不從二「四」。

灑也○色蟹反通志堂本、盧本「蟹」誤「懈」。案：小字本、相臺本所附亦作「蟹」，不誤。

用遏○沈土益反通志堂本、盧本「土」誤「上」。案：小字本、十行本所附亦作「土」，不誤。

則售○一本作讎通志堂本、盧本同。案：小字本「讎」作「仇」。「仇」字當非。

而厞通志堂本同。盧本「厞」作「扉」。案：所改是也。字書此字皆從厂，《釋文》當本如此作，寫者轉譌耳。

而莫○音慕通志堂本「慕」誤「暮」。案：小字本、相臺本、十行本所附亦皆作「慕」，不誤。

苑彼通志堂本、盧本「苑」作「菀」。案：「菀」字是也，與《正月》篇「菀彼」同。小字本所附是「菀」字。

柔濡○而轉反通志堂本、盧本同。案：段玉裁云：「當是本作『偄』也。」今考《集韻》二十八獮云：「報，亦作『需』、『濡』，通作『耎』。」「濡」字本此。凡從耎之字，多轉而從需，故此《釋文》以「而轉反」音「濡」字也。○按：「耎」、「需」之音，分別詳段玉裁《說文注》。

穡○鄭云吝嗇也通志堂本「吝」誤「名」，盧本作「吝」。案：小字本、十行本所附作「吝」，不誤。

蝨○說文作蚉通志堂本、盧本同。案：盧文弨云：「《說文》乃作『蝨』。今正文作『蝨』，遂妄改《說文》。」其說誤甚。《說文》蚰部，「蝨」是「蠿蝨」字，非「蝨賊」字，不得云《說文》乃作「蝨」也。「蚉」字雖不見《說文》蟲部，「蟁」字下云：「蟲食艸根者，从蟲，象其形。」其字作「蟁」，轉寫失其形，作「蝨」、「蚉」，皆非是。

哀恫○本又作恫通志堂本、盧本「恫」作「恫」，「恫」作「痌」。案：所改未是也。當是《釋文》本此經字作「恫」，與唐石經以下各本不同耳。小字本所附上「恫」下「恫」，乃順正文改易耳。

赫○毛許白反炙也通志堂本、盧本同。案：小字本、相臺本、十行本所附「炙」皆作「光」。考此傳正義本作「赫，嚇也」，引定本、《集注》作「赫，炙也」。今經、注各本皆作「炙之」所自出也。《釋文》本當是「赫，光也」，與定本《集注》、正義本又各不同。諸本所附得陸氏之舊。其作「炙」字者，經後人以經、注本字改之耳。

蘊隆○本又作煴通志堂本、盧本同。案：盧文弨云：「正義曰：『溫』字定本作『蘊』。『溫』字似誤。」其説非也。考此經正義本是「蘊」字，當云「『蘊』字定本作『溫』」，今正義有誤。與此《釋文》所云「本又作煴」者，又各不同。「煴」、「溫」皆非誤字，當各依其本。盧文弨欲改而一之，失於不考也。

蟲蟲○爾雅作爞通志堂本「爞」誤「爐」，盧本作「爞」。案：小字本所附亦作「爞」，不誤。

○韓詩作烔通志堂本「烔」誤「烔」，盧本作「烔」。案：小字本、十行本所附亦作「烔」，不誤。山井鼎云「『烔』當作『烔』」，不云「據宋板」，失校也。

○音徒東反通志堂本「東」誤「冬」，盧本作「東」。案：小字本所附亦作「東」，不誤。

如惔○説文云炎燎也通志堂本、盧本同。案：此不誤。盧文弨誤以《説文》之「惔」及《節南山》篇「𤆍」字當之，所説舛謬。○按：此條極難讀。今本《説文》：「炎，火光上也。」與陸不同。李善注《答賓戲》引《説文》：「炎，火也，謂光照也。」亦不同。細按之，則「火也」當作「燎也」。陸所見《説文》爲善本。然經作「如惔」而陸引「炎」者，以毛云「燎也」之故。「惔」訓「𢝊」，不訓「燎」。毛意「惔」爲「炎」之叚借字，故陸引許「炎」解以成之。

如焚○本又作樊通志堂本同。盧本「樊」作「燓」，云：「燓，舊譌『樊』。」案：「燓」字是也。小字本所附是「燓」字。

之長○丁丈反通志堂本「丁」誤「下」，盧本作「丁」。案：小字本、十行本所附亦作「丁」，不誤。

何里○本亦作瘇通志堂本、盧本「亦」作「又」。案：小字本、十行本所附作「亦」。

維嶽○埆功德也通志堂本、盧本「埆」誤「捔」。案：小字本所附作「埆」，不誤。

亹亹○勉勉也通志堂本、盧本不重「勉」字。案：當以重者爲是也。考箋云「勉也」，此陸疊箋語，非取箋成文。「亹亹文王」箋云「勉勉乎」，陸之所本也。

井牧○手又反又如字按：「牧」字不得有「手又反」之音。蓋大字作「井收」，與正義本作「井牧」絶異也。後人用正義改大字耳。井收，謂井田所收也。

有俶○本又作佧通志堂本同。盧本「佧」作「佾」，云：「佾，舊譌『佧』。」案：所改是也。山井鼎云：「『佧』恐『佾』字。」

濯濯○沈土學反通志堂本同。盧本「土」作「古」。案：「土」當「士」字之譌。小字本、十行本所附是「士」字。盧文弨改作「古」，非。

往近通志堂本、盧本同。案：《六經正誤》於正文云：「《說文》作『訢』，从丌从辵。『丌』音基，『辵』音綽。今作『迈』，音記，字譌作『近』。不敢改也。」依此，是「近」爲「迈」字之譌。今考正義本亦作「近」，而如字讀之。《釋文》云「音記」，當是讀「近」爲「迈」。此《釋文》之長於正義者也。《集韻》七至記鈕下有「近」字，云「已也，辭也」。《羣經音辨》辵部云：「近，辭也，居例切。」皆引「往近王舅」，即本於此。是此《釋文》舊作「近」矣。○按：「迈」、「近」於古音有一部、十三部之別，陸「音記」，必是本作「迈」也。段玉裁言之。

揉此○又如字字一音柔通志堂本、盧本不重「字」字。案：小字本所附無，當是也。

鞹弘○苦吆反沈又音泓影宋本「苦」下字「厶」，左缺，通志堂本、盧本作「泓」。案：所補非也。考小字本、十行本所附是從弓從厶字，影宋本以避諱鑱去弓旁耳。相臺本所附作：「⿰革厶，苦宏反。沈：胡肱反。」皆是避諱改。

○又弦三同通志堂本同。盧本作「又作弦王同」，云：「舊脱『作』字，『王』誤『三』，今從毛居正改。」案：《六經正誤》云：「又作弦王同，欠『作』字。王同，謂王肅本與此同，作『三同』，誤。興國本作『王同』。」其説最誤。此陸説字之或體，與王肅如風馬牛之不相及，何得謬加附會？興國本乃誤字耳。上云「亦作⿰車厷⿰革厶」，此云「又弦」，合而言之，故曰「三同」。小字本所附亦作「三」，不誤。

淺幭通志堂本、盧本同。按：此字《説文》中有之，作「幭」，從巾蔑聲。凡五經文字唐石經、《集韻》作「幭」，皆誤。

炰○徐甫九反通志堂本、盧本同。案：《六經正誤》之音辨云：「案：『甫九反』乃『缶』字也。蓋『交』字誤作『九』耳。當作『浦交反』。《六月》詩釋文作『甫久反』，蓋『交』訛爲『久』，『久』轉爲『九』也。」今考毛説非也。徐讀是「缹」字，故「甫久反」。正義云：「案字書，炰，毛燒肉也。缹，烝也。服虔《通俗文》曰：『燥煮曰缹。』然則『炰』與『缹』别。而此及《六月》云炰鼈者，音皆作缹。」讀正與徐同。《五經文字》缶部云：「缹，方九反。見《禮》經。」即此字也。小字本、相臺本、十行本所附皆作「甫九反」，不誤。○按：《五經文字》云「見《禮》經」者，在《公食大夫禮》注。

其蔌通志堂本「蔌」誤「蔌」，盧本作「蔌」。

有且○子餘七救二反通志堂本、盧本同。案：相臺本所附「救」作「叙」。「叙」字是也。《有客》：「且，七序反。」是其證。小字本所附仍誤「救」。山井鼎云「初疑『救』字『叙』誤，及校元文亦然」者，謂通志堂本。

比公○莒君号也通志堂本、盧本「号」作「號」。案：「号」即「號」，唐人如此作耳。小字本所附亦作「号」，不誤。

燕師影宋本此一條在「所完」條下，通志堂本、盧本倒在上。案：依正文，所移是也。

喆影宋本此一條在「哲知」條下，通志堂本、盧本倒在上。案：依正文，所移是也。考小字本、十行本所附亦「知」在上，「喆」在下。或《釋文》舊如此。

風戾○爍也通志堂本、盧本「爍」作「燥」。案：「燥」字是也。小字本、相臺本、十行本所附皆是「燥」字。又此見《祭義》，亦可證。

訛訛○寙不供事也通志堂本、盧本「寙」誤「窳」。案：下不誤。考此字《釋文》、正義皆從宀，唐人如此作。其實即「寙」轉爲「窳」耳。盧文弨云：「今本《説文》宀部脱『寙』字，諸書誤以穴部之『窳』當之。」其説非是。

自頻○張揖字詁云通志堂本「揖」誤「楫」，盧本作「揖」。案：小字本、十行本所附亦作「揖」，不誤。

清廟之什

雒邑○爲水剋火通志堂本、盧本「剋」誤「尅」。案：小字本亦作「剋」，不誤。

維天之命○韓詩云維念也通志堂本、盧本同。案：此不誤。盧文弨云：「《韓詩》必本作『惟』，此順毛而改作『惟』耳。」其説非也。果如所言，陸氏必當云「《韓詩》作『惟』，云『念也』」，不得直云「《韓詩》云『維念也』」矣。當是《韓》讀「維」爲「惟」。○按：陸氏於此等亦多不分析。

諸盩○直留反又音侜通志堂本、盧本同。案：盧文弨云：「『侜』即『直留反』，字必誤。」浦鏜案：「《周官·司服》：又音胄。」其説非也。「直留反」乃「儔」音，非「侜」音。《集韻》十八尤儔鈕、侜鈕下並有「盩」字，可證也。十行本所附亦如此。浦疑所不當疑耳。

夷易○下徐易曰通志堂本同。盧本「徐」作「除」，云：「從山井鼎校改。」案：所改是也。見《考文》。

巛以通志堂本、盧本同。案：《六經正誤》云：「『巛』作『巛』，誤。」非也。《集韻》二十三魂云：「坤，古作『巛』、『𡿦』。」毛居正之意，分别中斷者爲「坤」字，中連者爲「川」字。非也。漢人隸書，即用中連者爲「坤」字。洪氏《隸釋》所載者可爲證。

巡通志堂本、盧本「巡」作「巡」。案：所改是也。下「巡行」同。

阻飢○馬融注尚書作徂通志堂本、盧本「徂」作「祖」。案：「祖」字是也。小字本、十行本所附是「祖」字。《史記集解》引徐廣云：「今文也。」

疆爾通志堂本、盧本同。案：《六經正誤》云：「正文作『疆』，潭本《釋文》作『疆』，興國、建本並同。唯監本作『彊』，誤。」影宋出於潭本，通志堂本又出於影宋本，故皆不誤。

臣工之什

鎒○高誘注云耨芸田也通志堂本同。盧本「田」作「苗」，云：「『苗，舊作『田』。今依本書改。」案：此當是陸所引與今本不同，改之未是。小字本所附亦作「田」也。○按：當云「所以芸田也」，俗人往往删古書「所以」二字。

鞉磬○鞉鞉鼓也通志堂本、盧本作「鞉，小鼓也」。案：小字本誤改也。此傳、經、注善本皆作「鞉，鞉鼓也」，與影宋本、《釋文》合。通志堂反據誤本傳以改此耳。「鞉」不得解爲「小鼓」，説已見前。

圉○魚古反通志堂本同。盧本「古」作「吕」。案：《六經正誤》云：「『魚吕反，作『魚古』，誤。」小字本、相臺本、十行本所附皆是「吕」字。

賫錫通志堂本、盧本同。案：《六經正誤》云：「『賫錫，作『錫』，誤。」相臺本所附是「錫」字，依之改也。小字本所附仍作「錫」。今考《集韻》十四清，所載字從易，《説文》食部亦然。或《釋文》舊無此一畫。○按：《説文》作「易聲」，此古人支、清合音之理。

○蜜也通志堂本「蜜」誤「密」，盧本作「蜜」。案：小字本、十行本所附亦作「蜜」，不誤。

○張皇也通志堂本「也」誤「反」，盧本作「也」。案：小字本所附仍作「反」，非。

糝也○糣糝也通志堂本同。盧本下「糝」作「穇」，云：「『穇』字，舊譌從米旁，今改正。」案：所改是也。

大姒○下同姒通志堂本同。盧本「同姒」作「音似」，云：「舊譌『下同姒』，今從宋本正。」案：考此「宋本」，謂十行本所附也。小字本、相臺本所附亦是「音似」。○按：舊校非也。「下同姒」不誤。古「姒」姓或作「似」，如《潛夫論》及漢碑可證。此當是鄭箋作「大似」，故陸云「下同姒」，宋本所附乃妄改也。《大明》、《思齊》作「大姒」，則不爲音。

閔予小子之什

蜂○本又作⿱宀夆通志堂本、盧本「⿱宀夆」作「⿱夆䖵」。案：「⿱夆䖵」字誤改也。小字本所附亦作「⿱宀夆」，但「⿱宀夆」亦是譌字。唯十行本所附作「夅」爲是，乃出於善本也。《集韻》三鍾載「夅」、「蜂」二形，云「《爾雅》甹、夅、掣，曳也。或作『蜂』」可證。

○⿸疒掣曳也通志堂本、盧本「⿸疒掣」作「⿸广掣」。案：「⿸广掣」非也。考《爾雅》釋文云：「掣，本或作『⿸广掣』，同充世反。」《說文》云「引而縱之」。依此，是於《說文》爲「⿸疒掣」字。《集韻》十三祭所載「掣」、「⿸疒掣」二字下皆無「⿸广掣」。

繹○字書作䆁通志堂本「䆁」誤「釋」，盧本作「䆁」。

光通志堂本、盧本同。案：盧文弨云：「『光』乃『兕』之譌。」非也。小字本所附亦作「光」，不誤。《吉日》篇云：「大兕，本又作『光』。」可互證。《卷耳》篇云：「兕，字又作『兕』。」《爾雅》釋文：「兕，本又作『光』。」兕，又『光』之別體耳。《集韻》五旨舄下有「光」無「兕」。

不吴通志堂本同。盧本「吴」作「虞」，云「舊『虞』作『吴』」云云。案：此《釋文》「吴」字本不誤，盧文弨謬引王伯厚《詩考》所采

《史記》「不虞」字，輒加改易。非也。《泮水》篇同，不更出。

○説文作吳吳大言也通志堂本同。盧本二「吳」字皆作「吴」。案：所改是也。

○當爲吳從口下大故魚之大口者名吳通志堂本、盧本二「吳」字皆作「吴」。案：所改是也。此影宋本下二「吳」與上二「吴」誤互易，通志堂本「吳」字已正，「吴」字仍誤也。

傳相○直奪反通志堂本同。盧本「奪」作「專」，云：「專，舊譌『奪』。」案：所改是也。小字本、十行本所附是「專」字。

駉

駉○又作駫同通志堂本、盧本同。案：「駫」字不誤。盧文弨云：「疑此當爲『駫』。」非也。此經與「駫」字迥不相涉。

有⿰馬不通志堂本、盧本「⿰馬不」作「駓」。案：「駓」字是也。《五經文字》馬部云：「駓、駍，二同。」《集韻》六脂亦但載「駓」、「駍」二形，皆可證。「⿰馬不」字壞去一畫也。

○黃白雜毛曰駓通志堂本、盧本「駓」作「駍」。案：「駍」字誤也。

伾伾○字林作駓走也通志堂本、盧本同。案：「駓」字各本皆誤，當作「⿰馬否」。《集韻》六脂云「⿰馬否，馬走也」，本此。陸氏「有駓」下本云「《字林》作『駓』」，「伾伾」下本云「《字林》作『⿰馬否』」，今《釋文》皆云「《字林》作『駓』」者，「伾伾」下誤也。小字本、十行本所附《字林》作「⿰馬否」，反在「有駓」下亦誤倒。今特訂正。

雒○本或作駱同通志堂本、盧本同。案：此經上句是「駱」字，不應此句「本或作『駱』」。「駱」當是「驝」之誤，或本加馬旁於雒左，後乃壞去右隹耳。《集韻》十九鐸「驝」載「駱」字下，或別有出。○按：前説非也。「驝」即「駱」之別字，不足爲據，安得經典中有之。「白馬黑鬣曰駱」，見《爾雅》。經文當是兩言「駱」，故傳於下「駱」訓爲「黑馬白鬣」。白、黑互易而不妨同名。此毛意。若「雒守」，則係後人所改，俗本作「駁」，尤非。淺人疑《釋文》或作「駱」而欲改之，未知經之同名而異物也。

驎○毛色青深淺 通志堂本、盧本「青」作「有」。案：「有」字是也。小字本、十行本所附是「有」字。

○斑駮隱粼 通志堂本、盧本「粼」作「甐」。案：「甐」字誤也。《爾雅》釋文所載郭注作「粼」，「粼」即「粼」也。《唐・揚之水》「粼粼」，可互證。

祛祛 通志堂本同。盧本作「袪袪」。案：此當作「袪袪」。相臺本所附作「袪袪」，字從衣，與唐石經字合，最是。小字本、十行本所附及此皆作「祛祛」，但壞去一點耳。毛居正以「祛」爲從示，其説非是。盧文弨依之改者，誤。

騆○徐又火元反 通志堂本、盧本「徐」字誤倒在「反」字下。案：小字本、十行本所附皆在上，不誤。

歲其有○又作歲其有年者矣 通志堂本、盧本同。案：小字本、十行本所附亦如此。段玉裁云：「『矣』字衍。」

狘彼○遠也 通志堂本「遠」誤「達」，盧本作「遠」。案：小字本、相臺本、十行本所附亦皆作「遠」，不誤。

不吳○作吳音話同 通志堂本、盧本同。案：下「吳」當作「吴」。小字本所附正是「吴」字。《絲衣》篇亦可互證。盧文弨云「文有脱誤」者，非。

瘍 通志堂本同。盧本上有「不」字，云：「舊『不』字脱。今補。」案：所補謬甚。此是傳「楊，傷也」。「傷」字《釋文》本作「瘍」，正義本作「傷」，二本不同，非經「不揚」字《釋文》作「瘍」也。考傳云「揚，傷也」者，以「揚」爲「瘍」之假借。箋云「不大聲」，則如字讀之以易傳。唯毛氏《詩》此經是「揚」字故也。若經作「瘍」，毛、鄭皆不當云爾矣。「傷」、「瘍」字同，《巧言》釋文云：「瘍，本亦作『傷』。」與此可互相證明。《集韻》十陽亦以「傷」爲「瘍」之或作字。然則《釋文》是爲傳作音，的然無疑。

但當在「于訩」之下，今倒在上者，傳寫錯出耳。影宋本之互倒者甚多，已見各條下。此亦其一，不當偏執次序以求之也。盧文弨不得其理，乃加「不」字，而以經「不瘍」當之，其誤漸至不可解。

其琛○揵爲舍人云 通志堂本、盧本「揵」作「犍」。案：「犍」字是也。小字本、十行本所附是「犍」字。

閟宮○音祕同 通志堂本「祕」誤「秘」，盧本作「祕」。案：小字本、相臺本、十行本所附皆作「祕」，不誤。

遂荒○韓詩作荒云至也 通志堂本、盧本同。案：盧文弨云：「作『荒』，字誤。」是也。又云：「浦疑是作『巟』者，未是。」此今無可考，不得。意必求之，小字本所附亦是作「荒」。

其姣 通志堂本同。盧本無「其」字，云：「案：箋云『奕奕，姣美也』，此『其』字當爲衍文。」案：盧文弨所説誤也。正義云：「定本、《集注》云『孔碩，甚姣美也』，與俗本不同。」然則「其」字乃「甚」字形近之譌耳。《釋文》與定本、《集注》同也。盧文弨乃據今經、注本竟删去之，失之不考。

那

約軝 通志堂本、盧本「軝」誤「軧」。案：相臺本所附亦作「軝」，不誤。小字本所附仍誤「軧」。《采芑》篇可互證。

○駕駟馬 通志堂本、盧本「駟」誤「四」。

有娀 通志堂本「娀」誤「娥」，盧本作「娀」。

是何○音河河可反 通志堂本、盧本同。案：盧文弨云：「當作『音荷』。」非也。《候人》釋文云：「何戈，何可反，又音河。」可證「河」字不誤也。小字本、十行本所附亦如此。相臺本所附作「又，河可反」，「又」字當有。

○本亦作苛 通志堂本、盧本同。案：盧文弨云：「『苛』字『荷』之誤。」是也。

檜負通志堂本「檜」誤「擔」，盧本作「檜」。案：「擔」字誤也。《六經正誤》所載亦是「檜」字。《羣經音辨》木部云：「檜，荷也，都濫切。《詩》箋『檜負天之多禄』。」是其證。其手部云：「擔，荷也，都覃切。」非此箋字。

昭假○此以義訓非韓字也通志堂本同。盧本「韓」作「改」，云：「『改』舊譌『韓』。」案：考小字本、十行本所附亦如此，「韓」字當是「解」字形近之譌。盧文弨所改者未是。

綴流通志堂本、盧本「流」作「旒」。案：流、旒，古今字。依影宋本，當是此經字作「流」，與唐石經及今所有經、注各本不同。通志堂本依今本改者，非是。下「旒縿」及《干旄》篇皆仍作「旒」者，或經用古字，注用今字也。

是總○本又作酸通志堂本同。盧本「酸」作「䤈」，云：「䤈，舊譌『酸』。今從宋本正。」案：考此「宋本」，謂十行本所附也。小字本所附亦是「䤈」字。

有梴○柔梴物同耳通志堂本、盧本同。案：段玉裁云：「『梴』字皆當作『挻』。」今考小字本、十行本所附，二字皆作「梴」，當是舊如此。

○字音羶通志堂本、盧本「羶」誤「鱣」。案：小字本所附作「羶」，不誤。

○俗作通志堂本同。盧本「作」下有「埏」字，云：「『埏』字舊無。今補。」《白帖》卷一百引《詩》「松桷有埏」，則唐時本有俗從土者。案：段玉裁云「是也」。今考小字本、十行本所附，皆「俗作」下更無字，當是《釋文》舊如此矣。

附注解傳述人

○或云毛公作序解見□□影宋本「解見」下缺，通志堂本、盧本同。案：此解見《關雎》，或所缺是「關雎」字也。

号曰魯詩通志堂本「号」作「號」，盧本作「号」。案：以後多作「号」，當是《釋文》如此作。

○東平桃人通志堂本、盧本「桃」上有「新」字。案：所補是也。此取《漢書·儒林傳》。《傳》有「新」字。

○至山陽中尉通志堂本、盧本「山」作「淮」。案：所改是也。《漢書》是「淮」字。

及波容通志堂本、盧本「波」作「皮」。案：所改是也。《漢書》是「皮」字。

咸非其本通志堂本、盧本「本」下有「義」字。案：所補是也。此《漢書·藝文志》有「義」字。

○一云名長通志堂本、盧本「長」作「萇」。案：「萇」字誤改也。《關雎》正義亦作「長」。此不與今本《後漢書》同。說已見前。盧文弨云：「宋本『萇』作『長』，意以爲非。」失之不考。

陸機通志堂本、盧本「機」作「璣」。案：「璣」字誤改也。盧文弨云：「《隋志》『璣』作『機』。」不云影宋本，失校也。正義所引亦皆作「機」。誤改作「璣」者，始於李濟翁《資暇集》。說已見前。

○烏於令通志堂本「於」字缺，盧本作「程」，云：「舊空。據《隋志》補。」案：「程」字是。

○江惇字思悛通志堂本、盧本「悛」作「俊」。案：「俊」字非。

刑部山西司郎中臨川李秉文刊

皇清經解卷八百四十九終

嘉應李恒春舊校
番禺高學瀛新校

《中華經解叢書·清經解（整理本）》書目

詩經編

詩本音　詩説　（清）顧炎武　著，（清）惠周惕　著，劉真倫、岳珍　點校

毛詩稽古編　（清）陳啓源　著，劉真倫、岳珍　點校

毛詩注疏校勘記　（清）阮元　著，劉真倫、岳珍　點校

毛詩故訓傳　（清）段玉裁　訂，岳珍　點校

詩經小學　毛詩補疏　（清）段玉裁　著，岳珍　點校；（清）焦循　著，劉真倫　點校

毛鄭詩考正　杲溪詩經補注　三家詩異文疏證　（清）戴震　著，（清）戴震　著，（清）馮登府　著，劉真倫、岳珍　點校

毛詩紬義　（清）李黼平　著，劉真倫、岳珍　點校